FOLIO POLICIER

Ingrid Astier

Haute Voltige

Gallimard

Écrivain au tempérament insulaire (Yeu, Irlande, Polynésie), Ingrid Astier est née à Clermont-Ferrand en 1976. Normalienne, agrégée de lettres, elle débute en écriture avec le prix du Jeune Écrivain (1999). Son désir de fiction et son goût pour les péripéties sont liés à son enfance au sein de la nature, en Bourgogne, où se mêlent contemplation et action. Elle a choisi le roman noir pour sa faculté à se pencher sans réserve sur l'être humain. Tout autant architecte que dentellière dans son écriture, elle aime bâtir des mondes : *Quai des enfers* (Folio Policier n° 642), son premier roman, a été récompensé par quatre prix, dont le Grand Prix Paul Féval de littérature populaire de la Société des gens de lettres. Il a pour héroïne la Seine, et a fait d'elle la marraine de la Brigade fluviale. Entre western urbain et romantisme noir, *Angle mort* (Folio Policier n° 750) a été salué comme « le mariage du polar et de la grande littérature », et couronné par le prix Calibre 47. En 2017, elle publie *Haute Voltige*, un livre épique à la croisée du roman noir et du roman d'aventures, qui campe un Paris flamboyant et aérien. *Petit éloge de la nuit* (Folio 2 € n° 5819) est joué en 2017 au théâtre du Rond-Point, et repris au théâtre de l'Atelier.

Pour Jean-Pierre Chaufour,
Qui a sauvé mes lignes.
Pour Éric Leroy et Jean-Michel Becker
Qui les ont fait germer.
Pour Phil et Morse
Qui les ont veillées.
Et pour Véronique di Benedetto et Istvan d'Eliassy
Qui les ont protégées.
Bien d'autres lignes encore
Mais c'en ferait un roman.
Avec eux, la vie en est un, pourtant.

Le réel ?
Non.
Son essence ?
Oui.
Servir l'imaginaire ?
Toujours.

« Celui qui prend des risques peut perdre, celui qui n'en prend pas perd toujours. »

XAVIER TARTAKOVER

1

Un jour, je serai au-dessus des nuages.

Et les hommes seront tellement petits, qu'ils paraîtront un mirage.

Un jour… Je le promets. Sur tout ce que je n'ai pas, sur tout ce que je n'ai plus, sur tout ce que je n'aurai jamais.

Maintenant, les angoisses, vous pouvez vous barrer.

Toutes.

En rangs serrés.

2

— Carm. Départ du convoi dans cinq minutes, je répète, départ du convoi dans cinq minutes.

La voix, un brin sévère, crépita dans le talkie.

— Carm. O.K., bien reçu.

Les hôtes de la Lanterne avaient cinq minutes de retard sur le déroulé officiel.

Carmel* était habitué et, en interne, il avait déjà intégré les dix minutes de retard que Nasser Al-Jaber prendrait. Après tout, il y avait pire que la Lanterne pour patienter. Même si, ce soir, le vent qui venait de l'INRA ne ramenait pas que des bonnes odeurs.

À Versailles, ce pavillon faisait dans le classique pur jus. Le genre de lieu qui préfère l'ombre discrète des peupliers au tumulte. Le portail blindé était censé tout renfermer, histoires et secrets, bagatelles et affaires au sommet. La façade, elle, misait sur la clarté. Lignes droites et balcons en ferronneries, fronton rocaille et pierre de taille. Une réussite à la française qui avait dépassé les frontières puisqu'aux États-Unis, une certaine Carolyn Morse Ely avait

* Le lecteur trouvera une liste des personnages en fin d'ouvrage, p. 703.

été jusqu'à faire construire, près du lac Michigan, une réplique de cet élégant pavillon de chasse. En tout cas, c'était ce qui se racontait et la demeure faisait jaser.

La Lanterne plaisait donc aux riches — et aux femmes.

Et même à Carmel, plus touché d'ordinaire par l'élégance rustique. Il ne pouvait voir la Lanterne sans se rappeler toutes les histoires qui gravitaient autour. Un vivier pour gros poissons argentés. Un prince, un millionnaire américain et un ambassadeur des États-Unis n'avaient-ils pas habité la bâtisse versaillaise, avant qu'elle ne devienne, sous Charles de Gaulle, une résidence d'État ? Malraux y avait promené ses chats. Le passage de Michel Rocard laissait Carmel plus sceptique. Rocard avait préféré la balle jaune fluo au brocard et fait construire un tennis et une piscine qui défiguraient l'harmonie de ce site classé. Pour nager tranquille, il avait déplacé le tracé du chemin de ronde. Carmel s'était toujours demandé si c'était pour nager nu. Ou avec des naïades qui ne le seraient pas moins. On ne change pas un tracé sans idée arrêtée. Cette demeure était la preuve d'une obsession du territoire comme pouvoir, l'ego qui rajoute sa pierre, l'architecture qui tourne à une guerre de vanités.

L'homme n'était pas prêt à se renouveler.

Courir après les femmes ralliait les puissants de gauche comme de droite et cette thébaïde ne connut pas que des bustes de marbre, oh non. Comme le disait l'un des cuistots : « Dans les ailes, ils ont mis les services de sécurité et les cuisines, parce qu'en plus de baiser, les puissants veulent, en vrais Français, manger admirablement sans crever bêtement. »

Le cuistot avait ajouté : « Le mâle en rut baisse la garde et la sécurité fait en sorte qu'il ne finisse pas terrassé. À l'image des cuisines : bien huilé. »

Carmel avait bâillé. Les jupons n'étaient pas son sujet préféré. Il ne situait pas l'action qu'au milieu du pantalon. Même si une femme pouvait toujours avoir raison de la raison.

— Carm. Départ dans une minute, dit Carmel dans le Sagem.

Voilà, ils y étaient. Deux têtes de cerfs magistrales gardaient l'entrée. Ce dimanche de janvier, à 1 h 30 du matin, elles virent passer un long mamba aussi sombre que l'anthrax, tandis que le faisceau des phares d'une Mercedes Vito noire, de sa pâleur de lune, balayait l'allée. Les carrosseries interminables de deux Mercedes-Maybach S et de deux BMW Série 6 suivirent. Le mamba déplia ses anneaux et une dernière Mercedes Vito ferma le cortège. Les véhicules franchirent l'étroit portail et glissèrent dans la nuit.

Depuis le XVIIIe siècle, ces cerfs à double ramure en avaient connu d'autres. Pourtant, du haut de leurs pilastres, s'ils avaient pu parler, ils auraient eu leur sujet : ces voitures étaient des cavernes d'Ali Baba ambulantes. Des vraies. Tellement riches à l'intérieur qu'il y avait de quoi nourrir l'humanité. Des bijoux, des vêtements de luxe et des liquidités tant qu'on en voulait. La vie n'est qu'une longue chasse à courre. Pour ne pas se faire dévorer, il faut juste être du bon côté.

Les voitures s'engagèrent dans l'allée rythmée par les fûts des platanes. Sous les pneus, le gravier crissa comme du verre brisé. Le portail vert se referma.

Huit secondes, et ils arriveraient direct sur l'avenue du Général-Leclerc.

Les bustes des cerfs, éclairés par des lanternes, lancèrent d'ultimes reflets.

Dans le rétroviseur de la première Mercedes-Maybach, Carmel fixa un instant ces têtes blafardes. Un malaise le gagna qu'il dissipa aussitôt.

— On dirait qu'ils montent la garde, dit Mitch à qui ce malaise n'avait pas échappé.

Peut-être faisait-il aussi écho au métier de Carmel.

— Comme des juges, opina Carmel.

Depuis leur départ, les deux ne manquaient pas une occasion de s'observer.

— Des juges ?

— Ils nous regardent de haut.

Mitch fronça les sourcils :

— Tes juges, on dirait Mamie-fait-du-tricot avec leur plaid sur le dos. Il devait être sous acide, le sculpteur.

Il n'avait pas tort. De loin, ces cerfs étaient majestueux. De près, ils rappelaient à Carmel une image de l'enfance. Surgie d'un conte de Perrault, avec un loup en habit de nuit. Qu'on fasse lire *Le Petit Chaperon rouge* aux gosses avait toujours dépassé Carmel. Aujourd'hui, les jeux de guerre des consoles avaient mis des kalach dans la gueule du loup. Le monde était brutal et les hommes en redemandaient.

L'ogre de la violence et sa pitance.

Une vieille rengaine.

Carmel n'avait jamais travaillé avec ce chauffeur — Mitch. La société de location Solena Luxury Limousines l'avait désigné, et il fallait s'en accommoder. Nasser Al-Jaber était leur client rêvé. Carmel régla son rétroviseur lui-même et l'adapta à sa position *de siège* — la position avant-droit des gardes du corps.

Une position de confiance qu'il méritait.

Le rétroviseur pivota pour qu'il puisse surveiller l'angle arrière. Cet angle, il l'appelait « le lait sur le feu ». Jusqu'à l'arrivée, il ne le quitterait plus des yeux. Puis il se positionna, un quart tourné vers cet arrière à guetter. Il n'y avait plus qu'à espérer que Mitch, ce type à grande gueule et manches trop courtes, gère correctement la gauche.

Entre Carmel et Nasser régnait une histoire de fidélité. Nasser Al-Jaber avait fait de Carmel l'un de ses gardes attitrés quand il débarquait du Bourget. Nasser Al-Jaber, *l'homme qui avait du pétrole dans le sang*. Être garde du corps d'un Saoudien signifiait : mettre du miel dans ses rouages.

Autant oublier les principes de bon sens.

Al-Jaber n'aimait pas être coincé. Il avait refusé d'être en position V3 dans le convoi — V pour voiture. Les questions de barrage étanche ne l'intéressaient pas. La sécurité enfant à l'arrière non plus, comme une flopée de présidents avant lui. Al-Jaber n'était pas un chameau et on ne le parquait pas, comme il le lui avait dit dès le début.

Pourtant, les VIP étaient de grands enfants et à chaque mission, Carmel en tirait la leçon.

★

Le convoi franchit le portail blanc du poste de la Chouette.

Mitch jeta des regards en biais à Carmel. Le garde du corps avait les cheveux comme Beckham à l'époque où il les portait ras. Ou comme le hardeur

Mr Pete, songea Mitch en mesurant sa différence. Au moment du top départ, il avait senti le garde tendu et l'envie montait de lui dire : relax.

Les mecs tendus, ça portait la poisse.

Carmel vit disparaître les cerfs avec soulagement.

— Adieu, têtes de cerfs. Sans regret.

Ses yeux multipliaient les allers-retours avec le rétro. Il essaya d'être poli et de s'intéresser au type à ses côtés, ce type qui sentait la sueur et qu'on lui imposait.

— T'as déjà travaillé pour des Saoudiens ?

— Non, jamais, dit-il en faisant craquer ses cervicales, seulement pour des Qataris.

Mitch conduisait d'une main. Il revint en arrière dans la conversation :

— Toi qu'as l'air malin… Un truc que j'ai jamais pigé : pourquoi les juges, ils ont des robes ?

Carmel se creusa la tête pour piocher dans les souvenirs lointains de son unique année de droit.

— Parce que ça gomme le corps. Comme pour les prêtres.

— Ah… ? fit Mitch, peu convaincu.

Le garde sentit qu'il ne comprenait pas. Il précisa :

— Un homme en robe, ça tranche des justiciables. C'est plus respectable, si tu préfères…

— D'accooooord ! Comme pour les trav' !

Et il pouffa de rire.

Carmel ne se laissa pas démonter.

— Mais le plus grand juge ne porte pas de robe… Il est nu comme un ver.

— Vas-y…

— Tu le connais bien…

— Ah ça, je crois pas, ricana Mitch.

— On le trouve en toi comme en n'importe qui.

Et il tapota la tête de Mitch, sans pour autant quitter *le lait sur le feu.*

— La conscience, Mitch, voilà le juge suprême. Et crois-moi, celui-là, il te lâche pas…

Pourquoi Monsieur-Je-suis-beau lui parlait maintenant de conscience ? Et en plus, il lui tripotait la tête. Mitch se concentra sur l'allée pour se calmer. Il détestait les types qui s'autorisaient à le toucher.

Le convoi approcha de la dernière grille.

Il s'engagea dans la rue de la Division-Leclerc. Avec un temps de retard, Mitch eut besoin de rectifier :

— Une conscience propre, j'y crois pas, moi… Les politiques, ils ont la conscience propre ? Et les patrons ? Et la petite coiffeuse qui revient la mèche en l'air à trois heures du mat' ?… Ça se lave pas comme un drap. Comment on dit, déjà ? T'es un Socrate sur pattes, toi…

Carmel s'étonna de l'expression mais il en saisit bien la dérision. Son œil s'alluma.

— Exact. Mais un Socrate avec un Caracal SC chambré en .40 S&W et ça, je peux dire que c'est de la philosophie qui fait mal.

Cette fois-ci, Mitch rit franchement, ce genre de discours lui parlait. Ferré, il dit :

— Tu le portes comment, ton machin ?

— En *cross draw*, crosse vers l'avant. De la belle diagonale qui fait mal aussi.

Carmel vérifia que le convoi suivait serré et régla le chronomètre de sa montre. Il surveillait surtout que les véhicules roulent bien décalés pour éviter une remontée.

Tout paraissait en ordre.

Mitch l'écouta sans le couper. Les États-Unis avaient beau être le grand Satan, expliqua Carmel, question armes, les Émirats arabes misaient sur la capacité de feu. Le Caracal était certes né à Abu Dhabi, mais le calibre .40 S&W restait, lui, du côté des Ricains. Les armes avaient un temps d'avance diplomatique.

Ou elles étaient comme le fric : elles restaient du côté du plus fort.

Quand il transportait 500 000 euros de bijoux dans les voitures, des malles de fringues de luxe, du cash à filer la migraine à un trader et des hommes qui décidaient de l'ordre du monde, Carmel voulait juste être sûr.

Être sûr qu'il était du côté du plus fort.

3

Passé la pièce d'eau des Suisses, les ombres du château de Versailles se découpèrent. Ses ors rutilants dormaient autant que ses habitants.

— Cap vers La Napoule, ma poule, lança Mitch en baissant l'intensité de l'éclairage intérieur.

Carmel sortit son Caracal de son étui Kydex et le coinça, prêt à l'emploi, sous sa cuisse gauche. Qu'est-ce qui déplaisait à Carmel chez ce type ? Le débit, peut-être. Un poil trop lent et ce côté surjoué. De la sauce crâneur pire que du beurre. Carmel préférait rester froid, et ne pas se la péter. Question de survie pour la lucidité. Et puis l'appeler « ma poule » : la fausse familiarité avait le don de l'agacer. Ils allaient vers Le Bourget, pas vers La Napoule, et l'autre mélassait tout.

Il décida de temporiser. Après tout, on ne leur demandait pas d'être le tandem du siècle.

À l'arrière, Nasser Al-Jaber sortit de ses textos et réclama une lumière plus tamisée. Une lumière qui s'accorderait au plaisir de son verre de cognac X.O Hennessy. Quand il atterrirait, cette vie-là serait finie et il retournerait à l'ennui, bien au frais dans son palais climatisé. Certains de ses amis étaient morts de cet ennui. Comme récemment, en septembre dernier, le cheikh Rashid, terrassé par une crise cardiaque. Il n'avait que trente-quatre ans.

Trente-quatre, se répéta Al-Jaber. Ça laissait peu de temps…

Dans la pénombre pourprée, la Mercedes-Maybach ressembla à une boîte de nuit. La musique exceptée. À moins qu'elle ne ressemblât au satin, douillet et violet, d'un cercueil parfait.

— À la vie, dit l'homme-pétrole en buvant sa première gorgée.

Il ne parlait que deux, trois mots d'anglais. Juste de quoi saluer le personnel dans les hôtels, à Londres, à Paris ou à Ibiza. Les mêmes mots, les mêmes phrases, les mêmes fêtes, du Dorchester au George-V, du Claridge au Noga Hilton de Cannes. Il n'y avait que les filles pour apporter de la variété. Et les garçons, parfois, pour changer des filles. Même si ce qu'il aimait par-dessus tout était de ne plus savoir dans quoi il rentrait. Il lui arrivait de se les faire présenter de dos, culs dressés, la tête dans une taie jusqu'en bas du buste. Voilà ce qu'il préférait.

En route pour Le Bourget, l'aéroport des plus-que-bourges. Carmel garda cette pensée pour lui. Nasser Al-Jaber le payait diamant sur l'ongle. Avec des primes que la pingrerie des Français ignorait. Pour un Français, respirer était déjà une dépense de trop.

Partout des Picsou.

Il resta aux aguets. Son métier, c'était d'être un œil. Repérer un deux-roues qui déboule, un comportement ou un véhicule suspect, qui ne double pas, qui roule sans feux ou trop lentement. De l'observation et du feeling.

Et les détails.

Comme la voix de Mitch. Qu'est-ce qui clochait ? Voilà, il y était.

À sa façon, cette voix roulait trop lentement.

Pourtant, il ne demandait à Mitch que de rester concentré sur la route. Et d'avancer. Pas de palabrer. Tout avait été disséqué, projeté, répété. Avec pour maître mot : la fluidité.

Carmel disait toujours que les bons convois sont ceux qui taillent la ville comme la lame d'un cutter.

Après la forêt de Fausses-Reposes, ils ne mettraient pas longtemps à regagner l'A86 et il serait rassuré. Dix ans qu'il travaillait pour Nasser Al-Jaber et il ne comptait pas le décevoir. L'homme était généreux, peut-être parce que, pour lui, l'argent était une idée abstraite, un flot naturel qui se déverse dans une oasis d'abondance.

Un flot naturel. Un jeu perpétuel.

En Arabie saoudite, on avait bien déniché une vieille millionnaire de Djeddah qui faisait la manche en pleine période de l'Aïd pour s'enrichir du don aux pauvres. Un soir, Al-Jaber lui avait raconté l'histoire. Et celle de la princesse Maha, qui dépensait seize millions d'euros en six mois à Paris au Shangri-La, ou celle du prince Al-Walid qui donnait dix-sept millions au département des Arts de l'Islam du Louvre. Dix-sept millions… Ces gens ne comptaient pas comme M. Lambda. Ils comptaient avec de l'or noir plein les doigts.

De l'or qui tachait tout.

Un instant, Carmel pensa à Pantaïon, la villa

qu'il avait achetée dans le Luberon, près de Bonnieux. Parce qu'il voulait des chênes truffiers. Et une retraite tranquille pour manger cet autre or noir : les *rabasses*, comme ils disaient dans le coin. Avec des pâtes, il n'en fallait pas plus pour son bonheur. Des pâtes : l'aliment le plus populaire. Et des truffes. Parce qu'il avait réussi dans la vie. Sans renier Paris et l'îlot Riquet des Orgues de Flandre, où il avait déménagé avec sa mère quand ses parents s'étaient séparés, ni la fange d'où il était sorti.

L'avantage de son métier était que la retraite viendrait avant que ses désirs ne soient ratatinés. Un peu comme le personnel des sous-marins pour qui chaque année vaut trois annuités.

Dans ce paysage, il manquait une femme. Elle devait être comme les truffes, quelque part cachée. Les femmes restaient, pour le moment, le sujet qu'il avait le plus raté.

Ou bâclé.

Il n'en était pas fier.

L'erreur était de croire qu'il les comprenait. Il n'avait jamais rien compris aux femmes. Mystères elles étaient, mystères elles demeuraient. Ou plutôt, il les comprenait mais toujours avec un temps de retard. Le temps qu'elles prenaient pour partir sans se retourner. Dans le rétroviseur, son esprit superposa à la nuit le visage d'une brune qu'il avait aimée.

Maintenant, Pantaïon sans femme et sans figuier, ce ne serait jamais une maison.

Une vraie.

Faite non pour y habiter.

Mais pour rêver.

Sur l'écran tactile placé devant lui, Al-Jaber lança un film avec une blonde qui se trémoussait dans le rose, but une autre lampée et mordit dans des *ka'ak*, des cookies à la semoule — parce qu'il avait toujours faim.

La route pouvait défiler.

4

Dans la deuxième Mercedes-Maybach se trouvait une femme qui n'avait rien à voir ni avec la famille ni avec la descendance d'Al-Jaber. C'était aussi une brune — sculpturale. Ce qui justifiait, en soi, qu'elle fût en France l'assistante officieuse d'Al-Jaber depuis un an. Celle qui tire les cordons de la bourse, avait dit Mitch. Ils s'étaient rencontrés à l'hôtel George-V, où elle était *de passage*. Elle présentait toutes les qualités pour qu'il ne s'en sépare jamais quand il venait à Paris. Rapide, efficace, inventive et souple — d'esprit, entre autres.

Mais encore impertinente, effrontée et imprévisible.

Cela aussi finirait avec Le Bourget.

Voilà ce qui inquiétait Al-Jaber.

Plus que de rouler jusqu'à l'aéroport du Bourget avec une fortune entre les roues à préserver. La fortune, c'était juste du vent à gérer. Ylana, elle, buvait à l'instant du champagne parce qu'elle ne buvait « que de l'eau, et du champagne ». Et que boire de l'eau dans une Mercedes-Maybach aurait été une faute de goût. Même en plein hiver, elle portait les Louboutin en satin qui font les assistantes qui durent quand elles vont avec la cambrure.

Son filon à elle n'était pas perpétuel. Il allait se tarir avec Le Bourget.

Chacun ses inquiétudes. Elle ne savait pas très bien ce qu'elle ferait après.

Ou plutôt si : comme toujours, se débrouiller. Mais ce genre d'idée ne rassurait que les aventuriers et les adolescents qui quittaient pour la première fois leurs parents. Or, elle n'était ni aventurière ni adolescente. Même si, avec sa bouille d'enfant, on lui donnait cinq ans de moins. Dans quelques jours, ce serait son anniversaire. Elle aurait vingt-deux ans. Les anniversaires lui avaient toujours paru tristes. Elle aurait rêvé d'une mère qui lui préparerait un gâteau et écrirait, au dernier moment, son prénom sur le dessus, avant qu'on ne pique les bougies et qu'on n'éteigne toutes les lumières. D'un père qui aurait montré comment on partageait un gâteau en parts égales pour que personne ne soit lésé. Oui, elle en aurait rêvé…

Alors, elle n'aimait ni les anniversaires, ni les gâteaux, ni ce qui rappelait la coquille vide du mot famille. Celui-là, elle n'avait pas envie de le fêter avec des larmes.

Ylana fit la moue.

Plus on vieillit, plus les larmes sont amères. Elle lissa les pointes mauves de ses cheveux, termina sa coupe de champagne d'un trait et se resservit, juste pour voir les bulles s'ébrouer.

Elle était faite pour la joie, ça, elle le savait, pas pour le venin de la nostalgie.

On finissait empoisonné par la nostalgie.

C'était le chiendent de l'esprit.

5

De nuit, la route avait ce côté hypnotique dont il fallait se méfier. Partout, des rais de lumière s'immisçaient dans l'ombre. Carmel avait un nom pour ça : il les appelait les zèbres des ténèbres.

En fait, c'était l'expression de son frère, Abel, qui avait été, un temps, routier. Noir, jaune, noir, jaune, noir, blanc, noir, verdâtre et pan, vous finissiez en embardée. Ou à côté d'un détail qui tue. Parce que la répétition agit sur le cerveau comme un puissant somnifère. Que ce soit un discours lénifiant, semblable à cent tours sur le même rond-point de banlieue criblé de pancartes de supermarchés, le *Boléro* de Ravel dans l'ascenseur ou l'ondulation serpentine des rails.

Pour stimuler Mitch, il lui trouva une question. C'était comme jouer avec un interrupteur.

— Trente minutes jusqu'au Bourget ?

— Si on garde une bonne allure, mouais, trente minutes à partir du haras de Jardy… On ne peut pas dire qu'on se bouscule sur le bitume.

Mitch avait un faible pour la conduite de nuit. Ne pas se tire-bouchonner entre deux feux rouges suffisait à le faire ronronner de bonheur comme un moteur. Carmel, lui, appréciait la nuit pour une autre raison. Elle donnait l'impression d'une tribu à part.

Il y avait les veilleurs, et les dormeurs.

Deux clans. Ses insomnies ne lui avaient pas laissé le choix.

Derrière eux, Nasser piqua du nez. La blonde vaporeuse l'avait vaincu. C'était un miracle qu'il se soit endormi car juste après le départ, la lecture du classement des cent plus grandes fortunes du monde l'avait énervé. Ces scorpions du désert de journalistes l'avaient classé 31e. Et il se savait plus riche que le prince Al-Walid ben Talal Al-Saoud. Ce genre d'erreur le mettait hors de lui. Mais là, sa fureur s'était endormie.

Mitch jeta un œil au rétroviseur central et dit à Carmel :

— Si tu connais une berceuse…

— Moi oui. Mon métier, non.

Carmel avait répondu sans hésiter, un œil sur sa montre chrono. Il se tourna, front plissé, et dit à Mitch :

— Essaie de ne pas les laisser trop faire le soufflet, derrière. Je veux qu'ils nous collent au cul. Mais garde ton allure, ne ralentis pas trop non plus. Si jamais une partie du convoi reste coincée à un feu, tu continues, en levant un brin le pied, mais tu continues. Nasser ne supporte pas qu'on se traîne.

— Ça marche.

Mitch était comme tous les hommes. Il détestait qu'on lui dise comment il devait conduire. Qui détenait le volant ? Lui ou l'autre ?

Son raidissement n'échappa pas à Carmel. Le garde du corps joua la carte du rapprochement :

— C'est quoi, ton prénom, en vrai ?

Mitch sourit. Il admira sa perspicacité.

— Eddy.

— … Eddy ?

Le chauffeur se cala plus profondément dans son fauteuil et se demanda jusqu'où la perspicacité du petit malin au Caracal irait, cette fois.

Carmel répéta :

— Eddy… Non, je vois pas.

Mitch se frotta mentalement les mains. Il n'aimait pas qu'on le prenne pour un sous-homme et il sentait que, mine de rien, le garde du corps le jugeait dans son coin. Il dégoulina du plaisir de lui expliquer :

— Ben, Mitch, pour Mitchell. Eddy… Mitchell.

Carmel eut l'impression d'être un acteur porno qui feignait l'enthousiasme :

— Aaah !… Parce que tu chantes ?

— Mais non, parce que j'aime les vieux films. *La Dernière Séance*, les westerns…

Carmel n'allait pas lui demander quoi. Maintenir Mitch en veille n'était pas l'éloigner de sa mission. Il dresserait une autre fois sa liste de cinéphile. Mais après avoir vérifié que Nasser ronflait toujours, le chauffeur reprit :

— T'as vu la jolie môme, derrière ?

Il faisait allusion à la fille dans la Mercedes qui suivait.

— Non, j'ai rien vu, Mitch. À la naissance, ma mère m'a fait cyclope, pas Janus.

Mitch leva le pied. Il n'avait à nouveau pas tout compris mais il n'en montra rien. Il enchaîna :

— Arrête ! C'est du haut de gamme, non ? T'as vu les petites pointes mauves mignonnes tout plein qu'elle a dans les cheveux ? Et un cul… Me dis pas que t'en zyeutes tous les jours, des comme ça !

— Allez, Mitch, concentre-toi, je n'ai qu'un seul œil, mais il regarde la route. On me paye pas pour mater l'intérieur des voitures, moi.

— T'es con ! Mater, c'est de la pierre à fusil. Ça aiguise les deux boules de loto… Après, t'as l'œil comme une fléchette.

6

Dans cette Mercedes qui les talonnait, Ylana repoussait loin le paquet de fruits secs salés posé à côté de sa flûte de champagne. Elle s'en était encore resservie une. La dernière. Après, elle repasserait à l'eau. Jamais elle ne grignotait. Des gâteaux, elle n'en mangeait que le jour de son anniversaire. Et encore, si elle avait pu choisir, elle aurait remplacé tout ce fatras de crème par des bons gros cornichons malossols. Oui, des cornichons malossols. Elle en raffolait, plus que de n'importe quelle pièce montée. Que fallait-il avoir dans les gènes pour être pétrie de désirs pareils ?

Ylana fumait aussi autant de cigarettes que d'heures dans une journée. Elle avait commencé en arrêtant le sport, au lieu de s'accrocher et de continuer les compétitions de patinage artistique. Car il y avait eu l'accident. Encore une chose à laquelle elle ne voulait pas penser. Elle aurait pu être l'une des stars du patin, la reine de la banquise. Elle aurait pu. Quand on n'arrêtait pas de se demander ce qu'on aurait pu faire, c'est que la jeunesse filait, non ?

À sa droite, la route fusait derrière les vitres teintées. Ylana commençait à s'ennuyer. Dès qu'il n'y avait plus personne pour l'admirer, elle se sentait infime, une toute petite chose, moins que rien. Jusqu'à en avoir le cœur qui palpite et des sensations de mort imminente. Elle ferma les yeux et se vit dans sa robe à plumages, au sommet, devant un public survolté. Elle irradiait. Alexis l'avait fait tournoyer dans les airs, merveilleusement, dans ce porté star qui était une figure de toute beauté. Les deux mains lâchées, elle ne cessait de tourner.

Elle adorait tourner.

Patinage magazine l'avait baptisée l'Étoile de mer.

Alexis en avait eu marre de la faire tourner, elle et son fichu caractère. Et elle était tombée. Depuis, elle avait réappris à marcher comme tout le monde, sur ses pieds. Parfois, elle pensait que l'accident n'avait été que la forme prise par leur incommunicabilité, entre Alexis et elle.

Leurs corps avaient disjoncté.

Alexis… Le seul homme qu'elle ait vraiment aimé. Du plus profond d'elle-même, des neurones aux tripes. On aimait combien d'hommes dans une vie ? Elle n'aimerait plus jamais ?

Elle regarda dans le vide.

Comment s'appelait la costumière qui avait fait cette robe incroyable avec des plumes de cygne, déjà ? Elle chercha, eut l'impression de progresser dans ses pensées comme dans une jungle qui l'étouffait. Se concentrer l'aiderait à s'échapper. Julie ? Non… Elle n'avait pourtant pas une mémoire de moineau. Elle eut Judas en tête et comprit que c'était un relais pour trouver… Judith, voilà. Elle s'appelait Judith.

Judith Hübsch.

Ylana soupira, soulagée. Le champagne n'avait pas encore tout emporté.

Désormais, elle pouvait s'affaisser dans son siège.

À ses côtés, le neveu de Nasser dormait à poings fermés, un filet de bave au coin des lèvres et une chaîne dorée en désordre à son cou. Comme beaucoup d'hommes, il n'avait pu s'empêcher de la draguer. Gentiment, sans insister. *En passant*, songea-t-elle. Les hommes ne comprenaient rien à ce qu'attendaient les femmes. Des siècles et des siècles pour s'ignorer.

Il n'était même pas beau. Il n'y avait vraiment rien à regarder dans cette maudite voiture et elle n'avait pas envie d'allumer l'écran tactile pour voir des gens qu'elle ne connaissait pas s'exciter dans une vie qui ne la concernait pas. Pour elle, c'était comme de passer son temps avec des inconnus. Elle ne voulait pas côtoyer des inconnus. Elle voulait une famille.

Elle ne supportait plus cette vie à passer de bras en bras sans savoir pourquoi.

Les Saoudiens vivaient avec des écrans allumés vingt-quatre heures sur vingt-quatre et elle n'en pouvait plus des écrans non plus. Elle voulait juste quelqu'un.

Quelqu'un qui lui parle.

Qui prenne son menton dans une main et l'attire à lui pour que ses frayeurs s'évanouissent, dans cette joie d'être là, quelque part. Mais pas au milieu de rien, comme maintenant.

Pas dans un grand trou noir.

Alexis avait fui sans un mot. Nasser repartait. Au fond de chaque homme, que trouverait-on : un lâche qui quitte le navire, un marin obsédé par le lointain ? Bien plus, sans doute. Mille visages, mille paradoxes. Un doigt sur la vitre embuée, elle se tourna vers le paysage dévoré d'ombre. Personne ne méritait de finir étiqueté, classé. On ne mettait pas les gens dans des boîtes à chaussures. Même Alexis, elle ne pouvait le fourrer dans une boîte à chaussures. De toute façon, les souvenirs sont des fugitifs-nés. Même enfouis, ils s'échappent.

Un voile passa sur son visage.

Ylana détestait les nuages gris, logés dans les plis de ses pensées. Elle ouvrit son sac à main et en sortit un rouge à lèvres parme givré. Le champagne lui montait à la tête et elle ne tenait plus en place. D'un geste sûr, elle écrasa le tube sur ses lèvres et le fit glisser. Exagérément. Jusqu'à rire comme une enfant. Le chauffeur se retourna et la considéra un instant. Plutôt beau gosse, avec cette petite fossette qui la faisait craquer. Mais elle n'était pas d'humeur à minauder. Elle prit son air de petite fille sérieuse. Sérieuse avec des lèvres de clown — ou de pute après la fellation. La fellation, cette autre patinoire. L'amour-glissade.

Qu'était-elle devenue ? Où était la petite fille, aujourd'hui ? Où était l'Étoile de mer ? À l'avant, le beau gosse sourit poliment, de cette tristesse qui semble s'excuser. L'air rêveur, il retourna à la route.

Dans la nuit, une main invisible jouait à la craie avec le marquage blanc des bandes.

Ylana se pencha contre le fauteuil du passager avant, les yeux collés à la fournaise du tableau de bord. Dans le rétroviseur central, le chauffeur continuait de la regarder, avec la curiosité de ceux qui épient une bête sauvage. Elle lui sourit et revint au tableau de bord. Ces lumières rouges et blanches l'amusaient. Lentement, elle retourna à la vitre, prit plaisir à y apposer cette fois ses deux mains, doigts bien écartés, et souffla pour recréer de la buée. Elle embrassa la surface avec une volupté qui ne lui demandait aucun effort. Encore plus lentement, elle retira ses lèvres et contempla, satisfaite, la généreuse trace laissée.

C'était elle, ce givre violacé. Par cette trace, elle vivait.

Enfin, il se passait quelque chose.

7

Le convoi approchait du point d'entrée pour l'A86.

Avant même de lire clairement le panneau qui indiquait Nanterre et Créteil, Carmel s'était mordu la lèvre inférieure.

Le panneau « FERMETURE DE NUIT POUR TRAVAUX » clignotait dans la nuit, pulsation orange qui, à chaque seconde, dictait au cerveau de se réveiller. Celui de Carmel se refusait à enregistrer l'information : l'accès à l'A86 était fermé.

— Putain de travaux, fait chier ! dit Carmel en tapant la boîte à gants.

Son second réflexe fut de se maîtriser. Il ordonna à Mitch de continuer. Le chauffeur gardait son calme, lui. Il n'aurait pas pu les prévoir, ces travaux ? Au lieu de hurler contre l'abruti qu'il n'avait pas choisi, Carmel préféra la fermeté :

— Lève un poil le pied. On récupère l'A13, direction Paris et le périph' dans deux cents mètres. Compris ?

— Ça marche… Désolé mais ces travaux n'étaient pas signalés… J'ai vérifié, je te jure. Hier au soir encore, juré sur mes cinq doigts.

En parlant, il lui tendit sa main droite.

— Fais gaffe, il ne t'en reste que quatre, dit Carmel, menton baissé.

Il avait déjà saisi le talkie pour appeler le véhicule de tête qui réunissait l'intendance dans le Mercedes Vito. On lui répondit dès la première sonnerie. Au moins, ils n'étaient pas tous manchots dans l'affaire :

— Carm. Khal, à droite dans deux cents mètres pour l'A13, direction Paris, Boulogne-Billancourt et le périph'. Je répète : A13 dans deux cents mètres à droite. *Capito ?*

— Bien reçu, Carm. A13 droite, dans moins de deux cents mètres. Je transmets à Taha.

Puis il raccrocha et réfléchit. Une chance que Taha, le conseiller libanais de Nasser, l'écoute toujours. Ces travaux ne changeaient pas considérablement la donne. Il n'y avait pas de quoi avoir la rate dans le cervelet. Bref coup d'œil vers l'arrière : Nasser ne s'était pas réveillé. À quoi ça rêvait, un milliardaire ? Avait-il seulement encore des rêves ?

Carmel s'occupait, lui, à s'adapter, et n'arrivait pas à rester *exactement* calme.

Le changement d'itinéraire lui déplaisait. Cette perturbation exigeait un redressement immédiat. L'efficacité reposait sur ne rien négliger, et surtout pas l'infime. L'infime était le ver dans le fruit, il le savait.

Le ralentissement n'était pas sécurisant, mais le convoi n'en était pas bloqué pour autant. Tout roulait. Il redoubla de vigilance pour observer les rétroviseurs et les bas-côtés.

Mitch remua sur son siège. Il avait cessé de conduire d'une main. C'était animal, l'énervement de Carmel devait transpirer. Comme s'il lisait dans ses pensées, deux secondes après, Mitch cassa le silence :

— Relax, Max. Y a pas mort d'homme.

Le garde du corps se tourna d'un coup vers lui et monta dans les tours :

— Écoute, Mitchell, si j'avais voulu être zen, j'aurais fini bonze ou masseuse. Et je ressemble ni à l'un ni à l'autre. D'accord ?

— Ça va, ça va, t'excite pas... Tu vas réveiller le roi.

Le convoi approchait de la voie de descente sur l'autoroute et entre eux deux, le grand froid s'installait. Au loin, la tour Eiffel brillait pour sa dernière constellation de la nuit. Après, elle aussi irait se coucher. Mais personne n'était en humeur de jouir du spectacle.

Une tension électrique régna à l'avant de la Mercedes. Carmel et Mitch avaient dépassé le pacte de non-agression. Une étincelle encore, et le ton monterait vraiment, roi du pétrole ou pas. Carmel ne lui permettrait pas une autre erreur. Il regretta que Nasser Al-Jaber ait congédié les VO, les flics du Service de la protection. À la demande de Nasser, le dispositif avait été levé dès leur départ de la Lanterne. Avec des flics, Mitch en aurait rabattu et tout aurait été au carré. Carmel avait toujours préféré les esprits géométriques et le cerveau de Mitch devait être la rencontre d'un souk et d'un squat.

Ce dernier piocha dans sa bouche et en retira un chewing-gum, avec une brusquerie qui surprit Carmel. Il tenta de se rappeler quand le chauffeur se l'était fourré dans le gosier. Si... il y était : quand ils avaient évoqué son surnom. D'un geste tout aussi rapide, le chauffeur roula le chewing-gum dans le papier métallisé et le déposa dans la poche avant de son costume trop court.

Devant eux, les feux stop du Vito rougeoyèrent.

Ils arrivaient au tunnel de Saint-Cloud qui plongeait sous le parc. Le Vito freinait.

— Mais pourquoi ils freinent ? Mitch, tu leur colles pas au cul.

Carmel s'apprêtait à rappeler le véhicule ouvreur quand il aperçut les trois voies, avec une belle diagonale de cônes de Lübeck poussés comme des amanites tue-mouches sur la chaussée et surtout, le panneau « ACCIDENT » qui clignotait. Quelques mètres plus loin, une voiture de police jetait du bleu dans le tunnel. Il n'aimait pas être coincé dans les tunnels avec du bleu. Il pensait toujours au tunnel du Mont-Blanc et à son barbecue cannibale.

Les travaux, les accidents. Ils avaient droit à la totale.

Ne manquait plus que le sanglier sur la chaussée au prochain bois.

Ou l'embuscade.

Il ne fallait pas penser au pire. Mais il détestait les cônes de Lübeck et les rétrécissements, surtout quand il n'y avait pas eu d'affichage annonceur sur écran. Il serra son Caracal.

Un flic à casquette et gilet pare-balles fit signe au Vito de s'arrêter. Le modèle armoire Louis XIII. Carmel se tordit le cou et discerna trois autres flics postés plus loin, occupés à parler. Déjà, ses pieds fourmillaient.

Derrière eux, une voiture avec du bleu remonta à toute blinde par la voie de séparation qui menait à Suresnes. Elle avait déjà doublé la moitié du cortège avant de s'engager sous le tunnel.

Mitch mit un coup de frein et Nasser Al-Jaber se réveilla, visiblement contrarié. Carmel leva une main et lui signifia de ne pas s'inquiéter. Les travaux et les accidents : c'était la vie de la nuit. Mais il fallait aller au renseignement et ne pas quitter Al-Jaber d'une semelle.

— Carm. Demande-leur si les voies sont bouclées et pour combien de temps, ordonna-t-il à Khaled dans le véhicule ouvreur.

Par réflexe, il vérifia le positionnement de son Caracal.

— Khal. Il faut attendre que le SMUR arrive pour avoir des précisions.

— Khal. Reçu.

Carmel ne put s'empêcher de jurer. Le grand flic marchait vers lui. Il portait une combinaison noire et un brassard au bras. Le type se pencha et Carmel dut baisser la vitre. Avec sa casquette vissée sur la tête, Carmel voyait plus ses chaussures d'intervention que ses yeux et de s'adresser à quelqu'un sans voir son regard ne lui avait jamais plu.

Le type parlait peu, avec un accent des pays de l'Est. Sa mentalité amidonnée aurait pu être celle d'un militaire. Il était raide comme un piquet. Au moment où il voulut lui exposer la situation, des détails se pressèrent dans la tête de Carmel. Ses réflexes d'ancien flic de la protection. Tout prenait sens très vite, les pièces s'ajustaient une à une mais il fallait le temps qu'elles précipitent. Cette sensation désagréable d'avoir un puzzle de retard.

Synthétiser les données à vitesse grand V.

Pourquoi le type se contentait-il de hocher la tête ? Pourquoi se dérobait-il aux questions ?

La combinaison d'intervention, et non l'uniforme, alors qu'il portait une casquette.

Et surtout… Ce géant…

Il avait des bouchons d'oreilles. Coup d'œil au chauffeur. Mitch aussi, maintenant.

DES BOUCHONS D'OREILLES ! PUTAIN, ILS AVAIENT DES BOU...

★

Il y eut plusieurs explosions tonitruantes.

Le tunnel, dilaté par la déflagration.

Le cœur qui se comprime jusqu'à n'être plus qu'une noix et la cage thoracique qui reçoit un uppercut et reste bloquée. Les oreilles de Carmel sifflèrent et le temps de quelques secondes, il ne sut plus où il était. Il y avait comme un appel, une pulsion de s'abandonner pour décompresser. Carmel lutta et rouvrit les yeux. Il se rendit compte que Mitch s'était laissé rouler, par réflexe, hors de la Mercedes.

Autour d'eux, des fumées épaississaient l'air comme si le tunnel traversait, en altitude, des masses nuageuses. Il rassembla ses esprits. L'accident avait-il produit ces explosions ? Un camion-citerne ? Un transport de produits instables ? Autour de lui, pas de flammes et autant qu'il puisse en juger, ce tunnel infernal ne sentait pas encore le bûcher. Bon Dieu, mais qu'est-ce qui s'était passé ?

Quand soudain, il revit la dernière image que son esprit avait gravée.

Les bouchons d'oreilles.

Ces types *savaient*.

Mitch comme le géant à l'accent de l'Est savaient que ça allait péter.

Complices, ils étaient complices. Ces putains d'enfoirés étaient complices. Voilà pourquoi Mitch avait retiré son chewing-gum avant l'explosion. Pour ne pas l'avaler. Explosion venant, il en était désormais persuadé, de grenades assourdissantes et d'autres, fumigènes.

Un ballet infernal.

Sa main chercha au plus vite son Caracal et d'un bond, il rejoignit Nasser, tellement choqué qu'il avait perdu sa couleur thé au lait et qu'il errait à un mètre, dans le brouillard du tunnel. Il ne réalisait même pas qu'il tournait en rond. Mais il était vivant. Personne ne l'avait kidnappé. Et, Carmel s'en assura, il était indemne.

S'il n'était pas la cible… alors, le butin l'était.

Ses yeux se tournèrent vers l'autre Mercedes, celle où l'essentiel du magot était stocké et, transparaissant des nappes de fumée, il la vit. Coup d'œil circulaire et il aperçut trois hommes qui vidaient des pots de peinture noire sur les pare-brise et les vitres du convoi, celle de l'Eldorado exceptée. La peinture gouttait encore en magma épais. Ils étaient entourés par une bande de tarés, pas le modèle Pieds nickelés.

Il hésita, écartelé entre deux volontés : rejoindre la deuxième Mercedes où toutes les valeurs étaient entassées ou coller à Nasser ? Son métier était de protéger la vie d'un homme, pas l'argent.

Trois individus cagoulés prirent d'assaut la Mercedes. Plaqué au sol, le neveu de Nasser hurlait, cloué par le canon d'un Zastava M70 qui lui tordait la bouche, un proche cousin de la kalach. Impossible de localiser Ylana. Effet du blast ou du Zastava, les cuisses de Carmel commencèrent à trembler. Entre la fumée, la peinture noire et ces ombres cagoulées, il vit le tunnel de Saint-Cloud comme l'Apocalypse.

Il n'était pas payé assez pour jouer les justiciers et le Luberon lui semblait plus précieux que les honneurs. Il serra son Caracal qui n'avait jamais tué et le trouva subitement trop court.

Le temps de peser, et le verdict était sans appel : il n'était pas du côté du plus fort.

Carmel chercha son mouchoir contre les fumées. Derrière lui, il sentit une présence. Un souffle encore plus malsain que celui de l'explosion.

Se retourner… Retourne-toi, Carm, bordel, suis ton instinct.

Sa main droite plongea vers sa ceinture, en sortit le Caracal et son corps pivota pour affronter la menace. Au moment où il prit son canon à deux mains et s'offrit, instinctivement, de trois quarts, il reconnut le regard comme les vêtements de l'homme qui le braquait.

Mitch. Cette enflure de Mitch qui savait qu'il n'y avait que lui pour l'identifier. Mitch pour qui il incarnait le danger.

Son instinct de survie le projeta telle une boule de feu dans les jambes du chauffeur. Un coup partit et le cœur de Carmel tressauta. Les deux hommes se jetèrent l'un sur l'autre à terre et Mitch agrippa la tête de Carmel comme s'il voulait la dévisser. Ils roulèrent sur la chaussée tels deux chiens furieux. Mitch écrasa son dos de tout son poids et le bloqua fermement. Jamais il n'aurait imaginé une telle force chez ce fils de salaud. D'un bras, il lui cassait le dos et de l'autre, il imprima à sa nuque une telle pression que sa tête embrassa presque le sol.

Carmel eut les yeux exorbités. Ce n'était plus le sol, c'était les pales de l'enfer.

Un râteau denté l'attendait, une gueule de métal à faire hurler un loup. Les voyous avaient jeté des *stop sticks* au sol pour crever les pneus en cas de tentative de fuite. Ils avaient tout prévu, vraiment tout prévu.

Même la trahison.

En face de lui, les lumières vertes de l'issue 460 le narguaient. Si proches. Si loin. La mort rôdait, il sentait l'haleine de sa sale gueule, décidée à le déchiqueter.

Carmel eut un haut-le-cœur. Un long filet acide coula jusqu'aux dents. Carmel voulut crier. Ses résistances le quittaient et les dents du *stop stick* le frôlaient.

Sa main se mit à trembler et bientôt, ses doigts lâchèrent le Caracal.

Il pensa aux rabasses. À un sourire, aussi. Ce fut un éclair. Comme une prière pour partir en paix.

Puis un coup de feu le traversa telle une foudre enragée tandis que l'étreinte se desserrait.

Les zèbres des ténèbres.

Carmel n'était plus qu'une étoile dans l'univers, une étoile qui éclatait et se noyait dans la Voie lactée. Un presque rien, rendu au néant.

Un deuxième coup partit et son corps joua aux osselets. La vie le quittait. Juste avant de fermer les yeux, il vit un pied qui shootait dans son Caracal. L'arme glissa au loin.

Une semelle lui broya le dos et une voix le domina ; il aurait juré qu'elle riait :

— Alors, Gladiator, qui c'est qui a le volant ?

8

L'esprit de Ranko, le géant à l'accent de l'Est, était encore tendu comme un ressort quand il prit, avec l'un de ses complices, la voie de dégagement à la sortie du tunnel. Ses oreilles bourdonnaient comme une ruche. Ranko ôta la casquette de police bleue et, malgré la nuit, mit des lunettes de soleil, très couvrantes. Elles donnaient l'impression, profondément décalée, qu'il allait à la plage. Celle de Pampelonne, par exemple, en plein cagnard. Sauf qu'il gelait à fendre les pierres.

Sous les lumières cotonneuses des réverbères qui défilaient, il dégagea son corps musculeux de la combinaison d'intervention et se contorsionna dans un jean sombre. Puis il enfila un tee-shirt à manches longues et une polaire noire. Avec des gestes précis, il mit ensuite une nouvelle paire de gants.

Les deux hommes n'échangèrent pas un mot. Ranko n'avait, de toute façon, jamais été doué pour la parole.

Ils devaient éviter Paris et avaient prévu un trajet de fuite dans Saint-Cloud avant de filer vers la banlieue nord-ouest. Derrière eux, quatre autres suivaient dans deux BMW Série 3. La route était dégagée mais il fallait se méfier. Le danger pouvait arriver sans prévenir et l'erreur ne pardonnait pas. Personne n'avait envie de dormir à Fresnes.

Quel besoin Mitch avait eu de tirer sur le garde du corps ? Ranko l'avait pourtant répété au boss, Astrakan : Mitch était le degré zéro du sang-froid. Une tête brûlée incapable de se maîtriser.

Tout, sauf un professionnel.

Comment Astrakan pouvait faire confiance à ce mercenaire ? Cette question lui gâchait le plaisir d'imaginer qu'ils convoyaient une bonne assurance-vie. De l'argent et du luxe comme s'il en pleuvait. Dans vingt minutes, ils pilleraient tout ce que la Merco contenait et brûleraient les véhicules dans l'entrée d'Épinay-sur-Seine où ils sauteraient dans un fourgon, stationné exprès. C'est Ranko qui avait tout planifié. Tout, sauf ce cancrelat de Mitch.

Ils roulèrent à travers la nuit et chaque instant leur parut trop lent. La Mercedes vrombissait pourtant comme un jouet parfait.

Dans le cerveau de Ranko, rampait une autre contrariété. Mais celle-ci, il ne pouvait la nommer. Dépité, il se contenta de serrer les ailes de son nez entre le pouce et l'index et de souffler fort pour chasser le bourdonnement des explosions.

Ranko surveilla les rétroviseurs.

Dehors, dans la fausse nuit des villes, la banlieue poussait comme elle pouvait. À côté des immeubles, les pavillons se faisaient tout petits. C'était David et Goliath à chaque croisement, en un combat qui n'intéressait plus personne. Heureusement qu'il restait des pancartes et des noms de rues car tout se ressemblait. Comment résistait-il encore à l'appel de la nature ? Au moins, en campagne, les probabilités de croiser un abruti comme Mitch se réduisaient.

La ville était vraiment le piège de l'humanité.

L'homme aux côtés de Ranko sortit de son silence. Ce n'était pas un abruti, loin de là. Pas un enfant de chœur, non plus. Celui qui le menaçait était bon pour réciter son *pater noster*. Mais il n'aurait jamais servi la mort inutilement, juste pour un excité qui le chatouillait. Il avait un visage anguleux, plus le profil des côtes bretonnes que du golfe du Lion. Et des petits yeux tellement perçants qu'ils mettaient mal à l'aise. Ses mains étaient noueuses, comme les racines d'un vieil arbre. Il n'était pas si âgé, pourtant. Peut-être dans les quarante ans. Mais il avait l'âge de ceux pour qui l'enfance fut un répit de courte durée.

Ranko le connaissait. Cet homme s'appelait Redi. Astrakan le mettait sur tous les coups chauds parce que Redi était un vrai couteau suisse. L'homme des solutions.

Lui aussi, il avait un accent. En fait, le couteau suisse n'avait pas à voir qu'avec les solutions. Redi était la lame la plus redoutable de Paris. Même les Pakos — les Pakistanais — pouvaient se rhabiller.

On a frappé vite et bien, non ? Quand on pense à tout ce qu'il y a dans ce palais roulant, y a pas de quoi se faire des cheveux blancs.

Ranko opina et releva le menton en direction de la route pour lui désigner la seule chose qui l'intéressait.

Parler. Tout le malheur de l'homme venait de ce satané besoin de parler.

Ranko était un taiseux. Avec les mots, il faisait comme avec ses sentiments.

Il les gardait pour lui.

Il aurait pourtant bien voulu savoir pourquoi Redi boitait. Il s'était fait secouer ?

Ranko ne voulait plus travailler avec des branques. Il ne pensait pas à Redi mais à Mitch.

Mitch était un branque.

De la planche pourrie comme du papier mâché. Ranko avait toujours été un solitaire. Pourquoi continuer à se forcer ? Les équipes ressemblaient à de mauvais mariages. On pense qu'on sera plus forts alors qu'on multiplie les problèmes par deux. L'affaire pliée, il le dirait à Astrakan, et, comme un esclave affranchi, il retrouverait sa liberté. Voilà à quoi il pensait.

Il n'avait pas besoin d'un protecteur ni l'âme d'un serviteur. Quant à l'argent, ce n'avait jamais été son moteur.

Mais l'adrénaline, oui.

C'est elle qui le maintenait en vie.

9

Plus loin, à l'entrée d'Épinay-sur-Seine, ils avaient stoppé.

C'est là que l'affaire avait dérapé.

Des voyous chevronnés comme Ranko et Redi pouvaient tout imaginer.

Tout, sauf ce qui leur arrivait.

Ranko avait beau avoir les neurones réglés comme le balancier sans raquette d'une IWC, il accusa le coup.

Quand il avait ouvert la portière arrière de la Mercedes, une fille était tapie, là, au sol, recroquevillée sous son manteau. Une paire de jambes superbement gainées dépassait. Et jusqu'à preuve du contraire, cette paire de jambes n'allait pas avec un garde du corps. Quoique tout dépende de la définition, avait immédiatement pensé Ranko qui se méfiait pourtant plus des femmes que d'une vipère du Gabon.

Elle s'était relevée d'un bond avec cette nervosité élastique des biches en forêt, et ils avaient croisé un regard droit, loin d'être apeuré.

Un regard comme Ranko n'en avait pas vu depuis longtemps et qui lui rappelait sa sœur, Kata, restée en Serbie.

Dans ces yeux, il lut une incroyable détermination et quelque chose d'inattendu, proche du défi et que l'alcool n'avait pas même réussi à noyer.

Ni Ranko ni Redi n'étaient programmés pour ce genre de situation. Ils connaissaient les durs, l'acier derrière les muscles, les os qu'on broyait parce que la loi du plus fort régnait. Mais l'adversaire en dentelles, il y avait de quoi les déstabiliser. Ranko se ressaisit et commença à sortir la fille de force mais il n'eut pas besoin de la brusquer. Elle se posta près de la voiture sans bouger. N'importe qui aurait couru au bout de la ville.

Elle, non.

Avec sa robe aussi grande qu'un mouchoir, elle allait choper la mort. Même sous sa polaire, Ranko sentait le froid. Il mordait, ce salopard. Ça n'avait pas froid, une fille habillée d'un mouchoir ? Encore une bizarrerie qu'il n'avait pas le temps de soupeser.

Redi interrogea le Serbe du regard : fallait-il l'assommer ?

Ranko fit non de la tête et lui jeta des sacs en toile de la poste qu'il avait gardés entre ses jambes durant le trajet. En un éclair, il désigna sa montre pour signifier que la fille n'était pas la priorité. Leur temps était chronométré. Une fille en Louboutin restait moins dangereuse qu'un flic, c'était vite réglé.

Ils s'étaient garés à côté d'un fourgon noir, faussement siglé. Maintenant, il fallait décharger le pactole. Les autres s'étaient répartis en deux voitures et bloquaient l'entrée et la sortie de cette rue faiblement éclairée pour sécuriser l'opération. Au moindre danger, ils feraient des appels de phare.

Les bras de Ranko et de Redi commencèrent à mouliner. Tels des dockers rodés, les deux hommes se relayèrent. Les bagages valsaient. Tout ce qui pouvait être regroupé était jeté dans les grands sacs en jute. Ils étaient passés en pilotage automatique et auraient été incapables de dire ce qu'ils manipulaient.

Vider la Mercedes.

Voilà ce pour quoi ils étaient programmés.

Mais Ranko trouva que cette phase s'éternisait. Il jeta un nouveau regard à sa montre puis aux façades pour déceler la moindre lumière d'enfant de salauds qui s'allumerait. Ylana l'observa et vit sa mine contrariée. Sans hésiter, elle ôta ses Louboutin et, tandis qu'ils s'occupaient du coffre, déchargea ce qui restait dans l'habitacle.

Le Serbe se figea et il mit de la foudre dans ses mots :

— TOI, TU TOUCHES RIEN.

Redi, lui, s'était retenu de l'envoyer valdinguer. Mais qui leur refilait ce merdier ? Encore un matin où il n'aurait pas dû se lever. Aucun des deux ne pouvait prendre le risque de s'arrêter. Il souffla, profondément, pour ne pas la gifler.

Dans la pâle lumière, leurs respirations redoublèrent de buée.

Ylana se retenait de tousser. Elle aussi essayait de ne pas réfléchir, abandonnée à ce nouveau plaisir, immédiatement addictif : agir.

Quand elle vit que la fin du déchargement s'approchait, tel un jeune chien, elle sauta dans le fourgon ouvert, les Louboutin au bout des mains comme un inutile trophée.

Ranko se rua à sa hauteur et dit plus bas que sa haine le voulait :

— Qu'est-ce que tu fais ?

— Ne me laissez pas. *Please*… Ne me laissez pas… Je n'ai… personne.

Redi rejoignit Ranko et, ignorant son numéro d'orpheline, l'agrippa cette fois par les cheveux :

— Cette fille est folle. Complètement cinglée. On se barre et toi, tu te casses sinon même ta mère ne te reconnaîtra pas.

D'un coup, elle brandit sous le nez de Redi le Caracal qu'elle avait instinctivement ramassé dans le tunnel pour se protéger. Elle l'avait brandi de son sac préféré, un Charlotte Olympia en forme de teckel doré avec des yeux strassés. Par sa forme allongée, il avait fait le berceau improvisé mais idéal d'un Caracal. L'arme avait glissé jusqu'à la portière arrière de la Mercedes. Du bout des doigts, en tremblant, elle l'avait récupérée. Jamais elle n'aurait souhaité la garder mais elle avait assisté au combat entre le garde du corps et le chauffeur, avait vu l'homme à terre, soulevé de spasmes violents sous les tirs, et réalisé qu'elle tenait entre les mains l'arme qui était en train de l'achever.

Avec ses empreintes à elle.

Contre toute attente, Ranko ne put que se dérider à la vue du Caracal. Il ne sentait pas le danger. Ne venait-elle pas de leur demander de la protéger ? Ce n'était pas pour les descendre de sang-froid.

Mais cette fille avait du cran. Un cran d'une stupéfiante virilité.

Elle ne tenait pas l'arme en novice, ce qui l'intriguait. Où diable avait-elle appris à respecter les questions de sécurité ? Et depuis quand les femmes se trimbalaient avec un Caracal pour vaporisateur de sac ?

Par son air farouche et ses taches de rousseur, on

eût dit une petite sauvageonne descendue des montagnes, prête à mordre tout ce qui bougeait. Avec des yeux verts faits pour plier la volonté.

— Si vous ne me faites pas confiance, faites-lui confiance… à lui… (Elle désigna le pistolet et braqua Redi.) Mon ami est du genre persuasif, non ?

— Toi, tu me braques pas, O.K. ? lança Redi en la fusillant du regard.

Elle ne tremblait pas, ne s'excitait pas, pourtant, elle commençait à avoir froid et bientôt, son corps serait secoué comme un vieux peuplier. Pour garder cet aplomb, Redi se demanda si elle n'était pas la fille d'un grand truand. Il la jaugea de haut en bas. De la Tronche ? Elle était peut-être la fille de la Tronche. Un voyou de haut vol, qui faisait dans l'excentricité. On disait qu'il laissait des enfants partout où il passait.

Ses yeux allèrent de la fille au pistolet.

Ceux de Ranko aussi.

Plus encore, le Caracal n'était pas le modèle le plus courant. Ranko pencha la tête de biais et Ylana ne sut ce qu'il observait. Question dimensions, l'arme avait tout du Glock 26, c'était un sub-compact et elle devait servir pour la protection rapprochée.

Il y était.

Ranko ne croyait pas au hasard qui pointe le bout de son nez. Elle avait dû le piquer au mec qui crevait à terre, le garde du corps. Ce n'était pas le moment de savoir comment. Cette drôle de fille tenait juste, serré entre ses doigts laqués, un Caracal avec un *Pachmayr tactical grip* qui lui permettait de mieux caler l'arme dans sa main de fée. Et tirer, il n'y avait aucun doute, elle l'avait déjà fait.

Redi n'en revenait pas. Mais bon Dieu, d'où est-ce qu'elle sortait ?

Dans les situations les plus tendues, Ranko savait qu'il pouvait se fier à ce qu'il ressentait. Les voleurs d'oasis, c'étaient eux. Et O.K., ils se retrouvaient braqués.

Maintenant, il fallait gérer. Ranko regarda la bandoulière dorée qui se balançait. Il pouvait se jeter sur la fille et la maîtriser. Il pouvait même l'étrangler avec les maillons serrés de sa bandoulière. Il le pouvait.

Mais une balle perdue choisit qui elle veut et il n'avait jamais opté pour l'arbitraire.

Et la tuer n'était pas l'idée.

Sa nature lui dictait de lui faire confiance. À elle. L'effrontée au Caracal.

À ce regard perdu, qui demandait juste d'être adopté. Comme le teckel avec son petit nœud de satin rouge. Ranko connaissait ce regard. Il le connaissait trop bien.

Cette fille ne mentait pas. Sa franchise devait être redoutable.

Il la jaugea une dernière fois, avec son teckel, son gros pendentif en forme de clef qui brillait et son Caracal. Chaque minute comptait. Au moins deux déjà qu'ils s'observaient.

O.K., elle avait gagné : qui ne l'aurait adoptée ?

Redi était bluffé.

★

Au fond de lui, sa décision reposait sur des raisons plus complexes. Un savant mélange entre intuition et calcul. À l'image de l'implacable joueur d'échecs qu'il était.

La raison, la vraie, était qu'Astrakan, le boss, connaissait une mauvaise passe. Lui qui ne pouvait respirer qu'avec une femme dans une main et la prochaine dans l'autre, il s'était séparé de sa régulière. Un profond dégoût de tout. Le syndrome du type qui ne sait plus quoi faire de ses jouets. Et une paranoïa galopante qui lui ordonnait de se méfier de ce qui l'entourait. Lieutenants, femmes, et même nourriture. Ce n'était pas la première fois. Ni la dernière. Une question de phases, ce qu'il appelait, avec fatalité, « l'éternel retour de la paranoïa ». Astrakan était le commanditaire numéro un de Ranko. Et son oncle. Son appétit féroce lui fournissait plus de missions qu'il n'aurait pu en espérer.

Seulement voilà, l'éternel retour, avec Astrakan, sonnait le régime de la terreur. Il ne supportait plus rien, on ne pouvait plus lui parler car dès qu'on ouvrait la bouche, il s'impatientait. Quant à ses accès de colère, personne n'avait envie de les affronter.

Comme ceux qui dirigent, Astrakan était un capricieux, Astrakan était un tyran.

Qu'est-ce qui disait à Ranko que cette femme était la femme idéale pour Astrakan ?

Rien.

Que la force de l'instinct.

Un sentiment qui, dans chaque pays, aurait valu une encyclopédie.

Le savoir des hommes, prisonnier d'une prémonition.

Et comme Ranko aimait jouer, il ne fut pas surpris de parier.

— On fonce, intima-t-il à Redi.

— Avec quoi… avec ça ?

Ça, c'était elle.

— Avec elle, rectifia Ranko.

Voilà comment le plus beau butin que Ranko ramena à Astrakan ne fut pas le fruit du pillage saoudien mais la femme la plus extravagante qu'il lui était donné de croiser. Astrakan aurait juste à chasser le sable du Néfoud de ses pensées.

Ranko baptisa ce trésor : Trompe-la-Mort.

Et pour des raisons qu'il garda pour lui, il se jura de toujours la protéger.

10

Dans le tunnel de Saint-Cloud, la volée de mouches des flics s'était abattue sur les désordres du monde. Ils erraient, affairés, autour de cette scène de guerre.

— Ils n'ont pas fait dans la dentelle…, nota un flic à la barbe soignée, un mouchoir sur le nez.

— Sans dentelle… mais pas sans cervelle. Rien n'a été laissé de côté. Il faut reconnaître le travail bien fait.

La voix était nette, posée. L'homme qui parlait n'en était pas à son premier baptême et il avait toujours la formule pour résumer. Il avait pris la conversation en chemin et marchait déjà vers un groupe de policiers munis de blocs et de tablettes qui lui firent l'effet d'un rassemblement de moineaux.

Dans le tunnel, tout résonnait.

Cet homme n'était pas très grand mais tout en lui semblait aussi nerveux qu'un fil d'acier. Son cerveau marchait à l'efficacité. Ses yeux allaient des *stop sticks* à la peinture, des cônes de Lübeck à l'ambulance de réanimation, rouge comme du sang frais, en un va-et-vient qui n'épargnait rien.

Il s'appelait Philippe Lefort et devait avoir déjà

trois cafés dans le sang. C'était le chef du service départemental de police judiciaire des Hauts-de-Seine, le SDPJ 92.

Trois lignes lui creusaient le front et il avait toujours l'air soucieux.

En fait, il était concentré. Dans une boutique de flics, on le rangerait au rayon de luxe des « Flics qui ne savent pas décrocher ». Du bon poulet.

Derrière lui, des policiers continuaient à s'agiter. Le ton montait. Il se dépêcha de les rejoindre.

L'un d'eux, un grand gaillard, chef de groupe, brandissait une tablette où une grosse pince empêchait les feuilles de voler :

— On se crève la moelle à lécher des constatations et là-haut, on nous dessaisit ! On y va à la petite cuillère à dessert pour servir le moindre détail, on se casse le cul à quatre pattes à se geler la virilité et voilà, on nous vire le caviar des mains ! Tout ça pour les cadors de la BRB ! Et puis quoi encore ? Qu'on leur fasse leurs lacets ? Non merci !

— Lionel…, l'interrompit Lefort avec l'exacte distance entre douceur et fermeté, Lionel. (Il haussa la voix et tendit le plat d'une main pour l'apaiser.) Lionel… Écoutez-moi un instant, juste une seconde. Je vous comprends mais…

— Et voilà ! Je m'y attendais. Le déballage des grands « mais ». Mais… Mais… Mais. Mêêêê.

Dans sa colère, il bêla. Sa voix, forte, correspondait au personnage. Son crayon tomba à terre et il refusa de le ramasser.

— Lionel, vous allez un peu trop loin. Je comprends votre agacement mais…

L'autre lui fit les gros yeux. Le « mais » ne passait toujours pas.

— Patron, j'en ai marre des mais. Faudra trouver autre chose pour me persuader. Je travaille pas pour les autres, moi ! Si c'est comme ça, je vous préviens, je déchire mes notes, moi.

Lionel Le Floch était un dur à traire, connu pour ses coups de gueule. Au rugby, il n'était pas pilier droit pour rien. Lefort voulait prendre le temps de le voir à part, avant l'arrivée de la BRB. Il s'avança pour lui demander de venir à l'écart, il l'isolerait et le calmerait quand, d'un coup, Le Floch se figea.

Face à lui, avançait un flic qu'il n'eut pas de mal à flairer. La démarche, chaloupée et sérieuse, et l'air, affûté, ne trompaient pas. Le type se rapprocha et Le Floch vit qu'il portait des bottes de motard de petit minet. Des V'Quattro Alpina à lacets rouges et semelles blanches qui mimaient les Converse de son fils. Deux mois auparavant, il les avait reposées dans une boutique du XIIe, persuadé que ce modèle n'était plus de son âge. Et voilà, le toquard les avait aux pieds, lui. Son énervement n'en fut que plus grand.

Le Floch se tourna vers l'un de ses gars, un petit frisé, et dit plus bas :

— Mate-moi un peu ce qui nous arrive… Monsieur se la joue, en plus… Attention ! Je vous annonce la venue des super poulets Label Rouge de LA prestigieuse brigade !

Ses mains battirent un roulement de tambour.

— Messieurs de la banlieue… Attention ! Lutèce vous regarde !

Le Floch grimpa encore d'un cran et ses nerfs se mirent en pelote : le chef du dispositif de la BRB n'était pas trop vieux et en plus, et c'était là le plus impardonnable, le salopard était beau.

— Maintenant, ça suffit, décréta Lefort avec un

regard appuyé non seulement sur Le Floch mais sur chacun de ses hommes. Et c'est votre chef qui vous le dit. Le Floch, tu arrêtes tout de suite de te prendre pour le taulier et tu la joues régulière. Tu cherches pas à les niquer, O.K. ?

Et il arracha la tablette des mains de Le Floch.

Il quitta ses interlocuteurs pour rejoindre l'homme qui patientait. Il tenait la tablette griffonnée tel un animal blessé, l'enserrant des deux mains. Le type lui disait quelque chose. Il avait dû le croiser. Derrière eux, les hommes du groupe se poussaient du coude et conspiraient. Le Floch se retourna vivement, prêt à sortir un mot cinglant mais le petit frisé le rattrapa par le bras.

L'homme de Lutèce, qui devait avoir la quarantaine, se présenta sans fanfaronner :

— Monsieur Lefort, bonsoir. Commandant Stéphan Suarez, chef du groupe de répression des vols par effraction, et de permanence BRB ce week-end.

— Voilà ce qui s'appelle une entrée remarquée, sourit Lefort. Il faut les excuser…

— Pas de souci, l'interrompit Suarez en se balançant sur ses talons. Je connais. J'ai été comme eux. Avant la BRB, j'ai été affecté dans un GRB. Le groupe de répression du banditisme d'Évry, pour être précis… Votre type a l'air fort en bourrasques mais ça va passer…

La poignée de main fut franche entre les deux policiers. Suarez cacha un sourire devant l'écharpe en laine noire de Lefort. C'était un cadeau, assurément. Sa mère l'avait peut-être tricotée. Elle était nouée n'importe comment : Lefort avait dû faire le nœud en marchant, un croissant à moitié congelé entre les dents. Mais le miracle était là : elle n'ôtait rien à son autorité. Au quai des Orfèvres, tout le monde connaissait Lefort, au moins de vue. Avant l'arrivée de Suarez, il avait été numéro 2 de la BRB. Il avait aussi dirigé l'antigang et ce n'était pas une brigade pour les flics atteints de la gratte.

Les personnalités en jeu comme le montant du préjudice avaient justifié, ensuite, l'envoi de la BRB. En France, les Saoudiens avaient de belles cartes en main.

★

À quelques enjambées d'eux, Carmel Gheda luttait entre deux eaux profondes, si sombres qu'elles décidaient désormais de tout en lui : la vie et la mort. Sans son accord, dans ce combat muet qu'est le coma. Le médecin urgentiste et l'infirmier faisaient tout pour que la balance penche du bon côté. Ils lui avaient posé une perfusion où l'espoir gouttait. Monitoré, intubé, ventilé, plus personne ne savait ce que ses yeux voyaient. Après la grande tornade rouge, des paysages blancs, sûrement, qui avaient givré la conscience et l'avaient emporté loin, plus loin que toute expédition, aux confins du presque néant.

Peu en revenaient.

Sa tension artérielle parlait pour lui. Elle n'était pas encore stabilisée. Elle disait aux hommes ce que Carmel n'aurait pu prononcer : si quelque chose en lui voulait vivre, ou crever.

Lefort prit la parole en faisant claquer ses talons :

— Pour le topo : les CRS ont figé les lieux. Les pompiers ont pris en charge le blessé et les CRS ont rapidement été renforcés par les locaux. Les bleus sont venus puis l'officier de permanence du commissariat de Saint-Cloud a déboulé. Vu l'importance des faits, il a rien touché et prévenu immédiatement le parquet. Le substitut de permanence devrait bientôt se pointer. On s'est rendus sur les lieux et l'IJ est déjà en train de bosser… Et vous êtes arrivés. Le convoi du Saoudien venait de la Lanterne, à Versailles. Ils ont été d'abord déviés sur leur route vers Le Bourget et ils se sont fait braquer. Par six individus cagoulés, apparemment. Ça s'est mal passé, ça a défouraillé et on a ce mec avec deux balles dans le buffet qui a des chances d'y rester. Pas besoin de vous préciser que le Saoudien est tout proche du pouvoir politique français et que ça ne va rien simplifier.

Suarez jeta un œil aux mecs de l'Identité judiciaire, en chasubles blanches, qui prenaient des mesures. Autour d'eux, des cavaliers jaunes étaient posés, un jeu de l'oie pour adultes. Qu'on surnomme Lefort le TGV ne l'étonna pas : il parlait à vitesse grand V et il se demanda comment, entre deux phrases, l'homme pouvait respirer. Avec ce temps d'Inuit, s'il continuait, il allait nager dans la buée.

Lefort ajouta, d'un air insondable :

— La richesse est un pouvoir, comme vous le savez.

Suarez leva un sourcil et lui lança un regard par en dessous. De plus en plus, les politiques les prenaient pour des yo-yo. Souvent, l'envie de couper la corde le gagnait. Le sujet avait le don de l'énerver. Il répondit :

— C'est ce que disent les voyous, aussi.

Il releva lentement les yeux vers Lefort, tout en grattant du pied la chaussée.

— Qu'est-ce qu'on leur vend, en ce moment, aux poètes du désert ? Des Rafale ?…

— Exact, des Rafale, acquiesça Lefort. (Il prit le temps de réfléchir.) Et plus d'une vingtaine d'Airbus Helicopters. Si ma mémoire est bonne, Saudi Arabian a commandé des Airbus A330 et A320, aussi.

Sa mémoire ne pouvait qu'être bonne, sinon, Lefort se serait tu. Suarez sourit à autant de rigueur puis désigna le convoi :

— Nasser Al-Jaber, c'est ça ?… *L'homme de tous les plaisirs ?…*

— Oui.

Suarez regarda le bout de ses Alpina et souffla.

— L'affaire est belle mais on va être comme la bonne bière : sous pression. Vous ne perdez pas tout.

— La pression n'a jamais fait avancer les dossiers. Mais il faut savoir gérer. Et avancer dans la sérénité. Ne pas transmettre la pression, tout est là, enfin, je le crois.

— C'est vrai. Ou on l'absorbe, ou on la transmet. Le préfet va vouloir très vite tout connaître, tout savoir, j'aurai notre chef sur le dos toute la journée.

— Vous avez les épaules carrées et…

Suarez ne le laissa pas achever sa phrase.

— Mes épaules sont trop carrées pour ces tordus de politicards et ces enfants pourris-gâtés de friqués.

— Certes, Suarez, certes. Mais face aux Rafale, je vous le dis tout de suite, les rebelles ne font pas le poids. Obligation de résultat. Les politicards, comme vous les appelez, vont vous foutre sur la corde à linge si vous piétinez. Et vous le savez. Mes hommes vont jouer le jeu. On va se mettre à votre disposition pour vous aider. On se retrouve au SDPJ pour les premières auditions, si vous le voulez.

Suarez sourit à l'image.
— La corde à linge…
— Riez ! Vous sécherez au soleil. La traversée du désert, la vraie… (Et avec un clin d'œil :) Et pas le marathon des sables… Vous n'avez pas les baskets, aujourd'hui ?

Car Lefort se souvenait. Suarez était un grand sportif. Il l'avait vu au Centenaire de la police judiciaire. Suarez avait fini premier avec son équipe. Les huit kilomètres qu'il avait couru en solitaire dans le bois de Vincennes avaient assuré la victoire. Pourtant, il avait la réputation de fumer autant qu'il s'entraînait.

Suarez préférait choisir son Sahara. Il eut un sourire triste :
— De toute façon, lundi, changement de loterie, ce sera l'affaire d'un autre groupe.

En avait-il du regret ? Un peu, pour dire le vrai. Les VMA, le groupe des vols à main armée, allaient sûrement reprendre le flambeau, à moins que ce ne soit celui des Enquêtes générales. Suarez menait le groupe d'initiative. Cet os à moelle, on ne le lui laisserait pas à ronger. Et n'importe quel flic détestait qu'on lui retire l'os de la gueule. Mais Suarez avait son os à lui.

Un os qu'il n'aurait confié à personne.

Même une maîtresse n'aurait pas pris autant de place dans sa tête.

Et cet os, c'était le Gecko.

Le plus beau cadeau que le banditisme lui ait fait.

Son cauchemar, aussi, son tunnel à lui.

★

Autour d'eux, le bleu se reflétait sur les parois du tunnel. Suarez se sentit prisonnier. Prisonnier des reflets d'une boule à neige juste secouée. Soudain, l'air du tunnel lui irrita la gorge et il sortit des pastilles de la poche de sa veste Marmot. La BRB était trop proche du Vieux Campeur. Avec le froid qu'il faisait, ce n'était pourtant pas du luxe d'avoir investi dans de la qualité. Son regard s'arrêta à l'ambulance de réanimation.

— Et le blessé ? Il est connu pour être de quel côté ?

— On a son identité, précisa Lefort. Nos hommes l'ont fouillé. Attendez, il faudrait que je vérifie. Mais c'est, d'après l'intendant, le garde du corps attitré d'Al-Jaber depuis des années. Il a reçu deux balles. Laissez-moi juste parcourir les notes.

Stéphan Suarez sortit rapidement sa Maglite et éclaira les feuilles de Lefort.

— On a retrouvé les étuis percutés dans sa polaire, mais pas d'ogives. Il présente deux orifices. Un au niveau du crâne et l'autre à droite, au niveau du cou. Un tir a été porté de près, on constate deux brûlures.

Suarez plissa les yeux pour se représenter intérieurement la scène et le placement. Le mec avait dû se rapprocher.

— Tatouage de fumée. Tir à bout portant, donc… Il aurait dû être létal. Tir tangentiel, peut-être…

— Peut-être, dit Lefort sans relever la tête.

— Pour les étuis, il faudra déterminer s'ils proviennent d'une même arme, et de quel type.

— Oui, mais pensez aussi que le garde du corps pouvait conserver ses étuis sur lui.

— Sur lui ? questionna Suarez.

— Oui, pour les utiliser après rechargement. Suite à une séance de tir. Rien ne doit être écarté. Il faut retrouver les projectiles et examiner les véhicules sous toutes les coutures… On a sinon un autre orifice, peut-être de sortie, à gauche au niveau du torse.

— Et le médecin, il en dit quoi ?

— Que faire de la médecine de pointe sur la chaussée, ce n'est pas le top, et qu'il faut rejoindre au plus vite un hôpital. Beaujon, si mon souvenir est bon. Il ne sait bien sûr pas ce que le type a dans la tête mais au vu des blessures, le pronostic vital est engagé. Point barre. Les médecins sont comme les flics, ne leur demandez pas de jouer les Madame Irma…

Suarez hocha la tête. La faucheuse ne manquait jamais de pain sur la planche à découper.

— Les motards de la brigade du périphérique vont débarquer ?

— Non, la coordination médicale envoie un Dragon de la sécurité civile. La victime va être évacuée en hélico. Depuis Issy-les-Moulineaux, l'hélico devrait être là sous peu. On ferme l'autoroute le moins de temps possible et on prévoit des voies de déviation en amont : les CRS gèrent, c'est leur buffet…

— Parfait. Il est où, Nasser du Désert ? demanda Suarez en balayant la scène du regard.

— Parti. Envolé avec sa smala. Au Bourget ! L'identité n'est que verbale, donc. Ils n'ont laissé sur place qu'un chauffeur et le garde du corps. Sur tous les chauffeurs du convoi, deux ne faisaient pas partie de leur tribu. L'un des deux manque à l'appel. Vous en connaissez beaucoup, vous, des gens qui n'en ont rien à secouer de 500 000 euros de bijoux et de montres avec des malles de fringues et du cash ? Et qui se cassent pour prendre leur avion au Bourget comme si de rien n'était ?

Non, Suarez n'en connaissait pas beaucoup. Chez lui, il avait une coupelle où il rassemblait les pièces jaunes pour aller acheter le pain.

— En fait, non, j'exagère, rectifia Lefort avec un sourire de gamin. M. Al-Jaber n'en avait pas rien à faire. Dans la Mercedes, se trouvait aussi sa pharmacie. Paraîtrait qu'il se souciait de ses médicaments…

— Ils courent plutôt après leur infirmière personnelle, généralement, ironisa Suarez. Et le numéraire, il se monte à combien ?

— Plus de 300 000 euros, d'après l'intendant, un certain Taha que j'ai eu au téléphone.

— On a des témoins déjà recensés ?

Lefort eut un geste de lassitude.

— Un seul est resté. Le chauffeur du véhicule qui suivait la Mercedes attaquée. Un M. Mesplède, ou quelque chose d'approchant. Notre seul véritable témoin est là, dit-il. Mais il est muet.

Et il désigna l'ambulance de réanimation.

— Vivant, pour combien de temps encore, je ne sais pas…, reprit-il. Le chauffeur, Mesplède, était positionné plus en amont par rapport à l'attaque et avec les fumigènes, il ne sera peut-être pas d'un témoignage déterminant. L'intendant, lui, n'a pu être joint que sur son portable comme je vous le disais, avant le décollage. À cette heure, toute la délégation s'endort à treize mille mètres d'altitude pendant qu'on s'escrime pour eux. Mais c'est le jeu.

— Les bienheureux…, dit Suarez en bâillant.

Et il repensa à son Gecko, l'as du vol à l'escalade. Celui sur lequel, en tant que chef de groupe, il avait décidé de tout miser. Alors qu'ils n'avaient rien pour l'accrocher sur une affaire. De la pure initiative. Ce type était un lézard. Le plus grand lézard cambrioleur de la capitale. Aussi tranquille qu'un gecko. Prêt à se faufiler partout, à monter et descendre n'importe quelle paroi avec des ressorts dans les doigts. Au groupe casse, c'est Yannis qui, dès le début, l'avait surnommé le Gecko. Yannis et ses surnoms animaliers… Le modèle de flic avec des muscles gros comme la cuisse dans les bras, mais dès qu'il recueillait un animal, il fallait le voir babiller. Suarez les appréciait aussi, les animaux, mais s'il décidait de se barrer à l'étranger, il ne voulait pas d'un chien dans les bagages. Une femme et deux filles lui suffisaient. Yannis, lui, avait raté sa vocation. La logique aurait voulu qu'il finisse avec des jumelles sur le nez à observer le faucon gerfaut en Islande, plus qu'à traquer du gros méchant à Paname. Même si le Gecko et le faucon gerfaut n'étaient pas si éloignés… Est-ce qu'il dormait, le Gecko ? Ou est-ce qu'il était encore en train d'escalader les façades des beaux quartiers ? Les télégrammes apprendraient vite à Suarez ce qu'il en était. Il avait pris l'habitude de les éplucher pour habiller le palmarès du Gecko. Le mode opératoire ne laissait aucun doute. C'était, chaque fois, comme autant de rendez-vous manqués. À cause de ce monte-en-l'air, Suarez dormait de plus en plus mal et l'hiver lui pesait. La nuit, à se retourner dans tous les sens, il réveillait Tamara, sa femme, et parfois, il doutait.

Soudain, ils entendirent le Dragon 75 qui se posait devant l'entrée du tunnel.

Suarez le nota mentalement. Le destin œuvrait.

— C'est du bon travail, déjà… Je comprends encore mieux que…

— … Comme dit, le coupa Lefort, le chauffeur de l'une des Mercedes du convoi s'est volatilisé. L'heure a joué pour eux. Personne ne s'est signalé en dehors du convoi. Ils ont sans doute fait un barrage en amont du tunnel. L'intendant était assez choqué. Selon lui, ils ont été d'abord déviés. Aux abords du tunnel, les voies ont été rétrécies par des cônes de Lübeck…

— Les individus étaient au nombre de six, c'est bien ça ? l'interrompit Suarez qui fit quelques pas.

Son esprit détestait piétiner sur place et il croyait aux vertus du mouvement. Sa nervosité aussi.

— Exact. Six. Toujours d'après le chauffeur. Porteurs de cagoules et d'armes de poing. Ils se sont positionnés de façon à encercler la Mercedes qui centralisait les objets de valeur et les documents sensibles. Braquage des trois occupants. Ils les ont sortis de force. Deux des agresseurs ont pris la fuite à bord de cette Mercedes. Les autres ont suivi dans deux véhicules distincts.

— On sait lesquels ?

— Des BMW Série 3, d'après le chauffeur et ce… Taha.

— Et les Mercedes, elles venaient d'où ?

— Toutes les voitures ont été louées par une société de location spécialisée, toujours d'après l'intendant, du nom de Solena Luxury Limousines.

Solena Luxury Limousines. Le nom flairait le mec qui rendait hommage à sa chérie. Suarez sentit matière à gratter. Les loueurs de belles voitures étaient souvent des braqueurs soi-disant convertis à la sainteté.

— Et l'odeur ?

— Des grenades assourdissantes et des fumigènes. On les a retrouvées. Un schéma bien rodé. Pas des débutants qui venaient de quitter leur PlayStation. Ils disposaient même de *stop sticks* pour les empêcher de fuir.

— J'ai vu... Le pouvoir des Carambar..., commenta Suarez qui les avait remarqués.

— Des Carambar... ?

— Je vous l'apprends ? Non ! À cause de la forme en barre et des rayures. On a les bonbons de sa fonction...

Le bruit des pales de l'hélicoptère les avertit du décollage. Enfermé dans un matelas-coquille et sanglé sur la civière de l'hélico, Carmel Gheda s'envolait vers Beaujon, même s'il eût été plus juste de dire qu'il rejoignait l'inconnu.

Stéphan Suarez remercia Lefort et sa longue silhouette rallia ses hommes qui l'attendaient, en groupe serré. Au moment où il allait répartir les tâches, il changea d'idée et chercha Le Floch. Il était penché sur des traces de pneu. Suarez lui tapa sur l'épaule et lui serra la main.

L'autre ébaucha un sourire, crispé, et dit :

— C'est la BRB qui nous apporte le caviar à la petite cuillère, hein ? Ça tombe bien, on avait faim.

— Passez prendre un café quand vous serez sur Paris, la prochaine fois.

Alors, l'homme lui serra la main du bout des doigts.

Il s'éloigna de quelques pas pour revenir auprès de Le Floch avec une grande brune à queue-de-cheval nouée très haut et aux lèvres bien dessinées. Le joker de la BRB.

— Le Floch, je vous laisse avec Myriam, mon meilleur élément.

Cette fois-ci, Le Floch arrondit les yeux, bêtement, trouva que c'était mieux que du caviar, et sourit carrément.

Il se demanda encore comment avec une jupe courte comme la moitié d'un bras, elle ne prenait pas froid. Mais cette vision le réchauffa, lui.

11

Astrakan habitait un grand appartement. Un duplex dans le XVIe arrondissement « parce que le XVIe, c'est bien fréquenté ». Cette blague était sa préférée. Ce à quoi, généralement, Redi répondait : « Tu devrais changer de quartier car un jour, on va te cambrioler. Tu sais que rien ne peut nous empêcher de travailler dans le bâtiment… »

Bref, la voyoucratie jouait à son jeu préféré : être de grands enfants et le rester.

Quand Ranko et Redi se sont annoncés, Astrakan prenait un jacuzzi sur sa terrasse, avec vue sur la tour Eiffel et l'une de ses voisines. Elle avait déclenché l'acquisition de cet appartement. Lorsqu'il l'avait visité, devancé par un type aussi léché que le glaçage de ses Berluti, la Suédoise prenait une douche derrière une baie vitrée. Le type aux Berluti avait dit, en désignant le Trocadéro et la tour Eiffel qui brillait autant qu'un feu de Bengale l'été : « Belle vue, non ? » et Astrakan, regard de côté, avait acquiescé : « Très. Je prends. »

Le mec s'était penché pour essuyer une trace sur le bout de ses Berluti à boucles (il ne voyait pas l'intérêt de nouer des lacets), le temps de vérifier que le crâneur ne se fichait pas du monde puis, comme l'autre ne se rétractait pas, il avait souri, fier de lui, songeant que c'était la transaction la plus rapide qu'il ait jamais faite. Elle clouerait le bec à son père qui répétait qu'il n'était qu'un bon à rien, fait pour vendre des glaces à des gosses à la plage. Astrakan, lui, se demandait de quelle mère l'énergumène sortait pour porter des Berluti à boucles.

La voisine n'était pas suédoise mais blonde, or pour lui, toutes les blondes avaient du sang suédois. Les autres étaient des fausses et elles ne l'intéressaient pas.

Depuis, Astrakan se consolait dans son jacuzzi avec vue sur Suède. Dès qu'il déprimait, il lorgnait vers Angelika (il l'avait baptisée). Elle n'était pas toujours là mais c'était comme aux jeux de hasard, seul comptait de parier. On aurait mis Astrakan au milieu de l'Antarctique qu'il aurait fait tenir un casino par un manchot royal. Quand il croisait une fille qui lui plaisait, au bout de trois minutes, après lui avoir expliqué que son charme reposait sur son regard légèrement divergent, il lui demandait si elle voulait venir prendre un jacuzzi chez lui. C'était sa méthode de drague, comme d'autres proposent un dîner. Seul l'intéressait que la fille finisse à poil, et vite.

Il eut juste le temps d'enfiler un peignoir. L'homme était ainsi et se réservait de recevoir ses gens dans la tenue qu'il décidait. Arrivé devant eux, il ruisselait.

— C'est quoi, ça ?

— Une fille.

Astrakan avait eu le même réflexe que Redi. Ranko était précis. Le boss ne lui avait pas demandé : c'est qui.

— Merci, Ranko, trop aimable, j'ai vu. J'ai encore

deux yeux et ils servent, crois-moi. Si je tombe aveugle, promis, je te le dis et, plié en deux, tu feras la canne, chéri.

Et il toisa Ylana de haut en bas. Eh bien, ils avaient fait du beau boulot. Sans quitter son air interrogateur, il revint à Ranko.

— Elle est clean ?

Ranko prit le risque d'acquiescer. Ylana l'aurait embrassé.

— Et elle s'appelle comment ?

Ranko tourna légèrement la tête et regarda au loin, vers la bambouseraie du boss qui était l'une de ses nombreuses lubies. À croire qu'il élevait une colonie de pandas.

O.K., il ne savait pas.

— Elle parle, parfois ?

Astrakan avait une belle voix. Une voix à la Sinatra, faite pour embobiner le premier venu et l'empaqueter en pleine rue. Son timbre était certes moins grave mais Ranko se dit : rien d'alarmant. Il avait un radar pour détecter son agacement.

Ylana releva les yeux, lentement, elle avait des cils comme les faons.

— Seulement quand c'est nécessaire.

Astrakan fit exprès de ne pas la regarder et fixa Ranko, puis Redi.

— Et vous l'avez trouvée où ?

Encore un silence, les deux ne mouftaient pas. Redi lança un regard par en dessous à Ranko. Ils s'étaient mis au clair : la fille était son affaire, il ne s'en occupait pas, basta. Chacun ses chaussettes et les cailloux qu'il y avait dedans, tu comprends.

— Attendez, les deux, que je sache, ça ne se trouve pas sur le trottoir, on n'est pas à la SPA.

Ranko faillit dire si, mais il saisit d'emblée que ce serait trop long à expliquer et il n'aimait pas ça. Mais surtout, Astrakan était un excentrique. Un excentrique paranoïaque, mais un excentrique qui ne vivait que pour son plaisir. Que ce fût pour un jour, un an ou l'éternité. Il n'était jamais assuré de vivre, qu'il sache. Et faisait parfois tout pour raccourcir son passage. Le genre de pensées qui change une destinée.

Astrakan tourna sur lui-même et Ranko vit un fauve sur la piste, prêt pour son numéro du grand jour. Il n'allait en faire qu'une bouchée, de la poupée. Sur le sol, ses pieds laissaient des traces mouillées et il jeta un pull en cachemire pour les essuyer. Ylana pensa : quelle serpillière de luxe. Ses yeux parcouraient tout. L'homme avait du goût. Sur le mur, des tableaux comme au musée, et une armure japonaise tellement impressionnante qu'on sentait que l'esprit du guerrier y était resté emprisonné.

Astrakan nota son regard et répondit aux questions qu'elle n'osait poser :

— Là, c'est un tableau de Roman Opałka…

C'était noir et blanc et sublime. Comme une peau de galuchat — ou une forêt de chromosomes. Le paysage le plus abstrait et le plus profond qu'elle ait jamais vu, avec une incroyable ligne d'horizon.

— Et là, reprit-il, une armure de samouraï de chez Charbonnier… Le samouraï, l'homme aux quarante armes… Ne vous inquiétez pas, il ne va plus vous décapiter. Il n'y a que One et One de dangereux, ici, et ils sont pires que les samouraïs, je ne vous conseille pas de les titiller. Plus loin, ça va vous plaire, le paon, c'est un collier de Lalique… Il vous irait pas mal. Et si vous vous retournez, la Mona Lisa barbue à un dollar, c'est Basquiat — Jean-Michel Basquiat. Le Dernier des Primitifs, Noir, génial, toxico, mortel météore… Je ne vous présente pas la planche de Tintin — *Le Lotus bleu*, 1936, la vraie. Et ce papier froissé, c'est Richard Serra. Méfiez-vous de la simplicité… En art, ça coûte cher, la simplicité.

Il avait dit ça sans fanfaronner.

Mais où était-elle tombée ?

Deux lieutenants se tenaient à l'entrée.

One et One. Astrakan décidait de tout, même des prénoms. Il penchait pour le simple et le direct et One et One l'étaient. Considérant qu'on parlait français, *One* et *One* se distinguaient, et c'était court, donc parfait. Astrakan les avait baptisés de la même manière pour être toujours sûr que l'un des deux réponde quand il appelait. Qu'on ne lui réponde pas le rendait fou. Alors, le même prénom pour deux personnes multipliait les chances par deux. Et comme chez les voyous, l'ego est un fléau, les fondre dans le même mot rabaissait d'autant la vanité. Pour finir, les deux n'étaient pas faits pour être particularisés. Ils devaient être un bloc uni, d'acier. Un rempart contre l'adversité. L'un était grand avec les cheveux très courts, du vrai gazon anglais millimétré qui aurait cramé blond sous le soleil d'Angola. L'autre était grand avec des cheveux bruns un poil plus longs. Courts, également, donc. Les deux avec de belles gueules de truands, le modèle classique où tout est carré, de la mâchoire à la mentalité.

Astrakan les avait choisis racés, pour ne pas gâcher le paysage. Il se les trimbalait tout de même à longueur de journée ou presque.

Et pros. Pour continuer à voir le paysage, parce que mort, on ne jouit plus de rien.

Le boss cessa de tourner, releva le menton et s'adressa à Ranko comme si la question allait de soi, on ne plaisantait pas avec l'argent et il n'y avait rien à discuter :

— Tout s'est bien passé ?

Astrakan avait commandité l'attaque du convoi. Il avait eu envie de se payer du sensationnel, une affaire dont tout le monde parlerait. Et de montrer à ceux qui croient posséder que l'argent n'existe que pour changer de mains. Il avait volé à Dieu le pouvoir de relancer les dés. Un plaisir dont il n'allait pas se priver. L'attaque exigeait du sang-froid et de l'étoffe. Deux qualités qu'on trouvait rarement réunies. Sauf chez Ranko. Le persuader de monter sur le coup avait été une autre paire de manches. Mais il ne s'était pas trompé.

Sa question était pleine de cette assurance. Elle n'attendait qu'une confirmation.

Qui vint :

— Nickel, boss, dit Ranko en se redressant. Juste un point dont on reparlera.

— Maintenant ?

— Non. Au calme.

— O.K., laissez-moi.

Les trois pivotèrent. La précision d'Astrakan les rattrapa :

— Non. Elle et moi.

★

Ils restèrent un moment interdits, tous les trois. Ylana essaya de se tenir bien droite dans ses Louboutin. Jouer la fille, elle savait faire. C'était plus qu'un jeu pour elle. Un vernis de survie comme d'autres s'enduisent de graisse de phoque contre le froid. Elle se mordit la lèvre inférieure sans lâcher du regard l'homme qui la sondait. Qu'y avait-il à condamner ? Quand vous êtes petite, même la société vous apprend ça. À mettre une robe de princesse et du rose aux lèvres. Des robes avec un gros nœud comme si vous étiez un paquet cadeau qu'on allait livrer au plus offrant. À se tortiller en bikini à pois. À sourire au monsieur, un doigt sur la bouche et à être bien gentille. À se déhancher pour prendre la pose. La liste était longue comme le bras. Et les selfies ? De l'identité-publicité. Voilà ce qu'elle pensait, Ylana. Être à son avantage. Montrer son meilleur profil. Son meilleur profil, je te jure. Comme si on allait envoyer son mauvais côté. L'humanité avait l'arnaque dans le sang mais cet Astrakan l'incarnait, lui, ouvertement. D'une certaine façon, il ne trichait pas et elle aimait ça, les gens qui ne trichaient pas.

La fatigue commença à poindre le bout de son nez, Ylana était à deux doigts de piquer du sien. Elle devait avoir l'air froissée d'une rose passée à la machine à laver. Deux nuits qu'elle n'avait pas dormi. Il ne fallait pas qu'elle se frotte les yeux, déjà que son mascara avait coulé…

En face, le type en peignoir bleu sombre l'étudiait toujours et n'avait pas l'air de la trouver fatiguée. Il était toujours pieds nus. Il devait avoir froid. Ou le sol était chauffant, voilà, c'était ça. Elle se sentait palpée de tous les côtés, sans pouvoir imaginer qu'il rêvait déjà de la culbuter sur le canapé Ours polaire de Royère. Plus intrusif comme regard, tu meurs. En même temps, on ne devait pas s'ennuyer, avec lui. Quand d'autres parlent sexe à longueur de journée. Fourrez-leur une femme sous les doigts — et ils perdent le mode d'emploi. Était-il beau ? Elle n'aurait pas dit exactement ça. Mais c'était pire, d'une certaine façon. Il avait le charme de ces hommes qui vous donnent l'impression que le radeau sur lequel vous vivez est un paquebot. Qu'il n'y a plus qu'à monter et regarder à travers le hublot.

Ranko et Redi saluèrent Astrakan et se dirigèrent vers la sortie. Passé la porte, ils eurent un sourire entendu.

Ylana et Astrakan restèrent un moment sans se parler. Ils se flairaient. Elle le fixa et elle sut d'emblée comment ça se terminerait.

Le corps comprend plus vite que l'esprit.

Astrakan fit signe à One et One d'aller voir le pape aussi.

12

Il s'appuya contre un clavecin et continua de l'observer. Moyennement grande mais aux formes si nettes, si galbées qu'il regretta d'être en peignoir et vérifia sa mise. Rien ne se remarquait. Ses courbes lui évoquèrent un flacon de parfum, un poli qu'il eut envie de caresser. Il avait envie de la voir sous toutes les coutures.

Ses yeux baissèrent d'un cran.

Lui parler de la tour Eiffel, et elle se retournerait. En vieux renard, c'est ce qu'il fit. Il vit alors le petit cul, parfait. Le modèle de fesses en cœur quand vous la surplombiez. La robe, très ajustée, le dessinait. Elle se retourna et il revint au visage pour contenir ses pulsions. Plus encore, il mit un point d'honneur à sentir de quel bois elle relevait.

— Tu t'appelles comment ?

Bien sûr, il se souvenait qu'elle n'avait pas répondu. Il la testait. Pour voir comment elle réagirait, pas vraiment avec les mots, mais avec le corps.

À nouveau, le corps trahissait plus que les mots.

Elle se tourna d'un quart et contempla Paris à ses pieds, par la grande baie vitrée. Dans ce quartier, pas un immeuble d'angle qui n'eût sa tourelle pour le chapeauter. De loin, ces tourelles aux tons gris-bleu ressemblaient à des glands en peau de requin, tant elles luisaient. Leurs œils-de-bœuf la fixaient. Plus proches, sur la terrasse, des camélias de toutes les teintes commençaient à s'ouvrir. Cet homme avait l'intelligence de mettre des arbustes qui fleurissaient même en hiver. Ce détail plut à Ylana. Il ne pouvait pas être complètement mauvais. Elle se demanda quel type de gangster il était pour finir en macho à camélias et à clavecin. Dos tourné, alors qu'il ne pensait plus qu'elle répondrait, elle dit posément :

— Ylana. La seule chose de moi à laquelle je tienne… Ça… et quelques souvenirs.

L'aplomb de cette femme était déconcertant. Comme sa beauté, arrogante, à la nocivité du parfum, entêtant, du datura.

Il ne croyait pas à ce baratin d'*Ylana*.

— Et vous ?

Le regard était franc, avec une nuance de curiosité qui avait jeté un éclair dans ses beaux yeux verts.

Elle vit qu'il hésitait.

— Astrakan.

Elle ne croyait pas du tout à cette histoire d'*Astrakan*. Sans rire, il faudrait des parents sous LSD pour l'avoir ainsi baptisé.

Et il répéta, calmement, mimant le ton qu'elle avait tout à l'heure adopté :

— Astrakan. (Il marqua une pause et continua.) J'ai eu deux noms dans ma vie. Le deuxième m'a fait oublier le premier.

Un point de traité. Il demeura accolé au clavecin, soucieux de garder le mystère. Puis réalisa que le regard d'Ylana avait glissé. Maintenant, elle n'avait d'yeux que pour le clavecin. Jamais elle n'aurait pensé qu'un malfrat en pinçait pour les clavecins. Peut-être aimait-il leurs jambes élancées.

— 162 000 euros chez Drouot, zéro chez moi — main-d'œuvre exceptée. Et mes hommes ne se nourrissent pas de petit-lait. Que choisissez-vous ?

— Je séduis la main-d'œuvre, si je suis futée.

Il eut un rire franc puis se mit à douter :

— Ranko vous a plu ?... Son côté Eastwood ?

Jaloux, en plus : il fronçait les sourcils.

Elle repensa au Serbe — il devait être serbe — et haussa les épaules, en un mouvement qui ne voulait dire ni oui ni non.

— Vous avez bon goût, dit-il en cherchant ses lunettes. C'est le meilleur. Le meilleur de tous les temps.

Elle prit une mine rêveuse. Il continua :

— Mais il n'aime ni les femmes, ni les hommes, ni les animaux... Ce qui vous laisse peu de chances. Il n'aime que grimper. (Il compta sur ses doigts :) Grimper, jouer aux échecs et boxer. Rien que ça !

Comme elle se taisait, il ajouta :

— Vous prenez Spiderman, vous le croisez avec Kasparov et Tyson, et vous obtenez Ranko. Riez, je ne plaisante pas, oh non ! je ne plaisante pas. Ces mecs de l'Est peuvent être stupéfiants. Et j'en sais quelque chose. Aussi : taiseux comme pas deux. Plutôt s'amputer que de perdre un élément comme Ranko.

Il la laissa méditer le sujet, avec Paris sous le nez et le clavecin, et alla s'habiller. En chemin vers sa chambre, il pensa qu'elle pouvait le cambrioler. Son portefeuille était resté en évidence sur la table basse tripode de Jean Royère, qui valait le même prix que le clavecin. Dedans, il devait y avoir 3 000 euros en cash et sa Visa Infinite.

Quand il revint, habillé de frais et d'un nuage de *Géranium pour Monsieur*, le seul parfum qu'il supportait, elle n'avait pas bougé. Debout, de dos face à la baie, elle lui offrait toujours, comme les chevrettes en forêt, son joli cœur blanc. Ranko allait lui faire payer cher une telle prise de guerre.

Au milieu de ses va-et-vient, il s'agaça : il avait le don d'égarer ses lunettes de soleil. Une bonne raison pour reprendre une femme de toute urgence. Il les repéra sous un journal et les saisit d'un bond, comme si elles allaient s'envoler. En passant, il s'empara de son portefeuille noir à écailles grisées en galuchat, et afficha son plus beau sourire :

— Vous venez avec moi ?

— Quoi d'autre ? dit-elle avec le même sourire.

Elle ne plaisantait pas. Rien ne plaisantait jamais en Ylana. Elle avait cette gravité des insouciantes. Tout était déterminant car rien ne comptait. Elle était sur terre, juste pour en profiter.

En somme, les deux étaient comme l'envers et l'endroit.

Il lui saisit le bras et l'entraîna. Elle trouva qu'il sentait bon. Il trouva qu'elle avait la peau incroyablement douce.

Astrakan, qui ne pouvait s'empêcher de parier, avait dû parier. Sur son choix. Mais pour la première fois, avec peut-être moins d'assurance que d'habitude.

La vie était courte et pour l'honorer, il n'y avait qu'un précepte à respecter.

Qu'elle soit intéressante.

Avec elle, il ne voyait pas comment elle aurait pu être ennuyeuse.

En partant, il dit à One et One, postés dans l'entrée en pleine partie de cartes, que tout irait bien comme ça. Qu'ils pouvaient aller courir. Courir, oui, un truc avec deux jambes et pas de cerveau. Eux qui étaient obsédés par le moindre muscle à sculpter. L'art, sûrement, une forme d'art insoupçonné ou comment faire de son corps un temple digne d'être visité.

— Le corps est une œuvre d'art, aujourd'hui, Ylana.

Et se penchant vers elle, il ajouta :

— Certains ont leur tête dans les bras.

One et One étaient habitués aux taquineries, et même aux mesquineries, mais pas à le laisser seul. Le contrarier était pourtant une mauvaise idée. Astrakan était l'autorité incarnée. Certains sont timides, d'autres effacés, Astrakan était né pour commander.

Ses deux hommes de main n'aimaient pas le laisser aller seul car Astrakan avait un secret : il marchait nu.

Nu — sans arme. Astrakan n'en avait pas. À ce sujet, il disait :

— Un : je n'ai pas d'arme parce que c'est *plus lourd que son poids*, une arme, tu me suis ? Deux : je n'ai pas d'arme parce que je raterais un éléphant à la fête foraine. Et trois, si j'en avais une, mes hommes penseraient que je peux me défendre. Tirer doit rester leur affaire. Leur sale grande affaire. Et leur responsabilité. Alors une arme, tu voudrais que j'en fasse quoi ?

Ce dont il ne se doutait pas était qu'Ylana avait toujours le Caracal, dans le chien qu'elle balançait à son bras.

★

Ils foulèrent la mosaïque du hall d'entrée et Ylana admira chaque élément qui brillait. Des petits carreaux dorés qui, au contact de ses talons, claquaient, lui rappelaient Klimt, jusqu'aux lanternes en bronze qui pendaient. Ils passèrent la porte, toute de verre et de volutes, briquée à se faire des retouches dans les reflets. Avec la fatigue, elle ne savait plus trop quoi en penser. Suivre ses instincts était-il plus étrange que de parler à un inconnu dans le métro ? De toute façon, vivre revenait à monter dans un train dont on ne connaîtrait jamais le conducteur.

— Vous aimez les Champs ?

Non, Ylana n'aimait pas les Champs. Sur ses lèvres joliment ourlées (mais Astrakan se demanda ce qui, chez cette fleur de salon croisée avec une plante carnivore, n'était pas parfait), Ylana réprima une moue et répondit :

— Aujourd'hui, oui.

Astrakan resta un moment suspendu. Puis il lâcha :

— Alors, vous aimerez les Champs.

Ils sortirent dans la rue et Ylana voulut fumer. Un jour, il faudrait qu'elle arrête. Un jour… il faudrait beaucoup de choses, en fait. Elle fouilla dans ses poches et, entre ses doigts, sentit un paquet fripé. Mais Astrakan lui tendait déjà une Dunhill, tirée d'un étui en argent et laque noire.

13

Ces couloirs contorsionnistes, où la logique se serait perdue, ces bureaux d'où on s'attendait à voir jaillir à tout instant le médecin de famille en complet veston ou à surprendre la dactylo, blondeur naïve et boucles pimpantes, taille serrée en jupe crayon, assidue sur les genoux du dirlo, ce parfum des années 50 qui suintait des murs, ce séduisant bordel organisé, cette ruche qui jamais ne dormait, c'était la BRB. La brigade de répression du banditisme, coincée entre Sainte-Chapelle et préfecture de police et non moins célèbre que sa cousine, un poil plus sévère, la Crime.

Stéphan Suarez avait battu le rappel de tous les policiers qui n'étaient pas déjà en train de bécaner. Ce n'était pas son groupe, à proprement parler. Le dimanche, le groupe de permanence panachait les services à la BRB. Comme disait Beck, un ancien, c'était *tutti frutti*. Heureusement, Suarez s'était retrouvé avec des bons. Car la permanence avait le charme du coup de dés. Il avait rappelé Sébastien Taravella, son fidèle. Après avoir gravi les deux étages de l'escalier comme une fusée, il donna un coup de pied sec dans la porte grisée du Balto, le bar de la brigade. Une façon de l'ouvrir comme une autre. On disait bien faire des pieds et des mains. Sébastien Taravella, un jeune en brosse qui était assis sur un siège de bar, sursauta et crut qu'il se la ramassait en plein foie.

— Bons réflexes, mon p'tit Seb, faut bien que ça serve à autre chose qu'au rugby, lui lança Stéphan.

Et Taravella, qui avait failli se maculer de café, se demanda si ce n'était pas que pour les tester.

Le nom était inscrit près de la porte. Modèle plaque de rue en lettrage de la Belle Époque : Balto. Une marque de cigarettes de la SEITA — des années 50, justement. Balto pour Baltimore. Le quartier général de la centaine de policiers où en tiendraient dix tassés. Le modèle kitchenette d'étudiant, exiguë, débrouillarde et conviviale où on ne déboule pas en meute. Le nom BALTO était réécrit en capitales sur le frigo du fond, entre deux silhouettes de pistolets collées. C'est là que Suarez vint se poster. Pile entre les deux pistolets. En dépit de son entrée tonitruante, il avait l'air du flic fatigué, tuteuré par l'adrénaline.

Une musique s'échappait d'un lecteur radio-CD haut perché. La voix de tête de Jimmy Somerville contrastait avec les mines concentrées, à l'affût d'une mission ou d'un détail. Chacun y allait de son avis. La ruche bourdonnait, les tâches se répartissaient. Dans le petit espace qui avait jadis été un bureau, elles valsaient. Lécher les constatations, constituer les scellés et les exploiter, récupérer les albums photo et les plans de l'IJ, leur mettre la pression pour l'envoi des prélèvements au labo, obtenir les vidéos et la téléphonie, bornage, diffusion des voitures, auditions, et rendre compte à la hiérarchie, la sauce PJ courante — mais avec un curseur dans le rouge. Il faut dire que l'affaire ne manquait pas d'envergure.

— Du grand albatros, comme venait de le souligner Sébastien Taravella.

Suarez sourit puis tout en lui se raidit. Il n'aimait le grand albatros que lorsqu'il n'était pas politisé. Si l'affaire patinait, ils n'allaient pas tarder à entendre une rengaine qui le faisait gerber. Il fallait bien comprendre. Ce n'était pas pour les politiques qu'il travaillait. Pas pour les Rafale, pas pour les gros contrats de la République. Mais pour un certain idéal de la justice, certes cabossé, mais qui résistait. Dans sa tête, il y avait longtemps que le bon, le vrai et le beau avaient vacillé. Ces mots étaient du papier métallisé, celui des papillotes — brillant, clinquant et bruyant juste pour faire passer l'overdose sucrée. Il n'aimait pas l'overdose sucrée. Il aimait ce qui résistait. Les idées, il leur tapait dessus à coups de massue pour voir si elles s'en tiraient.

Alors la politique, il laissait ça aux enfants. À ceux qui ne voient pas que le prestidigitateur cache le gros enfoiré.

Il préférait cent mille fois son affaire du Gecko. Celle sur laquelle tout le groupe bûchait à temps complet. À sa façon, le Gecko était un pur. Un solitaire fait pour les longs dialogues avec la pierre, un taré qui se forgeait ses propres Everest à travers la ville, pour grimper là où personne ne passerait et ne monter que sur les coups parfaits.

Le monte-en-l'air par excellence.

Suarez reconnaissait tout de suite la signature du Gecko.

De l'impossible — et de l'exceptionnel.

Alors, le mariage pourri du fric et de la politique…

Suarez chassa ses pensées. Ce n'était pas le moment de s'encombrer. Et s'il moulinait trop, il finirait comme toujours par conclure que cette nuit, il était peut-être passé à côté du flag rêvé avec le Gecko, son casseur de haut vol. Il se tourna vers Sébastien Taravella et son visage s'anima tellement que la fatigue se fit la malle :

— Seb, toi qui as une mémoire d'anachorète…

— D'ana-quoi ?

— D'ermite du désert ! C'est vrai, quoi, c'est stupéfiant d'avoir moins de quarante balais et un ordinateur central en pleins lobes… File-moi un peu de café, tiens. J'ai toujours dit que t'étais une machine. Sonde profond là-dedans (il lui enfonça l'index entre les deux yeux) et dis-moi, Loulou. Des équipes pareilles, y en a pas dix pour monter sur un coup aussi gonflé.

Sébastien s'adossa contre un panonceau lumineux Red Bull avec deux taureaux qui chargeaient.

— C'est sûr qu'il faut des couilles de mammouth.

— C'est pas non plus le genre d'équipes à se retirer sur ses terres pour profiter de la vie et boire des pastis en peignant le coucher de soleil.

— Clair qu'on les trouvera pas penchés sur leur retraite. Ils doivent avoir la bougeotte, des mecs de ce calibre.

— Tu penses à qui, toi ?

Sébastien se gratta la tête.

— Faudrait voir les vidéos quand on aura tout récupéré. Y avait des caméras dans le tunnel, Yannis est sur le coup.

À sa mine dépitée, Suarez saisit ce qu'il savait : il faudrait du temps. Exactement ce qu'ils ne comprendraient pas, là-haut. Ils ne comprenaient pas le Balto non plus. Les temps avaient changé. Le règne de la pensée aseptisée sévissait. Le Balto était pourtant le lieu où le cerveau turbinait en liberté. Loin d'un rade de quartier, ce bar incarnait le ciment de la PJ. Tout s'y soudait. Amitiés et affaires. Idées et action. Un vrai trait d'union. Nul ne le résumait mieux que le commandant Jeff, l'un des piliers de la brigade : le Balto était le psy du IIe arrondissement, mais encore le point de rencontre d'une gare, le lieu nodal d'où l'énergie partait avant de se disperser. Voilà pourquoi Suarez prit le temps de réfléchir avant de reprendre :

— Mais le mode opératoire, c'est pas des Pieds nickelés de cités… On est loin du novice qui se fait la main… Il faut des gros nénés.

— Des nénés ?

— Ouais, du coffre, du poitrail. Et pas que des pectoraux. Y a du cerveau, derrière. Du cerveau, Seb. De l'mc^2 dans l'air ! Des palmes académiques !

Maintenant, Suarez était survolté. L'affaire l'électrisait. Il flaira l'air du Balto comme si le secret s'y trouvait. Il avait les coudes repliés en arrière sur un comptoir latéral improvisé, et ses yeux de feu étaient en pleine harmonie avec le regard fiévreux du *Prince de la nuit*, une affiche de BD signée de Swolfs qu'il couvrait à moitié.

— Sûr que c'est pas Kevin en sueur qui sort son scooter avec son grooos revolver pour braquer le beurre…

— Nâan… T'imagines. Aux portes de Paris, l'attaque de la diligence. L'attaque de la diligence, mec ! À la barbe des flics et des Rafale. C'est pire qu'un braquage. C'est un pied de nez, Seb, un foutu pied de nez ! Une façon de rafler le pactole et d'affirmer son autorité. Plus fort que les puissants, plus fort que la justice, plus fort que les politiques. Plus fort que les Rafale. Le Roi, quoi. Y a un roi, derrière. Je te le dis, moi. Faut dépouiller la doc, penser mode opératoire et profil. Les rois se bouffent entre eux, ils font le ménage. Qui est capable de ça ? Réfléchis, et la réponse se compte sur les doigts d'une main. Pas plus.

Il le fixa en brandissant sa main droite et en comptant ses doigts, un à un.

— Yep, dit Sébastien en hochant la tête.

Les yeux fixés sur la pointe des chaussures de Suarez, il continuait de se concentrer. Seb était comme ça : il moulinait sec en profil bas.

— Et des mecs rodés, bien informés... Ils ont tapé direct la Merco chargée et la jonquaille, poursuivit-il après un silence.

— Ouais, y a pas plus de devins chez les voyous que chez les astrologues. Cette thèse-là, j'y crois pas. Donc, y a une taupe et peu de chances qu'ils aient pris l'autre chauffeur en otage. Ils étaient tuyautés, les mecs. Elle s'appelle comment, déjà, Seb, la société de location des véhicules ?

— Solena Luxury Limousines.

— Solena Luxury Limousines ! Mazette. Le gérant doit avoir des robinets en or : Coco, il se douche pas à l'humilité... Sûr que de ce côté-là, ça peut donner. On en est où ?

— Myriam est en train d'interroger le chauffeur qui était dans le quatrième véhicule.

— Où ça ? Elle est où, présentement ? À Nanterre, dans les locaux de Lefort ?

— Non, non, elle l'a ramené en voiture, et comme nos bureaux sont au complet, elle l'interroge pas loin, chez les VMA, dans le 231, le bureau de Frankie.

— Eh bien, s'il a roulé avec Myriam depuis le tunnel, il va être bon à ramasser à l'épuisette, Pépère. Après le traumatisme du tunnel, la frustration. Il va tout lui donner à la miss, même sa chemise… Elle aura plus qu'à l'essorer.

Suarez jouait avec les dosettes de Lavazza, il les faisait rebondir sur ses phalanges tels des osselets sans quitter des yeux le jeune policier. Jimmy Somerville finissait de chanter *Smalltown boy* et se fichait d'être à la BRB. Seb fit un clin d'œil à Suarez.

— On connaît personne qui résiste à Myriam. Plus efficace qu'un annuaire en pleine poire, en tout cas. On peut dire ce qu'on veut mais la féminisation du métier a du bon. C'est plus subtil, comme accouchement.

— … Excuse-moi, mais elles sont quand même les spécialistes.

Suarez jeta un regard par en dessous à Seb. Il ne s'était pas tapé Myriam, tout de même ? Il faudrait être sacrément joueur car son petit ami était un beau bébé de la BRI. Le genre de pot de miel qui coûte cher.

Son regard s'attarda sur le jeune capitaine. Il était son coéquipier préféré. Avec lui, il n'avait jamais besoin de répéter. Ni de vérifier s'il avait appliqué ses ordres. Son sérieux comme son physique ne lui valaient pas que des amis. En plus, il était l'humilité incarnée. Les médiocres le jalousaient, les planqués le craignaient et les tordus le haïssaient. Avec sa coupe en brosse, coiffée légèrement de côté, ce capitaine avait de quoi faire chavirer les femmes, et pas que les célibataires. Sa mâchoire carrée et son regard d'acier lui assuraient une bonne tête de cliché. Mais à part les affaires et le Gecko, Suarez ne l'avait jamais vu s'intéresser à rien. Ce type, c'était un Casanova en puissance, mais un Casanova qui aurait été pris en main par Vauban.

Sans rire, un beffroi sur un volcan. Une machine de guerre doublée d'un mystère. Il ne savait même pas si le beau gosse vivait avec une femme ou un hamster.

Suarez haussa un sourcil.

Peut-être qu'il vivait encore avec sa mère.

Sébastien sentit que Suarez le dévisageait. Qu'est-ce qu'il avait encore fait ?

— Un café, chef ? dit-il pour faire diversion.

— Ouais, allez. Ce sera que le énième de la matinée. Faudrait que je freine sur la caféine, il paraît. Enfin, c'est ma femme qui le dit. Car tu sais quoi ? J'ai croisé le Doc, hier…

— Safran ?

— Oui, Safran en personne. Notre Denis national. Et vu sa notoriété, ça pèse au moins deux personnes, donc plus que ma femme. On prend un café au *Sol d'O*, je lui raconte, pas fier, que c'est le dixième de la journée, et tu sais ce qu'il me sort ?

— Non, vas-y.

— Qu'il en boit chaque jour entre quinze et dix-huit ! J'y croyais pas, le Doc ! Dix-huit !

— Et t'oublie qu'il fume presque autant de Partagas que toi…

— Ouais, encore un point commun. Des D4, quand je fais des infidélités à mes cigarillos. Tu le connais, Denis, dans son haut du LAPD un peu trop petit pour lui, hier, il se met à me parler de Churchill et le voilà qui balance : « Regarde, Churchill ! T'as vu les documentaires sur la guerre qui repassent, ces derniers temps ? Eh bien, chaque fois qu'apparaît Churchill, tu noteras bien, y a PAS UNE image sans son cigare ! Y compris dans la boue des tranchées… »

— Il a fini à quel âge, Churchill ?

— Churchill ?… Quatre-vingt-dix ans ! Il aura même fidélisé ses excès…

— Ça laisse de la marge…

— En même temps, Seb, mourir vieux, tu vois, je crois pas que ce soit mon but.

Sébastien eut un signe d'assentiment et cala une dosette de Lavazza dans la machine à café. Suarez reprit un ton sérieux :

— Seb, les autres sont bien sur le bornage ?

— Oui, les deux des Brocs*. Ils ont lancé les réquisitions.

— Il faut borner large, dit Suarez en hochant la tête. Une heure avant et une heure après. À l'heure où s'est passée l'affaire, on aura déjà moins de riverains. Enfin un bon point. Et qui est à l'état-major, à la salle PVPP** ?

— Florian, des Enquêtes G. Il cherche les caméras à exploiter.

Soudain, la porte claqua à nouveau et Greg Brocas, le ténor de la BRB, entra. Brocas prenait à cœur son rôle de porteur de bonne nouvelle. Il brandit des papiers à la main, cérémonieusement, comme un flabellum en plumes d'autruche dans *Astérix* :

— Chef, y a du nouveau. On a une touche.

Les yeux de Suarez brillèrent d'intérêt.

— Vas-y, je t'écoute, Greg, lança Suarez, tandis qu'il récupérait son café.

* Brocs : groupe de répression des vols d'objets d'art, dit des Brocanteurs, à la BRB.

** PVPP : plan de vidéo-protection de la préfecture de police.

Greg Brocas faillit faire tomber ses feuillets. Il les retint d'une main et pointa de l'autre son crayon à papier vers Suarez.

— J'ai eu Valou, vous savez, Valéry de la salle, à l'état-major.

— Y a pas trente-six mille flics pour s'appeler Valéry... Déjà que chez les écrivains, ça arrive tous les deux siècles...

— J'admets. Alors, on leur avait passé le numéro de la Merco volée pour le diffuser — en diffusion régionale urgente — ainsi que la description sommaire des deux autres voitures. Le commissariat d'Épinay-sur-Seine vient d'aviser l'état-major qu'ils ont retrouvé ce matin trois voitures brûlées. Bingo, elles correspondent aux voitures diffusées.

— Eh ben voilà, c'est comme les fruits sur le poirier. Il suffit de secouer pour que ça tombe, dit Suarez avec un large sourire. (Il souffla sur sa tasse.) Tu dépêches un chaouche pour t'accompagner sur place ? C'est beau un dimanche, Épinay, non ? Un peu de banlieue grise dans votre journée... Faudrait gérer les bagnoles avec l'IJ et fouiner, y a peut-être des éléments d'identification à trouver, même s'ils sont partiellement cramés. On peut rêver. Mais on ne sait jamais, faut ratisser au peigne. Et voir s'il y a des témoins, un insomniaque en train de faire son sudoku, Lulu qui se mate un film de cul, un jogger de l'aube ou Ginette qui boit sa camomille à la fenêtre en regrettant le Roméo de ses vingt ans, bref, et te marre pas, n'importe qui en possession de ses deux yeux, O.K. ? Ce serait banco de savoir par où ils se sont arrachés. Je ne veux pas qu'on passe à côté de la moindre chance d'avancer. Si on commence par la défaite, les gars, faut pas draguer la victoire.

— Ouais, chef, je sais, je sais… Vous dites souvent que c'est par le bas qu'on réussit le panier, opina Brocas. J'ai pas oublié…

Il portait un pull trop petit qui lui boudinait le ventre. Suarez grimaça : il voulait des mecs en forme, pas des Milou en terrasse.

La voix de Suarez rattrapa Brocas en plein vol, il était déjà à se hâter dans le couloir.

— Greg… ?

— Oui, chef ?

— Rassure-moi : la galette, c'est qu'en janvier, hein ?

Brocas bougonna et s'éloigna. Il avait parfaitement compris la remarque perfide. Suarez exagérait. Le chef avait, lui, O.K., des abdos bétonnés. À croire que quand il n'était pas sur sa moto, il traversait chaque nuit la Manche en crawl. Tout le monde n'avait pas le même capital chance avec sa graisse. Tout le monde n'avait pas la même femme que Suarez, non plus. Le salopard, il n'avait pas de mal à se motiver. Car la femme de Suarez, enfin, à ce qu'il se disait, enfin bon, c'était peut-être juste un bruit qui courait… Il n'allait pas ruminer. S'il avait eu la même, Brocas aurait fait la planche sur les doigts de pieds.

14

— C'est dégueulasse, ce café ! Bien la peine qu'ils nous bassinent avec Clooney !

— Chef, c'est pas Clooney, pour Lavazza, rectifia Seb. C'est Jeunet. Le réalisateur de la pub, c'est Jeunet.

Suarez fit une mine dégoûtée.

— Jeunet ? Ce seigneur ? Jeunet de *Delicatessen* ?... C'est pire ! Comme quoi y a pas que Saint-Denis pour les prostituées.

Suarez ne finit pas son café, il le laissa en plan sous un miroir Ricard pour s'élancer, à grandes enjambées, jusqu'au bureau des VMA — les vols à main armée. Il se situait au même étage. Ce bureau, il l'appelait « le bout du monde », juste parce que c'était le dernier. La porte était comme presque toujours ouverte, il entra sans frapper. Jimmy Somerville lui trottait dans la tête et ça ne cadrait pas avec la journée.

Il n'eut pas le temps de voir la tête du chauffeur que Myriam auditionnait. Une masse grise lui fonça sur le visage et Suarez, pris de court, se baissa au dernier moment sous un affreux hurlement qui ressemblait au dernier râle d'une vieille asthmatique.

— Putain de saloperie ! Je ne peux pas le saquer, ce Soukhoï-Su de mes deux !

La remarque était pour initiés. Par Soukhoï-Su, il évoquait un avion militaire. Suarez se masqua le visage des deux mains, ce qui ne l'empêcha pas de pester comme un charretier. Il aurait bien voulu avoir le miroir Ricard en face de lui pour vérifier s'il saignait.

Il se tourna vers le type et lâcha :

— Désolé.

Puis il reprit :

— Stéphan Suarez, chef de groupe.

Le bolide gris refit le tour de la petite pièce en un bruit de boomerang qui fendait l'air et vint se percher sur le fauteuil de Myriam, sous les yeux effrayés du chauffeur, complètement dépassé par la scène, qui n'arrivait pas à croire qu'il était à la BRB. On lui eût dit qu'il était dans un asile de fous qu'il n'en aurait pas moins été dépaysé. Son regard erra dans la pièce, en quête d'un détail auquel se raccrocher, et tomba sur une tasse. Il crevait d'envie d'un café mais rien en lui n'osait le demander.

Il salua Suarez d'un air méfiant, visiblement dépité de perdre son intimité avec cette femme qui avait plus l'air d'une escort-girl que d'une limière de première. Entre l'attaque, Myriam et le perroquet, il avait trois chocs à gérer.

Myriam rappela le bolide, il avait ses têtes et il fallait se méfier de ses serres de décapsuleur :

— Coco ! Allez, Voyou ! Retourne à la maison. Effronté !… Tu veux une cahouète ?

— Wôôô !

Le gris du Gabon se percha sur l'épaule de Myriam, toisa Stéphan Suarez et leva une patte où il coinça la cacahuète tendue.

— Rôôôôô…

Il poussa un râle de ravissement en décortiquant sa cacahuète, entonna l'ouverture de *La Marseillaise* et claironna sa rengaine préférée :

— AVOOOOCAT, CA…

— Voyou ! Dis donc ! l'interrompit brutalement Myriam. Voyou, chutttt, mon chéri, chuuuuttt… Je t'ai déjà dit que…

Il se caressa contre sa joue et elle lui cligna de l'œil.

— Ben, vas-y ! Mange-la, ta cahouète !… Oh ! Très content ! Trèèès satisfait, mon Voyou.

On entendit un bruit de succion, comme un baiser. Il provenait du gris du Gabon.

Le chauffeur, médusé, risqua une timide remarque :

— Vous n'avez pas peur qu'il vous… qu'il vous…

— … Qu'il me morde ? Lui… ? C'est vrai qu'il a déjà troué des jeans mais lui et moi, on s'entend plutôt bien.

Elle lui montra trois barreaux de sa cage dont il avait fait sauter les soudures avec son bec de tortionnaire, et les deux recommencèrent leurs chatouilleries. M. Mesplède fondit. C'était un homme aux paupières tombantes et à la cinquantaine grisonnante. Il commençait à perdre ses cheveux au niveau des tempes et on sentait qu'il ne savait plus trop comment se coiffer pour rester à son avantage. À la façon dont il s'était assis, légèrement recroquevillé sur le siège, on avait l'impression qu'il s'excusait d'exister. Alors cette grande brune avec sa frange et sa queue-de-cheval qui dansait le réconciliait avec le tintamarre du tunnel.

Malheur est bon à quelque chose, dit-on.

Il révisait la question.

La dernière fois qu'il avait vu une fille aussi sexy, c'était une effeuilleuse glamour, à la télévision, dont le corps blanc comme neige s'évadait d'une baignoire aux reflets holographiques. Sa femme avait rappliqué, était restée muette devant la demoiselle vêtue de cache-tétons étincelants, et avait éteint la télévision. À croire qu'elle lisait dans son slip.

Depuis le début de l'audition, M. Mesplède essayait de ne pas voir Bettie Page à la place de cette femme qui s'appelait comment, déjà ? Il était troublé. Ah oui. Jaoui. Elle le lui avait dit dans la voiture tandis qu'ils roulaient. Ils étaient même passés devant la tour Eiffel et il ne savait plus quoi regarder, entre la brune et la tour Eiffel. C'était comme si la vie se moquait de lui.

Suarez observa une minute le manège du trio, satisfait, puis se posta en face du type, contre un halogène où Frankie, l'homme qui occupait d'ordinaire le bureau, avait noué une écharpe de la Palestine. Il fit semblant de se faire oublier.

★

Myriam avait fini la petite identité. Mesplède avait bien aimé qu'elle lui demande son adresse. C'était comme un rendez-vous privé : vous habitez où ? Ah d'accord, O.K., parfait. Et s'il osait lui demander ? Juste un café, un jour ? Pas pour lui sauter dessus, non, juste pour le plaisir de la regarder. Il était même prêt à la payer pour ça. Il s'était repris. Ce genre de proposition, avec une policière, ça ne pouvait pas passer. Et maintenant, ce flic avait rappliqué. Tout était foutu, trop tard.

Comme souvent, déjà, dans sa vie. Il faudrait savoir *vivre à propos*, comme disait son patron avec des ah et des oh. Ne pas rater les occasions, ne pas faire comme si on avait toute la vie devant soi. Après, on se sentait pris au piège d'une pièce sans portes.

Il n'y avait plus qu'une trappe.

La mort avait la clef.

Et on tombait.

Myriam lui avait fait raconter l'histoire à gros fils, sans débarbouiller. Ce flot l'avait apaisé et avait *mué la violence vécue en objectivité*, il avait retenu la formule qu'il comptait bien ressortir. Elle s'attaquait désormais aux faits, avec des questions orientées. Elle avait cet air sérieux et appliqué qui rendait sa beauté perturbante à souhait. En plus, elle jouait avec un crayon à papier qui tournoyait entre ses doigts vernissés. La couleur était étrange : bleu métallisé.

Henry Mesplède se tortilla sur sa chaise. C'était fou l'effet qu'elle lui faisait.

Suarez lorgnait toujours sur le couple impossible. Il songea en lui-même : « Allez, ma petite Myriam, vas-y, câline-le un peu qu'il nous raconte au plus vite le nerf de la guerre, et qu'il se casse le cul à se rappeler le détail qui va nous faire bander. »

— Monsieur Mesplède…

L'homme leva les yeux, prêt à tout avouer, même ce qu'il n'avait pas fait. Face à elle, il se sentait plus coupable que victime.

— Monsieur Mesplède, reprit Myriam, dites-moi exactement ce que vous vous rappelez. Je sais qu'avec les fumigènes, ce n'est pas évident. Que vous n'avez pas forcément pu comprendre ce qui se déroulait. Mais je compte sur votre mémoire, même des bribes…

Bribes. Intérieurement, le mot lui arracha un sourire. Comme si elle demandait des petites miettes de lui. Elle mordilla son crayon. Dieu, comment pouvait-on avoir des lèvres aussi veloutées ? Il pensa à une jument, et il eut honte de penser à une jument. Car il n'était pas sûr d'avoir pensé à la jument, vue de devant.

Myriam eut l'impression qu'il rêvait. Ses yeux la fixaient sans bouger. Elle le relança d'un trait, tête penchée sur le côté :

— Vous me racontez ?

— Oui, oui. Vous savez, c'était un peu traumatisant. Il faut le temps de réaliser.

— Je sais... Si vous le voulez, monsieur Meslède, on a des psychologues attachées à nos services. Vous pouvez vous entretenir avec l'une d'entre elles, si vous sentez que ça peut vous faire du bien de parler.

— C'est gentil, madame. Ou mademoiselle. Mais on ne dit plus mademoiselle, c'est ça ?

Elle lui sourit gentiment. Il continua :

— Quand vous partez de la Lanterne, vous ne vous attendez pas à un tel... un tel déferlement de violence. Vous comprenez ?

— Bien sûr, monsieur. Au départ de la Lanterne, dites-moi, vous avez noté quelque chose de surprenant ? Je veux dire, un élément qui aurait pu retenir votre attention ? Ou... Ou un fait qui ne cadrait pas avec le déroulé ?

L'homme prit sa tête dans ses mains pour se concentrer. On sentait qu'il préparait toute sa bonne volonté.

★

Voyou vola et rejoignit un perchoir que Frankie avait bricolé avec un vieil halogène. Henry Mesplède se retourna. Le volatile était derrière lui. Il inclina la tête et le fixa. La femme, en face, gardait son regard fiché sur lui. Le flic d'à côté aussi. C'était inhabituel d'avoir autant d'yeux posés sur soi.

Il respira un grand coup et se lança :

— À bien y réfléchir, oui. L'autre chauffeur, Mitch, a posé beaucoup de questions au garde du corps avant le départ. Il faisait son curieux, si vous voyez ce que je veux dire.

— Ah oui ? ne put s'empêcher de dire Stéphan Suarez en se redressant. Il demandait quoi, par exemple, vous vous souvenez ?

— Attendez, laissez-moi me rappeler. Vous savez, moi, je ne suis pas du genre inquisiteur. Un boulot, c'est un boulot, point.

La femme le contemplait avec un regard plein d'intérêt et il se sentit soudain quelqu'un de presque important. Il se tint plus droit sur le siège au skaï éventré.

— Quand vous avez des clients de ce calibre, vous faites profil bas. Vous ne demandez pas qui fait quoi… Au moment de partir, on attendait qu'Al-Jaber, le Saoudien, soit prêt. Il avait du retard, alors on papotait. Je me souviens que Mitch essayait de faire parler l'intendant. C'était comme… (Il leva la tête vers le plafond et s'absorba dans ses souvenirs.) Oui, voilà, comme s'il tâtait de sa fierté pour savoir si vraiment, c'était la caverne d'Ali Baba, le convoi.

— Et l'intendant a marché ? questionna Myriam en battant des cils.

— Que je veux, mon neveu. Vous savez ce que c'est. Quand il est question de pognon, les gens ne peuvent s'empêcher de caracoler. Il lui a dit que dans la Mercedes, il y avait de quoi se payer Matuidi, vous savez, Blaise Matuidi, le footballeur, pendant un an. Le genre de formule qu'on n'oublie pas. Matuidi, c'est quand même du 500 000 boules par an. Je sais pas vous, c'est peut-être un truc de mec, le monsieur, il doit connaître, mais j'aime bien le foot alors forcément…

— Il s'est montré curieux sur d'autres plans ? s'enquit Myriam.

— Oui, il voulait savoir exactement par où on passait. Il disait qu'il aimait bien se représenter les choses. Moi, je peux pas m'empêcher de trouver ça bizarre. On n'est pas là pour parler mais pour exécuter ce qu'on nous dit de faire. Le patron, il me dit qu'avec les richards, c'est discrétion. Qu'ils aiment pas qu'on aille fouiner dans leur vie privée. Il m'a même dit : ce que t'as vu, ce que t'entends, c'est bouche cousue si tu veux les fidéliser. Vous savez, y en a qui revendent l'info aux journaux, alors quand ils sentent que vous avez la bouche à l'adhésif, les clients, ils vous ont à la bonne.

— Vous le connaissez depuis longtemps, Mitch ?

— Pas vraiment… Enfin, oui et non.

Elle plissa les yeux et il se reprit :

— Je sais, c'est pas très précis. Je vous explique : moi, ça fait onze ans que je travaille pour la société. Le pat', il…

— Le Pat ?

— Le patron… Le patron, il avait déjà embauché Mitch il y a trois ans. Mais ça s'était pas vraiment bien passé.

— Vous savez pourquoi ?

— Non… Comme je vous l'ai dit, je demande

pas. Je suis connu pour ça. Paraît que c'est une de mes qualités.

Il remonta les épaules et rougit presque.

— Il s'appelle comment, votre patron ? Elle est basée où, la société ? Et vous connaissez le nom exact de Mitch, car c'est un diminutif, Mitch, non ?

— À Aubervilliers. Mon patron, il s'appelle Costella, avec deux « l »…

Il allait dire « comme la colombe » parce que la fliquette avait la grâce des oiseaux mais il réalisa que « colombe » n'avait qu'un « l », alors il la boucla.

— Costella, très bien.

Et elle griffonna sur un bloc-notes des pompes funèbres. Le grand flic toussa. Mesplède leva les yeux vers lui puis se retourna vers le perroquet qui ne bougeait plus. S'il ne l'avait pas vu voler, il aurait pensé que l'oiseau était empaillé.

— Alain Costella, précisa-t-il en hochant la tête.

Il sentait la présence du gris du Gabon. Le flic et le perroquet le surveillaient.

— Et Mitch, continua-t-il, son vrai prénom, c'est Eddy.

En face de lui, l'enquêtrice fronça les sourcils.

— Oui, c'est pas évident. Eddy Mitchell : Mitch…

— D'aaaacord ! Et son nom ?

— Je sais pas. Il se faisait toujours appeler Mitch. Alors vous savez, moi, je demande pas. Et puis c'est court, Mitch, alors on va au plus pressé. On va pas s'embarrasser. Après, qu'il aime la samba et pas le chou-fleur, c'est pas mes oignons.

— Je comprends… Et durant le trajet, avez-vous remarqué quelque chose de particulier ? Vous êtes-vous arrêtés ? Quelqu'un a-t-il été malade ? Quoi que ce soit. Un détail.

Le flic dans le coin eut des petits yeux en tête d'épingle. Mesplède prit son menton dans sa main.

— Crouiiiiiiiiiiiiic !

Le gris du Gabon le fit sursauter. Il battait des ailes sans s'élancer. Avec l'attaque, le chauffeur avait gagné un cœur plus électrique. Malgré une réticence, il baissa les paupières et laissa défiler les images. Ce sont les bruits qui revinrent en premier. Ces explosions et l'odeur de la fumée. Puis la sensation que tout se bousculait et qu'il vivait une scène qui le dépassait. Quand ils avaient jeté de la peinture sur son pare-brise, il avait eu l'impression de plonger dans la nuit et qu'il fallait, étrangement, accepter. Se laisser aller, et ne plus penser. Exactement comme avec le lavage automatique. Quand vous restez dans la voiture et que vous passez le point de non-retour où les rouleaux vous coupent du monde extérieur, avec cette férocité à la tâche qui fait penser à un dinosaure qui se brosserait les dents. Peu de temps après, au moment des coups de feu, il avait eu honte car il avait uriné. Oh, juste un peu, un petit jet. Mais, sous son parfum, un truc dans une bouteille futuriste avec marqué « boisé » dessus, offert par sa femme, il le percevait, et il avait l'impression que tout le monde le regardait parce qu'il sentait la pisse. Comme quand il était petit et que sa mère hurlait parce qu'à onze ans, dégueulasser les draps, ça ne se faisait pas.

Le skaï couina sous ses fesses. Le perroquet répondit derechef par un raclement rauque :

— RÂÂÂÊÊÊÊÊ !

Myriam sentit qu'elle le perdait. Le type avait les yeux dans le vague, en mode arrêté. Elle se leva d'un bond.

— Attendez, je vais le remettre dans sa cage.

Il prit un air encore plus gêné.

— Non, non… le privez pas de sa liberté…

— Oh, vous savez, il est habitué. Tous les soirs, il rentre dans sa cage. On s'est cotisés pour la lui payer. Toute la brigade. Une centaine, vous imaginez ?… Allez, Voyou, mon chou, te fais pas prier !

— Tous les soirs, Coco, il rentre au Dépôt, alors il va pas nous la jouer, dit le flic qui était resté jusque-là muet.

Sous la cage, la femme saisit une caisse à munitions de l'armée. Elle en tira une poignée de mélange pour perroquet dont elle nourrit la bête avant de l'enfermer.

Le perroquet eut un sifflement traînant, semblable à celui des hommes d'un chantier qui repèrent une jolie fille.

Elle se rassit et Mesplède put apprécier le bref moment où elle s'était penchée, comme si elle s'offrait. Une fraction de seconde, certes, mais le bonheur, ça durait pas l'éternité. Il essaya de lui faire plaisir :

— Peut-être que c'est sans intérêt, ce que je vais dire, mais dans le tunnel, le type qui a foncé sur mon véhicule pour jeter de la peinture, eh bien, il boitait.

Elle releva la tête et il aimait quand elle prenait cet air qui le grandissait.

— Il boitait, vous en êtes sûr ?

— Oui, il était moyennement grand, cagoulé, vous savez, comme dans les films de gangsters. Il avait une allure très décidée parce qu'après, il a bondi sur la voiture. Mais avant, quand il est sorti de la fumée, il boitait. Je peux le jurer.

Mesplède se demanda sur quoi il pourrait le jurer.

Mais il ne trouva rien de valeur qui vienne spontanément.

Le grand flic sortit à nouveau de son silence.

— Il ne boitait pas à cause du poids du pot de peinture ?

— Non, certain. C'était une drôle de vision, ce type qui boitait et qui avançait vers la voiture avec un seau de peinture. Comme dans les films d'horreur, cette fois. Vous voyez, le moment où le méchant roule des mécaniques avec la musique qui vous file les foies.

— Et il était armé ?

— Armé ?

Le chauffeur préférait quand c'était la femme qui parlait. Le ton de l'homme était tout de suite plus pressant. Henry Mesplède sentait qu'il s'impatientait.

— Je ne crois pas qu'il était armé. Ou alors, ça ne se voyait pas. C'était tellement rapide. Et puis je me suis centré sur le pot de peinture. Vous vous attendez à tout, mais pas à ce qu'on vous balance un pot de peinture sur le pare-brise. Sincèrement, je n'ai jamais vu ça. Même à la télé…

— Donc, pour vous, il n'était visiblement pas armé.

— Non, comme je l'ai dit à votre… à votre collègue, il portait une combinaison noire. À bien y réfléchir, il avait peut-être une ceinture.

Au-dessus du flic, Mesplède réalisa soudain qu'il y avait trois armes suspendues au mur. Mais des armes en plastique. Alors il se rappela. L'image creva comme une bulle à la surface de sa pensée.

— Attendez, je me rends compte que j'en ai aperçu un deuxième, oui, un deuxième… Là, sur le côté… (Il ferma les yeux.) Un géant, j'aurais pas pu le louper. Mais avec la fumée et le choc des explosions… Lui, il était armé… De le voir armé m'a glacé le sang… Je me suis dit ça y est, tu vas y passer… Vous pensez que c'est pour ça que je l'avais complètement oublié, celui-là ?

Le chef prit une chaise et la tourna à l'envers pour s'asseoir, coudes sur le dossier.

— Possible… Henry, qu'est-ce qu'il avait comme arme ? Décrivez-la-moi.

Le chauffeur eut un air embarrassé.

— Euh…

— L'arme de poing, c'était plutôt un revolver… ou un pistolet ?

— Euh…

Suarez tapa plusieurs fois de la main sur le dossier. Il fit à Mesplède l'effet d'un joueur de castagnettes. Oh ! Comme il aurait voulu n'être que la proie de la femme. Cet excité-là le stressait. Et puis il devait avoir du succès, avec ses pattes sur le côté qui rejoignaient sa barbe millimétrée. Mesplède en avait marre des barbes, marre des tatouages, marre des mâchoires carrées.

Marre de tout ce qu'il n'aurait jamais.

Le flic, il ne manquait pas de cheveux. Son crâne n'avait rien d'un œuf dur. Tout était fermement implanté. Il devait mettre du gel pour ramener quelques mèches comme ça, devant, genre négligé. Mesplède n'avait jamais osé mettre de gel. Ce flic ne ressemblait pas à un footballeur.

Non.

Mais à un joueur de tennis.

Janko Tipsarević.

Mesplède était incollable sur le sport. Au moins un point où personne ne pouvait le battre. Ses pensées puisaient leur engrais dans *L'Équipe* et ça fortifiait tout en lui. Quand il lisait le quotidien, il avait même l'impression de jouer au hockey les doigts dans le nez. Alors le beau ténébreux, il n'allait pas se la ramener tout le temps.

Dans sa cage, même le gris du Gabon ne mouftait plus. Lui non plus, il ne devait pas connaître la différence entre un pistolet et un revolver.

Le flic rapprocha la chaise. Il en avait soupé de cette flopée d'individus rivés à la télé, qui pouvaient vous expliquer, tranquilles à une terrasse de café, les doigts empoissés par les cacahuètes, comment le RAID ou la BRI auraient dû donner l'assaut face à un forcené, et se dégonflaient comme des ballons crevés dès qu'il fallait décrire une arme. Suarez cacha son agacement sous un vernis de complicité.

— Comme vous avez l'air de regarder pas mal de films, l'ami, pas de panique, c'est simple. L'arme, elle ressemblait à celle utilisée par les cow-boys…

Mesplède arrondit les yeux.

— … dans les westerns, vous voyez le truc rond qui tourne ?

L'homme hocha la tête. Puis il la secoua en signe de dénégation. L'image était fugace.

— Non, non, non, pas comme dans les westerns.

— Pas un revolver, donc, bien… Elle ressemblait à un truc moderne, alors ? Comme tout le monde, monsieur Mesplède, vous avez déjà vu un James Bond, hein ?

Oui, il avait déjà vu. *Casino Royale*, six fois, et *Bons Baisers de Russie*, trois — entre autres. Il aurait pu citer les vingt-trois dans le désordre. Il y avait pourtant des années-lumière entre Sean, Craig et lui.

Mais non, l'arme n'était pas comme ça.

Suarez s'impatienta. La belle brune chercha dans la poubelle si elle n'y avait pas fait tomber son crayon à papier, par hasard. Ses seins avaient disparu sous le bureau. Même la poubelle avait maintenant plus d'intérêt.

Henry Mesplède leva les yeux au mur et Suarez suivit son regard. À demi tourné, il comprit ce qu'il lorgnait. La collection de répliques en plastique de Frankie. Un AK-47 modèle Para, un Sig-553 modifié et un HK-MP5 en plus petit.

Le chef de groupe eut un air mi-rassuré, mi-narquois.

— Eh bien, voilà ! Plus proche de ça ?

— Exactement.

— Lequel ?

— Plutôt comme le grand, là.

Il pointa l'index vers l'AK-47. Il avait l'impression de faire ses courses et de choisir une canne à pêche. Quand tout se serait tassé, il faudrait qu'il retourne tâter de la carpe.

— Sûr ? Comme dans les films de guerre ? lui dit le flic qui avait enfin reculé son siège.

— Certain.

La brune lui sourit. Il avait réussi. Des sentiments troubles le gagnèrent. Comme de repasser un examen et de ne pas manquer une occasion de se ridiculiser. D'autres, étranges, aussi. Comme s'il vivait, au prix de la peur, enfin quelque chose d'intéressant dans sa vie. Qui le mettait au centre du monde, avec la crème des flics, dans un bureau du centre de Paris.

Penaud au centre du monde.

Il baissa les yeux au sol. Quand il les rouvrit, il découvrit, sur le mur à sa gauche, des affichettes en noir et blanc qui étaient loin de faire dans la grisaille — des pubs Aubade. Il eut honte de ne pas détourner le regard. Honte de trouver que ces corps presque nus lui faisaient du bien après les horreurs passées. C'était comme de feuilleter une revue de cul après un deuil. Et quand il eut à nouveau le courage de regarder Mme Jaoui, il eut honte de la trouver encore plus sexy, aussi. Et se sentit frustré de ne pouvoir la toucher.

Alors il se tassa sur sa chaise et se considéra, du fond de sa liberté, plus en cage que le perroquet.

15

Suarez rêvait depuis une heure déjà de son petit moment d'intimité à lui. Seul avec ses mini-Davidoff, à regarder la vie partir en fumée. Face au Palais de Justice, ce qui, en soi, ne manquait pas d'ironie. En tout cas, pour lui, trouver son plaisir faisait partie des lois de ce monde. Quand on a constamment les mains dans le fumier, on ne mégote pas avec la joie. Les siennes vibraient entre ses doigts, que ce soit sa femme, la moto ou ses cigarillos.

Il sentit sa fatigue en gravissant les marches de l'escalier qui tournicotait. Un jour, il faudrait peut-être songer à se reposer.

Un jour.

Le commandant Suarez poussa la porte de son bureau. Toujours avec le pied. On ne se refaisait pas. C'était sobre. Pas autant que celui du chef adjoint de la BRB où pas un gramme de vie privée ne suintait. Suarez ne faisait pas dans le grand déballage non plus. Jamais il n'aurait mis une photo de ses deux filles, Lila et Lily. Encore moins de sa femme. Certains policiers avaient des bureaux à cœur ouvert. Pas lui. Il en connaissait un qui avait été piégé par un voyou qui s'était empressé de profiter de cette brèche ouverte. Lors d'une audition, il avait repéré sur son bureau que le flic avait une adolescente toute pimpante. Il avait voulu se servir de cette clef. Ce qui était une très mauvaise idée. Suarez avait fait sienne la sagesse populaire : pour vivre heureux, vivons cachés. Il n'avait pas besoin, non plus, de se raconter. Les murs de son bureau étaient loin d'être son roman-photo.

Alors qu'il sortait son portable de sa poche pour le poser sur le bureau, il sonnait déjà. Quoi encore ? Le parquet ciré ou la police ?

À la grimace que fit Stéphan Suarez en répondant, il était facile de comprendre que la nouvelle ne le réjouissait pas.

La conversation dura quarante-cinq secondes, montre en main. Elle n'aurait pas pu durer plus. Au bout d'une minute, le téléphone aurait mis le feu à son oreille droite.

Cette branche sèche de Marcin allait débarquer. Marcin le Chafouin. Le commissaire Marcin. Le grand commissaire Marcin. S'il devait porter toutes les médailles qu'il croyait mériter, le type serait une quincaillerie ambulante ou une compression de César. Suarez l'adorait, Marcin. Il se préparait à l'immense honneur de recevoir Marcin dans son bureau. Ce connard l'essorerait plus que n'importe quelle nuit blanche.

Dans un vide-poche, ses doigts fouillèrent à la recherche d'une pièce de un euro. Suarez plissa les yeux, fit la moue et envoya la pièce valdinguer en l'air. Il tirait à pile ou face si Marcin allait être bien luné.

La pièce retomba sur son bureau, près de sa boîte de cigarillos. Suarez fit encore plus la moue. Les augures avaient parlé. Du mauvais sur du mauvais, pas besoin d'être doué en prévisions pour décréter que ça ne sentait pas bon.

Il pouvait se préparer au pire. Et le pire avec Marcin, c'était le pire au carré.

Il fallait bien que ce type soit le commissaire de permanence pour les brigades centrales. Ce week-end, il prenait le pouvoir hiérarchique. Chez certains, prendre le pouvoir hiérarchique montait à la tête comme un verre de mezcal au *sal de gusano*, cette poudre pimentée qui n'était pas rouge pour rien. Inutile de préciser que Marcin était de ceux-là.

En attendant la furie, Suarez fit le point, un crayon à papier coincé entre les dents. Un moment, il resta les yeux dans le vague. Il revit Mesplède recroquevillé en crevette sur la chaise, avec son regard fuyant. Il avait l'air sincère. Mais combien de voyous ont l'air de braves garçons ? Le plus intéressant était de réfléchir au mode opératoire. L'équipe était bien montée, bien modelée, elle devait forcément évoquer des abonnés de la brigade. Et des fidèles de ce modèle, il n'en démordait pas, on n'en trouverait pas des bataillons. Suarez mâchonna son crayon, persuadé que les malfrats étaient là, sous leur nez, dans leurs fichiers. Mais comme au tiercé. Dans un ordre sur lequel ils n'avaient pas encore misé.

Pour nom de code, il ne mit pas longtemps à adopter L'ATTAQUE DE LA DILIGENCE. Ce nom de code était plus qu'un titre. Il délivrait l'esprit de l'affaire, sa quintessence. En dépit de ses mille efforts de concentration, ses pensées se brouillèrent. En lui, quelque chose moulinait en tâche de fond. Quoi, précisément ? Impossible de mettre le doigt dessus. La fatigue, sans doute. Mais non, ce n'était pas la fatigue. Le vrai tourbillon au fond de son cerveau, il l'admit vite, c'était le Gecko. Déjà trois mois qu'ils travaillaient sur lui et ils n'avaient pas trouvé sa faille. N'importe quel malfrat a pourtant un point de faiblesse, une zone lâche où le flic enfonce le doigt. Mais ce casseur échappait à toute règle. Depuis que Suarez exerçait ce métier, des cas extrêmes comme le Gecko, il en avait rencontré combien ?

Zéro.

C'était simple : le Gecko n'avait aucun contact avec sa famille. On ne lui connaissait ni maîtresse ni ami. Juste un pauvre hère avec qui il jouait parfois aux échecs. Pas de quoi remplir les poches de la procédure et jouer Cosette, elle n'aimait pas. Entre la conviction policière et la conviction judiciaire, il y avait tout bonnement un fossé. Aucun point d'accroche solide pour travailler leur homme. Quant au téléphone du Gecko, il ne donnait presque rien et il en changeait fréquemment.

Le Gecko était un solitaire et un trappiste.

Personne ne venait à son contact sans éveiller sa méfiance. Nul besoin de briller, nul besoin de se raconter ou de parader. Suarez avait cru tenir le Gecko par son receleur, un certain Micky Stricker — Micky pour Mickaël mais s'américaniser fait toujours son petit effet. Un honnête citoyen qui payait ses impôts et allait à la messe en famille le dimanche. Tu parles. Un sale type qui présentait bien et se cachait derrière sa belle vitrine d'antiquaire, près de la gare de Lyon. Sans receleur, pas la peine de voler. Pire qu'une ampoule allumée en pleine nuit : l'enflure attirait les frelons par nuées. Autour du receleur, le groupe de Suarez pouvait compter les noms. Du voyou haut de gamme.

Des vrais receleurs, de ceux qui ne comptaient pas leurs heures, il devait y en avoir vingt, trente sur Paris. Pas plus. Des diplômés de l'arnaque avec pignon sur rue. Certains, méfiants, ne traitaient qu'au sein de leur communauté. D'autres se fichaient de toutes les origines, celles des objets comme des personnes. Pour l'or, les receleurs le revendaient au poids, à Anvers ou à Bruxelles. Des bijouteries vérolées peu regardantes sur leurs livres de comptes... Il y avait même des fonderies en banlieue qui fabriquaient des lingots artisanaux. La Chine était en grosse demande d'or, le métier de monte-en-l'air avait de beaux jours devant lui — ou de belles nuits.

Dans le milieu, les casseurs appelaient Stricker : la Murène. Quand Suarez avait demandé pourquoi à Chaton, son informateur, il avait eu un méchant sourire : « On dit que les murènes ont une gueule de cauchemar, à cause de leur double mâchoire. Elles engloutissent leurs proies en une seconde. Je te jure. Eh bien, lui, il te prend tout ce que t'as en moins de deux. Il te dépouille à mort. Pire qu'une pute qui te vide les couilles. T'arrives avec une montagne d'or et tu repars avec de pauvres billets. Mais c'est du chacal fidèle — et il va pas te balancer. »

Se mettre sur le receleur revenait à surveiller l'épicier de quartier chez qui tout le monde finit par passer. Le Gecko ne semblait pas avoir d'autre fourgue à part ce faux-cul de première. Leur relation était ambivalente, entre besoin et détestation réciproques.

La Murène brassait beaucoup d'argent. C'était

un redoutable négociateur. Méchant avec les petits, obséquieux avec les grands. Plus qu'un receleur, il paraissait un instigateur. Mais il était là pour le fric, pas pour la belle grimpe. Suarez s'était dit qu'ils commenceraient par lui. Qu'ils l'arrêteraient et que l'homme aurait tout à perdre, qu'avec sa situation établie et sa famille qui ressemblait à son enseigne dorée, il craquerait et lâcherait le Gecko, son casseur, vite fait, bien fait. Ils avaient branché son domicile, branché son portable, constaté qu'il drainait de la racaille internationale. Chaque jour, la liste s'allongeait. Quand ils passaient les lascars au fichier, ils sortaient archiconnus.

Un jour, ils étaient venus contrôler ses registres. Dans sa boutique, où les siècles s'entassaient, ils étaient tombés sur une peinture signalée au TREIMA, le logiciel répertoriant les œuvres d'art volées. Flag de recel, ils avaient tout passé au peigne fin. Mais c'était sans compter sur la double mâchoire de la Murène. Il ne lâchait effectivement rien. Il s'en était tiré par une pirouette et là, il fallait bien avouer que le mec était gymnaste. La peinture était soi-disant en dépôt et son prétendu propriétaire reposait au cimetière. Chez les crapules, le monde retombait toujours sur ses pieds.

Quarante-huit heures de garde à vue et Stricker les avait baladés. Un vrai tour en montgolfière sans se dégonfler. Suarez ferma les yeux et se massa les tempes. Ce massage déclencha un bâillement. Son esprit s'était barré. Et loin. Une minute d'errance et le Gecko rappliquait. L'Attaque de la diligence n'était pourtant pas du petit gibier. Suarez se raisonna. Revenir au grand albatros… Ce n'était pas de la trahison. Juste, le temps d'une permanence, une diversion. Mais dès le lendemain matin, il reviendrait à son objectif.

Discipline.

Le café l'aida à ne pas fermer les paupières mais pas encore à turbiner comme une fusée. Suarez ouvrit et referma sa boîte de cigarillos, plusieurs fois. En même temps, il essaya de revenir à l'Attaque de la diligence et de se remémorer la scène du tunnel. Étrangement, ce furent les coulées de peinture qui s'imposèrent à sa mémoire.

Comme des peintures de guerre sur la chaussée.

Les braqueurs étaient des guerriers.

Il y avait un cerveau dans l'affaire. Un homme qui ne réfléchissait pas comme tout le monde. Le coup de la peinture valait signature. Il faudrait sonder.

★

D'un geste qui avait retrouvé toute sa vivacité, il s'empara à nouveau de son téléphone.

— Mon petit Seb ?…

Au bout, la voix était un mélange de dévouement et d'attention. Il aurait pu faire venir Seb mais le Manitou allait se pointer.

— Mon petit Seb, dis-moi. Dans ton grand cerveau tout beau, tu as souvenir d'un coup à la peinture, toi ?

Sébastien Taravella marqua un silence. Puis il répondit qu'il avait juste entendu parler du procédé pour stopper un *go fast* à un péage, une fois, *stop sticks* à l'appui. Mais côté gendarmes, pas voyous. Comment des décennies d'archives policières pouvaient loger dans la tête de ce capitaine qui avait le profil d'un *lifeguard* des plages d'Hawaï ? Chaque fois, Suarez était admiratif.

— C'est tout de même fort, comme coïncidence. Peinture et *stop sticks*. Tu ne pourrais pas gratter là-dessus quand ce sera le moment ? Et voir si les mecs avaient été chopés ? Et chercher ce qui sort avec des armes longues et des faux uniformes… Oui, faux ou volés, bien sûr. Au fait, du nouveau du côté de Yannis et des vidéos ? C'est récupéré ? Et tu répètes à Brocas de me tenir au courant pour Épinay. Même si c'est juste pour me dire qu'il a une épine dans le pied, O.K. ? Tu sais ce que c'est : des coups d'épée dans l'eau, et un jour, sans prévenir, vient le gros lot… Hé, hé, hé, raccroche pas : tu chopes aussi Myriam pour qu'elle voie Costella. Bonne mémoire, sinon, poussin, un point. À plus.

Pendant qu'il parlait, il s'était dirigé vers sa fenêtre. Dehors, Paris avait les langueurs d'un dimanche. Les gens, clairsemés, traversaient la place sans se hâter. Avec leurs doudounes, ils ressemblaient à des paquets cadeaux. Tout gravitait autour du marché aux fleurs. Le dimanche, il se muait en marché aux fleurs et aux oiseaux. Suarez se demanda si on s'énervait plus quand on attendait un connard ou lorsqu'il vous cueillait à froid. Il ne fut pas sûr de la réponse et revint à son bureau.

Ce fut pour voir arriver Marcin. S'il eut un sourire, ce fut plus rapide qu'une fouine qui détale. Les lèvres crispées, dans une seconde, allaient se dérider. Juste pour lui lancer un : « Alors, Suarez, je vous écoute. » Suarez se leva, le salua, puis vint se repositionner à son bureau, sans s'asseoir, et se cala, poids du buste sur les poings. Paré.

★

Il avait bien fait, vu ce qui l'attendait.

Marcin le toisa et lui balança :

— Alors, Suarez… C'est pas encore sorti, votre dossier ?

Suarez se crispa et hésita à lui décocher un crochet dans les lunettes ; ou à lui demander s'il allait prendre des congés et si sa maîtresse ne pourrait pas le pomper, des fois. Il l'avait croisée un matin, sur le pont de l'Archevêché. Et supposé que c'était sa maîtresse. Cette brune teintée avait la gaieté d'un organigramme.

L'agité reprit, avec deux rides qui marquaient son front, entre les sourcils, deux petites vallées qui, en plus de l'assombrir, lui donnaient l'air crispé :

— Vous savez que là-haut, ça vibrionne de partout. Ce n'est pas vous qui recevez les appels, Suarez.

Non, ce n'était pas lui. Il y avait des patrons pour ça. Marcin était excité comme un ressort sur une ligne à haute tension.

Suarez détourna le regard. Comme si tout était intéressant dans cette pièce, la lézarde sur le mur, le plafonnier qui se dévissait, la tasse kitchissime du LAPD, tout, sauf Marcin.

L'autre n'en finissait pas de s'impatienter. Il avait la bougeotte innée.

— Suarez, vous m'entendez ?

Parce qu'il avait l'air sourd, en plus ?

— Oui, je vous entends, commissaire. Mes hommes sont au taquet. Je ne peux pas leur demander de changer de braquet. Ce n'est pas le Tour de France, la BRB.

— Et la vidéo, qu'est-ce que ça donne ?

Ce coup bas, il fallait être Marcin pour le sortir. Suarez reprit son inspiration. Là, il avait droit au numéro des grands jours. Même en se remémorant chaque moment en compagnie de cet abruti, il ne se rappelait pas qu'il ait été aussi odieux. La vidéo, il fallait déjà la récupérer. Quant à l'éplucher, ça ne se faisait pas les doigts dans le nez.

— Alors, qu'est-ce que ça donne ? C'est déterminant, vous savez, l'exploitation vidéo, Suarez.

Non, il ne savait pas. Il était rentré dans la PJ par une porte ouverte sur le palier.

Maintenant, il connaissait la réponse à sa propre interrogation : on ne s'énerve pas moins quand on y est préparé. Peut-être même s'énerve-t-on encore plus car on rêverait de s'être trompé.

Heureusement qu'on était en hiver et que la fenêtre n'était pas ouverte, il aurait saisi Marcin aux tibias et aurait jeté ce poids plume par l'entrebâillement. Quitte à tailler pour que la très, très grosse tête puisse passer.

— Bon. Reprenons tout. Racontez-moi. C'est quoi, cette affaire ? Dites-moi ce qui s'est passé.

Suarez releva le front, le regard droit. Juste avant, il avait rassemblé ses idées. Mais Marcin fit son Marcin et Suarez songea, avec une rage qu'il avait de plus en plus de mal à contenir, que certains n'échappent pas à leur propre caricature. Et dire qu'on lui sortait le Gecko du cerveau pour un tête-à-tête avec un flic qui aurait mieux fait d'être militaire.

Stéphan Suarez croisa les bras. Il avait dû pouvoir placer quatre ou cinq phrases et il en avait désormais pour dix bonnes minutes à simplement hocher la tête car au lieu de l'écouter, Marcin lui expliquait qu'il sortait de l'état-major du 36. Qu'il n'avait pas même eu le temps de boire un café. Sous-entendu : lui. Le commissaire s'était appuyé contre le mur et détaillait l'affaire en long en large et en travers. De travers, aussi, Coco. Suarez brûlait d'envie de le lui dire.

Mais l'autre jubilait de détails en lissant sa cravate. Très moche, la cravate. Avec des rayures qui avaient oublié d'être fines. Suarez esquissa un sourire. Finalement, en plein accord avec le personnage.

Marcin avait cette mine fière et idiote de ceux qui jugent en savoir plus que l'intéressé. Il continuait de repasser sa cravate, entre le pouce et l'index et Suarez détourna les yeux avant de ne plus rien supporter : la cravate, le geste et le type.

Voilà que Marcin avait remarqué son désintérêt. Il l'appela par son nom, pour le forcer à le regarder :

— Suarez ? Suarez, vous savez, cette affaire va secouer nos politiques. L'Arabie saoudite, ce n'est pas le fin fond du 93. Et quand nos politiques sont secoués…

Il prit un air important et responsable et Suarez faillit descendre lui chercher le portrait présidentiel pour le lui fourrer entre les bras, félicitations et lauriers, *etc*.

Il se contenta de dire :

— Les politiques sont des vieilles branches. Sèches. Tordues. Noueuses. Elles en ont vu, des rafales de vent, alors elles ne vont pas pleurer parce qu'en hiver c'est pas l'été.

— Vous faites bien de parler de Rafale… Le président a remis la Légion d'honneur au ministre de l'Intérieur saoudien. Vous le savez, au moins ? Ben Nayef, le prince héritier.

— Ce que je sais, monsieur le commissaire, est qu'au final, tout ça, c'est la danse du ventre du fric.

Suarez se rassit et prit l'un de ses cigarillos entre les doigts. Sans un mot, il détailla Marcin, de haut en bas. Aux pieds, l'homme portait des souliers briqués comme à l'armée. Marcin le toisa, sévère :

— Vous n'allez pas fumer, tout de même…

— Non, je ne vais pas fumer. Mais j'ai au moins le droit de me détendre les doigts. Maintenant, si vous voulez du résultat, je crois qu'il faut que je revienne à tout ça.

Et il tapa un grand coup sur sa pile de dossiers.

— Vous me refaites un point dans une heure, on est bien d'accord ?

— Bien sûr, conclut Suarez avec toute la maîtrise de soi dont il était capable.

Marcin claqua des talons et disparut enfin. Encore un tic qui allait bien avec son style caporaliste.

Quand il le vit prendre la tangente, Suarez posa ses baskets de moto à lacets bordeaux sur son bureau et souffla un grand coup.

Mais le Chafouin repassa la tête par l'encoignure et la cravate à grosses rayures fit le balancier :

— Et vous êtes payé pour trouver, Suarez… Pas pour fumer.

Stéphan Suarez en resta bouche bée. Le sang afflua dans ses joues. Se contrôler. Ne pas lui faire ce plaisir d'éclater. Il savait que Marcin le détestait. La raison en était, comme souvent dans les services de police, ridicule. Du temps où Marcin était adjoint au chef du 94, ils avaient eu à se connaître sur un dossier de braquage de banque sur lequel travaillait la BRB. Richard Marcin avait été dessaisi car la BRB avait revendiqué le dossier. Chez les caractériels comme Marcin, les différends reposaient sur des malentendus profonds que l'orgueil n'avait jamais voulu dissiper. Suarez se rappela la sagesse d'un des anciens, le Gros, qui répétait : « Quand tu as un ennemi, assieds-toi au bord de l'oued et attends. Un jour, tu verras passer son cadavre. » Alors il s'attacha à voir flotter le cadavre de Marcin sur la Seine, l'oued local, avec la cravate à grosses rayures qui surnageait entre deux flots. Il ne manquait plus que ce pervers lui parle de sa femme. Mais s'il ouvrait la bouche sur sa femme, la sagesse ne pèserait pas lourd et Marcin serait bon pour gagner la glotte devant les incisives.

★

Le pas nerveux de Marcin résonnait dans le couloir. Il s'arrêta net devant le bureau de Myriam et de Sébastien.

Myriam le salua et se remit à taper sur son ordinateur. Ses ongles volaient sur le clavier sans le regarder. Même fatiguée, Myriam avait toujours aimé son métier. Marcin passa des ongles bleu métallisé à sa jupe. Une belle jupe en laine, qu'elle portait avec un pull qui lui collait aux seins mais s'évasait aux manches, et tombait sur son épaule droite. À ses jambes, de longues bottes chaudes.

Elle se demandait pourquoi il ne partait pas et restait là, planté à l'observer.

Marcin revint en arrière et la cravate la plus naze de la PJ refit son apparition.

Stéphan Suarez leva cette fois-ci les yeux et considéra Marcin avec lassitude. Quand ce dernier lança :

— Elle n'aurait pas un problème avec sa machine à laver, votre poupée Barbie ?

Suarez le fixa, ahuri.

— Je ne suis pas sûr de comprendre, monsieur le commissaire…

— Parce qu'elle a tendance à tout rétrécir, si je ne me trompe, non ?

Suarez resta muet et pensa à Myriam qui devait avoir entendu cette nouvelle mesquinerie. L'autre l'avait clamée et ce n'était pas Versailles, ici, question couloirs. Tout ce qui était crié était partagé. Il l'imagina, les yeux posés sur ses jambes, soudainement embarrassée par son propre corps. Du moment qu'elle était efficace, Stéphan Suarez n'en avait rien à battre que Myriam soit sexy ou sapée comme une nonne.

— Monsieur Marcin, dit Suarez avec le ton le plus calme qu'il put trouver, sincèrement dans mon groupe, il n'y a que les idées courtes qui me dérangent. L'étroitesse d'esprit reste, pour moi, le seul ennemi d'un groupe d'initiative… On devrait en faire un délit. Je vous souhaite une bonne permanence.

Il en avait assez entendu pour aujourd'hui. Il avait besoin de se concentrer.

Tandis que Marcin redescendait par l'ascenseur grillagé, Myriam déboulait dans le bureau de Suarez. Jamais il ne l'avait vue avec les pupilles aussi acérées.

Elle se campa devant lui, mains sur les hanches.

— Mais il se prend pour qui, Marcin, avec son air de quaker sec comme un raisin de Corinthe ? Il se prend pour qui, Stéphan ?

— T'inquiète, Myriam, au fond, je te jure que c'est un bon poulet, il se donne à fond et il verrouille tout, mais ce mec, c'est vrai, ne sait que crier.

— Ce n'est pas que crier, Stéphan, là, c'est de la méchanceté. De la pure méchanceté.

— Ne demande pas à la connerie de faire la finaude, Myriam…

— Je vais te dire. (Et sa voix tressauta.) Eh bien, ça ne donne pas envie de se donner.

Stéphan réfléchit et les paroles d'un philosophe, entendu à Noël à la radio, prirent sens. Par hasard, il était tombé sur cet homme qui jouait à saute-mouton avec la pensée. Sur une radio qui ne braillait pas trop, France Culture, sans doute. Le type, un certain Jankélévitch, parlait de la méchanceté comme personne. Elle allait, pour lui, dans le sens du néant et de la mort par son pouvoir de désunir. Parce que le méchant, cet « éternel Méphisto », était « disloqué au-dedans ». Il avait noté cette phrase sur un carnet et, pareille aux guirlandes étoilées, elle avait brillé : « LA MÉCHANCETÉ DISSOCIE COMME L'AMOUR UNIT. » Il n'allait pas laisser ce serpent de Marcin semer le chaos dans son groupe. Bien sûr, Myriam avait raison. C'était de la méchanceté. Et Marcin avait en commun avec les casseurs de banlieue de vouloir tout briser. De réduire le monde en miettes, de piétiner les êtres. Un coup de poing n'y changerait rien. Il ne mettrait pas K.-O. la méchanceté de Marcin. Ne restait qu'à lutter, par des valeurs opposées. Mais après tout, dans son métier, c'était le seul combat qui comptait.

Il fit signe à Myriam de se rapprocher et lui désigna la chaise face à son bureau.

— Écoute, un, tes jupes, elles sont très bien, deux, on ne mesure pas l'intelligence d'une fille à la taille de ses jupes…

— Ni celle des mecs à la taille de leur queue. Pourtant, lui, avec son appétit de pouvoir et de contrôle, c'est vraiment « sexe court donne bras long »…

— Tu le connais si bien que ça, Myriam ? s'étonna Suarez.

— Mais non, arrête… ! C'est juste qu'il a l'air un peu racorni de partout.

— Le commandant BonBeck, il a une belle expression pour ça : il dit que c'est juste qu'on a dû lui voler son quatre-heures quand il était petit. Il ne faut pas lui en vouloir.

Elle plongea ses grands yeux dans les siens :

— Ne me dis pas que tu n'as pas eu envie de le tuer, et pas qu'une fois…

— Pas besoin d'être à confesse pour que tu aies la réponse. T'es trop intuitive pour ça.

— Tu sais quoi ? L'autre fois, dans le métro, j'ai lu une citation qui disait que si on tuait en vérité tous ceux qu'on massacrait en pensée, l'humanité ne serait plus qu'un cimetière géant.

Suarez sourit et resta suspendu à ce qu'elle disait, un instant. Il n'avait pas de quoi la démentir, effectivement. L'essentiel était qu'elle se détendait. La pire défaite aurait été que le Chafouin affaiblisse ses troupes.

— T'inquiète, Myriam, c'est le genre de mec qui est fier de tailler des croupières…

— On a les fiertés de ses ambitions, l'interrompit-elle, le menton sur ses poings.

— C'est bien dit, Myriam, c'est bien dit. Maintenant, tu vas retourner dans ton bureau tranquillos, tu iras me voir Costella dès que tu pourras et tu vas pas changer la taille de tes jupes pour ça, et on va les moucher par notre travail bien fait. Pas vrai ?

— Bien sûr, Stéphan.

— Tu sais, y a des mecs, ils ne connaissent que le

management par la terreur. Mais on n'est rien sans les gens avec qui on travaille.

Et il lui fit un clin d'œil. Elle avait repris de belles couleurs aux joues. En tant que chef de groupe, il savait qu'il devait absorber la pression pour que ses hommes puissent travailler en sérénité. Devant eux, il n'avait pas le droit de craquer.

— Myriam, avant de partir, tu peux me refiler le nom du blessé ? Tu sais s'il va s'en sortir ? J'aimerais bien savoir pourquoi il s'est fait truffer. C'est notre seul vrai témoin. Mais rien ne nous dit que ce ne soit pas une taupe, non plus. Après tout, il n'y a que sur lui que ça a défouraillé.

— Je t'amène ça tout de suite.

— Ce serait bien que quelqu'un aille à Beaujon pour récupérer les projectiles et les vêtements. Je voudrais savoir aussi si le blessé sera bientôt audible ou non… S'il n'est pas mort, évidemment.

— Ça marche, chef.

— Myriam, un dernier point : qui lève le Gecko demain ?

— Seb, Greg et moi, au moins, pour le dispo de jour.

— Ce soir, pas d'excès de zèle. Avec l'Attaque de la diligence, tout le monde sera sur les rotules. Pas la peine de coucher le Gecko.

— C'est vrai que ça commence à tirer, dit-elle sans moraliser. La prochaine fois, Stéphan, tu le choisis moins sportif, ton objectif, hein ?

Et elle lui cligna de l'œil.

Suarez sourit, comme s'il promettait. Il quitta sa chaise et lui prépara un café à la machine de son bureau. Trois mois que le Gecko les faisait cavaler. Tôt le matin, tard le soir. Et des nuits, ils en avaient passé au moins quinze derrière lui. Souvent à cinq, de vingt-trois heures à quatre heures du matin. Neuf fois sur dix, le Gecko ne faisait rien. Ou alors, ils le perdaient. Il rentrait chez lui, place du Caire, mais disparaissait par les toits. Une fois, ils avaient attendu des heures pour rien, persuadés que le Gecko restait au logis alors qu'il courait Paris de nuit. À ses supérieurs, Suarez répétait son credo : se donner les moyens, et les moyens exigeaient du temps.

Le temps devait rester la force de la police judiciaire, même si le vent tournait et que la politique des chiffres était, aujourd'hui, la plus forte corruption de l'esprit.

Tout avait commencé par un tuyau de Chaton, le Tonton en titre de Suarez.

Il lui avait parlé d'un casseur. Un très beau casseur. Le modèle très, très actif.

Chaton n'avait pas bluffé, il avait cité des casses chez des personnalités. Suarez avait vu passer les télégrammes. En lui, la fibre banditiste avait frissonné. Car l'envergure du Gecko, elle impressionnait. Chaton ne connaissait pas, en vérité, le nom du Gecko. Dans le milieu, le surnom de Mauro circulait. C'est celui qu'il employait. Se faisait-il appeler par son vrai prénom ? Chaton avait dit : « T'excite pas sur ça, t'as compris qu'on dit Mauro comme on dirait le Grand Lézard. Après, il peut aussi s'appeler Mauro… Je suis pas sa mère. » Suarez avait rappelé la règle à son groupe : « O.K., on part de zéro mais si on trouve la voiture, la BRB le fait. » La voiture, la clef de voûte… Tout ramène à la voiture. Après, c'était comme pour la drague — du travail d'approche. L'identifier et le caractériser. Chaton avait eu assez de tripes pour désigner le Gecko, un soir, depuis un fourgon de planque. Enfin, il avait surtout les tripes dopées à la prime… En douce, Myriam lui avait tiré le portrait. Mais ils n'avaient pu ricocher sur une fiche signalétique et anthropométrique car le Gecko n'était apparemment jamais tombé. Le Gecko était un casseur, pas un tueur. Et autant méfiant que prudent. Côté Parquet, il était plus difficile de vendre à la justice un casseur en solo qu'une bande organisée. Et de leur expliquer qu'un appartement bon à casser ne se trouvait pas avec un doigt mouillé.

Suarez avait bataillé.

En trois mois, le groupe entier avait vécu des hauts et des bas. La cyclothymie usuelle de la PJ. Suarez ne comprenait pas comment le Gecko procédait et d'où il partait quand il cassait. En bons flics rivés à leur os, ils cherchaient une logique.

L'erreur était là.

Car ils voyaient le Gecko à travers leur logique. Pas la sienne.

— S'il était moins sportif, Myriam… il ne serait pas notre came, décréta Suarez en lui tendant un gobelet.

Elle souffla sur son café et le but à moitié. Puis elle se leva et repartit vers son bureau — sans tirer sur sa jupe.

Suarez la regarda s'envoler, heureux que les femmes mettent un peu de grâce dans le poulailler.

16

Il avait décidé de prendre un taxi. Pour Astrakan, prendre un taxi équivalait à se rendre, pour d'autres, à la Foire du Trône. Il ne savait plus trop comment repérer s'il était occupé ou non.

Le quartier était fréquenté et, très vite, une Mercedes pointa sa bonne étoile.

Ylana rit. Astrakan se tenait au beau milieu de la chaussée, bras écartés. Après la scène de la nuit passée, elle trouva que c'était une manie de prendre en otage les Merco.

Le mec pila. À la hâte, ils jetèrent leurs cigarettes — presque en même temps. En montant, le chauffeur leur fit des remarques. Il n'était pas là pour tester ses freins. Astrakan n'écoutait pas, Astrakan n'écoutait plus. Il voyait cette femme à portée de main et il n'en faisait rien. C'était fou, c'était bien.

Elle le déstabilisait. Elle était jeune et fraîche mais plus mûre que celles qu'il avait enfilées, mises bout à bout sur le même collier. Soudain, il la dévisagea. Ses pointes mauves l'amusaient. Il avait envie de les toucher. Au-dessus des lèvres, il remarqua un grain de beauté. Sa peau était veloutée. Qu'est-ce qu'il attendait ? Il aurait pu tout prendre, tout voler, tout saccager.

Bordel, à la fin, c'est vrai, qu'est-ce qu'il lui prenait ?

Quelque chose en lui, jusque-là perdu ou bien enfoui, lui recommandait de ne pas se hâter.

Soudain, elle lui tapota la main et désigna de l'index le chauffeur. Il s'était retourné et avait stoppé.

— Je vais où ? demanda-t-il, le front tout ridé de se désespérer.

— Aux Champs. Chez Ladurée.

— Pas celui de la rue Royale ?…

Astrakan se pencha vers lui, le regard durci. Il était sourd ou quoi, papy ?

— Ça va, ça va ! Je préfère toujours demander. Y a des touristes qui…

— On a l'air de touristes ?

Le mec ouvrit sa bouche de carpe, puis fit signe qu'il laissait tomber. À 13 heures, il finirait, il n'avait pas envie de s'énerver. Le dimanche, sa femme lui préparait son plat préféré.

Ylana n'avait pas osé dire à Astrakan qu'elle n'aimait pas les gâteaux. Elle avait deviné qu'un type de sa trempe n'avait sûrement jamais mis les pieds chez Ladurée. Et qu'il le faisait comme d'autres iraient au zoo. Pour se dépayser. Et lui être agréable. Bientôt, ce serait son anniversaire à elle. Ylana se mordit les lèvres et fit la part des choses. Après tout, ce serait son gâteau d'anniversaire. Un peu en avance, à une semaine près. Par la vitre, Astrakan se concentrait, lui, sur le trottoir qui défilait. Entre deux arbres nus, la Seine apparaissait. Il se retint de demander à la fille où Ranko et Redi l'avaient pêchée. Certaines questions sont inutiles. Moins il les poserait, moins il l'orienterait. C'était à Ranko de lui dire ce qu'elle avait vu et vécu. Peut-être rien, après tout. Mais il pariait sur le contraire. Il sentait que cette fille et le convoi étaient liés. Ce qui le flattait. Il avait l'impression d'avoir doublement volé Al-Jaber.

Le taxi fila sur l'avenue Georges-Mandel, direction le Trocadéro.

★

Très vite, l'envie de fumer revint. En passant devant le cimetière de Passy, exactement. Sans doute à cause de « FUMER TUE » : fatalement, c'était lié. Astrakan se pencha à nouveau vers le quarantenaire aux traits plus vieux que le Louvre.

— Je peux fumer ?

Le chauffeur se retourna vivement.

— Ah non, monsieur. Ah non ! C'est interdit, regardez l'autocollant, là… Non là, plus bas.

Et il tapota à l'aveugle, vers le dossier du siège passager, pour pointer un autocollant d'interdiction.

— Un autocollant… c'est pas un flic, lui lança Astrakan.

Dans le rétroviseur central, il vit le chauffeur secouer la tête. Du genre, ça n'arrive qu'à moi de tomber sur des lourdingues. Ils ont un pavé dans le ciboulot, les deux rigolos.

Le type se dirigea vers Iéna, lèvres serrées.

Ylana ne parlait pas. Elle regardait en face d'elle, l'Arbre magique, un sapin vert attaché au rétroviseur, qui tanguait, et lut, yeux mi-fermés, l'inscription « Pomme verte ». Mais oui, c'est ça, les fruits du verger. Elle repensa : quelques heures auparavant, j'étais assise dans une Mercedes, une Mercedes qui ne sentait pas la pomme râpée et je ne savais pas encore où j'irais.

Après.

Maintenant, après est là et je ne sais pas ce qui me pousse à accepter de changer de vie comme de chemise. Et après *après*, qu'est-ce qu'il y aurait ?

La fuite… ou l'abandon ?

Aux abords d'Alma-Marceau, Astrakan parut se raviser :

— Attendez, passez par l'avenue Montaigne…

— Ce n'est pas la route mais c'est vous qui décidez.

Astrakan était comme hypnotisé par les chiffres rouges du compteur qui grimpaient.

— Vu le prix de mon droit à décider, je ne vais pas m'en priver… Ylana, Artcurial, là, vous connaissez ?

Ils arrivaient au rond-point des Champs-Élysées. Artcurial ? Oui, elle connaissait pour avoir vu, une fois, un char d'assaut derrière la grille quand elle était venue à deux pas, pour des Russes qui jouaient au théâtre du Rond-Point. Mais elle n'était jamais entrée.

— On s'arrête un moment, là, si ça ne vous dérange pas ?

Au stade où elle en était, elle ne voyait pas ce qui pourrait la déranger.

La grille d'entrée était cent fois plus dorée que le hall d'Astrakan. Un affichage annonçait un futur combat de *chessboxing*. Avec une peinture d'Enki Bilal qu'elle trouva superbe. Quand elle vivait avec Alexis, il lui avait acheté l'album de bande dessinée *Bleu Sang*. Depuis, elle avait hésité. Entre des mèches bleues ou mauves. Bleu comme les femmes de Bilal. Le mauve l'avait emporté car on ne doit jamais rien copier.

Plus précisément, Alexis lui avait offert *Bleu Sang* pour que les héroïnes de Bilal inspirent Ylana dans la composition de leur dernier programme sur glace. Bustier court spatial et short sexy. À l'intérieur de *Bleu Sang*, battait cette phrase qu'ils aimaient tant : « Pour s'aimer, il faut s'évader de cette foule de deux personnes. »

S'évader.

Ylana se colla à la vitre. Elle n'en revenait pas. Bilal. Et un combat. Elle ne connaissait rien aux échecs mais elle adorait la boxe. Quand elle avait cherché à savoir qui était son vrai père, on lui avait juste lâché, comme un os à ronger, qu'on avait entendu dire qu'il était boxeur. Elle avait mis longtemps à comprendre que ce pouvait être un métier. Depuis, dès qu'elle voyait un boxeur à la télévision, elle guettait la moindre ressemblance.

Astrakan se demandait les raisons de son excitation quand elle lui tapota la jambe.

— Je suis foooolle de ses BD.

— De qui ?

Ylana lui montra l'affiche.

— De lui…

— Ah ! Bilal ! Vous aimez Bilal ?! Joli.

— *Joli*, vous ne pouvez pas dire joli. C'est sublime ! C'est juste sublime, ce qu'il fait…

À nouveau, elle se tourna vers le bâtiment d'Artcurial et posa ses mains sur la vitre.

— Je voudrais vivre dans ses albums. Vous savez, on tourne la page, et on se glisse entre les images, comme si de rien n'était.

Elle eut un petit rire si gai qu'il en bénit Bilal et ses BD.

Elle alla même jusqu'à lui raconter l'histoire des

cheveux bleus des héroïnes de Bilal, et son hésitation à elle, entre le mauve et le bleu.

Il prit une mèche de ses cheveux entre ses doigts, la fit rouler, et dit, perdu dans ses pensées :

— Mauve, c'est bien.

— On ira, dites-moi qu'on ira ! Ce serait bien, non ? Les échecs, la boxe, je suis sûre que vous aimez.

— Comment ça, les échecs, la boxe… ?

— Le chessboxing, dit-elle comme une évidence, c'est Bilal qui a créé ça.

— Quel rapport entre un peintre-dessinateur et les échecs ?

Il ne comprenait rien à ce qu'elle racontait.

— Ah ? Vous ne connaissez pas ?! Et moi qui pensais que l'art n'avait pour vous aucun secret…

— Allez, arrêtez de me faire mariner… Je ne suis pas un hareng.

— Ni un maquereau ?… Oh, ne vous énervez pas comme ça ! On a le droit de rire, non ? Alors voilà : le chessboxing, c'est dément. Bilal a inventé cette discipline dans l'une de ses BD. Les combattants commencent par une partie d'échecs puis ils se lancent dans de la boxe… Euh… anglaise, je crois.

— Anglaise, c'est les poings, et française, c'est pieds-poings, Ylana.

— Alors, anglaise.

— Sans rire…

— Ah ! Vous voyez que vous êtes ferré ! Et le combat continue : échecs, boxe, échecs, boxe… Il y a même une fédération, l'Organisation mondiale de chessboxing ou un truc du genre. À Berlin et à Londres, ils sont dingues de chessboxing.

— Dites donc, vous avez votre carte, ou quoi ?

— Posez-moi n'importe quelle question sur Enki Bilal, et je vous répondrai… Dites, vous m'emmènerez ?

Elle le supplia des yeux. Merde, il était plus que ferré.

— C'est Ranko qui devrait y aller. La boxe et les échecs, c'est sa spécialité. Dans le Sud, ils ont la pétanque et dans les pays de l'Est, ils ont les échecs. Je vous parie que Ranko gagnerait.

Elle le contempla, un brin moqueuse.

— Vous n'en avez pas marre, parfois, de vous croire le plus fort du monde, vous et votre smala ?

— Prouvez-moi le contraire.

Elle le repoussa d'un bras. Puis elle murmura :

— Dites-moi juste qu'on ira…

— On ira, Ylana, on ira. Ça me coûtera moins cher que les *Turks and Caicos*.

— C'est quoi, les Trucks et Cakos ?

— Turks… L'eau la plus cristalline du globe. Vous jetez un livre à l'eau et vous pouvez le lire au fond depuis votre matelas gonflable.

— Dites-moi, entre votre jacuzzi et votre matelas gonflable, vous n'auriez pas des goûts de plouc de luxe ?

— On est tous le plouc de quelqu'un, Mademoiselle-Je-juge-tout.

Et il lui baisa la main. Puis il se pencha vers le conducteur, avec son étui laqué dans les mains. Elle le sentit soudainement nerveux et lointain.

Le chauffeur de taxi s'impatienta.

— Je fais quoi, moi ? Je reste là ? Vous me direz quand je remonte l'avenue…

— Oui, vous pouvez, répondit Astrakan comme s'il s'en fichait, avant de ressortir sa question :

— Je peux fumer ?

Cette fois-ci, l'homme se braqua, un bras posé sur l'appui-tête passager :

— Écoutez, je vous ai déjà dit que non. Et puis, je n'ai pas le droit de vous l'autoriser. Il passe n'importe quel flic des Boers et moi, je suis grillé, vous ne vous rendez pas compte, vous, avec vos… votre…

Il balbutiait et ne savait plus trop comment achever cette embardée. Astrakan lui débrouilla la situation en déclarant :

— O.K., O. K…, fiston, ménage ton asthme et ma tranquillité.

Il mentait. Ce fils de salopard mentait. Les flics n'avaient rien à voir là-dedans, ils avaient d'autres chats à fouetter que des affaires fumeuses. Car question flics et cigarettes, Astrakan était au taquet.

Il n'était du genre ni à se faire enfumer, ni à abandonner. Il revint à la charge :

— Et maintenant… (Il lui tendit un billet de 100 euros.) Je peux fumer ? dit Astrakan d'un ton lassé.

Le geste était froid, calculé, guidé par tout le cynisme dont Astrakan était capable.

— Monsieur… Monsieur… (Le type était interloqué et il lui fallait le temps d'encaisser.) Vous…

Son regard allait d'Astrakan au billet. Ou plutôt : de la main d'Astrakan au billet.

Ylana resta interdite. Le geste l'avait scotchée. Peut-être parce qu'elle ne l'avait pas vu venir, qu'elle n'aurait jamais pensé… Maintenant, elle priait pour que le mec ne prenne pas le billet. Elle trouvait ça inhumain. Non, ne prends pas le billet, non, non, non, tu ne peux pas te faire acheter. Pas comme ça, pas aussi facilement… Elle pensa à sa mère, à sa mère qui avait aussi fini par l'abandonner pour suivre un type qui n'était même pas son père. Elle pensa à Alexis, à ce brouillard qui montait. À cet océan d'abandon qui la noyait.

Puis elle pensa à elle, elle pensa à lui, à cette situation ridicule et absurde. À un parallèle cruel qui faisait saigner. Des lignes qui se brisent, une ligne de fuite à chercher.

Tout était trop, soudain. L'émotion de cette nuit, aussi, le stress accumulé.

Elle ferma les yeux. Intérieurement, elle bouillait.

C'est alors qu'elle l'entendit. Le froissement de billet.

Elle rouvrit les yeux mais le chauffeur finissait de plier l'arche verte sacrée, d'un geste malhabile, certes, qui s'excusait. Tout ça pour un bout de papier.

Il l'avait fait. Ce lâche l'avait fait.

À son oreille tendue, arrivaient ces mots qu'elle ne voulait pas entendre :

— C'est pas bien, monsieur, pas bien d'encourager les gens à... à...

Décidément, il ne finissait aucune de ses phrases, ce crétin. Il avait pris le billet — et il moralisait.

Furieuse contre lui, furieuse contre Astrakan, furieuse contre l'humanité, Ylana lança au boss, et sa voix se raccrocha à ce qu'elle disait :

— Et moi, vous allez me payer combien pour vous sucer ?

Il eut un geste las et se détourna vers la vitre.

— Ce que tu voudras.

Elle l'attrapa par le menton, plongea ses yeux dans les siens, saisit le col de sa veste hors de prix et, tandis que les larmes montaient, l'embrassa à le renverser.

Jamais on n'avait plongé aussi profond en lui.

Alors elle lui dit, avec un sincère mépris qu'il ne put ignorer :

— Connard. C'est gratuit.

Elle le repoussa violemment puis ouvrit la portière, tandis qu'Astrakan comprenait qu'une femme en talons est parfaitement capable de se tirer. Et en courant, s'il vous plaît.

17

Après le départ de Myriam, Stéphan Suarez s'était précipité sur la fenêtre. Il s'était escrimé sur la poignée et l'avait ouverte avec une brusquerie moyennement contrôlée. Le voile des rideaux avait valdingué. Alors, il avait respiré. Un grand coup. Car Marcin avait empuanti l'atmosphère et il avait besoin de renouveler l'air. Les gens malsains étaient pires que les putois. Il observa à nouveau les gens d'en bas et envia leurs occupations comme leur pas nonchalant, ce pas dominical, loin de la frénésie du lundi. Un homme sortait du marché aux fleurs et aux oiseaux avec une boîte d'œufs à la main. Stéphan connaissait bien le vieux qui vendait des œufs. Il venait de Montfermeil. Il suivit l'homme du regard et prit plaisir à se demander s'il ferait une omelette ou des crêpes. Des bonnes crêpes Suzette. Marcin ne pouvait rien contre les crêpes Suzette. La main du mal même ne pourrait rien contre les crêpes Suzette. L'odeur du Grand Marnier lui monta au nez et il se dit que Suzette devait être sacrément appétissante pour avoir inspiré un tel dessert. Dans ce quartier du cœur de la Cité, on ne pouvait pas faire dix mètres sans rencontrer une crêpe. C'était mieux que de se prendre un réverbère.

Il posa un pied sur la rambarde en fer forgé. Le moment était venu de fumer. Histoire de finir de se dépolluer l'esprit. Le téléphone n'avait pas arrêté de sonner et Suarez avait fait remonter et redescendre l'information. Toute la matinée. Un inlassable ascenseur. S'il méritait un surnom, c'était bien Otis.

Il prit une profonde inspiration. L'air était frais.

Le policier se balança sur un pied.

Dans le ciel, des petits nuages gris se battaient. À l'aplomb, le vide régnait. Le vide… La seule question était de bien remplir sa vie.

Et pas avec du vent.

Penché sur le monde du dehors, sur ces gens qui ne baignaient pas dans le sang et le reposaient de leur normalité, il alluma son cigarillo, tendu vers le plaisir à venir. Aux petits nuages gris, Suarez ajouta sa propre création. Des volutes qui ne prenaient pas le temps de tournoyer. Il avait toujours rêvé de pouvoir faire des ronds parfaits avec ses cigares.

Mais le temps n'était pas à la perfection. La balustrade brinquebalait, pourtant, la bonne vieille maison Poulagat, elle, résistait. Les yeux de l'enquêteur allaient et venaient, relevaient la moindre couleur au passage, une petite tache de joie qui se promenait. Se dépolluer. Toujours et encore. Couvrir le sang et la violence. Rendre justice à l'existence en étant bien vivant. C'était sa vengeance préférée : vivre.

Suarez tira sur son Davidoff et se concentra sur le plaisir de la première bouffée. Après, tout devenait plus machinal et il se sentirait plus une vieille loco qu'un jouisseur. Marcin, les politiques et les malfrats disparurent avec la fumée. Le vent léger les avait emportés. Pour le moment, le téléphone restait muet. Est-ce que ces types réalisaient vraiment qu'un jour, il ne resterait rien d'eux ? Rien, vraiment.

Suarez se frotta un œil et bâilla. La pression retombait. Le moment ne durerait pas.

Déjà, il était en train de se saisir de son deuxième portable. Le spécial. Non pas un modèle à coque chromée ou au chouette coloris gris sidéral. Non, le Spécial T comme Tontons. Un modèle à emmerdes, plus qu'à solutions. Mais un modèle sans lequel la police serait face au crime comme un mutilé de guerre.

Trois sonneries et un nouveau bâillement. Suarez jeta un œil à sa montre. 12 h 15. Il dormait, l'animal ?

Une voix lui répondit, entre limbes et marécages.

— C'est moi, dit le commandant avec un ton légèrement plus relâché puis il baissa la voix. Ça va ?

— Ouais, ouais, répondit la voix embrumée.

— Je te dérange pas ?

— … Il paraît que tu m'arranges, des fois.

— Sacré Chaton ! Dis donc, t'as pas l'air frais de chez frais… Tu dormais, branleur ?

— Arrêêêête ! c'est pas ça…

— Ah ! O.K., elle est bonne ?

— T'es con…

— T'as encore niqué une belle meuf et tu t'es couché à point d'heure, je te connais. Bon, Chaton, tu vires ton cérumen de l'oreille et tu m'écoutes bien. On a une équipe, là… Des sérieux. Ils ont braqué des Saoudiens…

— … Des Saoudiens ?

— Ben ouais. On fait pas dans les pièces jaunes, tu sais.

— Waaaoooooh ! des Saoudiens… Faut oser. Cette nuit ?

— Ouais. Paris by night, la féerie de la nuit. Pas des zozos de banlieue, Chaton. Ces feux d'artifice, ça te dit ? Hé, tu m'écoutes ?... O.K. Ça te parle, un truc comme ça ?

— Faut voir... Ils ont volé quoi ?

— 500 000 euros. Bijoux, montres, fringues et cash.

Au bout, enfin, la voix frétilla. Le tonton siffla.

— 500 000 boules ! Ah ouais !... Et la jonquaille, elle était assurée ? L'assurance pourrait des fois me payer ?

Chaton voulait empocher la prime.

— Non, plane pas sur ça. Mais si tu donnes un bon tuyau, t'as un peu de fric à te faire...

— *Un peu ?*

— Je me débrouillerai pour que t'aies une bonne prime. T'auras pas affaire à un ingrat.

— Okaaaay, fit l'autre d'une voix traînante. Je vais creuser.

Soudain, la queue-de-cheval de Myriam tournoya à la porte. Et Stéphan Suarez la trouva mille fois plus gracieuse que la cravate de Marcin. Mais ce n'était pas le moment. Il quitta son perchoir, mit deux doigts sur ses lèvres et lui fit signe de repasser.

Il en profita pour tirer sur son cigarillo. L'air devenait frais. Soudain, il réalisa qu'il avait la chair de poule et qu'il fallait abréger. Chaton devait être ferré. Dès qu'il était question de gros billets, son intérêt grimpait.

— Souviens-toi de comment je t'ai décroché la dernière fois, reprit-il froidement.

— Ça marche.

— Attends, cette nuit, il y avait au moins une kalach, des grenades assourdissantes et des fumigènes. Et un géant avec un mec qui boitait.

À nouveau, le type siffla.

— La kermesse, c'est du petit-lait, à côté…

— Tu vas me calibrer qui est capable de leur fournir ça. Ou d'accéder à ce matériel. Il doit pas y en avoir des flopées dans tes beaux quartiers.

— Laisse-moi réfléchir… Déjà, ça peut pas être Palmito, il est tombé y a pas longtemps. Et la Verrue, eh ben tu vois, il est en cabane.

— Ce serait bien que tu te renseignes sur le casting parce qu'il n'y a pas que des abonnés absents sur la liste…

— Je vais voir, boss, je m'y mets.

— Bouge-toi, Chaton, et tu me sors presto tes doigts du cul parce que c'est chaud.

— Hé ! O.K., O.K. ! J'ai compris… Dis-moi juste, est-ce que je peux avoir une petite avance sur ce coup-là ?

— Trouve déjà. Et on verra.

Suarez était en train de choper la mort à la fenêtre. Il finit de s'impatienter en tapant du pied. En même temps, d'avoir Chaton au bout du fil l'excitait et réveillait en lui la fibre du chasseur.

— C'est bon, Chaton ?

— Ouaaais… Je vais aller boire un coup dans le rade du Sultan… Je vais voir ce que je peux faire et je te rappelle. Tchao.

Je vais voir ce que je peux faire. C'était la phrase magique. Dans les deux sens.

Suarez raccrocha. Rassuré. Chaton était le mec le plus intéressé d'Île-de-France mais il aurait trouvé la moindre branche pourrie dans tout Paris.

★

Il revint s'asseoir à son bureau et tourna son fauteuil vers la lumière naturelle pour réfléchir. Quelque chose le tracassait et ce n'était ni Chaton ni Marcin. Subitement, il se rappela que Myriam avait pointé le joli bout de son nez.

Il força la voix et l'appela, en espérant qu'elle ne serait pas déjà en route vers Costella.

Mais la jolie tête chercheuse rappliqua.

— Tu voulais me parler, je crois…

Elle se tenait droite dans l'entrée — l'élève modèle. Marcin était vraiment un con. Pour taper sur les bons, il fallait sincèrement avoir pété un boulon.

— Oui. Tu sais, le garde du corps qui est parti à l'hôpital Beaujon…

— Ah oui, je t'écoute.

— Il s'appelle Carmel Gheda. Gheda : G.H.E…

Stéphan Suarez releva brusquement la tête et elle s'interrompit. Sur sa bouche fermée, il gardait deux doigts posés.

À la mine qu'il adopta, Myriam comprit qu'il y avait un problème.

Elle fit quelques pas dans sa direction.

— Tu… tu le connaissais ?

— Connaissais ? Pourquoi tu dis connaiss…

Elle se reprit immédiatement :

— … Non, t'inquiète pas. Non, non, excuse-moi. Je n'ai pas eu le temps de rappeler Beaujon. Aucune idée de l'état dans lequel il est depuis que Paulo est rentré de l'hôpital…

— Merde !…

Suarez prit un crayon à papier des cent ans de la police judiciaire et le fit voleter entre ses doigts. Sa nervosité n'échappa pas à Myriam.

— Oui… Très bien, même. Je… je l'ai connu quand

il était au service de protection des hautes personnalités. On s'était perdus de vue mais on avait franchement sympathisé. Et pas qu'autour d'une bière. Drôle de façon d'avoir de ses nouvelles… Je t'avoue que je n'en reviens pas.

— Désolée, Stéphan. J'espère qu'il va s'en sortir. Si tu veux, j'appelle tout de suite Beaujon.

— T'es mignonne… mais je vais le faire. On préfère toujours être aux premières loges, dans ces cas-là… Tu me laisses deux minutes ?

— Oui, de toute façon, je file à Aubervilliers. Si tu n'as pas besoin de moi.

— Parfait… Tu me feras le point sur l'IJ, après ?

— Ça marche. Allez, je croise les doigts…

Et elle lui adressa un sourire — un baume en soi.

Suarez se laissa retomber sur son fauteuil et croisa les bras en arrière pour souffler. Cette affaire prenait un autre tour. Un tour bien plus personnel. Les politiques fondirent comme neige au soleil. Pour le coup, il accepta qu'on le détourne du Gecko.

Il se frotta les tempes. Non, décidément, ce n'était plus du tout la même affaire.

Appeler le Doc. Il fallait appeler le Doc.

★

— Allô, Denis ? J'ai de la chance de tomber sur toi. Non, sans rire… Pour une fois que t'es pas en train de sauver des vies au fond de ton blockhaus. Dis-moi… est-ce que tu pourrais te renseigner pour moi ?

Et il lui expliqua.

Au bout de dix minutes, le Doc le rappela. Voix posée, ton de général des armées. Le must de l'efficacité. Le Doc ne dirigeait pas le service d'anesthésie-réanimation de Pompidou pour rien. Il avait le commandement dans le sang. En fait, il avait le grade de colonel, en tant que médecin régulateur des pompiers. Il était aussi le médecin de la BRI et au 36, on le croisait, casque à la main, la soixantaine rutilante, dans les escaliers. L'homme fronçait les sourcils vers son portable dès qu'il restait muet. Il attendait le moment où il allait biper. Alors, tout ce que le Doc allait dire, Stéphan savait qu'il pouvait le prendre pour argent comptant. Avec le Doc, vérifier une information relevait de l'aberration.

— Je t'écoute, Doc.

— Bon, j'ai eu Beaujon. Je te fais le bilan des lésions. Il est passé au scanner et à l'IRM. Ton type a reçu deux balles et présente des lésions cervicales et cérébrales. Coup de chance, le trajet des projectiles ne lui a touché ni la carotide ni aucune de ses branches mais je peux t'assurer que c'est passé près.

Suarez songea : la chance. Oui, on a la chance de trouver la femme de sa vie, la chance d'avoir le ticket gagnant en main et la chance de se prendre deux balles en plein citron sans crever sur-le-champ. Il était furieux contre ceux qui décidaient de la chance à la place de Dieu.

Il saisit un calepin qu'il se mit à gribouiller, en même temps qu'il écoutait.

— Pas d'indication neurochirurgicale en urgence. Il est passé au bloc ORL pour qu'on établisse un diagnostic précis et qu'on réalise le parage de ses lésions et de la plaie. Présentement, il est en réanimation.

— Quand même, souffla Suarez.

— Sûr qu'il va pas danser la gigue tout de suite, ton copain. Maintenant, il risque des complications cérébrales…

— Du genre ?

— Pour être franc, Stéphan, et je te le dis à toi, en neurochir', ils craignent la reprise de l'hémorragie intracérébrale et, surtout, la constitution d'un œdème cérébral avec hypertension intracrânienne.

Le calepin se remplissait à vue d'œil. Suarez dessinait à grands traits des têtes de mort inspirées du satiriste mexicain José Guadalupe Posada, celui qui se moquait des nouveaux riches et de leur sale manie de copier les Européens. Le téléphone calé contre son oreille droite, Suarez marmonna :

— Tu en penses quoi ?

— Qu'ils vont lutter sans cesse contre cette hypertension. Mais que c'est un bon service, garçon.

Suarez soupira.

— C'est déjà ça.

— Bon, je dois filer en exercice BRI mais si tu veux, on fait le point ce soir.

— Encore merci, Denis.

— Tu le connais bien ?

— Mieux que bien.

Et ils raccrochèrent.

Le policier fit pivoter sa chaise de bureau et posa les pieds sur une caisse de magnum de champagne. Dans les mains, il tenait la page déchirée de ses dessins, roulée en boule.

Il pivota encore et jeta la mort dans la poubelle.

18

Le soir arriva sans que Stéphan Suarez réalise que les heures avaient fondu. Derrière lui, le manteau de la nuit était tombé sur ses rideaux et les lumières de la place jetaient des feux follets. La température avait dû baisser. L'un des rares passants avait le col remonté, serré, comme une papillote. Quand on travaille, on vieillit à cent à l'heure, s'était-il dit en constatant qu'il était déjà 21 heures passées. Sur son téléphone, il tapa rapidement un message à sa femme pour l'avertir de ne pas l'attendre. Elle s'appelait Tamara et rien que son prénom le faisait rêver. Tamara, comme Tamara de Lempicka, cette reine de l'Art déco qui avait peint la *Jeune fille aux gants*. Ce tableau, à l'érotisme incandescent, était prédestiné. S'il avait été le Gecko, il l'aurait volé. Il ne pouvait le regarder sans penser à Tamara et ses cheveux qui s'enroulaient comme pour piéger les doigts. Tamara et son regard lointain. Tamara et sa bouche peinte. Tamara qui, comme sur le tableau, avait les seins qui pointaient parce qu'elle détestait mettre des soutiens-gorge.

Tamara, sa femme. Par accident comme par miracle.

Elle avait l'habitude de ne pas l'attendre. C'était étrange de savoir qu'une femme de policier de PJ ne vous attendait jamais. Étrange et confortable. Mais à quoi s'occupait une femme qui ne vous attendait jamais ? La question, en dépit de son tempérament jaloux, il préférait ne pas trop se la poser.

Question affaires, il n'y avait pas de quoi crier au miracle, les réquisitions prenaient du temps, surtout un dimanche, mais ils avaient bien travaillé. Le groupe de permanence venait de quitter son bureau et chacun avait synthétisé ses recherches. Personne n'avait chômé. Suarez profita de l'accalmie pour fouiller ses tiroirs. Il réussit à tout trouver, de l'agrafeuse en double exemplaire à des bataillons de crayons à papier qu'il ne prenait pas le temps de tailler, tout, sauf ses cachets d'un mélange aspirine et caféine. Avaler une agrafeuse n'avait jamais fait passer une migraine. Face à sa douleur, il se sentit impuissant. Sa nuque était raide et il n'avait mangé qu'un paquet de Pépito trouvé au fond de son bureau. Ils avaient un sale goût de farine qui avait pris l'humidité. La graisse des biscuits semblait compiler l'odeur de tous ses dossiers. On était loin de la crêpe Suzette mais il n'était pas payé à s'engraisser.

Marcin était revenu à l'assaut. Sans cesse. Il devait y avoir une fierté à broyer quand on faisait du pouvoir une machine à écraser son prochain. Suarez avait failli craquer quand il lui avait demandé : « Et le chauffeur, ce Mesplède, vous m'avez bien dit Mesplède ?… Eh bien, il est connu aux antécédents, vous le savez, au moins ? Et son adresse, vous êtes allés vérifier sur place son adresse ? » Ensuite, il avait appelé toutes les heures. Au bout du quatrième appel, Suarez s'était dit qu'il allait commencer à avoir des problèmes de santé. Il se l'était répété quand Marcin, au cours de la dernière conversation, lui avait décrété : « Le mode opératoire, ça ressemble à l'équipe du Tigré. Je suis sûr que ce sont eux, car le Tigré tape toujours avec de la grosse mitraille. Suarez, vous devriez vérifier. »

Bien sûr que c'était le Tigré.

Il allait lui envoyer un faire-part pour l'obliger à rappliquer, le Tigré. Et lui demander les yeux dans les yeux s'il n'en avait pas assez de jouer à Rambo en pleine nuit, puis lui tirer les oreilles.

Bien sûr.

Pourquoi il s'embêtait à tout remuer ?

Dans la police, il suffisait de balancer de fausses suppositions pour contenter le préfet ?

Pour finir, Marcin avait fait le disque rayé et Suarez avait entendu pendant cinq longues minutes la litanie qu'il détestait : « Ils veulent des résultats, là-haut. Ils veulent des crânes, Suarez. Et que ça tombe vite. Il va falloir leur donner à manger, Suarez, leur donner à manger, vous m'entendez ? »

Des crânes et des têtes. Tout le monde mangeait ça au petit déjeuner.

Il avait eu envie de leur mettre à tous le dossier sur le bureau, là, sous le nez, et de leur dire : « Allez-y, Einstein & Co, voilà l'os, maintenant, jouez. »

Vraiment, il y avait de quoi tomber malade.

★

Du couloir, Suarez n'entendait aucun éclat de voix. Que des mots murmurés, de porte à porte, et quelques rires pour se délester de la longue nuit et de l'interminable journée. Ses hommes restaient concentrés et finissaient les derniers points à gratter. Ils savaient qu'on attendait d'eux du jus pressé.

Toute cette énergie déployée pour que, demain, son groupe retourne à ses moutons. C'était la règle du jeu, entre sacrifice et devoir.

Mais avec le coup de Carmel, Stéphan savait déjà qu'il aurait du mal à décrocher. Les souvenirs ne tardèrent pas à l'assaillir. Il vit Tamara. Il vit Carmel. Des images floues qui dansaient comme des mirages, auxquelles il ne voulait pas penser. C'est fou ce qu'une femme pouvait tirer de vous, une fois qu'elle l'avait décidé. Au fond, il ne savait ni de qui ni de quoi il était le jouet. Il se remit à dessiner des têtes de mort dans les marges de ses notes.

La question n'était pas si importante. On était tous des esclaves. Il fallait juste savoir de qui on acceptait d'être le jouet.

Tamara était son point fort comme son point faible. Sous ses doigts, la mine cassa.

— Et merde !

C'était peut-être le signe absolu qu'il l'aimait. Suarez sourit. En cette matière, il ne cherchait pas des preuves. Quant à la mine cassée, c'était indubitablement le signe qu'il devait bientôt arrêter.

Suarez se massa les tempes. Face à lui, les feuilles s'éparpillaient. Il remit de l'ordre dans ses papiers comme dans ses pensées. Avec un surligneur, d'un geste net, il synthétisa les données. Le jaune fluo l'aidait à stimuler ses réflexes. La fatigue le prenait d'assaut avec la violence d'une lame de fond. Il plongea la main dans le paquet de Pépito, eut l'impression d'avoir l'avant-bras coincé dans un piège et en retira un ultime gâteau. Les lignes fluo et les miettes durent cohabiter. Il grimaça : il fallait définitivement être un gamin pour aimer ces biscuits pour ragondins.

Dans cette affaire, il y avait trop de portés disparus. Le chauffeur évaporé dans la nature, d'abord, ce fameux Mitch dont on ne connaissait toujours pas l'identité. Myriam avait vu son patron, Costella, mais Mitch se cachait derrière une fausse identité. Il puait la taupe à dix mètres. Stéphan Suarez avait demandé à l'Identité judiciaire de mettre le paquet sur la recherche de traces et d'indices dans la Mercedes-Maybach qu'il conduisait. Il connaissait bien Dino, l'un de leurs meilleurs techniciens qui faisait parler l'invisible. Il avait révélé des traces que personne n'imaginait. Le Roumi, un balisticien hors pair, était également monté sur l'affaire. Si on voulait sortir un dossier, il fallait taper fort dans la fourmilière. Sortir le paquet. Le haut du panier. Pas des fonctionnaires rivés aux horaires.

Yannis avait commencé à dépiauter les vidéos du tunnel. Sans surprise, c'était le loch Ness. Sur les séquences les plus intéressantes, on nageait dans le brouillard — celui des fumigènes. Et pourtant, si, une petite surprise les attendait. Au milieu de ces scènes de guerre, ils avaient relevé quelque chose qui contrastait. Et ce quelque chose était une femme. Nul doute. Une femme qui, elle aussi, s'était volatilisée. Car elle ne faisait pas partie des passagers du vol du Bourget déclarés par l'intendant.

Stéphan Suarez ne croyait ni aux apparitions ni aux disparitions.

Qui était-elle ? Sur ce point, l'intendant n'avait donné aucune information. Il n'avait pas même indiqué sa présence dans la Mercedes braquée du convoi. Pourtant, les grossissements étaient formels. Une femme s'y trouvait. Suarez n'avait pas besoin d'y réfléchir à trois fois. Une femme que l'on place dans la voiture qui contient les valeurs. Immédiatement après celle du Saoudien. Mais pas dans la même. Une femme dont on tait l'existence.

En clair, ça donnait une maîtresse.

Deux fils à tirer : une taupe et une maîtresse. On aurait pu en faire un conte. *La Taupe, la Maîtresse et le riche Saoudien.* Pas sûr que le conte entre dans les *Mille et Une Nuits.*

Il avait demandé à ses hommes de se lancer dans du systématique pour savoir qui se cachait derrière ces deux fantômes. Pour l'instant, ils n'avaient rien ferré.

Quant à Chaton, il le remuerait jusqu'à ce qu'il sache si les bijoux refaisaient surface et si un membre de cette équipe chevronnée commençait à jacter. La fierté. Face au spectaculaire, l'esprit humain ne pouvait résister à la tentation de fanfaronner. Les mecs n'étaient pas muets. Et ils n'avaient pas les mains tranchées. Un jour, ils finissaient par se lâcher. Parce qu'un triomphe sans public n'a jamais amusé personne. Même un clown a besoin de tout un cirque autour de lui pour pleurer.

C'était humain. Mieux que du calcul de probabilités, des prévisions. Et le métier de Suarez était de compter sur l'humain. Une question de patience, ne pas remonter trop tôt les filets, aussi. Suarez marmonna pour lui-même : « Tu prends un mec tout en pectoraux et en abdos, tu lui flanques une kalach dans les mains, tu le laisses faire le gros bourrin et deux mois après, quand il pense que la police est passée à côté, Jojo demande juste qu'on applaudisse au génie, que ce soit un parterre de soûlards, de cloches ou des putes au lit. »

Et pendant ce temps-là, le Gecko courait. Et grimpait.

Suarez regarda son portable. Il n'avait pas sonné depuis dix minutes. Et à chaque minute, il s'attendait à entendre la sonnerie lui annoncer l'appel du Doc. Il ne savait que penser. Bon signe ? Mauvais signe ? Quoi qu'il arrive, le Doc l'aurait appelé. Alors il ne fallait rien penser.

On pouvait dire ce qu'on voulait, la patience ne pouvait pas toujours gagner. Le jour où l'humain et la sagesse seraient réconciliés, il faudrait l'appeler.

Il s'impatienta.

Il commença à avoir faim, il commença à avoir froid. Ses doigts sondèrent sa nuque et trouvèrent deux invisibles aiguilles qui le lançaient. Deux petites salopes logées dans son dos qui le torturaient. Il avait l'horrible impression d'avoir la tête mal posée sur son rachis, comme un bilboquet qui ne reviendrait jamais sur sa tige. Ses yeux le brûlaient et déjà, par deux fois, il avait piqué du nez sur ses dossiers comme un faucon pèlerin visant sa proie, ailes fermées. Sauf qu'il s'était à moitié endormi sur sa proie.

C'est le moment que le téléphone choisit pour le tirer de sa narcose migraineuse.

★

Suarez sursauta et se leva d'un bond. Parler assis n'était pas dans ses habitudes. Surtout quand le sujet jouait dans la cour des grands.

— Je t'écoute.

Et il fut pris d'une quinte de toux qu'il eut du mal à faire passer. Il mit la main sur son téléphone puis reprit le Doc.

— Désolé.

— Ne t'excuse pas. C'est banal de tousser en hiver. Pardon de ne pas te mettre à l'honneur, pour une fois.

— Alors… Du nouveau ?

— Oui. Je n'ai pas pu t'appeler avant. Et il faut le temps de récolter l'information, tu le sais.

— À ton tour de ne pas t'excuser, je connais, j'ai fait ça toute la journée.

— On donne dans les civilités, maintenant ?

— Ouais, on n'est pas comme certains enfoirés qui t'envoient du plomb à la première occasion, je te jure.

Suarez sentait bien que le ton du Doc n'était pas celui des grandes nouvelles. Alors il avait retardé ce qui s'annonçait. Maintenant, il était prêt.

— Vas-y.

— Je n'irai pas par quatre chemins, tu me connais. L'hémorragie intracérébrale a repris. À Beaujon, ils ont fait ce qu'il fallait. Ils ont mesuré sa pression intracrânienne en continu. Si jamais tu ne comprends pas un terme, tu m'arrêtes. Donc, Stéphan, une hypertension est survenue, avec poussées hypertensives qui ont nécessité un traitement anti-œdème lourd. Voilà, garçon. Tu ne risques pas de l'entendre tout de suite, ton Carmel, je te préviens.

— Tu sais, plus que l'auditionner, ce que je veux, c'est qu'il tienne bon. Tu vas garder un œil de loin ?

— Promis… Tu ne l'avais pas revu depuis longtemps ?

— Huit ans.

— Bon, pas de mouron inutile. Avec le corps humain, tout est possible. Tout. J'aurai tout vu dans ma vie. Des morts-vivants qui ressuscitent comme des rescapés qui se font la malle. Il ne faut rien projeter.

— … Mais attendre.

— Oui, c'est plus sage que de s'exciter comme un ours dans une palmeraie.

Suarez sourit. Resté debout, il referma son calepin. Ce soir, il n'achèverait pas sa dernière tête de mort.

— Tu vas rentrer ? reprit le Doc.

— Oui, pour ce soir, c'est fini. On a fait tout ce qu'il y avait à faire et demain, il fera jour, comme on dit.

— T'es en moto ?

— Affirmatif, Doc.

— Alors ne laisse pas la fatigue conduire à ta place. Tu sais qu'ils atterrissent chez moi, les mecs, après. En réa. À plus, l'ami.

— T'inquiète. Merci, Denis. Ce soir, je fumerai mon cigare en ton honneur.

Le Doc eut un rire bref puis un petit mot gentil, il dit que lui aussi, il rentrait, qu'il allait jouer de la cornemuse sur sa péniche, et il raccrocha.

Suarez demeura dans le silence de son bureau, assis de trois quarts — la position des négociateurs et des diplomates. L'hiver, la nuit s'épaississait à vue d'œil. Il ne voulait pas que cette marée noire gagne sa tête. Il essaya d'écouter les conseils du Doc et de résister à l'inquiétude.

La dernière énergie qui lui restait, Stéphan Suarez l'employa à compléter deux feuilles de synthèse.

CE QUI EST FAIT / CE QUI RESTE À FAIRE.

Sa migraine en profita pour s'accrocher davantage. Demain, il filerait l'intégralité de ses notes au chef de groupe des Enquêtes générales qui reprendrait l'affaire. Une passation, après la grande agitation. Le chef de section serait de la partie.

S'il y avait, un jour, interpellation, Suarez espérait juste qu'on le solliciterait en renfort, lui et ses hommes.

En attendant le futur, le présent. La main du hasard s'était imposée sur l'échiquier avec Carmel. Un coup qu'il n'aurait pu prévoir. Une part de la vérité, il la lui devait.

La nuit passée, le patron lui retirerait son gibier.

Mais son instinct de chasseur, personne ne pourrait l'abattre.

Suarez rangea ses dossiers. Puis il revint à la fenêtre et traqua la cendre. À travers le voilage, Paris sommeillait. Il n'y avait plus que le halo orange des réverbères pour veiller.

Il éteignit son halogène et se demanda si la vérité était comme l'halogène — elle le regardait rejoindre la pénombre.

Avec la fatigue, tout fut soudain très sombre.

Comme un dimanche de flic de PJ.

19

Ce bruit, il l'adorait. Le petit tour de clef qui allait l'emporter. Loin de la pression, loin du travail, loin du noir épais. Suarez avait enfourché sa moto, une Yamaha 1000 YZF. Une noir et gris qui rendait le monstre plus discret. Le sourire aux lèvres, il avait pressé le bouton *start*. Sous lui, la bête s'impatientait. Il la serra entre ses cuisses avec le plaisir de la monter. Comme un vrai cow-boy fier d'avoir maîtrisé un bouvillon écumeux. Un jour, il achèterait plus fougueux encore : il achèterait une R1. Ce jour n'était pas loin.

Suarez longea la Seine pour rejoindre la porte de Bercy. La température avait chuté. La Seine n'avait rien des bleus et des verts qu'on lui vantait. Elle avait l'obscurité du puits de l'humanité. Mais, comme un rendez-vous, il attendait ce moment où il longeait le ruban surplombé de ses ponts et passerelles. Une fluidité, redoublée par celle de la moto, qui refaisait circuler le moindre liquide dans son corps. La Seine lavait ses pensées.

Il s'engagea sur l'autoroute A4, bercé par les frissons du moteur. Avec le soulagement d'en finir avec cette journée, Suarez laissa Paris derrière lui. À sa droite, une enseigne lumineuse trouait la nuit de ses lettres géantes. « St Raphaël » incendiait le ciel, du nom d'une liqueur de grand-mère. Les temps avaient changé et aujourd'hui, Suarez croyait se souvenir que les lettres de sang surplombaient une université. Le savoir supplantait l'ivresse. Mais Ivry disparut vite, aussi. Derrière elle, la moto enterrait les paysages. Rien n'existait vraiment que le passage.

Quelques réverbères plus tard, il était arrivé. En banlieue, chacun semblait reclus derrière sa haie et dans sa rue, pas une tête ne pointait. Face au portail, sa moto s'annonça de sa basse rauque. Stéphan fit coulisser le portail sur le rail.

Ce fut comme un cheval à bascule.

Dehors était un monde, dedans en était un autre, radicalement différent. Suarez ne comprenait pas ces policiers qui n'avaient pas de vie de famille et perdaient pied dès qu'ils ne parlaient plus boulot. Il fallait être cinglé pour ne pas sortir de ces affaires de primates. Sans ce cheval à bascule, il serait devenu fou depuis longtemps.

Il rangea sa moto dans le garage puis monta l'escalier extérieur. L'air était froid et vif et rappelait la montagne. Sans doute parce que le ski lui manquait. Pas le ski alpin, non, mais le ski de fond. Pour ne pas croiser des meutes au pied des remontées mécaniques et cultiver encore une forme d'intimité avec la nature. Un battement de paupières et il vit s'ériger les sapins poudrés de l'Aubrac, ces seigneurs des hauteurs. Autour de lui, le vent souffla dans les platanes et les saules. Il chassa l'Aubrac. Sa montre indiquait 22 h 40. Tamara ne devait pas dormir. Mais il ne voyait pas filtrer la lumière habituelle. Il faudrait lui dire pour Carmel. Mais lui dire quoi ?

Quand il passa la porte, un parfum de soupe thaïe flottait encore. L'odeur enveloppante de la noix de coco. Elle avait dû lui laisser son bol sur la table, recouvert d'une serviette. Lorsqu'il voyait le bol, même si elle dormait, il se sentait accueilli. Comme Tamara créait des décors pour des spectacles, elle ajoutait souvent un détail. Une fleur en tissu, des sculptures improvisées, des petits mots, tout ce qui pouvait lui changer les idées. Cette fantaisie, il la bénissait. Elle luttait contre la noirceur qui aurait pu le gagner.

Les flics étaient pires que les charbonniers.

Question nourriture, Tamara avait ses périodes. Un jour, il n'y en avait que pour le Japon et elle n'aurait pas pu finir la semaine sans sushis, un autre, c'était l'Italie et elle rêvait qu'il ramène de Paris une pizza de la rue de Mézières. Alors, il revenait avec sa préférée, la *Carciofi* artichauts-roquette-parmesan. Elle mangeait généralement la moitié de la sienne, au *lardo di colonnata* et romarin. Quant à Lily et Lila, elles piaffaient devant le tiramisu. La semaine dernière, Tamara voulait du mafé sénégalais avec de la sauce arachide et des bananes plantains, Stéphan avait dû faire un crochet par Château Rouge et elle en avait oublié que quelques jours avant, elle pleurait pour une salade chinoise, au nom imprononçable de pousses de platycodon.

Platycodon : le jour où il avait appris, à force de se demander ce qu'il mangeait, que c'étaient des tiges de campanule, il en était resté bouche bée ; on passait quand même sa vie à ne rien savoir. S'il avait fallu aller chercher du homard aux îles Chausey pour Tamara, il le jure, il l'aurait fait. Et fini à la nage, s'il l'eût fallu.

Sa femme était son tour du monde. Et lui ? Qu'était-il pour elle ? Son impasse ? Des idées pareilles, c'était du poison. Car la tirer du bourbier, il lui avait déjà montré qu'il en était capable.

★

Il n'eut même pas à allumer la lumière pour monter l'escalier. Elle avait laissé une bougie cloutée de poivre rose à mi-parcours. L'effet de la fatigue, sans doute, les sales idées revinrent. Qu'avait-il fait pour mériter une femme comme ça ? Dix ans qu'ils étaient ensemble et il avait l'impression de la mériter de moins en moins. Comme un cadeau qu'on allait lui retirer, sans prévenir. Heureusement, il lui restait sa belle gueule et ses histoires de flics. Et les deux semblaient toujours plaire à Tamara. Mais pour combien de temps ?

Il se sentait las de lui-même. Les derniers mois l'avaient malmené. Car il y avait eu cette brèche en lui, sa joie, fendue en deux par un coup de merlin sur le billot du quotidien. On ne plaisante pas avec la mort. Quand il passa devant le miroir de l'escalier, à la lueur de la bougie, son visage lui parut vieux de toute la misère du monde. Une belle gueule, vraiment ? Un champ de ruines, oui. La fatigue, ça ne rendait personne joli, joli. De toute façon, il avait toujours eu, et sans se comparer à la légende, une beauté à la James Dean. Un James Dean qui aurait viré au brun. Ses lèvres charnues faisaient oublier, certes, son air désabusé. Mais l'ombre sous ses yeux accentuait cette impression de se méfier et de douter de tout. Depuis le mois dernier, le mois où une partie de sa vie avait basculé, fixer les gens relevait de l'épreuve, même s'il le combattait. Sans doute parce que dans leur iris, son reflet l'effrayait.

En lui, un ressort était cassé. Un cratère avait creusé son trou.

Arrivé en haut de l'escalier, il marcha en retenant ses pas. Au sol, l'une de ses filles avait perdu Bamban, son lapin, et il faillit écraser la bête. Tamara devait être fatiguée car à cette heure, il était rare qu'elle éteigne la lumière. Elle ne pouvait s'endormir sans lire. Des romans policiers, souvent. À croire que ses propres histoires ne lui suffisaient pas. Voilà deux semaines qu'elle était dans sa phase Kem Nunn. Il poussa la porte de la chambre avec deux doigts et tout de suite, à sa respiration, sans doute, il sentit qu'elle ne dormait pas.

— Tu ne dors pas ?

— Nooon…, fit-elle d'une voix ensommeillée.

Il s'assit avec précaution sur le lit pour ne pas lui écraser un bras qui traînait. Sinon, elle poussait des cris en lui reprochant de ne pas prendre soin d'elle. Remuer les draps ventila son parfum. Un patchouli raffiné, qui aurait oublié sa période hippie. Ce parfum, au mystère profond, lui donnait envie de la lécher de la tête aux pieds. Mais rien n'était jamais si simple avec Tamara et il savait qu'elle le mélangeait avec du gardénia. Il garda son jean mais ôta son col roulé pour venir se caler derrière sa peau nue. Même en hiver, elle ne dormait jamais habillée, et ça, c'était le cadeau. Le vrai.

Cette position, encastrée, où il serrait son corps tout entier, était sa préférée. Une mèche bouclée, dorée comme le miel, le chatouillait. Lentement, il repoussa ses cheveux et déposa sur sa nuque un baiser appuyé. Elle eut un petit rire.

— Tu faisais quoi dans le noir ? chuchota-t-il à son oreille.

— Je pensais, dit-elle sans se retourner.

Il lui mordit l'oreille.

— Et tu pensais à quoi ?

— Je pensais…

— Tu fais ta mystérieuse ?

— … Et toi ? Dis-moi, ça va… ? Tu dois être fatigué…

Elle parlait avec une toute petite voix qui semblait ne s'adresser qu'à elle. Il la serra encore plus fort, la souleva pour glisser un bras sous son épaule puis saisit ses deux seins dans ses mains. Là, il pouvait la pétrir de tout son désir en éprouvant la sensation de la protéger.

— Oui, ça va… bien mieux depuis que je te vois, dit-il à son oreille.

Dans le noir, il devina qu'elle souriait. Quelque chose en elle s'était détendu, ses fesses s'étaient rapprochées de son ventre et le caressaient. Immédiatement, son sexe se raidit. Son désir pour elle n'avait jamais faibli.

— Oh ! ooh ! tout n'est pas encore mort en toi…

Cette fois-ci, il lui dévora la nuque.

— Je vais te manger toute crue…

Elle riait et il aimait ça. Il commença à fouiller entre ses cuisses.

— Non… Non… Pas dans le lit, gémit-elle. Je n'ai pas envie de faire l'amour dans le lit.

— Non ?

Et il continua de l'embrasser. Ses baisers glissaient de l'épaule au bas des reins.

— Non, j'aurais l'impression d'être vieille.

— Tu crois qu'il n'y a que les vieux qui font l'amour au lit ? lança-t-il entre deux morsures.

— Non… (Et sa voix se fit songeuse :) Mais ceux dont le désir s'est fossilisé… On peut être vieux à quinze ans. Moi, je veux du désir vivant, Stéphan.

Là, il la reconnaissait bien. Elle ne cessait de lui répéter que tomber dans l'habitude, c'était céder aux réflexes et que la mécanique était bonne pour les montres, pas pour les couples. Cette mécanique était un compte à rebours vers la séparation.

— Et où Madame veut-elle qu'on la prenne ?

Elle soupira.

— Je ne sais pas… Les filles dorment.

— Menteuse, je suis sûr que tu sais.

Ses fesses se dérobèrent et elle lui fit face. D'un geste décidé, elle déboutonna son jean et s'immisça à travers le tissu du slip. Entre ses mains, elle saisit sa verge et commença à jouer. Elle ne le trouva pas si fatigué. Il ne put s'empêcher de penser aux rouleuses de cigares. Oui, aux rouleuses. Quand il était allé à Cuba, l'attaché de sécurité intérieure lui avait dit qu'il fallait vingt ans d'expérience à une super rouleuse pour former les plus longs cigares. Il ne connaissait Tamara que depuis dix ans. Pourquoi cette image s'imposait-elle à lui, là, maintenant ? Le cerveau avait parfois de drôles d'idées quand on le laissait en roue libre. Tamara en méga rouleuse, comme ça, par la grâce des doigts… Et qui allait tirer sur le super cigare de sa bite. Dix ans… Mais avec qui avait-elle passé les dix autres années, alors ? Sa jalousie avait le don de rappliquer. Il changea d'idée et se rappela que dans sa hâte de la retrouver, il ne s'était même pas fumé son Partagas du soir. Tout foutait le camp.

Elle le poussa hors du lit et se leva. Dans l'ombre, ses mains guettaient un pull en grosse laine noire, son favori, qui laissait des bourres partout. Elle l'enfila sur sa peau nue et il songea que le pull avait bien de la chance. Parfois, il priait pour se réincarner en pull sur la soie nue d'une femme.

— Viens !

— Je veux bien te suivre, Tamara, mais on ne se couche pas trop, trop tard, O.K. ? J'ai eu une longue journée…

Pour réponse, elle tira sur son bras.

★

Il eut l'impression de remonter le temps en repassant dans l'escalier devant la flamme de la bougie qui tremblait. Il se sentait comme elle : chauffé à vif mais vacillant. D'instinct, il eut peur de ne pas être à la hauteur. Tamara attendait un guerrier et ce soir, juré, il n'était qu'un guerrier désarmé.

— Mais tu m'emmènes où ?

— Chutttt !

★

Il devina. Il devina où elle le menait. Depuis le temps, il la connaissait, c'était loin de l'oreiller.

Elle ouvrit la porte et s'offrit au vent glacé. Par moments, l'air sentait le feu de cheminée. Pieds nus, elle dévala l'escalier. Le garage. Il l'aurait parié. Les odeurs d'huile et de moteur l'avaient toujours attirée et souvent, elle disait qu'elle aurait voulu faire petite main de Formule 1.

Ils tâtonnèrent dans le noir. Là, dormait une drôle de libellule. Une libellule blanc et rouge que personne n'aurait imaginée dans la pénombre. Stéphan alluma et la libellule baigna dans une lumière bleutée et orangée. Elle dormait. Il savait qu'il la réveillait. Des frissons remontèrent le long de sa colonne vertébrale, redoublés par la vue des jambes de Tamara et du pull qui n'arrivait pas à cacher son splendide fessier. Dieu avait fait le corps de la femme pour qu'on le regarde de tous les côtés.

Qu'allait-elle encore inventer ? Elle devait se geler. Les femmes l'épataient. Elles pouvaient marcher des kilomètres, haut perchées, juste pour vous plaire ou plaire à leur robe préférée, il n'avait jamais su trancher, et se trimbaler jambes nues fin janvier si ça leur prenait. Alors que parfois, avec dix kilos de laine sur le minois, elles crevaient de froid. Allez les comprendre, après ça… Sincèrement.

— Tu vas prendre froid, murmura-t-il, tandis qu'elle se dirigeait vers la bulle de l'hélicoptère.

— Si j'attrape froid, sourit-elle, c'est que… c'est que tu prends mal soin de moi.

— Quelle mauvaise foi ! Tu pourrais faire avocate, toi !

Il partit vérifier si le radiateur mural était bien en marche. Puis il se saisit d'une lampe torche, alluma la prise à coupure générale d'un ordinateur, enfin, le vidéoprojecteur, et éteignit toutes les lumières. Du coin de l'œil, il vérifia si sa belle approuvait. Elle avait déjà ouvert la porte droite de l'hélico. Quand elle grimpa dans la bulle, il joua avec le faisceau de la lampe et admira encore son joli cul tendu. Le cercle de lumière embrassait ses faux airs de pleine lune.

Mais elle s'assit à l'intérieur et, brièveté du plaisir, la jolie lune fut frappée d'éclipse.

— Emmène-moi loin, Fanfan.

Ce n'était pas à son plaisir qu'il pensait. Mais à Carmel. La nouvelle gâchait tout. Il faudrait qu'il trouve le moment pour lui en parler. Objectivement, le bon moment n'existait pas. Et son sexe raidissait sous son jean, à lui faire mal. Son plaisir, en revanche, occultait les mauvaises nouvelles.

Il contourna l'appareil, ouvrit la porte gauche et vint se placer sur le siège en skaï qui couina sous ses fesses.

Un écran de deux mètres quarante sur deux mètres quarante les regardait, pile aux dimensions de la porte du garage. Tamara baigna dans la lumière bleutée. Elle s'étira et se blottit contre lui, comme au cinéma. Il avait l'impression qu'elle allait lui brandir un cône glacé ou du pop-corn de dessous son pull. Sa femme était capable de tout et franchement, il comprenait que les autres en soient jaloux. Elle passa une main dans ses cheveux et il fut le plus heureux des hommes. Son parfum voleta dans l'habitacle et l'hiver se prit un coup d'Orient.

— Je me suis toujours sentie au bout du monde, dans ta libellule.

— Ce n'est pas une libellule, belle girouette, c'est une Alouette, dit-il en lui mordillant une épaule qu'il dénuda du bout des doigts.

Tandis qu'il actionnait les boutons au-dessus de sa tête sur le panel électrique et que *Flight simulator* se lançait, elle poussa un petit gémissement. Stéphan régla les générateurs électriques puis laissa vingt secondes à la pompe de gavage avant de démarrer la turbine. Dans les haut-parleurs, l'illusion était totale, et le bruit semblable à la flotte entière des sèche-cheveux d'un salon de coiffure qui tourneraient simultanément. Cette montée en puissance lui rappelait tant de souvenirs. Son baptême d'hélico, il l'avait fait avec la gendarmerie, dans une autre vie, en Nouvelle-Calédonie, de Koné à Kaala-Gomen. Quand il mettait le pied dans l'Alouette, la BRB disparaissait. Et quand il embrassait Tamara, l'infini s'ouvrait.

L'Alouette III, il l'avait récupérée à Aix-Les-Milles pour en faire son jouet de salon. Une machine démilitarisée qu'il avait sauvée de la destruction. Avec Seb, le fidèle Seb, ils l'avaient tronçonnée pour ne garder que la cellule, cette bulle semblable à un gigantesque œil de taon. La tronçonneuse thermique Stihl avait coupé en deux l'aluminium et le plexi comme si c'était de la chantilly. Leur seul souci était de ne pas ruiner les commandes et le boîtier-fusibles. Et ils avaient réussi.

Ils avaient chargé la demi-bulle dans un camion après avoir laissé sur place la queue et les jambes de train. La bestiole avait demandé trois semaines pour la vaincre à coups de soudures, de réglages et de connexions, et maintenant, il regardait Tamara s'amuser, là, dans l'Alouette III, sur la dalle de leur garage, à dix-huit kilomètres de Paris comme si c'était le paradis. C'était mieux qu'une tondeuse. Et cette Alouette n'était pas n'importe qui. Elle jouissait d'un sacré pedigree. Avant d'être réformée, elle avait filmé Belmondo suspendu à un trapèze, en caleçon sous une Alouette II, dans *Le Guignolo*. Elle, là, aujourd'hui tronçonnée. Un beau jour, sur un secours, elle s'était crashée sur la face italienne du Mont-Blanc.

À cause du soleil sur la neige.

Le pilote avait été ébloui et il avait couché la machine sur le côté. La cellule avait été vrillée. Fin de l'héroïsme avant que Suarez ne se décide à la ressusciter.

★

Stéphan se tourna vers Tamara. Sur sa tête, elle vissa une casquette, avec des capteurs qui analysaient chaque mouvement en se référant constamment à trois points. Une vraie gamine. Voyants éteints, elle fit tourner le rotor avant de déjauger à trois mètres du sol et de faire le point fixe pour prendre le temps de vérifier les réglages. Une gamine, certes, mais une vraie femme, aussi, nue sous son pull et fière de l'être. Le contraste le rendait fou. Il avait envie de plonger ses mains en elle, puis sa tête, et de disparaître entre ses cuisses jusqu'à la faire hurler. Il posa une main sur son genou et décréta :

— Tu vois, super ! Tu tiens nickel un stationnaire !

— Mais non, arrête, je suis nulle à côté de toi. Bon, on va où ? Aux Aravis ?

— O.K., je te suivrai jusqu'au bout du monde, chérie…

Et ils quittèrent la base d'Annecy. Il allait lui préparer une belle tempête de neige.

— Fais gaffe, Minouche, remets un peu de puissance, on va se manger l'immeuble.

Elle ponctuait presque chacun de ses gestes par un petit rire et il entrevoyait son visage, du jaune doré au bleuté. Avant, jamais il n'aurait pensé que ce jouet grandeur nature lui plairait autant. Il la regardait et il l'imaginait, petite, en pleine récré, heureux de pouvoir rejoindre un passé qui l'excluait, un temps où il n'était rien pour Tamara. Un temps où elle ne savait pas qu'elle vivrait un jour avec un type qui avait plus pris l'hélico que le métro.

Pour le moment, ils créaient leur propre route, ensemble, avec l'Alouette à quatre-vingt-dix nœuds qui filait à plein badin. Il aurait voulu que cette route ne se termine jamais. Mais qui décidait de la route ? Dans le ciel, l'aiguilleur s'était barré.

Sur l'écran, ils abordèrent les cols. Elle allait ramer à tenir le cap.

Tamara poussa un cri tandis qu'elle s'empêtrait dans les commandes. Leurs épaules se heurtèrent et il se demanda si l'envie de lui s'était perdue en cours de route. Elle n'en avait plus que pour la grande évasion de l'écran.

— Ma Louve…

Il aimait l'appeler Louve, parce qu'entre LOUVE et LOVE, il n'y avait qu'une lettre. Souvent, il le répétait, juste pour le plaisir.

— Ma Louve…

— *Yes ?*

— Je t'ai dit qu'il fallait piloter l'Alouette avec les fesses ! T'oublies toujours que ça se pilote avec les fesses…

— T'es vraiment un obsédé !

— Mais je ne plaisante même pas ! Écoute le spécialiste : c'est super sensible, le cyclique. Tire-le à deux doigts, là, comme ça. N'importe quel mec de la sécurité civile te dirait que l'amplitude sur le manche se fait sur une pièce de cinq francs. Tu poses ta pièce sur le manche, et tous tes mouvements ne doivent pas sortir de ce rond.

— Fanfan, y a plus de pièces de cinq francs.

— C'est une image, Minouche, riposta-t-il.

Soudain, elle sembla perdue dans ses pensées. Elle

avait le don de lui échapper. D'un coup, son regard se barrait et il avait le sentiment de ne plus exister. Mais elle reprit :

— Les mecs de la sécurité civile, ils ont la plus belle combinaison du monde.

— T'es jamais excessive, toi… La plus belle du monde, rien que ça…

— Mais si, tu sais bien, cet orange si lumineux. Tu dirais quoi, toi ? Orange… safran, non ? Safran, c'est pas mal.

Stéphan n'avait pas un nuancier collé au front et l'orange safran le dépassait. Pour lui, Safran, c'était le Doc.

— Orange point barre, je dirais…

— Sans rire, tu as juste envie… Envie d'ouvrir chacune des fermetures Éclair… avec les dents !

— T'as pas l'impression d'exagérer, là ? Donc, il faut que j'enfile une combi de la sécurité civile pour que tu t'intéresses encore à moi.

— Ooooh, mais tu ferais pas ton jaloux, toi ?

— Jaloux, moi ? Il ne manquerait plus que ça. Et d'abord, jaloux de quoi ?

— Salopard !

Et elle lui envoya un coup dans les côtes.

— Eh ! C'est pas parce que je suis un mec que je suis de marbre ! Tu sais que tu m'as fait mal ?

— Ah ouais, et c'est pas du béton, ça ? Avec ton entraînement de ninja…

D'une main, elle lui avait pincé les abdominaux.

— Allez, Louve, concentre-toi. Sans ça, tu ne feras jamais de progrès. Sinon, moi, je vais me coucher. J'ai eu une très, très longue journée…

Il fit mille efforts pour ne pas bâiller. Elle prit une voix caressante :

— Et je gagne quoi si je ne me crashe pas ?

Il se tourna vers elle et la contempla du coin de l'œil.

— Ce que tu voudras.

— Oh ! oh !… Alors je ne vais pas me crasher.

Échange de regards et elle se mit à le mimer en montant la voix :

— S.U.A.R.E.Z. ! Regardez bien, regardez-moi ! Je suis Stéphan Suarez, le plus grand pilote de tous les temps, eh oui, me voici en vol tactique au ras des arbres, je survole la cime, je suis à trente mètres, oui, à trente mètres, olé ! On monte, on monte, on remonte rapidement, je suis au taquet, oui, au taquet, et la machine arrive en rupture, je coupe le bas général…

— Le pas, Louve. Le pas général…

— … *Yes, sir*. Et soudain, voici que je cabre la machine, elle glisse sur le côté et se met en chute et nous voici, ooooh, nous voici en apesanteur et mec, tu décoooolles du siège ! Oooh c'est chaud ! Tu décolles et là, c'est trooop bon !

Stéphan secoua la tête. C'était vraiment un numéro à roulettes, sa femme.

Désormais, ils survolaient le mont Charvet et il avait programmé une tempête de neige. Il fallait qu'il le lui dise pour Carmel. La comédie avait assez duré. Il le fallait.

— Louve…

— Oui, Maverick…

— Non, je ne plaisante pas… J'ai quelque chose à te dire.

— Je t'écoute, Maverick…

— Arrête, Louve, c'est important. Voilà… C'est au sujet de Carmel… Je ne m'attendais pas à avoir de ses nouvelles aujourd'hui, comme ça, sans m'y préparer… Il faut que je te dise… Il a été blessé. Cette nuit. Sur une attaque de convoi. Un riche Saoudien qui allait au Bourget. Carmel était son garde du corps. Il s'est ramassé deux balles et il est à l'hôpital. Dans un sale état.

Elle se raidit et toute la magie de l'hélico sembla dissipée.

— … Quel hôpital ?

— Beaujon. Mais tu ne peux pas le voir. Pas pour le moment.

C'est Carmel qui les avait présentés l'un à l'autre. Sans lui, ils ne seraient pas là à jouer les inséparables dans un hélico. Carmel qui ne l'avait jamais jugée. Car à cette époque, elle n'était pas la même Tamara.

Elle n'était pas décoratrice de théâtre.

Loin de là.

À eux deux, elle le savait, elle devait d'avoir retrouvé sa dignité.

— Et c'est…

— Denis, l'interrompit-il. Il me tient au courant de tout.

Elle ne posa pas d'autre question. Elle savait que Stéphan lui disait ce qu'il savait. Ni plus ni moins.

— Louve, on va se crasher.

— Je sais.

Elle n'avait plus envie de piloter. Ils s'écrasèrent en pleine montagne. Fin du joli bruit de soufflerie. *Game over*. Au mur, au-dessus du tapis de course de Stéphan, son regard rencontra une photographie de Jérôme Ruby et de Dédé Rhem, à Chamonix. En pleine montagne, aussi. Mais eux étaient morts, en vrai. Sur une paroi blanche, dans le linceul de la neige.

★

Il retira sa casquette à Tamara et l'attira contre lui. À nouveau, le skaï craqua. Elle était au bord de pleurer. Elle respira tour à tour ses poignets, son droit, puis son gauche, jusqu'à s'enivrer : ils sentaient encore le cuir de son blouson de moto. Ne plus penser. Entre deux doigts, Stéphan piégea quelques boucles de ses cheveux et les enroula. Tout était doux chez elle. L'une de ses mains pendit au sol, ses doigts à elle couraient. Tamara réfléchissait, avec un drôle de sourire au coin des lèvres, désormais. Il aurait donné cher pour savoir ce qui lui traversait l'esprit. Les femmes étaient comme le bord de mer : elles passaient de la tempête au soleil en un éclair.

Alors elle se redressa. Elle approcha sa main qui avait flâné au sol et, par réflexe, il ferma les yeux. Lentement, elle fit glisser son doigt sur ses paupières. Il ne chercha pas à la contrarier. Quelque chose maculait sa peau. Quelque chose de graisseux, qui envahissait le nez.

— Qu'est-ce que tu me fais, Louve ? Des peintures de guerre ?

— Oui.

Il ne put s'empêcher de repenser aux traînées de peinture noire du tunnel. Étrange de commencer et de finir la journée avec cette image. Tamara continua, prenant le temps d'appuyer ses traces. C'était huileux ou graisseux. Elle voulait un oiseau mazouté ? Ça sentait la mécanique à plein nez. Il était perturbé : la bulle était tellement nette qu'on aurait pu y dîner avec chandelles et napperons.

L'aviation, ce n'était pas l'automobile. Et maniaque sur les bords, sûr, il l'était.

— Mais où est-ce que tu as dégoté ça ?

— Sérieux, est-ce qu'il faut tout expliquer, dans la vie ?

— C'est du cirage ?

— Peut-être…

— Louve, s'il te plaît, n'en tartine pas l'Alouette…

— Tu ne vas pas faire ton flic et me verbaliser, non ?

— Je ne vois pas le rapport…

— Eh bien, moi, je le vois, sale flic de mes deux…

— Mais qu'est-ce que tu racontes, tu n'en as même pas deux.

— Comme si j'en avais besoin.

C'est vrai qu'elle avait rarement froid aux yeux. Elle se rapprocha encore plus près, quasi collée à lui.

— Allez… laisse-moi faire un peu ce que je veux.

— Parce qu'en plus, tu ne fais pas ce que tu veux…

— Non… Pas toujours.

Le pire avec elle était sa sincérité. Elle était cash à en crever. Il essaya de se détendre. Contre lui, il sentait ses seins qui pointaient. Elle le rendait fou et elle en profitait.

— Enlève ton pull…, lui ordonna-t-elle.

— Louve…

— Allez ! Enlève ton pull.

Il n'y avait pas à discuter.

Elle contempla la peau de Stéphan, bleuie par l'écran, puis son regard, durci par le noir, satisfaite. Quelque chose la troublait. Ces traits le virilisaient et le féminisaient en même temps, sans pouvoir trancher. Elle continua de le sillonner et zébra de noir son torse parfait.

— Écoute, c'est quand même dégueulasse, ce truc…

— Nooooon !... Je ne t'ai jamais trouvé aussi beau. Laisse-toi faire.

— Ma femme est folle.

Et il referma les yeux. Face au désir d'une femme, autant capituler.

Il avait du mal à s'avouer qu'il bandait. L'effet de surprise — ou l'inconnu. Plus sûrement encore, cette sensation, ambiguë et délicieuse, de passer de sujet à objet, de sentir que Tamara l'avait pris pour jouet.

Ses mains descendirent jusqu'à sa verge et déjà, il ne songeait qu'à la bouche de Tamara qui se rapprochait, à ce puits sans fond qui allait le happer. Son sexe fourmillait et son corps entier se résumait à brandir son désir, là, vers la salvation qui venait.

— N'en mets pas plein mon jean, quand même...

— Eh ! se rebella-t-elle. Un, il est déjà noir et deux, c'est moi qui le lave. Relax, flic. Détends-toi.

— O.K... mais c'est quand même pas une paire de pompes, mon jean...

Elle libéra entièrement son sexe. Par réflexe, il s'affaissa sur le siège. Le sang battait à ses tempes.

— Tu es intenable... Vraiment in... te... na... ble, dit-il d'une voix qui faiblissait.

Entre ses jambes se tenait le centre du monde.

D'une main, il lui caressait les cheveux, et de l'autre, il chercha une télécommande pour lancer Sonos. Les premières notes de *Superman* retentirent. Il était tellement tendu qu'il fit tomber la télécommande.

La libellule fut comme en apesanteur, portée par la musique d'Eminem.

Alors, il s'abandonna complètement.

Elle goba son gland comme un jaune d'œuf. Il le vit, glisser et fondre entre ses lèvres. Le stress de sa journée s'atomisait à chaque plongée. Jamais on ne l'avait sucé avec tant d'appétit. Tamara appuya son menton sur le bas de sa verge et décréta :

— Tu as la plus jolie queue de la PJ…

Il sourit et se demanda si on lui disait ça, à ce connard de Marcin. Son plaisir en fut décuplé.

Soudain, il la repoussa :

— Mais j'ai aussi envie de te prendre, de te faire du bien, je ne veux pas qu'il y ait que moi qui…

— Stéphan, arrête un peu avec tes conceptions à la con. Ce n'est pas du donnant-donnant. Ici, c'est pas l'épicerie, non ?

Mais elle finit à peine sa phrase. Sa langue avait mieux à faire que de parler.

Entre ses lèvres, il eut droit à tout, au toboggan, à la luge, aux dérapages, aux gobages, au tour du propriétaire, au grand inventaire.

D'un mouvement du bassin, il se dégagea :

— Louve, je vais jouir. Laisse-moi te prendre, je t'en prie. Juste un peu.

Elle se retourna, dos cambré et mains collées à la vitre de plexi. Stéphan ouvrit la porte de son côté pour ne pas finir plié en huit comme dans un crash de voiture. La pensée qu'elle allait mettre du noir partout dans son bel hélico ne le frôlait même plus. Toute résistance était vaincue.

Il lui écarta un peu les jambes, posa une main sur le bas de son dos et s'apprêta à réviser l'art de la joie, par le chemin le plus droit.

20

Astrakan était prêt à fouiller tout Paris pour la retrouver. On n'allait pas lui retirer le plaisir de la bouche. Cette femme était une incendiaire. Elle n'avait pas le droit de jouer avec lui. Personne n'avait le droit de jouer avec lui. Pourquoi avait-elle tout gâché ? Son esprit s'assombrit à l'idée qu'il avait peut-être tout gâché, aussi, alors qu'ils avaient noué une vraie complicité. Tout ça pour un billet. Tout ça pour frimer. C'était nul à crever. Dans sa tête, les idées tourbillonnaient en essaim serré. Elles finirent par laisser des lignes claires, pareilles au tracé des avions dans le ciel. Des lignes qui le mettaient à nu. La question n'était pas de savoir ce qu'il en retournait de l'amour. Autant lire l'avenir dans le reflet d'une fontaine. Ni si le coup de foudre existait. Mais qui était capable de vous faire oublier votre solitude. Votre irréductible solitude.

Celle qui, un jour, mettra en premier le pied dans le tombeau et vous fera basculer tout entier.

Ylana le pouvait.

Les mystères n'étaient pas des lapins à dépiauter. Ils étaient, point.

Elle le pouvait.

Même cette banquise de Ranko l'avait senti.

Astrakan s'était rué hors du taxi et avait appelé One et One. Il fallait arrêter de déconner. Un mec comme lui ne confiait pas ses jambes au premier venu dans la rue. Et il en avait marre des types qui roulent à cinquante en comptant leur monnaie. Qu'est-ce qui lui avait pris ? L'envie de montrer qu'il pouvait vivre comme les autres ? Mais il ne vivait pas comme les autres.

One et One étaient arrivés sans traîner en Audi S8 noire. Les edelweiss d'acier des jantes avaient lancé mille reflets. Au milieu du carrefour des Champs-Élysées, Astrakan avait l'air d'un taureau bridé. « Fin du manège », avait pensé l'un des One. Même s'ils n'avaient osé aucune remarque, chacun des deux semblait persuadé que l'arrivée d'Ylana ne pouvait que tout compliquer. Commencer par les problèmes n'avait dès lors rien de surprenant. Après tout, le boss, c'était peut-être ce qu'il voulait : du désordre. Astrakan avait beau vivre entre un bunker et un palais, il n'était pas fait pour rester assis au bord de sa vie. Conclusion : il s'était choisi une femme pour tout faire péter.

Au final, il n'y avait pas eu de Ladurée, pas de gâteau à partager pour faire, au moins une fois, comme si la vie était normale. Normale avec une fille sortie de nulle part qui débarquait dans sa vie sans crier gare. À la place, il y avait eu cette traque, interminable, autour des Champs-Élysées, à piller des yeux la ville pour la retrouver. Chaque rue, chaque croisement, pour repérer un manteau blanc dans le jour qui tombait.

Au lieu de rentrer et de se réjouir que ses hommes aient réussi le coup du siècle, Astrakan sortait de ses gonds. Il pétait littéralement les plombs. Lui qui, ces derniers jours, s'était promis de se calmer. Et il se demandait. Si elle ne l'avait pas surpris affadi dans sa vie, si cette tornade à pointes mauves ne l'avait pas embrassé, se serait-il autant attaché ? Le résultat était là. Après son départ, il s'était senti non pas vide mais épais. Du beurre de cacahuète tartiné sur du caviar bien noir.

Un sale type.

★

Astrakan avait posé lourdement ses deux mains face à lui, sur le repose-tête en cuir. Le One passager avait ressenti le soubresaut dans sa nuque. Un avertissement.

— One, un manteau blanc, ça se voit autant qu'un gilet de l'équipement. Alors tu me fouilles cette ville comme le cul d'une mule.

Puis il s'adressa aux deux hommes comme s'ils ne faisaient qu'un.

— Je vous préviens, on ne rentre que si on lui met la main dessus. Alors autant la retrouver vite.

Soudés par l'obéissance, ils avaient hoché la tête.

One conducteur — le blond — braqua souplement à gauche, dans la rue de Marignan. Astrakan regarda par la vitre. Tous ces gens et pas un qui l'intéressait. Quant aux immeubles haussmanniens, jamais ils ne lui avaient semblé si chiants. Comme si rien ne pouvait s'y passer à part se friter pour qui irait promener le chien ou ramènerait le pain. À les observer, il rêvait d'un bon rade, un vrai, comme ceux d'Aubervilliers. Quelques mètres plus loin, il avait failli renouer avec ses démons et demander à One et One de trouver de quoi s'injecter du réconfort dans le corps. Après cinq ans d'abstinence, il était prêt à tout bousiller.

Mais quelque chose en Astrakan refusa de fléchir. Même chez les durs comme lui, ce quelque chose avait un nom qui brillait dans la nuit, plus que Vendôme et ses diamants. Un mot qui n'en jetait pas plein la gueule, pourtant.

Et ce mot, c'était l'espoir.

Côté passager, le portable de One le Brun sonna. Dans le rétroviseur central, Astrakan l'épia. One se retourna avec l'air d'un boxeur soudain bousculé par une crevure.

Tendu vers la nouvelle, Astrakan plissa les yeux.

— Boss, Mitch a pété les plombs. Il s'est barré avec le pognon.

— QUOI, LE POGNON, QUOI ? Ne me dis pas que j'entends des voix…

Astrakan n'était pas sûr de comprendre. Ou plutôt : il avait très bien compris et Mitch n'allait pas tarder à l'apprendre.

— C'est Ranko, reprit One le Brun. Il dit que Mitch a remplacé le cash de la nuit dernière par des faux billets.

Cette fois-ci, Astrakan faillit arracher l'appui-tête. Il tapa son poing contre le cuir.

— Je ne sais pas s'il y a quelqu'un là-haut mais il a décidé de m'énerver. Dis-lui qu'on va lui faire les yeux à la cuillère à melon, à ce Mitch à la con.

Ils avaient tourné dans la rue François-Ier. Astrakan ruminait et réfléchissait. En plus, il léchait des yeux le trottoir, et faire autant d'opérations en même temps le mettait sur les dents.

— S'il n'y a que la Vierge pour faire des apparitions, on est mal barrés pour la retrouver…

— Je lui dis quoi, à Ranko, moi ? dit One le Brun, une main posée sur le micro de son portable.

— Dis-lui de mettre l'Italien et l'Albanais sur le coup, qu'on en finisse vite. Ce sont des expéditifs, les deux.

— Le boss, il dit de lui balancer BrainMan et Miko au cul, rapporta One le Brun à Ranko.

— Et de confirmer qu'ils prennent en charge la commande, précisa Astrakan.

One le Brun répéta l'information puis fit un hochement de tête à l'adresse d'Astrakan.

Il raccrocha et se contenta d'un laconique :

— Ça marche, boss.

En matière de mission, Astrakan ne souhaitait savoir que l'essentiel. Du droit au but. Ranko était un artiste. Le meilleur des cambrioleurs. Alors il ne fallait pas lui demander d'endosser le rôle de dépeceur. Chacun sa spécialité. Que Ranko puisse être de mèche avec Mitch ne pouvait pas même l'effleurer. Les deux se ressemblaient aussi peu qu'un astrologue et un astrophysicien dans le même panier. Cinq minutes après, alors qu'ils continuaient à sillonner le quartier, One avisa Astrakan que BrainMan et Miko se mettaient à la tâche.

Maintenant, deux traques étaient lancées. Trouver une femme dans une bourriche à touristes et mettre la main sur un traître.

Entre la chaude-pisse et la gale, One aurait bien parié qui ils choperaient en premier, si Astrakan n'avait pas été à proximité. Quelle idée de s'enticher d'une fille, aussi, alors qu'il y en avait des milliers. L'être humain était né pour se rendre taré.

Pour ce fumier de Mitch, le tableau, One le Brun le voyait d'entrée.

Sa famille pouvait choisir la couronne.

★

Dans ce métier, quand on trahissait, il fallait savoir se faire plus discret qu'une truite de rivière. Et disparaître, ce n'était pas donné au premier gardon.

Astrakan se mit à fumer, frénétiquement. À la vitre, Paris défilait, confite dans le passé. Tout secouer, Astrakan avait envie de tout secouer. Cette ville aussi. Le prestige était comme une bougie : les gens oubliaient que briller, ça finissait en fumée. Il baissa la vitre à moitié, laissa l'air se renouveler puis, en la remontant, dit entre deux bouffées :

— One, les éphémères vivent entre une à trois journées… Et vous savez quoi ?

Non, ils ne savaient pas ce que les éphémères venaient faire dans le quartier.

— Eh bien, mes salauds, en trois jours, ces insectes pas plus évolués qu'un grattoir de la préhistoire arrivent même à se reproduire.

One et One firent de gros yeux, Astrakan avait l'art du détour. Mais il retombait toujours sur ses pieds. Ils guettèrent la suite sans trop douter de la fin.

— Alors, reprit-il en tapotant la vitre, je ne sais pas quelle est l'espérance de vie d'un traître, mais j'espère que notre ami Mitch a déjà pensé à se reproduire.

One le Blond fit remarquer que ça donnerait des générations de traîtres mais Astrakan conclut sobrement que le monde était bien fait et qu'il fallait compter sur l'élimination naturelle des nuisibles.

Une heure après, ils épluchaient toujours le quartier. Mais One et One étaient habitués. Astrakan ne lâchait jamais. Un loup ne se libérerait pas de sa mâchoire d'acier.

— On continue. One, file-moi des pistaches.

Dans l'Audi, les trois se mirent à mâchonner.

Vers 22 h 30, le portable de One le Brun sonna. Une fois raccroché, One pivota vers le boss pour lui résumer l'avancée.

— BrainMan et Miko ont été tuyautés. Ils ont fait la tournée éclair des rades et ils ont levé l'esclave de Mitch, la Sangsue. Paraît qu'il lui sert autant de cerveau que de bras…

— La Sangsue ?… connais pas, le coupa Astrakan avec autorité. One, tu les rappelles tout de suite. Dis-leur de trouver où crèche cette vermine.

Un quart d'heure encore et la réponse tomba. Par quelle méthode ? L'ignorer promettait de rester en bonne santé.

— Chaville.

— Eh bien, voilà. Chaville pour un rat. Dis au tandem de lui faire le coup de la forêt. Se détendre les jambes, il n'y a rien de mieux pour avouer.

One acquiesça.

Astrakan se cala sur la banquette arrière pour étendre ses jambes à lui. Au final, il préférait que la fille n'ait pas assisté à cette petite conversation privée.

21

Dans la nuit lénifiante des banlieues, BrainMan et Miko roulaient. Un tandem qui, au premier coup d'œil, n'évoquait jamais Laurel et Hardy. Ceux qui les croisaient n'avaient pas envie de se marrer. Quand vous tombiez sur leurs bobines, vous saviez tout de suite que vous n'aviez pas affaire au plombier. Ils s'étaient engueulés sur le choix de la voiture. BrainMan n'en démordait pas : il fallait une C5 pour passer incognito. « On aura des gueules d'officiels ! Tas d'os, c'est la caisse des ministères, la C5 ! » gueulait-il à l'oreille de Miko qui lui répétait qu'il n'était ni sourd ni d'accord. Avoir des gueules d'officiels exigeait nécessairement que l'un des deux puisse y prétendre. S'ils pouvaient passer comme chauffeurs, aucun des deux n'avait la tête d'une sommité ripolinée de frais. Miko donnait du « nan, naan » et ne jurait que par la robustesse des Merco et de leur gros cul. Il fallait une voiture trois volumes, moteur, habitacle et coffre. BrainMan le traita de concessionnaire. Mais Miko fit de la résistance. On ne mélange pas les torchons et les serviettes. Et des sapins de Noël, il en avait transporté. On devait lui faire confiance les yeux fermés.

Plus encore, ils n'avaient pas de temps à perdre et ils étaient forcés de se mettre d'accord. L'être humain finit par dire oui quand il n'a plus le temps de dire non.

Le boss, Astrakan, ne brillait pas par sa patience et plus le résultat était convaincant, plus il payait.

À un feu rouge, Miko s'était soudain glissé sur le côté. Il avait repéré LA Merco, celle qu'il leur fallait. Une 220 grise, rodée depuis des années. Avec un type au volant qui n'avait pas l'air d'un loufiat bodybuildé. La rue n'était même pas trop éclairée. Bref coup d'œil au rétro : en plus, ils se retrouvaient en petit comité. La chance était de leur côté. Pas de celui du brave citoyen médaillé. Elle ne pouvait pas être partout non plus, la chance. Elle était comme tout le monde : surmenée.

Miko s'excita :

— Il faut que ça ait du coffre, BrainMan, du coffre. C'est celle-là et pas une autre. Allez, vas-y ! Tu m'éjectes vite fait Dupont de sa caisse préférée. Et prends ta chapka pour ne pas te faire repérer.

Et BrainMan jaillit de leur Opel Insignia OPC qu'il avait, avec brio il est vrai, volée trois semaines plus tôt sur un parking d'hôtel. Chez eux, la question de la reprise d'un véhicule ne se posait jamais.

Dos tourné, il entendit la voix de Miko qui clamait, avec une discrétion relative :

— Mate quand même si Dupont n'a pas pris avec lui Médor et son dentier !

Au moment où BrainMan se demandait comment il allait déloger Dupont de son joli coffret, et se lançait dans des calculs de probabilités assez compliqués pour un cerveau alcoolisé, le type baissa sa vitre pour jeter son mégot. BrainMan écarquilla les yeux. Noooooon ! Il eut un sourire vicieux. Voilà qui s'appelait pour Dupont de la malchance au carré. *Fumer nuit gravement à la santé*… BrainMan sauta sur l'occasion et abrégea les présentations. Le Beretta l'y aidait. Un 92 FS. Pourvu que le toquard ne pisse pas de peur sur les sièges, il n'avait pas du tout envie de s'asseoir après dans un baquet ni de sortir les sacs-poubelle pour rouler.

Avec un canon sur la tempe, les décisions passent par des canaux insoupçonnés. L'être le plus placide est métamorphosé en fusée. La taille de géant de l'Italien faisait dans le dissuasif également. Dupont mit une demi-seconde à obtempérer. Sauf qu'il ne savait même plus comment enlever sa ceinture tellement il tremblait.

BrainMan l'aida à se dépêtrer.

— ON NE JETTE PAS SES MÉGOTS, Jojo ! On ne jette pas ses mégots. Mais où est-ce qu'on t'a éduqué, *coglione* ? Allez, on enlève sa ceinture, mais siiiii, on va y arriver, avec un peu de bonne volonté, et on descend tranquillement, sans crier, de sa jolie Merco un peu fatiguée.

L'homme entrevit ces yeux de fou, dévorés par une chapka, et il eut l'impression qu'un yéti l'attaquait. Terrorisé, il ne partit même pas en courant, il resta sur le trottoir, sous un réverbère, au halo blafard. Son seul et unique témoin.

Du froid ou de la terreur, il ne savait ce qui le faisait le plus grelotter.

— Allez, champion, va te trouver une trottinette !

Un autre homme jaillit de l'ombre et vint se glisser sur le siège passager.

Dans ce qui, jusque-là encore il le croyait, était sa voiture.

★

BrainMan et Miko n'avaient pas eu à trop suer pour trouver le petit pavillon de la Sangsue. Le palace se situait à Chaville, non loin de l'étang de Brisemiche. Au bout de la rue Lamennais, BrainMan avait freiné sec car ils venaient de le dépasser. Miko avait dit bravo, fais-nous remarquer. À sa décharge, on ne voyait pas la maison mais une jungle où la main de l'homme s'était fait oublier. Personne ne semblait habiter ici depuis des années. Ils se garèrent pile devant, sur le maigre trottoir défoncé. Tout à l'heure, les mètres seraient comptés et le voisin d'en face, s'ils le réveillaient, aurait vue sur les festivités.

Le premier portail était en fer rouillé, quadrillé, surmonté d'un arc bétonné. Un antivol souple de vélo le maintenait fermé. Au printemps, ce devait être bouffé par la verdure. Pour le moment, celle du lierre, tressé serré, gênait leur curiosité. Les deux compères firent des repérages. À travers le grillage, Miko écarta le feuillage des vivaces et grappilla quelques miettes tandis que BrainMan le pressait de tout détailler. Un pan de mur en briques rouges et des arbres de partout. Une vieille bassine jaune qui se promenait. Et des tuyaux d'acier pour comité d'accueil. BrainMan lui fit signe d'enjamber par la gauche la clôture grillagée. Pour une fois, les deux parurent d'accord.

Ils se querellèrent sur le chemin à emprunter après l'avoir sautée. Mais face à la porte, ils avaient retrouvé l'esprit d'équipe. Parmi ses surnoms attitrés, BrainMan en portait un sans équivoque.

L'Ouvre-boîte. Parce qu'il ouvrait les portes comme les crânes. Avec professionnalisme et simplicité. À chacun son métier, comme on disait.

Le pavillon avait beau tomber en ruine, la porte en était blindée. Il n'y avait que les vieux et les défroqués pour avoir de pareilles idées. Une porte blindée, releva BrainMan, c'était un symbole. Un symbole, oui. En clair, ça signifiait un arsenal derrière, ou des serres exotiques — éloignées des orchidées.

Miko fit remarquer que ce qui était précieux pour la Sangsue était peut-être plus que de la drogue ou du papier imprimé. Comme BrainMan l'avait regardé, incrédule, il avait précisé : « C'est peut-être juste sa vie qu'il veut protéger. » Et pour une fois, BrainMan avait eu l'air épaté.

Le temps se mit au gris et Miko décréta qu'il allait neiger. S'ils traînaient, ils risquaient de se les cailler. Il crut bon de le préciser à son géant d'acolyte.

— J'ai deux choses de la vie et je n'ai pas envie de me les congeler, dit Miko en soufflant sur ses mains comme si la chaleur devait, par magie, migrer.

— *Mollica mia*, t'es vraiment une femmelette, toi. Toujours à piailler. Chaville, c'est pas l'Antar… (Il buta et rectifia :) C'est pas le pôle Nord. Faut pas exagérer. En plus, t'as pas grandi sous le soleil de l'Italie, toi… Action, moi, je pars de ce côté. Toi, tu fais le guet.

L'Albanais contourna le pavillon par la droite pour vérifier les sorties et les entrées ; la bâtisse n'était pas très grande. Le jardin, lui, était honorable. Question dimensions car sinon, le bordel y régnait. L'ombre digéra la forte carrure de l'Italien. Ici, personne pour relever sa rusticité. Ailleurs, autant cacher un séquoia dans un pré. Heureusement pour lui, pas une lumière, rien ne semblait bouger. Il rejoignit l'entrée et observa longuement la rue derrière le portail. Les habitudes du voisinage l'intéressaient. Il pouvait être rassuré : on se serait cru en pleine catastrophe nucléaire. Les persiennes et les volets étaient fermés et pas une télévision ne braillait. En un sens, BrainMan aurait préféré les savoir devant la télé. Une télé, c'était bruyant. Et, allumée, elle avait le don de ligoter les gens devant l'écran.

Pas de bruit signifiait : être encore plus discret. C'était pas sorcier. BrainMan cala son pas sur les fauves en approche dans la savane et continua de progresser de l'autre côté. La Sangsue n'avait jamais croisé une débroussailleuse de sa vie, il l'aurait assuré. Il jeta un coup de lampe torche. Au milieu d'un capharnaüm de bidons, de pneus et de mille choses rouillées que la Sangsue n'utiliserait jamais, l'Italien discerna une niche. Putain de bordel, le chacal avait peut-être un corniaud. Ils avaient oublié de demander. Il n'y avait pas de quoi être fier. S'ils devaient buter le dingo sur le paillasson quand la Sangsue se pointerait, ils réveilleraient tout le quartier, même ceux qui dormaient à côté de la machine à laver. Il fallait prévenir Miko. Miko détestait les corniauds, il ne voulait pas qu'un jappement fasse tout capoter.

Quand il revint, Miko lui lança des foudres. Pourtant, il n'avait pas traîné. Il lui expliqua pour le chien :

— *Minchia*, Miko, j'ai trouvé une niche, derrière.

— Une niche ? (L'Albanais fit une grimace terrible.) Putain ! C'est pas vrai !… Je savais qu'on finirait la soirée avec un Médor… Moi, je te le dis, y a plus qu'à prier pour qu'il soit mort sinon c'est juste du différé.

Miko ne faisait pas dans la finesse. En même temps, la finesse, dans ce métier, revenait à se suicider. À moins qu'elle ne laisse à l'ennemi le temps de vous la loger. Et pas dans le pied.

BrainMan enfila des gants et releva le col de sa veste fourrée. Il rejoignit l'entrée. Soudain, sa chapka cacha la serrure. Miko le sentait nerveux.

— Miko, tu me stresses, souffla l'Italien à voix basse. Va te poster un peu plus loin et laisse-moi la travailler, cette serrure à la con… Tu me fais confiance, ou non ? C'est comme de pisser. Si tu restes à côté à mater, ça marche pas. Je suis pas une machine, moi.

Qu'on lui parle avec hauteur, Miko n'appréciait pas. De la part de personne. Pas même de sa mère. Mais il recula de quelques pas et vint se caler derrière le portail en soupirant. Pour se calmer, il parla à son Tokarev. Après tout, il était son meilleur allié, son animal de compagnie à lui, bestial et racé, plus efficace que n'importe quelle médaille autour du cou. Pourtant, la veille, il avait perdu un ongle en le démontant. À cause d'un sale clip à enlever pour séparer le canon de la culasse. Cet ongle qui se prenait maintenant dans ses vêtements. Mais il l'aimait, son Toka à étoile russe. Il inventa une histoire pour s'occuper : l'histoire du chic type au Tokarev qui rencontre un clébard. La fin ne rentrait dans aucune esthétique connue.

Tandis qu'il s'escrimait sur sa mission, BrainMan fronça les sourcils. D'où lui venait de pareilles idées, sans blague ? Il y avait de quoi effrayer un psychopathe.

L'Italien, lui, avait sorti toute sa finesse. Des années de dextérité. La générosité d'Astrakan l'encourageait.

— On va lui faire le coup du parapluie, Miketto, marmonna-t-il, avant le coup de la forêt.

★

Le parapluie, c'était le curieux vaisseau spatial qu'il maniait entre ses mains. Même le capitaine Flam n'aurait pu en rêver. Un tube d'acier avec des tiges rétractables qui l'étoilaient, à bout aussi effilé qu'un rostre de charançon. L'arme fatale des portes fermées, l'ingéniosité au service du vice qu'il avait peaufiné en personne, avec sa fraiseuse. Face à un professionnel comme BrainMan, pas une serrure ne résistait. Il regrettait pourtant de ne pas avoir pu passer avant pour repérer. Car bidouiller devant une porte les mettait en danger. Le temps, le temps était le danger. L'ennemi privé numéro un. À son poignet, le chronographe de sa Jaeger-LeCoultre veillait. Le cadran le plus lisible, même de nuit, même borgne. Quatre minutes au plus, voilà ce qu'il se donnait.

Pas besoin d'avoir la fine oreille, tout était question de doigté. Tige positionnée, BrainMan se concentra sur les butées tandis que Miko faisait de la buée. L'Italien repéra les goupilles inertes et façonna le vaisseau spatial pour l'exploration en douceur.

Dans Chaville qui dormait, il exhorta Miko à le rejoindre, d'une voix presque douce pour son coffre de yéti. La porte cédait.

— T'es quand même l'as des passes, concéda Miko avec respect.

— Bah, *fragolina*, lâcha-t-il en haussant les épaules, c'est pas moins bandant que de déverrouiller une femelle qui se refuse.

— Pas con. Tu l'as violée, cette pauvre serrure.

— Bon, maintenant, on se prépare pour accueillir notre invité.

— Eh ouais ! Le coucou est dans le nid !

Ils visitèrent le pavillon de fond en comble. Le propriétaire des lieux, la Sangsue, aimait les balais aussi peu que les débroussailleuses. Inquiet, Miko retourna le moindre carton pour voir s'il dégotait une gamelle de chien. Ou un paquet de croquettes. Mais il ne tomba que sur des sacs-poubelle. À croire que la Sangsue les collectionnait.

BrainMan remonta du sous-sol en courant et questionna Miko :

— Alors ?

— On va lui envoyer l'hygiène.

— Ton Tokarev, c'est du pareil au même.

Miko eut un petit rire nerveux, comme un gosse qui sait qu'il en prépare une grosse.

— Bon ben, maintenant, qu'est-ce qu'on fait ? dit Miko avec l'air du mec qui s'impatientait.

L'Italien le fixa dans les yeux et dit posément, comme s'il sortait un précepte du dalaï-lama :

— On attend, Miko, on attend.

— C'est pas jojo, chez lui, et moi, j'ai faim.

BrainMan hocha la tête et lui fit signe de le suivre. Les deux se dirigèrent vers la cuisine. Miko sautilla derrière lui et le vit balayer la pièce du faisceau de sa lampe.

— Oh, oooh ! fit BrainMan.

— Je crois que ça s'appelle un frigo, dit Miko.

Mais BrainMan s'était déjà rué dessus. Il l'ouvrit

sans quitter ses gants. Dans la pénombre, Miko vit son corps, à moitié plié, s'engouffrer dans l'antre lumineux.

— Putain, j'y crois pas, ces Manouches sédentarisés, c'est tous les mêmes !

— Pourquoi tu dis ça ?

— Mais regarde-moi ça, regarde-moi ça, Miko ! J'y crois pas.

Bien tranquille dans la porte, il désigna une bouteille de vin avec une belle étiquette, joliment calligraphiée. L'écriture dansait de tous les côtés.

— Eh ben quoi ? ajouta Miko. Il fraque, le mec, y a pas de quoi s'égosiller…

— Mais t'as rien compris, abruti ! Cette bouteille, c'est un Château Léoville Las Cases !!!

— Je vois pas le rapport avec les Manouches…

— Las Cases ! *L'Aile ou la cuisse* ! Tu te souviens pas ? Mais t'as quoi, comme culture, toi ? C'est pas de la piquette, biquette ! (Il prit amoureusement la bouteille glacée entre ses doigts.) Du 83. Pas le département, Miko, l'année : 1983. Viens voir, papa, là… Mais qu'est-ce qu'on t'a fait, ma jolie ?

Miko n'était pas loin de le croire fou, et ce n'était pas la première fois.

— Miketto, ON FOUT PAS DU BORDEAUX AU FRIGO. Pas un grand cru ! C'est pas de la Kro. Y a des trucs qui se font pas, dans la vie, voilà ce qu'il y a. Et les Nouches, faut tout le temps qu'ils foutent le vin volé au frigo.

— Si tu le dis…

BrainMan posa la bouteille sur la petite table de cuisine, une table pliante qu'un judoka fendrait en deux rien qu'en posant la main. Même pour faire du camping, Miko n'aurait pas voulu de cette relique.

L'Italien fouillait à nouveau dans le frigo avec des gestes frénétiques.

— Il fréquente les supermarchés, ce chien, fit-il avec une mine dégoûtée. Du médoc frappé, et que des saloperies plastifiées. Du jambon à l'étouffée… Tu parles ! Sous cette merde, le pauvre jambon, il peut pas respirer.

Tout en prêtant une oreille au moindre bruit, il regarda l'Italien se démener, fasciné. BrainMan était en train d'ouvrir un pot de crème et de le renifler. Il poussa un soupir de soulagement : la crème n'avait pas tourné.

— T'as vu, Miko, encore du fromage sous cellophane. Y a rien de vivant, là-dedans.

Miko avait trouvé une petite bougie et il l'avait allumée dans un coin.

— Si c'est pas du tableau flamand, ça !

— Fais pas le malin, dit BrainMan en enfilant un tablier de cuisine sur lequel était marqué C'EST MOI LE CHEF en lettres capitales rouges, tu serais incapable de coucher sur la table le nom d'un peintre flamand…

— Toi non plus.

— C'est vrai, reconnut-il avec une soudaine sobriété.

Miko hallucinait : qu'est-ce qui lui prenait ?

— Tu fais quoi, là ?

— Ça se voit pas ? DES CARBONARA.

— T'es complètement cinglé.

— Parce que t'as plus faim, toi ?

— Si… Mais on n'est pas chez nous…

— Là, je t'arrête. On ne peut pas dire que ce soit exactement chez lui, le terrier d'un fraqueur. *Il mio tartufone d'Albania*, on va lui foutre la trouille de sa vie.

— Ouais, avec ton tablier…

— Et toi, tu vas te dégoter une belle serviette à carreaux à te coller sous le nez. Le choc psychologique, moustique. Encore un truc à ne pas négliger.

— Et le clébard ? Tu crois qu'il est sensible aux chocs psychologiques, lui ?

— Bla-bla-bla. Déjà, prouve-moi qu'il va débouler avec son fox-terrier et ensuite, tiens… C'est pas sorcier… Tiens, ben voilà, *coccobello*, tu prends ça…

★

BrainMan lui tendit une lourde poêle en fonte. Rien que pour la soulever, il fallait se taper des shakers de protéines.

— T'es malade, toi !

— Écoute, ça tue bien des maris alors le crâne d'un clebs aussi.

BrainMan n'était pas italien pour rien. Bientôt, un parfum à ravir n'importe quel Terrien envahit la cuisine. Miko n'avait pas besoin de ça pour se rappeler qu'il avait un estomac. Il apprécia. Il commença à tourner autour des plaques de cuisson et à se lécher les babines.

— On forme un beau couple, tu vois ! Quand est-ce que tu te pacses avec moi ?

— Mais qu'est-ce que t'en dis, des conneries ! T'es une fabrique à toi tout seul.

Et comme si l'autre lui avait chatouillé sa virilité, Miko cessa de flairer et recala profond le Tokarev dans son pantalon.

— *Mozzarellina mia*, t'as même pas mis la table, bordel ! cria BrainMan.

— Tu devrais gueuler plus fort, comme ça, la Sangsue aura un deuxième chien de garde.

L'Italien jeta deux assiettes en carton sur la table de guingois et y déversa les carbonara.

— Bâfrer dans les services en porcelaine, y a que ça de vrai, dit-il avec un clin d'œil.

— C'est pas si con, son système, rectifia Miko, il mange et quand c'est léché de près, il jette. Ça se défend…

— *Dai*, primate, viens t'en jeter un.

BrainMan balaya de la main les deux gobelets en plastique que Miko avait dénichés et les remplaça par deux verres brandis d'un placard.

— C'est une manie, ce plastique. Il doit baiser en Durex, aussi.

Miko pouffa et faillit s'étouffer avec ses carbonara. Dans la lueur de la bougie qui durcissait leurs traits, leurs sourires grimaçaient.

BrainMan réclama le silence avec ce geste large qu'on fait devant un parterre entier. Il s'adossa à la chaise, jambes écartées, et huma le bordeaux en mimant les gestes des initiés.

— Miko, respire-moi ça ! Le soleil et la terre mariés !

L'Albanais lui lança un regard dubitatif.

— Il faut être italien pour sortir un tel baratin. Chez nous, on trinque aux gens, pas aux idées.

— Il se réchauffe un peu, le Château… Faudra lui dire à l'autre croûte que c'est pas du thé glacé.

Et il but une bonne lampée.

— Sens-moi ça, Miketto, toute la vigne qui pisse dans ton gosier…

BrainMan s'assit à table. Ses avant-bras la firent ployer dangereusement. Les verres et les assiettes glissèrent. S'il s'appuyait plus fort, tout finirait plié en deux, le menton de Miko avec. L'Albanais s'empressa de manger ses pâtes. Il n'avait pas envie que la Sangsue refroidisse son appétit. La sauce coulait de sa bouche comme si elle avait été en crue.

— L'Albanais est goret, commenta BrainMan en clouant Miko du regard.

Soudain, ses yeux furent attirés par une photographie de femme qui tremblait à la flamme de la bougie. BrainMan se leva d'un bond. Il siffla longuement.

— *Cazzo*, le salaud ! Y a ce qui faut là où il faut !

Il refit son sourire vicieux.

— Peut-être qu'il aura bien mieux que son fox avec lui, Miko, quand il se décidera enfin à rentrer...

— Attends, le coupa l'Albanais, tu lui bouffes ses pâtes, tu vas pas lui becqueter sa nana, non plus... Repose ça. C'est pas bien de vouloir manger à tous les râteliers. Pense à Mitch une seconde. Y a des limites à pas dépasser.

— Je sais vraiment pas comment on peut avoir un Tokarev et des principes...

Si BrainMan était l'Ouvre-boîte, Miko était la Sonnette. Il avait l'oreille musicale. Le moindre bruit à la ronde le mettait à l'arrêt. Il bondit sur la bougie et l'éteignit.

— Y a une voiture qui s'est garée..., dit-il en baissant la voix.

— On reste à table, puis on lui saute dessus. Sors le Toka, Miko, et tu le gardes dessous, sur tes genoux.

— On va bientôt savoir si la SPA a perdu l'une de ses futures recrues, murmura l'Albanais.

La clef tourna dans la serrure. Dans un silence complet. Les deux retenaient leur respiration.

★

Miko se mordit la lèvre inférieure en tripotant son Tokarev. Non, le silence n'était pas complet. Il percevait un faible bruit qui se rapprochait. Un martèlement régulier.

Dans l'ombre, l'homme qui entrait claqua la porte. L'air glacé leur parvint du dehors.

Il jeta quelque chose sur le plancher. BrainMan et Miko sursautèrent. Ce devait être un sacré paquet.

Quelques pas, et il appuya sur l'interrupteur.

Et là, BrainMan et Miko virent un jeune homme tout en longueur. Un peu sur le modèle d'une frite. Avec un visage du même acabit, au couteau. Et des écouteurs plantés dans les oreilles.

La scène la plus intéressante n'était pas dans le regard de l'Albanais et de l'Italien. Mais dans celui de la Sangsue qui découvrit deux cinglés attablés, en plein milieu de sa cuisine, en train de se régaler.

Un géant en tablier, aux yeux aussi noirs que les cheveux, une poêle à la main, le fixait méchamment. Et le cinglé numéro deux, plus tassé, avec des pattes frisottantes sur les côtés et de la sauce qui dégoulinait, tenait ses mains serrées sous la table, comme une drôle de communiante.

L'effet de surprise n'allait pas s'éterniser.

La Sangsue porta sa main droite à son dos mais les verres giclèrent à terre. BrainMan avait renversé la table et s'était rué sur le Nouche en un bondissement de fauve. Le type avait fait l'erreur de s'élancer vers l'escalier pour aller se barricader à l'étage. Il trébucha sur une marche et BrainMan eut l'impression de prendre un lapin au collet. À l'haleine chargée de la Sangsue, il comprit qu'il y avait de quoi rater plus d'une marche. L'Italien le ceintura de tout son poids. L'autre se débattit comme une furie mais Miko décida à ce moment-là qu'il en avait marre de jouer les seconds rôles. Non sans fierté, il avança tranquillement le canon de son Tokarev vers le déchet.

— Soit tu te calmes, soit IL te calme. Au choix, cancrelat, dit Miko avec le ton du bon écolier qui a gagné.

D'une main, BrainMan prit le relais et commença à lui broyer les couilles.

— D'abord avec les mains, ensuite avec les pieds, *cannellone*, si tu fais le malin, précisa BrainMan en roulant des yeux à quelques centimètres de lui.

La Sangsue hurla. Dans son cou, une rose tatouée dansait ; sa tige épineuse se changeait en fil barbelé. Sa pomme d'Adam fit l'ascenseur. Il essaya de parler mais le canon de Miko le faisait hoqueter.

BrainMan lui posa ses doigts de géant sur la gorge et la rose disparut presque en entier. La Sangsue ferma à moitié les yeux, il en avait vu assez. L'Italien lui caressa la gorge avec l'index qui appuyait tout de même sur la jugulaire. On n'était pas au salon thaï.

— Tu connais les points vitaux ?

La Sangsue observa ce colosse à l'accent italien qui puait le vin. Son vin. Le pire était de se faire maîtriser par un homme en tablier. C'EST MOI LE CHEF. Il le détestait, ce tablier, on le lui avait offert pour un anniversaire et il l'avait remisé, cet humour à deux balles, près des torchons. Maintenant, le tablier avait perdu tout humour, même à la con. La Sangsue ne put que hocher frénétiquement la tête. Il avait des petits yeux marron qui bougeaient dans tous les sens. Et des sourcils qui eurent encore plus tendance à se rejoindre. L'homme prit un ton docte :

— O.K., tu connais les points vitaux. *Bueno*. On dit qu'il y en a 365 vitaux, 36 mortels et 72 paralysants…

Les pupilles du Manouche se contractèrent.

— … Mais c'est long à apprendre, je suis d'accord… Eh bien, tu vois, moi, je suis pour l'apprentissage rapide. La méthode accélérée, si tu préfères…

Le taré désigna le canon du pistolet de Miko, le tapota, et précisa :

— Une balle de Tokarev se fout de toute cette science à la con. Une à bout touchant, entre les lèvres et le nez, là… et, juré, c'est… pas bon.

La Sangsue ne savait plus que hocher la tête. Le coude de BrainMan appuyait maintenant sur le bas de son pull et découvrait une carpe koï à tête de piranha tatouée au beau milieu de sa poitrine. Le piranha paraissait beaucoup moins méchant.

— Tout va bien se passer, reprit l'Italien, si tu cherches pas à frétiller. Sinon… (Il prit un air ennuyé.) Sinon…

Et il tapota à nouveau sur le canon.

— En plus, dit-il en tournant la tête vers la photographie, elle est sacrément sexy. Je pense pas que t'aurais envie qu'on fourre le nez dans ses affaires intimes, aussi… Allez, maintenant que t'as le mode d'emploi, on se redresse presto, et on y va.

BrainMan envoya Miko trouver un bâillon. Il revint avec des chaussettes de ski, grosses comme des serpillières. L'Albanais se pencha vers les yeux terrifiés de cet homme qui n'était plus qu'une proie :

— Modèle XXL pour ta folie des grandeurs,

mignon ! Et si tu fais chier, on prend des éponges et on t'arrose le gosier au jet.

Miko lui fourra les chaussettes jusqu'au fond de la gorge, sans le ménager, tandis que BrainMan continuait à le maîtriser. La carpe eut des soubresauts.

— Tu les laves pas tous les jours, hein ? lui reprocha Miko. Parce que ça schlingue de loin. Et tu sais quoi ? C'est même comme ça que je les ai trouvées… Parce qu'elles puaient !

La Sangsue le foudroya du regard. Miko poussa les chaussettes un peu plus loin et l'homme eut un hoquet.

— Tu me mords pas, clébard, tu me mords pas ! s'excita l'Albanais.

Il sortit de sa poche du scotch de déménageur qu'il coupa au couteau de chasse. Prestement, il fit le tour de la tête de la Sangsue, comme si c'était un vase avec du papier bulle.

— Et voilà, le paquet cadeau est prêt. J'espère que t'as pas le nez bouché. L'eucalyptus, tu y as pensé ?… Parce que t'as gagné une belle gueule de hamster, pépère, avec de bonnes grosses joues dodues-joufflues pour l'hiver !

Avec BrainMan, ils échangèrent de sales sourires de contentement.

Pour finir, Miko tira encore du câble électrique qui servit à le saucissonner. Il aimait le travail bien fait, et ce maniaque de BrainMan supervisait.

Dans les poches de la Sangsue, il chercha la clef de l'antivol tandis que BrainMan le maintenait encore plus fermement. Il fouilla également les autres poches et descendit jusqu'aux chaussettes. Le tout avec succès, pour délester la Sangsue d'une lame de rasoir — l'arme des fourbes — et d'un pistolet CZ 75.

— Merci du cadeau, amigo, on en espérait pas tant, lui dit Miko avec un grognement de satisfaction.

Ils le relevèrent et se dirigèrent vers la sortie, Miko en tête, en malmenant leur proie jusqu'au portail.

Juste avant de le franchir, Miko se retourna et lui souffla :

— T'as de la chance qu'on foute pas le feu à ton palace, alors tu noteras notre minimum de classe.

Le tout était de partir avec discrétion. Quelques mètres, et ils y seraient. Ils surveillèrent les alentours pendant deux bonnes minutes, puis se lancèrent dans la phase la plus délicate de l'opération.

Fourrer la Sangsue dans le coffre ne fut pas le plus aisé. Un homme, ce n'était pas un origami en papier. Pour le plier, il fallait forcer.

Ils forcèrent.

Au moment de refermer le coffre, l'Italien lui murmura :

— On est partis pour une longue balade avec toi. Le modèle romantique : plus c'est long, plus c'est bon parce qu'on n'est pas des goujats.

Alors, la Sangsue grelotta.

L'hiver n'avait jamais été aussi froid.

22

Les méthodes d'Astrakan, ils les connaissaient. Le coup de la forêt.

Ses recommandations avaient été sans équivoque : « Quitte à me faire voler, je veux me faire plaisir. » La Sangsue savait où créchait Mitch, le traître. Par tous les moyens, il devait fournir l'information. Et vite. Car Mitch allait sûrement détaler dans les quarante-huit heures pour s'assurer ses beaux jours. Un voyou avec du cash volé en hiver, ça part au soleil. Dans le milieu, c'est ce qu'on appelait les prévisions météorologiques.

Dans les rues de Chaville, on était loin du carnaval. Pas un chat, pas un chien, pas un humain. Il faut dire qu'ils roulaient aux abords de la forêt et le seul témoin qu'ils auraient pu croiser était un sanglier.

Mais ils ne se garèrent pas tout de suite.

Non, pas tout de suite.

Le coup de la forêt exigeait de la patience. On ne bâclait pas le travail. Le principe en était simple : tourner. Pas quelques tours de manège, non. Mais tourner durant des heures, avec le type coincé dans le coffre, dont l'angoisse première se focalisait inexorablement, parmi cent possibilités, sur chercher son air.

Tandis qu'ils roulaient, Miko asséna un coup de coude dans les côtes de BrainMan.

— Tu as vu le nom de l'allée ?

BrainMan inclina la tête et lut les lettres que les phares éclairaient : ALLÉE NOIRE.

— Y a pas de hasard, se borna à dire l'Italien.

Miko crut entendre la Sangsue se rebeller contre ses conditions de logement. Rien n'atténuait son oreille musicale. Alors il inspecta les vide-poches et la boîte à gants pour dégoter quelques CD.

— Pffffff… C'est pas avec ça qu'on va faire un mur antibruit.

Dans ses mains, il n'y avait que de la variété. Miko se sentait dépité.

Il alluma la radio, zappa plusieurs chansons avant de tomber sur Marilyn Monroe, *Diamonds are a girl's best friend.* Miko tapa des mains.

— Une belle blonde dans le lit de la nuit, ça ne se refuse pas.

BrainMan parut apprécier l'effort de style.

— Et dire que Sinatra se l'est embrochée, cette louloute…, ajouta-t-il, pensif, en tapotant le volant.

— Ouais, mais Sinatra, c'est du passé, clama Miko. Nous, on est la relève. L'avenir ! On a plus de chances de croiser une blonde à grosses miches que lui dans son cercueil pourri.

— Un géant comme lui, il doit avoir un caveau, non ? Peut-être même une chapelle, non, Miketto ? Faut bien se distinguer jusque dans la mort…

— J'en sais rien de rien. Mais nous, ce qu'on n'a pas, on le prend ! Que ce soit une blonde ou de l'argent. Parce qu'on est vivants, nous, VIVANTS !

Ils se tapèrent les cuisses et en oublièrent presque leur passager clandestin. BrainMan conduisait, Miko sifflotait.

La vie était presque belle.

Dehors, le thermomètre chutait. Ils remontèrent vers le nord et sillonnèrent les abords de la forêt de Meudon. Pour une fois que BrainMan pouvait prendre son temps. Rien ne pressait. Il tourna son poignet et sa Jaeger indiqua qu'ils tournaient depuis déjà une quarantaine de minutes. Il sourit. Parce que cette montre, avec son boîtier céramique, valait plus de 13 000 euros. En la volant, il l'avait négociée à prix d'ami. Miko avait bien raison, avec sa philosophie.

L'Albanais essaya dix stations de radio avant de tomber sur les Clash, *Police and Thieves*. Si une voiture les avait suivis, elle aurait vu, par la lunette arrière, deux têtes qui se balançaient en rythme, comme si ce n'était plus l'aiguille de la Jaeger mais elles qui marquaient les secondes.

Autour d'eux et de leur discothèque ambulante, le noir se densifia. Jusqu'à ce que Miko, perdu dans ses rêveries musicales, ne regarde plus que les étoiles. La faute à Marilyn, cette garce hors compétition qui le rendait tendre comme de la guimauve. Combien de noms connaissait-il dans tout ce bazar éclairé ? Le week-end dernier, les doigts plongés dans un pot de cornichons, il avait vu un astronome à la télévision. Un type à peine coiffé, comme s'il n'y avait que l'intérieur de la tête qui comptait. Mais surtout, il prétendait que le ciel visible dénombrait soixante-dix mille trillions d'étoiles en Europe. Miko, pourtant rompu aux chiffres, s'était gratté le crâne. Pile là où il commençait à perdre des cheveux. Heureusement, le journaliste avait traduit de suite l'information : soixante-dix mille trillions, c'était un sept avec vingt-deux zéros derrière. Miko avait écarquillé les yeux. Vingt-deux !… Pour que les téléspectateurs saisissent bien, le type avait posé ses lunettes et précisé que c'était « plus que les grains de sable de toutes les plages et des déserts ».

Miko pencha la tête vers la Voie lactée et prit un air songeur.

S'il avait soixante-dix mille trillions d'euros, il se demanda vraiment ce qu'il en ferait.

L'idée le fit sourire. Il se tourna vers BrainMan, le regard perdu. Il l'aurait presque embrassé.

Soixante-dix mille trillions d'euros, quand même, y avait de quoi devenir philanthrope.

★

Au bout de deux heures trente, fatigués des tubes qui passaient et repassaient, ils étaient revenus au point de départ. BrainMan se dirigea vers la forêt et la Mercedes avança au pas sur du gravier. L'aventure s'arrêta devant une barrière blanche à la peinture écaillée. Miko déchiffra à haute voix :

— CIRCULATION INTERDITE À TOUT VÉHICULE. Qu'est-ce qu'on fait ?

— On fait demi-tour et on repart. On s'enfoncera tranquille dans la forêt de Meudon.

— O.K.

— Dès qu'on repère un parking bien isolé, on débarque le paquet.

— *Vamos !*

Ils ne tardèrent pas à trouver ce qu'ils cherchaient. La voiture stoppa et Miko arrêta la musique. Il bâilla à s'en décrocher la mâchoire. Derrière, des pieds tambourinaient.

Quand ils ouvrirent le coffre, la Sangsue avait pris une teinte bleutée. Et des yeux aussi furieux qu'implorants. Chez une canaille de cette espèce, le mélange détonnait.

— Allez, on va jouer, dit BrainMan en traînant la chenille emmaillotée.

★

Miko lui enfonça le Tokarev dans le dos, au niveau de la naissance de la moelle épinière. L'homme redressa le buste, raide comme un piquet.

Si le plus petit serrait son pistolet, le géant tenait encore plus inquiétant. Dans sa main gauche, une longue pelle brinquebalait. Quand il la découvrit, la Sangsue fit la mule et refusa d'avancer. Ils le traitèrent comme une mule et lui fichèrent, à tour de rôle, de sacrés coups de pied.

La Sangsue couina. Son ventre se contracta. Il n'avait que des bonnes raisons de gerber. Ses intestins se tordaient comme s'ils abritaient une armée de hamsters affamés.

Dans leur progression, BrainMan tâtait parfois le sol du pied. Avec ce mouvement attentif et obstiné du type qui teste des matelas sans se lasser. Le halo de sa lampe torche restait alors braqué, avant de dodeliner à nouveau sur le sentier.

Au bout d'une centaine de mètres, BrainMan exulta. Sous son pied, le sol s'enfonçait.

— La terre promise…, dit-il en hochant la tête avec satisfaction.

Le faisceau de la lampe balaya le sol. La Sangsue

ne savait plus où regarder, il observait du coin de l'œil cette créature diabolique qui crachait de la fumée, à cause de la condensation, sans doute. Le mauvais esprit de la forêt : qu'allait-il exiger de lui, avec son air sinistre ? Une chose était sûre : que l'autre nabot lui défasse ses liens n'augurait rien de bon.

Il lui laissa le bâillon.

La Sangsue avait froid. Mais pas ce froid qui vous fouette chaque cellule et vous donne envie d'un bon whisky. Ce qu'il ressentait lui fit regretter d'être, pour une fois, du mauvais côté. Car le froid qui le mordait prenait ses racines dans la peur. Une peur qui rendrait le moment irréel, si le cerveau n'était pas bombardé par la douleur. L'enfer, il n'avait plus à l'imaginer. Il y était.

Ses mains pendaient au bout de ses bras comme du bois mort et ses muqueuses étaient en feu. Il ne pourrait plus jamais voir une paire de chaussettes de ski de sa vie. Si vivre avait encore un sens, bien sûr, car s'en sortir ne lui paraissait pas encore à sa portée. Ses régurgitations le brûlaient, là, au fond du palais et le tissu spongieux le desséchait de l'intérieur. Le jus de chaussettes, il l'avait vécu comme bien autre chose que du café. De quoi se dégoûter de ses propres miasmes.

Il aurait tout donné pour qu'on lui retire le bâillon et il ne comprenait pas quelle fierté mal placée l'empêchait de se rouler au sol en pleurant pour les supplier d'avoir une fois pitié, dans leur vie. Le gamin remontait en lui. Ils n'allaient pas le descendre en pleine forêt, sans explication, sans rien… On ne pouvait pas faire ça. Même entre malfrats. Il y avait des règles. Un minimum. S'il n'avait pas eu ses chaussettes tire-bouchonnées jusqu'à la glotte, il leur aurait crié que même dans ce domaine, on faisait des erreurs, qu'ils se trompaient, qu'on n'avait pas le droit de se tromper.

Son regard hésita à remonter jusqu'à eux. La tête baissée, il apercevait surtout leurs jambes zébrées par le faisceau de la lampe. Mais l'image des deux dans sa cuisine l'avait marqué. Il ne se rappelait pas les avoir déjà vus. Pourtant, sa mémoire avait eu le temps de travailler. Des salopards, il en connaissait. Des vrais de vrais. Mais ceux-là avaient des têtes d'exécuteurs. Dans leur famille, on ne devait trouver que des bourreaux et des viandards.

Jusqu'où avaient-ils roulé ? Quelle heure était-il dans cette maudite forêt ? Il jeta un rapide coup d'œil vers le ciel. Et dire que certains mettaient un dieu là-dedans. Seule la cime des arbres bougeait et les craquements, lugubres, le glaçaient. Ces cimes ressemblaient à un tribunal d'ombres réunies pour le juger. Y aurait-il seulement un jugement ? Il voulut avaler sa salive en pensant que son sort était peut-être déjà réglé, mais à la place, il eut l'impression qu'une serpillière cherchait à rejoindre son estomac.

★

Au début, coincé dans ce coffre, il avait paniqué. À cause des histoires d'asphyxies qu'on racontait. Au *Rallye*, son QG, il avait entendu parler d'un gosse, le mois dernier, mort à quoi ? à peine trois cents mètres de chez lui, dans une malle où il s'était caché. Après tout, ni plus ni moins que le coup des accidents miniers. Prisonnier, il avait eu droit à une agonie lente en épuisant lui-même l'oxygène de la malle. *La malle au trésor*, bordel… Le voisin avait rallié toute l'attention des soiffards en racontant qu'il avait fini tout cyanosé des mains et des pieds, avec des bleus et les ongles arrachés — à force de lutter pour s'échapper. Un mec au comptoir, en chemise à carreaux et dent en or, avait fait son gros malin en disant que c'était une autre façon de finir gazé puisque le môme était mort dans un bain de gaz carbonique. Pour le coup, même la Sangsue n'avait pas ri. Le ballon de blanc au matin, ça tuait quand même pas mal de neurones. Un autre avait juré que les morts par asphyxie avaient parfois les dents roses. Les dents, pas les gencives. Personne ne l'avait cru. Mais il l'avait juré. Il l'avait vu en personne.

De sales histoires.

Quand les deux émissaires de la mort l'avaient tiré hors du coffre de la Mercedes, son premier réflexe avait été de regarder ses ongles. Mais il n'avait pas réussi à pivoter le cou suffisamment pour voir derrière. Il n'était pas un lapin parce que oui, les lapins pouvaient voir derrière sans se retourner, c'était encore le mec avec la chemise à carreaux qui avait dit ça et pour le coup, il le croyait.

Durant le trajet, il avait essayé de se repérer grâce aux arrêts et aux accélérations. Et vite déduit qu'ils n'avaient pas pris l'autoroute. Tout pour ne pas s'abandonner au noir. Au bout d'un temps qu'il ne savait plus évaluer, il avait lâché. L'air lui manquait. Le noir l'oppressait au point de produire des hallucinations sonores. Il ne comprenait pas. Ne voyait pas le lien. Depuis des heures sûrement, il le cherchait. À en crever.

Voilà pourquoi il était déjà plus mort que vif

quand le plus grand stoppa net. Les mots, il les reçut comme un coup de pelle :

— Maintenant, tu creuses ta tombe, crapule. Je suis gentil, on est en zone sableuse.

★

Pas une seconde il ne pensa que l'Italien plaisantait. Encore une fois, il devait y avoir méprise. Cette fois-ci, il n'en doutait pas. Mais comment le leur faire comprendre avec sa bouche atrocement obstruée ? Ne pas vomir. Il ne fallait pas vomir. On lui avait toujours dit qu'on pouvait aussi s'étouffer avec les vomissements. Après tout, ce ne serait peut-être pas la pire façon d'en finir. L'idée lui soutira une larme. Elle perla sans lui demander son avis. Quant à l'adhésif, il le démangeait, pire que du poil à gratter. Sa furie n'arrangeait pas son état. Mais plus rien en lui ne voulait se calmer.

En fait, presque plus rien ne répondait. Il faisait des gestes désordonnés.

Des images le traversaient. Des images de condamné à mort.

Il lâcha la pelle que l'Italien lui avait fourrée dans les mains et tenta en vain d'arracher l'adhésif autour de sa bouche qui se prit dans ses cheveux. Plus il s'excitait, plus il avait envie de vomir. L'Italien lui fonça dessus et lui faucha les jambes d'un grand coup de pied. La Sangsue tomba à genoux. Le sol était glacé. La Sangsue releva la tête. Partout, l'hostilité, et ces ombres qui donnaient l'impression de s'enfoncer. La lune, d'un blanc glacé, avait l'air de le juger. Il reçut un nouveau coup de pied dans l'épaule qui le jeta à terre. Jamais il n'avait vu des feuilles de si près. Des feuilles toutes roussies par l'hiver, prêtes à s'effriter. La lampe torche leur donnait une transparence terrifiante. Chaque nervure ressortait. La Sangsue pensa à son sang, à la ramification de ses propres vaisseaux qui l'irriguaient. Pour combien de temps, encore ?

La résignation le menaçait. Il reprit la pelle et s'escrima contre ce maudit sol d'hiver. Au bout d'innombrables pelletées — il n'eut pas le vice de compter — il arriva même à suer. Assis sur deux souches, l'un en face de l'autre, l'Italien et l'Albanais faisaient de curieux arbitres. Dans le froid, à chaque respiration, ils semblaient s'envoyer des signaux de fumée.

Après une telle débauche d'énergie, la Sangsue trouva leur nonchalance obscène. Ils allaient finir par lui dire les raisons de ce cauchemar, oui ou non ? Les dernières pelletées lui parurent au-dessus de ses forces. Il se cabra contre la pelle et remonta la capuche de son blouson fourré, à motifs camouflage. Sous les chênes et les châtaigniers, dans cette nature qui l'enterrait, ce blouson était un mauvais présage. Si son destin était de se fondre avec la nature en quelques pelletées, il voulait au moins savoir pourquoi.

POURQUOI.

C'était la question, la seule.

Mais est-ce qu'on savait plus pourquoi l'on vit que pourquoi l'on meurt ?

Pour un petit mot, *pourquoi* cachait une bien trop grande question. Qui n'était à la mesure de personne dans cette forêt. On aurait réuni les chefs d'État de tous les pays qu'ils n'auraient pas été plus avancés. Dans son cerveau rongé par la peur et l'alcool, la Sangsue, qui n'avait rien d'un philosophe, commençait à ne se poser que des questions fondamentales.

Et il fut surpris de voir à quoi le monde se résumait.

Être au bord de crever rendait profond comme ce trou qu'il creusait.

Plus le corps était menacé, plus l'esprit se délestait.

Dans cette rencontre du halo de la lune et du faisceau de la lampe, la Sangsue comprit l'essentiel. Tout en lui le comprit.

Il tenait à la vie.

★

La pelle s'enfonça dans le sol et buta sur un caillou. Le bruit faisait mal aux dents.

— On fatigue, moucheron ? lui lança l'Italien qui, bien loin des questions fondamentales, se curait les dents.

La Sangsue lui jeta un regard haineux.

— Que ton ego sous-estime ta taille m'épate, patate, reprit-il avec une sale moue. Franchement, un gars de ton gabarit, si droit et si fier qu'on dirait une flèche de cathédrale… Un pape comme toi, tu crois que tu vas loger là ?… Me la joue pas à l'envers, la Sangsue !

Il se leva de sa souche et considéra le trou.

— Mais en poussant bien dans les coins, c'est comme les miettes de thon, ça devrait rentrer, t'es peut-être pas si mauvais…

Dans un sursaut de fierté, la Sangsue lui adressa un regard de mépris. Son côté nouche qui reprenait le dessus. L'être humain ne l'avait de toute façon jamais épaté. Sauf par sa lâcheté. Il n'avait pas encore eu l'occasion de se prouver qu'il valait mieux.

Mais BrainMan avait déjà réservé un sort à sa fierté. Son vice resplendit :

— Maintenant, torero, tu te débarrasses de tous tes oripeaux… Tu jettes en paquet tes fringues sur le bord et tu t'allonges dans ton nid douillet. Miko, il a toujours aimé faire des châteaux de sable.

Derrière son bâillon, derrière ce coton qui l'étranglait, il s'entendit crier :

— Mais vous êtes des grands malades ! Je vais pas me foutre nu avec ce froid… Putain ! Mais dites-moi ce que j'ai fait, bordel !… Dites-moi !… On peut s'entendre, j'ai du flouze de côté… Vous voulez quoi ? PUTAIN !!!

Mais au lieu des mots, ce furent des sons comme des coups qui sortaient, des sons butés qui l'étouffaient.

S'il en réchappait, il se promit de se venger.

Cher.

La Sangsue envoya un tel coup de pied dans le tas de terre face à lui qu'il créa une sorte d'éruption. BrainMan lui braqua la lampe torche en plein visage. Leur proie ressembla à une grosse lune menacée de désintégration.

Miko se rapprocha de la Sangsue et le Tokarev fut encore de la partie. Sans surprise, il le pointa vers lui. L'étoile russe des plaquettes de crosse brilla dans la nuit.

— Tu te désapes fissa, parce qu'on prend froid.

BrainMan eut un rire nerveux en l'observant se déshabiller.

— Moucheron, alors que tu déballes tes vesses-de-loup toutes rabougries, on dirait que t'as trouvé le moyen de te réchauffer !

Sur les jambes du Nouche, l'urine ruisselait. Avant que ça ne sente encore plus mauvais.

Les deux grimacèrent.

— Et dire qu'on était venus bien respirer en forêt !

L'Italien était le plus grand chien que la terre ait porté. Voilà ce que pensait la Sangsue. Il s'allongea sur la terre sableuse et il lui sembla que les branches des feuillus, aussi nues que lui, allaient le griffer. Le froid, ce loup affamé, le mordait à hurler.

Le duo se planta devant le paysage des tatouages au fond de la fosse. Il y avait de quoi contempler à volonté. Deux têtes de mort en grisaille ornaient les genoux. Les yeux évidés formaient une troisième rotule. La Sangsue, cet humour l'avait souvent fait rire, surtout quand il forniquait. Mais là, il ne goûtait plus la beauté sarcastique des tatouages de Dimitri HK.

Miko, qui, jusque-là, était resté plutôt silencieux, se rapprocha de lui. Son corps rondouillard était tout noir. Il masquait le faisceau de la lampe. Il se baissa en se pinçant le nez et dit, d'une voix nasillarde, tirée des entrailles de l'enfer :

— Je compte jusqu'à dix. Si tu balances l'adresse de Mitch, tu boiras encore du vin glacé. Sinon… Sinon, saint Tokarev te brûle ce qui te reste de cervelle.

Il s'éloigna et la Sangsue l'entendit compter.

— Un… Deux… Trois…

Le petit gros faisait des ronds, comme autour du gibier. L'hallali se préparait.

La voix s'éloigna.

— Quatre… Cinq… Six…

La Sangsue se releva d'un bond, et fit des signes désespérés. Miko se dirigea lentement vers lui et, non sans sadisme, continua de compter.

À dix, le bâillon sautait.

— Maintenant, dit Miko en tendant l'oreille.

La bouche desséchée, chaque cellule tellement terrorisée que le froid les embaumait, la Sangsue bredouilla des mots qui le firent tomber.

L'Italien lui releva le menton et lui confia :

— Bravo, torero. Comme quoi, la sagesse touche les jeunes, parfois.

Et ils le laissèrent nu comme un ver, parce qu'après tout, la sagesse n'a besoin que du minimum.

23

Avenue Montaigne, ils l'avaient retrouvée. Astrakan et ses hommes avaient ratissé tout le quartier. Ylana sortait du *Manko*, à deux pas d'Alma-Marceau, où elle se faisait draguer. Astrakan avait foncé vers l'entrée et mis à terre le fils de pute qui l'avait approchée. Un mec fin comme une allumette en pantalon cintré bleu métallisé. Le brun à coupe asymétrique et barbe millimétrée que Paris et New York produisaient en quantité. Il l'avait tiré de la lumière jaune de l'auvent où sa face de rat bronzait. Il n'allait pas râler, ce toquard, avec le froid, une bonne bagarre, parole, ça chauffe les bras.

Le type gisait au sol, face contre le trottoir et sa chemise blanche à petites têtes de mort dorées détestait le tour que prenait la soirée. Cette chemise finissait sa vie, tranquillement, devant l'entrée qui changeait la façade Art déco du *Manko* en *Museo Oro del Perú* de Lima. Le tissu avait fait la luge sur le trottoir et la joue droite du pauvre chouchou des beaux quartiers saignait. Maintenant, elle ressemblait plus à une serpillière qu'à la dernière trouvaille du concept store de luxe *colette*. Astrakan avança sa chaussure vers la tête du type, médusé. Il aurait bien fait un paillasson de sa barbe entretenue comme un jardin anglais.

Mais il se retint. À trois mètres de là, Ylana observait la scène. Elle n'était pas sûre d'être concernée. La jalousie des hommes et leurs petites guerres musclées l'indifféraient. S'ils voulaient jouer les gorilles, elle n'allait pas les raisonner.

Enfin, il y avait un gorille et un chimpanzé. Les jeux n'étaient pas loin d'être faits.

Quant à disparaître, on n'allait pas le lui reprocher.

One et One restaient postés, prêts à se ruer au moindre signe.

Mais Astrakan comptait régler ce différend en personne. Il se pencha vers la jeunesse dorée et il lut la peur bien installée au fond des rétines :

— Barbu, il fait zéro degré et tu pues la sueur comme en plein été. Tu nages dans la peur, petite couille, pas vrai ?... alors casse-toi fissa avant que je t'apporte une bouée.

Astrakan laissa le mec au sol et se releva. Il lui tourna le dos, rajusta sa veste et se dirigea vers Ylana. Sur une colonne Morris, elle lisait une affiche de théâtre en long en large et en carré. Elle l'ignorait. Arrivé à elle, Astrakan la prit par une épaule. Elle lui offrit son profil sans se retourner. Elle sentait l'alcool, le pisco et la tequila, elle avait bu des Tommy's et elle ne s'en cachait pas.

Dans son œil vert, une drôle de lueur nageait. L'image d'un nénuphar qui tremble à la surface d'une mare s'imposa à lui. Quelque chose de poétique et de triste. Sans doute parce qu'il en avait vu, dernièrement, dans le lac d'une grande propriété où la fille aînée de ses amis s'était noyée. La fille s'appelait Aurore. S'appeler Aurore et mourir à l'âge de sa majorité l'avait marqué. Il avait vu le lac, il avait vu les nénuphars et réalisé combien la nature n'en avait rien à cirer de ce que les humains tramaient.

★

Ylana restait de profil, l'œil mobile, comme un oiseau aux aguets dans les branches déplumées des marronniers.

Enfin, elle parla, rivée au macadam, et il se rendit compte qu'il avait oublié le son de sa voix :

— Dites-moi juste… il vous arrive de faire des trucs normaux, parfois ?…

— Des trucs normaux ? répéta Astrakan qui n'avait pas de réponse. (Il lui releva le menton.) Des trucs normaux comme quoi, dis-moi ?…

Et cette fois-ci, ce fut elle qui ne répondit pas.

Elle regardait détaler le toquard qui avait suivi le sens du vent et s'était barré en courant en direction des Champs-Élysées. Astrakan lui fit ses adieux à sa manière :

— C'est ça, dégage, sale vermine gominée, avant que j'encule ton cadavre tout frais !

Ylana ne savait plus comment il s'appelait. L'homme lui avait parlé dans l'atmosphère burlesque du cabaret, chauffée à souhait, où rien de sérieux ne pouvait advenir. Il s'était penché vers elle pile quand l'effeuilleur, Tom de Montmartre, remuait sur scène en entrouvrant sa cape, le sexe emmailloté dans un pochon rouge à glands dorés. Sur ses bras, elle fixait une pieuvre qui ondulait. Alors retenir quelque chose, il ne fallait même pas y songer. Un instant, elle fut à nouveau dans le cabaret, face à ce Tom qui se trémoussait, une couronne de bouffon flanquée sur le crâne qu'il avait aussi nu que ses fesses. Confuse dans ses idées, elle tiqua. Au fond, était-ce aussi normal, tout ça ?

Elle s'appuya contre la colonne et douta.

Astrakan ne la quittait pas des yeux. Elle restait là, dans la contre-allée, une vraie statue devant la colonne, moqueuse de toute destinée. Les cheveux étaient en désordre léger. Les petites pointes mauves paraissaient plus sombres. Quant à sa robe, elle n'avait évidemment pas rallongé depuis qu'elle lui avait faussé compagnie et n'importe quelle voiture qui passait la matait.

Adossés à l'Audi S8, One et One l'observaient comme si le retour des ennuis avait sonné. Cette fille était un parapluie ouvert dans une église, la malédiction incarnée. Il ne manquait plus que le service d'ordre du *Manko* pour débouler. Ça ne devrait pas tarder.

En revanche, un détail avait changé. Presque immédiatement, Astrakan repéra, sur cette robe, une tache qui n'existait pas quand ils s'étaient quittés. Quand on regarde avec les yeux de la jalousie, tout est permis. Il fit quelques pas vers les doigts secs des marronniers. Dans la nuit, ils donnaient l'impression de griffer. Le regard d'Astrakan revint se focaliser sur la fille à la blancheur insolente. Tant de beauté l'énervait. Quoi qu'elle fasse, elle mettait à cran son désir.

Il plissa les yeux.

Cette tache pouvait avoir mille origines. Le tissu de la robe était blanc et rien d'étonnant à ce qu'un vêtement blanc ne le reste pas longtemps. Mais Astrakan s'arrêta à cette tache et décida qu'elle était suspecte. Il en fut d'autant plus persuadé qu'il découvrit qu'Ylana avait filé son collant.

La pression grimpa en flèche. Il la tira par le bras pour qu'elle rejoigne la voiture, puis, comme si mille pensées contradictoires fusaient, il s'arrêta et s'éclaircit la voix :

— Maintenant, soit tu restes sur ce trottoir et tu y fais ta vie, Ylana, soit tu montes avec moi.

Elle attendit qu'il précise qu'il ne le dirait pas deux fois en croisant les bras. Mais le ton et le regard ne plaisantaient pas. Ylana ne se rebella pas. Elle fit une moue lasse qui se mua en sourire triste. Il la regarda battre des cils. Avec son mascara qui avait coulé et son rouge à lèvres qui filait, elle ressemblait à un clown blanc, grimé pour mieux se cacher.

Que ressentait-il ? Y avait-il un seul mec sur terre à savoir ce qu'il voulait face à une femme ? Astrakan était troublé, comme perdu dans une grande ville. Cette fille le déboussolait. Si elle décidait de partir, la laisserait-il faire, vraiment ?

One et One commençaient, eux, à trouver le temps long.

Qu'on en finisse, qu'elle monte ou qu'elle se barre.

En un jour, le boss n'allait pas leur faire avaler qu'on s'attachait. Il voulait quoi, perdre la main ? Faire le romantique ? One le Blond leva la tête en direction des façades pour voir si personne n'observait — le réflexe de tout vérifier. Dans cette avenue, il y avait du fer forgé au kilomètre. One le Brun pensa qu'ils échappaient au moins à la sortie du Théâtre des Champs-Élysées. Il fit sauter les clefs de l'Audi S8 dans sa main, pour s'amuser, au moins, du bruit de ferraille. Astrakan qui tergiversait… Et puis quoi, encore ? La bague au doigt et l'éternité ? Il ne sortirait pas son mouchoir, en tout cas. Il n'était pas payé pour ça.

Alors il y eut ce moment irréel. Sans un regard pour personne, elle ôta ses escarpins, un à un. Le halo d'un réverbère captura l'éclair rouge de la semelle. Dans la nuit orangée de Paris, Ylana écarta les bras et se mit à tournoyer, yeux fermés, sur la pointe des pieds. Astrakan se dit qu'elle était complètement zinguée pour se moquer du froid à ce point-là.

Il comprit aussi qu'elle était exactement ce qu'il cherchait.

Une sorte de triangle des Bermudes qui détraquait ses compas. Elle continua à faire la toupie sur elle-même, comme si son esprit s'envolait. Collée à son corps, la robe d'Ylana ne se souleva pas. On n'était pas chez les derviches tourneurs. On était loin de cette force de Coriolis, propre aux ouragans comme au tournoiement.

Mais cette danse fut pourtant un ouragan car la robe joua de chaque courbe, de chaque relief du corps d'Ylana. Astrakan pensa : mais où a-t-elle appris à tourner comme ça, avec cette rapidité de balle en rotation à la sortie du canon ?

Dans cette pénombre orangée, Astrakan vit ce corps parfait et se demanda à quoi il jouait.

Si elle voulait le rendre dingue, c'était fait.

Une voiture freina à leur niveau. À l'intérieur, un Asiatique baissa la vitre et mitrailla Ylana avec son portable. Son sourire refléta ce qui se cachait dans le regard d'Astrakan : une femme vaut plus que tous les monuments. Même la tour Eiffel ne mettait pas autant les hommes d'accord. À force de tourbillonner, le regard d'Ylana fut, lui, encore plus perdu, encore plus transparent.

L'Étoile de mer…

Astrakan sentit en lui un barrage qui cédait. Les conséquences, il ne voulait pas les envisager. Il voulait vivre, il voulait l'embrasser. Et ne pas se demander de quoi demain serait fait.

Il n'y eut pas de coups désordonnés, pas de sac à main dans le nez, pas de cris suraigus ni de talon cassé. Non, rien de toute cette hystérie. Aucun des deux n'éleva la voix. Elle était libre, après tout. Et pourtant pas. Astrakan l'avait adoptée d'un bloc. Il lui avait offert sa confiance et lui avait ouvert ses bras. Alors qu'il était sous perfusion de paranoïa. Au moindre moment, cette garce pouvait le dénoncer.

Elle le pouvait.

Alors, elle se décidait ?

Sur le trottoir glacé, cette femme lui parut fragile, une stalactite prête à s'effondrer.

D'ailleurs, elle s'effondra.

Elle avança de quelques pas et se pendit à son cou. Son oreille bourdonna du baiser qu'elle venait de lui coller.

— On y va ? chuchota-t-elle.

Et Astrakan eut la dangereuse impression qu'elle était la première femme de sa vie. En lui, elle avait tout effacé. Elle lui redonnait une virginité.

C'est rassuré qu'il vit tout le monde monter dans l'Audi. One le Blond démarra.

Astrakan posa sa main sur le genou d'Ylana et dit, comme s'il répétait une phrase magique :

— On y va.

24

L'autoroute était le lieu rêvé. Le lieu rêvé pour s'entraîner à travailler son équilibre en conditions extrêmes. Personne ne faisait attention à rien, surtout à 6 h 30 du matin. Chacun se ruait vers son horizon, de l'ego lancé à 130 km/h. Ranko le savait et il en profitait. Mais il redoutait une crevaison et le type qui stoppe net sur la bande d'arrêt d'urgence. Le cas ne s'était jamais présenté. Honnêtement, il préférait qu'un tel cas ne se présente pas. Le monde était plutôt bien fait et, dans ce domaine, la poisse poussait moins que le chiendent. Alors il était tranquille, plus que dans n'importe quel parc et libre de mener sa vie.

C'est ce qu'il fit. Ranko prit son élan et sauta sur la glissière de sécurité de l'autoroute. À cette heure, elle risquait d'être givrée. Son corps tangua mais Ranko bascula ses hanches en arrière et rétablit son équilibre. Il n'avait pas beaucoup dormi. Loin de se reposer de l'attaque du convoi, il avait rempilé. Et repris ses activités. Les vraies : grimper pour voler.

Johnny Cash jeta du feu dans ses veines et la fatigue ne put lui résister. Il avança dans le jour qui se levait.

Du rose turbulent s'annonçait. La journée serait froide mais ensoleillée car le ciel irradiait. Au loin, à sa lumière jaune sale, Ranko devina Paris. Puis il oublia Paris. Comme la tension de sa mission. Maintenant, il fallait faire profil bas. La Murène ? Il n'irait le voir que le lendemain, pour vérifier que personne ne lui colle au train. Depuis un mois, il lui arrivait de se sentir surveillé.

Ce délai lui laisserait le temps de vérifier les prix. Quelle base le receleur allait-il appliquer pour lui racheter les bijoux ?

8 % ?

10 % ?

Un nouveau camion passa à vive allure. Tout trembla et Ranko sentit la force de l'air qu'il déplaçait. Il leva un bras pour corriger sa trajectoire et repartit de plus belle. Ses idées galopaient. L'excitation du casse de la nuit passée n'était pas encore retombée. Un casse à deux pas de l'Arc de triomphe, place des États-Unis, du beau Paris. Son pied porteur faillit déraper car son esprit visualisait certaines pièces, plus faciles à revendre. Pour elles, il misait sur du 12 %. Si la Murène ne lui filait pas 12, l'enfoiré le regretterait. Qui serait allé chercher le butin là où il avait grimpé ? Qui ? La réponse était simple. *Niko*. Personne.

Qu'on le prenne pour un perdreau de l'année, non merci.

Son talent avait un prix. Son courage, aussi.

Ce n'était pas la mer à boire, il voulait juste être reconnu selon sa valeur. Pourquoi cette manie d'arnaquer changeait-elle un fourgue en chacal ? Jamais il ne se sentait à l'abri de se faire plumer, surtout quand il se démenait. C'était quoi, ce jeu truqué ?

Ranko ne misait que sur les discours cash et les relations franches. Bref, il passait l'humanité au tamis et dans le lot, ça donnait beaucoup de grumeaux.

Heureusement, il comptait beaucoup d'or dans les bijoux volés. L'or était un langage universel. Les pierres relevaient d'un univers à part entière, plus capricieux, moins prévisible, qu'il n'aurait jamais prétendu maîtriser. Plus les bijoux étaient gros, plus on pouvait les retoucher. Les pierres se retaillaient. Et plus ils étaient simples, mieux ils se revendaient. En revanche, les montres tapaient dans sa spécialité. Dans ce domaine, gare au chacal qui aurait voulu l'arnaquer. Ranko était tombé sur une dizaine de modèles. De quoi rendre fou n'importe quel homme politique en manque de signe extérieur de pouvoir. Il devrait se spécialiser en hommes politiques — ces requins avaient le profit dans le sang. La pêche avait été giboyeuse, Ranko avait repéré une Panerai qui était l'un des rares modèles de montre pour gaucher, deux LU Chopard, une Montblanc un peu prétentieuse avec un planisphère comme à l'école primaire et vingt-quatre fuseaux horaires, pour en faire quoi, Dieu seul savait quand il sortait de son nuage doré, une Omega Globemaster, une Patek Philippe avec mouvement automatique, une Tudor en bronze et une dernière dont le nom lui échappait. En tentant de le retrouver, Ranko faillit perdre son équilibre ; s'il ne pensait qu'à la Murène et aux pièces à lui refourguer, il finirait les couilles séparées par la glissière.

Ranko avait un sale côté fier et il n'avait pas envie de mordre la poussière.

25

— Alors, Seb, on roule jusqu'à la mer ?

Myriam aimait taquiner le jeune capitaine. En plus, il portait le pull qu'elle préférait. Un truc bleu Pacifique qui faisait fuir l'hiver. Son côté sports de glisse en toutes circonstances. Elle avait voulu lui donner une petite tape derrière la tête car avec lui, elle éprouvait le désir de jouer. Mais Sébastien était un vrai bernard-l'hermite et au dernier moment, sa main avait rebroussé chemin.

Seb ne répondit rien. Il fallait des facultés d'observation insensées pour se rendre compte qu'il avait souri. Mais Myriam jouissait de l'œil PJ et à son tour, intérieurement, elle sourit.

L'aube leur offrit du grand spectacle. Un ballet de couleurs dans les rétroviseurs.

Myriam en avait plein les yeux. Sa robe en laine mohair noir prit des reflets mordorés. Elle fixait chaque détail, sondait la route jusqu'au ciel et s'amusait au passage de chaque nuage. En face d'eux, il y en avait un beau, tout rosé, avec un drôle de museau allongé.

Elle le désigna du doigt à Seb.

— Tu ne trouves pas qu'il ressemble à… à un dauphin, non ?

Comme il ne disait rien, elle le relança sur la forme du nuage.

— Ou un espadon… Un espadon, non ?… Tu vois quoi, toi ?

Le capitaine inclina la tête et prit le temps de regarder puis décréta, sans ciller :

— Je vois… un nuage.

— … Un nuage ! Non mais, sans rire ! Quel esprit borné !

Il marqua à nouveau une pause avant de répondre.

— Myriam, tu ne vas pas me reprocher de voir un nuage quand tu me montres un nuage… Si ?…

Elle parut désemparée et fit un geste de la main. Rien de grave. Suarez avait raison : Seb était « pire qu'un coffre-fort dans la chambre blindée d'une forteresse au milieu d'un champ de mines ». Elle délaissa l'espadon pour revenir à leur objectif qu'elle suivait sur un iPad, calé entre ses genoux.

Le Gecko.

Retour à leur sujet. Leur cible.

Après la coupure de la permanence, ils appréciaient de le retrouver. Comme s'ils avaient manqué le début d'un spectacle. En dépit de l'heure matinale, Myriam était presque impeccable. Maquillée en deux traits, mais, comme le ciel, avec des teintes qui semaient de la gaieté. Le Gecko était un nocturne et un lève-tôt. Il aurait épuisé toute une brigade car il fallait s'adapter à ses horaires particuliers, plus ceux d'un boulanger que d'un fonctionnaire. La nuit, il cassait, à l'aube, il s'entraînait et à toute heure, il repérait. Après, il était capable de tout. Et surtout d'improviser. La cellule d'assistance technique avait balisé son monospace pour multiplier les chances de le suivre sur un coup chaud. Suarez avait répété :

« Vous le levez et vous le couchez. » Myriam et Seb formaient le dispositif du jour. De nuit aurait été plus exact car dès 6 heures du matin, ils avaient reçu une alerte de Deveryware, le logiciel qui rendait compte de l'activité de la balise.

Le véhicule bougeait.

Seb avait sauté dans une Golf et récupéré Myriam en moins de deux : le Gecko quittait son domicile de la rue du Caire. Le monospace était garé non loin, dans une des rues adjacentes. Sur les écoutes, rien ne laissait croire qu'il allait taper. Cet homme était imprévisible. Et secret. Jamais à fanfaronner. Il lui arrivait de passer trois, quatre jours sans prendre sa voiture. Il les avait déjà semés dans Paris en faisant du jogging sur des kilomètres et des kilomètres. Personne n'avait pu le suivre.

Le Gecko était une machine.

Un type qu'on n'attrapait pas avec un filet.

Et quand il grimpait, seul un lézard aurait pu le filocher.

Dans leur Golf, Seb et Myriam ressemblaient plus à un couple parti pour culbuter qu'à deux policiers. Ils avaient écopé d'une seule voiture. De quoi miner une surveillance. Heureusement qu'ils avaient des têtes de roucouleurs. Tandis que deux flics mâles dans une bagnole n'avaient jamais l'air de rouler vers une *rave party*. Greg Brocas, le ténor, aurait dû les rejoindre à moto mais la bécane était partie la veille pour le garage central. De plus, Suarez ne pouvait mettre le groupe complet vingt-quatre heures sur vingt-quatre derrière le Gecko. Avec l'attaque du convoi, chacun avait déjà beaucoup donné.

Myriam et Seb se dirigeaient vers le sud-est et l'A4 où, sur l'écran, le point rouge du véhicule avançait.

Ils allaient le récupérer et le suivre pour prendre son pouls et comprendre ce qu'il manigançait. Car Suarez attendait qu'ils collent au Gecko dès qu'il déviait de sa route habituelle.

Trois mois qu'ils étaient derrière ce casseur de l'extrême. Trois mois que le Gecko les rendait tarés. Impossible de le suivre, impossible de le coincer. Il aurait fallu un groupe entier de varappeurs. Même les plus sportifs du groupe de répression des vols effrac' se cassaient les dents sur lui. Un monte-en-l'air comme le Gecko, il n'en existait pas deux.

Un puriste, réservé à l'élite.

Dans la Golf flottait une odeur beurrée. Myriam se retourna et vérifia la banquette arrière.

— Tu as acheté des croissants ?

— Non, non, j'ai chopé une boîte de sablés qui traînait. C'est un Breton qui me les a rapportés. Des sablés en direct de Bretagne, tu peux y aller en confiance… Sers-toi.

— … Un ami breton ? dit-elle avec curiosité.

— Oui, un ami, un vrai.

Elle n'alla pas plus loin. Elle se demandait pourtant qui était l'ami, et si un vrai ami était un petit ami dans le langage de Seb. Personne ne savait. Elle laissa les sablés pour le moment. Puis elle s'étira, bras en arrière, et ses seins remontèrent. Ce fut comme de voir le Puy-de-Dôme en double pour un alcoolique. Un joli paysage que Sébastien Taravella feignit de ne pas remarquer. En vérité, son œil droit avait tout repéré. Il avait fait son milan mais ce fut si rapide que même Myriam n'aurait pu s'en douter. La scène lui avait rappelé son copain d'enfance, dentiste, en Corrèze qui, une fois, avait abaissé le fauteuil pour allonger sa patiente — une jeune femme à la générosité bien placée. Elle avait un petit haut près du corps, modèle minimaliste qui, sous l'action de la descente automatique du fauteuil, s'était retrouvé d'un coup au-dessus de ses seins. Lui comme elle n'avaient plus su où se mettre. Seb en restait mort de rire.

Myriam le tira de ses insoupçonnables pensées.

— Tu crois qu'on va assurer, sans Greg ?

— On va s'adapter.

— Le Gecko n'est pas du genre à ne rien voir. Tu te souviens de la première fois que Suarez a débarqué dans notre bureau pour nous parler du phénomène ?

Taravella hésita :

— Non, vas-y…

Cette fois-ci, elle le tapa gentiment dans les côtes.

— Je suis sûre que tu t'en souviens… Tu te souviens toujours de tout…

— Je t'écoute.

— Il était arrivé tout excité…

— … comme d'habitude, tu veux dire ! la coupa-t-il.

— Nooon, rit-elle. Alors, disons : encore plus excité que d'habitude. Et il avait lancé : J'ai un tuyau, je connais un mec sur lequel on va se mettre. Un mec hors norme spécialisé dans le casse propre.

Taravella visait la route devant lui mais on sentait qu'il écoutait. L'histoire lui plaisait. Il faut dire que le Gecko était leur sujet préféré, le genre de type que tout flic aurait rêvé de serrer.

Du vrai gibier.

Myriam reprit :

— On avait de ces yeux… De vrais yeux de pleine lune !

— C'est vrai, sourit le capitaine, amusé par la formule.

Au début, ils étaient partis de presque rien. Juste une question de pedigree et la certitude de travailler sur un casseur patenté, avec le rêve de le faire en flag et de lui raccrocher des faits. Mauro… Le Gecko était peut-être italien… Italien ou argentin… Comme Mauro Colagreco, un chef, ou Mauro Icardi, un footballeur… Suarez avait aussi pensé à Mauro Calibani, l'escaladeur. Un type qui avait été champion du monde de bloc en 2001 et qui n'aimait grimper qu'en milieu naturel. Le Gecko lui avait peut-être volé son prénom par identification…

Mauro… Question casseurs, c'étaient pourtant les Yougos les meilleurs. Des amateurs de belles cambrioles, des dingues du travail de finition sans tout repeindre en rouge. Pas le genre gougnafier au pied-de-biche qu'ils levaient avant en planquant au sous-sol du Bazar de l'Hôtel de Ville…

Trois mois, et ils en étaient au point zéro. Avec rien à lui mettre sur le dos.

— Suarez, il sait quand il est sur un beau dossier.

— C'est du travail d'équilibriste, répondit Taravella sans pivoter vers elle, les mains rivées au volant. On ne sait jamais si on ira au bout mais on tire la ficelle.

— La loterie du travail d'initiative, Seb… La chance de pouvoir choisir nos objectifs. En même temps, tu vas voir, on va faire de la loterie une partie de chasse. T'aimes les bons petits lapins, toi ! Tu es le spécialiste des petits lapins qui courent vite…

Elle faillit le pincer mais à nouveau, elle n'osa pas. Pour s'occuper, elle chercha dans les poches de sa doudoune à capuche et en sortit une paire de lunettes de soleil qu'elle ajusta sur son nez.

Cette fois-ci, le bernard-l'hermite eut un regard pour elle.

— Tu fais ton Adjani ?

— Oui, je fais mon Adjani.

Soudain, Adjani fit la gueule et Seb eut du mal à comprendre ce changement de cap, en pleine complicité.

— Merde ! souffla-t-elle, concentrée sur son iPad.

— Qu'est-ce qui se passe, Myriam ?

Pour la première fois depuis le départ, il la regardait.

26

Sous ses baskets, le bas-côté défilait. Pour corser la difficulté, Ranko leva les yeux. Les nuages moutonnaient et mêlaient des écheveaux gris, roses et orangés. Les masses tourbillonnaient. Là-haut, le ciel flambait, et Ranko eut l'impression de courir dans une coulée de lave. Sauf que c'était plus l'Islande que La Réunion. Avec un ciel comme ça, il aurait pu se croire en été, la température exceptée. Ses extrémités n'oubliaient pas de le lui rappeler, elles commençaient à sérieusement piquer.

Il accéléra. Un cheval de l'Apocalypse, voilà ce qu'il était. Seule cette ligne de métal existait désormais, et son long défilé. Son cerveau en avait intégré le léger dévers et ses mouvements suivaient. Alors qu'il croyait pouvoir faire le vide, une image remonta. D'abord floue, puis elle s'aiguisa, au point de le déséquilibrer. Il voulut lutter et secouer le sac des pensées, ce truc plein de nœuds que chacun trimbalait, mais l'image s'accrocha, bien présente, mare de sang sur un étang.

Ranko se demanda combien de motards cette glissière avait assassinés, froidement tranchés par le sabre sous ses pieds. Il s'arrêta pour reprendre sa respiration, tituba sur la glissière et chuta. Il tapa fort dans ses mains et fit de la buée.

L'image, il n'aurait pu l'oublier. Il avait pourtant essayé. C'était celle de son frère, Radovan, projeté à grande vitesse de sa Suzuki 1100 GSXR, débridée à cent trente chevaux, une nuit où il avait parié de monter à 300 km/h. Il avait dû les atteindre.

On l'avait retrouvé noué comme un ruban autour des montants.

Littéralement.

Comme le ruban rouge de la solidarité SIDA. Ranko avait immédiatement fait le rapprochement. Puis à Momčilo, son grand-père, sur sa civière. Depuis, tout avait basculé. L'esprit a du mal à cicatriser. Le manque est une sale plaie.

Ranko s'était renfermé.

En une fraction de seconde, il avait perdu la seule personne qui comptait.

CLIC, CLAC. Là-haut, régnait un drôle d'interrupteur. Sans disjoncteur.

Après, il avait eu l'impression d'une longue nuit, une nuit qui n'en finissait pas, et de cauchemarder éveillé. Plus rien n'avait été pareil.

En lui, il ressentait toujours ce tourbillon. Quelque chose que rien n'apaiserait, à part courir, à part grimper. Là où l'esprit n'avait plus qu'une ligne droite à faire défiler.

Il plissa les yeux. Que les images se barrent — le passé n'avait jamais été son allié.

Mais un Serbe ne connaissait pas le mot abdiquer.

27

Myriam ne décollait pas le regard de l'iPad.

Qu'est-ce qu'il foutait, le Gecko ?

Le point rouge n'avançait plus.

Sébastien Taravella voulait comprendre.

— Myriam… ?

— Il s'est arrêté. Sans doute sur la bande d'arrêt d'urgence. Le point est fixe.

Le capitaine fronça les sourcils.

— Un accident ?

— À cette heure, peu probable, non ? Une panne, une envie de pisser, un chien écrasé : cent possibilités, Seb.

— Mais qu'est-ce qu'il branle, arrêté sur l'autoroute ?

— En tout cas, on ne donne pas des rendez-vous sur la bande d'arrêt d'urgence…

— Mouais, opina Seb, même si on aura tout vu, tu sais. Je connais des crapauds qui y prendraient leur café.

— Qu'est-ce qu'on décide ?

— Si on lui passe devant, c'est mort. Je ne veux pas qu'on se fasse mordre sur un truc aussi con.

Myriam hocha la tête. Il avait raison. Seb leva un brin le pied. Ils regrettaient Greg et la moto.

Seb reprit la parole :

— On approche à vue, juste assez pour le voir aux jumelles si c'est possible, on se poste sur la bande et on attend que ça reparte, O.K. ? Il ne faut pas qu'il nous détronche ni qu'il voie la voiture.

— D'accord, Seb.

Et elle sortit des petites jumelles qu'elle passa autour de son cou. Un camion les dépassa.

— On m'a changé Adjani contre Indiana Jones ? questionna Seb.

— Avance... Je meurs d'envie de voir ce qu'il fabrique.

Si Myriam savait rire et séduire, elle savait aussi travailler. Suarez disait d'elle que c'était un soldat. Qu'elle veuille partir de la BRB, et les services se l'arracheraient.

Elle n'attendait que l'occasion de prouver ses capacités.

28

Au-dessus de Ranko, le ciel continuait de rougeoyer. Mettaient-ils aussi du sang dans la palette, là-haut ? Il se raidit dans sa volonté. C'était ce qu'il savait faire de mieux — s'entraîner et avancer. Toujours et encore, jusqu'au geste parfait. Suivre cette ligne. Une forme de revanche sur la douleur et la médiocrité qui lui permettait, comme cette nuit, des coups de génie. Il avait hâte de livrer la marchandise à la Murène. La dernière fois, la Murène avait imposé du 10 %. Cette buse avait intérêt à ne pas se la jouer.

Un camion se rapprocha.

Par-delà Johnny Cash, Ranko entendit son vrombissement enfler. Mais surtout, il le sut bien avant de l'entendre car la barrière trépidait sous ses pieds. Il tourna la tête et vit un éléphant bleu le dépasser, sur une bâche qui claquait. Pas même le temps de lire le nom de la société. Le conducteur, lui, avait dû pas mal douter de son champ de vision avec cette silhouette affûtée, sortie de nulle part qui, sur sa barrière, valait bien Jésus marchant sur les eaux. Un joggeur irréel, un géant baraqué d'une quarantaine d'années, qui, dans le jour qui tremblait, jouait au plus fort.

Avec qui ?

Avec la mort.

Johnny Cash reprit la main.

From the feet it came down / And ran to the ground / Between heaven and hell.

Dans l'air, une odeur d'essence flotta. Un instant, le paysage vacilla, un peu comme un mirage. Ranko se concentra sur ses pieds qui dansaient. Avec la sueur, ses yeux le piquaient. Courir sur les séparateurs de béton et les glissières de sécurité lui avait appris à crapahuter sur les parapets. La meilleure école : celle du danger. Dans le bois de Boulogne, il avait même transformé une chaîne sur laquelle il faisait des allers-retours. Pour réduire le ballant, il l'avait tendue. Le résultat ne s'était pas fait attendre : jouer avec le déséquilibre donnait un gainage d'acier.

L'idée, il l'avait volée à Edlinger. Ce roi de la grimpe y avait pensé bien avant l'arrivée des *slacklines* que les jeunes tendaient, aujourd'hui, par-dessus le vide, et sur lesquelles il disait qu'il marchait comme sur un trottoir… Patrick Edlinger, son modèle — le grimpeur, le *samouraï*, le *danseur*, le *guerrier*. Une photographie l'avait marqué dans un livre d'Asselin, déniché au Vieux Campeur, où l'Ange blond se servait de ses bras comme d'un balancier pour s'élancer tous les jours sur une chaîne d'acier. Pour le coup, le livre, il l'avait acheté. Et combien de fois avait-il vu *La Vie au bout des doigts* ? Une centaine, peut-être. Le premier film où la France découvrait qu'on pouvait danser sur les parois.

Tout était né de là.

Il se souvenait du titre d'une revue d'escalade, et aussi, de l'écriture jaune qui courait, dédiée à

Edlinger : « Libre d'être libre. » Les mots avaient ricoché.

Oui, il serait libre d'être libre, à chaque instant. Personne ne lui dicterait quoi que ce soit.

Qu'on lui parle mal, et il se braquait. Ranko montrait une intolérance rare à l'autorité. Héritage d'un père, Milos, qui l'avait toujours diminué, et d'un oncle, Astrakan, dopé au pouvoir de régner.

Astrakan était un séducteur.

Comme modèle, Ranko avait préféré Edlinger. Se sauver par le haut n'était pas le chemin le plus mauvais. Il l'avait imité. À sa façon, comme il le pouvait. Pas forcément du bon côté. Mais qui pouvait dire qu'il était du bon côté ? Sur cette terre, dès que tu respires, tu marches sur les plates-bandes d'un autre. Le bonheur des uns fait le malheur des autres, c'était bien ce qu'on disait, non ? Au moins un dicton qui ne paraissait pas trop con.

En plus de la chaîne, Edlinger l'avait encore inspiré pour un autre agrès. Oh, pas du compliqué : une simple planche de pin, fixée à deux mètres du sol par du câble sur le tronc de deux arbres du Bois, distants d'un mètre cinquante. D'un bond, Ranko sautait et démarrait des séries de tractions, suspendu à la planche. Il les complétait par cent pompes et une heure trente de footing. Quatre fois par semaine, il s'entraînait aussi à boxer, pour ne pas perdre le niveau qu'il avait acquis en Yougoslavie. La corde à sauter, même une gamine de six ans qui n'a qu'une cour à se mettre sous la dent n'en faisait pas autant.

Les glissières, en revanche, étaient son idée.

Elles lui apprenaient à roder son équilibre. Ensuite, il pouvait défier le vide, apprivoiser l'étroitesse des garde-corps et gravir n'importe quelle façade.

Aucune ne lui résistait. Pas même ces immeubles où le verre est lisse comme un lac. Il y avait toujours des lignes de faiblesse à exploiter.

C'était son plaisir, cette liberté d'aller où bon lui semblait. Rien ne pouvait l'arrêter.

Comme les araignées.

29

— Noooooon !

Myriam n'en revenait pas.

Garés juste avant un virage, ils étaient relativement protégés. La Golf était rangée sur la bande d'arrêt d'urgence mais la police autoroutière n'allait pas les en virer. Ils se douteraient qu'ils n'étaient pas là pour faire du camping.

Les yeux collés aux jumelles, elle répétait inlassablement : « Noon… »

Seb se tourna vivement vers elle, inquiet, même si le ton de Myriam comportait une nuance qui éliminait le danger.

— Alors… ?

— Tu ne devineras jamais…

— Je ne sais pas, c'est sa première turlute de la journée…

À son tour, elle le contempla.

— Tu fais des blagues comme ça, toi ?

— … Alors ? répéta-t-il, évacuant la question.

— Eh bien… Eh bien, vois-tu… notre ami court sur la glissière de sécurité.

— PARDON ?

— Non, non, tu as bien entendu : le Gecko court sur la glissière de sécurité.

— Passe-moi les jumelles !... Myriam, c'est impossible de...

Elle avait passé la paire par-dessus ses cheveux et il sentit son parfum. Tout en elle respirait la sensualité. C'était plus agréable qu'un équipier tellement en sueur qu'on pourrait en faire du beurre.

— ... PUTAIN DE PUTAIN !... C'EST PAS VRAI !

Il n'en revenait pas.

— C'est pas vrai de pas vrai !

Seb eut un rire de stupéfaction.

— Du jamais-vu, hein ? ajouta Myriam. On savait que c'était un phénomène, mais là...

— C'est DÉ-MENT, dit Seb en détachant les syllabes.

— Tu crois qu'il mange quoi, le matin ?

— Je ne sais pas... Du chien ?

— Du chimpanzé, plutôt, non ?

— On va dire du *chienpanzé*, alors...

Et ils rirent tous les deux.

— N'empêche, continua Seb, c'est presque aussi fort que de marcher sur l'eau...

Il l'avait dit avec une admiration franche. Des voyous de ce calibre, ce serait peut-être le seul de sa carrière. Et le Gecko avait les mains propres. S'il volait des bijoux, des œuvres d'art et des montres, il ne dérobait la vie de personne. En tout cas, pour ce qu'ils en savaient.

— Je vais envoyer un texto à Stéphan.

— Ah ouais, vas-y ! Il va halluciner.

— Y a de quoi croire aux mirages, dit-elle en tapant son message.

— Bon, tu ne le perds pas des yeux. Dès qu'il en aura fini avec sa petite séance, on le suit discrétos. Je crois qu'on n'est pas au bout de nos surprises, avec ce numéro.

Elle reprit sa surveillance aux jumelles et Seb se demanda comment on attrapait un mec qui grimpait à mains nues au onzième étage s'il le fallait et qui tenait un sprint sur les glissières de sécurité.

Le doute fut comme un aigle avec sa proie. Il piqua sur lui et ne le lâcha pas.

30

La pelleteuse était une merveille. Elle avait mordu dans la ville avec la hargne d'un rottweiler. Au niveau du 90 de l'avenue de Paris, le trou était béant. Dans la lueur tremblotante du matin, les déblais vomissaient les souvenirs. Miko écrasa un hérisson à gros picots jaunes qui couina, perdu dans un désert de béton et d'argile. BrainMan le fusilla du regard et lui fit signe de progresser sans bruit : ils n'étaient pas là pour les présentations. Alors qu'il s'énervait contre le sol défoncé, Miko tâta son ventre et sentit son Tokarev bien en place. C'était une manie chez lui, comme d'autres se grattent les cheveux ou serrent les poings. La vie tenait à une trinité de secondes et Miko n'avait pas envie de l'oublier. Jamais il ne mettait son arme dans le dos et le holster, c'était bon pour les hamsters.

BrainMan, lui, regarda sa montre. Il avait froid mais il refusait de le reconnaître. Un dur n'a jamais chaud, jamais froid, jamais rien. Ce qui ne l'empêcha pas de remonter haut la fermeture Éclair de son blouson.

Dans dix minutes, le conducteur de la pelle hydraulique arriverait. Ils l'avaient observé cinq jours durant et connaissaient la moindre de ses habitudes, jusqu'à ses paquets de cigarettes. Tout avait été millimétré. L'Albanais, Miko, avait pris un café au comptoir à côté de l'ouvrier. Quant au boss, Astrakan, il avait lancé une Jade qui travaillait de temps en temps pour eux sur son chemin et l'homme n'avait pu résister à une blonde haut perchée. Elle avait récupéré le nom du chef de chantier et le numéro de portable du type sans même avoir besoin de le lui demander, grâce à ses doigts de fée. Puis elle lui avait appris à jouir avec les pieds. La veille au soir, BrainMan avait appelé le roi de la pelleteuse. Il avait faussé sa voix et lui avait ordonné de venir plus tôt : ils avaient un point urgent à régler. À l'aube, vêtus de pantalons de travail et de chaussures de sécurité, les deux compères avaient posé les trois grands sacs-poubelle derrière les préfabriqués du chantier.

Même en perfectionnant le Mikado, un corps prenait toujours de la place. Se débarrasser des morceaux était la plaie. Et BrainMan, l'Italien, redoutait que les sacs ne se mettent à suinter. Une pierre qui entaille le plastique et la bouillie se déverserait. Déjà que l'odeur puait dix charniers… Le boss avait insisté : « Vous en prenez plus soin que de la peau d'un bébé. *Capito ?* » De la basse besogne qui échauffait les nerfs de Miko : pourquoi Astrakan n'envoyait-il pas un petit pour assurer le service disparitions ? Avec la crise, il manquait tellement de personnel ? Du haut de son mètre quatre-vingt-dix, BrainMan l'avait regardé d'un air blasé.

— T'envoies pas un p'tit sur un macchab', Miketto. Un mort, ça parle plus que tu crois.

Et voilà comment Miko s'était retrouvé à porter deux sacs avant le lever du jour. Car sur les trois,

BrainMan n'en avait pris qu'un. Ils pesaient un âne mort. Astrakan n'avait pas été tendre avec le propriétaire des morceaux. Il avait levé la main vers Miko et ses doigts avaient formé un V.

Deux.

Deux balles de 7,62 mm Tokarev. Et ce serait réglé. Une pour tuer, une pour s'en assurer.

La bouche scotchée au ruban adhésif en aluminium renforcé, l'homme n'avait pu que couiner quand le canon l'avait caressé. Il avait fini avec une étoile noire sur la tempe et un beau tatouage de fumée. La vie est brève en illustré.

C'est encore Miko qui avait dû tout découper. La tête lui avait donné le plus de mal. Se retrouver penché sur les yeux d'un mort une heure après son flingage ne l'excitait pas du tout, surtout avec un couteau de boucher planté dans le larynx et les carotides qui pulsaient des geysers de sang. Après, il s'était heurté à un mur osseux. Les vertèbres s'empilaient comme des tuiles et il avait été obligé de se frayer une voie dans la nuque en suivant un plan incliné. Heureusement qu'il avait un côté menuisier. Au bout d'une demi-heure, ses mains pensaient pour lui et il repoussait tout ce qui prenait d'assaut sa mémoire : les cordes molles des nerfs qui fuyaient sous la lame, le crissement des tendons, nacrés comme le blanc de la seiche et le bruit de bois des os sous la scie.

Et maintenant, il fallait trouver à ce puzzle humain une sépulture de qualité. Du cousu main pour l'éternité.

BrainMan rappela l'essentiel à voix basse :

— *Torroncino*, on cueille le mec avant qu'il mette son casque.

Miko hocha la tête pour acquiescer. Bien sûr qu'il fallait le cueillir avant. BrainMan avait toujours besoin de lui rabâcher des évidences comme s'il était un nouveau-né. Et il fallait le voir prendre des poses, tout ça parce qu'il pensait qu'il avait une tronche, avec sa mâchoire en V, sa fossette profonde, ses grands yeux noirs de salopard et ses sourcils marqués. La gueule d'Italoche, O.K., du vert, blanc, rouge qui débordait de partout. C'est simple, BrainMan avait une tête de crooner raté. On ne naissait pas avec le même capital charme. Et ça lui restait en travers de la gorge, à Miko, car à côté, même en costard, avec sa silhouette d'œuf, il passait pour un rigolo.

Un jour, aux puces de Clignancourt, il avait pris un Bidibule, ce jouet pour gosse à base lestée fait pour culbuter ; il avait bien vu comme le vendeur le regardait, et il en avait eu lourd sur le palpitos. Pourtant, le Bidibule, même avec toute la force du monde, personne ne pouvait le coucher. Le vendeur n'était qu'un ignare. Du coup, il l'avait reposé. BrainMan aussi était un ignare. Et il passait son temps à le rebaptiser, *moustique* par-ci, *Miketto* par-là, n'importe quoi. *Torroncino* : qu'est-ce que c'était encore ? Ça sonnait comme un gâteau. Son prénom, en vrai, c'était Mikan. Mais ça faisait dix siècles que plus personne ne l'avait appelé Mikan.

Et le petit Mikan qu'il était, même lui l'avait oublié.

★

Appuyé contre un mur en béton qui séparait le chantier d'un immeuble, l'Italien fit le guet, jambes croisées. L'immeuble était crème, dépressif à souhait. L'architecte devait s'être inspiré d'une armoire électrique. Mais l'avantage de ce laideron était qu'il ne présentait que de rares briques de verre sur le côté. BrainMan balaya du regard les environs.

Devant le cratère du chantier, des palissades taguées. À cette heure, jugea-t-il, les curieux ne représenteraient pas le plus grand danger et les tagueurs dormaient. Miko s'était posté près d'une brèche de la palissade pour voir l'ouvrier arriver.

Dès qu'il s'immobilisait, n'ayant plus que ses pieds à regarder, il avait envie de fumer. Encore un truc que BrainMan interdisait. Miko lui avait pourtant dit qu'il n'y avait pas à s'inquiéter, qu'il gardait sur lui une boîte pour les mégots. Une vieille boîte Zan, toute rouillée, avec un coq rouge de profil, fier comme BrainMan. Seulement voilà, BrainMan était un buté. Un parano de l'ADN. Le modèle zéro émotion, zéro souplesse. Du béton jusque dans les connexions. Mais Astrakan trouvait qu'ils fonctionnaient bien tous les deux. Miko le soupçonnait de ne pas vouloir que les tandems s'entendent au cordeau. Diviser pour mieux régner, on n'avait rien inventé de plus rodé. Tous les Lions ou ascendants Lion de ce monde le savaient.

Comme Miko ne voyait rien venir, il fit quelques pas hors du chantier et releva la tête au moment même où une superbe Chinoise traversait. Il se mordit les lèvres pour ne pas l'aborder. Ce n'était pas le lieu pour se faire remarquer. Encore BrainMan et ses théories, impossible d'y échapper : pas de croix avec les yeux. En clair : ne croise jamais le regard de quiconque, même d'une personne lambda. La fille passa devant lui et il put à nouveau la mater, de dos. Personne n'interdisait qu'on mate de dos. Elle portait un jean près du corps et un anorak rose bonbon à col fourré avec Hello Kitty nichée entre les omoplates mais il se concentra sur ses fesses. Chez les belles plantes, les fesses lui semblaient toujours parler un langage à part, séparé du reste du corps. Un cha-cha-cha de la rue qui l'hypnotisait. Elle portait une baguette de pain, et il se dit qu'il aurait bien pris un petit déjeuner pour apprendre le cantonais. Les fesses continuèrent de danser. Vivement le printemps pour que les femmes dévoilent un petit bout du paradis terrestre.

BrainMan siffla. À croire que l'animal lisait dans ses pensées pour les déloger. On ne pouvait même plus être tranquille dans sa propre tête. Fichu tandem. Pourtant, de la rue, il était hors de son champ de vision. Miko appliqua le signal : il siffla l'air de *La Javanaise*.

Personne ne se méfie d'un type qui siffle *La Javanaise*.

Depuis qu'il avait entendu Micheline Dax siffler à la radio, il avait décrété que le sifflement était la forme accomplie du chant. Encore un sujet de discorde avec son acolyte qui le traitait de ringard de chez ringard.

L'Italien dressa l'oreille et comprit : le conducteur de la pelleteuse ne se pointait pas encore. Malgré le froid, il ne s'impatienta même pas. Il savait attendre une cible pendant des heures, s'il le fallait. Une fois, il était resté toute une nuit en bord de Marne, dans un orme, le tronc tatoué dans le dos, à attendre qu'il lui pousse des feuilles. Pour tuer le temps et oublier les moustiques, il avait tiré sur des ragondins au silencieux. Alors, ce matin, l'inquiétait plutôt de savoir si les habitudes du quartier ne seraient pas changées. Car on n'improvise pas les priorités. Le trafic commençait à bruisser. Bientôt, la ville se réveillerait. Il ne fallait pas tarder. L'ouvrier n'allait quand même pas se faire prier. Pour garder son sang-froid, il respira plus lentement. Sa bouche forma un léger nuage de buée comme le lait sur le thé Earl Grey. Son pied droit gratta le sol, choisit le plus gros caillou et le fit rouler comme pour dribbler. Le chantier était énorme. Un cratère au beau milieu de Villejuif.

Le regard de l'Italien se perdit au loin. Au fond, il aimait les chantiers.

Il y régnait une atmosphère de fin du monde qui le rassurait.

31

Libre d'être libre. Tandis que Ranko roulait déjà vers l'échangeur de Saint-Maurice et ses piliers de béton, ces mots lui rappelaient ce que chaque Serbe avait gravé en lui : « *Sloboda ili smrt*. » La liberté ou la mort. À force de rouler seul, il avait le temps de cogiter. Pour se parler seul à seul — des retrouvailles avec un bon vieux camarade. Un peu comme les chauffeurs routiers, même si avec les écrans vidéo dans leurs cabines, leur monde était en train de changer. Se dégageant de l'horizon, le soleil continuait de faire semblant de réchauffer la journée, avec l'efficacité d'un chauffage d'appoint dans un hangar. Ranko jeta un œil à ses rétroviseurs. Les voitures ne se battaient pas.

Il regarda droit devant lui la courbe qui s'amorçait. L'expression, elle lui trottait dans la tête. Il la tournait et retournait comme si elle détenait une clef. Au fond, on nous baratinait avec un sacré bardac mais tout homme comptait trois, quatre phrases qui le résumaient à grands traits. Il en était persuadé. *Libre d'être libre* en était. Elle provenait de cet article sur Edlinger, paru dans la revue des années 80. Un soir qu'il errait dans une rue de Montreuil, en quelle année, il l'avait oublié, et, au milieu de vieux jouets, de disques et de livres tout cornés, il avait dégoté cette revue. Il n'en était pas revenu. À croire qu'elle l'attendait. Le fatras allait de Flaubert à *SAS*, en passant par Zykë et un bouquin de Nietzsche épais comme un dictionnaire. Ranko avait tout ramassé, sauf les jouets, et le soir, quand il en avait marre de s'entraîner aux échecs avec ChessBase et Fritz, il lisait. Nietzsche avait vraiment de drôles de pensées. Cinq lignes lui suffisaient. C'était comme le miel — concentré. Les jouets le mettaient mal à l'aise, ils évoquaient une enfance à laquelle il n'avait pas vraiment eu droit. Voilà pourquoi il les avait laissés.

Une fois, en pleine campagne, il avait vu une balançoire devant une ferme. Personne autour. Juste une balançoire en haut d'une colline. Mais ce qu'elle disait, la vie qu'elle symbolisait, tout cela s'était mêlé pour le laisser vide, déchiqueté par d'invisibles mâchoires. La revue, il en revoyait encore le titre, l'écriture jaune penchée. Quand il était tombé dessus, un influx nerveux l'avait traversé. L'impression de rejoindre un clan secret — le clan de ceux qui savent s'élever. Il avait alors pensé qu'il n'y avait pas de hasard. Le hasard, il le savait, était un calculateur qui faisait semblant d'avancer à cloche-pied.

Comme il n'avait jamais aimé que personne lui dicte quoi que ce soit, la phrase l'avait touché. Quelque chose en lui s'était réveillé et il s'était senti proche d'Edlinger. Son père avait passé son temps à le museler. Jamais il n'avait manqué une occasion de le rabaisser. Plus que son petit frère, Rade, qui avait été épargné.

Alors, Ranko n'avait plus eu qu'une idée. S'échapper. Grimper. Pour retrouver sa fierté, ne pas relever que la tête, mais le corps entier. Vouer sa vie à la verticalité.

Son père donnait des cours de karaté. Il passait sa vie enfermé. Ranko avait choisi, lui, le grand dehors. Longtemps, il avait attendu que son père s'intéresse à lui. Ou qu'il comprenne qu'il passait à côté d'une possible complicité. Heureusement qu'on ne tenait pas les comptes de toutes les occasions ratées.

Ranko avait patienté, Ranko avait espéré.

Jusqu'à saisir que certaines personnes sont douées pour tout gâcher. On leur mettrait le Klondike aurifère dans les mains qu'elles le feraient croupir au fond des chiottes. Enfant, chaque fois que ses parents s'étripaient, Ranko dessinait. Des arbres. Noirs. Avec des branches tellement intriquées qu'on n'aurait pu y loger un oiseau. Un soir, alors que Ranko voulait défendre sa mère, son père le frappa si fort qu'il crut qu'il finirait comme les vieux pots : cabossé. Au matin, il avait déchiré tous ses dessins, un à un. Puis il y eut la haine rentrée, la gorge nouée, l'assiette pleine qu'on repousse à la faire tomber. Ranko s'était dit que si son père recommençait, il le tuerait.

La nuit, il s'était réveillé en sursaut, trempé de sueur, avec une boule de haine qui ressemblait à un trou noir : elle absorbait tout sur son passage. Incapable de bouger, réfugié dans des schémas archaïques, il fixait le papier peint à longueur de journée. Lui, si curieux d'ordinaire, plus rien ne l'intéressait. Son cauchemar le poursuivait : il avait rêvé qu'il taillait son paternel à coups de hache. Il lui en avait voulu car pour un Serbe, la famille était sacrée. Comme de ne pas plier.

C'est au réveil qu'il s'était décidé.

32

— Ça repart, lança Myriam.

— O.K. On le suit !

Après ce qu'ils avaient vu, l'excitation régnait. Seb avait laissé le moteur tourner pour réagir au quart de tour. Myriam monta le chauffage puis revint au point rouge sur son iPad.

Ils avaient l'impression de suivre à la trace un extraterrestre. Un type qui défiait la gravité posait direct un pied dans la légende.

Ce matin-là, le Gecko gagna ses lauriers.

Myriam parut réfléchir.

— Seb… je peux te poser une question ?

À son hésitation, elle le sentit inquiet.

— Vas-y.

— Tu trouves que tu as une vie normale, toi ?

— Euh… normale, comment ?… Parce qu'être flic de PJ, ce n'est pas exactement s'endormir les pantoufles au lit…

— Non, bien sûr, mais tu vois… Le Gecko, c'est un solitaire. À part son pote SDF, on ne lui a pas vu un ami. Il grimpe où il veut et il tape la nuit, on ne sait même pas avec qui il vit, et chaque fois qu'il nous file sous le nez, il repart avec Vendôme dans les poches. En plus, il court sur les glissières de sécurité. Ce sont des choix de vie étranges… Je me demande ce qu'il cherche, au fond…

Seb lui répondit, tandis que le monospace gris du Gecko n'était plus qu'une petite tache au loin.

— Trouvons-le d'abord, et ensuite, on se demandera ce qu'il cherche.

— Seb, dit-elle, dépitée, tu es le mec le plus cartésien que cette terre ait jamais porté…

— Détrompe-toi, Myriam, tu es bien placée pour savoir que les apparences sont parfois de grandes menteuses.

— Ah, ah… Un jour, je vais découvrir que tu mets des tenues de Superman la nuit et que tu escalades le 36 pour piquer sa photo de Belmondo au directeur.

— Si ça peut te faire plaisir…

— En attendant, ce qui me ferait plaisir, c'est…

Et elle se tordit vers l'arrière.

— C'est… ?

— C'est ça !

Elle lui brandit sous le nez l'un de ses sablés.

Elle n'était pas difficile à contenter.

Sébastien se ravisa. Les femmes, il le savait, étaient bien plus complexes que ça.

33

Ranko avait demandé à retourner en Yougoslavie, chez son grand-père. Sa vraie famille, c'était lui. Son père avait fini par accepter, en échange qu'il ne réclame rien et qu'il repeigne l'appartement entier. Quitter Radovan — Rade — avait été le plus dur. Ranko avait toujours aimé son petit frère, le seul qu'il eût, celui avec qui tout devenait un terrain d'aventures. Enfants, leur jeu préféré était de se prendre pour deux petits vagabonds abandonnés par leurs parents. Ils partaient habillés comme des vauriens avec un baluchon noué au bout d'un morceau de bois, et ils s'inventaient une vie. Mais il avait fallu quitter Rade, Rade le reflet, Rade le complice.

Ranko l'avait regardé droit dans les yeux et il lui avait dit : « Un jour, on sera réunis. » Et Rade lui avait répondu une phrase qui n'était belle qu'en serbe : « *Iz tvojih usta u Božije uši* », « J'espère que l'oreille de Dieu t'entendra. » Ranko était parti un matin de mai, après quatorze années de vie à Paris. Son printemps à lui. Il avait retrouvé le village de Takovo où il était déjà allé, et même resté plusieurs mois, et la terre de ses ancêtres, son grand-père maternel, Momčilo, et sa grand-mère, Militza. Il avait regagné le sourire, aussi. Peu à peu, le ressentiment avait nourri l'indifférence, au prix d'un cuir qui tanne le cœur.

Mais ce qu'on perd à s'endurcir, personne n'en tient le décompte.

34

D'un coup, BrainMan resta en arrêt. C'était bien *Summertime* que sifflait Miko. Il se positionna, encore plus en retrait, et enfila une paire de gants. L'adrénaline lui lançait des décharges qui le dopaient. Par réflexe, il renifla. Comme du temps où l'écaille de poisson, la coke, était sa fidèle. Du passé, désormais. La société lavait plus blanc que blanc et Astrakan ne voulait plus que des mecs clean. Encore que Miko, après ses gargarismes à l'eau-de-vie, n'était pas le parangon du mec clean.

Maintenant, le sifflement de *Summertime* s'accélérait. Le type allait débarquer. BrainMan tendit la main vers son Beretta 92 FS. Son Beretta et lui, ils formaient le couple italo-italien le plus uni de Paris. Miko vint se placer de l'autre côté, en tenaille. Ne restait plus qu'à choper le gardon.

L'homme n'eut pas le temps de réaliser ce qui lui arrivait.

Un géant et un balèze fondirent sur lui. Un éclair argenté jaillit du ventre de Miko tandis que l'Italien tapotait sereinement son Beretta.

— Les clefs.

Le conducteur de la pelleteuse balbutia :

— Qu… Quoi les cl… quoi… les clefs ?

— Tu passes les clefs de ton char et tu te retournes, les mains sur la tête.

Désarçonné, le type ne comprit pas comment il pouvait passer les clefs en gardant les mains sur la tête et Miko faillit monter dans les tours.

— T'avise pas d'énerver mon pote, dit Brain-Man, il a la gâchette nerveuse.

— Ouais, parfois, c'est comme les claques, ça part tout seul.

La main de l'homme trembla jusqu'à une poche, et en sortit une petite clef plate. Soudain, il réalisa que les deux portaient des gants et il trempa son pantalon.

Miko l'observa d'un air dégoûté.

— Encore un mec qu'a du flan dans les bras ! Tu sors de la ferraille et Monsieur se débine… Non mais c'est pas vrai, où sont les hommes, les vrais ?

Le type voulut avancer et il trébucha sur une pierre.

— Qu'est-ce que… ?

Ses yeux errèrent jusqu'à la pelle hydraulique et le godet puis revinrent aux deux excités, sans comprendre.

— Attends, vedette, on a un ami qui s'est trouvé une petite blonde toute mignonne, le coupa Miko. Une blonde avec des jambes interminables, en fait, tu vois ?… Eh ben non, il ne voit pas. Ça ne s'oublie pourtant pas, une gamine comme ça. Me dis pas que t'en as tous les jours dans les bras !

Miko se mit à tourner autour du conducteur comme une bête enragée. Il continua :

— Et notre ami, il déteste qu'on lui vole le pain de la bouche. Alors tu vas le recracher et tout va bien se passer, O.K. ?

BrainMan tapa dans le dos de l'homme qui menaçait de tomber.

— Eh ! Tu réponds quand on te pose une question. Tu vas oublier que tu nous as vus, tu vas plus jamais tâter de la blonde et si t'ouvres ton sale bec de coq, on va expliquer à ta femme que t'aimes bien qu'on te finisse avec les pieds. C'est clair ?… C'EST CLAIR ?

Le conducteur se tourna vers le ciel. Un mouvement infime. Ses yeux mendiaient un salut qui ne viendrait jamais. Il se racla la gorge :

— C'est… clair.

Le soleil ne tapait pas encore qu'il suait déjà à grosses gouttes.

— Eh ben voilà ! dit BrainMan. Nous, on apprécie que ce soit carré. Comme ça, y a rien à discuter.

Miko se tourna vers BrainMan.

— Tu sais faire avancer sa chenille ?

— Y a écrit BTP sur mon front, peut-être ?

Miko tenait sa revanche. Il esquissa un sourire qui dévoila une incisive en or :

— O.K., parce que moi, je sais.

Il avança vers l'ouvrier et lui asséna un coup de Tokarev derrière la tête. Le Tokarev : l'arme des charpentiers… Comme disait le taré qui lui avait vendu le calibre, un ancien légionnaire : « C'est pas trop moderne mais c'est lourd et costaud, et, cerise sur le gâteau, le Tokarev est nickel pour planter des clous si on n'a pas de marteau. » Miko put le vérifier : l'homme s'effondra sur-le-champ. Au sol, Miko lui balança un coup de pied pour s'assurer qu'il était vraiment sonné.

— Dors, mon Coco, c'est ce que t'as de mieux à faire. Et puis, c'était trop tôt pour toi. C'est Maman qui a dit ça. Ouais, Maman, mon gars.

L'Albanais se rua vers la machine Caterpillar. Il sauta sur le marchepied et se cala dans la cabine. Assis sur le siège, il était fier comme un champion. Parmi cent métiers, il avait travaillé quelques mois sur une autoroute en construction. Jusqu'à ce qu'il emprunte une chargeuse, une CAT 966G, il s'en souvenait encore comme si c'était hier, pour défoncer la façade d'une banque et partir avec le distributeur de billets et un coffre dans un pick-up volé. La méthode subtile et délicate, piquée aux Nouches, mais redoutablement efficace.

BrainMan ramena les sacs sans les traîner. Il pressa le pas jusqu'à Miko et jeta un œil sur l'homme à terre. Il n'était bon qu'à gober les mouches. Avec son gilet fluo, le gonze avait l'air échoué. L'Italien mit un pied sur la chenille, agrippa la main courante de la cabine et souffla dans l'oreille de Miko :

— T'as vraiment qu'une moitié de neurone, toi ! Imagine juste qu'on n'arrive pas à démarrer son bolide, qu'est-ce qu'on fait ? Hein, qu'est-ce qu'on fait ?

Miko tourna la clef et la machine s'ébroua. Il toisa l'Italien. Maintenant, il jubilait :

— Ramène les sacs. On va lui faire un enterrement de première ! Putain ! J'ai toujours bandé pour les CAT !

— C'est pas la peine de gueuler ! T'es vraiment piqué du cerveau, Miketto.

— Attends, t'es avec la crème des crèmes, là ! Tu sais ce qu'on dit, mon chéri ? Que ça pèse plus de vingt buffles, une machine comme ça ! Vingt buffles, BrainMan, t'imagines juste la puissance de vingt buffles !

BrainMan considéra Miko un instant et pensa que cette brute avait le chic pour des comparaisons sorties de nulle part. Mais il fallait le calmer, il avait toujours tendance à s'enflammer.

— Ça va, ça va, s'empressa-t-il d'ajouter, c'est pas la brousse, non plus, un chantier. Allez, fonce avec ta Formule 1.

La machine se bloqua puis les avertisseurs sonores bipèrent quand Miko recula. L'engin prit de l'élan et le godet brassa le sol. Seul dans sa tourelle, Miko gloussait. Après l'enfer de la découpe, il avait mérité son tour de manège.

BrainMan sauta en arrière et examina la pelleteuse qui rugissait. Avec Miko, elle lui parut encore plus étrange. Il cligna des yeux et eut une vision, un mix entre une girafe et une mante religieuse. La tête fouineuse soulevait la terre et rien ne résistait à sa voracité. Des bris de carreaux de faïence volèrent dans des nuages de terre et de poussière. Il s'arrêta net, fasciné par l'énergie qu'elle dégageait. Miko lui fit un clin d'œil, hilare, et BrainMan écarta les mains vers le bas pour lui ordonner de creuser davantage. Le soleil commençait à monter.

La pelle mécanique tournait sur elle-même et n'en finissait pas de valser. Sur l'écran de guidage, Miko surveillait la profondeur. BrainMan agita les bras dans sa direction. Royal sur son trône, les mains posées sur les manettes, il commandait aux entrailles de la terre. L'Italien le ramena à Villejuif en tapotant sa montre. L'heure tournait, et ça caillait. Le froid, qu'il reste en Alaska.

★

Quand le trou fut suffisant, ils balancèrent le contenu des sacs. La tête roula au fond comme un ballon. Miko grimaça. Il en avait soupé du tête-à-tête avec le condamné. La nuit d'avant, il avait pris soin d'arracher la mandibule du mort avec une pince. Trop bavarde pour un légiste. Il l'avait jetée dans l'Oise. Qui est-ce qui allait remonter une mandibule ? On n'était jamais trop prudent.

Un petit vent se leva.

BrainMan se pencha vers la fosse.

— Ciao, crapule, on t'a préparé un beau couffin.

— Allez, on remballe, dit Miko. Bye Bye, Mitch, sale crevure, j'ai jamais aimé les adieux qui s'éternisent…

Et il se remit aux commandes du poste de conduite. La flèche de la pelleteuse se cabra et les dents du godet griffèrent le tas de déblais. Le bruit de raclement fut terrible. BrainMan vit les dents s'enfoncer, recourbées comme des crochets à venin. Satisfait, il marcha vers la palissade pour vérifier que personne ne venait. Pour chasser les idées, Miko se laissa bercer par le moteur qui ronronnait. Rien que le bruit le réchauffait. Alors qu'il avait presque fini de remblayer, BrainMan rappliqua et désigna, inquiet, le conducteur à terre.

— Il va plus jouer la Belle au bois dormant longtemps, même si le froid nous le conserve au frigo, le petit.

Miko stoppa et passa la tête par la tourelle.

— Ça tombe bien. On compte pas faire de vieux os, hein, mon kéké ?

— M'appelle pas mon kéké.

— Eh ! Tu me colles bien tous les noms de l'Italie et de la terre, protesta l'Albanais du haut de son monstre d'acier, alors crois pas que je vais me laisser asticoter.

Et il revint aux commandes pour garer la pelle mécanique sur le côté. Puis il leva la tête, une dernière fois, vers le toit plein ciel.

Les nuages s'amusaient à se courir après. C'était mignon, comme s'ils jouaient à saute-mouton.

Il rêva de s'allumer une cigarette, poussa la portière et sifflota *El Cóndor pasa*.

35

Sur l'autoroute A4, Ranko n'eut pas besoin de lire les pancartes pour savoir que l'échangeur de Saint-Maurice se rapprochait. Saint-Maurice… S'il l'avait pu, Ranko aurait roulé jusqu'au Verdon. Une fois au volant, l'envie de rouler loin le prenait. Les autres, est-ce que l'idée de s'échapper les tenaillait ? Ou est-ce que leur vie leur suffisait ? Était-ce le soleil, ses effets d'arc-en-ciel sur la vitre qui donnaient ce genre d'idées ?

Pour Ranko, le monde était toujours trop grand ou trop petit.

Il se sentait une erreur dans la chaîne de fabrication. Peut-être était-ce le lot de tous les gosses que leurs parents ne voulaient pas vraiment. Dès le départ, ils étaient une erreur, même pour leurs géniteurs. Quant aux autres… Il avait du mal à se représenter ce qu'on trouvait dans la tête des autres. Déjà que la sienne lui paraissait un fichu guêpier. Parfois, ça bourdonnait de partout et il ne savait plus rien démêler. Comme un filet de pêcheur tout entortillé. Le Verdon, c'est là qu'il avait appris à démêler. Il y avait retrouvé la paix et enterré ses morts, mettant du vert dans le noir comme on met du sucre dans l'amer.

Ranko tapota son volant : là-bas, il aurait eu l'impression de respirer à fond. Mais, dans ces déserts verts, il fallait se faire une raison, adieu aux coups de génie comme celui de la nuit dernière. C'est ce que son oncle, Astrakan, lui avait appris : les Cartier, Patek et Bulgari fleurissent les beaux quartiers de Paris. Paris, Ranko, pas le bout du bout du Verdon, il n'y avait pas besoin de démonstration.

Ranko régla son rétroviseur intérieur et reprit le fil de ses pensées. Il n'avait pas encore dit à Astrakan que pour les coups en bande, il ne fallait plus compter sur lui. Ylana avait bouleversé l'échiquier. Mais dans deux jours maximum, quand le boss n'aurait plus qu'Ylana en tête, il aborderait le sujet. Il en avait un autre, aussi, encore plus secret.

Libre d'être libre, c'était l'occasion de le prouver.

Parler, c'était parfois plus difficile que de grimper.

Il avait beau être un solitaire, il ne pouvait mener des projets d'ambition sans protection. Son passé dans une main, son futur dans l'autre, il avait soupesé et eu besoin de se rattacher à quelqu'un. De se sentir relié à une branche de sa famille, fût-elle pourrie. Il ne faut pas croire, couper les ponts, c'est aussi se couper les veines. Et Ranko avait tiré un trait sur ses parents.

Astrakan lui avait tendu les bras.

Soudain, dans le rétroviseur, une voiture bleue se rapprocha, puis elle le dépassa. Une Renault Mégane. Elle s'éloigna et il tâcha d'en discerner les occupants. Nombre et profil. Mais la réverbération ne donna rien de concluant et il savait que les flics pouvaient faire le mort sur la banquette arrière, ils n'en étaient pas à un coup de pute près.

Ranko décida de garder la même allure mais de

rester aux aguets. Au moindre signe, il s'adapterait. Dans son monospace, il en avait pour au moins 800 000 euros et il ne serait rassuré que lorsqu'il les aurait planqués dans sa cache, près de l'échangeur autoroutier de Saint-Maurice.

Là-haut, au sommet — au sommet d'un pilier en béton.

Son repère à lui, plus fiable qu'un coffre-fort, où il eût fallu être fou pour grimper. Un vrai nichoir pour rapaces — pas pour les humains.

Il ne savait plus s'arrêter. Grimper pour voler le grisait.

Une drogue dure.

Tout ce qu'il gagnait, il le devait à cette élévation. Et il en était fier. La seule part de lui qui fréquentait le ciel. Et quand il voyait l'appartement des gens, il avait, profondément, l'impression de redistribuer la donne. Sur ces centaines de mètres carrés, qu'est-ce qu'il prenait ? Quelques poignées. Celui qui ne s'en remettait pas avait vraiment un problème.

Il ne leur volait pas leur âme et quand ils monteraient là-haut, pour saluer l'éternité, il les aurait délestés.

Le matérialisme était un chien enragé. Toujours à mordre, toujours à japper. Lui, il n'avait pas cet esprit ratatiné, il ne faisait que transformer.

Il était pour le passage, le changement de mains.

La vie était ainsi. Et la mort, la dissolution absolue.

Il chercha une phrase dans ses souvenirs. Voilà, il y était. *On ne se baigne jamais deux fois dans le même fleuve* — ou quelque chose de ce genre.

Les idées tournèrent en boucle, à cause du ronronnement lancinant du moteur, sans doute. Elles revinrent vite à Astrakan. Astrakan l'obnubilait. Il se méfiait d'Astrakan. Tenir le feu à distance, c'est une question de prudence et il ne savait pas comment il réagirait. Mais Astrakan avait changé le cours de sa vie, il fallait le reconnaître.

Et Ranko n'était pas un ingrat.

Il avait même une forme d'admiration pour son oncle. Astrakan n'y allait pas par quatre chemins : le monde répondait au doigt et à l'œil à ses envies.

Ranko se cala contre l'appui-tête. Il ne dormait pas assez et sa nuque se raidissait. Comme il ne trouva pas la bonne position, il essaya de la détendre par quelques mouvements sur les côtés. En plus, il avait sué, et maintenant, tout lui semblait glacé. Il augmenta la température et en profita pour attraper une bouteille d'eau sur le siège passager. Le plus dur était de la dévisser. La faute à la fatigue, il avait oublié de prendre son bidon en plastique où il suffisait de tirer le bouchon avec les dents. Cet oubli le contraria. Il s'exerça d'une main, arriva à ses fins et but une goulée. Juste avant, il avait levé la bouteille et lancé en l'air :

« *Živeli*, Astrakan ! »

C'était un hommage — mais aussi un adieu.

36

La robe noire de Myriam était maintenant constellée de miettes de sablé. Du plat de la main, elle les chassa méthodiquement.

— Il y a de quoi nourrir une famille entière de souris durant trois jours, non ?

— Sûrement.

— Il paraît que ça fait cent repas par jour, une souris !

Elle reposa l'iPad sur ses genoux et son regard oscilla entre l'écran et l'horizon.

Un bip retentit pile quand Sébastien ouvrait la bouche pour savoir si elle avait eu une souris domestique, quand elle était petite.

Suarez venait de leur répondre. Myriam posa sa main sur l'épaule droite de Taravella. Un brillant jeta des éclats dorés.

— Suarez demande si on a bu, Seb !

Elle continua de lire le message :

— Il nous demande aussi s'il faut que Yannis nous rejoigne.

— Si c'est pour suivre le Gecko à l'entraînement, je crois qu'à deux, ce sera suffisant. (Il se reprit.) Pour le moment.

— O.K., je lui réponds.

Et ses ongles bleu métallisé tapèrent le message.

— Tu crois qu'on arrivera à se le faire, l'animal ?

Sébastien se mordit la lèvre inférieure et accéléra car le Gecko avait creusé la distance.

— Je ne suis pas devin. Mais il faut garder la moelle, Myriam, ça, j'y crois.

— Garder la moelle..., répéta-t-elle, pensive.

— Ouais. Le Gecko est le plus beau casseur de Paris. Y en a qui détruisent tout au pied-de-biche, y en a qui rentrent dans un immeuble, qui montent sur le toit et qui passent par la trappe de service. Ils vont juste poser une corde pour descendre et casser le dernier étage. Lui, il part du bas. Et il ressort où il veut... 95 % des voleurs font à la dégueu. L'autre jour, tu sais à quoi je pensais ?... Il est comme les pommes de terre avant de les couper. Tu es là, avec ton couteau, tu trouves qu'elles se ressemblent toutes. Quand soudain, tu en vois une que tu vas laisser de côté parce qu'elle est différente. À cause de son aspect particulier, tu vas la regarder sous toutes ses coutures et te demander comment tu vas pouvoir peler un truc aussi compliqué.

— Et... ? fit-elle, sans être sûre de bien comprendre.

— Le Gecko est pareil. Il ne ressemble pas aux autres... Il ne faut pas s'y prendre comme avec les autres.

Myriam fixait l'horizon et le point qui se déplaçait. Puis celui sur l'écran. Leur pomme de terre... Elle sourit. Seb avait vraiment l'esprit terre à terre. Et pourtant non, pour l'affaire du convoi, il avait eu une belle expression : *du grand albatros*. Pour parler de l'envergure.

Au fond, il ressemblait au Gecko : il allait de la terre au ciel.

Elle tourna la tête, à peine, observa ce profil décidé, et sentit que son coéquipier aurait pu être l'homme de sa vie.

L'idée l'avait traversée comme une lame glacée. D'où venaient des convictions pareilles ? Elle se repositionna sur son siège, perturbée.

Entre ses mains, la flèche avançait.

Qui décidait des trajectoires ?

Pas plus les lignes de la main que le logiciel Deveryware.

Le grand manipulateur était hors de portée.

Déconnecté.

37

Ses joies, il les tirait de la campagne.

Dire que la volonté de Ranko était d'acier n'était rien. Partout, cette volonté présidait. Elle était pareille à une lame chauffée, prête à trancher. Son corps ne faisait qu'obéir. Escalader lui donnait la possibilité d'aller où il voulait. Les murs, les falaises tombaient. À la force des doigts, à l'équilibre des pieds. Du basique qui lui ouvrait d'infinies possibilités, et la sensation, partout, de se promener.

À Takovo, il avait embrassé une fille, Jelena, pour la première fois. Des iris myosotis le fixaient. À leurs pieds, un foulard noir à tulipes. La fille n'avait pas refermé les yeux.

Il n'avait rien ressenti.

La faute à sa mère ? Peut-être. Elle qui continuait d'essuyer la vaisselle quand il se faisait repeindre en bleus. Aujourd'hui, il ne la jugeait plus. Chacun son chemin de croix. Ranko ne redoutait qu'une chose : qu'une femme lui parle d'avenir. Quant au passé, jamais il ne l'aurait évoqué — certains fantômes méritent de dormir en paix.

À force de ne rien ressentir, il avait quitté Jelena. Il préférait encore la nature, et sa liberté. Son grand-père, Momčilo, était mort quelques années après, en 1999. Une année noire, qui n'aurait jamais dû exister. Le hasard, cette fois-ci, avait la gueule d'un sale rendez-vous avec le destin. Momčilo était mort un 26 mai, près du village de Veliko Orašje. Sur un pont. Un pont bombardé par l'OTAN. Plus jamais Ranko ne regarderait de la même façon la rivière Jasenica. Plus jamais elle ne coulerait sereine. La rumeur parlait de tir à dix mille mètres... Mais encore une fois, qui avait compté ? Avec les doigts, personne ne pouvait mesurer la distance de la terre à l'enfer. Il fallait voir le béton du pont éventré, ses dix-huit mètres de décombres et ce métal dressé, échevelé, qui poussait dans le ciel. Et les piles qui avaient résisté, et portaient les ténèbres.

Il fallait voir ce grand foutoir des corps.

Son grand-père, lèvres violines et teint cireux, sur une civière kaki de l'armée, pêle-mêle, et sa jambe droite, coupée à mi-mollet, qu'on avait posée à côté de sa tête, sur le bras gauche. C'est la chaussure qui avait marqué Ranko. La chaussure, intacte, et la chaussette, tirée, sur une jambe qui finissait broyée. Partout, la graisse et le rouge déferlaient. Ce grand déballage de chair et de sang, c'était Momčilo. Cette absurdité qui n'avait plus rien d'humain, c'était Momčilo. Cet homme qu'il avait tant aimé, le seul avec Rade, peut-être, c'était Momčilo.

Il y avait eu une autre femme.

Un champ de maïs.

Le bruit du vent dans les feuilles, ce bruit de papier froissé.

Du soleil à irradier.

L'espoir de pousser vers la lumière, comme les épis dorés.

Quelques semaines après, les grands épis avaient été coupés.

Ranko avait revu le champ, jauni, décapité.

Quelque chose s'était brisé.

Il était revenu en France. Il avait vingt-quatre ans.

Jamais il ne serait retourné chez ses parents. Il avait revu Rade. Dans le regard de Ranko, la guerre avait allumé des brasiers. Dans celui de Radovan, la jeunesse ordonnait de vivre, et de s'amuser. Les deux frères n'avaient pu vraiment se retrouver. Ils parlaient deux langages qui ne savaient plus se tresser. L'affection était toujours là mais elle restait en sourdine, comme attendant son heure.

Un an plus tard, Rade mourait.

Ce qui n'est pas dit est mort à jamais.

38

Il n'y avait pas à mégoter, son oncle avait réussi dans la vie. Astrakan voulait une voiture ? Deux semaines après, le boss avait une Mercedes 300 SL « Papillon », gris métallisé. Et pas n'importe laquelle. La mythique, celle qui, en 1954, allait déjà à 230 km/h — celle de Pablo Picasso et de Tony Curtis. Le coup de la Papillon, il n'avait pu l'oublier. On était loin de son monospace qui prenait des bons coups de rouille. Il voulait une femme ? Astrakan n'avait que ça, des obus plein les bras. Même si pour le coup, Ylana, cette fois, il la lui devait.

Resteraient-ils ensemble ? Ranko n'en savait rien. Il n'était pas médium.

Mais il comptait sur lui.

Le boss voulait tout quitter ? Rien ne le retenait. Astrakan avait du fric pour des années. On le retrouvait aux *Turks and Caicos* en claquant des doigts. Qui n'aurait été bluffé ? Qui n'aurait applaudi ? Le fric et le pouvoir étaient bien les deux moteurs de ce monde, du côté pourri comme du côté béni, non ?

Astrakan était le contraire de son père : le symbole du succès.

Et Ranko à mi-chemin entre les deux : doué mais paumé.

Ranko accéléra. Il avait envie d'arriver. Si le bruit du moteur le berçait, le paysage était déprimant à souhait. Au moins, près des piliers, il retrouverait l'eau et un peu de verdure. Il se rappela encore un soir, où, à coups d'alcool de prune, Astrakan lui avait livré le secret de son empire, bâti en un temps record et gardé par des loups. Il venait d'un pays dur, où l'on n'a peur ni de souffrir ni de mourir. Il en souriait parfois :

— Quand tu as vu de trop près la mort, tu apprends à vivre. C'est tout. Il faudrait commencer par mourir, Ranko, commencer par mourir…

Astrakan avait voulu faire de Ranko un de ses loups.

Il avait cherché à l'amadouer, en le recueillant comme une bête traquée. Il l'avait bien traité, pour le fidéliser. Ranko avait mis un doigt dans le monde d'Astrakan, puis, imperceptiblement, le bras tout entier. Il s'était laissé hypnotiser. Jusqu'à se rendre compte qu'il jouait avec des cartes truquées. On ne tend pas son bras au feu impunément. Astrakan mentait, Astrakan le manipulait. Un jour, il lui avait fait passer les clefs d'une voiture, une BMW noire, aux vitres teintées. La mission était simple : il devait juste la conduire du point A au point B. D'un box paumé d'Ivry à une mine désaffectée. *Juste*. Ce tordu avait le sens de la mesure. Il lui avait tapé dans le dos en le raccompagnant comme un fils.

— Tu vas bien t'en sortir… Je sais que tu vas bien t'en sortir. Tu n'es pas comme ton père, toi. Et j'ai toujours eu confiance en toi. Ranko, viens par là… (Il l'avait regardé droit dans les yeux.) Tu sais que tu es comme un fils pour moi ?

L'accolade, il s'en souvenait encore.

Celle qu'il avait toujours attendue de la part de son père. Tout vient trop tôt, trop tard, ou des mauvaises personnes.

Bon. Une petite promenade au vert. Sur le coup, il en était presque fier. Une mission. De la confiance, peut-être.

Sauf que le bol d'air frais avait vite viré au cauchemar. Ce plan, Ranko ne l'avait pas senti. Il avait ouvert la porte du garage, les paumes moites. Un pressentiment avait gâché sa nuit. Parce que le cerveau reptilien sait, bien avant que l'esprit n'ait compris. L'odeur avait commencé à envoyer des signaux. De ceux qui vous ordonnent de rebrousser chemin et de garder les mains propres. Ces mains, elles lui avaient semblé brûler quand il les avait posées sur le volant. Comme son cerveau. L'odeur montait par bouffées. La coalition de tout ce qu'il y a de moisi dans la vie… Une odeur qui dit à toutes vos cellules de fuir, qui s'accroche à vous. Quel damné croupissait dans le coffre ? Il ne voulait pas le savoir. Il ne l'avait jamais demandé. On ne lui aurait pas pardonné. Astrakan était un intransigeant.

Ensuite, la sensation irréelle de rouler à travers la campagne, en corbillard de luxe. Cette sensation de se salir, dès qu'il respirait. Cette sensation d'être encrassé à jamais. Il s'était maudit d'être si naïf. Comment avait-il pu accepter ? Quel serait le stade suivant ? D'enlever des enfants, de torturer les opposants et de violer les femmes des traîtres ? Les lois de la guerre, celles qui créaient de la charpie ? Celles qui avaient réduit Momčilo en bouillie ? En attendant, il avait sans cesse l'impression d'être suivi. La pluie s'était mise à tomber. Une queue d'orage. Elle crépitait sur le pare-brise comme des pétards claque-doigts. Tout était devenu sombre et il jetait aux rétroviseurs des regards tendus. Au plus fort de l'averse, il avait pensé à rebrousser chemin. Mais il était embarqué dans une histoire. Dans une histoire qui le dépassait.

L'attention que lui portait Astrakan le perturbait. Il avait de l'ascendant sur lui, un charme complexe, né du manque et de l'abandon.

Vers Reims, quand il avait croisé des gendarmes, il avait pensé qu'il était bon pour le grand arrêt. Un direct de la voiture à la calèche. Mais non, il était passé. Ses doigts avaient trituré les boutons de la radio, tandis que les gendarmes s'éloignaient dans le rétroviseur. La pluie s'était calmée et le ciel s'était dégagé. Une chanson dansante avait envahi l'habitacle de la BMW — *Destination Calabria* d'Alex Gaudino ou Goudino, avait annoncé le présentateur de sa voix survoltée qui énervait Ranko dès que le type braillait. Et ce fut encore plus insoutenable. Un tube d'Ibiza sur fond de vermine. Des filles en bikini et lèvres siliconées qui, soudain, dansent sur son charnier. Il en avait eu envie de vomir. S'il n'avait pas vendu son âme au diable, ça y ressemblait de très près. Des images de guerre l'avaient criblé.

Destination unknown, scandait le refrain. Ranko l'interpréta comme un signe.

Comment avait-il pu devenir la putain de marionnette d'Astrakan ?

Il ne voulait être ni une putain ni une marionnette.

La pluie avait cessé.

Arrivé à l'ancienne mine, il avait ouvert un grand portail grillagé avec des gants. Sur le portail, un panneau indiquait ENTRÉE INTERDITE À TOUTE PERSONNE EXTÉRIEURE AU SERVICE. Des bouleaux poussaient sur des talus et, au loin, un arc-en-ciel avait l'ironie de traverser. Le chemin continuait, avec de l'herbe qui poussait au milieu.

Libre, elle.

Il avait garé la voiture devant un terril. Hagard, il avait entendu claquer la porte sans se rendre compte qu'il la refermait. Un instant, il avait eu la tentation. Là, d'ouvrir. Pour être sûr, pour savoir. Mais savoir quoi ? L'essentiel, il le savait déjà.

Que tous les rêves s'enterrent à coups de pelle.

Il n'allait plus pleurer pour ça.

Maintenant, la BMW n'était plus qu'une tache noire dans de la verdure trempée. Il referma la chaîne du portail avec un cadenas à code dont on lui avait fourni les numéros.

Puis il marcha à travers bois, boussole en main, en essayant de ne plus penser à rien. Trois heures durant. Il fit ensuite du stop et tomba sur un VRP en mal d'humanité qui n'eut pas peur de sa tête cabossée. Le type lui raconta comment sa femme l'avait trompé, qu'il était rentré un soir plus tôt pour trouver son meilleur ami dans son lit. Il ne lui épargna aucun détail, un vrai robinet ouvert. Qu'est-ce qu'il pouvait en avoir à foutre de qui baisait sa femme ? Quand le VRP le déposa, Ranko avait à peine dit trois phrases. Trois phrases en cent cinquante kilomètres. Trois phrases que le mec n'avait pas dû entendre. Ranko poussa la porte de sa minuscule chambre, se jeta au lit tout habillé et regarda, d'affilée, trois films de Pierre Richard. À l'Est, l'acteur était une star parce qu'il avait fait rire aux larmes des gens muselés par l'autorité. Étendu sur son lit, Ranko découvrit qu'au lieu de rire, il s'était rongé les ongles au sang.

Au moment de se coucher, il crut qu'il puait le macchabée, et il fourra toutes ses affaires dans des sacs-poubelle, même un blouson qui le suivait depuis des années.

Au matin, il se promit que jamais plus personne ne lui prendrait sa liberté.

Et s'il fallait la défendre à la hache, il le ferait.

Et maintenant, Ranko roulait.

Pour lui, cette fois-ci.

39

Astrakan n'aimait pas qu'on le réveille aux aurores. Se lever avant 9 heures lui semblait insensé. Comme de boire de l'eau ou de dormir seul. Son surnom, la légende voulait qu'il l'ait gagné lors d'un flingage. L'un de ses hommes de main, l'histoire ne précisait pas lequel des deux One, avait arrosé d'un peu trop près et le boss s'était récrié : « PUTAIN ! MA VESTE EN ASTRAKAN ! T'es malade ! Tu bousilles qui tu veux mais pas ma veste en astrakan ! On bousille pas une veste en astrakan, espèce de buffle croisé avec un varan ! » Que la légende soit la réalité, à le fréquenter, personne n'en doutait. En tout cas, nul ne savait son nom — le vrai. Astrakan, voilà qui il était. Astrakan au front haut et aux grands yeux, fixes, à qui rien n'échappait. Il portait toujours, sauf au lit, quoique, tout dépendait du whisky qu'il avait ingurgité, des chaussures du bottier Corthay et des vestes hors de prix avec des chemises blanches. Comme le sang va mal avec les chemises blanches, il essayait de ne pas tout mélanger. Et pour faire jeune, il se rattrapait sur des jeans stylisés. Des Dries Van Noten, généralement, à motif camouflage.

Quand il ne dormait pas, il fumait. Et quand il

tirait sur une cigarette, ses soucis se dissipaient avec la fumée. Il ne fallait pas plaisanter sur ce point. Astrakan ne plaisantait jamais avec la cigarette. Dernièrement, il avait fumé dans Saint-Roch où il était entré pour piquer du feu aux cierges. Et soutenu mordicus à l'homme d'Église que la fumée le rapprochait de la pensée archaïque. Texto. En Amazonie, lui avait-il crié dans les oreilles et Dieu sait que dans les églises, ça résonne, on amadouait les esprits avec de la fumée de tabac. Alors voilà, fumer était son œuvre spirituelle — et qu'on arrête de le bassiner sur le sujet et de lui interdire de fumer, qu'il aille se faire foutre avec ses interdictions, il se prenait pour qui, pour Dieu, peut-être ? L'homme d'Église avait dû fuir dans la crypte car il avait vite disparu, convaincu d'avoir croisé le Diable ou son cousin. Ce qui n'était pas complètement faux.

Astrakan, donc, n'aimait pas qu'on décide de l'heure pour lui. Il avait un lit confortable et il comptait bien en profiter, surtout quand Ylana lui montrait qu'un lit était un paradis. Alors quand son téléphone sonna, son réflexe fut d'abord de faire le mort et de tendre encore plus une main vers la seule géographie qui l'intéressait — présentement, un vallon féminin du plus bel effet. Un beau cul éloigne les ennuis et les soucis, c'est bien connu.

Ylana frétilla à peine, elle dormait ou faisait semblant. Elle était tellement sexy qu'il ne savait pas de quel côté la regarder. En haut de la cuisse droite, elle portait des camélias entrelacés, exécutés avec une finesse qui rappelait Hokusai.

Des fleurs de camélia.

Comme celles de sa terrasse.

Elle les avait dessinées avec deux feutres rose et

bleu juste avant de se coucher, sous son regard stupéfait. Il laissa sa main errer, en quête du lieu le plus doux de son corps. Combien de moins avait-elle ? Vingt ans ? Plus ? Le choix ne manquait pas pour avoir du velours plein les mains. Il lui suffisait de tendre les doigts.

La veille au soir, il lui avait demandé de ne pas se démaquiller complètement : quand il l'avait prise, le noir avait coulé, comme si elle avait pleuré, et ça l'excitait. Il l'avait regardée droit dans les yeux et était venu dans la minute qui suivait. Rien que d'y penser, il bandait encore. Dire qu'avec les dernières filles avant elle, il en arrivait à préférer picoler que les sauter. Elles servaient de déviation à sa solitude parce que picoler seul avait de quoi vous envoyer ou à la fosse ou au fossé.

Près de ses oreilles, la sonnerie du téléphone cessa.

Astrakan referma les yeux, apaisé. Dans sa main droite, il tint son sexe serré et tira sur les replis, sans y penser, heureux d'être heureux.

Même en fermant les yeux, c'était toujours elle qu'il voyait. Son parfum montait de sa peau, un peu comme le jasmin, à la tombée de la nuit. Foncièrement, ces yeux bordés de noir fuyant lui rappelaient leur rencontre. Toute fraîche. Mais qu'est-ce que le temps avait à faire dans cette histoire ? Il avait bien déjà passé trois mois avec une femme qui restait une parfaite étrangère. Quand il la pénétrait, il avait l'impression qu'elle regardait des années en arrière.

Avec Ylana, tout circulait.

Il rouvrit les yeux et reçut, au plus profond, une conviction : cette putain de passion est de la transfusion. Il glissa sa main sous les draps.

Non plus vers lui. Mais vers elle.

Astrakan n'avait jamais cru au coup de foudre. Ce genre d'expression le hérissait et ressemblait à un coup de publicité. Maintenant, son corps entier le désavouait.

Chaque cellule devait être contaminée par cette fille.

Leurs corps s'étaient liés avec un naturel qui le confondait. Ils n'avaient pas eu besoin de trouver dix mille sujets et il avait commencé par l'attirer contre le mur de la chambre, près d'un tableau, une marine de Turner qui plaisait à Ylana. Il se souvenait avoir été heureux qu'elle aime la peinture. Sous cette tempête, il l'avait tenue entre ses bras et avait plaqué ses mains, doigts bien écartés. Le contraste entre son calme et le bateau qui se démenait sur la toile l'avait marqué. Quelle tempête se tramait ? Elle avait soutenu son regard et levé lentement ses mains. Leurs doigts s'étaient mêlés et pour une fois, quelque chose le retenait.

Il avait différé le moment de l'embrasser.

Ne pas se hâter, ne pas faire son enfoiré. Laisser le temps s'évaporer pour, comme une liqueur, goûter un concentré.

Astrakan y découvrit une volupté qu'il eût été avisé d'expérimenter avant. N'importe nawak de toujours vouloir s'enferrer dans des chemins barrés. Les jours finissent sans qu'on tire leçon de rien. Alors, pour une fois, il faisait marche arrière au lieu de foncer droit dans le mur.

Il avait rendu hommage à ses seins qui, entre ses paumes, tremblotaient. Tout était doux, doré, léger. De la prestidigitation — plus il la caressait, moins le monde existait. Enfin, il avait fait glisser cette robe qu'il finissait par connaître par cœur à force de la mater et entrepris le tour du verso, des épaules aux reins, un voyage qui lui plaisait bien. La robe n'avait pas menti, Ylana avait des fesses à se damner. Ces mêmes fesses qu'il regardait.

Elle s'était laissé faire et son cul, pris d'une houle soudaine, était monté tout seul à la rencontre de sa langue. Dans sa tête, il prit plaisir à revoir la scène défiler, image par image, au ralenti. Il ne voulait pas l'oublier. À force de tout repasser dans son crâne, il souhaitait que ça reste gravé. Surtout que chaque détail lui donnait une furieuse envie de recommencer.

★

Le téléphone s'obstina. Et se remit à sonner. On ne pouvait vraiment pas lui foutre la paix ?

Il se redressa mollement, saisit son paquet de John Player's Gold Leaf qui le changeait de ses Dunhill, et s'assit sur le bord du lit, dos à la bombe, en sortant une cigarette d'une main. Son sexe fit rapidement la gueule.

— J'écoute.

Jamais il ne disait « Allô ».

Astrakan chercha son briquet, un Dupont en argent qui avait tellement servi qu'il était tout limé. De l'autre côté, le ton était posé mais il sentit d'emblée autre chose, une flamme qui couvait. Il alluma une lampe de chevet puis sa cigarette, et baissa le variateur. Au réveil, ses doigts tremblaient toujours un peu. Tout en se concentrant sur la conversation, il regarda sa montre, une Rolex Submariner en or blanc qu'il ne quittait jamais, même pour faire l'amour. Il alternait seulement avec un chronographe Lange et Söhne à fond bleu que Ranko avait fini par lui dégoter. La

Submariner était étanche jusqu'à mille mètres et il disait que pour l'enterrer, ça devrait suffire.

Une phrase échangée, et son esprit se remit instantanément d'équerre. Comptant sur ses doigts, il calcula le décalage horaire. Le salopard en costard qui l'appelait de Dubaï jouissait de deux heures de plus. La dernière fois qu'il l'avait vu au petit déjeuner, il prenait du Dom Pérignon 1933 à la place du café. Depuis, plus jamais il n'avait dit que le champagne ne se gardait pas. Du 1933, ça ne s'oubliait pas. Les affaires étaient les affaires et il n'allait pas lui faire le plaisir de montrer au type qu'il le réveillait. Le mec n'était pas d'un maniement aisé. Le genre de type chez qui tout est compliqué. Alors Astrakan prit une voix de début d'après-midi, et dit :

— Un truc dément et moderne ? Tu cherches un truc dément et moderne ?… Mais de quel genre ?… Hum… je vois… Ouais, pour ton spa privé. Bien sûr. Laisse-moi réfléchir… Tu me prends à froid… Un truc aquatique, peut-être ? Tu préfères pas une statue ? Dis, une statue… J'en ai un harem. Toutes plus belles les unes que les autres… En marbre, ouais, y a du marbre… Mais pas seulement, y a de l'ébène, dans le lot, et même une en ivoire, je te promets… Un tableau ?… T'es sûr ? Pourquoi un tableau ?… Ah, O.K. Bien sûr que je vois, bien sûr…

Il se frotta la tempe gauche et regarda le drap descendu sur les fesses d'Ylana. On voyait encore le tunnel de coton créé par sa main et il ne rêvait que d'y retourner.

La conversation ne parut pas l'enchanter jusqu'à ce qu'il ait une idée. Une vraie. De celles dont on sait qu'elles sont au carré. La satisfaction du client. Y avait que ça de vrai.

— Attends, je crois que j'ai un truc à te proposer. Je n'y pensais pas comme ça car je voulais me le garder. Du Bilal… Enki Bilal. Le mec de BD… Un grand artiste, aussi, à la cote insensée… Ça change de ton XXe siècle. Je peux te proposer l'une de ses pièces. Attends, pas du rabais. Une pièce majeure. Sans doute la plus importante. Bien sûr… Hum… O.K.

Comment il allait mettre la main dessus ? Rien n'était gagné. Mais c'était son affaire et, au fond, ce qui l'amusait, quand rien n'était gagné. Avec le coup du convoi de la Lanterne, il se sentait invincible. Nasser Al-Jáber vidé de ses richesses comme les bourses après une pute, c'était bon. Vraiment bon. Et aux côtés d'Ylana, il se sentait encore plus invincible. Parce qu'il voulait lui plaire. Quant à Ranko, c'était son joker absolu. Ce génie savait tout voler.

Enki Bilal, il devait cette idée à Ylana. L'occasion de lui faire plaisir se présentait, en plus d'arnaquer gentiment ce blaireau en direct de Dubaï qui ne savait plus quoi faire de son blé. Sous le drap, la petite perle venait de bouger. La conversation devait l'agacer. Astrakan se rappela les sommes astronomiques atteintes par les peintures de Bilal chez Artcurial. Il y avait de quoi se faire un max de blé. Son œil s'alluma.

— Profite, ce n'est pas tous les jours que je te le proposerai.

Il plissa les yeux, déjà possédé par le désir de trouver. Le challenge avait toujours été son feu sacré.

— … Je te donne vingt-quatre heures pour te décider… Après, je la file aux Japs… Y a un mec sur cette île de tarés, Naoshima, avec des « o » et des « u » plein le pedigree, qui en a marre de ses dessins de Christo et qui est intéressé. T'inquiète… Je te l'ai dit, je te laisse la priorité… Tu n’as jamais eu à te plaindre de moi, l’ingrat, pas vrai ?

Astrakan eut un petit rire, comme s’il savourait déjà sa victoire.

— Ciao. Salue Dubaï pour moi. Et n’oublie pas, vingt-quatre heures.

Et il raccrocha.

40

— Tu n'as pas faim, toi ?

Myriam était prête à tendre à Seb l'un des précieux sablés.

— Non, merci, pas pour le moment.

Ils restèrent silencieux, chacun dans ses pensées, entre béton et verdure. Au-dessus d'eux, le ciel perdait son flamboiement. Les teintes s'affadissaient. La beauté était dans l'instant, se dit Myriam. Comme ces moments où elle se sentait bien avec Seb, sans qu'une relation ne vienne tout gâcher. Elle revint à l'écran. Elle essaya de comprendre ce qui se tramait. Pourquoi le Gecko se rapprochait-il de la Seine et de la Marne ?

Elle risqua une hypothèse.

— Tu as vu, on est à deux pas du confluent Seine-Marne… Tu crois qu'il va se débarrasser de quelque chose ?

— Si on ne se fait pas lever, on sera bientôt fixés.

— T'imagines, s'il nous balance un macchabée pour le petit déjeuner ?

L'œil rivé à la route, Seb hocha la tête en signe de dénégation.

— Ce n'est pas son genre. Mais dans son milieu, les situations tournent aussi vite que le lait en plein été.

Myriam lâcha la tablette et, à nouveau, s'étira. Son parfum voleta. Il n'avait jamais su reconnaître les parfums. Le sien lui rappelait une bougie de Noël.

Il jeta un bref coup d'œil à ses pieds.

— Tu as de bonnes chaussures ?

— Moi ?... Qu'est-ce que t'en dis ?

Pour réponse, elle lui tendit sous le nez une botte en cuir noir, très ajustée, avec une fine boucle argentée. Elle avait vraiment de jolis mollets bien dessinés.

— Pas mal, approuva-t-il. Quant à Jojo, soit il a rendez-vous au bord de l'eau, soit il va nous balader.

— Ça changera des tunnels...

— N'empêche, c'est aussi une sacrée belle affaire, l'Attaque de la diligence.

— Je crois que Stéphan en est un peu jaloux. Il aurait bien aimé se la garder.

— Ouais, mais tu le connais. C'est le genre d'affaires qui le fait bander mais il ne supporte pas que le super chef de groupe nous demande d'avoir fini avant d'avoir commencé...

— Le super chef de groupe... ? fit-elle, étonnée.

— Le ministre.

— Ah ! rit-elle, je croyais que tu parlais de Marcin.

— Marcin est un petit caporal... pas un super chef de groupe, rectifia-t-il.

— *Ce n'est pas faux*, comme tu dirais...

— Stéphan parie sur le temps, lui.

— On va lui donner un petit coup d'accélérateur, pas vrai ?

— Ça marche, Myriam.

Et il passa une vitesse.

41

Les petites pointes mauves dansèrent dans les volutes de fumée et Astrakan ne put s'empêcher d'espérer qu'elle ait entendu la conversation. Il voulait qu'elle sache qu'ils vivaient dans un monde où rien ne lui résistait. Elle avait beau être dans ses draps, avec ses vingt ans de moins, on ne sait jamais ce qui se trame dans la tête de ces souris-là. Et celle-ci lui plaisait. Plus qu'aucune autre. Quand il la regardait, son cœur bondissait. Il disait toujours : « Il y a les filles qu'on regarde avec la queue, et celles qu'on regarde avec les yeux. »

Celle-ci était les deux. Le modèle le plus vénéneux.

Il s'approcha et l'embrassa sur le léger relief, juste au-dessus des fesses. À voir toute la crème qu'elle mettait avant de se coucher, Astrakan avait eu l'impression qu'elle cirait un meuble à longueur de journée mais le résultat était là. Jamais il n'avait eu une peau plus veloutée sous les doigts. Cette fille lui avait vidé son pot de Crème de la Mer à moitié.

Il savait au moins comment elle le ruinerait.

Elle gémit un peu, et il sentit qu'elle voulait encore dormir. À sa décharge, on ne lui demandait pas, au pied levé, de dégoter les peintures du plus grand dessinateur de BD. Elle pouvait se permettre de paresser. Il l'avait aussi choisie pour ça. Pour qu'elle mette de la légèreté dans sa vie et toute l'insouciance de sa beauté. Les femmes étaient des roses pendant que les hommes tenaient l'épée. Astrakan avait la tête noyée de sang et elle le laverait.

En plus, cette diablesse dormait nue.

Pourquoi l'avait-elle élu ? Sincèrement. Il devinait qu'elle ne devait pas trop savoir où aller mais une fille comme elle, bien sapée, ça devait quand même avoir un chez-soi, des fringues et des escarpins à ne plus savoir où les ranger. Fuyait-elle quelque chose ? Ou était-ce une opportuniste qui, lors de l'attaque, avait choisi son camp, sûre d'être protégée ? Mais protégée de quoi ? Il faudrait l'interroger. Il aurait juste parié qu'elle avait fui. Il le sentait. Mais au fond, il s'en fichait. Le grizzli qui tombe sur un wapiti ou un saumon ne demande pas à la nature s'il a le droit de les barboter. Franchement, il aurait eu du mal à dire qui avait du pouvoir sur qui. Était-ce elle, avec sa fraîcheur ? Ou lui, avec son fric et son train de vie ? Il préférait voir l'amour comme une association. Que ce soit de malfaiteurs ne changeait rien. Il connaissait un type, le Grand Dusan, qui s'était ruiné pour une jolie pépée. Et alors ? Il y avait laissé son pognon, il y avait gagné ses plus belles années. Ce qu'elle lui avait fait vivre avait été vécu, oui ou non ?

Et vivre, c'était le seul sujet.

Il posa sa cigarette dans un cendrier du George-V. Ses mains remontèrent jusqu'à sa tête. Il caressa une joue, perdue entre deux mèches, et l'embrassa. Son désir grimpa et il murmura :

— Ylana, j'ai envie de toi… Si tu savais comme j'ai envie de toi.

Sous son corps, elle remua et lui souffla :

— Depuis hier soir, tu dis *toujours* ça…

— Parce que j'ai toujours envie de toi.

Elle marmonna quelque chose qu'il ne comprit pas.

— Tu sens mon désir, là, sous toi ?

Elle répéta en souriant :

— Et tu dis toujours ça, aussi…

Bon Dieu, ils se parlaient déjà comme un couple soudé par les années… Astrakan se pressa encore plus contre elle en tortillant des hanches. Il avait la bouche grande ouverte, comme un poisson prêt à gober l'aquarium tout entier.

Tempérant son désir, il revint vers son oreille et l'agaça :

— O.K., Love Love, tu as les yeux… Arrête de te marrer, je suis sérieux, moi. Tes yeux sont… hum… bleu spa… Voilà, ils sont bleu spa. Ça te va, ça ?

— Ils sont pas bleus, mais verts…

— Et tu crois que je le sais pas ? Voilà pourquoi, Love Love, je suis le seul mec au monde à t'avoir dit que t'avais les plus beaux yeux, bleu spa, que j'aie jamais croisés… Sans rire, rapproche-toi, bébé, t'as vraiment une tête entre une salope et une madone et ça non plus, on n'a jamais dû te le dire…

Elle le surplomba et il eut deux seins superbes au niveau des yeux.

— Et si je t'envoie le plus beau kick de ta vie, monsieur Luuuucky Luciiiiano, ce sera servi par qui ? Hein ?… À ton avis ? La madooone… ou la saloooope ?

Surpris qu'elle mentionne le plus grand voyou que cette terre ait porté, il l'attira à lui et se frotta la tête contre les seins, puis contre les camélias :

— Tu connais Luciano, toi ?… T'aimes les très,

très vieux… Pour te répondre… le kick… hum… ce sera par la garce aux yeux bleu spa, Love Love — donc ce ne sera pas toi…

Love Love était un cheval. Le plus beau crack qu'Astrakan ait possédé. L'un des fils de Quick Star, le célèbre étalon aux 500 000 euros de gains. Il ne lui avait pas encore présenté Love Love.

Love Love restait près de Versailles, au haras de Jardy, quand il n'était pas en villégiature d'été. Lorsqu'elle le découvrirait, elle allait craquer.

Ylana eut un rire de cascade, frais et vif. Tout en elle le rafraîchissait.

— T'es bête…

Il se mit de côté, sur un bras, et tira l'une de ses mèches en la faisant rouler entre ses doigts.

— Mouais mais d'être intelligent n'a jamais payé… Ylana, mon Ylana… Viens plus bas… (Il prit sa tête entre ses mains et admira la soie entre ses doigts.) Ylana… Tes cheveux sont si noirs qu'on pourrait regarder la nuit à travers…

— Hummm, ça ira pour cette fois… Je veux que tu me dises des phrases rien que pour moi.

Elle resta un moment rivée à son intimité. Puis elle laissa courir ses doigts. Elle n'avait aucune fausse pudeur et il se sentait palpé comme jamais. Elle avait une curieuse façon de le caresser — par paliers. Chaque parcelle de son corps s'électrisait. Brusquement, comme s'il redoutait qu'elle vole tout en lui, il la remonta et la serra très fort. Il était parti pour le baiser le plus long de sa vie. Puis il chercha des mains ses fesses, les agrippa avec la fougue d'un naufragé et se fondit en elle. Ylana ouvrit grand les yeux. À nouveau, ils étaient reliés. Alors il lui dit tout bas :

— Je t’aime… Je t’aime, Love Love… Cette phrase, je peux t’assurer qu’elle n’appartient qu’à toi.

Pour une fois, Astrakan ne mentait pas.

42

Ranko aperçut le pont autoroutier de Saint-Maurice au loin. Il eut un sourire. Pas un large sourire, de ceux qui auraient embrasé un visage entier — oh non, Ranko ne faisait pas partie des éclairés. Sur le sien, se réjouir ne donnait qu'un soupçon de gaieté. Ce monstre de béton et lui, ils étaient en affaires depuis plusieurs années. Des complices de longue date. C'est simple, sa pile bétonnée, à deux pas de l'échangeur de Saint-Maurice, il l'appelait le Bis. Elle était son bureau de plein air. Le lieu pour planquer tout ce qui aurait pu l'incriminer. Il avait une autre cache, dans le bois de Boulogne. Mais rien à voir avec le Bis.

Le Bis était une forteresse.

La journée s'annonçait claire et le ciel prenait une couleur jaune grisé. Sous cette lumière, tout semblait écrasé, comme en attente d'être ressuscité. Il regarda sa montre. 7 h 05, il ne fallait pas traîner. Paris se rapprochait mais avec ces vues monotones, rien n'existait vraiment. Du vert et du gris assemblés sans se concerter. Parfois, Ranko aurait filé des claques au paysage pour qu'il se réveille. Mais le monde versait, inexorablement, dans un long sommeil. Le destin tout entier se suicidait, et l'humanité applaudissait. Comment se sentir encore vivant au milieu de cette mêlée ? Heureusement, il y avait Paris, la nuit. Et la grimpe, pour nourrir sa rébellion. Pas une journée sans s'exercer. C'était son art, ce qu'il savait faire de mieux, comme d'autres sont nés pour dessiner des fusées ou jouer au hockey. Il s'était même offert l'Élysée et Matignon — pour le plaisir. Oui, l'Élysée, par défi, aussi. Et puis Paris, la nuit, c'était du diamant taillé qui brillait de partout. Du polish idéal. Du cinquante-sept facettes qui renvoie la lumière à l'infini.

Au creux des toits, la nuit, il retrouvait le plaisir de bivouaquer. Pourtant, il avait enchaîné les capitales européennes. Berlin, Rome, Prague, Vienne… Chacune avait son charme, mais pas une n'avait cette magie. Pour Ranko, Paris était la plus belle ville du monde. C'était pourtant son cœur de Serbe qui parlait. Foncièrement, son âme était restée là-bas, dans la Šumadija où il avait passé une partie de sa vie avant de rejoindre la France. Cette zone centrale de Serbie forgeait les résistants. Il était de ce bois dur.

D'aussi loin qu'il se souvienne, grimper l'attirait. Les poteaux, les rochers, les arbres de son enfance, et tout ce que la création a de vertical. Petit, escalader faisait de lui un homme. Aujourd'hui, l'ascension le sauvait de trop penser. Déjà qu'il passait la moitié de son temps à se demander pourquoi il était né. Autant occuper l'autre moitié à s'évader.

Qu'on lui donne un mur, une façade, un viaduc, et il se sentait quelqu'un.

Dès le premier pas, son grand corps s'élevait et laissait les chiens se mordre entre eux, en bas. Il n'ignorait rien du code de la rue ni de la guerre et connaissait l'humain jusqu'à l'os. Mais il vivait mieux quand il l'oubliait. Dans l'effort, chacun de ses muscles répondait présent. Concentrer son attention sur un mur, une paroi, tout était là. Un duel entre volonté et matière. Juste eux deux, et ses doigts pour déchiffrer la paroi. C'était comme du braille qui, chaque fois, le sauvait. À tester la prise, il savait si elle tiendrait, si elle saurait le hisser. Rarement, elle le trahissait. Sur ce moignon d'univers qu'était la Terre, qui ne le faisait ? Alors parfois, il acceptait de tomber.

43

Stéphan Suarez se pencha pour regarder le ciel à travers les lamelles du store. À plus de six mille mètres d'altitude, là où les nuages sont longs comme des sabres, des combats se préparaient. Il venait d'enfiler un pull pour éviter de grelotter. Son préféré, tout torsadé, piqué aux moutons du Connemara il y avait quinze ans de ça. C'était un matin à bonnes résolutions. Pas de ceux où il finissait dans la boue avec un cadavre de beau voyou sur les genoux ou un ami qui agonisait. Il n'avait jamais apprécié la cervelle au réveil. Même servie à température. Mais là, il ne s'était pas levé tout froissé. Il n'y avait pas eu du gros poisson comme l'attaque du convoi et il allait pouvoir revenir à son seul sujet.

Le Gecko.

Myriam et Seb lui avaient envoyé un texto. Ils étaient derrière lui. Et pour découvrir quoi ? Que le Gecko s'entraînait en courant sur les glissières de sécurité de l'autoroute.

Il avait regretté de ne pas être là. Il aurait voulu voir ça.

Au moins, on comprenait d'où il tirait cet incroyable

équilibre qui faisait de lui le casseur le plus redoutable de Paris.

Tenir sur une glissière de sécurité… Il ne voyait pas trop comment on pouvait. Il faudrait essayer. Le Gecko avait vraiment de quoi les dépayser.

En attendant, il goûtait à son régime particulier. Du rose mêlé à l'aube, et des neurones qui retrouvaient leur orbite.

Le café non plus n'avait pas le goût de brûlé.

Tout allait plutôt bien et pourtant, Dieu sait que cette pensée, il s'en méfiait.

Il avait trouvé le sachet fermé par un lien doré près de sa tasse. Tamara l'avait rapporté d'un torréfacteur du centre de Paris. Il l'avait embrassée pour la remercier sans écouter la fin de sa phrase. Un de ses défauts. Parce qu'il avait pensé au Gecko. Encore et toujours au Gecko. Quand est-ce qu'ils allaient le serrer ?

La main sur la tasse, il avait glissé au Pérou. La carte sur le paquet l'y aidait. Son amour pour le café remontait loin. À l'âge des cerfs-volants, il finissait déjà en douce les tasses des adultes. Qu'il soit un grand nerveux n'avait rien à voir avec cette addiction. Il avait d'autres raisons pour ça, et le Gecko n'y était pas étranger.

Comme son esprit divaguait, il venait de décider qu'aujourd'hui, il irait voir sa mère.

Oui, il se l'était dit franco.

Avec une force de conviction qui le surprenait.

Pour avoir l'air un minimum décent, il mettrait un pull qui ne donnerait pas l'impression d'avoir survécu à son énième déménagement. Tamara avait raison : il se négligeait. Tamara avait toujours raison.

Déjà trois mois qu'il reculait le moment et il se

répéta qu'on ne laisse pas patienter indéfiniment ceux que l'on aime. Non. Deux doigts écartèrent, à nouveau, les lamelles du store ; Stéphan jeta un œil par la fenêtre et prit le temps de boire à petites lampées. La brume restait accrochée aux arbres. Il ne dormait pas assez. À croire que son cerveau stockait toute cette brume.

Une pie s'envola, puis une deuxième. Elles le gratifièrent de leur vol en noir et blanc. Sa vie aussi s'imprimait en noir et blanc. Suarez se rapprocha pour les regarder, jusqu'à former de la buée sur la vitre. Les pies étaient étranges. Elles faisaient des bruits d'asthmatiques, comme si elles allaient s'étouffer, ou comme si elles se moquaient. Il les chercha du regard pour finir par les trouver, dans un peuplier. Il lui arrivait de souffrir d'asthme, parfois, à cause du chlore des piscines. Mais il ne le disait pas. Les confessions vont mal avec la vie d'un flic de PJ. Moins tu en dis, plus on te respecte. Être taiseux fait sans doute partie de la brème. Si un flic sans flingue est nu, un flic bavard se tire une balle dans le pied.

Une fois, en avril, il avait vu le nid du couple de pies. Là, en face. En haut du marronnier. Avec ce dôme de branches qui le transforme en hôtel de luxe. Même en ville, il observait les oiseaux. Ce matin, on était loin du printemps et il faisait un temps à rejoindre Lutèce pour aller travailler.

Et rendre visite à sa mère.

S'il n'y allait pas ce midi, il sortirait plus tôt du travail — si le Gecko le voulait bien.

Dehors, un marteau-piqueur tambourinait. Les chamailleries des pies ne firent pas le poids. Dès les premières percussions, Suarez sut qu'il était 7 heures du matin passées. En un sens, c'était pratique. Moins attachant que les cloches d'église mais il fallait vivre avec la modernité. La modernité : l'expression était stupide et il aurait bien voulu savoir où commençait la modernité. Il savait juste qu'il appartenait à cette tribu des lève-tôt pour que la mort ne le prenne pas de court. Après, chacun ses choix. C'est une question de programmation. Avec les années, tout ce qu'on vit finit par peser. Rien ne nous sera épargné. Le jour où l'on comprend qu'on a un décompte dans la tête, on cesse d'être un déserteur. Ce jour avait fait de l'insomnie sa meilleure amie.

Là-haut, Tamara dormait. Un miracle. Entre le marteau-piqueur et lui, comment pouvait-elle rester couchée ? Tamara dormait comme les enfants. Elle se faisait un nid avec la couette, une vraie marmotte. Même quand ils faisaient l'amour, elle avait besoin de se cacher sous les draps. Il s'étonnait qu'elle n'en étouffe pas. Surtout quand il la serrait comme un cadeau dans ses bras — un cadeau qu'il ne méritait pas.

Ce matin, en la voyant confiée au sommeil avec une telle profondeur, il n'avait pu s'empêcher d'avoir peur. La vie t'apprend à dire adieu à tout ce que tu aimes et c'est là le problème : voilà ce qu'il avait pensé.

Une odeur de brûlé le rappela à la réalité. Suarez courut jusqu'au grille-pain pour sauver sa tartine. Elle était carbonisée. Est-ce qu'on doit vraiment manger une tartine brûlée ? Sans rire, est-on obligé de se taper cette horreur toute noire d'un côté ? Histoire de faire comme si de rien n'était… Suarez n'hésita pas longtemps : il choisit la sagesse — la poubelle —, et se rattrapa sur un yaourt. Seul, face à l'heure digitale du lave-vaisselle et un compotier de sa mère. Le genre de truc où des fleurs dansent en lévitation sur du grès. Il l'avait récupéré.

Son esprit resta un instant fixé sur les fleurs. À quoi est-ce qu'on pense quand on ne pense à rien ? Après celle de la tartine, cette étrange question l'occupa, tandis qu'il se levait pour finir son café. Il quitta le compotier pour la fenêtre. Dehors, du bleu acier dévorait le rose de l'aube et le marteau-piqueur redoublait d'intensité.

Un ouvrier s'acharnait. Le type était penché sur le bitume, l'engin entre les jambes, et de loin, on eût dit qu'il pratiquait une intraveineuse. Un instant, Suarez le considéra comme un infirmier. Même la rue avait besoin d'être soignée.

Tout vit, se dégrade et meurt. Le macadam, les pies, et les humains aussi.

Par rapport aux humains et aux pies, le macadam a juste du répit.

Voilà pourquoi Suarez avait du mal à dormir.

À cause de la mort qui rôdait quand elle le voulait, de Carmel qui allait peut-être grossir ses rangs, et du Gecko qui n'arrêtait pas de leur échapper.

Seb et Myriam n'étaient que deux et ils devraient assurer.

Tout n'allait jamais si bien.

Trente minutes plus tard, Suarez prit sa moto.

Direction Paris, vers le soleil — et les soucis.

C'est le Gecko qui choisirait.

44

Ranko vérifia ses rétroviseurs et braqua le volant pour entrer dans Saint-Maurice. Il aurait pu faire le trajet les yeux fermés, s'il n'y avait pas toujours cette satanée peau à sauver. Quelque chose en lui se méfiait, comme un avertisseur resté allumé. La Murène l'inquiétait. Il fallait redoubler de vigilance.

Ce n'était pas son surnom pour rien. Ce receleur avait le cerveau plaqué or et il ne vivait et respirait que pour palper des billets. Comme les murènes qui sortent leur museau quand une alliance nargue leur tanière. En Polynésie, les plongeurs craignaient plus les murènes que les requins. La Murène parisienne était aussi une vraie saloperie. Cet antiquaire de façade ne pouvait s'empêcher de faire le malin. Il aurait parlé latin pour vendre la beauté d'un secrétaire Louis XVI ou la rareté d'un baromètre du XVIIIe mais la vérité, c'est que ce naze ne bandait que pour le fric. Ranko pensa : un mec bêta, dopé à l'avarice et au pouvoir donnera toujours un enfoiré. La recette est garantie. Et universelle. La Murène était du modèle taureau double mufle. Mais ils traitaient ensemble depuis des années. Et dans ce milieu, on ne demandait pas de certificat de moralité.

Ranko tendit l'oreille. Son attention fut attirée par le moteur du monospace. Le bruit lui avait paru moins familier. Ce soir, il enquêterait. Sa main droite erra derrière le siège conducteur, en quête d'une autre bouteille d'eau. Ranko l'ouvrit et l'eau gazeuse, secouée par le trajet, arrosa le tableau de bord. Encore heureux qu'il ne boive jamais de soda, le gosier gorgé de sucre, il détestait ça. En plus de rendre les chiens aveugles, ce satané sucre mettait de la meringue dans les muscles.

Il maintint son volant d'une main et se raconta des histoires. Des bribes, comme des bouchées, où il mettait en scène l'Araignée. Enfant, il avait pris cette manie. Depuis, il s'était imaginé tellement d'histoires qu'il ne restait plus rien à dire aux autres. Ses monologues avaient tout épuisé. Alors aux rares personnes qu'il connaissait, Vivi ou Roberto, il ne savait pas quoi leur sortir. Le silence respectait ses habitudes de solitaire. Il était son allié, sauf quand il courait. Mais en voiture, depuis sa virée avec le macchabée, il écoutait rarement de la musique. Dans son métier, ses rétroviseurs l'intéressaient plus que de la rêverie à bon marché.

Par réflexe, il les vérifia encore, tandis qu'il tournait vers l'église des Saints-Anges-Gardiens de Saint-Maurice. La route était presque vide. L'hiver n'était pas l'ami des lève-tôt et il n'allait pas le déplorer. Dans le rétroviseur central, il croisa son propre regard. Deux yeux très clairs, un peu froids, l'observaient, pétris d'une inquiétude qu'il n'arriva pas à chasser. Dans sa tête, il y avait toujours une bombe prête à éclater.

Un coup d'œil au sac posé sur le siège passager le rassura. C'était son compagnon et il n'allait pas le laisser tomber. Il le flatta de la main, comme on caresse un vieux chien. Tant qu'il faisait équipier avec lui-même, rien ne pouvait lui arriver. C'est déjà assez de se faire confiance à soi-même. Le salopard qui vous accompagne finit toujours par vous refiler la vérole. Dans ce métier, il y avait des règles. Ranko mettait l'amitié et l'amour dans le même panier.

Joli fruit cache l'épidémie. Il fallait s'en méfier.

Sur la droite, l'église des Saints-Anges-Gardiens fut son seul témoin. Elle le mettait mal à l'aise, avec sa rigueur de briques et de béton. Il se demanda ce qui pouvait bien encore le faire prier, lui et son âme damnée. Le clocher carré le regarda passer. Pas grand-chose, non vraiment. Pourtant, ces églises continuaient de l'attirer, comme si elles détenaient un secret. Il pensa aux églises brûlées, aux cimetières retournés, aux monastères saccagés dans les Balkans, à tous ces récits qui le hantaient et qui avaient fait des hommes des enragés. Quand il dépassa les Saints-Anges-Gardiens, cette église qui dormait lui parut encore plus décalée. Partout, l'horreur couvait. Le démon ne demandait qu'à être réveillé.

Encore ce malaise au ventre qui le reprenait, l'impression de ne pas avoir de centre, que la foi lui manquait et que quelqu'un, là-haut, le jugeait. Impossible de se représenter pourquoi il était né. L'histoire avait tout détruit en lui, tout éparpillé.

Ranko commença à freiner et se rappela son modèle, Patrick Edlinger, qui avait vécu longtemps dans son C15, une estafette transformée en camping-car, dopé aux sensations, prêt à escalader la première paroi qui se présenterait.

Pour grimper, nul besoin de se goinfrer. Ranko

en était persuadé. Sur le côté, sa main attrapa une banane.

Il détestait qu'elles soient mûres, il les choisissait presque vertes pour ne pas avoir de la marmelade entre les doigts. Avec sa banane au volant, il se rapprochait du singe. Mais cet animal lui convenait, et il valait bien les humains. De toute façon, avec leurs simagrées, les hommes n'allaient pas jouer les cardinaux pour l'éternité. Quand il se perchait, plus rien n'existait. Que cette sensation d'être suspendu dans le vide, la tête au vent. D'appartenir à une autre race, que seuls les oiseaux comprenaient, tels les vautours des gorges de la Jonte, avec leurs ailes de géant dépliées comme des cerfs-volants. Les souvenirs étaient la drogue du cerveau. Entre ces vases de calcaire posés sur les rochers, il avait connu la joie de faire, enfin, un jour, la paix.

Avec lui-même.

45

— Oh, oh ! Il tourne vers l'église de Saint-Maurice… Je crois qu'on se rapproche de la vérité.

— Il nous prépare peut-être une petite messe… Tu as révisé ton *Alleluia* ?

— Pas besoin, dit Myriam en suivant son trajet, il a dépassé l'église. Et toi, tu es baptisé ?

— Mon seul baptême, c'était en hélico avec Stéphan, dit-il avec un clin d'œil. Le meilleur des baptêmes.

— L'hélico ne nous sera pas de beaucoup de secours, là…

— Bon, le Gecko nous prépare peut-être la partie de pêche en bord de Marne. Tu sais pêcher ?

— Et si je te disais que oui… Alors ? Monsieur le capitaine fait moins le malin ?…

— O.K., O.K., mais on y est peut-être pas du tout et on va assister à une rencontre au sommet. Le Gecko et son fourgue en direct, la transaction du siècle, un truc comme ça.

— Ou il va faire don d'une kalach aux carpes.

— Les écoutes n'ont rien donné, en tout cas.

Elle suivit du doigt le rond fléché qui se déplaçait à peine, désormais.

— Fais gaffe parce qu'il arrive sur un parking, donne-lui un peu de mou. S'il fait demi-tour, ça va nous arriver dans la gueule.

— Bien dit, je ralentis. On va se poser tout près et on continuera en piéton parce qu'il faut pas lui coller au cul. À deux, c'est chaud, quand même…

Elle lui jeta un drôle de regard pour souligner le double sens possible. Mais il ne parut pas relever. Il était déjà très concentré. Il venait de stopper le véhicule devant un bosquet.

— De toute façon, un mec et une femme aux aurores, il n'y a que deux possibilités.

Il leva lentement son regard vers elle.

— Je t'écoute ?

— … Ou des amoureux, ou des joggeurs.

— Et on choisit quelle option ?

— La robe et les bottes ne laissent pas trop le choix, dit-elle en s'excusant.

— Reste plus qu'à te trouver un cheval pour que tu fasses de l'équitation… Je suis flic, tu sais… pas acteur.

Il avait déjà sauté hors de la Golf. Jamais ils ne s'étaient retrouvés à deux en filature. Ils devraient improviser. Normalement, ils étaient cinq, voire six quand le mec était chaud bouillant. Si le Gecko les croisait deux fois, amoureux ou pas, ils seraient tout de suite affichés. Et là, personne ne pourrait recoller.

— On garde les discrets si on doit se séparer, ajouta-t-il en remontant haut la fermeture Éclair de son anorak pour cacher le micro déporté et son oreillette.

— Mais tous les couples sont menacés de séparation !

Elle lui sourit de ce sourire qui aurait fait fondre n'importe quel XY de la brigade.

— *Vamos*, se contenta-t-il de dire. Et couvre-toi parce que Saint-Maurice, c'est pas Saint-Trop'.

46

Ranko tourna une dernière fois et se gara sur un petit parking non loin de la Marne. Il était suffisamment distant des grands axes pour ne pas attirer l'attention. Il récupéra sa prise de guerre sur le siège passager et fourra tout dans un sac à dos qui contenait déjà sa corde et du matériel pour l'escalade artificielle. Pas une âme à la ronde. Juste le bruit d'une voiture, au loin. Le champ était libre pour progresser. Il longea la rivière par un chemin goudronné qui menait jusqu'au confluent avec la Seine. L'eau de la Marne était boueuse et des troncs d'arbre surnageaient au gré du courant. Mais avant d'arriver au confluent, Ranko bifurqua dans les fourrés. Au printemps, des sans-papiers plantaient des tentes dans ce fouillis de verdure bordé de grillages troués comme leurs vêtements. Au lieu des jonquilles, ils faisaient fleurir des toiles cirées jonchées de canettes et de boîtes de conserve. Ranko en connaissait le moindre recoin, il aurait pu marcher les yeux bandés.

Il continua de s'enfoncer dans le bosquet, tenaillé entre chemin et route, pour rallier un petit sentier. Il serpentait entre les arbres, couvert de feuilles sèches.

Tout s'assombrit. L'air était plus frais, aussi. Mais les troncs d'arbre étaient ses frères : ils poussaient vers le haut et cherchaient un bout de ciel. Quelques pas plus loin, il croisa des platanes déplumés. Partout en dehors du sentier, le lierre se sentait comme chez lui. Il grimpait aux troncs nus et couvrait le sol, entre feuilles mortes et vieux pots de yaourt. Ranko n'aimait pas qu'on saccage la nature. Sur cette terre, songea-t-il, le plastique laisserait plus de traces que n'importe quelle célébrité.

À côté du chemin où les familles se promenaient le dimanche, ce lieu était étrange et sauvage. Une sorte de forêt qui reprenait ses droits, où chacun poussait comme il le pouvait. Là, plus de chances de tomber sur un paumé que sur une poussette. À contre-jour, les branches des arbres paraissaient tout emmêlées. Ranko guetta le moindre mouvement. Se faire agresser faisait partie des possibilités. Mais il ne conseillait à personne de s'y risquer.

Il s'arrêta un instant pour rééquilibrer son sac à dos. Son poids tirait sur les épaules mais rien d'inutile n'y logeait. Le poids était l'ennemi numéro un, dans le corps comme dans le sac. Un bon coq n'est jamais gras. Mais Ranko n'était plus très loin.

Son regard fit le tour, à 360°.

En face de lui, au milieu de la verdure, une chaise jaune comme un œuf dur hésitait entre trois platanes. Elle avait l'air d'un chien abandonné. Dans les trouées, des nuages roses s'accrochaient au bout des branches comme de la barbe à papa. L'odeur n'avait, elle, rien de sucré. La brise la ramenait de la Seine et de la Marne par bouffées. Elle se mêlait au végétal et c'était un peu écœurant, vaseux et putride, mais en même temps, l'odeur lui rappelait de belles parties de pêche. Près du pont de Charenton, il n'était pas rare qu'il remonte des perches, avec, pour seul témoin de ses exploits, un héron.

Il reprit sa progression et veilla à ce que les mousquetons de ses dégaines ne cliquettent pas trop à cause du ballant. Le bruit était impossible à supprimer et il s'entendait de loin. Attirer l'attention pouvait coûter cher, mais il n'aurait pu loger un briquet dans son sac, à cause des bijoux qui s'ajoutaient au matériel d'escalade. En même temps, marcher sur le lierre ruinait toute discrétion. Les passe-murailles n'existent que dans les films.

Quelques mètres plus loin, une branche de laurier-cerise faillit l'éborgner. L'arbuste avait de longues feuilles vernissées qui, avec le vent, s'entrechoquaient, et une branche cassée dont la pointe attendait Ranko.

Il avait eu de la chance. Sur sa joue gauche, du sang se mit à couler et il comprit qu'il s'était blessé. Du rouge goutta sur les feuilles mortes et il dut sortir un mouchoir pour comprimer l'entaille. Si la nature s'y mettait… Ranko releva les yeux vers le ciel au moment où un oiseau s'enfuyait. L'avait-il effrayé ? Ou quelqu'un le suivait ? Il prit une minute pour épier les bruits. Mais à part les feuilles et lui, rien ne semblait bouger. Par-delà le bosquet, on n'entendait que le bourdonnement des voitures sur l'autoroute.

Il se sentit comme un gosse en train de jouer à se cacher dans la jungle et à s'inventer mille dangers. Sauf qu'il n'était plus un gosse, que ce n'était pas la jungle et que le danger était réel. Il réfléchit encore et se demanda, au fond, ce qui était réel. Alors, il ne vit pas de différence entre ce coin de verdure et sa façon d'en faire un terrain de jeux.

Ranko continua son chemin sans cesser de se retourner.

Quelque chose en lui restait aux aguets.

Ne pas baisser la garde, jamais.

Il songea à tout l'argent qu'il trimbalait sur le dos et sa première idée fut qu'on tuait pour moins que ça.

Mais il ne se laisserait pas maîtriser, oh non.

47

Ils avaient juste eu le temps de le voir prendre le chemin de halage qui longeait la Marne. Devant la grille du Moulin des Corbeaux, une bâtisse bordée de platanes immenses qui se laissait à peine deviner, les deux policiers de la BRB repérèrent le monospace du Gecko, garé au carré. L'enseigne en fer forgé, à lettrage gothique, donnait le ton.

— Je t'avais dit qu'il faisait dans le bucolique, murmura Sébastien à l'oreille de Myriam.

Elle lui sourit, tout en dénouant ses cheveux. Elle les secoua et ce fut une tornade noire sur fond vert. Sébastien avait noté qu'elle ne lui avait pas pris le bras mais ils marchaient près comme jamais. Un inconnu les aurait taxés illico de Valentin et Valentine au bord de l'eau.

Ils laissèrent suffisamment de distance pour être toujours à deux doigts de perdre le Gecko. Chaque principe en filature relevait du bon sens. Il suffisait de l'appliquer.

Dès qu'ils s'étaient rapprochés de l'eau, l'air s'était chargé d'humidité. Le lieu sentait un peu le chien mouillé. Ils dépassèrent un kiosque vert, désert, avec des tabourets en fer. S'ils avaient joué les détectives en goguette en longeant les bosquets à pas feutrés, ils auraient été vite détronchés. Le tout était de faire oublier qu'ils se comportaient en policiers. Un voyou de métier considère déjà assez qu'il n'a que des flics au cul. Alors, autant ne pas lui donner les arguments d'en être persuadé, avait rappelé Seb.

La carte des amoureux était une bonne pioche — s'ils acceptaient d'y mettre un peu de souplesse. Pour le moment, ils veillaient à progresser le plus naturellement possible, en s'aidant de tous les obstacles qui pouvaient les cacher, sans s'y précipiter. Le Gecko avait quitté le chemin de halage. Il contournait un grillage doublé d'une haie de bambous en se méfiant de tout ce qui bougeait. Seb se cala derrière un réverbère en faux bronze et se pencha vers Myriam. Il la dépassait d'une tête.

— Tu sais quelle est la seule règle d'une bonne filoche selon le roi Kri Kri ?

— Non, dit Myriam en étouffant sa voix.

— « POUR VOIR, IL FAUT REGARDER. »

— Joliiii !

— Ouais, tout est dit.

Kri Kri. Un mec qui avait formé les policiers de Strasbourg à La Réunion. Un mec pour qui la filature, c'était surtout « du bon sens en temps réel ». Et qui vous rappelait qu'une seconde, une seconde et demie suffisait pour perdre son objectif. Kri Kri qui lui avait appris qu'il n'y avait que les mecs qui prenaient du Valium pour raser les murs et les fourrés — pas les policiers.

Des principes sains.

Qu'est-ce qu'il aurait dit, Kri Kri, s'il les avait vus réduits à deux pour suivre un pro comme le Gecko ?

Seb l'entendait déjà. Il aurait dit : « On ne s'en va pas à la guerre sans biscuit. »

48

Ranko redoubla d'attention et avança jusqu'à un tronc d'arbre effondré qui barrait le passage. S'être blessé une fois lui suffisait. Ce tronc était un seuil. Derrière commençait un autre monde, avec des bâches tendues sur des piquets. L'apocalypse de ceux qui n'ont rien, se dit Ranko. Cette pauvreté remettait les pendules à l'heure. Avec le froid, ce campement de fortune semblait déserté.

Semblait.

Les Yakoutes supportaient bien du – 40 °C en Sibérie et la banlieue de Paris, ce n'était pas la Sibérie. Un type pouvait sortir d'un fourré sans s'annoncer.

Il quitta le petit sentier qui serpentait à travers les arbres et parcourut quelques mètres. Sous ses baskets, le feuillage crissait comme des biscottes pilées. Les odeurs se firent différentes, plus animales. Ranko se courba en maintenant son sac d'une main pour passer sous le tronc où le lierre rampait. Sous ses yeux, le sol était criblé de sacs de chips vides, de bouteilles de Kro en verre et de tout le fatras qui va avec une vie de débrouille. Dans cette nature hivernale, les emballages prenaient des couleurs criardes.

Une punaise s'en foutait. Elle escaladait un stick déodorant sans se presser. Elle s'arrêta et ses antennes bicolores, qui ressemblaient à des baguettes de mikado, se mirent à bouger. Ranko s'immobilisa et observa sa carapace proche du cuir, le temps d'épier une dernière fois chaque bruit. Car il approchait du but. Avant de repartir, il caressa le bout des antennes de la punaise et lui murmura : « Toi aussi, tout le monde te dénigre. »

Quand il se remit en route, son pied dérapa sur un *Atlas 2000* bleu et il faillit se tordre la cheville. Il comprit qu'il était plus fatigué qu'il ne le pensait. Il se rattrapa en s'accrochant à une branche qui partait en portemanteau. Son contact était glacé mais elle était bien placée. Nom de Dieu de bordel de Dieu : qu'est-ce qu'un atlas de la France et du monde foutait en travers de sa route ? Il lui restait encore un grillage défoncé à enjamber puis à progresser en terrain découvert, jusqu'à des panneaux quadrillés. Là, il avait sectionné les tiges d'acier de l'un des panneaux à la pince.

Il fut vite au grillage puis se hâta de rejoindre les panneaux. En premier, il engagea son sac dans le trou, puis se faufila, souple comme une belette.

Alors, il déboula sur une double voie.

Personne n'arrivait.

Il se dépêcha de traverser, sauta lestement les glissières de sécurité qui séparaient les voies, et gagna en moins de deux son pilier.

49

Quand ils s'étaient enfoncés dans le bosquet, Myriam avait pris Seb par le bras. Il valait mieux se la jouer serré et se comporter comme deux amants qui se cachent des regards indiscrets. Elle avait même coincé sa robe en laine sous son anorak, dans le haut de son slip, pour la raccourcir et faire plus d'effet.

Plus ce serait indécent, moins ça ferait policier.

Le lieu avait perdu la sérénité des bords de Marne. Le chemin de halage quitté, ils trouvèrent des troncs intriqués, étranglés par le lierre sous la faible lumière. Le sol cumulait tout ce qu'une vie peut laisser de déchets. Sébastien avait raison. Le Gecko n'était pas comme les autres. Pas le genre à leur faciliter leurs surveillances pour qu'ils se contentent de poser une sonnette dans le café qu'il fréquentait ou dans son point de chute préféré.

Il ne fréquentait aucun café.

Il n'avait pas de maîtresse.

Le Gecko n'avait qu'une habitude : celle d'en changer.

Comme elle avait un peu froid, Myriam s'était rapprochée de Seb. Sans soleil, on gelait dans cette forêt. Seb, lui, n'arrivait plus à savoir où était la frontière du rôle de composition qu'ils s'étaient trouvé. Mais l'essentiel était l'ennemi, et leur ennemi était le sentier. Chaque pas sur les feuilles donnait l'impression de froisser du papier. Ils laissèrent du champ à leur objectif, jusqu'à ce qu'il ne soit plus qu'une silhouette.

Quelques mètres plus loin, Sébastien passa en premier. Le Gecko pouvait être armé et son instinct lui disait de protéger Myriam. Si quelqu'un devait essuyer le feu, autant que ce soit lui. Il fit signe à sa coéquipière de sortir les jumelles et de se méfier des reflets. Mieux valait s'en servir que de s'approcher.

Myriam avait compris. Un mauvais pas pouvait les dénoncer mais contourner les pots vides et les sacs revenait à du slalom géant. Elle venait d'éviter de rouler sur un pot de BIG BANG, un complément nutritif prétentieux qui promettait de faire d'un zombie un surhomme. Putain de produits protéinés.

Devant eux, entre les arbres, la silhouette du Gecko avait stoppé.

Quand elle le vit se retourner, Myriam sentit toute sa colonne qui se hérissait. Leur cible allait les repérer. Le naturel voulait qu'elle se jette sur Seb.

C'est ce qu'elle fit : elle se jeta sur Seb.

Pour être précis, elle le retint par une main, posa son autre main derrière sa nuque, et se colla à ses lèvres.

Si le Gecko les apercevait, il verrait un couple. Un couple enlacé.

Pas deux policiers.

Myriam sentit un parfum autre que le sien, et, sur son front, les mèches de Seb, raidies par le gel.

Son corps aussi avait quelque chose de raide, comme un chat sauvage qui se ferait coincer.

Le tout dura quelques secondes.

Pauvre petit chat.

Quelques secondes qui figèrent la forêt.

Le cœur de Myriam battit tant qu'elle eut peur qu'on n'entende plus que ça.

Un cœur qui battait. Un cœur dans la forêt.

Quand elle le relâcha, son équipier ne montra rien. Il murmura juste, en se dégageant de sa main :

— Quelle poigne, Myriam !… Quelle poigne…

À ses pieds, Myriam vit du sang sur les feuilles. Du sang frais.

La récompense du baiser ? La raison profonde de cet arrêt ?

Elle sourit à la chance, elle sourit à la vie, et sortit délicatement une enveloppe administrative de sa poche.

Seb la vit déposer la feuille ensanglantée au fond de l'enveloppe, comme un trophée.

C'en était un.

Ils échangèrent un regard — sans un mot.

Un silence qui cachait un feu d'artifice qui crépitait.

Et comme le Gecko avait repris sa progression, ils continuèrent de marcher.

50

Le Bis était là, au-dessus de ses yeux. Son bureau de plein air, niché dans le béton, insoupçonnable. Sa planque principale. Longtemps, Ranko avait réfléchi à la question. La plupart des hommes ont besoin de savoir leurs richesses à portée de main. Toucher les rassure. Voire calme leur tachycardie.

Mais c'est leur point faible aussi.

La proximité.

Les meilleures planques sont les lieux que tout le monde voit sans jamais les questionner. Question désintérêt, les ponts en béton font l'unanimité. Personne ne demande à voir un pont autoroutier. Ce n'était pas là que les couples illégitimes viendraient roucouler. Dans le bosquet, peut-être, mais pas là, au milieu des voies. Même les drogués n'aimaient pas ce chaos bruyant. Pourtant, sur ce pilier, il y avait de quoi se la couler douce pour des années.

Ranko leva les yeux vers son perchoir. En haut, les voitures bourdonnaient. Le pilier était en forme de T dont le fût aurait été démesuré. Avec un espace entre la bretelle aérienne et la dalle haute du pilier, où il se glissait et planquait sa fortune. En lui-même, ce pilier était nervuré. À force de tous les inspecter, il avait fini par dégoter ce dernier, qui présentait une belle fissure.

Il l'avait équipé. De l'escalade artificielle, avec des petits coinceurs biseautés, deux paires d'étriers et des crochets Cam-hooks, indispensables pour les fissures peu profondes. Ranko se lança dans les six mètres d'ascension et s'il y avait eu quelqu'un pour l'observer, il aurait compris d'emblée pourquoi on l'appelait l'Araignée. Tout était souple chez lui et d'une incroyable efficacité.

Un homme qui se promènerait à la verticale.

Avant d'arriver à la table bétonnée, le chevêtre était en léger dévers et Ranko dut faire un jeté. Il se rétablit et se redressa sous le tablier du pont, dans un espace où il n'aurait pu tenir assis.

Là, il prit le temps de souffler.

À l'ombre du tablier, le froid semblait piégé. C'était inconfortable, sombre et inhospitalier, poussiéreux à souhait, ouvert aux vents et au rugissement des voitures — parfait. Il rampa jusqu'au fond. Son refuge sentait la vieille grotte à chauves-souris et il en avait plein le nez.

Dans une cache qu'il avait aménagée, avec mille soins, il déposa son butin et se trouva un côté pie voleuse. Même si le Bis n'était fréquenté que par les hirondelles. Aux beaux jours, il partageait sa cache avec leurs nids en forme de boule presque fermée. Elles aussi avaient le sens du secret.

Ranko ouvrit le sac une dernière fois. Dans cette grisaille, les bijoux jetèrent mille éclats.

La vraie vie était là.

La fortune et la liberté.

Maintenant, il fallait redescendre.

Chez les autres.

En bas.

51

Myriam et Sébastien avaient eu un premier choc en voyant le Gecko courir sur les glissières. Ils en eurent un deuxième quand il grimpa au pilier.

Pour être franc, durant cette matinée, des chocs, ils avaient dû en vivre trois.

Mais l'un ne rentrait pas dans le comptage officiel.

Arrêtés au niveau du premier grillage, les genoux dans le lierre et les yeux écarquillés, ils regardèrent le Gecko.

Un phénomène. Le Gecko était un phénomène.

Personne n'aurait pensé à faire l'écureuil en haut d'un pilier.

— Bon, je crois qu'on a trouvé l'une de ses planques…

La voix de Seb s'était faite douce, en dépit de l'excitation qui montait. Myriam remarqua qu'il avait du mal à ne pas se tortiller tant il avait envie de bouger. Il avait brandi un reflex numérique Canon Eos et il mitraillait chaque détail comme un paparazzi.

Myriam était gelée et ses doigts peinaient à garder en main les jumelles. Jamais elle ne l'aurait avoué. Elle aurait dû prendre des mitaines.

Dans les oculaires, elle guettait la réapparition du Gecko.

À nouveau, elle songea que leur casseur avait son mode de vie, son mode de pensée.

Le géant avait escaladé le pilier comme une fusée. Maintenant, il était tapi au sommet. Tel un lézard, il s'était glissé au-dessous du tablier et plus rien ne dépassait.

S'ils n'avaient pas assisté à la scène, ils n'auraient pu le trouver. Ils auraient été persuadés que l'objectif s'était volatilisé.

Non, le Gecko était juste perché.

Au-delà des regards, au-delà de la pensée.

Hors de portée.

52

Ranko n'avait rallumé son portable que sur le chemin du retour vers Paris, au niveau de l'Institut médico-légal. Dans la rue, les gens commençaient à sortir, en mode pôle Nord.

Il s'étonna qu'Astrakan l'appelle de bon matin. Qu'est-ce qu'il lui voulait ? Lui qui se réveillait d'ordinaire quand tout Paris en était au déjeuner.

Ranko se gara près du port de l'Arsenal. Les bateaux s'alignaient côte à côte comme pour se tenir chaud. Il se saisit de son portable pour vérifier. Une notification lui demandait de rappeler son répondeur. Ranko n'aimait pas le téléphone.

Le téléphone était comme les associés. Il filait la vérole.

Crispé, il tapa sur le raccourci.

Il regarda droit devant lui, à croire qu'Astrakan allait se matérialiser au bout de son nez. Pour occuper sa nervosité, il fit des ciseaux avec ses jambes.

Le message était du pur Astrakan. Au creux de son oreille, Ranko entendit : « Rendez-vous à 10 heures au square en face d'Arts et Métiers. »

La réponse fut du pur Ranko aussi : « O.K. »

★

Avec Astrakan, la ponctualité s'imposait.

Dix heures sonnaient qu'il était déjà installé, sur un banc double isolé, dans un long manteau en cachemire qui l'emmitouflait.

Ranko poussa le portillon d'entrée à 10 heures pile, en survêtement et anorak matelassé kaki. Une capuche sombre lui donnait un air de moine soldat.

Il était venu au trot, en traversant les ruelles désertes du Sentier où des sacs bourrés de tissu, éventrés, gisaient à chaque coin de rue.

Astrakan avait parfaitement remarqué l'arrivée de son neveu mais il ne bougea pas d'un millimètre.

Dans le coin opposé, un type à bedaine balayait des feuilles.

Le boss avait choisi son positionnement : à l'angle d'une petite rue et du boulevard de Sébastopol. Ce boulevard traversait Paris du centre au nord et il n'y avait pas estafilade plus bruyante. Pour couvrir les conversations, on ne faisait pas mieux.

Ranko ôta sa capuche et l'observa depuis l'entrée. Le boss se tenait, tête haute, à cent lieues de la cloche habituelle, jambes allongées et mains dans les poches. À sa droite, un bout de gant en cuir dépassait des poches bleu marine. Derrière le banc, un tuyau jaune courait au sol et Ranko aurait bien voulu savoir ce qu'on arrosait en plein hiver. Astrakan devait se geler autant qu'un bloc de glace dans le congélateur mais il n'en montrait rien. Face à lui, les arbres étaient aussi nus que les lampadaires.

La poussière du sol avait déjà poudré ses bottes à glaçage de couleur. Un modèle qu'on ne croisait que dans les beaux quartiers. Elles montaient à mi-hauteur, avec des reflets émeraude. Ranko savait qu'elles ne resteraient pas empoussiérées longtemps. Son oncle était un esthète doublé d'un maniaque, une espèce redoutable qui ne laissait rien de côté. Ranko lorgna sur ses baskets et l'effet ne fut pas le même. Déjà deux semaines qu'il se répétait qu'il fallait en changer.

Avec son bonnet à grosses côtes, son oncle était méconnaissable. Le Serbe prenait un air islandais. Ranko sonda sa mémoire mais ne se rappela pas l'avoir déjà vu avec un bonnet. Craignait-il tant que ça d'être reconnu ? Où étaient One et One ? La paire carrossée faisait partie de la panoplie d'Astrakan, ils ne pouvaient qu'être positionnés dans un cercle resserré. En même temps, être entouré de deux armoires à glace aurait affiché la couleur d'emblée.

Coup d'œil circulaire et Ranko aperçut l'Audi S8 noire de son oncle de l'autre côté de la haie, avec One le Blond au volant et One le Brun à ses côtés. Derrière les vitres semi-teintées, on devinait leur profil. Les chiens de garde patientaient, garés près de l'escalier en pierre de la Gaîté-Lyrique, un beau bâtiment à balustrade qui en jetait.

Ylana était sûrement là.

Sur le boulevard, les voitures passaient à jets réguliers, propulsées par un invisible flipper. Pourquoi son oncle ne lui avait-il pas donné rendez-vous dans l'Audi ? Ses fesses devaient être moins rodées aux échardes du bois qu'au cuir neuf qui craque.

Non, Ranko ne comprenait pas l'esprit de ce rendez-vous inopiné.

Il avait hâte d'être éclairé. Le futur, avec Astrakan, était toujours une urgence au carré.

Dehors, c'était la Sibérie et pas un mordu du

running matinal ne courait les rues. Seul un homme promenait un gros chien noir. Ranko n'avait jamais été bon pour déterminer la race des chiens, mais il vit tout de suite que c'était le chien qui promenait l'homme.

Ranko s'avança vers son oncle, sans hâte inutile. Il refusait d'avoir la démarche d'un affamé. Même un loup a sa fierté. Avant tout, il se gardait la possibilité de décliner. Poliment. Si Astrakan lui proposait une nouvelle association, ce serait *niet*. Direct.

Sur la terre gravillonneuse, ses baskets firent autant de bruit qu'un mec qui se goinfre de popcorn dans une salle de cinéma. Mais Astrakan ne se tournait toujours pas.

Simplement parce qu'il était le genre de tyran qu'on vient saluer.

Ce n'était pas lui qui venait à vous. Jamais.

Son comportement, il devait l'avoir appris à l'école de Napoléon. Son oncle avait la mentalité d'une tige d'acier.

Ranko vint se poster devant Astrakan et lui fit de l'ombre. Les mèches, dorées grisées, qui sortaient du bonnet, furent privées de reflet.

Astrakan retira le gant de sa main droite et lui serra la main. C'était là aussi Astrakan. Une saloperie de tyran — mais élégant.

Sa main était glacée.

— Je t'écoute, dit Ranko.

Et il planta ses yeux gris dans ceux d'Astrakan. Astrakan le considéra un instant. Au-dessus de Ranko, des nuages passaient. La teinte exacte du regard de Ranko.

— Tu n'as pas l'air frais.

Les yeux gris restèrent imperturbables, guettant la suite.

— Tu as travaillé, cette nuit ?

Ranko haussa une épaule. Ce qu'il tramait la nuit ne regardait personne, pas même son oncle.

— Ouais, tu as travaillé, dit Astrakan, comme s'il se passait de la réponse.

— Je t'écoute.

La voix de Ranko était posée.

— Et tu as *bien* travaillé ? lança Astrakan, obstiné.

Comme tous les tyrans, les dés, c'était lui qui les jetait.

— Pas mal. Je ne sors pas pour m'amuser.

— « Ceux qui travaillent n'ont pas peur de la faim », comme on dit chez nous. Assieds-toi.

De sa main gantée, Astrakan tapota le banc à ses côtés.

— Dis-moi, Ranko, tu boxes toujours ?

Ranko ramassa une brindille et se mit à gratter le sol.

Il finit par hocher la tête.

Affirmatif.

Il boxait toujours mais il manquait de partenaire. Se sociabiliser n'avait jamais été son fort. Et aujourd'hui, la boxe, c'était le grand barnum. Astrakan approuva, satisfait, et dans sa voix, Ranko crut percevoir une excitation qui l'empêchait d'évoquer là, maintenant, le sujet qui le brûlait. Il ne voulait plus travailler en association. Plus jamais. Entre ses doigts, la brindille se cassa.

Le moment d'en parler ne lui parut pas approprié.

Astrakan le prit par une épaule.

— Tu es content de la répartition ?

Le flipper des voitures sur Sébastopol couvrit le

début de la phrase. Mais il n'y avait pas mille possibilités. Son oncle évoquait l'attaque du convoi. La brèche était peut-être là. Mais Astrakan l'attirait sans doute vers un autre sujet.

Ranko dit oui. Il n'allait pas dire non. Il avait empoché un bon paquet et Astrakan s'occupait de revendre la joncaille.

— Parfois, reprit son oncle, je me demande ce que tu en fais.

Ranko consulta sa montre. Volée. Une IWC Portugieser, plutôt sobre, avec fond transparent en verre saphir et calendrier perpétuel. Il l'avait adoptée car elle affichait les phases de la lune.

— Mais ce ne sont pas mes histoires, pas vrai ?..., ajouta son oncle. À chacun les siennes.

Astrakan se redressa pour se caler contre le dossier du banc. À sa façon de chercher sa position, on voyait que l'inconfort l'insupportait. Mais il prenait sur lui. Dans son intérêt.

— Garçon, continua-t-il, je voulais aussi te dire que cette répartition avait été revue à la hausse.

Ranko haussa un sourcil. Ce n'était pas dans les habitudes de la maison.

— En quel honneur ? dit-il.

— Parce que Mitch s'est retiré de l'affaire. (Il consulta sa montre.) À l'heure qu'il est, Mitch n'est plus. Il a préféré le pissenlit à l'oseille.

Astrakan fit autant sourire son neveu qu'il l'inquiéta. Il alluma une cigarette et Ranko n'en revenait pas qu'il ne s'en soit pas déjà grillé une. Astrakan et les cigarettes... Son oncle fumait tellement qu'il ne pouvait ni prendre l'avion ni aller voir un opéra. Quant aux cafés... Ranko se remémora une scène au *Lutetia*, une scène pas si lointaine, qui remontait à l'automne dernier. Son oncle était en terrasse, une terrasse intérieure, vitrée, avec une souris qu'il était en train de pêcher. Elle avait une robe à bretelles si fines que le vent aurait pu les souffler. Son oncle lui proposait de venir voir son jacuzzi — parce que 90 % des femmes disent oui. Il avait commandé un whisky pour lui, un verre de bourgogne pour elle, et demandé un cendrier pour fumer. Le serveur avait pris un air gêné pour lui rappeler qu'il était interdit de fumer, qu'il était désolé.

Astrakan ne s'était pas démonté.

Il avait voulu parler au manager. Cinq minutes après, Astrakan louait la terrasse entière du *Lutetia*, juste pour se payer le droit de fumer. Sa table donnait rue de Sèvres et, derrière la baie vitrée, les passants n'en revenaient pas. Ils foudroyaient Astrakan du regard.

Alors un café lui coûtait cher, à son oncle.

— Si tu as froid, on peut aller dans l'Audi… Tu as couru ?

Fidèle à sa réponse préférée, Ranko hocha la tête.

Astrakan sourit.

— C'est bien de garder la forme… C'est bien, Ranko… Moi, je fume, je bois, mais le cancer ne veut pas de moi.

Il arracha un rire bref à Ranko. En Serbie, on donnait bien de l'eau-de-vie à une femme qui accouchait. La grand-mère de Ranko, Militza, avait, elle, un âge canonique et buvait chaque matin et chaque soir son verre de *šljivo*, de la prune bien secouée. Elle continuait à pétrir et étaler elle-même le *slavski kolač*, le pain de fête de la Slava, décoré du signe de croix, avec une boîte de conserve, et ne laissait personne l'aider. L'alcool conservait bien les fruits alors pourquoi pas les hommes ?

Takovo était loin.

Ranko observa du coin de l'œil Astrakan.

Son oncle demeura silencieux, occupé à étudier le type qui balayait. Il formait des tas ridicules, qu'il ne ramassait pas. Astrakan tiqua.

— Putain, je te parie que c'est un de ces enfoirés de flics. Vingt minutes qu'il se démène avec un râteau. Un peu plus et ce nigaud va s'empaler avec. Je suis sûr que c'est un flic. T'en connais beaucoup, toi, des balayeurs qui ne balaient pas ?

Ranko considéra le balayeur puis les tas. Il plissa les yeux. Non, pour lui, ce n'était qu'un glandeur comme la société en produisait à la pelle. Le mec avait les épaules rentrées du type qui n'est pas fier de son métier. Pour Ranko, ces épaules parlaient. Elles le trahissaient.

— Non, ce n'est pas un flic.

— Tu crois ?

— Je crois.

— J'aurais pourtant juré que…

— Ne jure pas. J'en suis sûr.

Son oncle faisait des efforts démesurés pour parler bas. Souvent, il se moquait des Français qui parlaient comme au confessionnal, il disait : « Les Français, c'est pschitt-pschitt et bla-bla-bla. » Eux, ils avaient du coffre, ils avaient de la voix. Ranko savait qu'il ne tiendrait pas longtemps à ce sous-régime-là.

— Écoute, dit Astrakan en gardant à vue le balayeur et en baissant encore la voix. J'ai quelque chose à t'offrir.

— À m'offrir… ?

L'œil de Ranko s'alluma. Il détestait ce mot. Le bouquet cachait le licol.

Astrakan leva la main et claqua des doigts. Un bruit de portière et One le Brun apporta un paquet. Il salua Ranko de deux doigts joints qui frôlèrent sa tempe, et repartit. Sans un mot. Le paquet était entre eux, sur ce banc écaillé, et Ranko se méfiait.

— Ouvre, animal.

Ranko repoussa la boîte. Le papier noir glacé qui l'enveloppait brillait.

— Je ne suis pas sûr d'aimer les cadeaux...

— Ranko... Tu refuses ce que tu veux mais pas ce qui vient de moi.

Ranko hésita. La conversation tournait au bras de fer et un Serbe était têtu comme un Breton. Il détestait qu'on le contraigne. Des années de résistance aux Turcs et aux Autrichiens nourrissaient les gènes.

— Ranko... Ne tape pas sur la paille vide. Ouvre.

Il parlait à sa langue, il parlait à son cœur. Un rai de lumière s'attarda sur le banc et rendit le paquet moins sombre. Sans conviction, Ranko en déchira le papier.

Ses mains dégagèrent une jolie boîte en noyer.

Ranko en pressa le fermoir doré. Le bois était un peu comme le banc : rayé. Cette boîte avait fait son temps. Aucun doute : elle avait déjà appartenu à quelqu'un. Ranko releva le couvercle et pensa à un mythe dont le nom lui échappait. Une femme qui libère des fléaux en ouvrant un coffret. Parmi eux, il se souvenait de la folie et de la guerre.

Le vent souleva la poussière et les baskets de Ranko eurent l'air encore plus sales.

En lui, les sentiments, comme la poussière, tournoyaient. Il allait encore se faire enduire de miel, il le sentait.

Astrakan lui sourit, avec un petit hochement de tête, pour l'encourager à continuer.

Ranko ouvrit la boîte.

Les pièces claires prirent immédiatement la lumière.

★

C'était un jeu d'échecs.

— Il a appartenu à Svetozar Gligorić, précisa Astrakan. Maintenant, il est à toi.

Ranko soutint le regard d'Astrakan. On n'entendit plus que les voitures. Non loin, l'une d'elles klaxonna. Ranko frissonna : il n'avait que deux modèles, Edlinger et Gligorić.

Svetozar Gligorić.

Le grand maître d'échecs serbe.

Ranko prit une pièce dans ses mains et la serra. Le Roi. Gligorić était mort en laissant une légende derrière lui. Celle du type qui se forme en épiant des joueurs à une terrasse de café. Et qui se taille des pièces dans des bouchons de vin.

Le jeu était superbe. Tout en ambre.

Tout.

Des pièces au plateau, avec des lions taillés pour pieds. Et des tiroirs semblables à ceux qu'on trouve dans les boîtes à bijoux.

C'était insensé.

Chaque pièce était vivante comme la chevelure d'une Vénitienne et renvoyait mille feux.

Plus rien n'existait. Ni Sébastopol ni Astrakan. Que la main fantôme de Gligorić sur l'échiquier.

À nouveau, une voiture klaxonna.

Ranko voulut sourire mais il dit :

— Qu'est-ce que tu veux ?

Astrakan ne le lâcha plus des yeux.

— Que tu te battes. Un combat.

— ... Boxe ?

Astrakan acquiesça puis corrigea :

— ... et échecs... Boxe et échecs.

— Je ne comprends pas.

— Tu connais Enki Bilal ?

Qui ne connaissait pas Enki Bilal dans les Balkans ? L'artiste était un croisement bosniaque-tchèque et Ranko était serbe mais l'art mettait tout le monde d'accord. D'ailleurs, Bilal avait peint une toile à quatre mains avec le grand peintre serbe Veličković. Et le plus dingue de tout : Veličković avait découvert qu'il habitait à Belgrade la maison où Bilal était né, au deuxième étage.

Astrakan était diabolique.

Ranko le dévisagea longuement.

L'âme d'Astrakan lui parut aussi nue que les troncs d'arbre l'hiver.

Puissante et tortueuse.

Géniale et inquiétante.

Astrakan se tourna vers lui et s'empara d'une tour qu'il fit passer d'une main à l'autre. Il en avait oublié le balayeur. Puis il posa la tour et tripota la reine. Tout en lui allait très vite.

— Bilal a créé un sport complet. Le chessboxing. Dans l'une de ses BD, ne me demande pas laquelle.

Astrakan se souvint que même Ylana avait été incapable de se remémorer laquelle.

Mais Ranko eut des yeux de chat. Bien sûr. *Froid Équateur*. C'était dans *Froid Équateur*. Pas une planche de Bilal qui ne l'ait fait rêver. Et cauchemarder. Le type avait le don de vous transporter dans la quatrième dimension en trois coups de crayon.

Comment le rêve d'un dessinateur avait-il pu devenir réalité ? Ça le dépassait.

Il n'osait imaginer la suite. Pourtant, il la devinait.

Ranko quitta sa raideur et écouta. Il n'avait pu lâcher l'échiquier.

— Ranko… C'est la chance de ta vie. La chance de ta vie parce que tu es un guerrier. Que tu es un être hors normes… Non, ne le prends pas comme ça. Je pèse mes mots, Ranko. Regarde-moi. Je sais que tu te méfies de moi, mais moi, j'ai toujours eu confiance en toi…

Pour Ranko, les compliments étaient le terrain le plus glissant. Qui mérite pleinement des compliments ? Son regard tomba sur ses baskets et ne se releva pas.

En même temps, sa fierté était touchée.

Ce discours, pourquoi son père ne l'avait-il jamais tenu ? Ranko n'en exigeait pas tant. Non, pas même le dixième de cette estime-là, Ranko se serait contenté de quelques mots. Mais des mots comme l'ambre. Qui flamboient.

Au lieu de l'indifférence — et des coups.

Astrakan sentit qu'il le ferrait, et il continua :

— Ranko, écoute-moi bien. Le 1er février aura lieu le premier combat de chessboxing. Aux Champs-Élysées, Ranko. Aux Champs-Élysées. Pas dans une salle de merde au fin fond du 9-3. Chez Artcurial, Ranko, tu m'entends ? Art-cu-rial, oui. La maison d'enchères. Ne fais pas ces yeux-là… Je sais ce que tu penses : qu'ils ne sont pas du même bois. Mais c'est là que tu te trompes. Car tout ce beau monde n'a pas ce que tu as… Ranko, relève la tête ! REGARDE-MOI ! Le combat opposera le champion en titre, l'Allemand Frank Stoldt, contre Leonid « Scorpène ».

Ranko sortit de sa réserve.

— Un Russe ?

Astrakan balaya la question de la main.

— Un mec de Biélorussie…

Son oncle rebondit sur le banc et s'approcha. Maintenant, leurs deux fronts se touchaient presque.

— J'ai tous les moyens de neutraliser Frank Stoldt au dernier moment et de t'imposer. Tu sais combien j'ai le bras long…

— Je sais… (Ranko hésita.) Mais le mec n'est sans doute…

— Catégorie des lourds-légers, comme toi. Si tu n'as pas bougé de poids… Six rounds éclair d'échecs, cinq rounds de boxe. Le combat sera un prélude à une vente de prestige qui aura lieu le 23.

— Février ?

— Février. Bilal offrira une peinture acrylique de 2013, *Chessboxers with black horse*, qui sera présentée le 1er et vendue aux enchères le 23.

Ranko fronça les sourcils.

— Mais tu veux quoi ? Que je combatte… ou que je vole la toile ?

Astrakan reposa la tour sur l'échiquier et tint ses deux mains en l'air, écartées.

— Les deux.

— Les deux…, répéta Ranko en hochant la tête. Il lui fallait le temps d'absorber toutes ces informations.

Astrakan ajouta :

— Tu vas les mettre en confiance, obtenir tous

les renseignements, où est l'atelier de Bilal, s'il y travaille souvent, tu vas me dire ce qu'il y a à voler là-dedans, tu m'entends ? Je veux savoir si *Chess-boxers with black horse* restera chez Artcurial entre le 1er et le 23. Tout. On va faire une razzia. Je sais que rien ne te plaît plus que de voler ce qui est beau. Crois-moi, Ranko, personne ne se doutera que le typhus vient de toi. Pas d'aussi près, pas du cœur du sujet…

Son oncle se frotta les mains, comme s'il avait froid. Il jeta un regard en arrière, en direction des deux One.

Toute son attention revint sur Ranko. Le champion réfléchissait, dépassé par la soudaineté de l'offre.

Astrakan lui adressa une tape amicale dans le dos.

— Ça phosphore dans le Bosphore ?

— … Quand dois-je te répondre ?

— Hum… (Astrakan se frotta le menton et regarda sa montre.) Là. J'oubliais… Je ne te demande pas de gagner. Juste de mettre toutes les chances de ton côté pour savoir, souviens-toi, où sera entreposée la toile entre le 1er et le 23. Et de lever ce putain d'atelier de Bilal. Je me doute que ça ne se fera pas les doigts dans le nez… S'il y a d'autres pièces majeures, je te le redis, je veux que tu nous déménages tout. J'ai de gros acheteurs, sois-en assuré.

Il se reprit :

— De gros acheteurs… et une bonne raison.

— Laquelle… ? risqua Ranko.

— Une raison déraisonnable…, sourit Astrakan.

Et il captura la reine dans sa main.

Ranko leva la tête au ciel tandis qu'Astrakan se

redressait. Le soleil s'était embroché dans les frondaisons des marronniers.

Avant de rejoindre One et One, son oncle se retourna.

— Dis-moi, Ranko, il te plaît, cet échiquier ?

— Il me plaît…

Alors Astrakan lui lança la reine, et il la rattrapa.

— Viens chez moi ce soir… À… mettons 20 heures.

— Par l'ascenseur ou par les toits ? sourit Ranko.

— Je te connais assez bien pour savoir que la question ne se pose pas. T'es le fils du ciel, toi.

53

Foyer de l'ancien théâtre de la Gaîté-Lyrique, dit foyer de l'Impératrice Eugénie. Du style Second Empire qui transpire des murs au plafond. Suarez avait fait grimper sans faiblir les escaliers à Marc Dondey, le directeur général. De quoi se réchauffer. L'homme était fin de corps et d'esprit, pragmatique et discret. En veste et chemise chaude rayée, mais sans cravate. Coupe de cheveux courte, mèche qui se fait la malle — la netteté sans la raideur. Suarez l'avait catalogué comme l'opposé d'un Marcin. En haut, Dondey avait mené Suarez dans cette salle historique du foyer sans prendre le temps de respirer. Suarez découvrait pour la première fois la salle vide. Un lieu fantasque, entre le faste et le carton-pâte.

Leurs pas avaient craqué sur le parquet à chevrons tandis que le directeur lui racontait qu'après avoir été le temple du mélodrame, puis un Opéra, la Gaîté était devenue un parc d'attractions. *La Planète magique*. Stéphan Suarez avait jeté un regard circulaire au déluge d'ornementation. Deux ans avaient suffi à la « Planète magique » pour faire faillite et détruire la grande salle à l'italienne. Il avait hoché la tête en mémorisant les angles d'observation. Le directeur avait voulu redonner vie au lieu et l'avait ouvert *à tous les champions de la transgression*. Suarez se demanda s'il faisait partie de la transgression. Dehors, ses hommes se positionnaient. Nickel. Le piège se resserrait. Il se rapprocha des portes-fenêtres pour ne plus les lâcher. Ces fenêtres le magnétisaient. Elles laissaient la part belle au ciel — et à la surveillance.

Quelque chose allait arriver, là, sous ses yeux.

Quelque chose qu'il avait attendu, cent fois espéré.

Enfin, il verrait le Gecko. Le Gecko au contact.

Enfin, il leur cédait un pan de son univers.

L'espoir revenait.

Durant trois mois, le groupe ne l'avait vu qu'avec une cloche, sur les Champs-Élysées, et chez un antiquaire qui devait lui servir de fourgue, vers la gare de Lyon. Pas de quoi fanfaronner. Mais là, le rendez-vous avait un goût particulier. Un numéro inconnu, et le Gecko qui réagit au quart de tour, comme au garde-à-vous.

Suarez flairait du gros gibier.

La Gaîté offrait du grand spectacle, du vrai de vrai.

Il se retourna un bref instant. Le directeur restait, comme souhaité, au fond de la pièce pour lui parler. Sans dévoiler le fond de sa pensée, Suarez lui sourit.

Pour une fois, il se sentit au bon endroit, au bon moment. Désormais, il devait se concentrer. Il fit signe au directeur que tout était O.K. et lui répéta l'importance de ne rien ébruiter. Une phrase, et tout pouvait capoter. Dans ces moments-là, il le savait, rares étaient les personnes qui comprenaient qu'on n'était pas dans une série télévisée.

Au téléphone, il était resté discret. Le directeur n'avait pas fait trop de difficultés. La vérité n'était pas le sujet : Suarez s'était fait passer pour plus petit qu'il n'était. Il n'allait pas attirer la curiosité avec une brigade prestigieuse. Il avait annoncé qu'ils travaillaient sur un dangereux pédophile. Personne n'a envie d'avoir un dangereux pédophile dans le square d'à côté, et même le citoyen lambda veut qu'il soit arrêté. Ensuite, il avait précisé qu'il n'y en aurait pas pour longtemps car personne n'aime garder la police dans son pré carré.

En cette heure matinale, la salle du foyer lui faisait la faveur d'être déserte. Lorsqu'il était venu, un an auparavant pour un concert, il ne savait pas où poser son verre. Contrepartie : il n'aurait pas droit à l'erreur, aucun public pour se fondre et se dissimuler. Il pourrait seulement compter sur les délirantes colonnes, saumonées-dorées, pour l'aider à se planquer.

Suarez quitta le directeur sur une franche poignée de main et le remercia pour son aide. En partant, M. Dondey fit croustiller le parquet. Il souhaita bonne chance à Suarez :

— Tenez-moi au courant… Mais je suis confiant — la Gaîté ne va pas avec les mauvaises nouvelles.

Élégant. Et optimiste. Voilà ce que se dit Suarez.

Ce dernier se retrouva alors seul. Dix-huit mètres de façade, cinq arcades, des portes-fenêtres immenses et une ambiance de mausolée, rien que pour lui. D'ici, le bruit de la ville ne faisait que bourdonner. Ce quasi-silence donnait une forme de solennité. Suarez se trouva une place peu exposée, entre le mur à frises végétales en relief et une colonne. Il n'osa rien toucher. Prenant une profonde inspiration, il essaya de calmer son impatience et en resta à l'intention. Un flic de PJ demeure le plus patient des impatients, point. Depuis le premier étage, il apprécia la plus belle vue de Paris. Non pour mirer le conservatoire des Arts et Métiers ni les frondaisons des arbres du square, mais pour être au premier rang.

Au premier rang de l'arrivée.

★

Pourtant, ce matin, rien ne paraissait gagné. Au bureau, il s'était énervé. Personne n'arrivait à dégoter une moto pour assurer la filature matinale du Gecko. Toujours la même rengaine. Le manque de moyens, le manque de disponibilité, les pannes. Et quoi encore ? Ses hommes n'étaient heureusement pas des abonnés à l'arrêt-maladie. La BRB, ce n'était pas la poste. Mais une filoche à deux dans une voiture, qui n'aurait pas tiqué ? Myriam et Sébastien s'en étaient bien sortis. Les mauvaises conditions portent parfois chance et Suarez leur avait tiré son chapeau : ils avaient logé la cache du Serbe.

Le principe des enfants gâtés en inversé.

Suarez se raccrocha à cette première victoire. La journée se plaçait sous de bons auspices, il fallait continuer. Il repensa au directeur de la Gaîté. Diriger, c'était avoir de l'optimisme pour tous.

Myriam et Seb lui avaient expliqué l'incroyable planque, « le pilier du vautour ». Yannis était arrivé pour dire que le Gecko avait reçu un SMS pile quand Suarez se grattait la tête pour trouver le moyen d'accéder au pilier. Mais quel homme serait capable d'y grimper ? Lui-même avait beau être sportif, il ne se sentait pas de taille à rivaliser. Au moment où Yannis lui retranscrivait le message, il réfléchissait : si personne à la BRB n'y arrivait, il pourrait toujours demander à l'ennemi héréditaire : la BRI. L'antigang avait un groupe varappe. Ou, dans le pire des cas, à une société de laveurs de carreaux. La solution existait. Ils ne pouvaient se permettre de ne pas vérifier.

Le SMS l'avait détourné de ses pensées.

Yannis avait continué. Le portable du Gecko était rarement allumé. L'homme brillait par sa méfiance et son sens du secret.

Alors le rendez-vous, personne n'allait le manquer.

Myriam et Sébastien étaient revenus pour ne pas se griller inutilement. À deux seulement, c'était trop risqué de continuer. De toute façon, on savait où irait le Gecko. S'il voyait la même personne deux fois dans la journée, le duo pourrait aller se coucher. Tant qu'ils ne s'étaient pas fait lever… Stéphan avait insisté : « Si un individu lambda croise la même personne deux fois dans la journée, il va déjà penser que ça force le hasard, alors quand c'est un parano de première, ce langage est pour lui plus que clair. Rentrez. »

Le tandem de l'aurore était loin d'être rentré bredouille. En plus du pilier, Seb et Myriam avaient trouvé du sang. Une trace à exploiter. Et de sérieuses chances de penser que c'était l'or rouge du Gecko.

Au téléphone avec Dino, son favori à l'IJ, Suarez avait vibré :

— Dino, tu me fais l'identification ADN de cette trace au plus vite. Et passage au FNAEG pour voir s'il est connu.

En priant pour que le FNAEG, le fichier, ait envie de parler.

Le groupe avait planché sur le dispositif de

surveillance. Tous participeraient. Ils avaient sorti des plans et quadrillé le quartier. Suarez avait fait des ronds et des croix au marqueur pour les positionnements. À l'ancienne. Tout ce qui est vu serait balayé et laisserait le champ libre à l'intuition.

Ensuite : un square, ça sous-entendait des jardiniers. Quelqu'un devait se dévouer. Suarez n'attendit pas le dévouement et il désigna Greg Brocas. Greg le flabellum. Greg n'avait pas eu le rôle le plus facile mais la tête de l'emploi. Suarez lui avait donné un quart d'heure pour convaincre le premier ouvrier de l'entretien des espaces verts qu'il dégoterait de lui refiler sa tenue.

Greg Brocas avait gagné une jolie tenue fluo à bandes réfléchissantes et une casquette. Pas vraiment une tenue de gala mais surtout, Brocas ne savait pas différencier un chêne d'un peuplier et le gilet à manches courtes en polaire, vert kaki, le bedonnait. Pour le moment, il échappait aux risées mais une fois le dispo levé, Suarez savait que, photos à l'appui, Greg se ferait chambrer.

Maintenant, en surplomb du square Émile-Chautemps, Suarez le tenait en belle diagonale. Greg le jardinier. Avec les couleurs, on ne pouvait le rater. Il s'appliquait à ratisser le sol sablonneux. Dans son ascendance, les hommes n'avaient sans doute pas balayé depuis dix générations. Le geste manquait de souplesse mais Brocas savait bien se donner l'air benêt. Si le rendez-vous avait lieu dans le square, Greg aurait l'objectif à vue. Ou les objectifs. Suarez donnerait le top départ pour la filature.

Depuis son pigeonnier, il parcourut le square des yeux puis s'attarda sur les abords. Par-delà Greg le jardinier, il nota leur cuve, garée au coin de la rue

Salomon-de-Caus et du boulevard. Une Kangoo blanche banalisée avec, à l'intérieur, deux brigadiers du groupe, Yannis et Ronan. Myriam attendait à la poste, située au coin opposé, en piéton. Elle avait enfilé un manteau long noir tellement doux qu'il caressait le regard. Un truc en agneau et col en fausse fourrure qui montait haut. Dans la voiture, elle avait changé ses bottes contre des talons. Une femme en talons effilés ne peut plus être une policière, au moins dans l'imaginaire. Et une vraie femme face aux loups valait de l'or.

Seb était au chaud dans une Ford Focus, garée dans le sens de la circulation sur le boulevard Sébastopol. Ils étaient sept, comme les sept nains car le septième, Thierry, était posté rue Notre-Dame-de-Nazareth dans une Mégane, prêt à enquiller en sens inverse si la cible repartait par la rue Saint-Martin. Suarez, lui, avait pris sa propre moto puisque disposer d'un deux-roues était ce matin au-dessus des moyens de la *très prestigieuse* BRB.

Ultimes tests radio.

Suarez parla dans son discret, sans lâcher la scène du regard.

— Suarez. Myriam, qu'est-ce que tu fous ? Je t'entends hachuré. Un piéton sans radio ne sert à rien.

Le commandant Suarez regarda sa montre. 9 h 45. Rien ne bougeait. Mais pour une fois, le rendez-vous était fixé et ils ne devraient pas attendre une éternité. Ranko avait le don d'épuiser ses hommes. Une journée à se rendre invisible à ses trousses, de 6 heures à 17 heures, et son groupe en sortait rincé.

★

9 h 52. Sébastien annonça du mouvement.

Une Audi S8 noire se dirigeait vers eux et ralentissait. Quand elle apparut, Suarez sentit ses poils se hérisser. Elle se gara rue Papin, à quelques enjambées de l'escalier d'entrée de la Gaîté. Du pur stationnement interdit. Encore un détail qui plaisait à Suarez. Il ne croyait pas au hasard. L'Audi attirait l'œil comme une verrue sur le nez.

De la très, très belle verrue.

Avec une infinie lenteur, Suarez se décala légèrement de la colonne pour élargir son angle de vision. Il ne réussit pas à discerner les occupants passager et conducteur. Personne ne sortait de l'Audi. Fébrile, Suarez ne cessait de se répéter : « Mais sors, mais sors donc ! Montre-toi ! »

Son instinct ne pouvait le trahir et il redouta le moindre signe qui le détromperait. Le Gecko était-il à l'intérieur du véhicule ? Se mettait-il le doigt dans l'œil complet ? Il en avait vu, des situations où l'illusion les menait par le bout du nez ; mais à bien regarder l'Audi, rien en lui ne croyait à l'homme d'affaires qui ramène sa maîtresse après une nuit satin et popotin.

À 9 h 55, la porte arrière gauche s'ouvrit.

Il allait être fixé.

Suarez régla l'optique de ses jumelles. Ses doigts tremblaient. Il eut juste le temps de voir deux mains qui se séparaient. Le geste fut tellement fugace qu'il se demanda s'il surinterprétait.

Il se mordilla la lèvre inférieure et dit en annonçant son nom (car il voulait toujours que le chef de dispo soit annoncé par le nom pour clarifier les échanges) :

— Suarez. Audi S8 noire garée rue Papin. Un inconnu X en sort. Je répète, ça sort. Un grand à bonnet sombre et beau manteau. Il y a quelqu'un à l'arrière.

L'inconnu apparaissait pour la première fois. En long manteau bleu profond. Tête haute et démarche souple. Le type sentait le beau brochet. Rien que ce manteau, Suarez ne pourrait jamais se le payer, sans parler de l'Audi S8. Le tombé parfait du manteau allait avec l'allure. Ce n'était pas de la petite friture. Sûr qu'il y avait du solide à gratter. Suarez aurait tout voulu savoir d'un coup, le pendre par les pieds et, comme un lapin, le dépiauter.

L'homme alla s'asseoir sur le banc situé au niveau de la voiture, côté rue Papin. Il allongea les jambes et attendit — modèle sûr de lui.

Suarez jeta à sa montre un œil tellement insistant qu'il espéra qu'elle bondisse de cinq minutes en avant. Personne n'avait encore repéré le Gecko. Qu'est-ce qu'il foutait ? Il n'allait pas les planter. Suarez ne pouvait croire que l'élégant à tête de truand n'ait rien à voir là-dedans.

Quand soudain, l'annonce fut faite par radio.

Mieux que l'annonce faite à Marie : la voix de Seb, à nouveau.

Le Gecko traversait Sébasto en tenue de sport depuis la rue du Caire, à deux pas de chez lui.

Le Gecko arrivait.

★

D'un coup, Suarez fut excité comme un lévrier, tous sens décuplés. Dans son cerveau, les connexions mentales turbinaient à cent à l'heure. Son regard balaya la scène et fit l'essuie-glace, à 180°. Rien ne lui échappait.

Le Gecko avait pris place à côté de l'inconnu au manteau. Les deux parlaient. Avec calme. Aucun des gestes n'était désordonné. Aucun des deux ne paraissait prêt à dégainer. Le froid raidissait un poil leur attitude mais rien ne semblait houleux. L'air d'une proposition plus que d'un ultimatum. Suarez les tenait de dos, parfois de profil. Greg Brocas, dans la diagonale opposée, amorçait un rapprochement. Infime, le rapprochement. On n'était pas dans du rentre-dedans.

Suarez jubilait. Soudain c'était bon, de se sentir riche des yeux. Le foyer Eugénie lui portait chance. Il lui offrait le Gecko. Le Gecko sur un plateau.

Le Gecko en vue panoramique, entre le ballet des branches dénudées.

Le Gecko avec un X homme.

L'espoir revenait mais c'était comme un cheval au galop : il fallait s'en méfier.

Les yeux rivés aux deux hommes, Suarez se glissa dans leur mentalité — en mode décodage. Une bonne filature commençait là.

Voir et prévoir.

Un rendez-vous dans un parc, quand il gelait, à cinq minutes à pied du domicile du Gecko, ça donnait quoi ? Ça donnait singularité et discrétion.

Un : le Gecko n'avait jamais de rendez-vous de ce genre. Singularité.

Deux : il connaissait parfaitement son trajet. Si un flic le suivait depuis la rue du Caire, il le lèverait.

Trois : le X homme avait choisi ce parc car Sébastopol était ce qui se rapprochait le plus de l'autoroute : un boulevard passant et bruyant à souhait.

Aucun parasite ne pourrait suivre leur conversation — flic ou voyou — ni intercepter leurs propos. Discrétion. Et un rencard dans le froid de canard ? Sûrement pour repérer toute personne (rare) qui s'approcherait et deviendrait derechef suspecte. Efficacité. Peut-être aussi parce que l'X se méfiait des voitures sonorisées.

Et quatre : pour ne marquer aucun esprit.

Conclusion : ils assistaient à du lourd et il faudrait scinder le groupe en deux pour mettre le paquet sur cet objectif complémentaire — le X homme.

— Suarez. Yannis, tu as un bon angle pour les photos ?

— Nickel.

— O.K., fais-nous du *Paris Match*.

— Le choc des photos !

— C'est ça, Yannis. Et tenez-vous prêts à enquiller avec Ronan si ça part.

— Bien reçu, Stéphan.

— Suarez à Myriam. La cible + une nouvelle cible X homme assis sur un banc du square. Coin rue Papin et Sébasto. Audi S8 noire garée à cinq mètres de l'escalier de la Gaîté. Je veux que tu fasses un passage pour la voiture et ses occupants.

— Bien reçu, Stéphan. Combien ?

— Au moins un chauffeur et un autre homme côté passager avant. J'ai cru voir quelqu'un derrière. Tu vérifies. À tous : vous restez bien en place. On réduit les échanges radio au minimum.

★

Myriam ne mit pas longtemps à sortir de la poste. Elle avait acheté un emballage colis XL pour noyer le poisson. Cette fille était vraiment parfaite. Il l'encouragea en pensée : « Allez, ma belle, du naturel, c'est ton assurance-vie. » Suarez se fit le plaisir de la mater aux jumelles. Juste trois secondes. Elle s'était fait un chignon strict avec une mèche qui s'échappait mais elle était superbement maquillée. Surtout, elle avait noué serré la ceinture de son manteau ; en bas, il était largement déboutonné. À chaque pas, sa jambe avant glissait. Et à sa façon de marcher, on voyait que question hauts talons, elle en connaissait un rayon. Son col montait sous le menton et cachait le discret. Suarez poussa un soupir de détente. S'il avait été célibataire, il l'aurait draguée.

Emballage sous le bras, elle avançait en direction de l'Audi S8 aux vitres latérales teintées sur le côté.

Mais le pare-brise ne l'était pas, lui.

Suarez se paya un deuxième plaisir. Les deux sbires à l'avant se tordirent le cou pour voir passer Myriam. De la testostérone en boîte et ça marchait. Immanquablement. Les deux mecs étaient comme tout le monde — ils s'ennuyaient.

Une jolie fille passe, et c'est le cocotier.

Derrière son pilier, Suarez se bidonnait. Les deux vautours léchaient le pare-brise.

Comme ils se penchaient, Suarez put se faire une idée. Des cous de lutteurs, de bons gros bébés. Le boss investissait dans le solide.

Piqué par une idée, il hocha plusieurs fois la tête. Le premier à faire foirer la filoche, il le tuait.

Le mec côté passager baissait même la vitre pour dire un mot à Myriam. Des brutes, certes, mais des brutes polies. Ils saluaient.

Mieux valait ne pas avoir entendu de trop près ce qu'il lui avait glissé.

Myriam, elle, avait bien retenu la leçon. Elle avait joué l'appât sans jamais les fixer. Jamais il ne l'avait vue se tourner vers l'Audi.

Regarder quelqu'un dans les yeux revenait à le marquer au fer rouge.

Bien sûr, en piéton, à part grimée, pour les vautours, elle était désormais grillée. La silhouette de Myriam disparut côté gauche. Elle revenait vers Seb.

Suarez attendit trente secondes puis lança à la radio :

— Suarez. Greg, tu ne tentes rien de trop près.

Ce fut le moment où le passager avant sortit de la voiture, un paquet à la main.

Suarez fronça les sourcils. C'était quoi ? Un anniversaire ? Il eut un rire nerveux. Ses oculaires revinrent au tandem sur le banc.

En même temps, on n'était pas non plus dans le colis piégé.

Mais alors, la question restait : on était dans quoi ? En surveillance, on voit. On ne déduit pas. Suarez ferma la porte aux hypothèses.

— Suarez. Yannis, Ronan, tenez-vous prêts à mitrailler le paquet.

— O.K.

La voix de Myriam relaya celle de Ronan sur les ondes.

— Deux individus XY à l'avant de l'Audi. Un gorille blond, conducteur, et un gorille brun, passager avant. De la brute épaisse bien sapée. Une femme à l'arrière que je n'ai pas pu identifier. Trop rapide et elle était dans l'ombre.

Maintenant, Suarez avait le gorille numéro 2 en gros plan.

— Je l'ai.

C'était la voix de Yannis. Il continuait de mitrailler. Il venait de gagner un splendide portrait de brute. Carrure XXL Terminator. Le genre qui ferait peur même à sa mère.

La nuque de Suarez commença à râler. À force de se tendre vers la cible, ses migraines le reprenaient. Il fit tourner plusieurs fois sa tête et ses vertèbres craquèrent. Pas maintenant… Son corps n'allait pas le faire chier maintenant. Il revint à la cible.

Sous ses yeux, le Gecko ouvrait un paquet. Mais pas comme une jeune mariée — le gonze avait l'air de se méfier.

« Tu l'ouvres, ta tombola ? » dit Suarez pour lui-même.

Il était au taquet.

— Suarez à tous. La cible ouvre un paquet. Yannis, l'angle est mauvais. Tu peux me dire ce que c'est ?

— … Un jeu de dames, Stéphan. Non, désolé, attends, c'est… un… jeu d'échecs. Je rectifie. Un jeu d'échecs.

Tout le monde l'entendit siffler. Suarez fit la grimace. Sa tête le lançait.

— Yannis. Le jeu d'échecs, c'est plus modèle Christie's que Tati, les amis.

Cette observation confirma à Suarez ses intuitions : ils tenaient du gros, gros poisson.

De plus, le Gecko restait assis, nuque légèrement courbée. Il se cantonnait à son territoire, sans déborder. Une relation hiérarchique semblait exister entre les deux.

Conclusion : mettre le curseur sur le gros bonnet.

★

Suarez continua à s'imprégner de la relation entre les deux. Lui manquait la conversation. Que pouvaient-ils se raconter ? Pourquoi ce cadeau ?

Dans sa tête, les idées fusaient. Le puzzle s'assemblait. Avec des tas de pièces manquantes mais *quelque chose* s'emboîtait. Un sens supérieur qui tournait en tâche de fond, avec un temps d'avance sur la compréhension.

Suarez se massa la nuque et le détail qu'il cherchait vint s'emboîter. Un mois avant, par jour de beau temps, ils avaient vu le Gecko jouer aux échecs, dans la rue, avec un sans-abri des Champs-Élysées. Un pauvre hère, trentenaire, l'air échoué dans la réalité. Qui ne présentait pas trop mal mais qui était complètement barré. Un certain Vivien. Suarez l'avait fait épingler par une patrouille pour connaître son identité. Voilà le genre de rares fréquentations que le Gecko entretenait… Vivi et le Gecko, emmitouflés, avaient posé le jeu sur le muret d'une petite rue adjacente. Vivi jouait avec des mitaines, le Gecko avec des gants en cuir. Le Serbe avait gagné.

Après, le Gecko avait emmené le mec au *Fouquet's*. Oui, au *Fouquet's*. Tout le monde avait halluciné. Avec Vivien, on était loin de l'escort-girl aux lèvres siliconées. Le Gecko avait aligné tant de billets que personne ne lui avait rien refusé. Les serveurs s'en souvenaient. Le Gecko avait des manières de rustre mais des liasses bien vertes, où les cent euros fleurissaient. Quand il levait la main, le Gecko ne comprenait pas qu'on ne s'exécute pas. Tout de suite. Ils hélaient les serveurs à la Depardieu, à coups de « Hé, là ! ». Ils avaient mangé comme des chancres. Et des chancres affamés. À croire encore les serveurs, du homard et du foie gras. Avec les assiettes vides, on aurait pu monter une pyramide. Les grands crus avaient coulé à flot. Un flic de PJ voyait pas mal de scènes dans sa vie, mais celle-ci faisait partie de l'anthologie.

Aimanté par l'étrange duo du banc, Suarez réfléchissait.

Qu'est-ce qui les liait ?

Quel pacte qui repose sur un jeu d'échecs ?

Que cette bête sauvage de Gecko ait le côté plus cérébral des échecs ne l'étonnait pas tant.

Pour grimper comme le Gecko, il fallait être capable de lire une paroi, de s'inventer des trajectoires, d'appliquer du calcul de probabilités, en somme.

Non, ce qui l'étonnait était cette relation, là, dans ce square réfrigéré. Les deux continuaient de parler. Ils s'étaient rapprochés. Le propos avait dû changer. On ne se rapproche pas sans intérêt ou sans intimité.

★

— Ronan à Suarez. Chef, on tente de baliser l'Audi à l'arrache ?

— Suarez. NON, NON, NOOON ! Surtout pas. On ne bouge pas. Trop risqué avec les deux bêtes féroces dans leur nid douillet.

— Yannis à Suarez. On les fait taper par une patrouille quand ça repart pour avoir l'identité ?

— Suarez. NON ! On se calme, les gars. On n'inquiète pas le Gecko. S'il se doute qu'on les suit, on peut faire une croix sur lui. Greg, tu te rapproches un tantinet. Comme un oiseau-mouche, Greg, pas comme un goret, O.K. ?

— O.K.

— Suarez à Myriam. Tu as mémorisé la plaque de l'Audi ?

— Oui, Stéphan. CA-156-CT.

— Parfait.

— Suarez à Seb. Tu me fais l'identification du véhicule au SIV ?

Le SIV — le système d'identification des véhicules. Dans l'excitation, il ne l'avait pas encore lancé. À temps. Rattrapé.

— Suarez à Seb. Tu ajoutes son parcours contraventionnel, aussi. On recherche les infractions pour gratter sur le parcours de l'Audi.

— Seb. O.K.

Suarez guetta la réponse en se focalisant sur l'Audi. Là-dedans, la bonne petite société faisait le mort. Nouvelle conclusion : ils attendaient le retour du boss.

Au bout de cinq minutes, la réponse vint.

— Seb à Suarez. J'ai appelé Florian des Enquêtes G mais l'ordi plantait. Mais Bébé Lieutenant m'a répondu à l'état-major et a passé l'Audi au SIV. Sans surprise, elle ressort au nom de UBV Services, une société de leasing auto… J'ai vérifié auprès de la société : elle nous renvoie à un garage d'Aubervilliers qui ne répond pas. On y passera plus tard, mais rien de gagné !

— Suarez. Ouais, surtout que souvent, ils prêtent ce type de voiture à un mec qui n'est pas l'utilisateur.

— Yannis à tous. La cible reçoit un objet de l'homme au bonnet, passé de main à main.

Suarez s'en voulait. Il l'avait raté. Merde. Quelques secondes d'inattention, incapable de dire à quoi il avait rêvassé, et évidemment, un détail lui filait sous le nez. Merde. Dire qu'il ne cessait de répéter qu'on ne quitte pas l'action des yeux. À sa décharge, les deux étaient de dos.

Avec un temps de retard, il demanda à la radio :

— Quel objet ? Quelle forme ?

— Yannis. Difficile à dire. Le Bonnet l'a lancé au Gecko. Je continuais à mitrailler… On zoomera. Ça part ! Ça part. 1 et 2 quittent le square.

Suarez dévora des yeux la scène.

Le boss monta dans l'Audi. Terminator fit une marche arrière impeccable, du vrai patinage artistique, et s'apprêta à repartir sur Sébastopol.

— Suarez à tous. Top départ. L'Audi S8 noire va prendre le boulevard de Sébastopol dans le sens de la circulation. Sébastien, c'est pour toi. Allez, on regarde pas les pare-chocs et on y va.

— Seb. Vu, je prends.

— Suarez à Yannis. Tu passes en piéton et tu changes avec Greg le jardinier qui est grillé avec sa tenue. Ronan, Greg, tenez-vous prêts à enquiller sur le Bonnet. Je prendrai ensuite le relais.

O.K. en cascade.

Le désavantage du pigeonnier était que Suarez sortirait en dernier. Il se sacrifiait pour le début de la filoche.

— Suarez à Yannis et Myriam. Myriam, tu continues en piéton comme si de rien n'était en direction de la rue du Caire. Toutes les chances que le Gecko retourne à dom'. Yannis, passation de clefs, tu rejoins la caisse de Greg sans courir et tu prends le relais. Méfiez-vous à deux, mieux vaut le perdre que de se faire mordre. Définissez une stratégie pour durer. On saura toujours où le retrouver. À tous, vous me connaissez : je ne vous en voudrai jamais de perdre la cible en filoche, mais celui qui se fait lever, il viendra s'expliquer. Et Thierry, tu jalonnes pour prendre le Gecko plus loin au besoin. Go !

Et il dévala les escaliers.

Sans oublier de féliciter le foyer de la Gaîté pour la qualité du spectacle.

54

Trente-deux minutes de filature à cran à travers Paris et, bouquet final, deux coups de sécurité de l'Audi qui approchait sans doute de son objectif. Sans aucun signe avant-coureur, le conducteur de l'Audi, arrivé place du Trocadéro, accomplissait un tour complet. Puis enchaînait un deuxième tour, après avoir fait semblant de tourner avenue Kléber.

Les salopards. Du vrai coup de vice.

Une voiture qui donne un petit coup de volant, au rétroviseur, on la repérait immédiatement.

Heureusement qu'ils étaient en nombre, sinon c'était bye, bye ! direct au bureau.

« Tu veux qu'on te rassure ? On va te rassurer, l'ami », avait marmonné Suarez dans sa jeune barbe.

— Suarez à Ronan. Tu dégages sur l'avenue Georges-Mandel. Et tu fais un gauche trois rues plus haut et tu patientes.

— Ça marche.

— Suarez. Seb, tu le prends. Cool mais efficace. Pas de conduite heurtée. Relais au prochain croisement.

— O.K., je le colle pas trop mais c'est bon, je tiens.

— Suarez à Greg. Tu restes à distance.

Avec la circulation, dense, Suarez ne regrettait

pas la moto — sa Yamaha 1 000 YZF, à la fidélité de berger suisse. Elle ne tombait pas en panne, elle. Une chance aussi qu'il l'ait choisie noir et gris. S'il avait voulu faire son crâneur en rouge, elle serait restée à Lutèce. Il put se faufiler au bon moment et se caler derrière une belle Harley. Une Fat Boy, l'une des premières, grise à liseré jaune, pas de ces Harley de poseur au siège si grand que les motards se croyaient au cinéma. L'Audi avait très légèrement accéléré, comme si elle reconnaissait le quartier.

Son flair ordonna à Stéphan Suarez de se méfier. En plus, doute zéro sur le fait que les cerbères étaient enfouraillés. Le boss aussi, sans doute. Trois nouvelles raisons de se méfier. Sans dossier, on ne savait jamais ni sur qui ni sur quoi on tombait. Rien ne disait où ils allaient.

Quelques numéros plus loin, l'Audi freinait. Suarez, sur le qui-vive, n'eut pas à donner de coup de frein ni à passer devant l'objectif. Le pire était évité.

— Suarez à tous. Attention, ça stoppe, trottoir de droite en double file, à l'embranchement de la rue Vital. Au niveau des plantes de Monceau Fleurs. L'Audi est avec les warnings. Le passager avant ouvre la porte côté avenue. Une inconnue XY descend en manteau blanc. Suivie du boss à bonnet.

Suarez ralentit et se paya l'excitation d'assister en direct à la dépose du boss.

— Suarez à tous. Le Bonnet et l'XY traversent. Ils vont droit au n° 67. Je répète, n° 67 de Doumer. Immeuble orphelin. Entrée à côté du magasin *L'Orchidée rose*, façade violette. À Seb, tu suis l'Audi pour savoir où la paire se gare. À Greg, tu te poses où tu peux et tu passes en piéton. Ronan, tu fais gentiment le tour par la rue Nicolo.

Suarez eut le temps de voir le boss taper le code sans pouvoir en identifier les numéros. Il était donc familier des lieux. Domicile ? Garçonnière ? Amis ? Vu l'attitude des gorilles, ça sentait l'habitude. La fille avait l'air d'avoir dix mille années de moins que lui. Elle battait des mains et sautillait sur place. Devant la porte, elle lui barra la route. Il se posta face à elle, lui glissa deux doigts derrière la tête, et l'embrassa. Comme un mec qui l'aime, Suarez ne s'y trompait pas. Il disparut quand le couple s'engageait dans le hall d'entrée.

— Suarez à tous. Je suis bien à vue. Le Bonnet et Manteau blanc sont entrés au point de chute.

Il pensa : l'immeuble n'était pas tape-à-l'œil mais on devinait que certains appartements devaient être spacieux. Avec une vue imprenable sur Paris. Ce genre d'oiseau était plutôt étage élevé que rez-de-chaussée. Parce qu'un homme qui a réussi veut être tout en haut. Vu l'Audi de prestige, il misa sur un étage élevé. Pour prendre des verres en terrasse et avoir Paris, comme les femmes, à ses pieds. Car à la façon de faire le code et d'embrasser la fille sans pudeur devant le n° 67, au comportement des gorilles, il pariait que le point de chute était le domicile. Du beau voyou qui présente bien, dont le rêve suprême est d'habiter le XVIe. Ça collait. L'ombre derrière Ranko, peut-être. Sa main d'acier.

La jeune femme, dans les vingt, vingt-cinq ans, lui avait fait un drôle d'effet. Suarez ne l'avait aperçue que quelques secondes mais elle avait du chien. Une drôle de coiffure, aussi, comme les héroïnes de Besson. Le genre de femme qui semble plus arrivée dans le quartier par le premier astéroïde que par le dernier bus.

Suarez continua un brin sur Paul-Doumer pour noyer le poisson puis tourna à gauche dans une petite rue pour revenir tranquillement dans les parages.

— Seb à tous. Les gorilles se garent en souterrain, au n° 6 de la rue. Je répète, au n° 6, un numéro doré. Une petite entrée avec caméra. Les gars, dès que vous pouvez, vous me relayez. Il faudrait les voir sortir.

— Greg à Seb, c'est bon, je me suis trouvé une bonne vitrine. Je les vois bien, tu peux t'en aller. J'ai repéré une charcuterie d'enfer aussi, les gars. Nos sandwichs vont être à baver.

— Suarez à Greg. Tu penses aux mecs avant de te pencher sur ton ventre, O.K. ?

— Greg à Suarez. Ça va, ça va… On a le droit de rigoler…

— Suarez à Greg. Discret dans ton commerce, Greg. Tu me fais pas les yeux qui sortent de la tête et la main dans la parka.

— Greg. C'est pour moi, cette remarque-là ?

— Suarez. Ça va, ça va, on s'énerve pas.

Maintenant, il ne fallait pas se griller. Ce n'était pas le moment de se faire fouiner. À force d'être trop gourmand, on finit dévoré. Suarez arrêta sa moto sur une placette et sortit un plan pour ne pas tomber dans le statique grossier. Il aurait aimé avoir plus chaud mais le froid réveillait. Les recherches fiscales sur les propriétaires, locataires et agences immobilières seraient longues. Celles sur les contrats aussi, gaz, électricité, téléphone, fibre, Internet, assurance, et tout ce qu'un humain est capable de remuer. Derrière sa visière, Suarez plissa les yeux. La prudence recommandait de ne pas forcer sa chance dans l'immédiat.

Mais est-ce qu'un bon flic pouvait être seulement prudent ?

Cette affaire reposait sur l'audace. Un magistrat n'ouvrait pas une commission rogatoire sans fait, sans élément, pour ses beaux yeux. Il avait fallu convaincre et Suarez détestait quémander. Chaque fois, il en gagnait l'impression de supplier à genoux juste pour faire son travail.

Juste pour faire son travail…

Le magistrat, il l'entendait encore : « Vous dites que vous savez que ce Gecko est très actif, et sur ce point, je veux bien vous entendre, mais *des infos*, monsieur Suarez, ce ne sont pas des faits. On ne va pas aller loin avec ça… Dites-moi, vous comptez aller où avec ça ? »

Eh bien oui, partir de peanuts ne le dérangeait pas. C'était son panache à lui, sa fierté. Croire quand personne n'y croyait. Ne pas lâcher. Le but du jeu était de coincer le Gecko en flag. Mais s'ils pouvaient l'habiller sur d'autres faits, Suarez prenait. Le travail d'initiative, il connaissait. C'était sa spécialité. Elle exigeait des cordées solides, on ne lançait pas n'importe quel poulet dans l'initiative. Ces enquêtes demandaient du flair, de l'initiative… et de l'audace. Il y revenait.

Alors, qu'est-ce qu'il décidait ?

Conviction : il tient un gros poisson. Un poisson qui donnerait encore plus d'envergure à l'affaire du Gecko.

Conclusion : l'audace.

Poser encore sur la table la carte de l'audace. Se payer le culot.

Ce serait ou bon ou mauvais. Mais *l'initiative est une indiscipline qui réussit*, pas vrai ?

— Suarez à Seb. Tu me dégotes le fleuriste le plus chic du quartier. Pas Monceau Fleurs juste à côté. Tu te sapes en livreur croisé avec le gendre parfait. Compris ?

— Euh... O.K. Et... ?

— Et tu tentes le faux livreur avec la concierge. En priant pour que ce ne soit pas Monsieur. Tu demandes des fleurs pour un dîner chicos et... et tu te démerdes. À Greg : tu mates les gorilles puis tu te rends au *Nicolas*...

— Quel Nicolas ?

— Tu plaisantes ?... Le *Nicolas* sur le même trottoir que le n° 67, qui donne sur l'immeuble après les premiers clous... Tu te mets derrière la vitrine mais discret, pas besoin de faire briller la carte pour effrayer tout le quartier, tu parles de ce que tu veux avec le vendeur, du bourgogne ou du beaujolais, du vin chilien si ça te chante, de ce que tu veux, mais tu gardes un œil sur l'entrée du 67. Au moindre mouvement, tu transmets.

— O.K. (Un silence.) Mais si je goûte pas vraiment ce qu'il me propose, le marchand va se douter... Entrer sans goûter, c'est un coup à...

— Greg, tu me fais chier. Les autres : on va acheter de quoi manger et on se pose. Inutile de tourner pour se faire repérer, on se fait oublier.

Suarez finit sa phrase et se redressa sur sa moto. Il souffla un grand coup.

Les dés étaient jetés. S'il se trompait, il le saurait bientôt.

★

Greg fit la sonnette : les gorilles revenaient au 67. Il traversa jusqu'au *Nicolas*. Ce ne serait pas le moment le plus désagréable de la journée.

Dans les petites rues derrière, Seb trouva une boutique où les fleurs avaient l'air de soieries lyonnaises. La vendeuse lui recommanda un bouquet avec des perce-neige, des clématites d'hiver et des jacinthes blanches. Seb ne connaissait que les pâquerettes mais il trouva le mélange sympa.

En sortant, il ne manquait plus que la mariée.

Dans sa Ford Focus, il enfila une polaire turquoise et gris avec un kangourou blanc sur fond vert Deliveroo qui porte un paquet. Tant pis si cette société ne délivrait que de la bouffe. Et il mit un bonnet. Puis, le bouquet posé sur ses genoux, il attendit le bon moment. Il finit toujours par arriver. Une porte en ville ne reste jamais longtemps fermée. Greg l'avertirait.

Au bout de vingt minutes, il trouva que le bon moment finissait par tarder.

Il en fallut cinq de plus pour que Greg annonce que le postier arrivait.

Seb le laissa déposer le courrier à la concierge. Durant cinq minutes encore, le postier ne sortit pas. Le capitaine en conclut que la concierge était bavarde. Ce qui faciliterait sa tâche. Il se méfierait, aussi. C'était à double tranchant.

Il enchaîna derrière le facteur qui sortait.

La concierge était encore dans le hall d'entrée. Brune, le même léger embonpoint que Greg, version femme, et l'air sévère, mais soignée, avec même des petits brillants aux oreilles. Au cou, une croix se frayait un chemin entre les seins tombants qu'on devinait sans peine sous le pull. Seb se souvint de la description de l'accompagnatrice du boss, entendue à la radio. La fibre de la jalousie lui tendait une perche : la concierge n'avait peut-être pas la petite à la bonne.

Il salua la concierge avec respect, sans exagérer, et dit d'une voix de confident :

— J'ai un bouquet pour la jeune femme, vous savez (il leva les yeux vers un point imaginaire), la femme un peu fofolle qui ne veut pas qu'on dise son nom… Avec du mauve dans les cheveux…

À la main, la concierge serrait encore le paquet de courrier destiné aux habitants de l'immeuble ; Seb lut le nom sur le haut du paquet, un certain Nantua — comme la sauce. La concierge plissait ses yeux pour mieux l'étudier. Elle le trouvait mignon et poli, ce garçon.

Seb avait de grandes dents et quand il souriait, on n'y voyait que du blanc. Il ravala sa timidité et murmura :

— M. Nantua m'a dit d'être discret… Mais elle a droit à un beau bouquet… J'espère que c'est mérité !

La concierge examina le bouquet puis leva ses yeux vers Seb.

— Vous connaissez M. Nantua ? Un homme merveilleux, celui-là… Plus british qu'un Anglais ! Un vrai gentleman !… Qu'est-ce qu'il peut être gentil avec moi… Ah, ça ! Dites-moi, elles sentent, les jacinthes… Et moi qui pensais que ce n'était qu'au printemps, les jacinthes… On en apprend tous les jours… C'est pour la fille du haut, c'est ça ?

Seb joua le tout pour le tout et acquiesça.

— Ça ne peut être que pour elle, tout ce mystère, avança-t-elle avec une nuance de reproche.

— Elle en reçoit souvent ?

La femme l'arrêta en lui posant une main sur le bras. Le paquet de courrier vacilla.

— Vous savez, elle n'est pas là depuis longtemps…

Et puis je dois vous dire que je ne connais même pas son prénom. En même temps…

— En même temps ? l'encouragea Seb.

— … Monsieur en change tellement souvent.

Voilà, l'occasion de se venger de la jeune beauté s'était présentée.

Seb sourit, satisfait.

— Bon, c'est pas tout mais je dois livrer, moi. Vous savez ce que c'est, on nous matraque de courses à honorer et quand on commence, on sait qu'on sera en retard pour le reste de la journée.

— Ah ! Aujourd'hui, il faudrait qu'on puisse recharger le temps, comme avec les téléphones…

— … C'est vrai, dit Seb, étonné.

— Jeune homme, donnez-moi le bouquet, fit-elle en posant le courrier sur le sol en petits carreaux de mosaïque. Avec le code de l'ascenseur, vous ne pourrez pas monter. Je m'en occupe, c'est comme si c'était fait.

Voilà le moment que Seb n'aimait pas. Celui où ce qui paraît bien enclenché finit par se retourner.

Pour cacher son embarras, il baissa les yeux sur le bouquet. Le temps de trouver une idée.

— Je dois vous faire un aveu… Le bouquet, en fait… en vrai… c'est moi qui lui envoie. Elle m'a quitté il y a une semaine et vous savez, depuis, je ne dors pas. C'est pas pour l'embêter mais je veux au moins qu'elle sache… Vous pouvez regarder, y a pas un mot, c'est juste une pensée… Qu'elle sache que je l'oublierai jamais.

La concierge écarquilla les yeux, parut d'abord déçue puis sincèrement désolée.

— Je suis…

— Ne vous excusez pas, je n'ose plus le lui donner.

Elle va encore mal le prendre, vous savez comment elle est. Et si le type me voit…

— Vous avez raison, dit-elle très bas… Je crois… je crois qu'il vaut mieux ne pas le croiser.

— Vous savez quoi ? Vous êtes une femme gentille. J'ai le flair pour ça… On voit tout de suite que vous savez penser aux autres…

— Mais arrêtez, c'est normal, tout ça…

— Non, non, tenez, je sais… Ce bouquet, gardez-le, il est pour vous… Il est beau, hein ? Et comme il sent bon, dans votre loge, vous prierez pour moi.

— Mais…

— Il faut savoir enterrer le passé. Vous m'avez décidé. Enfin… je vais essayer.

— C'est vous qui êtes trop gentil… Il ne faut pas…

— Allez, je crois aux signes, parfois.

Elle voulut l'embrasser pour le remercier. Seb échappa à une grosse suée et s'apprêta à sortir. Devant la porte vitrée, il se retourna :

— … Et chuttttt !… C'est notre secret…

Le visage dardé des rayons de la joie, elle lui fit un petit signe de la main, genre, pas de souci, on fait partie de la même société secrète, et Seb se retrouva dans la rue, soulagé de ne pas s'en être trop mal tiré. Mais où était-il allé chercher cette idée ? Parfois, il s'impressionnait.

La matinée lui revint en tête. Myriam et son baiser de cinéma en plein bois.

C'était vraiment une drôle de journée.

55

Maintenant, Suarez savait. Hypothèse du domicile confirmée. 11 h 45. Ils s'étaient tous donné rendez-vous plus loin, dans un café. Suarez ne voulait pas mettre trop en valeur Seb devant les autres, mais il était fier de son petit cheval. Il lui donna une tape dans le dos.

— Finalement, les bouquets de mariée, ça te réussit.

Tous furent hilares en imaginant la tête de la concierge.

— Je te jure, elle va lui parler, à son bouquet, ricana Ronan, un mec que deux divorces avaient rendu pessimiste. Toute la journée, elle va lui parler…

— Vous êtes vraiment cons, dit Seb en posant son jus de pamplemousse sur le comptoir.

— On a le droit de te charrier ! lança Suarez avec un grand sourire.

Les bonnes nouvelles le réjouissaient.

— Et attends, ajouta Ronan dont les lèvres trempèrent dans la mousse d'une bière, on ne s'est pas encore payé la tête de Greg le jardinier !

— … Je l'attendais, celle-là, dit Greg avec une moue de dédain. Sans rire, je me demande même comment j'avais pu y échapper.

— Greg avec son râteau !…

Suarez s'étrangla presque de rire.

— Et des râteaux, Greg, il est habitué à en ramasser à la pelle ! compléta Thierry.

Le café était rempli des ricanements de quatre otaries. Et quatre otaries de la PJ valaient le grand rassemblement de la banquise.

— Ça, c'est méchant-méchant…

Greg Brocas avait pris une mine contrariée. Il en avait marre d'être leur cible préférée. Personne n'osait chambrer Suarez. Il s'en tirait toujours bien. Les belles gueules, on leur foutait la paix. C'était injuste à pleurer.

Ils décompressèrent et avalèrent un sandwich. Pour celui de la bonne charcuterie, c'était raté.

Suarez avait compris que ce n'était pas aujourd'hui qu'il irait voir sa mère.

Encore une promesse qu'il ne tiendrait pas.

Dans la case culpabilité, il rangea aussi de ne pas avoir interrogé le Doc pour connaître l'évolution de Carmel.

Il appela Myriam, fit le point, et décida de les rejoindre tandis que les autres rentreraient au bureau.

Il n'osait pas s'avouer qu'il avait encore besoin de sa dose de Gecko.

Comme un drogué.

56

Pour la première fois de sa vie, Ranko rentrait chez lui d'un pas léger. Sous le bras, il serrait le coffret en bois. À quand remontait le dernier cadeau reçu ? Il traversa Sébastopol et retrouva la rue du Caire tout en fouillant dans sa mémoire. Récemment ? Rien. Dans son entourage, on ne se faisait pas de cadeau. Les fourgues soupèsent tout au gramme près. Ils ont une balance sur la table, une autre dans le cœur et une calculatrice dans le cerveau. Et Vivi n'avait que son amitié à lui offrir. Et encore, amitié, c'était un grand mot. Grâce à lui, il lui arrivait de ne pas manger seul et de ne pas jouer aux échecs en solitaire. Parfois, être à deux, ça reposait.

Parfois.

En tout cas, ça changeait de soi.

Autour de lui, l'air était froid mais le soleil mettait partout de la gaieté. Dans un café, les mecs du coin ressemblaient à des méduses sur des chaises. Avachis, ils mataient les filles ou préparaient des coups — ce qui revenait au même. D'autres commentaient le tiercé comme on parle de la météo. Ranko avait envie de siffler, de parler à quelqu'un.

Il hésita à entrer dans le café, juste pour se bercer des conversations. Au dernier moment, il rebroussa chemin et remonta Sébasto. Traîner avec des losers allait le ramollir. Mais il ne voulait pas rentrer chez lui tout de suite pour faire durer le moment. De se balader avec le jeu de Svetozar Gligorić contre soi le mettait en joie. Tout de même, Svetozar Gligorić ! Un type qui avait remporté douze fois les championnats de Yougoslavie… C'était dingue. La vie était dingue.

Svetozar Gligorić, un homme sorti de rien, et qui avait de l'or dans les mains. Un homme qui avait affronté Kasparov. Et qui avait battu Tigran. Tigran Petrossian.

Ranko n'en revenait pas.

Et Bilal ! Il allait rencontrer Bilal.

L'art était son point faible. Parfois, il volait plus de tableaux que ceux qu'on lui avait commandés, parce qu'il les trouvait beaux.

Ranko baissa la tête, comme s'il ne le méritait pas.

De toute façon, il n'y croyait pas.

Quelle mouche avait piqué Astrakan ? Ranko s'arrêta et sourit.

Ce n'était pas une mouche, c'était une libellule.

Ylana lui évoquait la Fée Clochette de Peter Pan.

Oui, il était sûr que ces miracles venaient d'elle. Qui d'autre ?

Que la vie les ait liés ne cessait de l'intriguer. Le hasard existait, vraiment ?

Quelques mètres après, il tourna dans la rue Blondel. Une gagneuse le vit arriver de loin. Elle avait le cul posé contre le coin avec la rue Saint-Denis, moulé dans une minijupe de tigresse. Avec son blouson rose bonbon à col léopard, on était à mille lieues de la Fée Clochette. Le quartier faisait dans la fausse fourrure.

Ranko approcha, sûr de se faire alpaguer. Il cala son coffret sous l'épaule. S'il regardait de l'autre côté, elle ne lui parlerait pas ?

Un mec seul peut faire ce qu'il veut, quand il croise une pute, elle voit le désespoir de sa queue.

— Chéri, tu veux pas te déstresser un peu ?

Elle roulait des yeux en baissant le menton vers ses seins. La météo, elle s'en foutait, sa poitrine se faisait la malle de partout.

Ranko prit un air dégoûté.

— Lâche-moi, sale chattasse.

Il la fixa durement avant de regarder plus loin, vers l'arche de la porte Saint-Denis.

La fille était une Nigériane, avec une perruque qui lui donnait l'air d'une chanteuse de jazz. Si elle avait la majorité, Ranko voulait bien se faire castrer.

Elle lui avait cassé son plaisir, ce qui, pour une pute, est le comble du comble. Coup d'œil à sa droite pour revoir Paris à travers l'arche Saint-Denis. Il eut l'impression d'observer le faubourg à travers une lunette. Des pigeons tournaient comme des vautours.

Ranko laissa la Nigériane derrière lui. Seule l'intéressait la pointe Trigano, toute proche. Un immeuble étroit, en flèche, coincé entre la rue de Cléry et la rue Beauregard, qu'il avait toujours rêvé d'escalader. Finalement, la butte Bonne-Nouvelle était trop près de chez lui et il n'en avait jamais gravi la pointe. Quelques pas entre les chariots à bras des livreurs et le Nigeria, et il y était déjà. Quatre étages avec un toit en pointe vers le ciel. De face, plus un phare qu'un immeuble. À hauteur du premier étage, il tomba sur une plaque gravée. Ranko écarquilla les yeux : cette pointe ne datait pas d'aujourd'hui. Un Chénier, poète, c'était écrit sur la plaque, avait vécu en 1793 dans cette flèche de pierre.

1793… Ranko resta pensif. La pierre avait une de ces mémoires. Voilà pourquoi il respectait la pierre : elle n'oubliait rien.

Il resta trente secondes à discuter avec la façade et ses lignes de faiblesse puis il salua la pointe Trigano, non sans lui donner rendez-vous.

Promis, il reviendrait.

★

Ranko ne continua pas tout droit. La rue de Cléry lui tendait pourtant les bras. Non, il n'avait toujours pas envie de retrouver son logis. Ce jeu d'échecs, il voulait le balader. Il était fier de son trophée. Alors, juste un dernier détour avant de rentrer. Dans l'humeur où il était, il souhaitait retrouver l'atmosphère des années 50 de la rue Beauregard. Elle avait été baptisée Beauregard parce qu'on y jouissait d'une belle vue. Là, Paris redevenait un village. Avec son jeu d'échecs sous le bras, il aurait pu marcher pendant des heures. Jusqu'à trouver un joueur.

Il s'arrêta près d'un lampadaire rétro et respira. Calmement. Plus question de fuir, pour une fois, marcher sans se presser, avec des rêves dans la main. Au niveau du n° 32, il fut pris d'une quinte de toux qui mit fin à son bonheur. Son nez se mit à couler. Il fallut sortir un mouchoir sans faire chuter l'échiquier. Il s'enrhumait. Et dans son métier, on ne s'enrhume pas. Grand inventaire de ses poches pour trouver le mouchoir. Il se souvenait en avoir pris un à carreaux. Un cadeau de sa grand-mère qui lui en avait offert sept. Un pour chaque jour. Tiens, voilà, les mouchoirs de sa grand-mère, Militza, étaient peut-être le dernier cadeau qu'on lui ait fait. Au moins, il était fixé.

En relevant la tête, il vit une Vierge. Une Vierge à l'Enfant dans une niche fermée qui le toisait parce qu'il se mouchait. Toute blanche, elle le lavait de la Tigresse et de son blouson rose nichon. Comment avait-il pu ne jamais remarquer cette statuette ? Il faut dire qu'elle était moins voyante que la gagneuse. Cette Vierge avait un petit nom. Elle s'appelait sainte Jeanne — c'était marqué en dessous de sa niche. Décidément, tout était marqué dans ce quartier mais comme il ne prenait pas le temps de s'arrêter, jusque-là, il avait joué l'aveugle sur son propre terrain.

Il salua sainte Jeanne et lui demanda de virer sa toux. C'était une prière raisonnable, il trouvait. Son regard passa de sainte Jeanne au ciel. Des petits nuages ébouriffés se couraient après. Puis Ranko vérifia les alentours. La rue était déserte et, même s'il n'était pas catholique, il n'allait pas se priver de prier. Personne ne le dénoncerait. Alors il se lança, elle avait l'air sympa, cette sainte Jeanne, il fallait en profiter.

Ranko n'était pas habitué à demander quoi que ce soit. Mais il la pria de guérir sa timidité pour oser faire ce combat. Voilà, c'était dit. Dans sa vie, il avait fui. Il s'était retiré du monde et de sa folie. Astrakan attendait de lui quelque chose d'insensé. S'exposer. Ça l'affolait. En serait-il seulement capable ?

Et la question qui allait avec : pouvait-il décevoir Astrakan ?

Il n'était pas certain de savoir encore se mêler aux hommes. Perchée sur le mur, sainte Jeanne baissait ses yeux sur lui. Il lui dit qu'il comptait sur elle.

Aujourd'hui, on croyait pourtant plus au diable qu'aux saints.

Il lui fit ses adieux et croisa son reflet dans la vitrine, sans inscription, que surplombait la Vierge à l'Enfant. Peut-être un ancien atelier d'imprimerie.

Il découvrit un joggeur avec un coffret en bois sous le bras.

C'était lui.

Il regarda le jeu d'échecs dans la glace et s'assombrit.

La pute avait raison, il était seul.

Dans le reflet, il découvrit un détail qui le perturba. Au bout de la rue perpendiculaire à Beauregard, un type se pointa avec une cigarette et une baguette sous le bras. Ranko n'aimait pas la façon qu'il avait eue de baisser immédiatement la tête.

Il hâta le pas. Il rentrerait direct. En flânant à côté de chez lui, il avait relâché sa vigilance.

Deux minutes après, il longeait le mur végétal de l'Oasis d'Aboukir au petit trot. Bref coup d'œil en passant, comme à un vieil ami. Ce mur aussi, il rêvait de le grimper. Vingt-cinq mètres de feuillage en plein Paris. Pas besoin de crapahuter au bout du monde — de quoi se croire dans la jungle à bout de bras. Les plantes poussaient sur un cadre métallique et du PVC expansé, il suffisait de s'y agripper. Sûrement, mais il n'avait pas le temps.

Passé le virage avec Cléry, il préféra courir. Sa tenue le permettait. Le coffret ne brinquebala même pas, les pièces étaient logées dans un vrai cocon de feutre. Il ne savait pas vraiment ce qui lui avait ordonné de courir mais ce type à la cigarette ne lui plaisait pas.

Ranko se retourna. La Vierge n'allait pas déjà le trahir, nom de Dieu. Mais l'homme était distancé. Une fois arrivé à sa porte, il serait rassuré. Si ce mot gardait du sens. Depuis longtemps, il avait un sommeil de gerboise. Le même cauchemar revenait. Il chutait mais il ne s'écrasait pas. Il dévalait le vide pendant des minutes qui lui semblaient interminables. Alors il pensait à tout ce qu'il avait raté ou pas fait.

À tout ce qu'il ne ferait jamais.

Parfois, il aurait préféré s'écraser.

Mais la vie était sacrée.

Et pas que la sienne, il le savait.

★

Place du Caire et ses savonniers, au tronc tortueux comme des mains de petit vieux. Sa chambre de bonne donnait sur eux. L'été, ces arbres avaient des fleurs jaunes qui attiraient les passants. Mais on était en hiver et leurs branches semblaient gratter le dos du ciel.

Ranko habitait l'immeuble au-dessus du passage, au sixième et dernier étage. Un immeuble en travaux, presque désert. De nuit, il préférait rentrer par les toits. Mais de jour, pas question de se faire remarquer à proximité de son domicile. Un couple prenait un verre au *Champollion*, le café d'en bas. Ranko compta en plus trois personnes isolées et deux ouvriers qui bavardaient au comptoir. Rien ne lui parut suspect. C'est son propre immeuble qui l'observait, avec ses têtes de déesses égyptiennes, ses frises et ses lotus sur les colonnes. Tout ce faste néo-gothico-égyptien pour saluer l'entrée de Bonaparte au Caire. Sa chambre de bonne n'avait pas cette prestance. Mais elle ouvrait sur le ciel et les savonniers, c'était déjà ça.

Quand Ranko fut sûr que le type ne traînait plus par là, il se décida à monter chez lui.

Arrivé à sa porte, il eut le souffle court. Il renifla et prit immédiatement conscience de ce qui clochait. Les odeurs de cuisine ne l'agressaient pas. Dans ce quartier, les gens faisaient frire de l'ail et de l'oignon comme en plein Sud. Normalement, dès midi, il gagnait l'impression de manger deux fois. Non, vraiment, ça n'allait pas. Son nez devait être complètement flingué.

En revanche, ses oreilles ne l'étaient pas. À l'étage d'en dessous, son voisin, un type aux cheveux tout frisés et au regard niais qu'il n'avait croisé qu'une fois, écoutait des tubes d'été en plein hiver.

On ne choisissait pas ses voisins.

Heureusement que lui, il vivait dehors, sinon l'un des deux aurait fini au milieu des branches des savonniers. Et il savait lequel.

★

Cliquetis des clefs dans la poche de son anorak. Ranko poussa la porte, la ferma à double tour et jeta les clefs sur son lit. Même un borgne aurait fait le tour de la chambre en deux temps, trois mouvements. C'était viril et spartiate. Il fallait être légionnaire pour se sentir ici chez soi.

Sur une mallette de l'armée en acier, il prit le temps de poser le précieux coffret. Puis il se rua vers un placard encastré dans le mur. Il en sortit une bouteille de *rakija*, l'eau-de-vie de prune qui réveillerait un mort et surtout un vivant. À chaque voyage, Astrakan lui ramenait de la *rakija*. Dans des bouteilles d'eau en plastique, comme les paysans de là-bas. Tu crois qu'ils boivent du jus de fruits alors qu'ils sont bourrés comme des coings dès le matin.

Astrakan avait une maison en Serbie, sur la terre de ses ancêtres. Il cultivait des vignes et des fruitiers. Pour lui, si on ne cultivait pas la terre de ses ancêtres, ils se retournaient dans leur tombe.

Ranko dévissa le bouchon. L'odeur lui piqua le nez. Bon signe, l'espoir revenait. Pour un Serbe, la réussite, c'était un toit sur la tête et une terre. Astrakan, il n'avait que la terre à la bouche. Dès qu'il rentrait de Serbie, il répétait en boucle que « sur la terre des Ancêtres, l'air est différent ». Dernièrement, il lui avait même promis qu'il lui trouverait un bout de terrain : « Ranko, un Serbe vit de ses mains. Nous, on n'en a rien à foutre des supermarchés Leclerc. Un Serbe est libre. » Depuis, tout l'argent qu'il gagnait ou presque, Ranko le mettait de côté. Il s'approcha du balcon-fenêtre qui donnait sur la place. Un jour, peut-être, lui aussi, il aurait des pruniers.

La bouteille dans une main, Ranko regarda le coffret. Au moins, cette chambre, il ne la devait pas à Astrakan. Il s'était débrouillé tout seul et payait en cash, rubis sur l'ongle, un mec du Sentier qui, en échange, ne lui demandait rien et passait six mois de l'année en Israël. Avec ses boutiques de confection en gros, il aurait pu habiller la moitié des femmes de Paris. Depuis les toits, Ranko voyait Montmartre et même un bout de tour Eiffel. Là-haut, Paris était un peu à lui. Pour le moment, sa terre était dans le ciel.

Il attrapa un gobelet en métal et se versa un filet de prune. L'alcool chanta comme un ruisseau. Ranko le porta à ses lèvres. Aussitôt, l'eau-de-vie provoqua une étincelle au fond de son corps. Très vite, elle irradia. Alors, il s'écroula sur le lit. Jamais un plafond ne vaudrait le ciel. C'est ce que les mecs du désert devaient se dire, non ? Ranko compta sur ses orteils pour le débarrasser de ses baskets. Il les envoya valdinguer sur le plancher. Avec un peu de chance, le bruit ferait peut-être comprendre au voisin que Paris n'était pas une île déserte.

Il essaya de s'étirer et soupira. La *rakija*, c'était bien mais il aurait eu besoin de jus de *raso*. Le *raso*, c'était la potion magique du Serbe. Du jus de chou fermenté, plein de vitamine C. Un demi-litre de *raso* le matin, et tout allait bien. Il se redressa sur son lit et fit craquer les jointures de ses doigts, une à une. À défaut, il savait ce dont son corps avait besoin. Ranko se releva. Dans le coin cuisine, un truc pour gnome qui tenait sur la longueur d'un bras, il versa de la *rakija* au fond d'une casserole toute cabossée. Elle chauffa et son parfum le plongea au cœur de sa région d'origine, la Šumadija.

Sous l'évier, il chercha un chiffon. Il le porta à son nez et même enrhumé, il trouva qu'il sentait la vieille bête abandonnée. Était-ce la nuit dernière qu'il avait pris froid ou dans le square avec son oncle ? Tout à l'heure, il n'aurait pas dû courir. Le chaud-froid, ça tuerait un para. En attendant que la *rakija* fume gentiment, il ouvrit le coffret en bois et libéra l'échiquier. Ça lui changerait les idées. Il le posa sur la caisse de l'armée et y plaça les pièces. Leur ambre capturait toute la lumière de la chambre. Quand ce fut le tour de la dame et du roi, il les embrassa.

Respect. Ranko revint à ses urgences et trempa le chiffon dans la casserole fumante. Il l'en retira avec les doigts et l'essora au-dessus de la casserole. Puis il se débarrassa de son anorak et ôta son maillot zippé, un truc en mérinos pourtant chaud, ruineux comme pas deux. Torse nu, il s'allongea sur le lit et s'entoura de l'écharpe serbe — le chiffon trempé dans l'eau-de-vie.

Quelque chose l'entourait.

Quelque chose de chaud.

Quelque chose qui prenait soin de lui.

Il ferma les yeux.

La Vierge à l'Enfant papillonna un moment derrière ses paupières puis la fatigue de sa nuit le frappa. Le coup de hache dans le chêne. Dans son sommeil, il s'enroula dans la couverture. Désormais, le géant ressemblait à une chenille.

Par les deux petites fenêtres sur toit de sa chambre, et celle, plus grande, du balcon, le jour déclina.

57

Suarez se sentait gonflé à bloc et quand il était gonflé à bloc, il lui fallait du fuel.

Au café, il avait appelé Thierry Rohat, un commandant de la brigade financière qui lui devait quelques services. Il voulait tirer le fil du Bonnet, sûr de décrocher une pelote.

À 16 heures, Rohat lui avait fixé rendez-vous à l'*Esmeralda*, une brasserie qui donnait sur le quai aux Fleurs, là où l'île de la Cité embrasse l'île Saint-Louis. Suarez n'avait pas bronché même si en hiver, sans sa terrasse, le café perdait la moitié de son charme. En même temps, ils n'étaient pas là pour un rendez-vous galant et tous les cafés du coin étaient bruyants.

16 h 10 : Suarez commanda un café et un verre d'eau. Rohat avait du retard. Il en profita pour avaler deux comprimés caféinés contre la migraine. La table était restée humide et l'un des comprimés s'émiettait. Suarez grimaça. Il détestait les comprimés qui s'émiettaient. C'était amer et rien ne justifiait que les médicaments vous empoisonnent la vie. Derrière la vitre, un couple de Japonais souriait. Ils longeaient la Seine, enlacés, et l'homme portait un

sac Pierre Hermé. Bêtement, Suarez se crut obligé de leur sourire aussi. En vérité, il leur aurait bien piqué des macarons pour faire passer l'amertume de ces satanés comprimés. Sans oublier que ce midi, il avait mangé trop vite — et qu'un sandwich anorexique du XVIe, ça ne comptait pas comme déjeuner.

Par fidélité, comme si ce sourire réciproque avait tissé un lien, il suivit le couple des yeux, jusqu'à ce qu'ils disparaissent. Est-ce qu'en hiver, un couple blotti comme les chats d'une même portée avait moins de mérite à se serrer ? Ça se discutait.

Alors, il arrivait, Rohat ? Qu'est-ce qu'il avait croisé ? Un boa ?

Sous la table, Suarez battit du pied.

Il était patient quand il le voulait. Et là, il n'était plus patient.

Ses tempes avaient beau le mitrailler, le retard de Rohat l'agacer et la faim le tenailler, il était satisfait de sa journée. Mais il ne pouvait se contenter d'être satisfait. Ses gars avaient gratté sur l'Audi et Ronan et Greg étaient partis à Aubervilliers pour vérifier le garage qui ressortait. L'Audi se cachait bien derrière une société-écran. Évidemment, rien de nominatif. À ce niveau-là, il ne fallait pas rêver. Grâce au doigt mis sur le domicile, un inspecteur des impôts détaché au groupe régional d'enquêtes économiques planchait, à la BRB, sur les fichiers de l'immeuble et les agences immobilières. Suarez avait passé son après-midi, lui, à éplucher des dossiers anciens pour voir qui pouvait avoir le profil et le calibre du Bonnet. Ses hommes avaient comparé les photographies tirées de la surveillance avec leur documentation. La vraie physionomiste du groupe était Myriam. Si elle ne reconnaissait personne, c'est qu'il n'y avait personne à reconnaître. Zéro de chez zéro. Ni le boss, ni la fille, ni les cerbères. Dans ce métier, on finissait vite humble. Ils avaient même passé à la loupe les surveillances d'autres services de terrain. Et les individus étaient inconnus de l'Identité judiciaire.

Restait la Financière.

Tant qu'il y a de l'espoir, il y a de la lumière.

★

16 h 15. Plus rien en Suarez ne pouvait faire croire qu'il était patient. Il était à deux doigts de déchirer la page des mots croisés du *Monde*, qui dépassait d'une table voisine, pour s'occuper à quelques définitions. Suarez se cassa le cou et déchiffra : « Vide les baignoires et remplit les lavabos. » Zut… il ne trouvait pas. D'un coup, il imagina les millions de personnes penchées sur le vide des cases des mots croisés. Remplir. L'être humain était né pour remplir. Il tira son portable de sa poche : aucun SMS. Là, c'était le vide complet. Mais qu'est-ce qu'il foutait ? On leur chourait leurs montres, à la Financière ?

Enfin, la chevelure blanche de Thierry Rohat moutonna au loin. Suarez cessa de tapoter la table avec le capuchon de son stylo. À force, le mec d'à côté, un barbu contrarié, le trouvait aussi endurant qu'un lapin Duracell.

Rohat salua Suarez d'un grand sourire. Mais qu'est-ce qu'ils avaient tous à sourire aujourd'hui ? C'était une manie. Et dire qu'on entend partout que les Parisiens tirent la tronche… Le commandant de la Financière rapprocha une chaise et y balança un gros dossier.

— C'est quoi, ça… ? Ton coupe-vent ? s'enquit Suarez.

Il s'imaginait que Rohat l'avait porté serré contre sa poitrine depuis le 36.

— Non, mais dedans, il y a peut-être des éléments pour toi, je ne sais pas.

Suarez se dérida. Il examina Rohat. Faisait-il semblant d'être essoufflé ? Les flics étaient des rusés — magouilles, embrouilles, débrouilles, il fallait se méfier.

— Désolé, reprit Rohat, mais dans le corridor de la mort, ils ne voulaient pas me lâcher.

Le corridor de la mort, c'était l'antichambre de la direction.

Suarez hocha la tête. Il comprenait. Il fit à nouveau semblant d'être patient. Rohat se tournait déjà pour commander à son tour un café. Il avait les lunettes du banquier new-yorkais, rondes à écailles, et des lèvres charnues qui mettaient en confiance. La tête d'un type sérieux et réglo. Donc, il était vraiment essoufflé. Grimper et descendre les marches du 36 ne le faisait pas léviter.

Après avoir vérifié les regards indiscrets, Suarez poussa les photos de surveillances vers le flic de la Financière. Il baissa la voix et montra le Bonnet du doigt.

— Je me demandais si tu ne l'avais pas déjà croisé ?

Thierry Rohat détestait se ruer sur les réponses. Il prit le temps de regarder.

— Sans bonnet… tu n'as pas ? dit-il, penché sur les images.

— Non, désolé, ce n'est pas un catalogue de mode.

— Et tu ne veux pas m'en dire un peu plus sur le contexte ?

Il connaissait la réponse. Suarez baissa les yeux.

— Pas pour le moment. C'est trop tôt.

— On tient à son os… ?

— On tient comme on peut.

— Bon… alors parle-moi de son allure.

— Son allure ? Sûr de lui, élégant, à l'aise, le genre de mec qui ne se demande pas comment il va payer ses impôts…

Rohat opina.

— … Et bien sûr, mais ça va avec le tableau, notre ami snobe le thon pas frais. Monsieur fait dans la jeunette stylée.

Rohat sourit.

— Dès qu'on a de l'oseille, on vire la vieille…

— Faut croire…

— Tu l'as entendu parler ?

— Non, pourquoi ? La surveillance était trop chaude, et je ne voulais pas griller mon objectif. Mais dis-moi pourquoi.

— Non, non, ça aurait permis d'avancer.

Et il se repencha sur les clichés. Le serveur arriva, un type survolté, sûrement sous amphét', qui déboulait en dérapant comme sur des patins à roulettes.

Suarez saisit une chemise et la plaqua sur les tirages photo. Le serveur posa un café à la droite de Rohat. Malgré sa glissade, rien n'avait débordé dans la coupelle.

— Toujours de sacrés réflexes.

Rohat avait attendu que le serveur s'éloigne pour le dire. Car il parlait de Suarez, non du serveur. Il était tendu comme un ressort. Toujours cette belle gueule d'enquiquineur, aussi. Suarez ne lâchait donc jamais. Heureusement qu'il prenait quelques rides au front. Rohat nota que sa barbe et sa moustache avaient poussé. Même sur un dispo, l'homme prenait encore le temps de se faire des mèches désordonnées. Sacré séducteur. Et pourtant, avec la femme qu'il avait…

Fallait-il contenter un mec à qui tout réussissait ? Rohat était ennuyé. Le Bonnet pouvait être l'un des hommes qui l'avait, un temps, intéressé. Un roublard de haut vol, qu'il n'avait jamais réussi à faire tomber. Trop rusé. Intouchable.

Est-ce qu'il lui en parlait ? Il attrapa un Post-it qui traînait et entreprit d'en faire du papier mâché.

Suarez sentit une hésitation. Il embraya :

— Je croyais que tu avais une bonne mémoire… Tu vas me décevoir. Allez, bois ton café, ça va te réveiller.

— Parce que j'ai l'air fatigué ?

— Non, tu as une bonne mine… Et les cheveux blancs les plus flamboyants du 36 ! Sans rire, comment tu fais pour avoir une masse pareille ?

— C'est l'amour, j'imagine…

— Et moi qui pensais qu'avec les femmes, on s'arrachait les cheveux !… « Le cœur d'une femme est un noyau de pêche. On la mord à pleine bouche, et, tout à coup, on se casse les dents. » C'est bien ce qu'on dit ? Qui est-ce qui a écrit ça ?

Rohat fit signe qu'il n'en avait aucune idée. Suarez enchaîna :

— Combien de temps, déjà, Mylène et toi ?

Rohat se redressa sur sa chaise et croisa ses bras sur sa poitrine.

— Trente-cinq ans.

— Trente-cinq ans…, répéta Suarez. T'imagine qu'aujourd'hui, même une machine à laver ne dure pas trente-cinq ans…

— Je ne suis pas persuadé que la comparaison soit flatteuse, flatteuse, Stéphan…

— Idiot, c'est juste la longévité, que je comparais… Tu les fidélises !

— Je LA fidélise, pour le coup. Mon bonheur, tu sais, c'est à 60 % le bonheur de ma femme.

Suarez en resta bouche bée. Finalement, on était plus habitué aux horreurs qu'aux belles nouvelles. Son regard fut attiré par un joueur d'harmonica qui s'installait sur le pont Saint-Louis avec dix tonnes de poncho sur le dos. 60 %… Pourquoi 60, et pas 100 ? Avec Tamara, il espérait que ça durerait le restant de sa vie. En même temps, il redoutait le moindre problème qui les séparerait. La maladie, un accident, un connard dont elle tomberait amoureuse, la lassitude… Zut, la liste était longue et la vie bien trop courte.

— Et avec Tamara, tout se passe bien ?

— Oui, sourit Stéphan. Autant qu'on puisse supporter un flic de PJ. Parfois, je me demande comment elles font…

— Au moins, elles ne nous ont pas sur le dos toute la journée…

Revenir au Bonnet. Suarez attrapa la chemise et découvrit à nouveau les photos.

— Thierry, tu ne veux pas jeter un dernier coup d'œil… ? Des types pareils, je suis sûr que ça ne court pas les rues… Et si t'es sympa, je te sors les photos de la fille. Ça change des bonnes têtes de vainqueur…

Rohat saisit les tirages d'une main et releva ses lunettes. Soudain, il eut une idée. L'évidence le rattrapait.

— Et la téléphonie, qu'est-ce qu'elle dit ?

Suarez balaya la question de la main.

— L'XY a échangé avec notre cible mais c'est un toc, achat libre, identité bidon. On ne peut rien remonter avec ça. Le groupe allait s'attaquer aux fadettes quand je suis parti.

Rohat n'eut pas l'air surpris. Il s'apprêtait à dire quelque chose mais il revenait sans cesse aux images pour découvrir un détail qui lui aurait échappé.

— Alors ? relança Suarez avec une nuance d'espoir.

— Alors...

Il eut un bref regard pour Suarez qui était aux aguets, en appui sur ses coudes. Le lion qui bouffe à tous les râteliers. En même temps, il avait su se montrer présent aussi. Le ping-pong en solo, ça ne durait pas longtemps. Il se repositionna sur sa chaise avant de déclarer :

— Ton mec, je crois que je le connais.

Le visage de Suarez s'éclaira. Derrière la vitre, le ciel de Paris avait encore pris un coup de gris.

★

— Ah !...

— C'est un pro.

— Tu l'as eu dans tes locaux ?

— Non..., fit Rohat, contrarié. J'aurais bien aimé... On a la chance qu'on mérite, à ce qu'il paraît.

— ... Un pro de quoi, alors ?

Dans les yeux de Suarez, la curiosité flambait.

Rohat eut un long soupir, comme si on lui arrachait un secret, puis balança :

— Fraude aux faux ordres de virement.

— Aaah, ouais. Du gros.

— Du très, très gros.

— Et comment as-tu…

— Mon informateur, le coupa Rohat. Un mec ingérable, parano et mégalo.

— Un tonton, quoi.

Rohat opina.

Suarez pensait qu'il tenait du gros gibier mais là, il eut l'impression de glisser en terrain miné. Le boss devait être redoutable.

— Tu as cinq minutes ?

— Je suis comme ta femme, Thierry, j'ai toute la vie.

— Flatteur. Estime-toi heureux car je ne vais rien te cacher. Je ne sais même pas comment tu as pu le prendre en photo.

Son admiration était sincère. Le serveur vint les débarrasser. Cette fois-ci, il cavalait sans déraper. Il voulait savoir ce qu'ils reprenaient.

— Un chocolat viennois, dit Suarez.

Rohat écarquilla les yeux.

— Je n'ai pas assez mangé alors ça fera boisson et dessert. Et tu sais quoi ? Je touillerai la crème pendant tes récits.

— Je croyais que tu étais un grand sportif, dit Rohat, amusé. Le sucre, ce n'est pas mauvais ?

— Si, mais je suis un sportif qui fume, qui boit cent litres de café, des liqueurs en bonne compagnie, et qui bouffe des gâteaux à la crème quand ça lui chante. Y en a deux par siècle.

— Tu es un peu comme le Doc ?

— Exact. Le Doc, c'est mon modèle.

Le serveur ne tarda pas à déposer le chocolat viennois sur la table.

— Et un Fujiyama pour monsieur.

Il est vrai que le dôme de crème, poudré de cacao, montait vertigineusement.

— Tu vas te taper ça tout seul ? dit Rohat en riant.

— Et comment !

Puis il prit un air sérieux :

— Je t'écoute.

Il planta la cuillère dans la chantilly sans quitter Rohat des yeux.

— Alors voilà. Je ne sais pas le nom de ton mec. Dans le milieu, on l'appelle Astrakan.

— Pas courant…

— Non. Ses méthodes non plus. D'après mon indic, il aurait piloté, entre autres, le faux ordre de virement signé par le directeur financier de la filiale d'Ingenium à Belgrade et celui du comptable d'Economax à Paris. L'escroquerie est complexe car, parfois, l'argent change cinq fois de pays en vingt-quatre heures.

Suarez lécha sa cuillère et tenta une gorgée. Trop chaud. Il avait largement le temps d'écouter.

— Le procédé exploite diverses failles. Humaines et technologiques. On pourrait croire que ça ne marche que sur les naïfs mais aujourd'hui, les gens sont tellement dans la peur et le doute, et à tous les niveaux, que, crois-moi, ça fonctionne sur quasiment n'importe qui.

— Je te crois.

— Tout commence par un environnement de l'entreprise. Avec Ingenium et Economax, ils ont dû ratisser large et récupérer sur Infogreffe le max d'infos, noms, signatures, contacts, et dépouiller les K-bis. Ces types-là ne sont pas des bébés, ils te parlent même la langue du directeur s'il le faut. Ils utilisent généralement des cartes israéliennes prépayées.

— Intraçables, c'est ça ?

— Oui, intraçables. Ensuite, ils procèdent généralement de l'étranger. Ils choisissent leur cible et l'appellent d'un pays pas forcément porté sur la coopération, et prétextent un contrôle fiscal qui va tomber sur la gueule de l'entreprise. Ou, comme pour Ingenium, un projet ultrasecret de fusion-acquisition. Grâce aux plates-formes de dématérialisation, le numéro de téléphone qui leur sert est converti en numéro français. Le mec ne se méfie pas. Il voit qu'on l'appelle depuis le même département alors sa méfiance reste en mode somnolence.

— C'est rusé…

— Faire semblant… C'est vieux comme le monde.

Le chocolat avait refroidi. Suarez en but une gorgée sans regarder la tasse. Les yeux dans le vide, il réfléchissait. Qu'est-ce que le Gecko manigançait avec un type pareil ?

— Après, tu connais… Tout repose sur des comptes-rebonds et tu rames avant d'être sûr du pays destinataire des fonds. Pour les deux dossiers, on n'a rien remonté.

Un silence, et il reprit :

— Tout à l'heure, je te posais la question de savoir si tu l'avais entendu parler car je me suis toujours demandé de quelle nationalité il était. Sur ce point, mon indic n'a pas su me renseigner. Il paraît que c'est un mordu d'art, voilà tout ce que je sais… Mais c'est un discret. Un rusé et un discret. Je ne l'ai vu que sur une série de photos. Sa gueule ne fait pas partie du tout-venant non plus. C'est lui, j'en mets ma main à couper.

Par réflexe, Suarez observa sa main. Elle était fine et soignée, les ongles sûrement limés.

— C'est devant son domicile ?

— Non, mentit à moitié Suarez, on pense qu'il avait rendez-vous.

— Tu me montres la fille ?

Suarez n'avait même pas eu le temps de le dire.

— Sûr !

Et il lui tendit les autres photos.

— Il a bon goût…, commenta Rohat.

— Apparemment, ce n'est pas le genre de mec à faire trop d'erreurs.

— Non… Elle, c'est certain, je ne la reconnais pas.

— Pas grave, tu m'as déjà abreuvé plus qu'un taureau au bord du ruisseau.

— … Et je peux t'assurer, Taureau, que tu es un privilégié.

— Je le sais, dit Suarez en lui tapant l'épaule, je le sais…

Il brandit son portefeuille, s'appropria la note et chercha la monnaie.

— Regarde, tu auras au moins gagné un café ! dit-il avec un clin d'œil.

— Un indic te le renverrait à la gueule, à ce prix-là !

Et il mima le même clin d'œil appuyé.

— Alors, c'est le prix de l'amitié !

Quand ils sortirent, la température avait encore chuté et les cols des Parisiens remontaient. Suarez reconnut quand même le directeur adjoint du 36 qui longeait le square Jean-XXIII, de son pas affairé. C'était une autoroute, cette petite rue du Cloître-Notre-Dame.

Ils se saluèrent et Suarez, qui avait déjà moins

mal à la tête, traversa le pont. Avant de retourner au bureau, il passerait à la pharmacie de l'île Saint-Louis pour faire le plein de comprimés. En plus, la pharmacienne était la plus jolie de Paris.

58

En quittant la pharmacie, avec le sourire et ses comprimés, Suarez sentit son téléphone vibrer. Il s'arrêta sur le pont Saint-Louis. Le vent s'engouffrait dans l'entaille de la Seine. Au-dessus de la flèche de Notre-Dame, épineuse comme un cactus.

C'était Dino, de l'Identité judiciaire.

Suarez s'empressa de répondre en protégeant son oreille du vent.

À ses pieds, le fleuve tourbillonnait.

— Stéphan ?

— Je t'écoute, Dino.

— On a l'identité de ton mec.

Tout en Suarez se galvanisa. Il tourna la tête de côté, en direction de Notre-Dame, comme si la cathédrale allait livrer le secret.

— T'es prêt ?

— Sadique… me fais pas mariner.

— Ranko LUKOVIĆ.

— Y a du vent, répète !

— Prénom : romeo, alpha, november, kilo, oscar. Nom : lima, uniforme, kilo, oscar, victor, india, charlie. Charlie avec un accent aigu sur la tête. Me demande pas comment ça se prononce. Ton mec, il est connu pour peanuts : une tentative de casse façon monte-en-l'air où il s'est fait surprendre par la patrouille. Comme il était primo-délinquant, il n'a pas été déféré. Il n'a pris qu'une peine de principe, sans aller au trou…

Suarez s'adossa contre la rambarde métallique du pont et croisa les jambes. En lui, un nœud se défaisait. Soudain, l'hiver parisien parut une plage avec cocotier. Enfin, ils tenaient du solide. Du bon gros câble qu'ils allaient tirer.

Une femme passa avec un chihuahua blanc comme neige sous le bras qui grelottait. Suarez faillit l'embrasser. Putain, le Gecko s'appelait Ranko ! Enfin, le Gecko était baptisé ! Leur supposé Italien était un Serbe… Bien sûr qu'il était serbe…

Exit Mauro. À eux Ranko.

Suarez fixa à nouveau la flèche et remercia Notre-Dame pour le baptême.

Il entendit à peine Dino s'excuser :

— Désolé, Stéphan, l'enveloppe est partie direct au Labo bio pour un cycle d'extraction en urgence mais il nous fallait au moins six heures pour dégainer.

— Vous avez été parfaits, Dino, vous avez été parfaits… Je te promets ta bière pour faire mousser l'hiver.

Il raccrocha et ne put s'empêcher de courir vers la rue de Lutèce et son bureau.

Désormais, ce n'était plus un fantôme qu'ils cherchaient.

Le prénom, il n'arrêtait pas de le répéter.

RANKO. RANKO.

Comme un talisman.

RANKO. RANKO.

Comme un enfant.

59

Un rêve étrange s'empara de Ranko. Il jouait avec Svetozar Gligorić, là, au beau milieu de la pièce, quand Gligorić s'était mis à prendre les traits d'un roi et à grandir, d'un coup, jusqu'à défoncer le toit. Il s'était étiré en tour Eiffel et Ranko s'était dit que la seule chose qu'il lui restait à faire, c'était de l'escalader.

Quand il se réveilla, le chiffon était tout ratatiné sous sa poitrine mais il respirait déjà mieux. Son oreiller était trempé. Il porta la main à son cou, le tâta, satisfait, et sourit : un Serbe avait de quoi ruiner l'industrie pharmaceutique. Coup d'œil à sa montre entre deux bâillements. Pas de doute, l'heure avait tourné. Quand il se souvint de son rêve, il fut tellement perturbé qu'il n'était pas loin de prendre sa température.

Sur la caisse, le jeu d'échecs était toujours là. Troublé, il se demanda ce qui l'attendait encore.

Heureusement, il reprenait des forces à vue d'œil. Il en profita pour se masturber en rêvant de tout ce qu'il avait repoussé pour avoir la paix. Sitôt sorti du lit, il se jeta sur une boîte de thon, et mangea à même la boîte en rêvant de porc à la broche. Mais tout seul, on se faisait plus une boîte de thon qu'un porc à la broche. Le thon était fade, le plaisir était triste. Fourchette en main, Ranko observa un bout de ciel par les fenêtres au-dessus de sa tête. Le ciel crachait de gros nuages comme une vieille locomotive. Dehors, le froid devait chasser les hommes. La place ne grouillait sans doute pas.

Son regard tomba sur le mur et le calendrier qu'il avait punaisé. Bordel, il n'y croyait pas : le 1er février était dans dix jours. Dix jours ! Comment c'était possible ? Même s'il n'était pas question de gagner ce combat, il ne voulait pas se ridiculiser.

Il se calma en se répétant que, pour le présent, il devait tout faire pour que la Murène ne l'arnaque pas. Chaque chose en son temps. Il le verrait demain et demain comptait plus que le 1er février.

Quant à s'entraîner, il ne faisait que ça.

Dans son mouchoir de poche du Caire, on trouvait même une barre de traction et un sac de frappe. Deux chambres de bonne avaient été reliées et la cloison abattue, mais le tour en restait vite fait. Un mec qui l'entraînait quand il était jeune lui avait appris que c'était au sportif de s'adapter à l'environnement, pas le contraire. Depuis, Ranko traînait partout son sac de frappe quand il déménageait.

Les échecs étaient un autre problème — il manquait cruellement de partenaire. Son niveau, il fallait être clair, il l'avait perdu.

Astrakan le savait. Sans doute la raison qui l'avait poussé à lui offrir ce jeu.

Pour le motiver.

En boxe aussi, il manquait de partenaire. Fichue solitude. Mais son mental et son physique étaient sans faille.

Ranko retourna à sa casserole. Rien ne se perdait. Au reste d'eau-de-vie, il ajouta de l'eau et du sucre. La petite montagne de sucre ne resta pas longtemps blanche. Parfois, il le caramélisait avant de verser l'eau-de-vie. La version de gala.

Il donna quelques tours à sa préparation en secouant la casserole et porta le tout à ébullition. Quand il le but, brûlant, ses poumons le remercièrent comme s'il faisait une révision de la chaudière. Comme disait Astrakan, reprenant un proverbe serbe : il vaut mieux être bourré que vieux. Reconnaissant, son cerveau lui lança de quoi le rassurer. Les batteries étaient rechargées, il donnait le feu vert pour la barre de traction. Le Serbe enchaîna les séries, encore et encore.

Dehors, le ciel, couvert, virait au gris ardoisé. Ranko alluma un néon au-dessus d'un miroir qui ne lui servait que pour se raser. Il se passa un gant sous les aisselles avec un coup de Monsavon et enfila un pull propre à col camionneur sur un jean convenable. De toute façon, à côté d'Astrakan, il ne ressemblerait à rien, alors ce n'était pas la peine de se démener.

Ne restait plus qu'à sortir l'Ami.

Ranko poussa le lit et s'agenouilla. Dans une cache du plancher, il trouva ce qu'il cherchait. Un Sig-Sauer P210. Du beau, du bien fini, du bien fait. Il le soupesa dans sa main, un geste qui le rassurait. Question armes, la Suisse assurait. Comme pour les montres. Peut-être parce que la mort a des vertus d'horlogère, non ?

Ranko posa l'arme près du jeu d'échecs. Le bruit ne plaisantait pas. Le style non plus. Ranko n'aimait pas le rococo et pour son Sig, il avait préféré des plaquettes en noyer turc, quadrillées à la main. Ce quadrillage n'était pas du badinage : il assurait la meilleure préhension du monde. Au centre, un insert en métal laqué supportait son initiale : R. Son prénom mis à part, le R avait encore un autre sens, encore plus caché.

Un bonnet, des chaussures montantes, et il était prêt.

Ranko éteignit la lumière.

Dehors, il se connaissait suffisamment d'ennemis pour sortir l'Ami.

60

— Qu'est-ce qu'ils foutent à Concorde ?

Myriam avait posé la question en bâillant. Il était 20 h 30 et elle avait tenu à accompagner Stéphan après la bonne nouvelle du recoupement de Ranko. Un dernier tour avant de clore définitivement la journée. Elle avait commencé aux aurores, à se geler dans les bosquets, elle voulait voir ce soir ce qu'il en retournait. Surtout après sa belle trouvaille sur feuille morte.

Ronan et Thierry, qui avaient pris le relais, les avaient avertis que Ranko était ressorti. Il avait l'air mieux sapé que d'habitude : se méfier s'imposait, ce n'était pas le moment de remballer. Les mecs qui vont visiter les beaux quartiers ne s'habillent pas comme le dernier des paumés. À leur grande surprise, Ranko était revenu au domicile du boss. Mais il n'était pas passé par la porte d'entrée. Ils l'avaient aperçu, vif comme une flèche, lancé dans l'ascension de la façade. Puis ils l'avaient perdu de vue. Quinze minutes après, l'Audi se mettait en warnings devant le n° 67, et Ranko montait avec le boss et la jeune femme.

Myriam aurait dû être rentrée chez elle, à Charenton-le-Pont. Mais elle était encore là, fidèle au poste. Ce métier était le pire des amants. Ses yeux firent le tour de la place de la Concorde pour comprendre ce que le boss et Ranko tramaient. Thierry les avait prévenus que l'Audi se garait en contrebas, près de la descente qui desservait le quai.

Stéphan n'avait pas entendu la question de Myriam. Il était plongé dans ses pensées. Le Doc l'avait rappelé et Carmel était toujours en réanimation. Le temps n'était pas à l'euphorie : intubé, ventilé, Carmel ajoutait désormais au tableau une pneumopathie infectieuse-bactérienne. Chez les patients intubés, le cas n'était pas rare. Au ton de la voix du Doc, Stéphan avait senti son cœur taper plus fort. Au niveau pulmonaire, cette pneumopathie provoquait une défaillance respiratoire et un œdème lésionnel. Les mots, en cascade, tombaient drus. Pour se protéger, Stéphan avait soudainement écouté, comme si le Doc ne parlait plus de son ami. Carmel était en hypoxie profonde, difficile à compenser. Il restait abonné à la réa. Pour combien de temps ? Le corps en déciderait. Quand pourrait-il le revoir ? Ses mains se crispèrent sur le volant car la question était : le reverrait-il seulement ? Carmel était toujours dans le coma. On en sortait, de ce pays froid ?

Le regard de Suarez chercha refuge dans la nuit.

Autour d'eux, la place de la Concorde réchauffait l'hiver de ses lumières. Des lampadaires à la Grande Roue de Paris, en passant par l'obélisque éclairée et les phares des voitures, partout des feux follets. Hypnotisé par les lumières, Stéphan Suarez douta, pour la première fois, que Carmel s'en sorte.

Quel feu pour le réchauffer, dans l'état où il était ?

Dans le coma, avait-on les yeux ouverts ou fermés ?

En cet instant, un détail qui ne l'avait jamais marqué plus que ça prit une importance démesurée. Il se rappela qu'il n'y a encore pas si longtemps, on posait une bougie allumée pour veiller les morts. Aujourd'hui, même mort, on crevait de froid.

Les mains collées au volant, il roula. Mécaniquement.

Durant trois bonnes minutes, Ranko s'était éclipsé de ses pensées.

Le cerveau de Suarez se remit à mouliner et Ranko revint au grand galop. Au groupe des Enquêtes générales de la BRB, Suarez avait un contact : Christian, l'un de ses hommes qui avait migré aux Enquêtes G pour voir autre chose. De lui, il avait tout à l'heure appris que l'Attaque de la diligence piétinait. Rien ne suintait, quelques broutilles exceptées, des broutilles qui n'avaient jamais aidé à sortir une affaire de cette trempe. En haut, il n'y en avait pourtant que pour Nasser Al-Jaber. Le fric n'avait pas besoin de gueuler. Les politiques déroulaient un tapis rouge au fric. Suarez ne regretta pas cette pression mais il s'en voulut tout de même de ne pas avoir l'affaire. Il redoutait que Carmel ne meure pour rien, pour ce sale fric et des bijoux, et que nulle justice ne vienne venger sa mémoire.

En lui, Suarez tenait à laisser la lucarne de l'espoir éclairée, mais que Carmel vienne à mourir sans que personne ne paye, non, il ne pourrait l'accepter.

Sur la place de la Concorde, Suarez, comme ses obsessions, tournait.

En rond, jusqu'à trouver comment s'échapper de ce cercle fermé.

Avec son flair de femme, Myriam dut sentir une forme de recueillement. Elle laissa Stéphan rouler tranquillement. Son chef amorçait un deuxième tour de la place de la Concorde, sans doute pour attendre le bon moment et ne pas coller aux objectifs. Il ne lui avait pas répondu, il avait ses raisons. Point. Elle mesurait sa chance d'avoir un chef comme lui. Il lui avait tant appris. Elle réalisait aussi combien il lui faisait confiance. Cette confiance l'honorait.

À hauteur du Crillon, elle le guetta du coin de l'œil : Stéphan était bel et bien perdu dans son monde. Chez lui, c'était assez fréquent. À son tour, elle s'abandonna au sien. Sans s'en rendre compte, elle venait de fermer les paupières. Durant cinq secondes, peut-être.

Elle ne comprenait pas comment elle avait pu embrasser Seb, ce matin. C'était un jeu, un rôle — et ce n'était rien de ça. Tout fut soudain nébuleux, et n'exista pas. Elle l'avait rêvé, elle avait dû le rêver… Le pire était qu'elle ne ressentait aucune sorte de culpabilité.

Suarez attendit les instructions de Ronan et de Thierry en tapotant le volant. Dans leur dos, une ribambelle de voitures montait nerveusement les Champs-Élysées. Cette avenue était devenue un boulevard d'excités. Ronan annonça que l'Audi quittait le cours de la Reine pour se diriger vers les quais. Un temps, ils s'étaient interrogés sur la proximité entre Concorde et Vendôme, à cause des bijouteries mais sans vraiment y croire car Ranko ne faisait ni dans la bande organisée ni dans les méthodes express du *hit and run* au pied-de-biche.

Suarez confirma la bonne réception et continua.

En ligne de mire et pour une deuxième fois, il se tapa le délire des rampes lumineuses de la Grande Roue. Du bleu blanc rouge plein les yeux — rusé.

Tout le monde n'était pas malheureux. Marcel Campion, le roi des Forains, avait investi pas moins de dix millions dans cette nouvelle roue. Dix millions. Suarez n'en revenait pas et il pensa : « C'est comme en tout, le paon fait la roue. » À cause de la roue, il songea au supplice et au coma de Carmel. Aux écarts de destinée, aussi.

Il faudrait qu'il demande au Doc si on souffrait, dans le coma. Ou si le corps refusait le supplice et débranchait lui-même. Pas totalement, mais presque. Dans cette zone frontalière où la vie et la mort se donnent la main. Suarez se mordit la lèvre et s'agrippa au volant. Putain, Carmel ne pouvait pas mourir. C'était absurde, injuste. Lui qui passait sa vie à protéger les autres… Là-haut, quelqu'un aussi devait rallumer.

Il le fallait.

— Accroche-toi.

Du fond de son puits, Suarez ne se rendit même pas compte qu'il parlait tout haut. Il s'en remettait à ses réflexes mais en vrai, il avait disparu dans les abysses.

Accroche-toi : Myriam le prit pour elle et s'arrima à la poignée de confort au-dessus de sa tête. Quand elle vit que Stéphan ralentissait pour se garer près de la Grande Roue, le malentendu fut total.

— On s'arrête ?

Stéphan remit pied dans la réalité.

— Oui, on va jouer les couples et passer sur le pont de la Concorde.

Myriam ne put s'empêcher de sourire : encore jouer les couples ?

Comme s'il lisait dans ses pensées, Suarez ajouta :

— C'est ça, aussi, d'être la seule femme du groupe !

— Y a pas de femmes dans la police, y a que des fonctionnaires, sourit-elle.

Il se pencha vers elle pour vérifier que rien ne dépassait de la boîte à gants. Son menton finit presque sur ses cuisses.

— Le bleu est bien dedans ?

— Oui, Stéphan, et la radio de bord est coupée.

Quitte à se faire enlever la voiture, Suarez privilégia la discrétion et n'abaissa pas la plaque police. Ils descendirent de voiture et le froid les cueillit aussitôt. Suarez fit claquer sa portière un peu trop fort.

Ce serait un jeu de courte durée.

Les deux marchèrent en direction du pont de la Concorde. Plus ils se rapprochaient du pont, plus le vent, léger, renforçait la sensation de froid. Myriam chercha ses gants dans sa poche. Quand il fait froid, on ne les trouve jamais assez vite. Elle ne portait plus son beau manteau mais une parka noire, matelassée, très chaude. Quant aux escarpins, vu la température, elle douta même de les avoir portés. Maintenant, elle avançait en bottes fourrées, bien contente d'avoir le chauffage à ses pieds.

Stéphan la prit par le bras, sans en profiter. À sa façon de la tenir, elle devina une légère retenue qui mettait les choses au clair.

Ce matin, avec Seb, elle n'avait pas senti cette retenue.

Mais ce détail, elle ne le partagerait avec personne.

Elle pensa à son compagnon, Julien, qui l'attendait. Elle n'aurait jamais dû jurer que pour une fois, ils iraient au cinéma.

Jamais.

61

— Love Love, je prends un pari…

— … Vas-y !… Paris est tout ouïe !

Ylana tendit l'oreille, mais Astrakan laissa sa phrase en suspens.

Sous leurs yeux, la Seine coulait comme un ruban. Un ruban noir comme un catogan. Des lumières se reflétaient et lui inventaient plein de petits poissons dorés. Les péniches d'habitation, elles, dormaient. Elles étaient situées rive droite, côté Tuileries. Et pour gagner le droit de loger à deux pas de l'Assemblée, mieux valait avoir du trèfle et des lauriers. Astrakan, Ranko et les One descendirent jusqu'au fleuve par le cours de la Reine. En surplomb, s'étendait le Grand Palais et, plus haut encore, les Champs-Élysées. Ylana riait parce que sur la portion de pavés disjoints, peut-être gelés, One le Blond roulait comme une mémé. Le cerbère n'était pas habitué à se faire chambrer sur sa façon de piloter mais d'elle, c'était un miracle, tout passait. Dans la descente, goudronnée, il avait remis le paquet. En bas, One le Blond gara l'Audi S8 et Ylana sauta de la voiture. Ses bottines en velours, à festons dorés, dansèrent sur les pavés.

— Alors, alors, mais qu'est-ce que vous faites ?

Il vous faut vraiment cent ans pour sortir d'une bagnole, c'est pas vrai… Que des larves ! On y va ?… C'est bon ?… C'est de quel côté ?

Astrakan lui désigna un ponton qui reliait deux péniches entre elles et lui fit signe qu'il la rejoignait. Se tournant vers One le Blond, il lui ordonna de rester dans l'Audi. Dans sa tête, il devait être toujours prêt à repartir. À l'abri du vent, il s'alluma une cigarette.

Ylana était l'enthousiasme incarné. Tout ce qui était nouveau lui plaisait.

Ranko l'observa un instant.

Il était fier de sa gaieté. Lui, il se sentait, comme Ylana le surnommait sans se tromper, un ours des Pyrénées. Il se serait plus vu jeter des pierres et faire des ricochets dans l'eau que se jeter dans la gueule de l'inconnu avec ce mystérieux rendez-vous. Car Astrakan n'avait rien laissé filtrer. Personne ne savait où ils allaient. Il avait seulement dit à Ylana : « Sois sexy, sois toi. » Elle avait sauté dans un pantalon-bustier avec un gros nœud en satin noir sur le devant. Derrière, tout était zippé. D'un geste, elle était nue de la tête aux pieds. Le pantalon-bustier avait disparu sous une veste courte en mohair. Puis elle s'était enroulée dans un immense châle qui aurait pu contenir un terre-neuve. Quand elle avait demandé ce qu'il en pensait, il avait décrété :

— Parfait.

La veste en courte laine, Astrakan la lui avait achetée le jour même. Il avait fait piler One et One devant une boutique après avoir entendu s'extasier Ylana. Cinq minutes à tout casser, pochette cadeau comprise et pourboire à la vendeuse.

Sur ce quai de Seine, tandis qu'ils attendaient Astrakan, Ylana s'approcha de l'ours.

— Ranko, tu aimes Paris ?

Il regarda l'Assemblée, il regarda tous ces toits qui le narguaient, il regarda la nuit où de rares étoiles se perdaient et, sans se tourner vers elle, il dit, d'une voix sereine, à laquelle Ylana n'était pas habituée, si sereine qu'elle riait :

— Je crois qu'elle m'a adopté…

Alors il pivota vers elle.

Il rayonnait.

Ylana fut heureuse de ce court moment d'intimité. Elle ne pouvait pas dire pourquoi, mais cet ours, elle l'aimait. Quelque chose en Ranko la rassurait.

Astrakan les rejoignit au trot, même si on voyait qu'il faisait tout pour ne pas glisser. Sur le ponton, il leur recommanda d'avancer prudemment. Une fois, il avait failli glisser. Vu la température de l'eau, il ne le conseillait à personne. Astrakan qui donnait des leçons de prudence ! One le Brun clôturait le cortège. Ylana l'entendit raconter à Ranko qu'une fois, il avait balancé un type dans la Seine, il y avait quatre ans de ça, un 23 janvier exactement, et que le mec, au bout de cinq minutes, avait coulé subitement, v'lan, comme un menhir.

— On est arrivés.

Astrakan désignait une péniche hollandaise. Le genre qu'on croise autour d'Amsterdam, sur les polders. Vingt-huit mètres, vert et acier foncé. Elle était plus fine que les françaises avec une dérive en bois pour remonter au vent. Ylana la trouva belle. Elle n'avait pas mis les pieds sur une péniche depuis quand ? En fait, elle eut honte de réaliser que c'était la première fois. Elle ne l'avoua pas.

Un baptême. Ce serait un baptême.

★

Ils passèrent sous une chaîne et leurs pas résonnèrent sur le pont, jusqu'à une petite guérite qui marquait l'entrée. Astrakan jeta sa cigarette. Un escalier à la forte pente descendait. One le Brun resta posté en haut des marches tandis que les autres s'engouffraient. Astrakan aida Ylana à ne pas se casser le cou. C'était drôle. Tout était exigu, tout était mouvant. Quand elle eut passé l'entrée, la première chose qui la frappa fut l'odeur. La même odeur que celle de la boîte à gâteaux qu'une dame âgée lui ouvrait, quand elle était petite, pour lui sortir des boudoirs un peu fatigués. Ylana n'aimait pas les gâteaux, elle détestait les boudoirs gorgés d'humidité — elle les appelait *les éponges* et disait : « On m'a donné à manger des éponges » — mais la dame était gentille et quand on est enfant, *non* est un mot très grand.

Ylana sourit à son souvenir. Contre la coque du bateau, elle entendit l'eau qui clapotait. C'était dépaysant à souhait. Pied légèrement de biais, elle descendit les cinq marches. Alors elle aperçut un homme qui s'avançait vers elle, en veste droite et col roulé, les cheveux ondulés, ramenés en arrière. Plutôt pas mal, sans rien bouleverser, avec une écharpe à motifs graphiques et des souliers qu'une fourmi devait prendre pour un miroir. Elle le regarda encore, de la tête aux pieds, avant de forcer son sourire et de le saluer. Elle avait tendu la main mais il avait pris le bras entier. Il était remonté derrière l'épaule en lui souhaitant la bienvenue et en l'embrassant. Derrière, Ranko la dépassait d'une tête, mais l'homme fit comme s'il le découvrait et lui tendit une main désintéressée.

Il s'appelait Aleksandar, dit le K.

Aleksandar rattrapa Astrakan qui avait continué, visiblement familier des lieux et pressé d'arriver.

Le K présenta en deux mots l'*Eendracht* — c'était la devise de cette péniche. Ylana voulait s'asseoir, il lui donnait le tournis. Elle remit son châle au cou nu d'une statue puis s'adossa contre la paroi métallique. L'intérieur, élégant, était en bois clair. Ylana s'était attendue à un lieu sombre : elle avait perdu. Elle écoutait d'une oreille distraite, préférant découvrir toute seule ce que le type se fatiguait à expliquer. Pourquoi les gens avaient toujours besoin de remuer ? Elle sentait qu'il la regardait, sans doute un peu vexé. Elle l'entendait raconter qu'*eendracht* signifiait « union » en néerlandais. Il cita même la devise de la Belgique : « *Eendracht maakt macht.* » L'union fait la force. Elle ne comprit pas pourquoi ça le fit rire mais elle, ça ne lui faisait ni chaud ni froid. Au moins, dans son haricot sur l'eau, on ne se gelait pas. C'était tout en longueur, et il leur proposa de visiter. S'ils le souhaitaient, ils pouvaient monter au poste de pilotage. Ylana sentit naître son intérêt. Enfin, ils n'allaient pas que bavarder. Parce qu'applaudir à la vie de ce mec, elle en aurait vite assez.

Déjà, l'odeur lui devenait agréable. Comme un lieu hors du monde où l'eau les protégeait.

Ils firent quelques pas et Astrakan se retourna.

— Love Love, ce que tu vas voir… je te parie que tu n'en reviendras pas.

Ylana se remit debout sur ses pieds. Ses belles couleurs revenaient. Ylana était comme ça : un coup de gris, et elle s'étiolait, un peu de soleil, et elle dorait. Au fond, elle avait cette capacité de changer d'humeur en un claquement de doigts parce qu'elle écoutait son cœur, qui n'arrêtait pas de prendre l'ascenseur. Ils arrivèrent dans le compartiment principal qui servait de salon. C'était plus vaste qu'elle ne pensait. Ylana s'approcha d'une fenêtre horizontale. L'onde était sombre mais les lumières de la ville s'y reflétaient.

Qu'y avait-il de si incroyable à voir ? Elle connaissait Astrakan, il n'était pas du genre à s'emballer juste pour un royaume flottant.

Elle leur refit face et Aleksandar lui offrit de le suivre.

Un paravent en dix tableaux masquait la pièce. On ne percevait que des fragments du salon, sur les côtés. Le paravent était sublime, tout en estampes et en dorures. Avec des oiseaux-serpents peints, aux longues rectrices dorées et au cou chamoisé. Leur plumage ressemblait à des soieries de kimono. Ylana s'approcha et le caressa du bout des doigts jusqu'à croire que les oiseaux allaient battre des ailes.

— Je vous montre l'arrière, mademoiselle… ?

— Ylana.

— Oui, s'excusa-t-il, j'avais retenu que c'était en « a » mais je n'arrivais plus à retrouver. Désolé. Ça vient d'où, comme prénom ?

— … Ça vient de moi.

Il sut à qui il avait affaire, et il en resta là. Puis il sourit, bien décidé à ne pas se laisser marcher sur les pieds. Elle avait beau être belle, elle était chez lui.

Ylana ne prêta pas vraiment attention au K. Le paravent l'intriguait tellement que seul comptait ce qu'il masquait. Un tel objet était né pour piéger la curiosité. Et sur une femme, ce piège triomphait.

— Vous allez voir, dit-il, sûr de son effet, vous n'allez pas être déçue.

En s'avançant, elle nota que chaque objet était d'un goût parfait. Tout, sauf le type qui lui déplaisait. Rien de radical mais elle n'aimait pas son côté arrogant. En même temps, elle faisait confiance à Astrakan, elle ne voulait pas se braquer.

Quand elle dépassa le paravent, elle comprit.

C'était insensé.

★

Une table était dressée. Non sur les déprimantes nappes des hôtels guindés. Mais sur des nappes brodées de minuscules cerises doubles. Une table comme elle n'en avait jamais vu. En fait, un buffet. Des mets s'étageaient, sous des cascades de fleurs. Des anémones blanches au cœur violet, mêlées à des renoncules et des succulentes filaient la parfaite entente avec des coupelles d'œufs de saumon transparents comme des perles de verre. Sous des feuilles d'agave, elle repéra du caviar, du foie gras truffé, et des huîtres différentes les unes des autres. Le K précisa qu'elles venaient de tous les pays. Des corbeilles de pain cultivaient le même goût de la diversité — mêlées à des pommes de pin, ce qui ne manquait pas d'humour. Le sol était jonché de roses aux teintes carnées. À droite, un palmier en pot filtrait la lumière des luminaires. Un palmier qui n'avait même pas l'air de se demander ce qu'il foutait à Paris. Ylana se dirigea vers lui pour vérifier s'il était vrai. Oui, il l'était.

Ce mirage aussi était vrai.

— Vous avez du beurre aux algues, là, dit-il en montrant des ardoises, et du beurre au sel fumé. Avec les huîtres, c'est délicieux, vous verrez.

Elle n'en revenait pas.

— Pour le foie gras, si je puis me permettre, je vous conseille de le prendre comme chez *Table* de la rue de Prague, avec un peu de poivre de Tasmanie, là, et vous le parsemez de grué de cacao qui est… qui est… ici !

Il ne faisait plus le malin. Il avait l'air sincèrement heureux de leur faire plaisir. Ylana le regardait d'un autre œil. Tandis qu'elle commentait tout bas le luxe insensé de ce buffet, Aleksandar prit une télécommande sur une console en bois noirci des années 30 et lança de la musique. Ce n'était ni classique ni sirupeux mais aérien comme un nuage d'opium.

— Qu'est-ce que c'est ? voulut savoir Ylana.

— *Heart* de Nicolas Jaar et Dave Harrington. Du blues spatial ! En ce moment, ma chanson préférée.

Des nappes de sons fusionnèrent dans la pièce.

— De quoi enterrer Daft Punk, non ?

Et il sourit.

Ylana avait envie de tout goûter. Le K l'initia à ce qu'elle ne connaissait pas. Sur la table, des tranches de jambon *jabugo* rougeoyaient comme du vitrail au soleil, de la poutargue séchée rosissait, et du comté de grande garde était coupé en feuilles légères, à côté d'un saladier de truffes du Périgord. Les fruits n'étaient pas oubliés : des mangues étaient présentées, chair retournée, en quadrillage découpé, pareilles à des hérissons. Des fruits de la passion, fendus en deux, offraient leur cœur juteux. Et des cédrats *digitata* — un agrume qu'on appelait « Main de Bouddha » à cause de ses longs doigts jaunes — donnaient à la table une touche surréaliste. Ils semblaient dérober des truffes chocolatées à la vanille de Huahine.

Au milieu de ce faste, Ylana repéra… non ! Elle

n'y croyait pas ! Elle repéra des cornichons malossols, à côté du tarama blanc. Elle avait envie de sautiller, d'embrasser la terre entière et même le propriétaire. Ranko, lui, se faisait discret. Rien de son étonnement ne transparaissait.

Ylana ne savait plus où regarder. Elle se sentait ivre d'un bonheur qu'elle n'aurait pas imaginé. Ivre d'un rêve qu'elle habitait.

Astrakan la rejoignit près de la fenêtre et l'embrassa dans le cou.

À l'oreille, il lui confia :

— Tu n'as encore rien vu.

Elle le contempla, incrédule.

— Arrête !…

— Tu verras, Love Love, tu verras…

Elle tourna sur elle-même, avide de découvrir ce qu'on lui cachait, mais elle ne vit rien. Un autre paravent, encore plus grand, dissimulait une part du salon. Cou renversé, elle en profita pour grappiller un baiser à Astrakan. Sur les lèvres, celui-là.

Encore un secret ? Pourquoi ?

Lumineuse de reconnaissance, elle se tourna vers le K :

— Aleksandar, vous êtes magicien !

— Vous croyez ?… Mais non… Venez.

Il la tira doucement par un bras et la mena près du deuxième paravent. Il était encore plus somptueux que le premier. Avec des grues qui s'envolaient. Loin de le contourner, il le poussa du plat de la main. Le paravent claqua au sol et le bruit sortit Ylana de son songe. Elle pensa aux coups frappés au théâtre pour annoncer le début du spectacle.

Mais ce fut pour immédiatement plonger dans un nouveau songe.

★

Là, sous ses yeux, de longs poissons valsaient.

Dans un aquarium.

Un aquarium qui avait la forme d'un vaste œuf décalotté. Deux lumières intégrées jetaient des reflets émeraude, où les poissons, gris rosé, tournoyaient. Ils avaient de curieux museaux allongés et une sorte d'armure sur le dos et les flancs. Leur danse était superbe : ils remontaient vers la surface puis sortaient leur rostre, pareils à des dauphins, et replongeaient tête arrière, sur le dos, en découvrant leur joli ventre blanc.

— Ce sont… ? dit Ylana, émerveillée.

— Des esturgeons, répondit le K.

— Des esturgeons !!!!! Mais oui, vous avez raison…

Ylana n'avait mangé qu'une fois du caviar dans sa vie. Avec Nasser Al-Jaber, chez *Petrossian*. Elle s'en souvenait car au moment où elle levait une petite cuillère, on lui avait déposé du caviar sur la main, dans le creux entre le pouce et l'index, et on lui avait recommandé de lécher les grains grisés. Car le caviar n'aimait rien mieux que la chaleur de la main pour rehausser ses arômes.

Ce type, le K, était encore plus fou que Nasser Al-Jaber. Moins prévisible, plus fantasque. Ylana se colla à la vitre de l'aquarium.

— Je manquerais à tous mes devoirs si je ne proposais pas une coupe de champagne à une jolie femme, dit Aleksandar en l'invitant à prendre un verre.

À côté du bassin, une bouteille de champagne trônait, escortée non de flûtes mais de verres à vin. À cause du ballet des esturgeons, elle venait seulement de la repérer.

— Vous devriez apprécier, reprit-il. C'est du Selosse. La cuvée Substance. Anselme Selosse prétend qu'il a des bulles carrées, je vous laisserai en juger… Je déteste le boire dans des flûtes… Vous aimez le champagne, Ylana ?

Elle se jeta à son cou et ne regretta pas d'avoir résisté à l'appel de la cigarette quand Astrakan s'en était allumé une.

— C'est la plus belle surprise qu'on m'ait faite de ma vie ! Monsieur K, votre bateau est un conte de fées !

— Je suis comme Astrakan, Ylana, je n'accepte les contes de fées que s'ils sont à ma portée… Je n'aime pas rêver de loin. Ce monde compte assez de frustrés…

Encore fallait-il en avoir les moyens. Ou se les donner.

Quand il entendit cette phrase, Ranko, qui était resté en retrait, pensa immédiatement au jeu d'échecs de Gligorić. Il savait qu'il allait devoir se mesurer à un rêve.

Ylana trinqua avec le K, puis avec Astrakan, et fit un clin d'œil à Ranko. Lentement, elle trempa ses lèvres dans le verre.

Les yeux mi-clos, elle les entendit entonner *Joyeux anniversaire*.

— Mais c'est demain ! protesta-t-elle.

— Justement, Ylana, demain ne nous intéresse pas. Avoir un temps d'avance, toujours : qui sait de quoi demain sera fait ?

Convaincue, elle hocha la tête et embrassa Astrakan. Elle les remercia longuement car son souhait s'était réalisé : ce serait un anniversaire sans pleurer. Et avec des cornichons malossols. Pas un instant, elle ne regretta ses choix ou Nasser Al-Jaber. Enfin, elle goûta à son verre de champagne. Dans ses yeux, la volupté irradiait.

— Alors ? s'enquit Aleksandar.

— Alors… c'est tellement incroyable que je crois que je ne boirai plus d'autre champagne de ma vie ! Les bulles sont tellement fines…

— Et presque salines, ajouta le K. C'est d'une grande vivacité. Comme si son énergie ne demandait qu'à être libérée.

— Vous êtes un magicien redoutable, Aleksandar… les hommes comme vous doivent être dangereux…

Pour Ranko, qui reniflait moins, ils pouvaient continuer à chanter, ce champagne ne vaudrait jamais une bonne bouteille de Volvic remplie de *šljivo*. Une écharpe au champagne bouilli, ça ne soignerait jamais personne. En revanche, le ballet des esturgeons le fascinait. Et la joie d'Ylana le mettait en paix.

Astrakan pivota vers Ranko et leva son verre.

— *Živeli*, Ranko !

— *Živeli*, Astrakan.

Aleksandar toucha l'épaule d'Ylana et elle frissonna.

— La prochaine fois, je vous fais goûter un Böerl et Kroff 2002 vinifié par Drappier. Rarissime. Un champagne de longue garde.

— Les yeux fermés ! répondit-elle.

— … Bon principe pour goûter, dit-il. Sous de Gaulle et Pompidou, le Böerl et Kroff était le champagne de l'Élysée, vous savez.

Astrakan en avait marre que le K ne s'adresse

qu'à Ylana. Quant à la curiosité d'Ylana, elle était ferrée ailleurs.

— Aleksandar, je peux vous poser une question ?

— Bien sûr !

— Vous qui semblez avoir vécu, dites-moi, au milieu de toutes ces merveilles, laquelle est votre favorite ?

Il posa une main sur l'aquarium et son index suivit l'ondoiement agile d'un jeune esturgeon.

— Question difficile, Ylana. Au fond, je tiens viscéralement à tout et philosophiquement à rien. Si on me demandait de partir et de tout quitter demain, je sais que je referais ma vie ailleurs. Je ne veux pas qu'un seul des objets ici présents fasse de moi son serviteur.

— C'est louable, dit Ylana, mi-déçue, mi-satisfaite. Mais vous devez quand même avoir des préférés ?

Il laissa son verre sur la console et se prit le menton dans une main.

— Hummm… peut-être bien… Si ! Tenez, derrière vous, le bureau Goulden. Il date des années 30. Je suis fanatique des années 30. Du travail d'orfèvre, ce bureau. Goulden était d'ailleurs un orfèvre. C'est une œuvre de collaboration entre Goulden, l'orfèvre, et Dunand, le laqueur. Pour vous dire, il a appartenu à Marcilhac… Le grand Félix Marcilhac. Je l'ai acheté chez Sotheby's quand il a revendu sa collection. 334 000 euros. Mais croyez-moi, l'argent n'a rien à voir là-dedans. Ce bureau est une partie de moi. Regardez : le voilà.

Ylana se retourna. Le bureau fut une apparition. Le mariage de monts enneigés avec les ailes d'un papillon. Elle pensa au mont Fuji et au Japon.

— Oooooooh ! s'exclama-t-elle.

Et elle ne put rien dire d'autre. Elle était suffoquée de beauté.

— Pièce unique, ajouta le K, entièrement laquée et incrustée de coquilles d'œuf. Et cette merveille ne pèse rien — quinze kilos… Incroyable ! Goulden l'avait offerte à sa femme. Romantique, non ?

— Sublime, oui !

Elle ne put résister au pouvoir d'attraction de ce joyau. Elle s'approcha de lui et posa sa main. Le contact était incroyablement texturé. La peau s'imprégnait de cette vie magique des objets. Aucun bijou n'égalait l'émotion qui se dégageait de ce bureau aux proportions parfaites. Elle n'en revenait pas.

Aleksandar l'observa, comblé.

— Ylana, vous savez quoi ?… Chaque morceau de coquille d'œuf a été déposé à la pince à épiler…

— Nooooon !

— Si, dit-il avec un hochement de tête, un par un… Puis reliés par une couche de laque… N'hésitez pas à l'ouvrir. L'art est fait pour vivre, pas pour les musées…

Elle se baissa et Aleksandar aima la voir au pied du bureau Goulden. Cette femme s'accordait magnifiquement aux objets d'art, peut-être parce que son corps entier était au service de la beauté.

Il vit ses mains, fines et précises, ouvrir le tiroir du bas. Elle s'extasia de surprise.

— Il ne s'ouvre pas à l'horizontale ?!!

— Non, c'est l'un de ses traits de caractère.

— Comme une personne… ? fit-elle avec un clin d'œil.

— Comme une personne, Ylana…, approuva-t-il. Ce tiroir se déploie en pivot, là, vers vous… C'est lui qui reprend la main. Il s'offre, non ?

— On a envie d'y cacher son cœur…

Dans le regard d'Ylana, brilla une curiosité amoureuse, comme si deux libellules miroitaient dans les iris.

— Sacré chanceux que ce tiroir, alors…, dit Aleksandar.

Astrakan se rapprocha discrètement et, à son tour, s'agenouilla. Il encercla de ses bras le dos d'Ylana.

— Il te plaît, hein… ?

— Il me plaît comme une étoile dans le ciel, murmura Ylana.

Aleksandar les pria de se pousser pour ouvrir l'abattant.

— Waooouh ! fit Ylana.

— Il tient tout seul, sans support.

— Je ne savais pas qu'un meuble pouvait être un magicien, dit-elle, conquise.

L'intérieur était en daim violet et cette couleur plongea Ylana dans une révération mystique.

— Qu'est-ce ? dit-elle en attrapant une bonbonnière en cristal satiné ornée de jolies frises.

— Des caramels Jacques Genin. Un autre trésor… Celui-là, désolé, je le garde pour moi !

Ylana continua d'ouvrir les tiroirs. Elle en désigna un, au centre.

— Vous saviez qu'il y a une photo jaunie, à l'intérieur ?

— Oui… c'est une ancienne photographie de Marcilhac et de sa femme… J'avoue ne pas la leur avoir rendue…

— Aleksandar, ce n'est pas un bureau, c'est un sortilège…

Dieu qu'elle avait des lèvres ourlées, se dit le K. S'il n'y avait eu Astrakan, il l'aurait bien embrassée.

— … D'une certaine façon, je tiens encore plus à mes esturgeons, Ylana.

Elle ne le crut pas. Il plaisantait, ou quoi ? Astrakan hocha la tête et sourit. Il savait que l'histoire plairait à Love Love.

— On les appelle les Léviathans, Ylana, vous savez pourquoi ?

— Franchement, non…

— Les esturgeons sont là depuis 300 millions d'années… Les dinosaures étaient des jeunes premiers, à côté.

Ylana regarda le défilé des poissons et éclata de rire.

— On les trouve en eau douce comme en eau salée et ils peuvent vivre cent ans… Voilà pourquoi, Ylana, j'estime avoir beaucoup plus à apprendre des esturgeons que des hommes.

— Vous êtes un cas ! Vraiment un cas !

★

Tous trois se rassemblèrent autour de l'aquarium. Ils s'assirent sur des coussins et profitèrent du spectacle. C'en était un. Derrière la paroi de verre, les esturgeons s'entrecroisaient et bifurquaient soudainement, telles des fusées. Leur queue les propulsait comme des spermatozoïdes. Sous leur rostre plat, quatre barbillons frissonnaient. Parfois, les esturgeons s'arrêtaient et les fixaient, de leur œil étonné.

— On est un peu au cirque à regarder les chevaux passer, dit Astrakan en attirant Love Love vers lui et en l'embrassant sur le haut de la tête.

Aleksandar s'adressa à Ylana :

— Ylana… la courtoisie veut que vous les rejoigniez…

Elle s'attarda sur les esturgeons, puis sur l'homme, et voulut savoir, à nouveau, s'il plaisantait. Les bêtes mesuraient pour la plupart un bon mètre.

Astrakan vérifia également ce qu'il en était. Mais son ami avait l'air sérieux. Il le suppliait presque des yeux. Dans son style, avec fierté. Qu'est-ce qu'il lui prenait ?

— Mais je n'ai pas de maillot de bain ! objecta Ylana.

— On est entre nous, vous savez… Et je suis sûr que les esturgeons n'en seront pas dérangés.

Il lui resservit du champagne avec un sourire appuyé.

Astrakan saisit son propre verre et s'abîma dans les bulles qui fusaient. Le K était grand prince mais il trouvait qu'il exagérait. Il ouvrit la bouche mais n'osa rien formuler. Son ami le tenait.

Ranko, qui était demeuré près des fenêtres durant toute la conversation, sauf pour trinquer, détourna les yeux. Il se sentit de trop, la situation le dérangeait. Il trouvait que les esturgeons nageaient très bien sans Ylana.

Ylana posa lentement son verre. Elle planta ses yeux dans ceux du fameux Aleksandar.

Maintenant, Ranko leur tournait le dos. Il fixait la Seine. Elle lui parut encore plus noire et froide.

Astrakan se repositionna sur son coussin. Il se rappelait qu'une fois, il avait effectivement nagé avec les esturgeons. L'occasion était unique, l'expérience inoubliable.

Mais là… Mais là, plus rien n'était pareil.

Ylana avait déjà retiré son haut vaporeux en

mohair qui ressemblait à un nid douillet. On n'entendait plus que le zip de la fermeture Éclair et la musique.

Le pantalon-bustier tomba sur le plancher.

« Les esturgeons, c'est la fête », se réjouit Aleksandar en les voyant danser. La phrase, il ne l'avait pas prononcée. Elle resta à flotter sur ses lèvres tandis qu'il appréciait cette chair de porcelaine.

Rivé au flot sans bateau, Ranko bouillait. Il se demandait ce qui, aujourd'hui, ne s'achetait pas.

La blancheur des fesses d'Ylana se hissa sur l'échelle d'acier de l'aquarium.

Elle s'évadait d'un slip brésilien très ajouré, en satin mandarine, bordé de dentelle noire qui, en soi, aurait suffi à ravir les yeux.

En esthète, Aleksandar savourait.

Cette fille valait tous les desserts du buffet.

Ylana trempa le pied dans l'aquarium et le retira aussitôt. L'eau était froide — malgré elle, ses tétons se raidissaient. Les vibrations firent d'abord fuir les esturgeons puis ils vinrent, par à-coups, intrigués.

Ylana tendit la main, vers leur peau sans écailles.

— Ne vous inquiétez pas, lança Aleksandar, ils n'ont pas de dents.

— Sans rire ! Et c'est un requin qui te dit ça, ajouta Astrakan sans s'amuser.

Le partage n'était pas sa tasse de thé.

Puis ils la virent plonger. Maintenant, c'était son corps à elle qui ondulait. L'eau semblait soutenir ses jolis seins et les gonfler. Le slip aux couleurs de feu faisait de ce cul le plus joli poisson rouge de l'aquarium. Les barbillons des esturgeons le frôlaient et ça la chatouillait comme des algues.

Astrakan essaya de se détendre : Love Love avait

l'air d'y prendre du plaisir et Aleksandar avait la décence de ne pas toujours la mater. Elle était là, à tenter de caresser un esturgeon au ventre blanc nacré. Des petites bulles sortaient de son nez. Elle faillit réussir et remonta de son apnée. Sa tête jaillit hors de l'eau. Ses cheveux gouttaient. Ils encadraient son visage comme pour le révéler. Sa bouche, luisante, souriait. Et ses seins étaient plus fiers que le K tout entier. Bon sang de bon Dieu, se dit Astrakan, elle est belle à se damner.

— Plus beau que la Vénus au bain, apprécia Aleksandar.

— Plus beau que le bureau Goulden… ? dit Astrakan avec un drôle de sourire.

— Plus beau que le bureau Goulden.

Au sortir de l'aquarium, un peignoir l'attendait. Comme son verre de champagne, à moitié plein. Elle toisa le K. En elle, une idée triomphait. Elle vida d'un trait son verre dans le bain des esturgeons et le remplit de l'eau de l'aquarium.

Avec élégance, elle brandit le verre et l'examina. L'eau, troublée, mit du temps à se stabiliser.

Puis elle marcha, d'un pas tranquille, vers Aleksandar et lui dit :

— Tenez, buvez, car ceci est mon sang.

Aleksandar ne la lâcha pas des yeux, il leva à son tour le verre et porta un toast :

— Hier est mort, demain n'existe pas, et aujourd'hui est sacré !

Il but le verre, et n'en laissa pas une gorgée.

Quand ils quittèrent la péniche, dans la nuit glacée, Ylana se blottit contre Astrakan.

Elle était heureuse de rentrer. Même si, en elle, mille émotions contradictoires se bousculaient.

Chacune d'elles était un esturgeon qui ondoyait. C'était comme si ce type étrange, le K, lui avait jeté un charme.

Dans la voiture qui filait, elle eut l'impression de ne plus savoir rien démêler.

Il devait être minuit, et ses paupières brûlaient.

Elles lui disaient tout bas qu'elle avait rêvé.

Ylana rouvrit les yeux et son idée première revint : « Ce n'était pas un rêve, souviens-toi, c'était un baptême. »

Un baptême de Seine, au champagne et aux esturgeons.

Comme les enfants, elle s'affaissa sur les genoux d'Astrakan. Les yeux fermés, elle se demanda à quoi elle était renée.

Mourir, renaître, là était la clef.

Pour ne plus jamais souffrir, jamais.

Elle serra la main d'Astrakan et sentit la cuisse chaude de Ranko.

Entre eux deux, il ne pouvait rien lui arriver.

Pour la première fois de sa vie, elle ne se demandait plus qui elle était.

Sur sa joue, Paris s'endormit.

Mais pas la pluie.

62

Ranko bondit dans son lit. Le bruit, il l'avait clairement entendu.

Un bruit que son oreille interpréta immédiatement comme un danger.

Derrière sa porte, quelqu'un hésitait.

Quelqu'un épiait les bruits, aussi.

Comme lui.

À son étage — le dernier — le sol était fait de vieilles lames de parquet. Un parquet qui n'avait jamais été vitrifié. Alors, le moindre craquement, on ne pouvait le rater.

Les pas s'étaient tus.

Ranko inspira profondément. Rester calme. Se maîtriser. Quelle heure était-il ? Dehors, le jour prenait le temps de se lever. Il le voyait à travers les stores de toit car il ne les obturait jamais complètement pour être sûr d'être debout avec la lumière. Sur le moment, il en bénit l'idée. Elle allait peut-être le sauver. Heureusement qu'il n'écoutait pas de la musique comme son con de voisin. Le dernier tube de l'été à fond, et tu meurs sans te retourner.

Ranko regarda sa montre. 5 h 59.

L'heure matinale n'augurait rien de bon. C'était

l'heure des flics et des crapules. L'heure où l'on te convoque ou en taule ou au cimetière.

Cette montre, il ne l'enlevait jamais. Pour deux raisons. Un : son métier reposait sur la précision. Et deux : s'il perdait tout, il lui restait son IWC Portugieser. Car pour l'en priver, il eût fallu lui couper le bras.

Peut-être que derrière, quelqu'un voulait lui couper le bras.

Peut-être que ce quelqu'un avait décidé que la vie de Ranko se terminait ici, dans son lit.

Peut-être.

Mais cette fin ne plut pas à Ranko. Il ne voulait pas mourir maintenant, il avait encore une mission à accomplir — deux, s'il comptait bien, et la Vierge de la rue Beauregard était témoin.

Le Serbe tendit la main et saisit l'Ami.

Sans un bruit.

Ranko ne regretta pas ses habitudes. Avant de se coucher, il avait posé son Sig à un bras du lit. À gauche, côté opposé à sa main forte. Il avait intégré qu'on puisse mourir juste parce que le temps de réaction était mauvais. Chercher une arme sous le lit — et c'est déjà fini.

Autour de lui, le silence s'épaississait. Il lui donnait même l'impression que sa chambre s'agrandissait. Il avait beau garder les oreilles dressées, rien ne bougeait. Il guettait une respiration, un mouvement dans la serrure.

Un craquement lui hérissa l'échine. Puis le son, mat, d'un objet qu'on pose par terre.

Ranko se leva et fit quelques pas en slip vers la porte, comme s'il marchait sur des œufs. Il fallait retrouver un temps d'avance. Que le type pense au moins qu'il dormait.

Ce devait être un rusé. Et au bruit provoqué, Ranko estima qu'il devait être ou trapu ou grand.

S'il passait cette porte, il ne serait plus ni l'un ni l'autre, foncièrement.

Il serait mort.

★

Ranko essaya de réfléchir vite, de réfléchir bien.

La minuterie du couloir ne s'était pas lancée, aucun rai de lumière à travers le mince interstice sous la porte. Donc, le mec qui voulait jouer avec son pistolet ne venait pas pour les croissants. Qui pouvait lui en vouloir autant ?

Redi ? Soudain plus gourmand ? Non, Redi était froid mais droit.

Les autres tarés du convoi ?

Il ne les connaissait pas.

La Murène ?

Des enragés qui pensaient qu'il était derrière le tronçonnage de Mitch ?

Il se creusa la tête. Identifier l'ennemi, c'était s'y préparer.

Peut-être bien qu'il y avait un flic derrière cette porte.

Ranko repensa au square. Il se mit à douter. Merde ! le jardinier ne lui parut plus si benêt.

Il soupesa l'Ami dans ses mains.

Et si… ?

Non. Il balaya l'idée. Ce serait trop beau.

Comment ce fêlé avait-il eu son adresse ?

Pour le moment, le mec ne paraissait pas pressé de le tuer.

Le répit avant l'assaut. Courant. Comme la mer

qui se retire très loin avant un tsunami. Les animaux le savent, aussi, et souvent bien avant les humains, il n'y avait qu'à penser à Simeulue, en Indonésie. Les animaux avaient fui : les hommes avaient suivi.

Alors, que lui disait son instinct ?

Que la chance était comme les munitions — tant qu'on n'est pas mort, interdit de les gâcher.

Ranko se décida à bouger. Il n'allait pas attendre la mort les bras croisés. La fourchette posée la veille sur la boîte de thon faillit faire le plongeon. Bordel de Dieu, il fallait se montrer plus aiguisé.

Il fit quelques pas, cette fois-ci, mesurés, et alla se plaquer contre le mur. Jamais sa porte ne parut autant chargée d'hostilité.

Derrière, les bruits se précisaient.

Quelqu'un n'attendait que le bon moment pour entrer.

Après le silence, le déluge arrivait. Plus que quelques secondes. Ranko se prépara à accueillir l'enfer en grande pompe. L'Ami le seconderait. Sa main droite saisit la crosse quadrillée, la gauche tira fermement l'arrière de la culasse avant de la relâcher d'un coup — une cartouche de travers était vite arrivée et ce n'était pas le moment de déconner. La balle monta dans la chambre. Enfin un bruit qui rassurait. Son pouce vérifia si la sûreté était enlevée. O.K. Puis il prit l'Ami à deux mains. Elles enserrèrent le « R » des plaquettes, comme pour conjurer le danger. Bras tendus vers le sol, il était paré.

Son voisin n'allait pas le regretter, il voulait du bruit, il en aurait.

De la fête foraine plein le bocal.

Ça allait réveiller tout le quartier.

Mais c'était le tintamarre ou crever sur son propre palier.

Ranko était prêt à défourailler sur la moitié de l'humanité quand il entendit clairement frapper à sa porte.

Deux petits coups. Discrets.

Son visage s'éclaira.

Ylana ?

Son premier réflexe fut de songer à Ylana.

C'était du velours sur le bois.

Une feinte ?

Ranko n'avait pas d'œilleton. Les deux coups redoublèrent.

Putain de doute. Il ne savait plus quoi faire.

Dans la pièce, le jour commençait à se décider.

Ranko se jeta sur la serrure mais tâtonna pour trouver la clef. Il la tourna deux fois. Plus rapide que l'éclair, il posa la main sur la poignée, ouvrit la porte à toute volée et se plaqua sur le côté, l'Ami bien placé.

Ses muscles étaient tendus comme une arbalète.

Personne ne bougea. Pas le gros, gros salopard qui vous saute à la gorge et vous éviscère d'entrée.

Non, mais une voix, une voix qui l'appelait.

D'une voix venue de l'ombre — comme les morts.

★

Ranko dissimula l'Ami derrière lui et risqua un œil. Il n'avait pas envie de perdre l'autre. Un bon direct qui fuse, et un seul sacrifié suffirait.

— Ranko ? Hé ! Ranko ?

Cette voix, il ne la connaissait pas.

Un Black s'avança, un Black qu'il ne connaissait ni d'Ève ni de Satan, grand et massif.

Un Black qui avait un cou de taureau qui dépassait largement d'un col fourré.

Un mec qui connaissait son prénom.

Un exécuteur qui voulait d'abord lui expliquer ses quatre vérités ?

Merde ! Qui il était ?

— Je te réveille ?

Et en plus, il le tutoyait. Cet enfoiré se permettait de le tutoyer.

Ranko se posta devant lui.

— Qui tu es ? Qu'est-ce que tu me veux ?

On n'allait pas faire dans la dentelle. Ici, ce n'était pas le royaume des esturgeons.

— Salut. Je suis Cédric : Cédric, tu sais, je viens pour la boxe. (Derrière lui, il désigna un point vague.) Désolé mais y a plus de lumière dans l'escalier. L'ampoule doit être pétée. C'est dingue, y a personne dans ton immeuble !

Ranko baissa d'un coup les épaules. La tension retombait comme un soufflé.

— On avait dit 6 heures, non ?

On n'avait rien dit du tout. Qu'est-ce que c'était que ce bordel ?

Le type avait un pied chez lui.

CHEZ LUI. Dans SA réserve naturelle. Sur SON territoire. PERSONNE n'en connaissait l'adresse. Personne à part le propriétaire qui préférait l'hiver en Israël.

Bordel, qu'il le retire ce pied avant qu'il ne…

Juste avant de s'attaquer au taureau, Ranko comprit.

Le jeu d'échecs, le mec — même logique.

Tout venait d'Astrakan.

C'était lui, l'enfoiré des enfoirés. Lui qui avait

failli faire enchrister un entraîneur juste devant son palier.

Ranko resta immobile. Un truc clochait. Même Astrakan n'était jamais monté jusqu'ici. Il savait qu'il habitait l'immeuble, point. Dans son dos, le Sig restait planqué mais c'était antinaturel de garder ainsi les bras croisés.

Ranko fixait l'inconnu — comment avait-il déjà dit qu'il s'appelait ?... Cédric — d'un regard ni rassurant ni hospitalier.

— Comment tu m'as trouvé ?

L'entraîneur parut embarrassé.

— Astrakan m'a dit hier de monter tout en haut et que je trouverais. Que t'étais plus que motivé... Faut pas croire que j'entraîne n'importe quel...

— ... Il t'a payé pour trouver ? le coupa Ranko.

— Il compte pas ses billets, c'est vrai...

— ... Ferme cette porte, et sans la claquer, ici, c'est pas la place du marché... Comment tu sais que c'est à cette porte qu'il faut frapper ?

Personne d'autre n'habitait à l'étage. La porte voisine correspondait à la deuxième chambre de bonne, désormais reliée, et Ranko gavait le proprio de beaux billets pour qu'aucun étudiant ne pointe son acné dans la chambre qui restait.

L'homme prit un air enjoué et sur une masse pareille, c'était presque touchant. Il désigna le bout de son nez et renifla bruyamment.

— L'odeur !

— L'odeur... ?????

Là, Ranko était plus qu'interloqué. Il puait tant que ça, son clapier ? Puis il pensa à l'eau-de-vie et jeta un coup d'œil sur la casserole en rade sur le réchaud.

À travers les fenêtres, la lumière creusait son chemin.

Le Taureau ne pouvait être autant informé.

— L'odeur de quoi, t'accouches ? Je vais pas demander les choses deux fois.

— Ben… l'odeur du baume du Tigre.

Sans l'Ami dans le dos, Ranko se serait tapé le front. Ce mec avait BOXE dans la tête, si on la disséquait, ça devait même clignoter.

Le baume du Tigre, effectivement, il s'en tartinait les articulations et les muscles à longueur de journée. Il en usait des pots entiers. Des Thaïlandais aux Esquimaux, c'était le remède universel. Et c'est vrai, quand on croisait un boxeur pro, l'odeur de camphre marquait en premier.

— Futé…, admit Ranko.

Le Taureau repéra le sac de frappe illico.

— C'est pour battre le linge ? dit-il avec un clin d'œil. Pour essorer les tee-shirts, y a rien de mieux.

Ranko esquissa un sourire. Il profita de la chance que le Taureau passe en revue sa chambre pour cacher l'Ami sous une bassine en plastique. Soulagé, il alluma la lumière. Ce serait mieux que de voir le type entre deux ombres.

Le Taureau découvrit le jeu d'échecs que Ranko n'avait pas rangé.

— Et ça, c'est pour se muscler les doigts ? Du beau matériel, je vois.

Il eut une moue approbatrice.

Ranko n'était pas habitué à recevoir quelqu'un. Surtout dans son mouchoir de poche. En fait, il n'avait jamais reçu personne. Comme si de rien n'était, il cacha la bouteille de *rakija* et posa la casserole dans l'évier. Il était à deux doigts de lui proposer un café quand le Black dit :

— Bon, on y va ?

— … Tu veux… Là maintenant ?…

— J'espère que t'as gardé la couenne parce qu'on s'y prend tard. Un combat, ça se prépare pas comme des devoirs. Un combat, c'est longtemps avant que tu dois t'y lancer. Pour tout dire, tu dois t'y préparer depuis que t'es né. Et j'exagère pas tant que ça, tu verras.

— Parle pas trop fort.

Le mec continua, imperturbable :

— D'abord, j'ai besoin de te voir bouger. Mais je pense qu'avec deux heures quatre fois cette semaine, ça devrait le faire pour que ce soit pas la misère. Deux jours avant le combat, on avisera.

— Ça le fera, dit Ranko en hochant tranquillement la tête.

S'il existait un domaine où il ne doutait pas de ses capacités, c'était bien le sport.

— Mais attends, je veux que t'aies faim, sur le ring, je veux pas que tu te pointes surentraîné…

— Logique.

Le Black balaya du regard la pièce.

— Mental !… À partir de maintenant, tu bois que chaud et souvent : tu dois jamais avoir soif, compris ? Quand t'as soif, retiens bien, c'est trop tard. Et tu manges que du steak grillé. Avec le saladier entier de crudités. Du vert, tu vas en bouffer. T'as droit à tout — mais modérément. Sauf le vert. Sinon, tu te ressers en rien, O.K. ? Et à l'entraînement, tu te plaques un morceau de chocolat noir.

— Où ça ?

— Ben, au plafond ! Collé au palais…

Putain, mais où est-ce qu'Astrakan l'avait dégoté ? En même temps, Ranko était impressionné.

— Tu vas me faire du noble art, tu comprends, ça, hein ? Artcurial, c'est pas la zone. Être un vrai champion, c'est quoi ? C'est é-vi-ter les coups. (Il martela le mot dans ses abdos.) Astrakan veut que tu fasses du beau, pas que tu donnes dans le bûcheron. L'esquive, mon vieux, l'esquive… C'est elle, la reine. Pas d'abattre des arbres sur le ring.

— Je sais…

Il le pensait vraiment, ils allaient s'entendre. S'il pouvait dénicher le même modèle aux échecs, ce serait parfait.

— Je vais travailler sur ton appréhension. Réguler tes émotions, dis-moi si tu vois, beau gars ?

Nouveau hochement de tête.

— Tu me fais confiance ?

Il le fallait bien. En même temps, Astrakan ne recrutait jamais à l'aveugle et envoyer un Taureau pour l'entraîner était loin d'une mauvaise idée.

— Astrakan m'a dit que t'étais plutôt un puncheur… Dur au mal… Mouais, mouais, ça te correspond assez. Laisse-moi te regarder ?

Il fit un tour complet et tâta le morceau. Ranko était en slip — face à un quasi-inconnu, un poil gênant. Sous le regard sans concession du Taureau, il se sentit passé au contrôle technique.

Ranko en profita pour l'observer également. Il n'était pas black, il était métis, genre guadeloupéen. Dans l'ombre, il l'avait noirci.

— Mouais, mouais, de la bonne condition, tout ça. Y a de l'hygiène…

Le Serbe se retint de ricaner. Avec toute la *rakija* qu'il buvait… Mais oui, sinon, il faisait attention à ce qu'il mangeait. Après tout, Edlinger avait aussi eu des problèmes avec l'eau titrée…

— Juste ton cou. Je trouve ton cou un peu faiblard. Faudrait étoffer. Mais bon, c'est pas en neuf jours qu'on va le muter pilier. Le tout, c'est que t'ailles pas te faire massacrer. Mais t'inquiète pas, le jour J, je serai là. 1er février, c'est toujours ça ?

Ranko opina.

D'un coup, la pression monta. Il se demanda quelle guêpe l'avait piqué de dire oui.

Autre chose en lui ordonnait au contraire d'y aller.

De renouer avec le goût du combat.

Oui, ce serait bon, ça.

De faire monter là-haut non seulement le corps, mais la volonté.

Là-haut — sur le ring.

Ranko fixa le Taureau dans les yeux.

— O.K., boss, assez parlé. On y va.

Face à lui, il enfila un tee-shirt, un haut à capuche, son survêtement et ses baskets.

— Top, garçon. Petit footing jusqu'au quai de Valmy. Là-bas, y a des agrès. Prépare-toi à suer. Astrakan m'a dit qu'avec toi, les tractions sur deux doigts défilaient… On fera du gainage, aussi. Dans neuf jours, tu pourras regarder la série des dix *Taken* en appui sur les coudes et les doigts de pied, sans te relâcher.

Ranko était déjà devant l'entrée.

— Minute, papillon. C'est quoi, ce boxon ? T'enfiles les gants maintenant. Je veux que tu coures avec.

Le Serbe obtempéra.

Il fouina dans le placard et en sortit des bandes et des gants.

Le Taureau l'aida à les ajuster.

— Regarde bien au fond… (Il vérifia si le poing de Ranko était correctement enfoncé jusqu'au bout.) T'es sûr ?… Y a personne dedans ?… Tu vas changer tes bandes, aussi, et me prendre que des bandages Somos. Du 6 × 4 cm. Et si tu veux qu'on reste amis, tu poses plus jamais tes gants par terre. Plus jamais. Les gants, ça touche un visage. Respect. O.K. ?

— OOOO.K.

— Un dernier truc.

— Ouais… ?

— Ton tee-shirt, tu le laves plus en rentrant. Tu le mets seulement à sécher.

Là, Ranko reçut un petit crochet. Il était complètement déboussolé.

— Et pourquoi ?

— Pour que tu ressentes l'énergie de la veille et que tu restes dedans.

Y avait pas à dire, ce type, il envoyait. Des champions, il avait dû en former des bataillons.

Ranko se sentait des frelons dans les poings. Ce soir, la Murène n'allait pas se la ramener.

La petite sainte Jeanne, elle, allait être bluffée.

Avant de bluffer Ylana — il l'espérait.

63

Stéphan Suarez voyait deux yeux bleus qui le clouaient sur l'oreiller. Un peu plus, et l'enfer serait la porte d'à côté. Des yeux pareils, c'était à se damner.

Le regard le supplia :

— Reste un peu… Ne pars pas…

Il essaya de déplacer l'un des deux bras qui le retenaient. Bientôt, son réveil allait sonner une deuxième fois et il détestait ça. Tamara s'était réveillée avant lui et, comme parfois, elle avait attrapé son sexe entre ses doigts. D'une main, alors qu'à travers les stores, le petit jour zébrait leurs nudités, elle l'avait caressé. Le pouce et l'index : un cercle parfait. Avec douceur, il était sorti d'un affreux cauchemar où, dans une cave, un crevard le chauffait d'une balle dans le bras, puis l'achevait d'une balle dans la nuque. Il avait un peu bougé mais sans arriver à se lever, englué dans ce mauvais rêve qui n'en finissait pas et qui avait trempé de sueur les draps. Il faudrait baisser le chauffage. Cette chambre devenait un sauna.

La vérité est qu'il ne pouvait détacher ses pensées de Ranko Luković. Il le soupçonnait de ruiner son sommeil. Jamais il n'avait eu des rêves aussi torturés. Sauf à une période de sa vie, la plus sombre de toutes, qu'il avait enterrée.

La veille au soir, en rentrant de Concorde, il s'était cogné l'orteil contre un pied de lit. L'excitation de la surveillance l'avait longtemps tenu éveillé. L'état critique de Carmel également. Tout en lui était à cran. Que faisait Ranko avec cet Astrakan sur cette péniche ? La fille les accompagnait. Il avait décidé de lever le dispositif. Objectivement, son groupe ne tiendrait pas vingt-quatre heures sur vingt-quatre derrière Ranko. Il avait beau le répéter, il fallait maintenant en mesurer les conséquences. Ses mecs étaient lessivés même si personne ne le montrait. Myriam aussi, l'était. Il l'avait bien vu, hier au soir, dans la voiture : son air perdu, ses bâillements… S'il tirait sur la corde, il le regretterait. Ça finirait en prise de bec pour un pet de lapin ou en bagnole pliée.

À ce rythme, comment tenait Ranko ? Jamais de faux pas, le don d'être toujours là où on ne l'attend pas… Il devait le reconnaître et il l'avait tourné dans sa tête une bonne partie de la nuit : Ranko épuisait son groupe. Il cavalait dans Paris avec des ailes aux pieds. Et quand il grimpait sur les toits, neuf fois sur dix, ils le perdaient.

Des comme lui, il n'en aurait peut-être plus jamais.

À ses côtés, Tamara soupira. Elle vint se coller à son dos. Autour de son sexe, elle resserra ses doigts encore plus fort, comme un anneau. Il sentit la douceur de ses cheveux sur sa peau. L'étreinte se desserra, et les doigts glissèrent plus bas. Lentement, la main revint agacer le méat et lissa son gland du bout des doigts. Suarez eut l'impression que des milliers de papillons le frôlaient de leurs ailes poudrées. Il resta sans bouger, avec sa verge qui fourmillait. Puis il tendit une main vers sa toison et vérifia ce qu'il savait déjà : tout était doux chez Tamara.

Le réveil sonna une deuxième fois et cette fois-ci, il débanda.

Il fallait se lever, Ranko l'attendait.

Depuis trois mois, Stéphan Suarez se levait en pensant à Ranko, avalait un sandwich à la sauce Ranko le midi, et se couchait avec Ranko dans les draps. Il en avait marre de Ranko. Voilà. Il fallait être mauvais pour ne pas le coincer. Et mauvais pour ne pas monter en haut de son pilier. Se casser les dents sur Ranko, voilà ce qui les attendait s'ils ne mettaient pas le paquet, sinon, les magistrats le fusilleraient. Un jour, l'as des as retournerait en Serbie alors qu'ils planqueraient toujours en bas de chez lui. Il devait tout repenser, vivre comme Ranko, raisonner comme le Gecko, imaginer ce qu'il avait à l'esprit quand il grimpait. Mais le cerveau est un foutoir difficile à ranger. Le prix à payer quand on trie ses pensées moins souvent que son bureau — tout flic de PJ le savait. Pourtant, la moisson n'était pas si mauvaise : la planque, l'homme au bonnet. Mais Ranko…

« Peut-être que je ne le ferai pas. » Il s'entendit le murmurer.

La pulpe des doigts de Tamara le ramena à la vie. Il s'était retourné. Les ailes des papillons l'effleuraient encore et encore. Tout était *presque* léger, désormais. Presque. Elle l'avait embrassé et avait tenu son sexe dans sa main, sans plus bouger, comme si elle protégeait un oiseau blessé.

— Tu m'aimes ?

Il ouvrit à demi les yeux et les baissa.

— Je ne te le montre pas, là ?

— Non… Dis-le-moi.

Stéphan se dégagea et la plaqua contre lui.

— Je t'aime, mais il faut que je me lève. Café, tartine, douche, moto.

Et il chercha son portable pour empêcher un ultime rappel de sonnerie.

Elle resta sur le dos, le visage à moitié caché par des vagues brunes, et poussa un nouveau soupir. Tout à l'heure, il avait presque joui.

— Et si j'ai envie de toi ?

Il colla ses lèvres à sa bouche, puis plus bas.

— Ce soir, promis.

Tamara se cabra.

— C'est loin, ce soir… Et tu rentres si tard…

Leurs peaux se frôlèrent et sa résolution s'ébranla. Sacrée Tamara. Elle était douce comme le marbre d'un bénitier mais ferme comme l'acier. Il redressa pourtant le buste et écarta le store des doigts. Le soleil ne serait pas de sortie, aujourd'hui. C'était comme Ranko : un coup, oui, un coup, non. Dehors, les branches nues des arbres le désespéraient. C'était triste comme la mort. Il en avait marre de l'hiver. Marre des nuits qui tombaient trop vite. Tu es au travail, tu relèves la tête et hop ! il fait noir comme au caveau. Il rêvait de s'éveiller avec le lilas des Indes et ses grappes rosées. Le plus bel arbre du jardin, l'un des rares à fleurir en août. Et dire qu'une année, il avait failli le couper parce qu'il avait des boutons tout desséchés… Il l'avait bourré de terreau et le lilas avait été reconnaissant. Jamais il n'avait fleuri autant.

Peut-être que pour Ranko, il fallait juste aussi persévérer.

Dans son dos, il entendit :

— Tu es loin, en ce moment… Tu es loin, Stéphan, je ne te reconnais pas.

Il se retourna, regarda Tamara, et cette fois-ci, ce fut lui qui soupira. Au plus profond, une douleur se réveilla. Il ne la laissa pas prendre de place et pensa à son bureau qui l'attendait rue de Lutèce. Il allait encore se peler. Du moment qu'on ne lui fourrait pas Marcin dans les pattes. Ce gros malin de Marcin, avec son entregent, il n'avait pas fait faire des bonds à l'Attaque de la diligence. Quand il le croiserait, il se permettrait de lui dire : « Alors, Marcin, le fil du Tigré, ça n'a rien donné ? » Connard de Marcin.

Tamara se tourna sur le côté. Il fallait être fou pour s'arracher à ce tableau d'odalisque couchée. Mais au bout de la route, un jour, il y aurait Ranko.

Le Gecko.

Tandis qu'il bondissait hors du lit, Tamara disparut sous les draps.

À sa respiration, il devina qu'elle s'était rendormie.

Pris d'un remords, il la contempla une dernière fois et se demanda à quoi elle rêvait.

Peut-être à un tour en hélico.

Pour lui, ce serait moto.

64

Brigade de répression du banditisme.

9 heures.

Deuxième étage.

Le Balto battait son plein et chacun y allait de ses nouvelles ou de sa petite histoire. Un policier des vols à main armée parlait fort, sous le regard fraternel des deux taureaux rouges sur fond noir de l'enseigne lumineuse Red Bull. Y avait des mecs comme ça, persuadés qu'ils étaient le principal sujet. Deux autres l'écoutaient et plaçaient un mot quand ils le pouvaient. Trois policiers parlaient du vol de bouchons de radiateur sur des voitures de collection. Ils n'en revenaient pas de la valeur de chaque bouchon — 10 000 euros. Des bouchons en cristal et en bronze, certes, mais 10 000 boules quand même. Ça laissait imaginer le prix de la carrosserie… La conversation dériva sur l'utilité des serrures biométriques. Le meilleur recours contre le vol, c'était encore ne rien posséder.

— Un bout de ciel, ajouta le mec, tu ne risques pas de te le faire chouraver.

Suarez arriva à ce moment-là et pensa que lui, la seule chose qu'il redoutait de se faire voler n'était pas une chose mais une femme, et que dans ce domaine, certains mecs étaient des pros. Quant à l'antivol, il n'existait pas.

Son contact aux Enquêtes G était là. Tony. Tape dans le dos et mains serrées. Il discutait avec Gégé, un type de la BRI, la brigade de recherche et d'intervention. Suarez le jaugea. Beau bébé. Tony le présenta :

— Gégé, du groupe varappe de la BRI. Chez lui, tout est grand : la taille, le talent, le cœur.

Suarez hocha la tête. Bien.

Seb arriva avec une pomme à moitié mangée, et, au bout de deux phrases, évoqua l'affaire d'un coffre de cent kilos volé chez un particulier. Cent kilos ! La bête ! Comme d'avoir une forteresse avec pont-levis chez soi. Ce qui n'empêchait pas de finir à poil. Il était posé dans l'appartement. Cent kilos… Tony commenta :

— Ils sont venus le voler à dos de Jumbo l'éléphant ?

Puis ce fut Frankie qui arriva et se fraya un passage entre les discussions. Ils commençaient à être au complet. Quand il y avait trop de monde, ils dégondaient les portes. Chacun se serrait avec un mauvais café pour avoir, au Balto, sa minute de bonheur. Une institution. Rassembleuse de peines, de souffrances, de joies et de confidences. Bref, un des derniers refuges de l'administration où il se passait encore quelque chose d'humain.

Suarez avait déjà vu Frankie alors qu'il pensait être arrivé le premier à la BRB. Il s'était trompé. Frankie était là, à cause de Voyou, le gris du Gabon. Le seul policier à avoir un perroquet jaco dans son bureau. Mesplède, le chauffeur de l'Attaque de la diligence, devait encore s'en souvenir. Comme de Myriam. Frankie, donc, était tombé du lit pour nourrir l'oiseau — le plus beau parleur de la création.

— Cent cinquante mots de vocabulaire, pas mal, hein ? Plus que certains !

Suarez lui fit remarquer que leur mascotte était surtout le plus redoutable sectionneur de fils d'ordinateur. En plus, il se perchait dessus. D'où le papier journal derrière l'ordinateur.

La bonne humeur était à son comble et à tous, décompresser faisait du bien. Au moins, pensa Suarez, ce n'est pas le genre de lieu où on croise Marcin.

Frankie sortit rapidement et revint avec Voyou dans le cou. Son arrivée coupa la chique au ténor des VMA et Frankie raconta ses exploits. Ce fut immédiatement un cercle autour de lui. Le gris du Gabon avait entrepris la veille de lui épiler les poils des sourcils pendant qu'il travaillait sur un dossier, il lui avait coupé en deux le fil de son casque en pleines écoutes et il avait chié sur le bureau de la taulière. Non ! Tout le monde fit des yeux ronds.

— J'oubliais ! Il a fait de la dentelle de Douai avec mon écharpe en faux cachemire, le saligaud !

Et pour lui couper les griffes, ils avaient dû s'y mettre à deux avec Ronan. Frankie clôtura le sujet en déclarant qu'il faudrait vraiment le faire s'accoupler. Seb le flatta d'une caresse et lui refila son trognon de pomme. Voyou ferma les yeux, en extase. Quand le perroquet en eut terminé avec la pomme, Seb eut droit à un bon coup de langue noire et dure. Puis ce fut un grand bruit d'air déplacé par les ailes du perroquet dans tout le Balto.

Le flic de la BRI, Gégé, n'en revenait pas. Chez eux, il n'y avait que quelques drôles d'oiseaux — du côté des hommes. Suarez joua des hanches jusqu'à la machine et se fit un café. Il s'était redopé à la fraternité. L'optimisme revenait. Comme quoi, tout n'était que passage. Ce métier rendait cyclothymique.

Quand il revint vers Seb, Gégé s'en allait. Et là, il fut frappé d'une idée. Bon Dieu, comment avait-il pu ne pas y penser ?

Ce mec, la Providence avait dû l'envoyer.

— Gégé, vous avez encore une minute ?

— Bien sûr.

— Venez dans le couloir, on s'entendra mieux. Et puis après la pomme, je ne vous conseille pas le voisinage de Voyou…

L'homme le suivit dans le couloir.

— Alors, la varappe, c'est votre truc ?

— C'est ça. Varappe et *crossFit*.

— J'adore le sport, aussi, mais j'ai vite mes limites pour grimper.

— Chacun a les siennes…

Hochements de tête réciproques.

— Vous connaissez Seb depuis longtemps ?

— Depuis treize ans. Et j'aurais aimé répondre plus.

Suarez parut comblé. C'était une bonne garantie.

— Dites-moi, je crois que j'ai un petit service à vous demander.

Et il lui expliqua la cache du pilier.

— Mais il faut faire vite, reprit-il, car notre ami peut y retourner d'un moment à l'autre et hop ! le trésor se fait la malle.

Gégé lui proposa en fin de journée, après le travail.

Rendez-vous fut pris. Mains topées. Emballé.

Quand il retourna à son bureau, Suarez était plus que satisfait.

★

19 h 30. Saint-Maurice. Suarez, Seb, Thierry, Yannis et Gégé étaient au pied du pilier.

Du tourisme de luxe, au milieu des voitures et du vent.

Suarez assura Gégé qui grimpait. Rien ne démontait le mec de la BRI.

Il leur raconta qu'il revenait d'un entraînement à la tour Montparnasse. Une fois en haut, il y avait un de ces gaz ! Plus de replat. Et des hommes qui ressemblaient à des grains de café, en bas.

Suarez sourit. Parfait. Ce n'étaient pas six pauvres mètres de pilier qui le démotiveraient. Ni le froid qui ne donnait pas envie d'enlever les gants.

En dessous de Gégé qui prenait de la hauteur, l'euphorie régnait.

La solution était trouvée.

Seb surveilla son environnement.

Gégé fut acclamé. Il eut même droit à une chanson qu'ils créèrent sur le moment. Suarez trouva le début, « Gégé, t'es le roi du pilier / Sous tes doigts / Le monde ne peut que plier / Vas-y, Gégé / Vas-y, Gégé / Allez ! »

Comme chacun pouvait s'y attendre, la suite dégénéra. De la chanson ou de ses capacités, personne ne sut ce qui lui donna la force d'y arriver mais Gégé se hissait désormais sous le tablier.

Dernier rétablissement.

Et il rampa jusqu'à la cache.

Ils entendirent sa voix :

— Ça manque de femme de ménage, tout ça.

Gégé avait sorti sa Maglite et le faisceau fouinait le moindre recoin.

Suarez balança le genre de phrase qu'on regrette immédiatement :

— À part la poussière, tu ne vois rien ?

Pas de réponse. Le bruit d'un frottement et d'un déplacement.

Ils se regardèrent entre eux, incapables de choisir, entre l'espoir et l'inquiétude.

— Gégé ? Tu es là… ?

Mais la tête reparut, on le sentait visiblement déçu.

— Désolé, mais y a rien là-haut.

Un silence, et il ajouta :

— Y a juste un type qui est passé récemment. J'ai vu du pof.

La fin de la phrase se perdit dans le vent.

— Du quoi ? s'agaça Suarez.

— Du pof. Le lascar a caké le béton.

— Mais qu'est-ce qu'il raconte ? lança Suarez à Seb, limite excédé.

— Il dit qu'il y a des traces de pof. De la résine avec de la magnésie.

— Ah oui, le truc blanc comme de la coke !

— Voilà.

— Comme le pof colle, précisa Seb, ça encrasse les prises. Il l'a repéré.

— Meeerde ! lâcha Suarez.

Il reprit immédiatement :

— Ça a dû se jouer à rien. On est maudits.

Et il cracha par terre.

Grande leçon d'humilité : chou blanc.

Suarez vivait la déception deux fois. Pour le résultat, et pour avoir cru que sa bonne idée devancerait Ranko.

Merde.

Nerveusement, il tassa l'herbe du pied.

En plus, impossible de faire un mètre sans se prendre un sac plastique.

— Bon, on drague les pompiers pour qu'ils foutent Dino dans une nacelle avec un beau baudrier et qu'il fasse une recherche ADN. Le pof ne doit pas être l'ami de l'ADN...

Gégé redescendit et ouvrit les mains, paumes en l'air. Au moins, ils auraient tenté.

Suarez releva la tête, remercia Gégé pour son aide et lui promit de l'inviter un midi à les rejoindre au Balto — tiens, à l'époque des sangliers.

Gégé dit oui de bon cœur.

Suarez souffla un grand coup. Il regarda l'horizon et redressa le buste. On voyait qu'il méditait. Au milieu du champ de sacs plastique, il dit :

— Dans notre métier, l'initiative, c'est la liberté. Et cette liberté a un prix : les heures.

Il fixa une dernière fois le pilier, et ce regard était un rendez-vous. Il revint à eux.

— On mettra le temps qu'il faut, mais croyez-moi, on l'aura.

Assez traîné, il fit signe de remballer.

Seb l'observa un instant, et comprit ce qui faisait un chef de groupe.

La pugnacité.

65

Sa volonté, Ranko l'avait travaillée. Cédric était un fou. Un taré de chez taré. Ranko n'était pas habitué à partager. En vrai ours des Pyrénées — l'expression d'Ylana, il l'avait adoptée — il était jusque-là son propre juge, son propre confident. Mais là, il devait avouer que Cédric lui donnait une énergie qu'il n'aurait su trouver seul. Ranko était scotché.

C'était de la transfusion.

Le métis restait constamment branché sur du 380 volts. Du vrai triphasé. Il n'abandonnait jamais. Avec lui, impossible de se déclarer fatigué au premier bosquet. Ils avaient rejoint le square Eugène-Varlin et sa partie enrichie d'agrès, face au n° 159 du quai de Valmy.

Un lieu entre canal Saint-Martin et immeuble en briques où Cédric lui avait bâti un entraînement de guerrier. Ils avaient travaillé le cardio, enchaîné des sautillements et des pompes, bras écartés, puis des tractions. Rodé, Ranko en avait enchaîné sur deux doigts, sous les yeux admiratifs des rois du *street workout* — la musculation de rue. Les Tigres des barres, qui n'avaient pas le compliment facile, lui avaient montré du respect.

Dans le froid venteux, la corde à sauter avait fouetté l'air comme un lasso tandis qu'un des Tigres volait en ciseau au-dessus de la barre fixe comme au cheval d'arçon. Ranko retrouvait la niaque. Ranko retrouvait le goût d'en découdre. Il n'était pas là pour faire de la muscu et ressembler à un ballon de foot, mais pour travailler le cardio. Cédric avait apprécié la cadence en connaisseur : « C'est bien, il faut vingt ans de pratique pour savoir sauter à la corde. » Il était resté attentif au moindre signe et lui versait du Ricola sucré direct dans le gosier. Le lendemain, il lui promettait de lui apporter des Kangoo Jumps, des chaussures sur ressorts qui ressemblaient à des rollers. Il ferait des bonds de kangourou. Son cœur lui dirait merci. Même quand il avait menacé de pleuvoir, il n'avait pas été question de rentrer.

Deux heures d'entraînement intense, avec, pour finir, une envie de vomir à lui tordre les boyaux. Un des jeunes s'était moqué de lui et lui avait dit qu'il appelait les pompiers de Valmy — Ranko était rouge comme le cul du diable.

Après, Cédric avait pris le temps de comprendre le fonctionnement de Ranko. Trois heures d'interrogatoire serré dans un bar d'à côté, à cerner son mode d'emploi et à tester ses réactions. Pas uniquement physiques — aussi ses émotions. Personne ne lui avait jamais parlé de façon autant ciblée.

Ranko l'entendait encore : « Sur le ring, ton modèle doit être le photographe. Il faut que tu sois sur le grand angle, Ranko, sur le focus, tu te règles. Vois au-delà de tes poings. » Ranko avait hoché la tête. Oui, il comprenait. Les mots ricochaient : ne pas être prisonnier d'une mentalité, s'assouplir, élargir son champ de vision, décoller de la situation.

Comme aux échecs, comme en escalade. Mais Ranko n'avait pas parlé d'escalade. Il ne voulait pas éveiller l'attention sur le sujet. Il avait dressé le parallèle avec les échecs et cette fois-ci, c'était Cédric qui l'écoutait.

Pour lui, les échecs se résumaient à un mouvement. Un mouvement à l'incroyable gravité. Comme un coup porté. Sur les soixante-quatre cases de l'échiquier, rien de moins qu'une guerre se préparait. Des deux belligérants, celui qui gagnerait serait celui qui intégrait l'adversaire dans sa partie, et aurait le génie de se transporter dans un futur incertain. Mais là, Vivi, le seul ami qu'il avait vraiment, SDF, O.K., mais SDF des Champs-Élysées, ne risquait pas de l'entraîner. Il faisait trop froid pour jouer dehors et Vivi ne dépassait pas le coup du berger.

Les échecs seraient son point faible, il le savait, parce qu'il ne jouait plus assez.

En boxe, Cédric était sa chance — il la prenait.

Cédric voyait tout, sentait tout.

Il avait autant développé son sens de l'observation que sa représentation de l'espace. En revenant, il l'avait fait courir près de chez lui, dans les quatorze marches de la rue la plus courte de Paris, la rue des Degrés. En course avant et course arrière. Cinquante fois. Rien qu'à les regarder, les prostituées se sentaient fatiguées. Cédric avait encouragé Ranko : « Plus besoin de chauffage… » Quand ils avaient un peu boxé, dans ce même square où Astrakan lui avait offert le jeu de Svetozar Gligorić, Cédric l'avait fait travailler avec des poids aux pieds. Pour qu'il soit aérien dès qu'il les lui ôterait. « Pour avoir le pied léger, travaille avec du lourd. » Il lui avait montré encore comment ôter l'acide lactique et récupérer activement. Puis il l'avait fait boire car les muscles étaient avides de sang et d'eau. Et de récupération. Ranko avait soufflé. Cédric l'avait quitté avec une dernière recommandation : « Avant de savoir donner des coups, apprends à les éviter. »

Clin d'œil et confiance.

Au *Champollion*, le restaurant en bas de chez lui, Ranko avait vu Astrakan.

Pas trop tard pour qu'il se couche tôt.

Pendant que son oncle s'enfilait un foie gras avec un chutney de pêches, un burger au saint-marcellin et un fondant chocolat-pistache, le tout arrosé d'un bon bourgogne, Ranko avait mastiqué longuement son tartare sans frites, avec une montagne de salade. Il avait bu autant d'eau qu'une fontaine. L'interrogatoire était serré. Astrakan voulait savoir si les échecs suivaient. Le sujet l'inquiétait. Il n'avait pu lui trouver un partenaire à la hauteur mais il espérait bien que Ranko ne levait pas le nez, le soir, de ChessBase et Fritz. Ranko l'avait rassuré. Avait-il relu les BD de Bilal ? Oui, il avançait. Et les catalogues d'Artcurial ? Là aussi, il progressait. Et retenait les pièces majeures et les cotes. Bientôt, il serait incollable.

Astrakan tentait par tous les moyens d'apprendre où Enki Bilal avait son atelier — en vain. Il faudrait que Ranko se débrouille avant le combat pour leur soutirer l'adresse.

Astrakan lui demanda si Cédric lui convenait.

Ranko hocha la tête. Sur ce plan-là, son oncle avait mis la main sur un guerrier.

Ils se quittèrent sous les têtes d'Hathor de la façade et Ranko faillit broyer la main d'Astrakan en le saluant. Bon Dieu, il avait repris une poigne d'acier.

Dans l'escalier, la Murène l'avait appelé. Ranko avait laissé sonner jusqu'à pousser la porte du perchoir. La voix sous coke de la Murène s'excita :

— Qu'est-ce que tu branlais ? Ça te motive plus de me répondre ?

Ranko ne releva pas. Batailler pour rien ne l'amusait pas.

— Qu'est-ce que tu me veux ?

Ranko et son laconisme. Ranko et son francparler.

— La flèche, dit la Murène de sa voix d'empaffé, tu te souviens ?

Il ne voulait pas en préciser plus au téléphone.

— Ouais.

Il se la représentait bien, comme la Murène, avec son front plissé parce que son fourgue se donnait toujours un air important, sa mèche qui se baladait sur le front et s'échappait de ses cheveux ramenés en arrière.

Oui, le crâneur comme la flèche, il les imaginait. Au carré.

— Je veux que tu ailles me la chercher.

Comme s'il était à ses bottes. Un dictateur, il en avait déjà un et ça lui suffisait. Mais il ne pouvait éjecter la Murène. Grâce à la Murène, il relativisait sa dépendance à Astrakan. Il diversifiait ses avoirs.

— Quand ? dit Ranko sans se hâter.

— Ben quoi, quand ?… Si je te le demande, c'est urgent.

Ranko réfléchit. Il n'avait pas envie de dire oui. Il se frotta le front et soupira. En même temps, il ne voulait pas qu'une commande lui encombre l'esprit avant le combat.

Et puis…

Et puis grimper sur l'un de ses toits préférés était difficile à refuser.

— Tu me feras un bon prix ?

— Un bon prix ?… Tu prétends que je t'en fais des mauvais ?

Décidément, il l'énervait.

Ranko ferma les yeux.

Il vit un dôme, étincelant. Et la lune qui se perchait dedans. La Seine jouait avec les reflets.

C'est à l'image qu'il dit oui.

À sa féerie.

— O.K., la Murène.

Et il raccrocha, parce que le reste ne l'intéressait pas.

Il se déshabilla et prit la douche la plus longue de sa vie, comme à l'eau bénite. Sur le palier, mais il était le seul à l'utiliser. Le savon, il le sentait, le lava d'autre chose que des peaux mortes et de la sueur. Il aida à frotter toute la mauvaise façon de penser.

Aux aurores, ce serait à nouveau footing, pour s'oxygéner, et salle le soir, sans doute à Saint-Maur, Cédric le lui préciserait.

Maintenant il n'avait qu'une hâte : être au 1er février.

Avant que Cédric ne prenne la main sur huit de ses soirées, il lui restait à honorer cette demande de la Murène.

Un rendez-vous au sommet, en haut de ce lieu sacré : l'Institut de France.

Si ses muscles acceptaient de grimper parce qu'il avait des hamsters dans les mollets.

Ranko prit une claque : il réalisa que ses trente ans s'étaient barrés, eux aussi, en courant — mais en sens inverse.

Quant à se coucher tôt, il fallait oublier.

Les bonnes résolutions ne tiennent jamais.

66

23 h 15. Le pont des Arts donnait pile en face du dôme de l'Institut de France. Et pile dans l'axe, se trouvait aussi le Louvre, et sa cour Carrée. Une ligne droite les aurait reliés car Louis XIV et Le Vau avaient une idée rigoureuse de la beauté. Suarez avait sans doute une autre vision de la rigueur et de la beauté. Une vision moins classique. Car sur cette ligne, il fallait désormais ajouter Ranko, côté Institut, et sa pomme et ses hommes, côté Louvre. Pour la troisième fois en deux semaines, ils étaient là, dans le froid, à se demander ce que Ranko trouvait à la coupole des Académiciens et se doutaient bien qu'il n'allait pas faire un petit tour à la bibliothèque Mazarine. Ranko furetait et Suarez nota tout de suite qu'il était plus excité que d'habitude. La rue de Lutèce et l'Institut, ce n'étaient qu'une paire de rues ou presque — Ranko les narguait sur leurs propres plates-bandes. Qu'avait-il encore repéré ?

Ils avaient suivi le Gecko depuis la place du Caire. Une surprise de taille les attendait. Quand Ranko était sorti du n° 2, une bestiasse, pareille à une forteresse ambulante, l'accompagnait. Jamais ils n'avaient vu Ranko quitter son domicile en compagnie. La baraque, un métis, portait à l'épaule un grand sac de sport.

C'était étrange.

Quelque chose leur échappait.

Ranko aimait-il les hommes ? Après tout, ils ne l'avaient pas encore vu seul avec une femme.

Toujours place du Caire, ils s'étaient salués puis quittés deux minutes après. Deux géants dans les rues de Paris, qui partaient en sens opposé. Avec leurs secrets.

Plus tard, Ranko était redescendu pour dîner avec Astrakan. Du repas vite expédié.

Après, sur les écoutes, il avait parlé avec son receleur, la Murène. Une incompréhensible histoire de flèche. Il allait taper quoi : un musée ?

Et maintenant : Ranko, en grande conversation avec le dôme parfait.

Dans la nuit tranquille, ses ors resplendissaient.

Suarez l'observait, occupé à ne pas trop mal réfléchir.

Pour lui et ses hommes, une déconvenue dans la journée était une déconvenue de trop. Le coup du pilier leur suffisait. Suarez ne lâchait rien, ni Ranko ni son cigarillo. Le plus dur avait été tout à l'heure de l'allumer, avec son briquet à butane. Le vent n'avait jamais été l'ami des fumeurs. Avec Seb, ils quittaient maintenant le quai François-Mitterrand, col remonté, sans se presser. Ils se dirigèrent vers la rampe d'accès au pont. Ranko, tout parano qu'il était, n'avait pas l'air de les avoir flairés.

Le fameux vent tournait.

Suarez fumait son cigarillo et la braise rougeoyait, sans concurrencer les lumières de la ville. La Seine était noire et les bateaux-logements dormaient mais le pont restait bien éclairé. De loin, les lampadaires prenaient des airs de sucettes phosphorescentes. Ranko, lui, était aussi immobile que les lampadaires. Nul doute : il humait les lieux. Mais avec une concentration qui sentait le passage à l'action. Suarez en eut soudain la conviction. Que lui avait demandé la Murène ? Si le flag leur pétait à la gueule, Suarez redoutait d'être en sous-effectif. Il stoppa net, cigarillo à la main, et Seb crut qu'il avait un coup de fièvre.

— Un problème ?

— Putain, Seb, il va y aller… Il va y aller, il va y aller, il va y aller… J'en mets ma main à couper.

— Tu crois vraiment ? Tu sais, il nous a déjà fait le coup de…

— Tu as vu comment il n'arrête pas de tourner, depuis tout à l'heure ? le coupa Suarez. Un vrai bourdon. Toujours à revenir au même point. On sent qu'il gamberge sévère… Cette fois, si on ne le lâche pas, on le tient.

— Qu'est-ce qu'il mate dans le coin ?

Suarez souffla de la fumée.

— Il fait son touriste… La plus belle vue de Paris, il ne va pas s'en priver !… Tu sais quoi, j'en sais fichtrement rien. J'aimerais avoir ses yeux… Me glisser dans sa peau, le sentir de l'intérieur, huuummm ! ça me démange depuis tout à l'heure.

Il tira une longue bouffée. C'était peut-être psychologique mais la fumée le réchauffait.

— Il va nous faire choper la mort, dit Seb qui frissonnait. Il suffit qu'on approche de la Seine pour que le vent fasse du bobsleigh.

Seb médita la situation et fit le point dans sa tête.

Cinq minutes avant, Ranko avait garé son monospace dans une rue en retrait, la rue Mazarine. Mais cette fois, sa tenue n'avait rien de recherché. Il n'allait pas leur claquer dans les doigts en disparaissant, comme la veille, dans une péniche impossible à surveiller. C'est vrai qu'il avait l'air plus tendu. Il dit :

— Faudrait qu'on rappelle du renfort, non ? Un mec comme lui, ça se tape pas tout seul.

— Seb, ça va se jouer en quinze minutes. Tu le connais. C'est toujours pareil : le dispo idéal, mon cul. T'as juste à te démerder avec ce que tu as.

Comme Seb semblait douter, il ajouta :

— Tu te souviens de Mike Horn, le mec qui a traversé le Groenland en quinze jours ?

— Vas-y.

— Il disait qu'en situation de survie, quand t'as plus rien à bouffer, t'as qu'à manger une chauve-souris.

Seb approuva et revint à Ranko.

Suarez n'avait pas précisé que Mike Horn disait encore que si un leader prenait, au moment T, la mauvaise décision, le groupe ne lui ferait plus jamais confiance.

Il balaya la scène du regard.

De l'autre côté du collège des Quatre-Nations, Thierry planquait, positionné vers le monospace de Ranko. Ronan était le plus près, sur la passerelle. En flâneur du soir qui n'a pas froid aux yeux, il regardait le pont Neuf enjamber la Seine. Il ne pourrait pas rester longtemps, l'hiver n'attirait pas le chaland. Ce n'était surtout pas le moment de se faire détroncher.

En bas du pont, sur les berges côté Institut, seul un cracheur de feu réchauffait la nuit.

Au moins, lui, Ranko ne risquait pas de le prendre pour un poulet.

Suarez reprit sa marche et jeta des regards de biais. Il cherchait une idée. S'ils continuaient vers Ranko, ils ne pourraient passer qu'une seule fois.

Et Ranko ne bougeait pas.

Le regard de Suarez s'arrêta au loin. Pas si loin, en fait, seulement en contrebas.

— Seb, j'ai trouvé.

— Hein ?

— Là…

Il lui désigna un type qui, sur les pavés, prenait l'air frais. Un ami des bêtes. Au bout d'une laisse, l'homme à la chapka retenait un splendide dalmatien.

— Quoi ? risqua Seb qui ne comprenait pas.

— Seb, tu vas me chercher le chien.

— Comment ça, chercher le chien ?

— Tu montres ta brème au mec et tu lui dis qu'on a juste besoin du dalmatien. Un prêt courte durée. Qu'on va pas lui enlever son clebs, allez, allez, allez. ET TU COURS PAS !

Seb n'en revenait pas. Un chien, ça ne s'empruntait pas comme un stylo Bic. Mais il ne discuta pas. C'était l'idée du chef, donc une bonne idée.

En fait, c'était le cracheur de feu qui venait de donner cette idée à Suarez. À cause de la diversion. Noyer le poisson… S'il ne pouvait emprunter sa torche au cracheur, le dalmatien contribuerait, lui, à se fondre dans le paysage. Promener un chien aux abords de minuit était plus crédible que de jouer les insomniaques en vadrouille.

Suarez éteignit son cigarillo. Désormais, il fallait la jouer serré. Côté quai de Conti, Ranko avait traversé, il marchait au niveau du passage clouté, face au parvis de l'Institut. Impossible de le coller à deux. D'urgence, il fallait des signes pour le rassurer s'il les repérait. Et s'il se mettait à grimper, en trente secondes, ils le perdraient. Qu'il se magne, Seb, qu'il se magne. Autre hypothèse : il prend le passage voûté et Thierry aura du mal à ramarrer.

Et là, les mots de Mike Horn, l'explorateur, prendraient un sens cuisant.

Mais Seb était un bon, il avait sa confiance. Suarez tendit le cou et évalua la situation : Seb approchait la chapka, maintenant, il l'abordait. La surprise avait l'air de prendre le mec au collet.

Allez, Seb, allez, ramène ce chien, nom de Dieu, ramène-le.

Le type qui se recule de quelques centimètres et tient fermement sa laisse. Putain de bordel, ça n'allait pas foirer. Et pourvu que le dalmatos ne se mette pas à japper.

Sors ta brème, Seb, sors ta brème. Ouf, il la sortait. Rien à dire, du furtif, discret.

La chapka se rapproche. Allez, allez. Seb qui tapote la truffe du chien.

La tête oscille comme si le type avait le mal de mer, nom de Dieu, c'est pas vrai.

Et là, le miracle, enfin : LE DALMATIEN CHANGE DE MAIN.

À son tour, sans brusquer son pas, Suarez rebroussa chemin, et partit à la rencontre du dalmatien.

— Brave toutou, va, brave toutou, dit-il en retirant son gant pour lui flatter le museau.

C'était doux et chaud, un bon pied de nez au froid.

— Seb, il s'appelle comment ?

Seb prit un air ahuri.

— Alors là…

Zut de zut, il avait oublié de demander le nom du chien.

Après un coup d'œil vers Conti, Suarez considéra le dalmatien.

— Allez, viens, je vais t'appeler Yin parce que Yin et Yang, c'est trop long et que Yang, avec le vent, t'y comprendrais rien. On y va, brave toutou, c'est parti : Yin, à nous Paris ! Et tu mords pas Ranko, promis ?

Il riait parce qu'à la brigade, Frankie appelait les Croates les Dalmatiens. Parce que ce chien venait de Croatie. Alors se retrouver avec un Croate contre un Serbe…

Au dernier moment, il se retourna vers Seb.

— Seb, tu fais le tour par le pont du Carrousel et tu reviens. Go. Allez, Yin, viens flairer du méchant.

★

Yin et Suarez s'avancèrent sur le pont. Le dalmatien trottinait, aussi princier que les arches en fonte de la passerelle, et Suarez suivait, rassuré d'être précédé d'un bon alibi. À part le chien, pas un chat. Le cracheur de feu se décidait à rentrer chez lui. Autour, même les voitures se faisaient rares. Il y en avait bien une ou deux qui passaient sur les quais mais les Parisiens préféraient leur télévision au glacier.

Yin semblait effleurer le plancher en bois. Ses griffes, sûrement coupées nickel, faisaient à peine de bruit. Un léger frottement aussi discret que la nuit. Suarez gardait une distance raisonnable par rapport à Ranko. Il ne le perdrait pas. Le jeu était millimétré : s'approcher assez pour ne pas le laisser filer et rester suffisamment à distance pour que la vue d'un mec qui se balade avec son chien ne change pas ses plans.

Mais il le sentait bien.

Comme il était exposé, il y aurait juste un laps de temps où il ne pourrait communiquer avec les autres. Il leur avait annoncé que jusqu'à nouvel ordre et sauf urgence, ils se la fermaient.

Seb continuait son tour en amont. Il approchait du pont du Carrousel.

Yin renifla les lames de bois puis leva ses yeux humides vers Suarez. Ils étaient aussi clairs qu'un lagon polynésien. Lui parler, faire semblant de rien :

— Qu'est-ce qu'il y a, mon chien ? Beau toutou… c'est bien, on repart, file-lui le train. Et t'aboies pas, Yin, tranquille, serein.

Le bout de la passerelle arrivait. Suarez essaya de freiner Yin. Il ne fallait pas arriver trop vite pour s'adapter à Ranko et ne pas braquer brutalement dans sa direction. Le Gecko était sur le parvis, entouré de lumières jaunes qui donnaient l'impression que la façade se dorait au soleil.

Suarez le vit soudain changer de cap, d'un pas décidé. Il bénit le fait de ne pas s'être hâté. Pourvu que Seb se rapproche. Le périmètre était serré. Ranko pouvait leur claquer dans les doigts en un instant. Il jeta un regard reconnaissant à Yin : heureusement qu'il avait le chien. Un chien avait un comportement plus erratique qu'un être humain.

Il le suivit en veillant à garder un pas régulier. Ranko se retourna. Il avait l'air de se méfier. C'était bon signe : il y allait. Suarez était gonflé d'excitation. Il lui laissa un peu de mou. Ranko se dirigeait vers l'hôtel de la Monnaie.

L'esprit de Suarez s'enflamma : l'hôtel de la Monnaie, l'hôtel de la Monnaie… Bon Dieu, il n'allait pas s'attaquer à l'hôtel de la Monnaie ! Et pourquoi pas la Banque de France, tant qu'il y était ! Qu'est-ce qui pouvait bien l'attirer ? Une collection unique de pièces réunies pour une exposition ? Dieu seul le savait.

Ranko lui tournait le dos. Il était suffisamment loin. Suarez chuchota dans le micro :

— Suarez à tous. Gecko bien en vue. Il va vers l'hôtel de la Monnaie, trottoir de droite. Thierry, prépare-toi à prendre le relais par la rue Guénégaud si je te le dis. Prudence. À Seb, essaie de te rapprocher au plus vite mais sans te faire remarquer.

— Bien reçu.

Ranko pressa un poil le pas. L'avait-il repéré ? Non, il en doutait. Un flic avec un dalmatien avait peu de chances de se faire lever. Et si ça partait d'un coup à la courette, qu'est-ce qu'il ferait du chien ? Pourvu que le maître ne commence pas à avoir les chocottes qu'on lui ait raflé sa bête.

Chaque chose en son temps et à chaque cas sa solution.

Subitement, il le perdit de vue. Le Gecko avait dû tourner dans l'impasse. Suarez connaissait les lieux par cœur.

— Yin, on met la gomme, au trot, brave chien.

Hors de la vue du Gecko, homme et chien accélérèrent. Yin jappa. L'aboiement électrisa Suarez.

— Tais-toi, Yin, tais-toi. Calme, le chien, calme.

Puis, à la radio :

— Suarez à tous. Il a tourné dans l'impasse de Conti. On se resserre sur lui. Attention au coup de vice. Échanges a minima.

Dans quelques pas, il approcherait de l'impasse. Son unique peur était que Yin se mette à donner de la gueule. Pourvu que le chien se la ferme.

Il chuchota avec autorité :

— Si tu fais tout foirer, Yin, promis, tu te prends un bain. Dans la Seine, le bain, chien. Crois-moi.

Yin se tourna vers lui et Suarez crut lire de la compréhension dans ses yeux. Tant mieux. En vrai, il flippait que sa bonne idée du chien ne fasse tout dérailler.

Arrivé au coin avec l'impasse, il raccourcit la laisse et maintint Yin d'une main, derrière lui. Alors, très doucement, le plus doucement du monde et pour lui c'était un exploit, il risqua un œil.

Ranko était là.

★

Ou plutôt, là et plus vraiment là. Il avait retiré ses baskets qui pendaient par un mousqueton à son anorak léger, ou peut-être à son sac à dos, et enfilé des chaussons d'escalade pour décoller du sol et s'élever, degré par degré, au-dessus de l'humanité.

C'était un ballet d'une étrange beauté. Le type se baladait, sans effort, à la verticale.

Suarez était bluffé.

Quelques secondes, la main sur la gueule de Yin, Suarez resta sans bouger. Fasciné par cette façon de vaincre la gravité.

C'était la première fois qu'il voyait le Gecko grimper.

La première fois.

Et il dut se l'avouer, à ce moment, oui, à cet instant-là, quelque chose le dépassa, une part infime, certes, mais qui se fraya un chemin en lui et enfla, eut envie de le laisser filer, de ne jamais arrêter le Gecko.

Il aurait eu l'impression de commettre un acte impie, de clouer un papillon en plein vol.

Cette élévation tenait du sacré.

Dans le halo jaune d'une lanterne en fer forgé, près du porche du n° 2 de l'impasse désertée, Ranko triomphait d'une longue descente de gouttière.

Dans ce *dos à face* que Ranko ignorait, ce que Suarez ressentit le plus, ce fut de l'admiration.

Une voiture passa et le tira de ce charme redoutable. Le temps de quelques secondes, il avait été comme au bord d'un ravin, avec l'appel du vide et l'envie de sauter.

Mais les rôles étaient posés : Ranko était un voyou et lui, Suarez, était policier.

Tous ses gènes devaient se liguer pour l'arrêter.

— Suarez à tous, dit-il à la radio et sa voix ne fut qu'un mince souffle, le Gecko escalade l'hôtel Sillery-Genlis, en face de l'hôtel de la Monnaie. Thierry, retourne au monospace. Seb, reste vers le parvis. Tu te positionnes face au passage qui débouche sur Mazarine. Ronan, tu te mets au croisement de Guénégaud et du quai de Conti.

Maintenant, c'était quitte ou double. Bientôt, Ranko serait là-haut, hors de vue. Il jouirait d'un grand avantage sur eux : voir sans être vu. Suarez devait calculer ses trajets pour ne pas lui mettre la puce à l'oreille.

Ils allaient le monter en flag et le choper. Mais quand il aurait tapé, quoi, ils le sauraient bientôt, le Gecko serait conscient de sa vulnérabilité et il serait encore plus méfiant. Ils n'avaient pas droit à l'erreur.

Le vrai jeu du chat et de la souris commençait.

Sous ses yeux, le Gecko passait une corniche sans effort. Un pied dans le vide puis plus rien. Le Gecko avait disparu sur le toit. Il prenait le chemin de l'ancienne enceinte de Philippe-Auguste.

Suarez était aussi nerveux que la vache qu'on mène au taureau.

Comme Ranko, sans doute.

— Suarez à tous. Les gars, on ne se rate pas, on n'aura droit qu'à un essai. À Thierry : rien aux écoutes ?

— Rien, chef.

— Son téléphone est éteint ?

— Non, chef, allumé.

— À tous, si ça part, on le fait au retour, à la décarrade, et il faut pas qu'il démarre.

— Seb à Suarez : on neutralise le véhicule ?

— Non, Thierry. Non. Tentant mais pour l'instant, on manque de visibilité sur ce qu'il magouille. Ce n'est pas le moment de se tromper.

— O.K.

— Suarez. Mais s'il s'approche chargé, on lui fait manger le trottoir, je compte sur vous. Faut pas que ça parte à la course. Et les gars, faites gaffe : pas sûr qu'il redescende par là où il est monté. On garde l'œil, on fléchit pas. On planque en horizontale, lui se balade à la verticale. Celui qui a la main, c'est lui. Attention à tout ce qui peut trahir votre présence.

À l'approbation qu'il entendit, il sentit qu'il avait dopé ses troupes.

Pour Suarez, la vraie nuit s'amorçait. Ranko avait disparu hors de sa vue et il avait détesté ce moment. C'était le moment de bascule où la balance pencherait du côté qu'elle voudrait.

De longues minutes passèrent. Sans rien. Aucun mouvement perceptible, aucune réapparition.

Juste des suppositions.

Suarez scrutait les hauteurs, revenait à Yin, le priait de lui porter chance.

S'il n'avait pas eu de gants, sûr qu'il se serait rongé les ongles.

Réfléchir, patienter, imaginer, attendre toujours, concevoir, patienter, patienter — s'énerver.

Dix minutes, peut-être quinze.

Rien.

Suarez restait perturbé par ce moment — comment pourrait-il le désigner, d'intimité ? — oui, d'intimité avec Ranko. Il avait cru sentir en lui chaque mouvement, tout le plaisir à se déplacer en toute liberté.

Mais qu'est-ce qu'il pouvait bien taper ?

★

Yin se coucha aux pieds de Suarez et se lécha une patte.

— Seb à Suarez : le maître du dalmatien marche vers moi.

— Suarez à Seb : putain, tu le maintiens à distance, trouve le moyen, Seb, trouve.

— O.K.

Comme s'il avait compris, Yin, toujours allongé, se trémoussa sur son arrière-train.

— Yin, toi et moi, on reste groupés.

La voix tendue de Thierry troubla la nuit :

— Chef, chef, du nouveau sur les écoutes ! Le Gecko est en conversation avec son receleur. Il lui dit qu'il ne trouve pas la flèche.

— La flèche ?

— Tsssss, tssss… Le fourguasse lui a passé commande d'une pointe à découper… J'arrête là parce qu'ils vont se rappeler.

Le cerveau qui trace comme une moto. Le véhicule garé, le sac à dos… Ranko qui rappelait rarement son fourgue… La flèche, tout s'éclairait. Bon signe, très bon signe. Suarez résista à l'envie de prendre la parole. Ne pas l'interrompre. Ne pas l'importuner. Attendre, encore, sinon, il pouvait lui faire manquer une information capitale. Thierry écoutait les échanges de Ranko en direct, sur son téléphone, comme en mode conférence mais micro neutralisé. Pourvu que le propriétaire de Yin ne débarque pas en aboyant plus fort que son chien.

Mais ce fut une voiture qui passa, suivie d'une autre.

Il souffla un bon coup et regarda le ciel au-dessus de lui.

Il avait cette couleur orangée des nuits sans étoiles de Paris.

Quand on en voyait une, il fallait la prier.

Sa bonne étoile, hein, c'est ce qu'on disait ?

Ses yeux faisaient le yo-yo de tous les côtés, à part en amour, patienter n'avait jamais été un supplice raffiné.

Thierry reprit la parole et Suarez l'écouta, tendu comme un arc.

— Le Gecko est sur le toit… En train de découper ladite pointe.

Suarez écarquilla les yeux. Un numéro comme Ranko, ça ne s'inventait pas.

— Il a dit au fourgue : « C'est pas bon, tu te trompes, ton truc, c'est pas du platine, je l'ai pris, je l'ai ouvert mais c'est creux… Ils t'ont leurré.

C'est du métal vulgaire, ça s'est ouvert comme une banane ! »

Suarez fixa Yin dans le bleu des yeux. Il lui dit :

— Alors là, mon chien… Alors là…

Yin émit un grognement satisfait.

Le cours du platine était à 30 000 euros le kilo, celui de l'or à 38 000 euros… Une vague de satisfaction envahit Suarez : il lui était donné la chance de comprendre, de comprendre enfin ce qui se tramait.

Immédiatement après cette vague, une autre le frappa, encore plus puissante.

C'était niqué. Il n'y avait plus rien à serrer.

Suarez ne fut pas mieux qu'une vieille baudruche percée.

Toute l'adrénaline retombait.

— À tous : on plie les gaules discret.

Question discrétion, il ne maîtrisait pas tout : la chapka au dalmatien fonçait sur lui, Seb le suivait de près en tentant de le calmer et on voyait qu'il le suppliait de ne pas hausser le ton. Sinon, le Gecko allait se régaler.

Il se rua sur Suarez, tira sur la laisse et récupéra son chien.

Celui qui n'était plus Yin se dressa sur les pattes arrière et jappa de bonheur.

Suarez était à deux doigts de se décomposer.

— Mais vous n'êtes pas malade, vous ?!!!

— Chuttt, le supplia Suarez en prenant sur lui, tout ce que vous voulez, mais mezza voce.

— Cinq minutes, cinq minutes… et vous séquestrez mon dalmatien !!!

Le type était hors de lui.

Il reprit :

— Et je dois vous chercher pour le retrouver…

Vous savez qu'il fait froid, dehors, quand on ne fait rien ?

Suarez lui posa la main sur le bras. L'homme à la chapka sursauta.

— Non, non, non, vous n'arriverez pas à me calmer… Mais je n'ai plus rien à vous dire. Tout ça pour rendre service…

Suarez retira sa main et prit un air sincèrement désolé. En même temps, il guettait les toits, terrorisé à l'idée que Ranko rapplique de ce côté.

— Écoutez, dit-il tant pour calmer le jeu que pour ne pas laisser une mauvaise image, vous savez, je ne le fais jamais, mais voici mon nom (et il baissa la voix) : SUAREZ. Commandant SUAREZ. Si vous avez un problème, un jour, demandez-moi. À la brigade de répression du banditisme…

— … Parce qu'en plus, vous me souhaitez des horreurs ?!

— Mais non, monsieur, justement…

L'homme claqua des talons et tira sur la laisse de son chien.

Il repartit vers le pont des Arts, l'air toujours furieux.

Suarez le vit s'éloigner.

Il n'entendit que cette dernière phrase :

— Allez, Zebra, on y va, on rentre chez nous.

Nom de Dieu, c'était une chienne.

67

Ranko était furieux. La Murène l'avait complètement baladé. Il se rendait compte, l'abruti, des risques qu'il prenait ? Une pointe en platine, tu parles. De l'argent à se goinfrer, conneries. Mais du temps perdu, oui. Du temps où il aurait pu récupérer. Le combat se profilait et dormir était l'une des priorités.

Et puis les toits étaient glissants et il avait mal aux bras.

La corde à sauter avec Cédric l'avait tué et les tractions l'avaient vidé de son énergie. À la place de ses muscles, il avait des blocs pesants comme du béton. Il raccrocha au nez de la Murène après s'être retenu de le traiter de tous les noms. En milieu d'après-midi, la Murène et lui avaient été convenus d'un bon prix pour le rachat de sa rapine. Il était retourné à son bureau de plein air, le Bis de Saint-Maurice, et tout était livré.

Ranko regarda la Seine. Tout passe, tout coule. En cet instant, il regretta de ne pas avoir cette fluidité. Et pourtant, la Seine, elle devait en charrier, des saloperies.

Rompu de fatigue, il fit quelques pas et s'affala où il pouvait, devant une lucarne rampante à fronton

— une lucarne qui saillait. Là, un aplat lui permit de s'asseoir presque correctement. Ranko posa son sac et rangea la meuleuse portative dont il s'était encombré. Le disque diamant était encore brûlant. Il laissa retomber sa tête pour détendre sa nuque.

Le vent lui disait d'évacuer.

Son regard se perdit dans le lointain. Il desserra les lacets de ses chaussons d'escalade pour reposer ses orteils. D'une taille en dessous pour assurer les prises, ils devaient être aussi confortables que des pointes pour une danseuse. Et comme il les portait sans chaussettes, ses extrémités étaient en plus engourdies par le froid.

Il se pencha en avant et regarda. En bas, Paris était vidé de sa foule. Il ne discerna qu'une ou deux silhouettes, des poivrots qui avaient sans doute plus d'alcool que de sang dans le corps pour survivre à ce froid. Ils marchaient vers quoi, on ne le savait pas. Vers la mort, en tout cas. Comme pour lui redonner espoir, le phare lumineux de la tour Eiffel embrasa la girouette de l'Institut. Là-haut, veillé par son dôme nervuré, Ranko se sentit perdu, seul comme jamais — pire que seul, abandonné. Et il pensa à Ylana. Il vit cette façon très personnelle qu'elle avait de vous regarder, droit dans les yeux. Astrakan lui avait tout raconté. Mais Ylana avait le courage dans le sang, on le repérait d'emblée. Était-elle moins seule, près d'Astrakan ?

Ranko croyait à la destinée. Ce qui doit être est.

Le reste n'est que fumée.

Sous lui, le toit était glacé.

Il fallait qu'il se bouge et qu'il songe à rentrer.

Demain, Cédric le secouerait encore au réveil comme un prunier.

Ah ! les pruniers…

Un jour, peut-être.

Peut-être, un jour.

Peut-être.

Il se raccrocha à ces petits mots qui brillaient comme de l'or.

Ils lui donnèrent la force de se relever.

La Seine n'avait rien changé à son cours : elle coulait.

Le Serbe cala son sac dans son dos et l'ajusta : il ne manquerait plus qu'il soit déséquilibré. Puis il salua une dernière fois Paris. De son perchoir, tout semblait géométrique, bien rangé. Une vraie maison de poupée. Ces lignes quadrillées avaient quelque chose de reposant, qu'il aimait. Paris était un océan. Un océan de zinc et de béton, où les toits ondulaient. Il fallait redescendre vers les hommes, redescendre vers cette vie banale, horizontale, qui l'éloignait du ciel et des nuages.

S'élever, ça reposait de l'humanité.

Mettant sa fatigue de côté, il reprit sa route. Sa route aérienne, à flanc de lucarnes et de balustrades. Le toit lui parut encore plus glissant qu'à l'aller. Il n'y avait rien à faire, il avait froid aux pieds. Mais de toute sa vie, il n'y a que la neige qui l'avait fait reculer. Il arriva à une croisée entre le toit de l'Institut de France et l'hôtel de la Monnaie. Ranko hésitait sur le chemin à emprunter. Pourtant, ce lieu, il le connaissait. Mais c'était la fatigue, elle faisait douter. Elle était comme un écran nuageux entre lui et ses idées. Il repensa à la Murène et la colère monta en lui, alors qu'il croyait l'avoir chassée.

★

Ranko commença sa désescalade. Il y avait un passage délicat où il lui fallait sauter au-dessus du vide mais qui lui faisait gagner du temps pour rentrer. Ranko hésita. Derrière lui, il sentait la girouette qui décidait des directions. En hésitant, il faisait un peu comme elle — la girouette. Ranko n'allait pas passer sa nuit ici. À ce pas périlleux, il préféra une autre voie, tout aussi impressionnante car il devrait se hisser jusqu'à un épi de plomb au sommet d'une toiture et se laisser glisser derrière pour rejoindre la façade côté Mazarine. Mais elle lui parut moins aléatoire. Car il se méfiait de la réception sur les pentes verglacées. Un dernier coup d'œil à l'épi qui se dressait dans la nuit. Après, il serait sauvé. Ranko tendit le bras et pinça fermement un coulisseau, comme il l'aurait fait d'une réglette de pierre. Cette petite pièce en zinc assemblait les éléments. L'épi de plomb le narguait. Il dominait le paysage, tel un drapeau planté pour triompher des sommets. Ranko progressa de coulisseau en coulisseau, tandis que l'épi l'encourageait. Un jeté, et il l'atteindrait. Un instant, il douta de ses bras. L'acide lactique brûlait ses muscles comme un venin.

Enfin, Ranko saisit l'épi. Il s'apprêtait à se rétablir pour souffler quand ses doigts lâchèrent la prise, net, sans prévenir.

Ranko s'en souvint à peine, il réalisa juste qu'il tombait.

Plus exactement, qu'il glissait.

Le toit était un toboggan. Plus rien pour l'arrêter.

Son corps était électrocuté par la peur, une sorte de décharge d'adrénaline qui stoppait toutes les sensations, toutes les réflexions.

Par instinct, il chercha à se rattraper. Au dernier

moment, avant de basculer dans le vide, il se raccrocha à une gouttière anglaise.

Avec l'élasticité, il crut qu'elle n'avait pas résisté.

Mais elle tint bon.

Comme lui.

Ne pas lâcher.

Sauf qu'il ne voyait aucun moyen de remonter.

Les pieds ballant dans le vide, les muscles gorgés d'acide, Ranko pensa encore à Ylana. Et à la Vierge à l'Enfant de Beauregard.

À cet instant, il pria.

Ranko pria, vraiment, de toute sa volonté.

Il ferma les yeux et serra ses mâchoires, refusant d'être damné.

Sous ses doigts, la gouttière crissa.

Le ballant accusa la difficulté.

Alors, Ranko sut qu'il avait atteint un ravin. Non seulement celui de l'édifice mais encore celui qui mène au fond de soi.

Dans cette lueur ultime, il pensa que l'amour était tout ce qui restait.

Oui, lui, Ranko.

Ce fut sa seule idée.

Résigné à mourir, il desserra les mâchoires.

Ses doigts furent sur le point de suivre le mouvement.

Quand une ombre, plus noire que la nuit, se pencha au-dessus de lui.

★

Cette ombre le saisit. Fermement. Dans un état second, Ranko ne comprit pas vraiment. Un bras le tirait et luttait contre le ballant. Ranko ne pensa même pas un bras. Il se dit : une force. Une force me tire. Puis il sentit son bras droit lâcher la gouttière.

Son bras gauche céda également.

Le phare de la tour Eiffel balaya l'ombre et Ranko rouvrit les yeux.

Ce fut comme un retour à la vie.

Il vit un homme, attaché à une balustrade par une longe.

Un jeune au visage dévoré par des boucles noires qui cachaient ses yeux.

Il devait bien le voir, lui, car il le remonta avec une énergie qui sidéra Ranko.

Grâce à la sangle qui le retenait, il avait agrippé Ranko. Ne restait plus au Serbe qu'à s'arrimer à la balustrade. À bout de forces, Ranko balança son corps et déporta son poids.

Alors il sut qu'il ne mourrait pas.

Dans un dernier effort, il bascula de l'autre côté de la balustrade.

Maintenant, il était du côté des vivants.

L'ombre eut un rire de soulagement.

— Tu m'as fait peur ! Dis-moi, qu'est-ce que tu fais chez moi ?

Ranko eut du mal à réagir. La nausée le tenaillait. Pour la première fois de sa vie, elle lui donna le vertige. Le vrai. Il crut qu'il n'était pas encore sauvé et qu'il allait se laisser tomber.

Sur ses jambes fantômes, Ranko vacilla.

— Hé ! Je t'ai posé une question, l'artiste ! Qu'est-ce que tu fais chez moi ?

Cette fois-ci, la phrase, Ranko l'entendit.

Chez lui, chez lui, il exagérait. On était chez soi, dans le ciel ?

— Chez toi, quoi ? balbutia Ranko. Et déjà, tu sors d'où ?

— Mais t'es vraiment frappé, toi, et merci, ça t'arracherait la gueule, des fois ?

Merci. Ce mot, Ranko ne l'utilisait pas. Depuis bien longtemps. Il n'avait tellement plus servi que ses lèvres n'arrivaient même plus à le prononcer, comme s'il était rouillé.

— Pourquoi tu m'as remonté ?

Ranko parlait lentement, sans vraiment articuler. On eût dit un drogué.

Le jeune homme en fut presque blessé.

— Tu ne vas tout de même pas me le reprocher, dit-il en se désassurant de la balustrade.

Ranko resta sans voix.

— O.K., finit par dire le bouclé, eh bien je me casse. Bonne nuit.

À son air franc et décidé, Ranko comprit qu'il ne plaisantait pas.

Il n'avait pas envie d'être seul. Pas maintenant. La peur avait mis du coton dans le béton de ses bras. Alors il décida de tout reprendre de zéro, et de commencer par le commencement.

— Comment tu t'appelles ?

Le jeune homme releva la tête et le considéra un instant, sans parler, puis dit :

— Simon… Et toi ?

Ranko hésita.

— … Ranko.

— Ranko ?… Tu as un drôle d'accent… Ranko ?!

— Ça ne te plaît pas ?

— Tout me plaît, tout me va… Alors, bonne nuit, Ranko.

Et il lui tourna le dos.

— Attends, l'arrêta Ranko, ne pars pas !

— Ah !...

Il avait fait un pas en arrière.

Ranko le dévisagea. L'éclairage du bâtiment lui donnait une couleur orangée.

— Je n'ai jamais vu un homme aussi mince et aussi fort, lâcha Ranko.

Simon ricana.

— Mouais, dit-il en haussant une épaule. J'ai toujours préféré ce qui se devine à ce qu'on voit.

Ranko médita la réponse puis réalisa qu'elle n'attendait rien. Alors il se tut et jeta un regard en bas, là où il aurait dû finir disloqué. Il ne put s'empêcher de grimacer.

Simon suivit son regard et sonda ses pensées.

— La mort ne voulait pas de toi !

Puis, comme s'il reprenait la conversation inachevée, il dit :

— Tu sais, Ranko (on sentait qu'il prenait plaisir à rouler un peu le R initial, comme un roulement de tambour), il y a deux façons de s'entraîner. Avec son corps, et avec son esprit. Moi, je cherche une idylle des deux.

Ranko l'examina, et, à nouveau, ne trouva rien à ajouter.

— En hauteur, ma barrière est ma tête, pas mon corps.

Et il s'accouda à la balustrade.

— C'est quand même beau, tout ça, dit-il en se noyant dans la vue sur Paris.

En Ranko, la paix s'installa. Cinq minutes avant, il aurait juré qu'une telle sensation n'existait pas.

Le garçon continua :

— Pour moi, Paris est devenu tout petit. Et

maintenant, je l'observe d'en haut, après avoir piétiné en bas… Oui, répéta-t-il, c'est beau…

Il portait un pantalon un peu ample et en haut, des vêtements superposés. Sur la tête, un drôle de bonnet avec des croix. Ses cheveux étaient tellement bouclés qu'on aurait cru qu'un mouton noir s'était assis sur sa tête.

— Tout à l'heure, je t'ai vu progresser, dit-il sans se tourner vers Ranko, tu devrais plus t'aider des tuyaux d'arrivée de gaz. Les jaunes. Eux, tu peux y aller les yeux fermés, ils ne te trahiront pas.

Il avait l'air à la proue d'un navire, imperturbable, uniquement occupé de l'horizon et de ce qu'il voyait.

À force d'être assis, Ranko frissonna. Sûrement le contrecoup.

Simon l'étonnait tellement qu'il ne savait pas quoi échanger avec lui, alors que tout les rassemblait.

Mais c'était là le problème, Ranko n'était pas habitué.

— Tu te débrouilles sacrément bien pour un vieux…

Là, il sut qu'il le ferait réagir. Et il gagna.

— Pas sûr qu'à mon âge, jeune tête brûlée, tu continueras, dit Ranko en se relevant.

Et il vint s'accouder à ses côtés.

En face, la Seine poursuivait sa route, comme si de rien n'était.

★

— Tu sais, dit Simon, je ne suis pas une tête brûlée. Tout part de la raison. Les frayeurs, je ne peux me les permettre qu'au sol. Ma seule sécurité repose sur la certitude de savoir ce que je suis en mesure de faire et d'entreprendre… Et je me méfie de la confiance. Quand tu ne sens plus le danger, c'est là que ça devient vraiment dangereux, non ?

Ranko opina de la tête, impressionné par la maturité du gamin.

Le phénomène s'attarda sur les pompes de Ranko.

— Tu devrais changer de pompes, aussi. Tu ne peux pas te permettre d'avoir froid. Prends des Ollo, le modèle Sapien ou Zero. Des vraies pompes de *free run*, tu vois, non ?… Non, tu ne vois pas… C'est vrai qu'on n'est pas de la même génération…

C'était la deuxième fois. Le rapport naturel d'autorité s'inversait : le jeune transmettait et conseillait, l'aîné écoutait.

— Elles ont des semelles bien fines. Évite juste le blanc… pour que ce ne soit pas réfléchissant.

Bien sûr, le blanc… Il avait raison.

Quel âge avait-il ? Vingt ? Vingt-deux ? Ranko aurait pu être son père. L'idée le fit sourire.

— Qui t'a appris ?

— Appris ?… (Et son visage s'éclaira.) Les chats ! Enfin un chat. Mimi, celui de ma grand-mère. Avec lui, j'ai pigé que l'étirement fait partie de la vie. Je l'ai regardé droit dans les yeux et je lui ai dit : « Mimi le Chat, plus tard, je veux être comme toi. »

Il écarta les bras et pointa son propre corps avec ses index.

— Et tu vois le résultat !

— Sacré résultat, approuva Ranko d'un hochement de tête.

Un détail lui revint.

— … Tu m'avais vu ?

— Ben oui, t'es pas transparent !

Là, Ranko était battu à plates coutures. Évident.

— Mais tu m'avais vu… depuis longtemps ?

Et cette fois-ci, l'ombre fut en lui.

— Je t'ai vu grimper par l'hôtel de la Monnaie, dit-il en assumant.

— Et… et tu m'as suivi des yeux… ?

Cette fois-ci, le regard de Ranko était encore plus noir que la nuit.

— Si tu veux savoir si je t'ai vu avec ta meuleuse, la réponse est oui.

Ranko accusa le coup.

Le garçon était là, à deux pas du vide. Le faire chuter n'était pas bien difficile.

Mais il l'avait sauvé.

Comme s'il lisait dans ses pensées, Simon ajouta :

— Mais si tu veux aussi savoir ce que j'en pense, eh bien, franchement, ce n'est pas très malin. Mais… à chaque âge ses bêtises et je ne connais pas ta vie.

Un silence, et il dit :

— Tu sais, moi, j'ai besoin de grimper. C'est mon exutoire. Je crois deviner que c'est aussi le tien. À Paris, la liberté se mérite. Si tu laisses les gens te voir, tu n'es plus vraiment libre… Alors, je grimpe, pour ne plus me sentir observé. Les yeux des autres me tirent toujours vers le bas… Donc, non, ne t'inquiète pas, je ne te jugerai pas. Sauf sur la peur. C'est la peur qui t'a fait tomber. Si j'ai un conseil à te donner : méfie-toi de tes peurs. Ou cesse de grimper.

Il posa une main sur Ranko et dit, sur le ton de la confidence :

— Ou tombe amoureux.

— Pourquoi tu me dis ça ?

Le Serbe était interloqué. Personne n'abordait jamais le sujet. Jamais. Et il savait que c'était la colère qui l'avait fait tomber.

— Parce que tu grimpes comme quelqu'un qui n'a rien à perdre… Ce n'est pas bon si rien ne te rattache. Un jour, tu retomberas. Et perds un tout petit peu de poids : je suis sûr que tu bois.

C'était beaucoup pour une journée. Ranko inspira profondément. Sur la Seine, un Zodiac passa à toute blinde, et le gyrophare bleu tournoya dans la nuit. Il disparut vite du champ de vision et laissa un sillage bouillonnant d'écume derrière lui.

Le noir se zébra de blanc.

Ranko dit, sans quitter la Seine des yeux :

— Que t'aies raison ne m'arrange pas.

Tout ce que Simon disait, Ranko le pensait, mais il n'aurait jamais su l'exprimer.

Le jeune homme lui prêtait sa voix.

C'était magique. Comme ce bras tendu vers lui, venu le chercher sur le territoire de la mort.

— Et dedans, tu as quoi, toi ?

Ranko désigna le sac à dos de Simon pour faire diversion.

— Ah ! là-dedans ?… Un hamac à 9 euros, et un sac de couchage à 12 euros. J'ai un lieu à moi, bien plus secret que celui-là (et il fit le tour du lieu avec ses bras comme si c'était son royaume). Mais ça, je ne t'en parlerai pas. Le hamac et le sac, c'est parce que j'ai du mal à dormir avec un plafond au-dessus de moi…

Et il lui adressa un clin d'œil.

En Ranko, tout prenait sens. Il repensa à la girouette. C'était comme si ce garçon lui montrait du doigt son point cardinal.

Soudain, un sac jaillit sous leurs yeux, porté par le vent et la lumière des projecteurs. Il monta haut et tourbillonna. Simon se pencha à la balustrade, hypnotisé par ce ballet. Durant un bref instant, le phare de la tour Eiffel en fit une lanterne magique. Ranko contempla à son tour le sac, étonné de l'intérêt que lui portait le jeune athlète.

Simon, jusque-là muet d'admiration, sortit de son silence :

— Quand je vois un sac voler, c'est la récompense. Il fait des piqués comme un oiseau puis remonte bien haut. Tu sais ce que j'aime ?

— Non…

— Quand on est en haut, comme là, tout tombe ou devrait tomber. Et qu'est-ce qui sort du vide pour te rejoindre alors que tu ne l'attends pas ? Le sac plastique !… Mais moi, je ne vois pas un sac, je vois quelque chose de majestueux.

— De majestueux ?

— Oui, sourit-il, proche d'une méduse qui sort de l'eau, un truc comme ça. On a tellement tapé sur les sacs plastique… Moi, ils me font rêver. Comme nous, ils défient la gravité.

Ranko prit ce moment comme un cadeau. Il fut réconcilié avec sa vie, pour combien de temps, nul ne le savait et il s'en foutait. Cette paix intérieure, sur cette terre, dans ces airs, il l'aurait connue une fois. Deux. Tout à l'heure aussi, quand Simon parlait du pacte du corps et de l'esprit.

Il avança une main vers le garçon qui lisait en lui comme à travers un miroir. Il voulait le remercier mais sa curiosité le rattrapa.

— Simon… qu'est-ce que tu fais dans la vie ?

— Du *parkour*. Du déplacement libre et acrobatique. Je cherche la fluidité sur les toits.

L'image de la Seine s'imposa à Ranko. La fluidité.

— Je n'ai pas besoin d'être fort mais de m'adapter,

voilà ma philosophie. Je fais des cascades pour des films, aussi. Et je forme des gens pour qu'ils apprivoisent leurs peurs.

— Et tu t'appelles ? Je veux dire, ton nom ?

— Nogueira.

Dévoré par une fièvre intérieure, Ranko le fixa intensément. Une phrase fusa du plus profond de lui :

— Simon, j'ai quelque chose à te demander… Quelque chose de banal mais que je ne fais jamais.

— Vas-y, sourit Simon.

— Je voudrais… Je voudrais que tu me donnes ton numéro.

— Mon numéro ?

— Oui… Si je ne te croisais plus jamais… je crois… (Ranko hésita à sauter le pas.) Je crois que je m'en voudrais. Et puis… et puis j'ai une dette envers toi.

Simon sortit un papier de son sac, puis un crayon qui d'abord ne marcha pas, et gribouilla son numéro. Le froid n'aidait pas à former les chiffres.

— Tiens, dit-il en rangeant ses affaires.

Puis il lui serra la main et s'élança sur les toits — comme un chat.

Ranko l'accompagna du regard et réalisa pleinement qu'il lui avait sauvé la vie. Simon bondit sur une plate-forme, grimpa sur un toit avec une élasticité de chamois et attrapa par l'intérieur un mitron de cheminée en terre cuite pour verrouiller sa prise. Ranko ne se lassa pas du spectacle et observa comment il s'aidait souplement des rebords des fenêtres, appuis en opposition, pour les escalader. Tout était d'une fluidité parfaite, un ruban à ressort qui se déplaçait… Quand il se rétablit et que sa silhouette se découpa sur les toits, il agita une main vers Ranko. Debout, bras levé, il lui donna l'impression de vouloir attraper le sac-ballon.

Juste avant de le voir disparaître, Ranko entendit :

— … Et entre amis, Ranko, il n'y a pas de dette.

Dans le ciel de Paris, le ballon fit comme Simon et la Seine, il continua sa vie.

68

La rencontre avec Simon Nogueira bouleversa la vie de Ranko. Au début, il crut que la cause en était de s'ouvrir à un autre mode de pensée. Mais non, ce n'était pas ça. Il avait été apprivoisé. Apprivoisé par un jeune homme tout frisé, au regard bleu rêveur et qui était sans peur.

Un rêveur qui fuyait là-haut les aboiements des hommes.

Et qui l'avait sauvé.

Sous des formes radicalement opposées, ils se ressemblaient.

Ranko ne put plus se sentir *exactement* seul sur terre.

La rencontre avec Cédric était d'un autre type. Elle ne relevait pas d'une machination du destin. Astrakan l'avait envoyé pour l'entraîner.

Cédric parlait à son corps. Et lui parlait bien.

Mais Simon avait parlé à son corps et à son âme.

Alors, Ranko repensa à « l'idylle » évoquée par Simon. Que le mouvement, le vrai, réconciliait le corps et l'esprit.

Au début, cette rencontre le fragilisa. Simon lui avait parlé d'amour, alors qu'il ne s'y attendait pas.

En Ranko, quelque chose s'attendrit malgré lui.

Il se méfia de cette douceur.

Puis il comprit qu'elle était une force.

Le combat approchait, et cette force l'accompagnerait.

Dans sa chambre de bonne, il guetta le retour de l'aurore. Et, chaque soir, la trêve de la nuit.

Cédric avait fait de lui un morceau de fer.

De sa volonté aussi.

Même si Astrakan lui répétait de ne surtout pas gagner, il savait, désormais, qu'il aurait les moyens de ne pas décevoir l'image qu'il avait de lui-même.

Sur sa porte, au marqueur, il écrivit le mot de Simon, celui qui lui avait peut-être sauvé la vie :

S'ADAPTER

Il le regarda, satisfait — pour une fois, son écriture ne tremblait pas.

L'odeur du solvant flotta un instant puis fit comme tout sur terre, elle disparut.

Elle lui rappelait le parfum de l'eau-de-vie mais l'imminence du combat le rendait sobre sans effort. La discipline de Cédric aussi.

Sur un calendrier cartonné, Ranko fit des croix et grava :

Moins sept.

Moins six.

Moins cinq.

Moins quatre.

Moins trois.

Moins deux.

Moins un.

69

Au bureau, Stéphan Suarez avait eu la joie de recevoir une carte postale d'Ahe, un atoll des Tuamotu, en Polynésie, qui ne comptait guère plus de cinq cents habitants. Il l'avait posée devant lui et trouvait que ce bout du monde lumineux comme une lampe à UV faisait du bien à l'hiver.

Rien qu'une carte, et l'ambiance s'en ressentait sur son territoire. Lui qui n'était pas un aficionado de la personnalisation…

Que l'intimité reste chez elle et qu'elle n'en sorte pas.

C'était son précepte et il s'y tenait.

Mais là, le lointain au milieu du gris ne se refusait pas.

La semaine avait disparu au grand galop. C'était dimanche et il était repassé au bureau pour jeter un œil à l'activité de la nuit, avant d'aller saluer, enfin, sa mère pour être en paix avec sa conscience.

Sur son ordinateur, il avait beau guetter les télégrammes qui l'informaient des affaires tombées la nuit, il ne comprenait pas.

Ranko n'avait jamais été aussi passif.

Comme s'il avait cessé toute activité. Alors que d'ordinaire, le Gecko était stakhanoviste du casse parfait.

Ranko était différent des Colombiens qui travaillaient au grappin.

Au premier coup d'œil, Suarez savait. Un dernier étage impossible à escalader, des œuvres d'art de goût et des bijoux de valeur, aucune trace, aucun faux pas — et c'était Ranko.

Il ne pouvait tout de même pas envoyer son groupe en stage varappe pour arriver à coincer le Gecko.

En revanche, comme le Gecko se tenait tranquille, il décida de lever le pied sur les surveillances. Qu'au moins, le rythme soit moins intense pour que son groupe puisse récupérer.

Mais pourquoi cette cessation d'activité ?

Que Ranko raccroche, il n'y croyait pas.

Aux écoutes, plus rien.

Aux surveillances, rien.

À la BRB, tout ramenait à la voiture.

Mais là, le monospace ne bougeait pas.

Ranko ne faisait que sortir des heures avec l'inconnu métis — la montagne de muscles — et s'entraîner. Comme s'il n'était pas déjà assez taillé.

Mais s'entraîner pour quoi ?

Trois fois, il avait aperçu le fameux Astrakan — des visites éclair.

Depuis qu'il avait vu grimper Ranko, Suarez était encore plus impressionné.

Et depuis qu'il l'avait vu s'entraîner, au square Eugène-Varlin et dans les rues de Bonne-Nouvelle, il était scotché.

Ranko était vraiment le plus beau casseur de tout Paris. La rencontre de l'ingéniosité et de la classe. Loin du travail des besogneux au tractopelle ou au fusil de chasse.

Mais qu'est-ce qu'il foutait, le champion ? Car Suarez était persuadé qu'il ne s'était pas mis au tricot.

Suarez prit le dossier de Ranko et se résolut à le classer dans la catégorie Fil rouge. Les dossiers de longue haleine. Puis il s'alluma un Davidoff.

La fumée prit le temps de monter, Suarez en admira les volutes bleutées.

Lenteur, métamorphose et volupté — ainsi résuma-t-il la fumée.

La leçon n'était pas si mauvaise.

Ne pas stresser, avancer et axer peut-être plus sur le receleur.

Un receleur était comme l'épicier de la cité : tout le monde passait chez lui.

Suarez rapprocha sa chaise de bureau et dessina l'une de ses petites têtes de mort, en réfléchissant au ratio investissement/beauté de l'affaire.

Est-ce que le jeu en valait la chandelle ?

Il cassa sa mine de crayon à papier et écrivit en gros un mot qu'il laissa sur son bureau :

OUI

Alors il sortit et referma sa porte. Les couloirs étaient déserts.

Puis il se dirigea vers la part la plus douloureuse de sa vie.

★

Suarez avait dû arriver à 10 heures au bureau. Et midi était déjà là. Sur l'île de la Cité, la BRB était bien placée pour entendre les cloches carillonner. Il avait descendu les marches à la hâte.

Dos à l'entrée de la rue de Lutèce, il venait de

vérifier l'heure à sa montre. Quand il réalisa le tintamarre autour de lui, il saisit qu'il était vraiment déconnecté. Midi — bien sûr, toutes les églises de l'île le clamaient. En police judiciaire, les heures n'en finissaient pas de cavaler. Quand il était parti, Tamara l'avait regardé d'un drôle d'œil. Encore ? Alors qu'il n'était pas de permanence ?

La conversation, elle tournait en boucle dans sa tête.

Tamara s'était mise devant la porte et l'avait forcé à écouter alors qu'il s'apprêtait à sauter sur sa moto :

— Tu sais, Stéphan, on ne peut plus compter sur toi. Tu ne vis plus avec nous. Tu ne penses qu'à ton boulot, qu'à ton Ranko. Et regarde-moi dans les yeux…

Quand il la regardait dans les yeux, il fondait comme neige au soleil.

Elle avait continué :

— Tu n'as même plus d'horaires. Même un dimanche ne te retient pas… Et tu n'es même pas payé plus pour ça ! Lily et Lila t'en veulent, aussi. Elles te trouvent tout le temps crevé. Tu ne joues plus avec elles. Tu t'en rends compte, ou pas ? Et tous les deux, on n'a plus de tête-à-tête comme avant… Des moments comme l'hélico, il faut te supplier pour les vivre… Alors qu'avant, on ne faisait que ça !… Tu sais, j'aimerais aussi pouvoir prévoir avec toi. Prévoir, Stéphan, tu comprends ce mot ? Il évoque quelque chose pour toi ?

Et la seule phrase qu'il ait trouvé à répondre, en prenant le visage de sa femme entre ses mains, avait été :

— Tamara, je ne t'ai jamais caché que ce que

j'aime… c'est ça… Le plaisir de la chasse et l'adrénaline, l'impression de vivre…

— … Parce que tu ne te sens pas vivre avec moi ??? Tu es vraiment un égoïste ! Un égoïste et un goujat !…

Elle était partie en pleurant et s'était enfermée dans la chambre.

Il avait oublié combien, sous le chagrin, les femmes se froissent d'un coup, tels les pétales fragiles d'un coquelicot.

Maintenant qu'il avait le cœur gris comme Paris, Suarez s'était dit qu'aller voir sa mère ne le dépayserait pas.

Il se dépêcherait. Il reviendrait vite auprès de Tamara et des filles.

Ils passeraient une après-midi ensemble, il était même prêt à faire ce qu'elles voudraient. Il leur dirait : voilà, je suis là, maintenant, c'est vous qui faites la loi.

Si Tamara se barrait, il ne le supporterait pas.

★

Suarez se rua au marché aux fleurs pour trouver un bouquet. Il y avait juste à traverser la place Louis-Lépine, entre Palais de Justice et préfecture de police. Dans l'humeur où il était, il redoutait de croiser des collègues. Il sonda la place du regard pour détroncher le moindre familier. Dieu soit loué, ils devaient plus draguer le steak et une bonne bière que les fleuristes. La voie était libre, ne restait plus qu'à foncer. Suarez releva le col de sa parka à capuche car le vent s'était levé. Encore et toujours ce satané vent. À moto, pas de doute, il le maudirait.

Sous les pavillons de métal, il se concentra. Face au regard d'un lapin nain et d'un padda de Java — les marchands misaient sur l'exotisme — ce n'était pas si facile. Le tribunal des animaux l'observait.

Il n'avait pas droit à l'erreur.

Qu'est-ce que sa mère aimait le plus ? Est-ce qu'il s'en souvenait seulement ? D'avoir pu oublier était le pire. Il commença par le commencement : pour durer, mieux valait une plante qu'un bouquet. Tandis qu'il réfléchissait, Suarez se prit en plein dans le crâne un nichoir suspendu à des branchages. Grâce au choc, il se pencha et remarqua, à ses pieds, un hellébore.

Un hellébore, parfait. Voilà ce qu'il voulait.

Le marchand le repéra tout de suite et l'accrocha.

— C'est une rareté.

Suarez se vit foutu-ferré. Il faut dire qu'il était superbe.

— Il a de beaux pétales marginés de violet. Et des fleurs doubles. Je le vends autant pour des hommes que pour des femmes…

Le mec avait son topo bien rodé. Après ça, comment lui échapper ?

Marginé. Encore un mot qu'il ne connaissait pas. C'était fou d'être aussi étranger à sa propre langue. La fleur lui fit de l'œil. Avec tous ces drapés, une Asiat' à Paris s'en serait fait une robe de mariée. Suarez se baissa pour la prendre et se fit l'effet d'un buffle avec un origami dans les pattes.

— Vous le prenez ?

Suarez hocha la tête.

— O.K. pour la robe de mariée. Ce n'est pas la peine de l'emballer.

— Non ? C’est fragile, vous savez. J’ai de beaux rubans…

— Bon, mettez juste votre papier qui fait plein de bruit et c’est fini.

Il n’avait pas insisté et Suarez s’était demandé quel air il avait eu pour l’en dissuader.

Une vraie tête de flic ? Il faut dire que dans le quartier, ça pullulait.

Le marchand avait les doigts qui volaient autour de l’hellébore. C’est clair qu’il aimait son métier. Quand il paya, Suarez ne regretta ni son choix ni l’endroit. Le mec était sympa. Si en plus il fallait donner du billet pour des mecs mal embouchés…

Trente secondes après, il fourrait Mister Hellébore dans son sac à dos et saluait le lapin nain. Suarez et la fleur prirent la moto, direction Ménilmontant. Une nouvelle fois, il se promit de ne pas rester longtemps.

Plus il approchait, plus il s’assombrissait.

Chez lui, le soleil avait une courte vie.

Il se gara au milieu de cagettes en bois que les gens du marché jetaient près des poubelles.

Puis il monta des allées qui auraient mérité un coup de soleil pour être gaies.

Sa mère ne l’attendait pas. Ou plutôt, elle ne l’attendait plus.

Suarez continua de marcher dans les allées du Père-Lachaise, semblable à un automate.

Arrivé face au petit portrait en médaillon aux violettes émaillées, il n’était pas loin de pleurer. Il s’accroupit et se recueillit puis demanda à sa mère si Mister Hellébore et son nouveau pull lui plaisaient. Pour qu’elle le voie, il défit le haut de sa parka.

— Tu as vu, noir, Petite Maman. Parce que sans

toi, ce n'est pas la joie… J'espère que tu ne t'ennuies pas trop… Tu sais, t'as du beau monde autour de toi…

Malgré lui, une larme coula. Il s'était pourtant promis de ne pas pleurer.

— Au fait, si tu peux glisser un mot à Tamara, dis-lui que je l'aime, aussi.

Suarez n'était pas pour les longues conversations avec le granit. Il ne l'avait jamais été. Même quand son premier amour s'était jetée du haut d'une falaise, après s'être fait violer. Que ce suicide impuni ait forgé sa vocation de flic de PJ ne laissait aucun doute.

Il ne faut pas croire qu'un mort n'a rien à dire. Au contraire, les morts vous balancent tout ce que vous n'avez jamais avoué durant des années. Et avec eux, on ne triche pas. Plus rien ne triche. Les jeux sont faits.

Au bout de cinq minutes, Suarez repartit.

Le jour lui parut encore plus gris.

Et il maudit celui qui pouvait faire mourir une mère avant son fils.

★

En rentrant en début d'après-midi, Suarez tint son autre promesse. Quand il poussa la porte, Tamara avait l'air plus enjouée que lorsqu'il l'avait laissée. La météo changeait vite, de ce côté. Après la moto, il apprécia de retrouver la chaleur de la maison mais encore plus celle du foyer.

Tamara vint même lui donner un baiser.

Il y avait eu un miracle — ou il ne comprenait plus rien aux femmes.

Une odeur de gâteau flottait, genre fondant au citron. Depuis le salon, il entendait le bruit de la télévision. Les filles devaient être rivées à *Violetta*, une série argentine.

Mais non, elles réalisèrent qu'il était rentré. Elles lâchèrent *Violetta* et vinrent l'encercler pour l'empêcher d'ôter sa parka.

Décidément, le temps s'était mis à la joie.

Il n'en demandait pas plus pour oublier l'épisode du cimetière. Quand il voyait la pierre, tout son corps lui disait que la mort était un interrupteur. On passait brutalement du *on* au *off*.

Baissé sur ses Alpina qu'il délaça, il espéra que Carmel ne viendrait pas agrandir la famille des ombres. Le Doc lui avait conseillé de ne rien projeter, de vivre au jour le jour, et d'attendre ce qui viendrait.

Une tête châtain clair et une tête brune s'échangeaient Bamban, le lapin en peluche, dans les airs. Suarez l'attrapa et inventa l'histoire du lapin qui cherchait des œufs de Pâques dans le désert.

Les deux filles rirent.

L'aînée, Lily, qui était aussi la brune, alpagua son père :

— Dis, papa, toi qui sais tout fabriquer, j'ai un souhait… Un vrai ! Je veux descendre des toits, tu sais, comme le Gecko…

Étonné que ses histoires à lui l'aient tant marquée, il la prit dans ses bras.

— Ça te ferait tant plaisir que ça, ma chérie ?

— Ouiiiiiiiiii…

— Viens, on va voir ce qu'on trouve dans le garage.

— … Dans le garage, papa ?…

Lily paraissait inquiète.

— Ben oui, on ne va pas chercher du matos dans la cuisine… Qu'est-ce qui te dérange, Poussinette ?

— Rien… Rien… Allez, papa, on y va !

Elle l’avait devancé et lui avait mis dix mètres.

Suarez fouilla un placard et en sortit ce qu’il souhaitait : un baudrier et un *rig* Petzl.

Le *rig* était un descendeur avec un système de frein ou d’arrêt. L’antigang s’en servait pour descendre les façades mains libres et se garder la possibilité de tirer, de se mettre à l’envers ou d’attraper un lascar.

Jamais Suarez n’aurait imaginé que sa fille voudrait jouer les Ranko. Comme quoi… il pouvait être flic et ne rien voir arriver. Et surtout, les enfants écoutaient bien plus qu’on ne le pensait.

La fille et le père revinrent, plus soudés que jamais, Lily trop heureuse de partager un moment avec son père pour elle toute seule.

Lily avait cinq ans mais elle était fascinée par les cordes et la technique. Il l’observa, amusé, dans sa petite robe à grosse pomme rouge avec des collants blancs, étoilés. Pas exactement la tenue de Ranko.

— Viens, on va essayer depuis la terrasse.

Elle bondissait partout. Suarez sentit son cœur s’alléger.

Tamara avait raison, la famille, il n’y avait que ça de vrai.

Quand les gens allaient consulter une voyante, signe des temps, leur première angoisse portait aujourd’hui plus sur leur avenir professionnel que sur leur couple.

Ouais, il y avait de quoi réfléchir.

— Lily, ne prends pas froid. Va te mettre ton anorak rose…

— Mais j’ai pas froid, papa.

— Eh ben surtout si t’as pas froid, comme ça, ça ne t’arrivera pas.

Et il lui fit un clin d'œil.

Elle partit en courant et revint avec l'anorak dans les bras.

— Lily, l'anorak, c'est SUR TOI, pas dans tes bras.

Sa fille bougonna mais l'enfila.

Il la fit passer dans le baudrier puis opéra un premier essai depuis la terrasse.

Elle trépignait d'impatience.

— O.K., alors, tu sais quoi ? Maintenant, on essaie depuis là-haut.

Lily battit des mains.

Là-haut, c'était depuis la fenêtre de la chambre, à sept mètres de hauteur. Pour Lily, sept mètres de vide valaient l'Annapurna.

Quand ils avaient agrandi la maison, Suarez avait fixé un crochet dans la poutre porteuse pour hisser des meubles. Ni plus ni moins qu'un palan.

Et voilà que ce crochet servait désormais au baptême de Lily en rappel.

— Tu as peur ? lui dit-il en lui caressant le front, alors qu'il s'apprêtait à redescendre pour l'assurer d'en bas.

Elle plongea ses yeux bleus dans les siens.

— Peur de quoi, papa ?…

Il secoua la tête, décidément, sacré numéro, sa fille.

Puis il l'embrassa.

— On y va ?

— On y va !

Lorsqu'il fut en bas, il sut que cette solution était sans danger. Elle pouvait y aller. Si elle ouvrait la manette de descente à fond, il bloquerait.

— Tamara ! Lila ! hurla Stéphan. Venez voir un peu ce qui se trame là !

Elles arrivèrent, et il ne se concentra plus que sur Lily.

Perchée, elle poussait des cris d'oiseau.

Stéphan ne la lâcha pas des yeux. Elle était aussi haute que la cime d'un saule pleureur.

Il entendit la voix de Tamara, un brin inquiète :

— Tu es sûr qu'il n'y a aucun risque ?

— Sûr. Allez, vas-y, ma choute ! Lance-toi ! Tu t'assois ! Comme dans un fauteuil de princesse.

Lila agita son lapin.

— Pourquoi on ne fait pas aussi descendre Bamban ?!

Mais Lily se lançait déjà. La corde se tendit.

Pour elle, ce fut sans doute le plus beau dimanche depuis longtemps.

Suarez avait aussi chassé tous ses nuages.

Tamara l'encourageait, émerveillée.

Lila disait qu'elle voulait, elle aussi, essayer.

Un jardin d'hiver baigné d'harmonie.

Une victoire contre le froid.

Une famille presque normale.

Quand soudain, Stéphan entendit un bruit.

Un bruit inhabituel.

Un bruit qui stoppa net son euphorie.

Il eut peur de comprendre. Mais non, ce ne pouvait pas être ça.

Pas chez lui.

Mais le bruit recommença.

Cette fois-ci, Suarez se retourna.

Et il vit.

— Noooooon !

Dans les bras de Tamara, se cachait un petit chat.

Noir avec une tache blanche en étoile sous le menton.

Suarez resta bête, avec la corde dans les mains, condamné à ne pas bouger. À cause des couleurs, il pensa au dalmatien du pont des Arts.

Tandis que Lily descendait à la conquête de l'air et du vide, fière comme une mariée au sortir de l'église.

— Tamara, dit-il en tâchant de ne pas quitter Lily des yeux, tu peux me dire ce qui se passe…

Elle répondit du tac au tac :

— Rien, nous sommes cinq…

Un raccourci de femme, c'était bien un raccourci de femme !

Rien : ils se retrouvaient juste avec un chat.

Pas plus gros que la main mais quand même, un chat ! Enfin, une chatte.

Et ça, dans son dos, sans rien lui dire. Il comprit le coup du garage, tout à l'heure.

Quand Lily eut terminé, il abrégea les félicitations, sûr d'avoir été berné par quatre femelles rusées. Il retira à Lily le matériel et fonça vers Tamara.

Apeurée, la petite minette détala.

— T'es fou, Stéphan, tu as failli me faire griffer !

— Bon, dit-il en lui tirant le bras, alors maintenant, tu me racontes tout avant que je me sente exclu de l'histoire. C'est tout de même un peu chez moi, non ?

Ils rejoignirent le salon, éteignirent la télévision où des jeunes femmes mettaient du rose plein l'écran, et Tamara parla :

— J'étais dans le métro, hier, quand…

— Ah ! parce que ça date d'hier, en plus ?

— Stéphan, on n'y peut rien, si tu ne fais attention à rien ici… Quand je te dis que…

— O.K., continue…

— C'était à Magenta. J'étais sur un strapontin quand un couple, en face de moi, s'est mis à s'engueuler. Deux jeunes, un Black avec sa copine. Elle avait un gros blouson à col en fourrure… Et dans le blouson, le chat. Elle s'est levée brusquement et le chat est tombé par terre, terrorisé. Je l'ai ramassé et la fille s'est rassise, en le calant à nouveau dans son blouson.

Suarez se cacha un œil avec une main pour ne plus entendre.

— O.K., je vois !!!

— Mais non, tu ne vois pas…

— Écoute, papa ! supplia Lila.

— Ils se sont calmés puis la dispute a repris.

— Il paraît que c'est un mode de communication, l'interrompit Stéphan, mi-figue, mi-raisin.

— Arrête ! Laisse-moi raconter.

Suarez tourna la tête. Le chat s'était planqué sous le canapé et entreprenait de le griffer. Les ennuis commençaient.

— Donc, reprit-elle, ils sont descendus sur le quai à la station suivante, et se sont à moitié battus. Le chat est retombé et le type l'a balancé dans le wagon, au moment où les portes se refermaient.

— Vu ce que je vois, il n'a pas fini coupé en deux.

— Non, Stéphan, mais il, enfin elle, était traumatisée. Tout le wagon s'est figé. Dans l'allée, il y avait cette minette qui miaulait à mort et le métro repartait, avec ses propriétaires à quai… Tu imagines la scène…

— Et donc, bonne âme que tu es, tu as récupéré le chat…

— En fait, j'avais acheté des chaussures…

— Encore ?! Tu n'en avais pas ?!

Elle faisait passer deux histoires en une…

— J'ai sorti la paire de la boîte, l'ai fourrée dans mon sac et posé délicatement le chat à l'intérieur du carton…

Elle avait pris un air implorant. Cet air où il avait perdu d'avance.

— Tu aurais fait pareil, Stéphan !

Et voilà, s'il disait non, il se ferait traiter de cœur de pierre. Et puis, un chat tenait moins de place qu'un dalmatien.

— Bon…, dit-il en se grattant la tête, et vous l'avez appelée comment ?

— Les filles voulaient Milette ou Starlette, et moi, Matcha…

Tamara lui adressa son sourire des grands jours, le modèle Harcourt.

— Mais tu sais quoi ? on a toutes les trois décidé que tu choisirais…

Suarez abdiqua. Les femmes étaient comme Ranko — toujours un coup d'avance.

70

Ranko se réveilla, et il n'y eut plus de case à cocher sur l'agenda.

Voilà, il y était.

Le grand rendez-vous avec sa volonté.

Après l'avoir redouté, il l'avait attendu, ce jour où le sort vous tend la main et souffle : À toi de jouer. Comme s'il le guettait, qu'il réclamait de voir ce qu'il avait dans le ventre. Il ne croyait pas en son jour de chance, en cette fameuse minute de gloire. S'il ratait la marche, il serait un moins-que-rien. Un être humain qui crache sur sa lumière. Un raté qui coche la mauvaise case pour l'éternité.

En un mot, un damné.

Alors ce rendez-vous, il ne pouvait le manquer.

Cédric avait aiguisé ses muscles jusqu'au tranchant et injecté le mot Victoire dedans.

Même si Astrakan avait posé un non catégorique à la victoire.

Là était le paradoxe.

Combattre, récolter les informations puis se faire oublier.

Il y était.

Chessboxing… Artcurial… Bilal.

Et pour renaître au monde, il ne s'appelait plus Ranko — mais Novak. Ici, personne ne devait connaître son identité.

Dans son peignoir de satin noir, Novak longea le public plongé dans la pénombre. Il n'avait pas l'habitude des projecteurs. La lumière le brûlait, seule la nuit était son alliée. Il savait qu'on n'avait rien à gagner à s'exposer. Alors il repensa à Simon qui, comme lui, grimpait pour fuir les hommes, et se retrouver.

Mais cette occasion était unique.

Le sport, il lui avait voué sa vie entière.

Voler n'était rien, à côté. Une façon de retrouver une maîtrise, sans doute, d'imposer sa liberté.

Mais là, tous les regards se tournaient vers lui et l'insondable duo qu'il formait avec Scorpène, son adversaire. Il n'en remarqua qu'un. Celui d'Ylana. Elle avait changé sa couleur de cheveux et portait désormais des cheveux noirs à pointes bleues. Il chercha un autre regard, qu'il ne trouva pas. Où était passé Cédric ? En même temps, la foule était nombreuse. Combien étaient-ils ce soir ? Quatre-vingts ? Une centaine ? Si son père s'était intéressé à lui, il n'aurait jamais été aussi fier. Mais ce père ne s'était jamais intéressé à son fils, qu'il avait appelé définitivement un buveur de sang.

Novak rejeta l'image de son père et, en chaussures hautes de boxeur, s'engagea sur le parquet Versailles, aux lames de bois entrecroisées. Des Lonsdale bleu blanc rouge, lacées, ces chaussures, qui n'avaient jamais vu aussi peu de poussière. Elles aussi devaient être fières. Ce parquet ciré, habitué aux talons et aux semelles à fers encastrés, devait halluciner. Les deux boxeurs stoppèrent dans l'allée du grand salon.

Novak sautilla sur ses pieds.

Il s'était tellement entraîné à boxer avec des poids qu'une fois sans, il avait désormais l'impression de voler. En tête, il gardait le goût du carré de chocolat de Cédric. Cette fois-ci, il n'y avait pas eu droit.

Le Serbe chercha Enki Bilal du regard. Il ne savait pas encore comment il trouverait son atelier — mais il le trouverait. Encore une question de volonté.

Et si le combat le laissait brisé de fatigue ? S'il n'arrivait même plus à grimper ?

Et si le truand de médecin qui avait foutu le champion K.-O. pour l'imposer en remplacement se mettait à baver, dans l'espoir de maquiller la réalité ?

Un tressaillement de panique le vrilla. Soudain, tout lui parut colossal. La boxe, les échecs, le casse.

Il avait beau être Ranko, il n'était pas un surhomme.

Pourquoi Astrakan le poussait toujours à se surpasser ?

Y avait-il, derrière, de la perversité ? Tester ses limites pour voir où il chuterait ? Ou le seul goût de gagner ?

Ranko ne voulait être la marionnette de personne.

Nom de Dieu, ce n'était pas le moment : il doutait.

Tout flotta. Tout parut irréel.

En haut, sur les toits, il échappait à ce magma. Perché, plus besoin de se justifier devant l'humanité.

Simon avait raison — s'adapter.

Ranko se secoua comme pour sortir d'un mauvais rêve.

Devant lui, Scorpène repartit. Scorpène et son visage au carré, flanqué de deux yeux nés pour vous terrasser, qui venaient de se retourner et de se poser sur lui. Deux yeux qui le ramenaient à la réalité.

Scorpène ne se hâtait pas, on sentait qu'il jouissait du spectacle de ces gens assis en grande pompe dans la salle des ventes, alors qu'ils se promenaient à demi nus dans l'allée. Chez Scorpène, nul flottement. Tout était maîtrisé et les pans de son peignoir blanc valsaient dans la lumière rougeoyante.

Novak observa de pied en cap son adversaire puis se concentra sur la nuque.

Les cheveux taillés en cul de canard et coupés à ras sur les côtés, et un cou impressionnant, massif, enraciné dans les trapèzes.

L'image d'un séquoia le traversa.

Les boxeurs avaient ce trait en commun : ils étaient plantés en terre comme des arbres centenaires. À la façon de se tenir, vous pouviez les repérer. Ces types avaient l'air indéboulonnables. Avec ce paradoxe de pouvoir sautiller comme des kangourous la seconde d'après.

Cédric avait raison : en comparaison, son cou était un peu faiblard.

Revenir au séquoia. Plonger ses racines. Jusque sous le ring, loin dans le sol.

Sentir leur force.

Être là, juste là.

Voilà.

Dans l'enceinte noire, derrière les cordes, Iepe Rubingh, le président de l'organisation mondiale de chessboxing, annonça, non sans fierté, ce qui allait être le premier match officiel en France. La mêlée des échecs et de la boxe anglaise, la fusion ultime du physique et du mental.

Le sport souverain.

Novak se dit : c'est drôle, Simon tient le même langage.

À ses côtés, Enki Bilal vivait le rêve de voir son imaginaire tenir debout. Les deux hommes se reflétèrent sur les longues fenêtres de l'hôtel d'Espeyran, à l'élégance désuète. Un bref instant, leurs silhouettes se fondirent sur la vitre.

Iepe Rubingh était néerlandais mais avec sa barbe blond-roux, il aurait pu porter un casque à cornes et ramer sur un drakkar s'il n'avait été en costume cintré. Le mec qui devait cacher du sang viking rappela l'origine du chessboxing :

— Chers amis, vous le savez, Bilal, qui nous fait l'honneur d'être présent, a inventé cette discipline en 1992 dans *Froid Équateur*, l'un des albums de la Trilogie Nikopol. Le principe en est simple : six rounds d'échecs rapides alternés avec cinq rounds de boxe. Onze rounds et une fin par K.-O. ou échec et mat. *Le combat se fait sur le ring, les guerres sont menées sur l'échiquier !*

Des applaudissements saluèrent l'idée de génie. Cette réconciliation du corps et de l'esprit, c'était inédit. L'occasion de faire exploser des clichés tenaces où les deux se regardaient en chiens de faïence.

Rubingh se tourna vers l'artiste et prit un ton solennel :

— Nous avons créé ce sport en 2003 et voilà : Enki Bilal nous a fait l'immense plaisir de nous rejoindre et de nous soutenir. Quand il a peint la toile que nous dévoilons pour vous ici même : *Chessboxers with black horse*, notre émotion a été à son comble.

Dans la salle, on entendit des « Oooh ! », des « Aaaaah ! ».

Rubingh leur laissa le temps de s'épandre puis déclara :

— Cette œuvre sera vendue aux enchères dans

quelques jours, le 23 février prochain, au profit de l'Organisation mondiale de chessboxing, lors de la vente de prestige Artcurial. Mesdames, messieurs, je demande tous vos applaudissements.

Retentissements. Le public était gagné.

Il désigna Enki Bilal avant de pointer la toile du doigt, et l'assemblée considéra l'un, puis l'autre. Les applaudissements redoublèrent. Des murmures d'admiration parcoururent la salle comme un frisson.

Car cette peinture ne pouvait laisser indifférent. Elle était accrochée entre deux de ces immenses fenêtres fermées à l'espagnolette. D'où venait son charme puissant ? Quelques secondes à la scruter, et le monde entier disparaissait. Ranko-Novak se retourna et l'admira. Oui, elle était très belle. Elle avait le don de vous kidnapper.

Les cous se tordirent pour la contempler.

Et chacun vit : un couple, enfoncé à mi-jambe dans un échiquier comme dans l'eau laiteuse d'un lac, fixant un invisible témoin. L'homme, plus méfiant, serrait la femme de dos, en un geste protecteur. Derrière eux, la pièce du cavalier noir, tellement vivante qu'elle semblait les garder d'une menace. Quelque part, une terreur guettait. L'hydre attendait son moment. Régnaient un secret, une intensité que nul n'aurait discutés. La femme portait un débardeur, un haut court vert d'eau maculé de rouge et des bandages. Envers et endroit d'une même réalité, l'homme aussi avait des bandages qui en faisaient tout autant un guerrier qu'un blessé. Et un short et un gant de boxe, à damiers.

En eux, une nostalgie, si profonde que leur regard gravait tout autant l'espérance que l'apocalypse.

Arrivé à hauteur de la toile, Novak baissa les

yeux comme devant une madone. Et Dieu sait que Novak ne baissait pas les yeux devant n'importe qui. Il savait d'où venait cette nostalgie et il aurait eu envie de rester là, agenouillé.

Il pensa à sa petite Vierge de Beauregard.

Est-ce qu'elle pensait à lui, elle ?

Tanguer entre espérance et apocalypse, c'était toute sa vie.

La musique enfla et il se ressaisit. La salle entière parut réunie pour une messe, ou pour un sacrifice.

Une autre voix annonça au micro le combat. Elle provenait d'une femme d'une élégance rare, la vraie, celle qui n'a pas besoin de briller. Cette voix, il la reconnaissait. C'était celle de Charlotte Rampling. L'actrice au regard bleuté d'iceberg. En anglais, puis en français, elle présenta les combattants, avec une fougue montante qui mettait d'emblée dans l'ambiance des combats de boxe :

— Mesdames et messieurs, pour ce combat professionnel, dans la catégorie presque reine des lourds-légers, le premier boxeur à se présenter devant vous est vice-champion du monde, il est affecté au coin blanc, il nous arrive de Normandie, voici « Magic » Scorpène !

L'homme se débarrassa vigoureusement de son peignoir et ce fut comme si son torse, imberbe, buvait la lumière. Un dragon bleu nuit et rouge sang jaillit de son sein gauche. Il dansait jusqu'au biceps. Avec souplesse, le dos de buffle de Scorpène se ploya entre les cordes. Le chessboxer transpirait le charisme. La foule l'acclama. Scorpène sautilla sur le ring et salua, poing en l'air, d'un geste circulaire, habitué, qui balaya l'assemblée.

Puis Ranko entendit son nom. Le faux : Novak. Prononcé par cette femme, il sonnait irréel :

— Mesdames et messieurs, affecté au coin noir, je vous demande d'accueillir le Serbe « Black » Novak qui nous fait l'honneur de remplacer au pied levé Frank « Anti-Terror » Stoldt, souffrant.

Lui, au visage si fermé, il n'avait pu s'empêcher de sourire. Charlotte Rampling. Charlotte Rampling qui disait son nom… Mais il n'avait pu s'empêcher de penser, aussi, que la salle l'avait moins acclamé. Chez Ranko, alias Novak, la frustration était infime. Mais l'infime est une écharde qui se retourne en épée. La foule aimait les titres, elle aimait les héros. Elle voulait être du côté du meilleur. Ranko-Novak n'était pas champion du monde mais il en avait l'étoffe. L'occasion de le montrer était là. Ce fameux rendez-vous qu'il ne raterait pas.

Il fallait accepter, un instant, de quitter l'ombre pour la lumière.

Au fond, que voulait-il gagner ?

La reconnaissance d'Enki Bilal, peut-être. Juste avant la prise de guerre.

Car la victoire lui était interdite.

Mais la vraie victoire était ailleurs.

Car pour le casse, c'est lui qui avait les blancs. Le fameux coup d'avance…

Novak était prêt.

★

Depuis qu'Astrakan lui avait imposé cette folle idée, le combat contre Scorpène, Ranko l'avait livré cent fois dans sa tête. Avec Cédric, il l'avait commencé bien avant de monter sur le ring. Dès le matin, son esprit et ses poings n'avaient fait qu'un. Comme si l'énergie migrait de l'un à l'autre. Cette fluidité, il la ressentait. Électrique, elle le grisait et lui donnait, comme dans l'escalade, l'impression d'habiter son corps — en vrai propriétaire, non en locataire.

C'est le lieu qui l'intimidait. Car boxer sur les Champs-Élysées, il ne l'avait jamais fait. Ce n'étaient pas ces salles criblées d'affiches de boxeurs comme à Courbevoie, où Fabrice Tiozzo, l'Ours, tient sa garde sur les murs. Mais ce salon de la maison de vente aux enchères Artcurial où le public avait été trié sur le volet. Rien qu'en fermant les yeux, il sentait où il était. Des effluves particuliers montaient jusqu'au ring. Il y avait autant de parfums de luxe au mètre carré qu'à une garden-party de l'Élysée. Et des Rolex et des Hublot comme s'il en pleuvait. Bien sûr, Novak les avait repérées. Elles dépassaient des revers blancs, exprès. Des chemises Charvet, à monogramme brodé. Des dandys qui lui rappelaient Aleksandar.

Ce n'était pas son monde. Ce ne le serait jamais.

Mais il en connaissait les codes et savait, au besoin, les imiter.

Plus que tout, il savait les mettre à nu. S'il le voulait, il leur volait à tous jusqu'à leurs boutons de manchette.

Oui, tous, là.

Au troisième rang, il repéra le regard d'Astrakan, plus fiévreux que jamais. Astrakan, aux côtés d'une tornade de neige. Une femme aux cheveux d'un blanc éclatant, courts et en brosse, avec un sacré chien dans le maintien. Du temps encore récent où les femmes étaient pour lui comme les téléphones portables — il lui fallait le dernier modèle à la mode — Astrakan l'aurait immédiatement draguée. Mais de l'autre côté, Ylana rayonnait, dans une robe émeraude fendue en V jusqu'au nombril. Elle sourit à Ranko, un sourire discret, entre ses cheveux au carré qu'elle raidissait. Ylana était métamorphosée, très sophistiquée, et il aurait eu du mal à reconnaître la jeune femme aux pointes mauves. Ranko savait que sans Ylana, il n'y aurait pas eu de combat. Il avait envie de se battre pour elle, comme un chevalier remportait un tournoi.

Astrakan, lui, en histrion, semblait confiant.

Bientôt, Ylana aurait plusieurs œuvres de Bilal à ses jolis pieds. Un cadeau qui renvoyait au placard n'importe quel escarpin.

À son tour, Novak se mit à sautiller. Jusqu'au bout, il avait gardé son peignoir noir bordé de blanc.

Il ne devait pas penser à la suite, à l'enchaînement qu'il faudrait trouver pour que le casse soit parfait. Mais son cerveau ne pouvait s'empêcher de se scinder.

S'il se laissait envahir par la programmation du casse, il serait incapable d'enchaîner les coups rapides aux échecs, quand son cerveau serait asphyxié par la boxe.

Sur le ring, il regarda cette femme en smoking noir et regard bleu froid, puis, autour, ces gens grandis dans la chantilly et se demanda, précisément, ce qu'ils étaient venus chercher.

Enfin, il aperçut Cédric. Sa massivité tranchait. Il le rejoignait sur le côté, près d'un soigneur et d'un docteur.

Charlotte Rampling, dans son élégance racée, se tint droite comme un chef des armées pour déclarer :

— Avant que le combat ne commence, mesdames et messieurs, je vous laisse méditer ces vers shakespeariens : *Men will fight, kings will fall, by the end of the night, one will stand before all.*

Un silence se fit. Le destin s'invitait sur le ring.

Ces mots ouvrirent le combat et la salle bascula dans l'attente.

La tension monta d'un cran. Des percussions donnèrent le ton. Des sons lancés comme un boomerang traversèrent la salle et aiguisèrent l'ouïe et les muscles. Chacun savait qu'il vivait une rencontre au sommet. Un choc des titans, né de temps ancestraux, pendant moderne à l'affrontement des chefs de clans.

La voix de Michael Beck, le chanteur des Fantastischen Vier, jeta un sortilège : « *Der Schlafende muss erwachen.* »

Novak supposa que le choix d'un chanteur allemand était un hommage à Frank Stoldt, le champion absent qu'il remplaçait au dernier moment. Avec toutes ses relations, Astrakan n'avait pas eu de mal à le proposer, tandis que chacun, terrorisé, s'excitait sur la solution. Et pour mettre Stoldt sur la touche, il lui avait fait préparer un petit repas multivitaminé. Qui aurait envoyé à l'étable n'importe quel éléphant. Chaque milieu avait ses pourris, des gens chez qui le fric est un passe-partout. La seule question était combien — ou quoi. Parfois, des filles suffisaient. Un triple busard à grosse brioche ne dit jamais non à une belle salope qui fait de lui le centre du monde au lit.

Là, un médecin pire que croupi avait suffi.

Dans le milieu, on l'appelait le Moisi. Tout était dit.

Et personne ne se méfiait d'un médecin.

Novak n'entendit plus ce chant guerrier. Il n'écoutait que cette petite musique en lui qui lui dictait de ne plus quitter Scorpène des yeux. Ce silène avait la ruse dans le sang. Il ne fallait pas le lâcher. Il observa tout : sa façon de se balancer, sa manière de le toiser tandis qu'il saluait, jusqu'à la ligne de ses épaules pour décrypter son équilibre. Rapidement, il comprit qu'il était gaucher. Une information importante à graver.

Tout à l'heure, sur le banc, Ranko avait viré toutes les pensées négatives. Il se souvenait des mots de Cédric : « Ranko, n'oublie pas : SUR LE RING, AVEC TES POINGS, TU DOIS MENER LE DÉBAT ! » Son cœur s'était préparé à monter dans les tours, interdit de finir asphyxié.

Les flashs des photographes crépitaient. Sous les projecteurs, Novak vit la sueur perler. Elle fit oublier le froid de ce soir de février. Les fenêtres se couvrirent de buée. Peu à peu, Paris disparut et même ce rond-point des Champs-Élysées, balayé par les phares des voitures où une pluie glacée s'obstinait. Deux hôtesses en robe cintrée fermèrent les volets.

La salle trépignait. Les femmes, qui portaient la moitié de la rue Saint-Honoré sur le dos, caressaient du regard les torses blancs. Et les hommes, à qui ce regard n'échappait pas, se demandaient combien de mois il faudrait pour faire naître des muscles d'acier.

Le bourdonnement de la salle isola Ranko.

Enki Bilal se rapprocha de l'oreille de Le Roy, l'expert en bande dessinée d'Artcurial.

— Tu sais ce que l'on dit sur Scorpène ?

— Non…

— Qu'il s'est mis à cinq ans aux échecs en trouvant un petit jeu blanc et rouge dans un paquet Bonux… Et tu vois où il en est maintenant !

— Tu plaisantes !

— Pas du tout. Et attends, personne ne jouait dans sa famille. Comme l'école l'intéressait moins que son échiquier, ses parents l'en ont privé. Et tu sais quoi ?

Enki Bilal sourit autant à l'histoire qu'au grand maître international Jean-Luc Chabanon qui faisait son entrée. Une légende, dans le milieu. Il allait commenter la partie. Cet homme avait passé tellement de temps penché sur les échecs qu'il en gardait sous les yeux deux zones grisées, où l'ombre semblait réfugiée. D'où ce regard aussi puissant que fou qui faisait de vous soit un tueur à gages, soit une terreur aux échecs.

Bilal reprit :

— Eh bien, loin d'abandonner, le gosse s'est mis à imaginer l'échiquier. Seul dans son lit, la nuit, il visualisait l'espace. Il déplaçait les pièces sans bouger un petit doigt. Le môme s'est mis à tout jouer à l'aveugle.

— Noooon !

— Je t'assure, jusqu'à pouvoir jouer plus tard à l'aveugle quinze parties en simultané.

— Impressionnant… Le genre de mec qui finirait alpiniste en pleine Beauce.

Le Roy joua avec ses boutons de manchette.

— Et l'autre, tu le connais ?

— Non, répondit Bilal, je sais juste qu'il a remplacé au pied levé Frank « Anti-Terror » Stoldt, le champion du monde qui a eu un souci de santé. Mais tu vas voir, Scorpène est l'exemple même du joueur romantique.

— … Antique ? Pourquoi antique ?

Avec la musique, Le Roy entendait tout déformé.

— Non, ro-man-ti-que, articula Enki Bilal.

Le Roy écarquilla les yeux.

— Ah… Ça veut dire quoi, un joueur romantique ?

— Il risque tout, il est prêt à tous les sacrifices. Le contraire du pragmatique. Lasker contre Fischer, tu vois ? (Le Roy secoua la tête pour dire que non.) Pour lui, les échecs sont un langage, une forme de musique, si tu veux. Ce ne sont pas des mathématiques. Mais tu vas comprendre à l'observer. Quand il ne boxe pas, il joue neuf heures par jour bourré de lait et de Granola. Et tout ça pour faire tomber un roi.

— Un romantique, tu parles : un ascète, oui. Moi, on me ferait pas manger des Granola. Même pour un émirat.

— Attends de voir. Ce mec, il ferait craquer la banque au blackjack. Tu n'auras jamais vu ça.

Chabanon mit fin à leur conversation quand il déclara officiellement :

— *Round one : chess.* Premier round.

★

Cernés par les cordes du ring, Scorpène et Novak s'assirent à une table haute. Sur le côté de cette table, en lettres capitales, deux mots ressortaient : SMARTEST, TOUGHEST. Novak était dos aux fenêtres. Plus rien n'existait, aucune échappatoire, que l'adversaire. Ils se saluèrent d'une rapide poignée de main au-dessus des pièces de bois. Contre leurs oreilles, les deux combattants ajustèrent des casques pour rejoindre leur concentration. Désormais, ils auraient pu être à Moscou, à Paris ou sur la Lune. Le monde tenait en soixante-quatre cases et se résumait à leurs yeux, leurs mains et leurs poings. Sur l'échiquier, ces mains, bandées, l'une noire, l'autre blanche, s'affrontaient. C'était un échiquier électronique DGT, relié à la pendule placée sur le côté et qui transmettait la partie sur un écran pour que chacun y assiste en simultané.

Les commentaires retentirent tandis que les pièces glissaient sur l'échiquier pour une première séquence.

Bilal se pencha vers Le Roy et lui dit sur le ton de la confidence :

— Aux échecs, le temps est une pièce.

La voix enjouée de Chabanon reprit la main. L'écran magnétisa l'assistance.

— Bonsoir et bienvenue pour cette première compétition de chessboxing chez Artcurial. Scorpène commence avec les blancs* et joue le coup e4, c'est parti, e4 comme premier coup, Scorpène ouvre le jeu. Et Novak, son adversaire, répond par la symétrie et joue le coup e5, c'est parti, d4, oh là là ! un premier sacrifice de pion assez incroyable de Scorpène, ce n'est pas un coup très, très habituel, il décide de donner le pion… et Novak a bien sûr pris le pion, ça y est, c3, pion prend c3. Et là, Scorpène sort son fou, encore un sacrifice de pion, c'est assez incroyable ! Il ne recule devant rien et maintenant, grosse réflexion : Novak n'a pas l'habitude, il a du mal à comprendre et il décide de refuser ce pion ; cavalier f6, ici, on voit que les Noirs décident de se défendre, cavalier f3, mesdames et messieurs, Scorpène joue des choses assez insensées ! Il continue à donner un pion… On va regarder la position. En

* La partie jouée ici est explicitée en fin de volume, p. 700-701.

ce début de match, les joueurs, vous le voyez, sont très concentrés, ils n'ont pas encore boxé. Novak vient de prendre le pion, et petit roque incroyable, complètement incroyable ! Scorpène donne encore un pion, sur la case b2 et l'on comprend que la seule chose qui l'intéressait, avant la boxe… était de mettre son roi à l'abri… La partie s'arrête, mesdames et messieurs, fin du premier round.

Novak savait que l'adversaire serait de taille mais là, il était complètement déstabilisé. Il lui manquait de se projeter dans l'avenir. Il n'arrivait pas à percer la stratégie de Scorpène.

Rubingh, tout excité, tapota le bras droit de Bilal.

— Philosophie plutôt brutale avec ce gambit du Nord ! Tout repose sur l'attaque sur le roi noir. Laisser le roi noir au centre, l'empêcher de roquer, voilà la stratégie des blancs. Novak compte sur le surplus matériel s'il reprend l'initiative, une erreur, sans doute.

Le Roy essayait de retenir des bribes mais il préféra se concentrer sur l'écran. Tout allait très vite et il n'était pas sûr de suivre. Bilal tenta de lui résumer l'esprit :

— C'est comme si, au football, les blancs avaient le ballon. Ça, tu comprends ?

Il lui taquina les côtes d'un coup de coude. Le Roy marmonna une réponse qui fut couverte par les commentaires.

Deux hommes soulevèrent la table pour la déplacer durant la minute de repos. Le ring était désormais libre.

Novak croisait et décroisait les bras, gants aux poings, et les descendait jusqu'au sol pour s'assouplir.

— Belle armoire à glace, dit Bilal en le jaugeant.

— La galerie des glaces en personne, tu veux dire, corrigea Le Roy.

L'arbitre monta sur le ring suivi des boxeurs.

Les entraîneurs et les soigneurs restèrent derrière les cordes avec des bidons d'eau. Les conseils fusaient. Astrakan ne cessait de se pencher vers Ylana comme si la libellule allait s'envoler. Mais elle regardait, hypnotisée, songeant à ce père qui avait un jour boxé.

On entendit :

— Round 2. Deuxième round. BOXE.

Sonnerie.

★

Les boxeurs saluèrent le public et se touchèrent les gants. La salle disparut de leur conscience. Dans leur tête, ils avaient déjà commencé le combat.

Novak et Scorpène se tournèrent autour comme des bêtes furieuses, ils se jaugeaient, tentaient de percer des faiblesses et de flairer une tactique. Ces derniers jours, Ranko s'était levé à 5 heures pour courir. Mais peut-être que ce colosse se levait à 3 heures, lui.

Dans l'une de ses chaussettes, Novak avait glissé un portrait d'Ylana. C'était son secret, son totem à lui. Une petite photo qu'il avait volée chez Astrakan. Dix mille personnes auraient pu lui parler qu'il n'aurait entendu que la voix de son coach. Mais il n'avait pas besoin de l'entendre car dans sa tête résonnait l'impératif : « Ta garde, Ranko, monte ta garde ! Si tu veux rester beau, il faut apprendre à monter ta garde ! »

Sur le ring, Scorpène se montra précis mais il

multiplia les pains. Beaucoup d'air pour rien. Pour l'instant, des deux côtés, aucun coup n'était arrivé, comme si chacun attendait la faute de l'autre.

Le round d'observation était lancé.

Novak, lui, se déplaçait beaucoup et esquivait. Son entraînement cardio payait. Il essayait de rester au milieu et de ne pas se faire acculer dans un coin. Deux fois, il contra une attaque de Scorpène, pourtant plus porté sur le corps-à-corps. Novak pivota. Enfin, il y eut une première touche du côté du Serbe. Une petite pichenette qui venait de faire mouche. Pas de quoi en tirer gloire mais Scorpène se fit gentiment secouer. Novak avait réussi à percer la défense de son adversaire. Scorpène réagit en restant à distance de Novak et privilégia la contre-attaque. Il se méfiait du puncheur car Novak avait une bonne allonge qui pouvait bien l'envoyer à terre.

Le gong retentit.

La salle, plus habituée aux échecs qu'à la boxe, hésitait entre fascination et effroi.

De l'étrange accouplement du sport le plus physique contre le jeu le plus intellectuel montait une énergie neuve.

L'étincelle affrontait la sueur.

★

Retour à la stratégie.

Les combattants ôtèrent les gants et crachèrent leur protège-dents.

La table revint au centre du ring.

Au troisième round, Novak confirma sa courte vue aux échecs. Chabanon le releva :

— Novak, qui a pas mal tapé durant la boxe,

décide de ramener son cavalier sur la case d6. En miroir de la boxe, il tente aussi une petite pichenette, on voit que le cavalier attaque le fou sur la case c4, c'est aux Blancs de jouer et Scorpène continue ses coups improbables en prenant le pion sur c3, il donne le fou, ça, c'est à la surprise générale, il décide de sacrifier une pièce !

Sur son siège, Astrakan se raidissait. Il vivait chaque mouvement de Scorpène comme s'il le touchait. En boxe, Ranko assurait. Aux échecs, il avait l'air sous pression. Et pour le casse, est-ce qu'il saurait se montrer à la hauteur de sa réputation ? Astrakan rencontra le regard d'Ylana et il eut envie de mettre le monde à ses pieds.

Il médita le parallèle avec les sacrifices pleins de panache de Scorpène. Riche d'une fille pareille, il était heureux de payer l'addition.

N'importe laquelle.

À quoi ressemble un homme amoureux ? À un crucifié ravi.

À le voir, n'importe qui l'aurait compris.

Du côté des officiels, Chabanon salua l'imprévisibilité de Scorpène :

— … Scorpène a-t-il pris des coups mal placés durant le match de boxe ? Mais non ! apparemment, il n'a pas peur… Novak prend bien évidemment ce fou…

— Gourmandise matérielle ! commenta Bilal dont la voix fut couverte par Chabanon :

— … et là, ah ! ah ! ah ! premier échec de la partie, mesdames et messieurs, eh oui ! La tour qui est sur la colonne ouverte, la colonne *e*, attaque le roi qui est au bout de sa colonne, on voit le roi sur la case e8, la tour e1 FAIT ÉCHEC AU ROI !

— Ça, c'est de la dynamique ! souffla Bilal à Le Roy qui se contenta de hocher la tête.

— Évidemment, continua Chabanon, dans cette position, les Noirs n'ont pas le choix, ils doivent mettre leur fou en face de la tour pour parer l'échec, et là, le cavalier d5 attaque deux fois le fou sur la case e7 avec la tour et le cavalier. Dès lors, le fou ne peut pas bouger car il y a UN CLOUAGE : la pièce ne peut se déplacer car quelque chose est attaqué derrière… Pour comprendre, mesdames et messieurs, c'est comme monter sa garde pour éviter de se prendre un gant de boxe. Dans cette position, cavalier d5, Novak se protège, il protège son fou, pour éviter de le perdre, il joue cavalier c6… et Scorpène commence à sortir un peu ses crocs en jouant le coup fou g5, il insiste sur le clouage !

— Que des coups de défense forcée pour les Noirs…, décréta Bilal, ferré par la tension.

— Question à se poser, chère assistance : comment Novak va s'en sortir, par exemple, s'il décide de mettre son roi à l'abri en faisant le petit roque, alors Scorpène pourrait lui prendre son fou et à la fin, il y aurait une fourchette entre le roi et la dame… Novak décide de baisser sa garde et joue le coup f6. Et là, c'est à Scorpène de réfléchir, la position est compliquée, il a sacrifié deux pions et une pièce, c'est assez incroyable dans ce match, il fait une pause et réfléchit, et c'est la fin du troisième round, c'est à son tour.

Puis Chabanon déclara :

— Rendez-vous pour le quatrième round à la boxe.

Dans la pénombre bleutée de l'écran, Le Roy se pencha vers Bilal :

— Il est d'un enthousiasme dément, ce Chabanon !

— Démentiel, oui.

★

Novak ne faisait pas de cadeau en boxe, et Scorpène, par son audace fougueuse, le torturait aux échecs. En boxe, ce n'était plus l'hiver tellement ils suaient, et la salle avait un parfum d'été. Artcurial n'avait jamais dû connaître d'odeurs aussi animales.

Visiblement, Novak comptait sur les trois minutes de boxe pour se rattraper. Il était plus à l'aise dans cette discipline. Souple sur ses jambes, il se déplaçait vite et ses coups étaient secs et rapides. Le puncheur se doublait d'un styliste. Il fit de beaux enchaînements, un droite-gauche notamment, qui lui permit de toucher. Il gardait les yeux ouverts. Jamais il ne quittait Scorpène du regard.

Scorpène était son centre du monde. Novak n'avait qu'une ligne d'horizon en tête et cette ligne d'horizon reliait deux points noirs sur un visage, nourris du feu d'une vie. Les lâcher un instant, et la sanction serait immédiate — bonne nuit, les petits. Qui avait envie de se recevoir une massue sur le crâne ?

La cloche sonna. Aux échecs, Scorpène étonna tous les amateurs. Il avait un style unique. Tout en ruses et en pièges. Le public était subjugué. Lors du cinquième round, il esquiva plusieurs coups et Chabanon perçut qu'il allait mettre la pression aux échecs. Il s'étonna du « coup de l'espace » de Scorpène qui sacrifia sa tour. Sans réfléchir, Novak la prit. Scorpène mit volontairement son cavalier sur une case à double fourchette. Chabanon s'extasia devant cette « partie magique » et avoua être dérouté par les intentions des Blancs. Il parla de Scorpène comme d'un « joueur fantastique » et les sourires fleurirent les visages de la salle.

Le cavalier de Scorpène attaqua le roi noir et força Novak à méditer, tandis que la pendule courait. Ce qui lui évita le piège d'un *kiss of death*, un baiser de la mort, releva Chabanon. Il joua son fou, la pendule s'emballa et Scorpène enchaîna par un échec immédiat.

Lors de la sixième reprise, alors que Novak, dans le coin, se concentrait sur sa respiration, Cédric lui asséna des conseils :

— Ne cherche pas à donner des coups, champion, mais à ne pas en recevoir. Avance et cadre, si tu lui envoies un parpaing, je t'assure que tu vas l'électrocuter.

Le gong retentit et on était loin du monastère tibétain. Partout, régnait l'électricité. L'arbitre encadrait deux fauves. Novak, menton rentré, gardait Scorpène en ligne de mire. Il surveillait le moindre tressaillement de ce lait bouillant. Il savait qu'il devait déséquilibrer Scorpène pour qu'il ne le plie pas trop vite aux échecs. Chacun admira, chez Novak, la belle balance du buste, et sa coordination parfaite. Scorpène fatigua et moulina un moment des bras. Un type hurla et son langage trancha avec le public :

— Mais qu'est-ce que tu fous ! Remonte les épaules, tu bats pas des œufs en neige ! C'est de la boxe, pas de la danse, mec !

Scorpène se secoua et tenta une belle gauche mais

qui passa derrière la tête. Novak impressionna à nouveau le public par ses remarquables esquives plongeantes. Il découvrit que la garde de Scorpène n'était plus aussi hermétique. Contrôle-toi. Bordel. Contrôle-toi. Ne l'expédie pas.

Astrakan était rivé au ring. Il redoutait que Ranko ait besoin de briller. Ou qu'il se laisse emporter par sa fougue.

Scorpène soufflait fort. Il venait d'envoyer un coup à la godille, plus instinctif que tactique.

Au loin, une voix le hua.

Novak se sentit des boules de feu dans les poings et avança. Il accula Scorpène dans un angle. Puis, d'un redoutable crochet du gauche, il ébranla son adversaire.

À retardement, Scorpène descendit comme une crêpe. L'arbitre s'apprêta à compter. Mais Scorpène, en bon encaisseur, se releva.

— Blinde ta porte ! hurla un homme.

L'effervescence étonna les membres d'Artcurial. Les murs n'avaient jamais vu ça.

Vers la fin du round, Novak faillit envoyer Scorpène au K.-O. Ce dernier venait de prendre deux droites consécutives et ses appuis avaient vacillé. Il avait été secoué et se demandait quel arbre lui était tombé dessus.

Vingt secondes de plus, et il flanchait.

Au bord de bondir, Astrakan se contenta de prier.

À aucun prix, Ranko ne devait gagner.

Le gong fut une bénédiction.

— Y a pas à dire, c'est de la belle boxe. Pas juste de la condition physique, dit Iepe Rubingh.

— Oui, de la technique et de la tactique. C'est rare. Magnifique.

Bilal trouva que la réalité draguait bien son imaginaire.

Pour Scorpène, la minute de repos fut la goutte d'eau dans le désert. Au septième round, tandis que les techniciens installaient le jeu sur le ring, la salle bouillait de voir qui allait gagner. Un essaim de sensations bruissait dans le public. Scorpène avait été mis en difficulté à la boxe et c'était un miracle qu'il ait résisté. Le Roy admira sa ténacité.

Sur l'échiquier, Novak reprit sur un coup forcé et Scorpène se lança dans un très surprenant *échec à la découverte*, comme le commenta Chabanon :

— Vous voyez, ce n'est pas la pièce qui se déplace qui fait échec mais celle qu'on découvre.

Le Roy avait compris. Il était fasciné.

Novak s'en tira en rendant sa dame et chercha une case de fuite pour son roi.

Quand le huitième round arriva, Novak butait sur un échec double.

Son cerveau bouillonnait, pressé par un flux d'informations trop puissant. Gong. Il ne lui restait plus qu'à cogner. Il se rua sur Scorpène et le travailla au corps, en bête écumante de rage. Scorpène encaissa et résista pour ne pas faiblir sous la pluie de coups. Abdomen, reins, foie, rien ne fut épargné. Le potentiel physique et technique de Novak était bluffant.

Un sourire flotta sur le visage du Serbe, sourire que l'effort rendit grimaçant.

Scorpène pâlit.

Astrakan aussi et Ylana blottit sa main crispée dans son poing.

S'il gagnait, Ranko n'échapperait pas au dîner et tout serait flingué.

Avec sa timidité et son côté renfrogné, il attirerait les soupçons.

Et les médias.

Novak s'ancra au sol et adressa à son adversaire un créneau millimétré.

Une terrible droite au succès expéditif.

Cette fois-ci, Scorpène s'effondra.

La voix de l'arbitre le surplomba :

Un… Deux… Trois… Quatre…

Le public aussi eut le souffle coupé.

À terre, ce n'était pas une brute mercenaire mais un héros de l'échiquier.

Roland sur le Roncevaux du ring.

Qui avait envie de le voir terrassé ?

À cinq, tiré des limbes, Scorpène se redressa.

La foule s'ébroua.

Novak s'arrêta à temps.

À temps avant que sa hargne n'écoute plus qu'elle-même et qu'elle n'électrocute Scorpène.

Le gong eut pitié et sonna.

Au neuvième round, la salle, rongée par l'attente, se cramponnait aux sièges.

Sur le côté, la pendule en bois clair régnait sur les cerveaux en manque d'oxygène des combattants.

Récupérer, il fallait oublier.

Trois minutes. Trois minutes en terrain miné.

Les coups fusaient.

La sueur piquait l'échiquier.

Scorpène, déclara Chabanon, n'avait plus tous ses esprits :

— Mesdames et messieurs, il est encore K.-O. sur

l'échiquier. Mais finalement, avec l'énergie du désespoir, il arrive à nous trouver un coup incroyable, eh oui ! il donne sa dame sur la case e8 !

Novak regarda la pendule, regarda l'échiquier, incrédule.

Bon Dieu, ses neurones se barraient.

Astrakan vit Ranko, yeux affolés, et son angoisse s'apaisa.

— Dans cette position, quelque chose ne va pas ! s'enflamma Chabanon, quelque chose de dramatique ! Novak n'a plus beaucoup de temps... cinq secondes ! il joue un coup... Et là, c'est Scorpène qui a repris ses esprits. Trois secondes !... Scorpène trouve le coup ! Il fait ÉCHEC ET MAT, il met son cavalier sur f7, c'est un MAT À L'ÉTOUFFÉE. Novak qui a cogné dur se fait étouffer le roi ! Là ! vous voyez ? c'est une belle revanche sur l'échiquier ! Scorpène a trouvé ce tout petit cavalier blanc, cette petite pièce fragile qui finit par mater le roi de l'adversaire !!!... Mesdames et messieurs, le match est terminé.

Les deux combattants échangèrent un regard sans équivoque.

Gagner, c'est tuer.

★

Charlotte Rampling se tourna vers Scorpène :

— Il est de Normandie, il est vice-champion du monde et vainqueur de ce soir, je vous demande un tonnerre d'applaudissements pour notre ami Scorpène ! Qui va recevoir sa récompense des mains d'Enki Bilal en personne, en présence de Iepe Rubingh. Félicitations ! Il est épuisé mais souriant.

Et heureux. Mais qui ne le serait pas en étant champion ?

Il n'était pas russe ? Il était normand ? Qu'importe, pensa Ranko. Ruisselant de sueur, il tâcha de ne pas baisser la tête et sourit, intérieurement.

L'autre combat commençait.

Il ne s'appelait pas Novak.

Mais Ranko.

Et tout s'était passé au carré. Il avait résisté à ses instincts de guerrier.

Derrière les cordes, Cédric lui lança un clin d'œil où la fierté perçait. Les rangées remuèrent et Ranko vit Ylana au bras d'Astrakan, parée des reflets somptueux du satin. Astrakan baissa les yeux et les releva, rassuré, toujours confiant.

Puis il se tourna vers *Chessboxers with black horse*.

Avec le même instinct possessif que vers Ylana.

Pour Ranko, c'était maintenant que le jeu s'ouvrait.

Et cette partie-là, il l'avait toujours remportée.

71

Passé le combat et le sacre de Scorpène, Ranko réussit à échapper au dîner officiel. De toute façon, personne ne le connaissait. Se présentait le moment le plus délicat : n'éveiller aucun soupçon, être aussi glissant qu'une sardine à l'huile pour ne pas marquer la mémoire. Rien d'autre que de la magie : apparaître et disparaître, rester évasif et surtout, faire constamment diversion. Dans les salons d'Artcurial, il bredouilla deux, trois mots en français et s'excusa auprès de Iepe Rubingh. Ce n'était ni son sale tempérament ni la défaite qui lui ôtaient l'envie de dîner, mais son mauvais français. Il prétexta aussi qu'il devait repartir en Serbie dès le lendemain matin. Version rustique — mais crédible.

Avec Astrakan, il n'avait jamais été question qu'il dîne avec l'équipe. Manger les meilleurs plats du monde en se demandant s'il fallait poser son couteau à côté de l'assiette ou au beau milieu lui aurait, de toute façon, gâché le plaisir.

En même temps, Ranko se sentit mal à l'aise.

Quelques phrases, et il n'avait plus grand-chose à dire au genre humain.

Non pas qu'il fût insensible. Mais le mot confiance ne faisait pas partie de ses basiques. Ce n'est pas maintenant qu'il changerait, même s'il s'excluait. Que pouvait-il partager ? Il se rappela les lois de l'humanité. Un conseil ? Et il ne serait pas écouté. Un bien précieux ? Et un proche le volerait. Un secret ? Et il serait trahi. L'amour ? Et il serait trompé.

Non, Ranko préféra prendre les devants.

Et, comme toujours, marcher seul face au vent.

La suite reposait sur la patience, et, la patience, il connaissait. Astrakan lui avait demandé le coup parfait.

Il avait suffi de les suivre jusqu'au restaurant *L'Arpège*. Ils avaient évoqué le nom et l'adresse devant lui, avant qu'il ne se défile. Ce n'était pas très loin, rue de Varenne, près du musée Rodin. Il n'avait qu'à traverser la Seine. Quand il verrait le dôme des Invalides, brillant comme une dent en or, il serait quasiment arrivé. Et les dômes, personne ne pouvait s'imaginer combien il les connaissait.

Ils étaient six à aller dîner dont Enki Bilal, sa compagne et Scorpène. Ranko leur avait laissé un temps d'avance. À 22 h 20, il les avait vus pénétrer dans l'établissement à la façade discrète. Tout se jouait pour lui derrière les murs et Ranko n'avait jamais remarqué qu'il y avait là, au croisement avec la rue de Bourgogne, un restaurant.

Les vitres étaient opalescentes, il ne pourrait pas compter sur elles pour guetter la sortie d'Enki Bilal. Mais il suffisait de surveiller l'unique entrée. Tandis qu'ils avalaient un chaud-froid d'œuf au sirop d'érable et au vinaigre de Xérès, Ranko avait déjà escaladé la grille du musée Rodin par le boulevard des Invalides. Avec la pluie glaciale qui persistait, Paris était aussi désert que l'Aubrac. Il ne fallait pas chercher midi à 14 heures. Juste être rapide. Et compter sur l'immuable : les caméras ne peuvent couvrir la totalité d'un territoire et se bornent aux endroits stratégiques, et toute caméra dépend de l'homme qui est faillible et paresseux. Et quand la paresse ne suffit pas, l'argent corrompt. Car qui, pour des bonnes ou des mauvaises raisons, n'a pas besoin d'argent ? Ce qui, évalua Ranko, lui laissait des chances non négligeables.

À tout bien considérer, c'était inexact. Le plus grand atout de Ranko était ailleurs.

En une zone inexpugnable, incorruptible. En un territoire qui ne se laissait pas pénétrer.

Un territoire que Ranko avait défendu contre toutes les invasions.

Ce territoire, il était en lui, bien enfoui, dans les milliers de neurones qui relayaient son plaisir de jouer.

Avec l'autorité, les hommes, la destinée.

C'était son point commun avec Astrakan, qui expliquait, en partie, leur complicité.

Complicité était un grand mot : ils se respectaient.

Astrakan et Ranko étaient faits pour jouer — et gagner.

Des associés sans contrat autre que les liens du sang.

72

Après une île flottante moka-mélisse, une infusion à la citronnelle et un Dom Pérignon 1993 en magnum, ils ressortirent du restaurant, Enki Bilal en tête. Ranko jeta un œil à sa montre : minuit était juste passé. Le froid aurait pu l'engourdir mais Ranko était comme les gargouilles sur les flancs de Notre-Dame : endurant. Bien sûr, il ne s'était pas allongé directement, il avait interposé une couverture de survie entre le sol terrassé et lui.

Perché en haut du musée Rodin, il jouissait d'une vue d'ensemble sur le groupe qui ne resta pas longtemps sur le trottoir et se dispersa après s'être salué. Dans le silence de la nuit, Ranko entendit une grande partie de leurs échanges. Enki Bilal discutait avec l'homme qui l'accompagnait durant le combat, son expert. Un type en long manteau, classe mais décontracté, avec des cheveux noirs courts et des pattes sur les côtés. Il lui dit qu'évidemment, il les raccompagnait jusqu'à l'atelier.

Ce n'était pas tombé dans l'oreille d'un sourd. En bas, les hommes étaient à cent lieues d'imaginer qu'ils étaient épiés.

Trois minutes avant, un taxi s'était garé à proximité

et attendait, warnings rougeoyants. Il avança et Iepe Rubingh y monta tandis qu'un second taxi arrivait pour prendre en charge Scorpène. Ranko se demanda comment le boxeur avait pu apprécier le repas après un tel combat. Lui-même sentait la fatigue le gagner, et la tension qui retombait. Parler avait dû être, pour Scorpène, une autre forme d'exploit et sur ce point, Ranko ne l'envia pas. Soudain, il tendit l'oreille. Côté Invalides, une sirène se rapprochait. Il se retourna mais ce n'étaient que les pompiers, il n'y avait pas de quoi s'affoler.

Il ne quitta plus Enki Bilal des yeux. Son objectif discutait tout en marchant dans la rue de Bourgogne, une perpendiculaire à la rue de Varenne. Le trio allait récupérer une voiture. Et pas n'importe quelle voiture. Une Aston Martin. Plus précisément, une DB4 GT Zagato, grise comme un lac à l'heure où blanchit la lumière. Une voiture dont les rondeurs renverraient au placard celle des hanches de Marilyn.

Une voiture qui n'était plus une voiture, mais une œuvre d'art roulante, se dit Ranko.

Il n'avait jamais volé de voiture mais celle-ci l'aurait converti. Il n'y en avait que dix-neuf exemplaires au monde, Bilal et l'expert en avaient parlé après le combat. Rien qu'à la regarder, plus rien n'existait que le charme des années 60.

Cette Aston aussi avait une gueule de BD.

Une gueule de jouet pour adulte né pour faire rêver.

Ranko leur laissa un temps d'avance puis observa scrupuleusement son environnement. Un instant, il pensa à toutes les statues du musée Rodin qu'il avait presque sous la main. Mais c'était comme l'Aston — plus lourd qu'un tableau. À l'horizon, le dôme des

Invalides paraissait tout près, comme s'il pouvait s'y retrouver à califourchon en jouant à saute-mouton. Ses ors donnèrent à Ranko l'impression que rien n'existait, que la vie n'était qu'un long rêve qu'on habitait. Il se secoua et plia sa couverture de survie qu'il fourra dans une poche de son sac à dos. Puis il approcha du bord. Ni homme ni chien en vue. Paris était calme comme un village de campagne par une froide nuit d'hiver. C'était le moment.

Avec l'agilité d'un pirate qui descend le grand mât, il se laissa glisser par une gouttière du musée. Astrakan lui avait prêté une moto. Elle était garée à l'intersection. Comme la rue de Bourgogne était en sens unique, il n'avait plus qu'à attendre de les voir passer.

Ranko monta haut la fermeture Éclair de son anorak et scratcha son col, avant de s'enfoncer un casque noir sur la tête. Très vite, le faisceau des phares éclaboussa de lumière ses bottes. La moto vibra et il leur accorda jusqu'au croisement avec Invalides pour voir de quel côté ils tournaient. Alors, il démarra.

L'heure n'était pas trop avancée et dès qu'ils approchèrent de la Seine, ils retrouvèrent de l'activité. Quelques voitures roulaient et un taxi guettait le client qui viendrait se réchauffer sur sa banquette. Ranko était l'ombre noire qui suivait l'Aston.

Tout à l'heure, il ne les avait pas entendus évoquer de nom de rue ou de quartier. L'atelier était peut-être en banlieue. Ranko réfléchit. Il ne voyait pas Bilal, avec l'imprégnation fortement urbaine de ses bandes dessinées, avoir un atelier loin de Paris. L'homme devait vouloir rester relié à une forme d'énergie. Comme de rester branché pour mieux créer. Hors des phases de l'entraînement, Ranko avait eu le temps de se retremper dans son univers. Il avait fini d'éplucher les articles de presse et le site d'Artcurial pour vérifier les cotes des œuvres de l'artiste. Astrakan avait récupéré, lui, d'anciens catalogues de vente aux enchères et l'essentiel était là, avec les estimations.

Maintenant, il n'y avait plus qu'à mettre la main sur l'atelier.

L'Aston Martin s'engagea sur le pont des Invalides.

La circulation était fluide et la voiture facile à ne pas perdre de vue mais il ne fallait pas se faire remarquer. Ils passèrent Concorde et sa Grande Roue puis obliquèrent au niveau de la rue Saint-Honoré. Au feu rouge devant l'hôtel du Louvre, en face de la Comédie-Française, Ranko ressentit une douleur forte au coude droit. Contrecoup du combat contre Scorpène, sans doute. Pourvu que la douleur ne l'empêche pas de grimper, c'est tout ce qu'il demandait.

Un couple faillit traverser devant lui. Sûrement des étrangers car la fille était blonde comme une tornade de neige et le type juste un poil plus clair. Ils se tenaient serrés, entre trottoir et pavés, et la fille ressemblait à un héron. Cou relevé, elle se dandinait de côté pour ne pas rater le premier taxi qui surgirait.

À cause d'eux, la distance entre l'Aston et la moto se creusa et il crut que le prochain feu rouge lui serait fatal. Mais il les rattrapa sans les coller et l'Aston Martin s'engagea dans la rue du Louvre avant de bifurquer, après la Bourse de Commerce, vers les Halles.

Soudain, elle stoppa face au *Quigley's Point*, un pub irlandais à la devanture verte, et Ranko fut à deux doigts de se faire avoir. Immédiatement, il crut qu'ils allaient prendre un dernier verre. Le pub était encore éclairé même si le froid dissuadait les fumeurs de refaire le monde dehors. Mais l'Aston reprit sa route sur quelques mètres et s'arrêta devant le perron de l'église Saint-Eustache, une entrée à l'air désolé qui ne devait plus servir qu'aux pigeons.

Où étaient-ils exactement ? Ranko aperçut le panneau qui indiquait la rue du Jour et il se gara en face, au début d'une placette. Il coupa net le moteur. Dans l'ombre, personne ne prêterait attention à une silhouette en noir. Ils étaient pile de l'autre côté du dôme de la Bourse, à deux pas des jardins des Halles. La rue était étroite et le vrombissement de l'Aston donnait un sacré coup de shaker au calme. Excepté le pub, rien ne semblait vivant dans le quartier. Pas même un chien pour se donner la liberté de pisser.

Enki Bilal et sa compagne descendirent de voiture. Des rires, des salutations, et l'Aston repartit. Ultime flamboiement du gris, royal comme les écailles d'un bar de ligne. Ranko la suivit des yeux, à regret. Gardant son casque sur le crâne, il eut le temps de mémoriser le code qu'Enki Bilal venait de taper. Il n'aurait plus qu'à reproduire le même geste quand la situation se présenterait. Sans noter sa présence, Bilal poussa la porte en bois du numéro 11, un petit immeuble en pierre de taille de cinq étages.

Dans la nuit de Paris, Ranko se retrouva seul face à l'imposante église Saint-Eustache. Avec ses empilements de colonnes jumelées, elle ressemblait à un dinosaure endormi, muselée pour ne pas sonner. Ranko leva la tête vers le 11. L'immeuble était étroit — pas plus de deux fenêtres par étage, avec une belle hauteur sous plafond. Aux deux derniers étages, il n'y avait qu'une fenêtre.

La façade était faiblement éclairée. Patienter, guetter la première lumière qui s'allumerait et Ranko serait renseigné sur ce qui l'intéressait. C'est fou ce que les façades pouvaient parler.

À peine le temps de lancer des paris sur l'emplacement et le troisième étage s'illumina, suivi des deux derniers. Un triplex. C'était un triplex.

L'interrupteur alluma l'instinct de chasseur de Ranko. Maintenant qu'il savait où taper, Ranko n'avait plus qu'à escalader. Sans tarder, il se débarrassa de son anorak souple, le plia dans le top-case de la moto et y rangea son casque. Sa polaire noire lui suffirait pour escalader. Puis il enfila ses chaussons. Ils le mirent immédiatement en condition, sûrement comme une danseuse étoile qui lace ses pointes.

Aiguiser ses sens, il fallait aiguiser ses sens. Ne rien laisser au hasard. Il n'avait pas calé de plan, juste décidé de grimper pour repérer les lieux, les accès et l'activité.

Coup d'œil à 360 ° car il serait exposé. Ne pas céder à l'euphorie ni baisser en vigilance car la nuit, la brigade anticriminalité patrouillait. Ranko huma l'air. Personne ne sortait du pub. La chance était le vis-à-vis de l'immeuble : une église — Saint-Eustache. Les cimetières exceptés, on ne pouvait pas faire plus discret. Personne ne risquait de regarder aux fenêtres. Au-dessus de sa tête, le ciel sans étoiles de Paris mouchait le campanile.

Rapide lecture de la façade du n° 11, et elle céda comme une serrure. Elle baignait dans la lumière jaune d'une lanterne à l'ancienne. Ranko prit son élan, se jeta sur la devanture d'une mercerie et fit un jeté pour attraper une enseigne : un gros bouton de vêtement rouge, rond comme un sens interdit, ni plus ni moins qu'une aubaine pour monte-en-l'air. Il n'y avait plus qu'à espérer que l'enseigne soit solidement ancrée mais il allait bientôt le vérifier. Les deux bras vissés au bouton, son corps se balança dans le vide. L'enseigne couina mais elle tint bon. Ranko était déjà en train de se rétablir et de la chevaucher pour saisir les garde-corps en ferronnerie du premier étage et empoigner en souplesse le moindre relief qui se présentait. Puis il s'aida de la gouttière et des lignes de refend de la façade pour progresser. Depuis longtemps, il avait intégré le mot d'ordre de Reinhold Messner, repris par Edlinger, qui voulait qu'en escalade, le vrai gage de sécurité soit la rapidité. La pierre était glacée mais les premiers pas dans les airs étaient magiques. Quitter le trottoir à la seule force de ses bras pour s'élever vers le royaume de Bilal avait le goût du mirage.

Sa joie fut de courte durée. Arrivé à mi-hauteur, à au moins six mètres du sol, son coude lui lança des décharges électriques. Le combat avait fatigué son corps entier, la tension usé son esprit. Sans doute s'était-il trop entraîné ces derniers jours. Cédric avait dû forcer la dose pour le remettre à niveau. Mais il était fier d'avoir tenu et d'avoir bien combattu. Les sensations de la boxe étaient revenues. La nostalgie des combats, aussi. D'un coup, son coude lui fit tellement mal qu'il fut forcé de relâcher son bras droit et de le reposer avant de continuer. Alors, le souvenir de sa chute le rattrapa. Ranko eut un bref regard vers le sol. Il n'était pas très haut mais rien ne l'assurait. Ce sale souvenir de l'Institut le déstabilisait. Son corps lui rappelait qu'il n'avait pas droit à l'erreur. Un frisson lui parcourut l'échine et ses muscles se mirent à le brûler. Et plus ils le brûlèrent, plus il se crispa. Pour la première fois de sa vie, Ranko ne grimpa plus seul.

Sous l'œil silencieux de Saint-Eustache, Ranko le sut, au plus profond de lui.

Désormais, il grimpait avec un sentiment tapi en lui.

Un sentiment qui ne demandait que l'occasion de gonfler au vent comme une grand-voile.

Et ce sentiment, c'était la peur.

Non une peur qui vous paralyse mais une perle noire, pas plus grosse qu'un petit pois qui se nichait dans son cerveau et attendait de le coloniser.

Ranko inspira profondément puis vida entièrement ses poumons. Il repensa à son modèle, Edlinger, pour qui la concentration se décuple quand on risque sa vie et qui répétait que cette sensation unique interdisait de craquer. Il leva la tête au ciel, et continua sans s'attarder sur l'intérieur des pièces, obnubilé par le désir d'atteindre le sommet de l'immeuble.

Très vite, il dépassa le dernier étage et se hissa jusqu'aux cheminées. Le passage était raide, avec une forte pente en zinc, et le toit glissait. Heureusement, la pente finissait juste au-dessus de la lucarne rentrante. Ranko trouva un point pour installer une corde et s'assurer sommairement. Il y mousquetonna son sac à dos puis prit quelques secondes pour sentir le vent, et se sentir bien vivant. Alors il désescalada.

Au dernier étage, un lit était faiblement éclairé, avec un livre ouvert en travers de la couette.

Ranko descendit un étage plus bas.
Là, il découvrit l'atelier.
Sa peur s'évanouit d'un coup, remplacée par la curiosité.

★

Derrière les vitres, calé sur le seuil d'un des balconnets, il aperçut une tête de zèbre. Elle était immense et tellement vivante qu'il eut l'impression qu'elle l'observait.

— Pas de panique, zèbre, je ne fais que passer…

Dans le coin opposé, s'élevait un chevalet en bois, encore plus massif. Son allure lui rappela une guillotine. Même sans l'artiste, l'ensemble dégageait une présence forte. Partout, des pinceaux posés sans maniaquerie dans des bassines ou des cache-pots en métal, du gesso, des bombes de vernis, des palettes criblées de couleurs, semblables à du tissu camouflage, des pastels gras et des flacons souples de peinture acrylique. Ranko était fasciné et il se méfia de cette fascination. Pas question qu'elle l'endorme.

En dessous de lui, l'enseigne-bouton semblait un Frisbee lancé vers lui. À part le Frisbee, calme plat dans la ruelle. Il positionna ses pieds de façon à ne pas fatiguer et repéra, entre un moulage de chat abyssin du Louvre et un immense cactus, des cartons qui pouvaient contenir des dessins. Un peu en retrait, il rencontra un couple sur une toile. Un homme et une femme, en shorty haut, ajouré au nombril, coiffés de bonnets de bain qui, en gommant leur chevelure, accentuaient leur gémellité. Des tons blanc bleuté, céladon, noir et bleu. Derrière l'homme, la femme regardait de côté, un regard entre inquiétude et reproche qui accrochait l'observateur. L'homme fixait l'horizon avec fièvre mais Ranko eut tout à coup la certitude qu'il n'était pas rivé au présent. Non, pas uniquement. À cet instant, le regard de l'homme le transperça. Car il regardait loin dans ses propres souvenirs, une forme d'hallucination qui s'imprimait à la réalité.

L'effet fut immédiat. Ranko s'identifia à l'homme.

Et il comprit qu'il ne pouvait s'empêcher de regarder le passé.

Comme quoi, se projeter en avant, ce pouvait être voir en arrière.

Ranko ressentit un froid intense, une nostalgie d'un autre monde qui le gagnait. Il ne sut pas pourquoi lui, le dur, l'homme aux pommettes saillantes et au regard d'acier, il eut envie de pleurer.

Oui, pleurer.

Cette toile, commande ou pas, il la volerait.

Face à lui, la lumière s'éteignit sans qu'il ait pu apercevoir qui que ce soit.

L'atelier plongea dans la nuit.

Soudain, deux hommes sortirent du pub irlandais, le *Quigley's Point*. Ranko eut le réflexe stupide d'enjamber le garde-corps et de se plaquer contre la fenêtre. Comme s'il était transparent. Il comptait sur la partie fortement imbibée de leurs cerveaux pour ne pas remarquer cette grosse mygale égarée dans le quartier. Mais s'ils commençaient à fumer et à lever la tête, il était mort. Cloué. Grillé sur place. Ranko avait noté que les Parisiens ne levaient pas souvent le bout de leur nez. À croire qu'ils avaient les yeux collés à leur portable ou leurs souliers. Il suffisait d'une fois… et d'une mauvaise… D'un sursaut, il décida de s'extraire du balcon et de remonter.

Il s'enfuirait par les toits. Il épousa chaque relief, enchaîna les équilibres et se tracta avec une fluidité déconcertante. L'urgence lui avait redonné niaque et confiance.

Ranko disparut dans le ciel et, comme à son habitude, se sauva par le haut.

73

Après les morts, les vivants. Ou plutôt, ceux qui tentent de le rester. Voilà ce que se répétait Stéphan Suarez, tandis qu'il approchait de l'hôpital Beaujon. La tombe de sa mère le hantait encore. Tamara avait pris son bras et elle ne le quittait pas. En découvrant les treize étages de ce bloc tout en hauteur, elle comprit qu'on l'appelle « l'hôpital gratte-ciel ».

— On dirait New York à Clichy, non ? dit-elle en penchant sa tête vers son épaule, comme pour se protéger du mauvais œil.

— Un peu… Pour moi, le plus bizarre est de penser que dans ce truc immense, quelqu'un qu'on aime se bat contre la mort.

Elle le serra encore plus fort, tandis qu'ils marchaient sur l'esplanade.

— Oui, c'est… irréel.

Un silence, puis il l'entendit dire, le regard rivé à l'esplanade :

— *Dans notre désespoir de mourir, tout reste suspendu à l'espoir de survivre…*

— D'où tu tiens ça, toi ?

— Je ne sais plus… Il y a des phrases qui se

baladent en nous… On sait qu'on les a rencontrées mais comme pour les gens, on a oublié leur nom…

Elle leva ses grands yeux vers lui.

— Stéphan…

— Oui, Louve ?

— Je suis heureuse que tu aies pris du temps sur ton travail… Les amis, c'est plus important que n'importe quelle affaire, non ?

Suarez se crispa. L'heure n'était pas aux reproches. Tamara lui lâcha le bras pour s'enrouler dans son grand châle en pashmina. Elle avait fait exprès d'en prendre un coloré, avec des oiseaux perchés au milieu du feuillage et des fruits. Suarez la fixa un instant et réalisa qu'il ne savait même pas si elle se l'était offert toute seule ou si c'était un cadeau.

L'heure n'était pas aux questions non plus.

Avec un temps de retard, Suarez hocha la tête et la regarda s'avancer, de son pas déterminé. Ils croisèrent un autre couple qui sortait de l'hôpital. L'homme se retourna sur Tamara.

Elle était une jungle ambulante, avec ses toucans et ses feuilles de bananier, une jungle marchant sur le sol triste d'un lieu qui ne l'était pas moins. Et pourtant, l'hôpital gratte-ciel incarnait l'espoir, aussi. Pourquoi, en cet instant, Suarez ne ressentait-il que la souffrance ?

Ils passèrent l'entrée. On leur remit un plan et l'hôtesse d'accueil, une Antillaise aux lunettes trop grosses pour elle, encercla le service concerné d'un coup de marqueur fluo comme si c'était une zone radioactive.

Suarez jeta un œil à sa montre : 15 h 30. Il était rare qu'il quitte la brigade pour des raisons personnelles. Surtout un mardi. Et que cette raison soit en lien avec une affaire de la BRB lui paraissait… comment avait dit Tamara, déjà ? Irréel. C’est ça, *irréel.*

Le service de réanimation était dirigé par une femme. Elle portait un chignon soigné et une perle de Tahiti au cou. Comme pour la phrase errante de Tamara tout à l’heure, Suarez n’avait pas retenu le nom du médecin. Elle le portait pourtant écrit sur sa blouse. Mais l’esprit de Suarez était tellement ailleurs qu’il en oubliait ses réflexes de flic. Il s’absorba dans les reflets de la perle grisée, tandis que lui parvenait la voix, posée mais presque enfantine, de cette femme habituée aux bras de fer avec la mort.

Il avait peur de ce qu’elle allait prononcer. Les phrases à venir le terrorisaient.

À sa grande surprise, l’écouter le rassura, pourtant, instantanément, et lui fit presque oublier cette odeur piquante de l’hôpital. Rien qu’à la respirer, il avait l’impression qu’on lui vaporisait des milliers de bactéries dans les bronches.

Il entendit Tamara expliquer au médecin les liens qui les unissaient à Carmel et rappeler que son mari avait été présent, en personne, dans le tunnel où Carmel avait reçu les premiers soins des urgentistes. Ensuite, la femme donna des conseils à Tamara :

— Vous pouvez aller le voir tous deux, je n’ai pas d’objection. Il faudra enfiler un tablier en plastique et vous laver les mains. J’ai tendance à dire que les germes dangereux sont déjà à l’hôpital… C’est vous qu’il faut protéger… En revanche, je vous demande de ne pas rester plus d’une demi-heure pour ne pas le fatiguer.

— Professeur, l’interrompit Tamara dont le regard était de plus en plus inquiet, peut-on lui parler ?

À cette question, Suarez quitta des yeux le sol et

vit que Tamara se tenait un peu tassée, dans ce couloir qui régulait les destinées. Surtout, il remarqua une larme qui perlait sur sa joue.

— Oui, oui, vous pouvez communiquer, mais surtout, parlez-lui normalement et essayez le plus possible de situer dans l'espace et dans le temps tout ce que vous dites… Parlez-lui de ses proches, de ses habitudes… Évitez, bien sûr, ce qui serait anxiogène (elle se tourna vers Suarez), et n'évoquez pas l'attaque du convoi. Même s'il n'ouvre pas les yeux, il peut sentir les odeurs et reconnaître votre voix… Faites attention à vos inflexions et pas de messes basses entre vous, évidemment. Faites comme si de rien n'était, comme s'il vous entendait sans pouvoir vous répondre…

— … Il sent les odeurs ? s'étonna Tamara en enroulant un coin de son châle autour de son index.

La laine sentait le patchouli épuré de son parfum et elle n'en revenait pas que ces molécules silencieuses puissent communiquer avec Carmel. Le nez sur le châle, Tamara se souvint du moment où Carmel le lui avait offert, pour son anniversaire. Il lui avait dit qu'un châle était comme deux bras : qu'il entourait et protégeait les personnes qui nous sont chères et qu'il serait toujours là.

« Oui, *toujours là*, Carmel… »

Les mots restèrent cachés en elle.

— Absolument, sourit le professeur. Carmel est en sédation profonde. Il suffit qu'un proche entre dans la chambre pour qu'on observe un orage de catécholamines — adrénaline et noradrénaline — qui gèrent les émotions. À la joie d'entendre la personne aimée peut succéder la souffrance de redouter d'être vu dans cet état. C'est complexe…

Enfin, Suarez se tourna vers elle et osa lui poser

la question qui lui brûlait les lèvres, celle qu'il avait voulu poser au Doc :

— Comment sait-on si une personne dans le coma souffre puisqu'elle ne peut plus s'exprimer ?

La femme plissa ses yeux en amande. Ils étaient sombres mais vifs.

— Oh, c'est plus simple qu'on ne le croit. On le voit à des facteurs objectifs — je ne parle pas du coma profond. À la transpiration, à l'accélération de la fréquence respiratoire, à la tension élevée, à l'hyperthermie aussi… (Elle sembla rassembler ses idées, son regard fixant un point imaginaire au plafond.) Mais encore à son pouls, parfois à des mouvements…

— Et… que pensez-vous de son état ?

Il l'avait dit en essayant de cacher son angoisse, comme si le ton de sa voix pouvait influer sur la destinée de Carmel.

— Monsieur… Suarez, c'est ça ?

Suarez hocha la tête.

— Monsieur Suarez, si vous ne deviez retenir qu'une chose, ce serait ça : sur un milliard de comateux, il y a un milliard de cas. Aucun ne se ressemble. J'ai trop de respect pour la vie pour verser dans la prédiction.

Et elle ajouta, avec un sourire qui montrait toute son humanité :

— Dans mon métier, il n'y a pas de boule de cristal…

— … Je vois, dit Suarez. Dans le mien non plus… Merci pour votre franchise, j'apprécie. On a oublié combien l'espoir pouvait être un poison…

— Je ne dis pas qu'il n'y a pas d'espoir, non plus…, rectifia-t-elle.

— J'ai bien compris.

— Et l'espoir n'est pas qu'un poison, monsieur Suarez… C'est aussi un élixir de vie…

Elle eut un étrange sourire, et Suarez ne sut comment démêler ses pensées.

— Merci d'avoir pris sur votre temps pour nous, dit Tamara en lui tendant la main.

— Je vous en prie, nous sommes là pour l'entourage aussi.

Et elle s'éloigna sans leur montrer ni signe d'impatience ni signe d'urgence. Suarez observa son dos, imagina tout le poids qu'il pouvait porter et reporta son regard sur le chignon très net — le monde marchait parfois sur ses deux pieds.

Alors ils poussèrent la porte de la chambre, comme on pénètre dans un mausolée.

Carmel était là, alité, en position proclive, sous respiration artificielle, paupières fermées.

Un gisant dans le recueillement de la souffrance.

Entouré de machines et de relevés, de sons incessants qui, d'un moment à l'autre, pouvaient donner l'alarme.

C'était une étrange symphonie, un requiem de bips pour un vivant.

Tamara s'approcha et se retint de pleurer, face à ces paupières qui fermaient Carmel à double tour sur son intériorité.

C'était lui — et ce n'était pas vraiment lui. Comme si l'absence avait envahi un corps dont il ne restait plus que l'enveloppe.

Tamara pensa à cette enveloppe et songea : *parti sans laisser d'adresse*.

Elle se raccrocha à l'idée que son patchouli lui disait : « Je suis là, c'est moi, Tamara », et y puisa la force de lui parler comme s'ils bavardaient autour d'un café.

Carmel était légèrement amaigri. Il semblait d'un autre monde.

Suarez le salua et sa voix chevrota. Faire semblant de rien, avait conseillé le professeur de médecine, habiter son langage. Mais faire semblant de rien dans des moments de vérité, comment on faisait ?

Tamara enchaîna et lui raconta l'histoire de la petite chatte qu'ils avaient finalement appelée Matcha. Suarez compléta l'histoire par celle de Lily dans son baudrier.

Il se retint d'évoquer tout ce qui pourrait rappeler l'Attaque de la diligence.

Il se tourna vers Tamara et se demanda à quoi elle pensait. Elle avait les yeux posés sur Carmel, sur ses traits tirés. En fait, elle se rappelait le moment où elle avait choisi, entre Stéphan et lui.

Parfois, le cœur est comme face à un carrefour.

Qu'est-ce qui fait qu'on va à droite, plutôt qu'à gauche ?

Cette fois-ci, la larme coula.

Quant à Suarez, il posa fermement ses deux mains sur le montant du lit et garda pour lui sa prière : « Carmel, tiens bon, je te promets qu'à la BRB, on n'enterrera rien. »

Au moment de partir, il lui toucha la main — et il sursauta.

Les doigts étaient froids, un peu bleuis, mais il aurait juré que Carmel avait eu une réaction. Infime, certes, mais une réaction.

Là, du bout des doigts.

Pourtant, il redouta de dire quoi que ce soit à Tamara.

Est-ce que c'était encore irréel, tout ça ?

Ils quittèrent l'hôpital gratte-ciel comme on quitte un cauchemar.

Et l'espoir : en trouvait-on dans les cauchemars ?

Suarez rejoignit sa voiture en serrant la main de Tamara.

Il lui sembla que l'influx électrique de Carmel passait.

De ses doigts, à ceux de Tamara.

Il l'arrêta tandis qu'elle allait ouvrir la portière, l'invita à se retourner et, du plus profond de lui-même, l'embrassa.

Un long baiser, et sa langue prit le temps de faire le tour d'un monde qu'il connaissait, de revenir, de s'enfoncer, de s'abîmer dans ce trou noir de la vie, d'y puiser la force d'avancer…

Et d'espérer.

74

Quatre jours d'affilée, Ranko vint prendre la température autour de l'atelier d'Enki Bilal.

Deux fois, il passa par l'arrière pour éviter la rue du Jour et sa façade surexposée. La nuit, la rue n'était pas trop fréquentée mais rien ne le protégeait des regards indiscrets. Il préférait descendre par la courte corde qu'il avait laissée pour ne faire que des passages éclair. Il accédait à l'immeuble par la rue Jean-Jacques-Rousseau et progressait par les toits. S'il était suivi, il dérouterait facilement ses poursuivants.

Les deux derniers jours, il voulut compléter ce qu'il savait par une approche de jour. Dès 5 heures du matin, il grimpa par l'impasse Saint-Eustache et escalada l'église. Elle était pleine de mystères et de recoins. Perché côté nord, il jouissait d'une vue unique sur la rue du Jour et l'atelier de l'artiste. De là, durant des heures, il put tout surveiller. Rien ne lui échappait. Il s'était trouvé une cache superbe, derrière l'un des piliers de la galerie haute. Un vrai déambulatoire, entre niches et vitraux, où il surprit une flopée de pigeons aussi gris que la poussière. En ville, même les oiseaux sont ternes. Au début, ils s'enfuyaient dans un effroyable battement d'ailes. Par l'odeur, Ranko se croyait dans une animalerie. Mais les pigeons s'habituèrent à sa présence et finirent à deux mètres de lui, figés comme des gargouilles.

Avec un monoculaire militaire, Ranko passa de longues heures à espionner l'atelier jusqu'à en connaître le moindre recoin. Ce monoculaire était son allié. Grâce à lui, il était censé voir jusqu'à mille mètres, et comme l'objet ne pesait même pas cent grammes, il ne l'encombrait pas. Malgré le froid, Ranko ne le lâcha pas. Le midi, les odeurs du *Pied de cochon*, le restaurant d'angle, volaient jusqu'à lui et il gagnait l'impression d'être nourri. Ce détail le fit rire car il repensa à une histoire populaire où un pauvre mangeait son pain devant une rôtisserie du Châtelet pour que la mie se gave des parfums des volailles qui grillaient. Le rôtisseur l'avait pris au collet pour lui réclamer son dû. Le pauvre se rebella. Un fou les départagea en faisant sonner des pièces d'argent à l'oreille du rôtisseur. Et voilà. L'un fut nourri par la fumée, l'autre par la musique. Cette histoire lui plaisait parce qu'elle relativisait la propriété. Là où il était, le *Pied de cochon* ne risquait pas de lui réclamer quoi que ce soit.

Au bout du quatrième jour, il se sentit dans l'atelier d'Enki comme chez lui.

Le cinquième jour, il sut qu'il était prêt.

Enki Bilal ne peignait que le soir et le matin. Il gardait toujours son pinceau à la main. Même quand il s'asseyait dans un fauteuil en velours rouge pour prendre du recul, il tapotait son pinceau contre les accoudoirs comme s'il devait toujours rester en mouvement. L'après-midi, il se détendait dans ce fauteuil aux pieds recourbés et regardait un film.

La veille, Ranko avait cru reconnaître des images de *Fury*, avec Brad Pitt. Ranko aimait l'observer. En le voyant peindre, il avait l'impression d'assister à un secret.

Dans le monoculaire, le pinceau d'Enki Bilal dansait telle la queue d'un cheval sauvage. Il le voyait jeter des aplats de peinture acrylique, dans cette franchise du geste qu'il sentait indissociable de l'acte créateur. Sous ses yeux, Bilal se donnait. Non comme un damné. Plutôt comme le Créateur qui, pour une fois, aurait soupesé le poids de chaque trait et l'assumerait. L'artiste ne peignait pas en pleine lumière mais un peu en retrait. Ranko le voyait alors méditer, et faire tournoyer ses lunettes, pendues à sa main gauche. Il se frottait le menton, puis la gorge, se passait la main derrière la tête pour réfléchir et prendre de la distance.

C'est comme pour les paysages, se dit Ranko, trop de clarté doit tuer le relief.

Il avait en effet remarqué que Bilal peignait toujours dos à la lumière.

En quatre jours, il l'avait même vu tomber de son estrade en reculant, et faire chuter son portable dans sa peinture en voulant l'attraper. Un vrai film muet que Bilal ne pouvait soupçonner.

Du haut de Saint-Eustache, Ranko riait. Tout seul.

Le cinquième jour, Bilal acheva de retoucher sa toile. Exceptionnellement, il avait travaillé jusqu'à l'après-midi.

Derrière son monoculaire, Ranko se délecta. Quelques coups de pastel, précis, sans ce remords hésitant de l'amateur, conféraient maintenant au couple peint une profondeur exceptionnelle. Bilal avait réservé des coins de toile brute pour que les personnages ne soient pas prisonniers. La fille irradiait.

Ranko baissa le monoculaire. Cet homme le perturbait. Il avait beau être serbe, et Bilal, mi-bosniaque, mi-tchèque, l'univers de l'artiste déformait l'envers et l'endroit d'une même réalité. Un pigeon vint frôler l'épaule de Ranko et le fit presque sursauter. Il souleva une odeur de poussière et de plumes. Ranko réajusta le monoculaire. Bilal continuait, confiant dans ses traits. Sa main semblait avoir sa propre course, sa propre horloge. Autant de décision dans le geste l'impressionnait. Lui aussi semblait ne pas avoir droit à l'erreur. Mais sans se stresser.

Ranko chercha dans cet atelier chaque signe qui le renvoyait à l'éclatement de la Yougoslavie. Plus profondément, il se retrouvait dans ces mondes crépusculaires déchirés par les bombes et la stupidité. Il se retrouvait dans les héros de l'artiste qui installaient des ascenseurs pour grimper dans les étoiles ou s'enorgueillissaient d'être libres « jusqu'au choix de leur propre mort ». Dans l'une des BD de Bilal qu'il avait relue, seul sur son lit au perchoir du Caire, l'un des héros s'élevait pour voir une étoile filante, à trente-trois mille mètres, un autre jurait qu'il protégerait toujours les étoiles.

Ranko avait levé les yeux au ciel, au-dessus de son lit.

Les étoiles, c'était tout de même autre chose que toute cette merde d'en bas.

Ranko revint aux personnages qui prenaient vie sur la toile.

Lui aussi était un taiseux. Lui aussi était libre. Lui aussi parlait aux étoiles et aux nuages. Lui aussi avait une mémoire criblée de bombes.

Et quand il pensait à son grand-père, Momčilo, ses yeux saignaient, sa bouche saignait. Seuls ses mots ne saignaient pas, parce qu'il se taisait.

La guerre était la blessure de l'histoire.

Deux putains, main dans la main, avides d'argent et de puissance.

Dans le monoculaire, l'image d'Enki Bilal trembla. L'artiste posait ses pinceaux. Puis il lorgna sur sa montre comme s'il se rappelait un rendez-vous, et se prépara à sortir.

Au milieu des pigeons, Ranko tressaillit.

C'était le moment — leur rendez-vous improvisé s'imposait.

Dès qu'il vit Bilal passer la porte du n° 11, il vérifia que l'atelier était bien désert. Il avait compris que ce n'était pas là son lieu de vie. Le soir du combat, Bilal n'y avait dormi, exceptionnellement, que pour retoucher la toile, *Chessboxers with black horse*, avant la vente aux enchères du 23 février. Ce soir-là, il l'avait emportée, roulée. Ranko l'avait repérée, à l'étage supérieur de l'atelier. Elle y était toujours. Il fallait agir vite. Ranko l'avait vu tourner autour de la toile et lui porter quelques rehauts avec le doigt. Vladimir Veličković aussi peignait avec les doigts. Cette toile, qu'Astrakan lui avait commandée, pouvait repartir d'un moment à l'autre, et la voler chez Artcurial eût été se priver de dérober d'autres œuvres dans l'atelier.

Sans hésiter, Ranko descendit la façade de l'église, toujours du côté de l'impasse Saint-Eustache qui était le summum de la discrétion. Il se retrouva rue Montmartre en moins de deux et marcha d'un pas calme jusqu'à la rue du Jour pour n'éveiller aucun soupçon. Là, à gauche de la porte, il reproduisit les gestes qui composaient le code du n° 11, et pénétra dans l'immeuble.

Le temps n'était pas son ami, rien ne disait quand Enki Bilal rentrerait.

Il fallait faire vite.

★

Ranko gravit les marches de l'immeuble et se retrouva devant la porte du troisième étage. L'immeuble comptait peu de propriétaires et Ranko ne croisa personne. L'escalier sentait le bois ciré, une odeur qui lui avait toujours rappelé les églises. Pour le moment, tout allait bien. Il enfila une paire de gants. D'une poche de son anorak, il sortit un morceau découpé dans une ancienne radiographie.

Et ce n'était pas pour aller voir le médecin.

Aidé du papier radiographique, il força l'ouverture de la porte. Du ni vu ni connu, de l'invisible sans trace d'effraction. Bilal l'avait seulement claquée, une habitude sur laquelle on pouvait compter à Paris, même dans les immeubles les plus cossus.

— L'habitude est une négligence, mon ami, murmura Ranko en poussant la porte.

Il avait introduit le bout de radio dans l'interstice entre la porte et le chambranle et joué avec cette carte rigide jusqu'à décrocher la clenche. C'était la clef la moins chère de Paris.

À son entrée, l'odeur de peinture lui chatouilla les narines. Coup d'œil à son IWC Portugieser : 16 h 15.

Ranko salua le zèbre au mur. Découvrir de l'intérieur ce qu'il avait disséqué depuis Saint-Eustache le rassura sur ses dons d'observation. En même temps, ce n'était jamais comme il se l'était représenté et les stores japonais étaient baissés à mi-hauteur. Le triplex était classique dans ses murs — parquet à points-de-Hongrie et poutres de bois sombre — mais moderne dans son décor, avec une dominante de noir et de blanc — à l'image du zèbre. Seuls les toiles et les flacons de peinture apportaient de la couleur — des coussins rouges sur un canapé noir, aussi.

Ranko aperçut toute une tribu de teintes dans un couvercle : des tubes torturés qui portaient encore l'empreinte de la pulpe des doigts du maître. Au milieu des chevalets et des lampes articulées, un écran d'ordinateur, immense, encore allumé sur une liste de lecture avec Arvo Pärt, London Grammar, The Bug, Murcof et Erik Truffaz, du son de haute technologie, des sculptures, visiblement en lien avec son imaginaire, de superbes projecteurs des studios Burbank qui avaient dû éclairer les plus beaux visages des années 50, quelques miroirs au mur, des centaines de livres et de feuilles étalées, des planches de BD, des crayonnés, et des dessins sous verre.

Face à ce capharnaüm menacé d'ordre, Ranko ressentit un respect sincère. Qu'il viole ce lieu et le vole était une autre histoire.

Après tout, ceux qui enchérissaient sur les œuvres de Bilal ne dégainaient que de l'argent.

Lui, pour être ici, il risquait sa liberté.

Passé quelques repérages au troisième étage, Ranko alla à l'essentiel. Il monta l'escalier en colimaçon jusqu'à l'étage supérieur de l'atelier. *Chessboxers with black horse* lui tournait le dos. Quand il se retrouva face à l'œuvre, il eut un choc. Fréquenter la beauté était son seul luxe. Il n'avait pas besoin de posséder, juste de sentir, un temps, entre ses mains, passer le frisson du sublime. Le garder aurait brisé le charme, l'aurait rendu vulgaire, sans doute. Il s'y serait habitué et son rapport à l'art se serait banalisé. Il ne voulait pas d'un enthousiasme émoussé. Pour rien au monde, il n'aurait troqué cette secousse de plaisir contre une habitude.

Sans savoir pourquoi, il pensa à Ylana.

L'espace d'une minute, la toile n'exista que pour lui.

Deux personnages, sortis des temps immémoriaux, le regardaient, enfoncés jusqu'aux genoux dans un échiquier et veillés par un immense cavalier noir.

Après le combat, l'expert d'Artcurial avait parlé d'un commissaire-priseur, Maurice Rheims, qui disait qu'on pouvait faire l'amour avec une œuvre d'art.

C'était exactement ça : séduction, envoûtement, jeu de regards.

Le coït parfait.

Au final, on n'était propriétaire de rien. L'expert avait lui-même déclaré que les œuvres voyageaient. Les hommes ne les possédaient que pour les transmettre. Même dans un musée, elles étaient transmises de regard en regard, pour une seconde, une minute, une éternité. Alors voler, se dit Ranko, qu'est-ce que ça changeait ?

À part créer du désir. Et le désir, eh bien, ça n'avait pas de prix.

La seule erreur était de voler dans l'atelier d'un artiste. Partout, en fouillant dans les grands cartons à dessins, en découvrant les planches protégées, Ranko repéra des merveilles. Un atelier était le reflet d'une vie. S'il avait déboulé dans les années 50-60 chez Picasso, il aurait volé quoi ? *Guernica* ? Et après ? Rien n'aurait suffi. Un artiste, c'était des périodes.

Ranko eut envie de tout voler.

Garder la tête froide, se raisonner.

Pour un fou d'art, une collection ne s'arrête que sur son lit de mort. Ranko ne pouvait pas tout emporter pour Astrakan.

Un jour, Astrakan lui avait expliqué le rapport à la possession : « La femme procrée, Ranko, et l'homme s'entoure d'objets qu'il aime. Il a besoin d'être entouré, tu comprends ? La femme laisse une trace dans la civilisation. Le collectionneur a trouvé, lui, le moyen de perdurer par sa collection. Elle aussi est une trace, une reconnaissance de son passage sur terre. Voilà pourquoi le milieu de l'art est un puits sans fond, Ranko. J'aurais deux cents millions que quinze jours après, tu sais quoi ? Il ne resterait rien. Tu rigoles ? Je te jure. Rien. Et tu sais pourquoi ? Avec deux cents millions, tu t'achètes un triptyque de Rothko et un Bacon. C'est tout. T'as rien, pour deux cents millions, c'est que dalle, parce que c'est abyssal. »

Dans cet atelier, Ranko comprenait au plus près ce qu'avait voulu dire son oncle.

Entre ses doigts, les œuvres de Bilal semblaient plus vivantes que n'importe quelle réalité. Les regards le bouleversaient, surtout. Cette douleur qui parle depuis une mémoire qui vous transcendait… C'était le danger : subir l'envoûtement de ces regards. Il fallait s'y arracher, ne pas s'attarder.

Un instant, il releva la tête et épia les bruits. L'espace l'entourait d'une sourde menace.

Ranko fit preuve d'une efficacité redoutable. Il inspecta les lieux, flaira les coins où Bilal aurait pu stocker les pièces maîtresses. Astrakan avait fini par lui dire : sois sélectif, n'emporte que les chefs-d'œuvre. Mais les chefs-d'œuvre, prends-les tous.

Ranko était incollable sur ce qu'il y avait à débusquer.

Il allait trouver, il allait trouver…

Sa Portugieser ne le rassura pas. Bon Dieu, le temps fuyait.

Mais voilà, il y était : il venait de mettre la main sur la couverture de *La Femme Piège*, première version. L'original. Cette femme aux cheveux, aux lèvres, aux sourcils et aux ongles bleus. Cet air boudeur qui n'avait rien d'aguicheur. Ce jeu de miroirs où on ne savait plus qui regarde qui et surtout, ce qu'on voit. Parce que finalement, on court toujours après la réalité. C'est elle qui s'échappe, qui se dérobe, plus que le rêve encore.

Ranko n'en revenait pas. *La Femme Piège* ! Bingo ! Astrakan allait être fou. Au moins pour une journée. Le cadrage de cette couverture était inouï, comme le style à la Bauhaus. Et la peau de la femme, aussi, qui rappelait cette peau de porcelaine des femmes de l'Est.

Ranko sentit qu'il approchait d'un essaim, d'une richesse qui bourdonnait. Ses mains tremblaient. Les pilleurs des pyramides avaient dû partager cette excitation en découvrant la chambre funéraire.

Son instinct ne le trompa pas. Un rayon de soleil éclaira la planche originale de *Partie de chasse* où figurait Staline, jeune. L'une des plus belles de l'album et la première apparition de la politique dans la bande dessinée, à l'heure où le mur de Berlin n'était pas encore tombé. Ranko s'était renseigné : Bilal avait refusé de s'en déposséder, même contre une offre à 120 000 euros.

— Désolé, Enki, déclara Ranko à haute voix, mais si tu l'aimes tant, tu comprendras que je te la vole.

La mort, elle, faisait ça tout le temps : nous prendre ce qu'on avait de plus cher.

Cinq minutes de fouille effrénée et il dénicha *Roméo et Juliette*, le couple mythique dessiné pour l'Opéra de Lyon. Mais également le dessin sur vélin de *Bleu Sang*, en acrylique, pastel gras et mine de plomb. Un couple enlacé et la femme, regard de profil, qui semblait demander à Ranko ce qu'il foutait à les mater. Rien que pour *Bleu Sang*, il y en avait encore pour près de 180 000 euros. Ranko eut de plus en plus de mal à calmer son excitation.

Lui manquaient aussi des dessins de la série TRANSIT, avec ces portraits de femmes multiethniques. Il eut beau déflorer chaque recoin, rien n'y faisait. En même temps, il remettait tout à sa place. Une folie, dans son métier. Car dégrader, jamais il ne se l'autorisait.

Merde, le temps courait.

Il finit par en remarquer quelques-uns de la série, perdus parmi d'autres, moins essentiels.

Ranko fit le point. C'était déjà bien.

Il s'apprêta à repartir quand il se souvint qu'Astrakan avait demandé un portrait de femme blonde qui avait servi, il y a longtemps, à illustrer une boîte d'allumettes. Astrakan avait insisté. Une femme au regard bleu et froid, lèvres mortelles et bonnet rouge soviétique à étoile dorée. Un portrait qui avait fait la couverture du magazine *Pilote*, en 1982. S'il retrouvait le numéro, au passage — le 99. Astrakan voulait l'offrir à Ylana.

Parce que cette beauté distante, autour de laquelle l'homme se brûlait, résumait bien ce qu'il ressentait.

Au poignet de Ranko, la Portugieser lança des signaux désespérés.

Au-delà d'une demi-heure, il prenait des risques inconsidérés.

Renoncer ?

Non, Ranko était trop en extase pour renoncer.

Les cloches de Saint-Eustache sonnèrent 17 heures.

Il inspecta les grands tiroirs d'un meuble d'imprimeur en bois, sonda des cartons à dessins qu'il n'avait pu vérifier, souleva les tapis, chercha une cache sous le parquet, se glissa dans la peau de l'artiste pour raisonner.

Jusqu'à en oublier qu'il ne pouvait trop en demander à la chance.

★

C'est exactement ce qu'il réalisa quand il entendit la porte claquer.

Ranko eut l'impression de la recevoir en pleine tête.

En bas, deux hommes parlaient. Il reconnut la voix d'Enki Bilal et l'autre lui parut familière, sans qu'il puisse trancher.

Le sang tapa à ses tempes.

Il n'était ni plus ni moins qu'un rat qui avait juste eu le temps d'entendre un bruit de ressort avant de se prendre un grand coup de tapette.

Avait-il laissé quelque chose en bas ?

Passage en revue dans sa tête. Non, il ne croyait pas.

Zut. Si. Il avait posé un brumisateur à côté d'un chevalet, pour effacer d'éventuelles traces.

Mais surtout, à l'étage d'en dessous, se trouvait la toile qu'il s'était juré de voler. En même temps, elle n'était pas terminée.

Et maintenant, qu'est-ce qu'il décidait ? Il attendait le coup de balai pour l'achever, si près du but ?

D'en bas, la conversation monta. Tant qu'ils ne prenaient pas l'escalier, une solution restait à trouver.

— … Et qu'est-ce que tu leur as dit ? demanda la voix.

— Que je faisais un travail de mémoire sur le corps, qu'un anatomiste pourrait certes me le reprocher mais que c'était assumé, répondit Bilal, de sa voix posée. Ce sont des débats débiles.

— Tu connais beaucoup de débats intelligents, aujourd'hui ?

— C'est vrai…

— Encore faudrait-il qu'il y ait de vrais débats.

— Oui, on n'a plus que des gens qui aboient… Un café ?

— Non, pas de café après 16 heures.

— Ils m'ont aussi demandé pourquoi j'avais choisi l'acrylique et pas l'huile…

— Évidemment… Le plus difficile, c'est de faire changer les mentalités. Ils ont la pensée dans le formol, ces mecs-là…

Tout en les écoutant, Ranko évalua ses chances de se sauver en se cachant dans l'appartement. Très vite, il les estima à zéro.

— Je leur ai dit ce que tu sais : que je n'avais pas la patience d'attendre que ça sèche… Que je n'étais pas un dessinateur de la patience mais du geste. Je viens du dessin, moi, je suis un peintre instinctif… J'ai appris à dessiner sur mes genoux, alors, le rituel…

— C'est sans doute pour ça que tu sais t'adapter…

— Oui, exactement. Je t'ai déjà dit que j'avais quitté les Beaux-Arts au bout de trois mois ?

— Trois mois, c'est vrai ?

— Je t'assure. Mais pour mon bien. Comprendre,

expérimenter… C'est mieux que de rationaliser. Mon école, Éric, a toujours été celle de la vue. La technique se comprend par le regard.

— Oui, beaucoup d'écoles forment des aveugles et des sourds-muets. Une honte pour les vrais handicapés.

Pour Ranko, le problème était le parquet. Celui qui sait marcher sur un parquet sans le faire craquer est un surdoué. La seule solution est de voler. Mais au sens propre, pour le coup.

Et Ranko ne savait pas voler.

Car il lui fallait récupérer les œuvres qu'il avait mises de côté. Coûte que coûte. Question de professionnalisme et d'honneur.

De business, aussi.

Tout était là, à portée de bras, à quoi ? à peine trois mètres, là…

— Regarde Goya, Géricault, Delacroix, reprit Bilal après un silence qui arracha des suées à Ranko, on apprend énormément à les regarder. Il faut juste se lancer… Si tu savais combien de temps j'ai passé au Louvre…

— J'imagine.

Encore un silence où Ranko n'osa plus respirer. Un couinement du parquet, et il était fait.

— Dis-moi, tu as fini de retoucher *Chessboxers with black horse* ?

— Oui, on va monter, je termine juste mon café. J'ai vérifié les regards. Les regards, c'est le plus important… Je ne vais pas l'affiner davantage. Une toile finie à 100 % ne respire pas. C'est une toile morte.

Le cœur de Ranko passa à la vitesse supérieure. Si ses neurones ne se bougeaient pas pour trouver la solution, ce serait le plus grand gâchis de sa vie.

— C'était un sacré succès, le combat de chess-boxing chez Artcurial.

Ça y est. Ranko avait reconnu sa voix. C'était celle de l'expert.

— Tu trouves ?

— Ah oui ! Et pas que moi… Drôle de numéro, le remplaçant. Un peu sauvage…

— Il observait beaucoup. Un sacré boxeur, en tout cas. Plus brouillon aux échecs.

Ils n'avaient pas tort, se dit Ranko pour qui le mot hallali n'était plus un vain mot.

— Par moments, en boxe, j'avais l'impression qu'il retenait ses coups.

— Ah ? je ne sais pas… Tu veux un peu de musique ?

— Tiens, pourquoi pas… Tu me fais toujours écouter des trucs de l'espace. Dis donc, tes pinceaux, ils tirent la gueule !

— Je m'en occupe très mal, de mes pinceaux. Oui, je ne suis pas sympa avec eux. Ils ont une durée de vie… courte, mes pinceaux.

Trente secondes peut-être, et la musique emplit les pièces.

C'était apocalyptique, romantique et nostalgique, comme l'univers de Bilal.

Ranko reconnut les sons d'Arvo Pärt, et souffla.

Maintenant, il avait sa solution. Un écran sonore qui lui laisserait juste le temps de sauter sur les œuvres, de courir à l'étage et de s'évader par la fenêtre de la chambre où sa corde l'attendait, à proximité.

Ranko pria la Vierge à l'Enfant de Beauregard, rassembla ses esprits et ses forces, se rua sur les œuvres et sut qu'il était parti pour un concours de rapidité.

Cette fois-ci, il commit un zéro faute.

Messner et Edlinger auraient été fiers de lui.

Il se réfugia au plus vite sur les toits, sauta par-dessus le vide avec une agilité de chamois, et gagna les toitures d'un immeuble voisin. Là, il avait repéré au préalable un lieu où entreposer les œuvres et les faire patienter. De la bâche l'attendait. Il la drapa autour de son butin, arrima solidement le grand paquet, et confia l'art aux étoiles.

Puis il se laissa glisser, les poches vides, de l'autre côté, par la descente de gouttière du n° 64 de la rue Jean-Jacques-Rousseau. En quelques secondes, il fut en bas.

Quand il mit pied à terre, il commença à réaliser les risques qu'il avait pris.

Certains se faisaient piéger pour une femme, lui, il aurait pu tomber pour un moment d'extase avec un tableau.

Ranko rejoignit l'anonymat des passants, et marcha dans la rue, comme le commun des mortels.

75

À 3 heures du matin, Ranko alla récupérer les œuvres de Bilal, après avoir multiplié les coups de sécurité pour vérifier que personne ne le suivait. Pour que le paquet cadeau soit parfait, Astrakan l'avait chargé d'une mission *complémentaire*. C'était le mot qu'il avait employé.

À l'écouter, Ranko avait souri.

Cette mission-là, elle lui plaisait.

Ranko roulait désormais vers Concorde, au volant de son monospace, jusqu'au royaume des esturgeons.

Il avait un emprunt longue durée à effectuer.

Aleksandar — l'homme aux esturgeons — n'était pas exactement au courant.

Astrakan avait remarqué, la dernière fois, pour l'anniversaire d'Ylana, qu'Aleksandar prenait du Rivotril pour un mal de dos de chien. Une benzodiazépine puissante dont les gouttes ont de quoi envoyer roupiller un rhinocéros.

Vers 22 heures, Astrakan avait pris un verre avec le K sur l'*Eendracht*. Il lui avait offert un excellent whisky japonais de *La Maison du whisky* — parce qu'il n'y avait pas que les bulles, dans la vie.

Sous prétexte de se rafraîchir, Astrakan avait

rempli une minuscule fiole de précieuses gouttes bleues de Rivotril. Puis préparé, à son retour près de l'aquarium des esturgeons, un petit cocktail maison.

Jamais le K n'avait vu ses esturgeons tournoyer autant. Le ballet virait à la tornade et il piqua du nez comme un colibri.

En une demi-heure, il ne restait plus qu'un homme affalé sur la banquette de son salon.

Avec One le Blond, Astrakan l'avait transporté dans sa chambre parce que rien ne vaut une bonne nuit sur son oreiller pour récupérer.

En partant, One le Blond avait pris soin d'offrir le verre à la Seine, cristal compris, au cas où Aleksandar aurait eu des soupçons.

Finalement, c'était juste trinquer à la russe avec la Seine.

Quant aux clefs, ils étaient convenus, avec Ranko, d'un lieu pour les récupérer sur les quais, dans une vieille boîte de sardines rouillée que personne ne convoiterait.

Et maintenant, Ranko pouvait œuvrer.

Ce fut en toute sécurité — pas comme dans l'atelier de Bilal.

Quand il remonta, encombré d'une quinzaine de kilos, l'escalier qui menait du salon au pont, Ranko entendit encore les ronflements du K.

Un vrai tractopelle.

Astrakan roula jusqu'au parking souterrain d'une autre église, Saint-Sulpice, où l'attendaient les deux One, à l'étage des belles carrosseries, non pas avec l'Audi S8 noire, mais avec un fourgon.

Au volant, la fierté de One le Blond avait sacrément perdu de son lustre.

C'est fou ce qu'une bagnole peut faire passer un mec d'un paon à un pingouin, pensa Ranko.

Le transfert fut fait, et maintenant, il n'y avait plus qu'à chanter *Happy Birthday* — le vrai.

76

Au Balto, à 9 heures du matin, l'ambiance n'était pas aux réjouissances.

Non parce que le thermomètre avait encore chuté mais parce que Frankie venait d'arriver, avec une tête de dix pieds à attendrir un percepteur.

Le flic des vols à main armée portait un gros pull irlandais, une barbe de bûcheron et ses lunettes de travers, et traînait des savates.

— Eh ben, Frankie, t'as le moral dans les chaussettes ? demanda Seb.

— Ouais, ajouta Greg, t'as l'air vif comme une plaque d'égout, mon Frankie joli.

— M'embêtez paaaas, Voyou est sur le point de calancher…

Même son accent du Sud-Ouest avait perdu tout son soleil.

— Tu plaisantes ?

Au moment même où il formulait sa phrase, Suarez se rendit compte qu'elle était stupide.

— Mais nooon… Tu crois que j'ai une tête à plaisanter ?…

C'est vrai qu'il avait une sale tête.

Myriam vint lui mettre une main sur l'épaule.

— Raconte…

Frankie soupira :

— Je voyais qu'il n'était pas dans son assiette, ces derniers jours. Il s'en foutait des cacahuètes et des pistaches…

— Le jour où Greg s'en foutra des pistaches, le coupa Suarez, on pourra acheter la couronne.

— Ça ! y en a toujours une louche pour moi, pleurnicha Greg. Non mais, sans rire, il a bouffé de l'avocat, Voyou, ou quoi ?

L'avocat étant véritablement l'aliment interdit aux gris du Gabon.

— Vous m'écoutez… ou pas ? s'énerva Frankie.

— Vas-y, l'assura Myriam, te laisse pas perturber.

— Il ne faisait plus la poule… Rien.

— *Il ne se laissait plus tomber du perchoir*…, traduisit Myriam à l'attention de Suarez.

Plus personne n'osait boire son café.

— Alors si vous voulez savoir, expliqua Frankie, Monsieur, il a pris froid.

Chacun était médusé.

— Ben ouais, ça prend froid, aussi, un perroquet. Mais avec Ronan, on lui a trouvé un super véto.

— Où ça ? demanda Suarez.

— Dans le XVIe… À la clinique des Oiseaux…

Sifflements…

— Ça a dû coûter bonbon, dit Seb.

Frankie les fixa tous, un à un, d'un air implorant.

— Ben justement… Il faudrait qu'on en parle.

— Attends, on va se cotiser, dit Myriam. N'est-ce pas qu'on va se cotiser ?

— Mais toute la brigade va participer, trancha Suarez, j'en mets ma main à couper.

— Pour vous la faire courte, dit Frankie, il a une énoooorme sinusite. Et une sinusite chez un gris du Gabon, ça peut être fatal. Ouais. Fatal. Ses sécrétions se calcifient, obstruent son bec et hop, y a plus de Voyou…

Nouveaux sifflements. Seb s'approcha de la radio et coupa la chique à Madonna. Qu'est-ce qu'elle pouvait se la péter, parfois.

— Le véto a prescrit des oligo-éléments, de la vitamine A ou D, je sais plus, et il l'a dopé…

— Dis-moi, Frankie, y en a pour cher ? questionna Greg.

Frankie hocha la tête.

— Surtout qu'en plus, il a fallu lui acheter une lampe à UV…

— Une lampe à UV ???

— Ouais… Ça s'appelle de la lu-mi-no-thé-rapie, pour son plumage… Sûrement aussi contre la dépression, à cause de l'hiver.

— On pourrait peut-être essayer sur Marcin, non ? ironisa Suarez.

— Malheur ! dit Frankie. Laisse Marcin là où il est. Tu sais que Voyou ne peut pas le saquer ? S'il pouvait lui arracher les yeux, il le ferait…

— Brave bête ! L'instinct ! Les animaux ne se trompent jamais…, dit Suarez avec un grand sourire. T'inquiète, Frankie, on va la soigner, ta bête.

— Y a plus qu'à prier… Laure, des Brocs, devait aller lui acheter des fruits pour le booster mais ils ont écopé d'une belle affaire.

— Ah bon ? dit Suarez qui finissait maintenant sa tasse de café.

— Ouais, ouais, un vol dans un triplex, près des Halles. Les plus belles peintures d'Enki Bilal.

— Le mec de BD ? dit Suarez en haussant un sourcil.

Il tenait déjà une nouvelle tasse de café.

— Arrête tes poses à la Clooney ! Ouais, le mec de BD. J'adore ce qu'il fait… Voyou aussi. Il avait déchiqueté une lithographie qu'on m'avait offerte pour mes quarante ans.

— Gros préjudice ?

— Tu sais, Bilal, c'est tout de même juste le mec qui pulvérise les enchères aujourd'hui. Un sacré casse, du travail propre. Et puis, il paraît que le mec s'est envolé. Pfffuittt ! Par les toits…

Suarez faillit renverser sa tasse.

— Attends, qu'est-ce que tu dis, là ?

Frankie plissa les yeux. Il avait touché un point sensible, pas de doute.

D'un coup, Suarez le secoua par l'épaule.

— Frankie, c'était où ? Tu sais ?

— Eh ! Me secoue pas comme ça ! Je vais pas te donner des poires ! Ouais, je sais où c'était. Rue du Jour, au 10 ou au 11, faudrait vérifier.

Suarez s'étouffa. Seb et Myriam restèrent bouche bée. Greg regarda les pointes de ses chaussures.

— PUTAAAAAAAAAAAAIN !!!!!

Frankie vit le chef du groupe casse lancer un grand coup de pied dans un carton.

— Putain ! répéta Suarez, j'y crois pas, j'y crois pas, j'y crois pas…

Et il se rua au premier étage, dans le bureau du chef de la brigade de répression du banditisme — *la* chef.

Il prit sur lui pour ne pas tambouriner au lieu de frapper.

★

Salutations avec le sourire le plus séducteur de sa panoplie.

La chef, assise bien droite derrière son grand bureau. La lumière d'hiver qui entre par les fenêtres en demi-cercle comme par un soupirail.

— Patron, le type qui a tapé hier dans l'affaire Bilal…

— *Le* type ? l'interrompit la taulière à qui rien n'échappait.

— Oui, LE type, je pèse mes mots, c'est le Gecko.

— Ah oui ? dit-elle sans se laisser émouvoir.

Et elle tapota son bureau.

— Le choix des œuvres d'art, tout en souplesse, sans heurt, le mode opératoire, c'est le Gecko, croyez-moi. Il n'y en a pas deux pour faire ça…

— Ah…

— Écoutez, chef, s'emballa-t-il, on veut reprendre l'affaire, on travaille sur le Gecko depuis des mois. Je vous le dis, là, voilà : on l'a vu deux fois rôder rue Jean-Jacques-Rousseau. Une fois, on l'a même vu escalader, et on s'est demandé ce qu'il tramait…

La chef releva deux yeux sombres vers lui.

— Vous êtes bien, vous ! Vous travaillez sur un mec, il tape sous vos yeux, et vous ne faites rien…

— Il est redescendu nu comme un ver, chef, on ne risquait pas de se le faire !

Suarez avait répondu un ton trop haut et il s'en mordait les lèvres, ce n'était pas la carte à jouer et il le savait.

— Ce n'est pas la peine de vous exciter, Suarez, vous savez que je n'aime pas qu'on monte dans les tours.

Elle jeta un œil par la fenêtre, vers la place, puis revint à lui.

— Suarez, donnez-moi un argument pour que j'ôte le gibier de la bouche au groupe Brocs, un vrai.

Il se reprit et n'y alla pas par quatre chemins.

— Vous savez, *madame* (il compta sur son petit effet, il fallait lui en donner long comme le bras), je connais ses habitudes au millimètre, sa planque, son fourgue, son commanditaire, ses complices et son environnement. Et le tonton ne peut être traité que par nous.

Et là, il lui sortit le grand jeu :

— C'est plutôt une bonne nouvelle, non ?...

Il imagina qu'il devait ressembler à un panneau publicitaire, tellement il souriait et clignotait de partout.

— Une bonne nouvelle... ?

Et la phrase resta un instant suspendue.

— Oui... Je sais où vont aller les toiles, croyez-moi, patron. Je le sais. Seul mon groupe ne se fera pas mordre par Ranko, excusez l'expression, mais un mec comme ça, il a les yeux dans le cul... Il voit tout. Il sent tout... Le faire en flag est de la haute voltige, je vous l'assure, chef, ça ne s'improvise pas.

Elle se recula dans son siège et croisa les bras.

— Madame... Notre groupe, c'est le seul moyen de les retrouver, ces fichues toiles, sinon, elles disparaîtront... Le groupe Brocs n'a pas nos capacités sur le terrain, vous le savez bien...

Il ne s'agissait pas de les enfoncer. Ce serait très mal pris. La chef parut douter. Elle connaissait Suarez, ses flatteries comme son don de persuasion. Elle connaissait sa valeur, aussi.

— Alors ? dit Suarez, paumes levées au ciel en signe d'espoir.

— Alors… il y a de l'émoi, autour de cette affaire, Suarez. Je ne vous cache pas que Bilal, ce n'est pas le tout-venant. Et on a déjà assez à faire avec l'Attaque du convoi qui nous laisse secs comme du bois.

— Justement, assura Suarez, justement… Donnez-moi quinze jours. Quinze jours, patron, et je vous le ramène avec les pinces dans le dos, le Gecko.

Échanges de regards. Suarez se passa la main dans les cheveux et prit l'air du cocker à adopter sans tarder.

— Alors… ? sourit-il de nouveau.

— Alors, Suarez… souvenez-vous que je ne suis pas une enfant et que je sais compter jusqu'à quinze.

Il faillit l'embrasser.

— Merci de votre confiance, patron.

En repartant, il se retourna, et lui tendit ses dix doigts, puis la main droite, seule.

Quinze.

77

Astrakan avait demandé à Ranko d'être à l'appartement à 10 heures.

9 h 59, et One le Brun lui ouvrait.

Astrakan vint à lui et le serra contre sa poitrine, d'un geste paternel. Il était élégant, rasé de près et il sentait le parfum de qualité.

— EXTRAORDINAIRE...

Ranko se contenta de hocher la tête. Mais il était fier.

— Personne ne t'a vu ?

— C'était moins une. Bilal est rentré à l'atelier au moment où je filais. Accompagné.

— Tu t'en es bien tiré.

Et il lui administra une claque dans le dos.

Ranko trouva qu'il se donnait de plus en plus des airs de parrain. Qu'est-ce qu'il s'enfilait, comme films, pour les imiter à ce point ?

— Elle a vu ? demanda Ranko.

Astrakan fit non de la main.

— RI-EN, Ranko. Je t'attendais.

Ranko hocha de nouveau la tête, pensif.

— Qu'est-ce que tu veux boire ? Café, *šljivo* ?

— Pour le moment, ça va, je suis bien.

Les deux One trônaient des deux côtés de la porte comme les statues de lions à l'entrée des temples.

Finalement, eux aussi, ils faisaient partie du décor.

— On y va ? dit Astrakan en l'invitant à le suivre dans le salon.

— On y va.

— Elle va être dingue !

— Elle le sera, décréta Ranko, non sans une certaine joie.

— Tu l'aimes bien, hein ? dit Astrakan en se retournant.

— Je l'aime bien, confirma-t-il.

Et il espéra ne pas rougir en avouant un truc pareil.

Arrivé au niveau du clavecin, Astrakan s'arrêta et s'accouda.

— Alors, Ranko, il fait froid ?

— Il fait hiver.

Astrakan le regarda par en dessous et sourit.

— Ah ! Ranko… Des comme toi, j'en connais pas. Viens, assieds-toi.

Et il lui désigna le canapé.

— Toujours pas de verre ?

— Toujours pas.

— T'es chiant, Ranko, et moi, je fais comment, je bois tout seul ? C'est tout de même pas tous les jours que tu me ramènes Artcurial à la maison. Tu as fait de la razzia sélective, c'est bien. Ylana va être folle, et mes clients vont s'entretuer pour ça.

Ranko sourit.

— C'est pas faux… Alors amène-moi un verre d'eau.

Astrakan se tapa le front.

— Mais c'est pas vrai de chez pas vrai ! Non seulement tu veux que je me déplace… mais en plus, pour un verre d'eau ? Ranko, tu as beaucoup de qualités mais là, c'est un vrai défaut.

Il se dirigea vers un bar à liqueurs et en sortit une bouteille de whisky, au socle de verre très épais.

— Eh bien moi, je dis non à l'eau. Y en a marre de ces gens qui ne pensent qu'à leur santé. Se consumer… Voilà le panache, aujourd'hui. Cramer la vie par tous les côtés. Ne pas finir au cimetière, Ranko, comme si on venait de déchirer l'emballage de cette putain de carcasse. Où les gens ont-ils appris qu'il fallait arrêter de vivre, bon Dieu ? On n'a jamais été aussi mort qu'au XXIe siècle, Ranko !

Ranko prit un air amusé et laissa le parrain lui faire son numéro.

Ce dernier tira une Dunhill de son étui en argent, l'alluma et fit de la fumée en plissant les yeux.

Il vint s'asseoir sur le canapé, près de Ranko, et laissa tomber son corps en arrière pour détendre sa nuque.

La fumée monta au plafond.

— C'est bon de mettre le feu au logis, dit Astrakan en admirant sa cigarette.

Ranko croisa les mains sur ses genoux et préféra admirer Paris, lui.

À travers les baies vitrées, les toits grisés l'invitaient. Sur la ville, un gros nuage faisait pourtant plus de fumée qu'Astrakan.

Leur conversation finit par attirer Ylana.

Dès qu'il la vit, Ranko se détendit.

Elle marcha vers lui et passa devant les baies.

Son corps parut encore plus long, encore plus fin, car elle portait une nuisette qui tombait jusqu'aux pieds, sur une paire d'escarpins Walter Steiger, bleu métallisé. La nuisette était ajourée de partout ; elle s'amusait avec la lumière. Le satin en était bleu profond et ce fut comme de voir surgir la nuit en plein jour.

— Ylana ! Enfin !... Calais et Alençon ont conspiré pour donner une dentelle de cette qualité, dit Astrakan.

— C'est surtout joliment porté, ajouta Ranko qui voulait faire plaisir à Ylana.

Elle contourna le canapé et s'approcha finalement d'Astrakan.

Il l'attira à lui pour embrasser ce qui lui avait coûté 1 000 euros en quinze minutes. Dans une boutique de lingerie de Saint-Sulpice, minuscule, mais où chaque pièce semblait faite pour Ylana. Il eut envie de descendre la nuisette à terre du bout des doigts et de soulever cette femme dans ses bras. Mais la présence de Ranko l'en empêcha.

— Je te plais ? dit-elle.

— C'est ton plus bel habit, chérie.

Elle lui déposa un baiser dans le cou puis vint saluer Ranko avec des gestes très doux, en lui caressant une épaule ; elle l'embrassa sur les deux joues, tendrement.

— Ça va, Ranko ?

— Ça va.

— Vous avez l'air bizarre, tous les deux...

Ils se regardèrent. Astrakan haussa les épaules : rien à signaler. Ranko l'imita.

— De vrais conspirateurs, dit-elle avec son instinct de femme.

— Ylana, tu vas prendre froid, nota Astrakan. One, va lui chercher son châle.

Voir revenir One le Brun avec un châle amusa Ranko.

Il le tendit à Ylana et elle s'en entoura les épaules à la va-vite, visiblement plus intéressée par ce qui se passait autour d'elle.

Un instant, Ranko contempla Ylana. Elle avait la peau comme la Femme Piège de Bilal. Cette peau diaphane des femmes de l'Est. Elle était vraiment belle.

— Alors, alors, alors ? C'est quoi, ce grand comité à l'heure du bol de lait ?

Astrakan tourna ses yeux dans tous les sens.

— Y aurait-il quelque chose à chercher ? s'enquit-elle. C'est Pâques ?!

Il n'y a pas à discuter, l'allégresse d'une femme, pensa Ranko, c'est irremplaçable.

Quand il disait qu'il se ramollissait…

Ce n'était pas bon, pas bon du tout, dans son métier.

Elle sauta sur Astrakan et il eut du satin plein la bouche.

— Allez ! dis-le-moi !

— Love Love, toi qui es plus observatrice que ces salopards de flics, tu me déçois…

Ylana tourna la tête comme une girouette.

Elle ressemble vraiment à une petite fille, songea Ranko.

Qu'est-ce qu'il y avait à… ?

Voilà : elle vit et se précipita vers deux formes couvertes, comme elle, de satin.

De satin crème.

Deux formes très différentes, pas très loin de l'entrée.

— C'est pour moi, ça ?!!

Et les deux hommes se mirent à entonner JOYEUX ANNIVERSAIRE, vite rejoints par la chorale body-buildée des One.

One le Brun chantait faux mais c'en était encore plus drôle.

Astrakan se leva.

— Joyeux anniversaire, Ylana. En retard, mais celui-là, tu me le pardonneras.

Elle l'embrassa à pleine bouche.

Dehors, le gros nuage gris fit tomber de la pluie.

— Ne m'embrasse pas tant que tu n'as rien vu, Ylana… Si jamais ça ne te plaisait pas ?

Elle le fixa longuement, du genre, mon loulou, ce serait bien la première fois.

Elle caressa le satin pour deviner, à travers le tissu, ce qui pouvait se cacher.

— Je commence par quoi ?

— Par le grand plat, là, ordonna Astrakan.

Les mains fines d'Ylana défirent le tissu.

Et soudain, il n'y eut plus que *Roméo et Juliette* dans la pièce.

Ylana joignit ses mains devant sa bouche, muette d'admiration. Elle resta ainsi quelques secondes, comme en prière.

Astrakan et Ranko échangèrent un regard, satisfaits.

Puis ses mains tremblèrent et des larmes coulèrent sur ses joues.

Elles descendirent, descendirent, jusqu'à goutter sur ses pointes de cheveux bleues.

Dehors, la pluie redoubla. Le vent tordait les camélias.

Un rêve, elle tenait un rêve sous ses doigts.

Et ces amants, ces amants qu'Enki Bilal avait

peints, ils lui faisaient penser… penser à Alexis et elle. À cause de leur posture aérienne.

À genoux, l'homme portait la femme. Il la portait d'un bras et sa tête s'en remettait à ses flancs, yeux fermés. La femme repliait son corps et ses pieds pointaient vers le ciel. Comme… comme une figure de patinage.

Mais là, l'homme n'était pas que puissance, il était aussi abandon.

Concentré sur son amour et sa mission.

Ce tableau était la rencontre de *deux abandons*.

Ylana baissa la tête, fit quelques pas vers Astrakan et s'écroula dans ses bras.

— Je…

Elle n'arrivait plus à prononcer aucune parole.

Même One et One en avaient l'œil humide.

Astrakan lui releva la tête et la prit entre ses mains.

— Attends, Love Love, ce n'est pas fini…

Et il la mena jusqu'au second présent, beaucoup plus imposant.

À deux, cette fois-ci, ils firent chuter le drap de satin.

Ylana poussa un cri et faillit s'évanouir. Tout lui revint en tête. La péniche *Eendracht*, valse des esturgeons, le mystérieux K, le buffet enchanté et les tiroirs magiques du bureau qu'un à un, elle ouvrait pour faire parler leurs secrets.

Ranko regarda en l'air, comme s'il n'y était pour rien dans cette affaire.

— Mais… mais comment tu as pu faire ça… ?

— Faire quoi, Ylana ? dit Astrakan.

— Ça… À un ami… Toi…

Elle hésitait, entre joie et dégoût de lui.

Face à elle, le bureau de pente Goulden paraissait déraciné.

Il n'en resplendissait pas moins, sublimement élancé, en laque noire et argent, incrusté de coquille d'œuf.

Ce n'était plus un meuble, c'était un animal, un papillon aux ailes poudrées, un paysage japonais aux monts enneigés…

Ylana ne put résister à son attraction. Elle s'approcha, et le caressa du plat de la main.

— Tu es beau… mais qu'est-ce que tu es beau…, lui dit-elle comme si elle flattait une bête blessée.

Sans se tourner, elle interrogea Astrakan, et dit sans se hâter :

— Tu crois qu'il va me pardonner ?

Il : c'était qui ? se demanda Astrakan. Il ne vérifia pas auprès d'elle. Il était persuadé qu'elle parlait du bureau Goulden, et non d'Aleksandar.

Il vint enserrer son dos de ses bras.

— Ylana, Aleksandar t'a vue… presque nue. Ça n'a pas de prix… Ce qu'il t'a volé, je l'ai repris.

Il ne la vit pas sourire mais sentit son corps qui frémissait sous ses doigts.

Il continua :

— Et ce soir, je t'emmène voir Love Love, le vrai, le crack, au haras de Jardy. Je te préviens : là encore, tu vas tomber sous le charme…

Ranko les laissa à leur bonheur, et se retira.

Il n'avait jamais été à l'aise avec la joie.

78

Suarez n'aurait jamais dû promettre quinze jours. Le Gecko les baladait. Le Gecko les épuisait.

Il faisait plus de sport que n'importe quel mec de la brigade.

Il ne commettait aucune erreur.

Dans l'atelier de la rue du Jour, il n'avait laissé, comme à son habitude, aucune trace. À part un brumisateur avec une belle empreinte. Ce qui avait permis à Suarez de garder la face vis-à-vis de son patron.

Sans doute Ranko avait-il vu que son bureau de plein air, en haut du pilier, avait été visité car il n'y était jamais retourné. Nulle trace des toiles. Pas de visite récente auprès de son fourgue mais des appels au fameux Micky Stricker, le type qu'il avait essayé de redresser. La Murène… L'antiquaire avec pavillon de banlieue, femme en tailleur, enfants qui jouaient au piano et au tennis et tout ce joli monde à la messe le dimanche. Un homme qui hurlait que la police le harcelait dès qu'on touchait à son intégrité.

L'enfer.

La surveillance des abords de l'appartement d'Astrakan n'avait rien donné non plus. Et les recherches, côté Financière, piétinaient. Thierry Rohat, son ami commandant à la brigade financière, l'avait bien prévenu.

Le dossier de l'atelier Bilal n'avait certes pas été aspiré par le groupe des Brocs — le groupe de répression des vols d'objets d'art —, mais ce changement de main avait tendu les rapports.

Le Gecko n'avait jamais été un maniaque du téléphone et rien ne filtrait. Pareil pour ses contacts, il se méfiait du moindre type qui pourrait refiler la vérole.

Le groupe casse de Suarez suivait tous les mouvements du monospace mais chaque fois, c'est quand il partait à pied ou sur les toits qu'il les semait. Et quand ils surveillaient le Gecko, ils ne savaient jamais ce qu'il préparait.

La dernière filoche avait été un bide total. À cinq, ils avaient suivi Astrakan. Quatre voitures, une moto. Au premier rond-point, l'Audi avait fait demi-tour et il se l'était prise de face.

Quinze secondes de filoche pour une heure à s'engueuler entre eux.

Nerveusement, son groupe avait beau être du granit, il était comme la pierre : il s'érodait.

Il fallait bien l'avouer, avec tant d'énergie déployée, les résultats étaient vermicelliques.

Pas de quoi pavaner dans le grand bureau du premier.

Quelque chose allait bien finir par transpirer.

Bon Dieu, oui, faites que ça transpire, se répétait Suarez en boucle.

79

Paris connut la neige, Paris connut le verglas, et février passa.

Mars ne démentit pas les giboulées — contrairement à l'engagement de Suarez sur ses délais.

Pour se faire pardonner, il offrit à son patron un boulier chinois en bois. On ne peut pas dire que l'objet la réjouit vraiment mais elle l'exposa dans son joli bureau.

Ce qui laissa de l'espoir à Suarez sur la confiance qu'elle lui gardait.

À moins qu'elle ne soit fétichiste.

Début mars, Astrakan casa *Chessboxers with black horse* à son contact de Dubaï mais vendit les dessins de la série TRANSIT à un Japonais de Naoshima. Il se garda *La Femme Piège* pour lui, et mit de côté *Bleu Sang* pour Ylana. Il le lui offrirait à Noël. Peut-être.

2 mars : Stéphan Suarez et Tamara s'embrassèrent de joie. Carmel sortait de réanimation pour aller en salle d'hospitalisation, où on le garderait une quinzaine de jours. Il présentait des troubles de la mémoire et était un peu aphasique mais en même temps, comme

disait le Doc pour dédramatiser, on n'attendait pas de lui une conférence sur Kant pour le moment.

Suarez demanda à son copain d'Ahe de lui envoyer une perle de Tahiti montée en bracelet pour la femme qui dirigeait le service de réanimation de Beaujon.

Mi-mars, tandis que les noisetiers continuaient leur floraison, la clinique des Oiseaux déclara Voyou, le perroquet de la brigade, complètement guéri.

Ranko mit le holà à ses casses effrénés. Il entreprit d'apprendre l'escalade à Ylana. Jamais il n'aurait pensé qu'elle était aussi instinctivement douée pour la grimpe. Elle avait tout d'une Lynn Hill — et un fichu caractère. Il espérait que l'escalade l'encouragerait à arrêter de fumer.

Seb offrit à Myriam une reproduction de *Roméo et Juliette* de Bilal. Elle l'accrocha immédiatement à droite de son bureau, sans chercher à savoir si l'affiche était une prise de guerre sur les Pakistanais, spécialistes des affiches non autorisées.

Fin mars, Suarez croisa Marcin au 36. Il avait entendu parler des *quinze jours* et il lui demanda s'il allait enfin se mettre à l'escalade. Suarez n'apprécia pas, et lui rappela le coup du Tigré. À ce qu'il sache, cette intuition majeure n'avait pas fait avancer d'un poil l'Attaque de la diligence. Deux jours après, Marcin chopa un mauvais virus et Suarez renoua avec la croyance qu'il y avait une justice immanente sur terre.

Sur la tombe de sa mère, il alla déposer des branches d'amandier en fleur et lui parla longuement du Gecko.

Avril hésita entre le chaud et le froid. Dans le jardin, Tamara montra à Suarez les premières fleurs de magnolia. Lila suivit l'exemple de sa sœur et exigea sa première descente en rappel. Tamara reprit les cours particuliers d'hélicoptère avec Suarez. Ranko passa son temps à courir sur une chaîne au bois de Boulogne et à jouer avec le feu sur les rambardes de sécurité des autoroutes. Dans le bois, il dénicha une nouvelle cache pour garder une poire pour la soif.

Ylana se remit au patinage artistique. Elle diminua de moitié sa consommation de cigarettes.

Mi-avril. Enki Bilal abandonna l'idée que la police retrouverait un jour ses œuvres. Mais il ne regarda pas en arrière pour autant et peignit de plus belle. Il prépara un projet, *Being Human Being*, avec le trompettiste Erik Truffaz et le musicien mexicain Murcof — une bande originale inspirée du défilé scénarisé de ses images. La Gaîté-Lyrique se montra intéressée pour un concert, le directeur était emballé par le projet.

En rééducation, Carmel avait fait des progrès fulgurants. Sa mémoire à long terme, dite antérograde, revenait lentement mais sûrement. Le Doc parla de disque dur qu'il recouvrait, peu à peu. Il se tapait de l'orthophonie à bloc et Suarez admirait sa persévérance. En revanche, il souffrait de troubles de l'équilibre, à cause de l'une des balles passée très près du rocher. Le Doc avait expliqué que le rocher n'avait rien à voir avec l'escalade — que c'était un os dans lequel passait le nerf auditif et les organes de l'équilibre. Encore une fois, il avait eu de la chance car l'aire visuelle n'était pas touchée. Comme disait Carmel : « Du moment que je pourrai retirer un jour… »

Suarez passa au Père-Lachaise et, dans un grand vase, laissa des branches de prunier en fleur.

Mai. Ranko reprit fermement les échecs avec Vivien la Cloche. Cédric le décida à renouer avec la boxe, pour le fun. Le Gecko était comme un lion en cage : les casses lui manquaient. Tel un drogué, il savait qu'il replongerait. La question était juste de savoir quand.

Mi-mai : le temps s'adoucissait. Ranko faillit appeler Simon pour compter les étoiles depuis les toits de l'Institut de France. Histoire de conjurer le sort. Mais un solitaire ne change pas ses habitudes. Après la première sonnerie, il raccrocha.

Fin mai : le propriétaire de la femelle dalmatien Zebra, alias Yin, passa à la brigade de répression du banditisme et demanda, sous le sceau de la confidence, à parler à Suarez. Sa maîtresse s'était fait cambrioler tous les bijoux qu'il lui avait offerts depuis six ans. Et ça faisait un paquet. Il fut presque agréable.

Carmel était venu pour un barbecue chez les Suarez. Ils avaient partagé les souvenirs et les désirs d'avenir. Tamara avait demandé à Stéphan ce que leur ami avait au visage et il lui avait expliqué que la balle cervicale avait aussi touché une branche du nerf facial. Il héritait d'une légère paralysie du visage. Un ptosis — *la paupière en capote de fiacre*, dixit le Doc. Tamara trouva que le ptosis rendait son regard encore plus doux.

Au 67, avenue Paul-Doumer, la concierge fut sidérée de voir qu'Ylana perdurait. Elle révisa ses préjugés, apprit qu'elle aimait les cornichons malossols, et promit de lui préparer des pots avec plein d'aneth et de baies de genièvre.

Juin. De violents orages s'abattirent sur Paris. Suarez rata une super occasion d'acquérir une R1 bleue, la moto dont il rêvait. Tamara n'en fut pas fâchée. Matcha grandissait à vue d'œil. Elle avait dégommé une martre empaillée de Suarez.

Suarez promit à Carmel de se repencher sur l'Attaque de la diligence.

Avant tout, c'est à lui-même qu'il se l'était promis.

Il coupa des branches de cerisier — sa mère apprécierait.

Le groupe casse alterna épuisement, excitation et stress. Ranko avait un comportement inhabituel.

Dans son perchoir du Caire, Ranko tournait en rond.

Il n'était pas fait pour se ranger.

Mi-juin : il emmena Ylana à Fontainebleau. Puis au viaduc des Fauvettes de Bures-sur-Yvette. Là, elle pourrait bien se dérouiller les doigts, et sur cet ancien pont ferroviaire en meulière, ils feraient une belle descente de trente-quatre mètres en rappel.

Fin juin : Astrakan commença à parler de mariage. Tout le monde tomba des nues.

Ranko serait le témoin d'Astrakan.

Ce pourrait être pour la fin de l'année, avec un voyage aux *Turks and Caicos*.

Ylana savait enfin le prononcer convenablement.

Le dernier jour de juin, elle prit sa température, posa sa main sur son ventre, courut à la pharmacie du quartier, et arrêta de fumer.

Et ce fut juillet.

80

Le visage encadré par un miroir Lalique aux deux roses et une *Femme à la boule* de Jean Dupas, tout aussi rosée, la Murène avait toujours autant l'air d'un enfoiré.

Le seul truc blanc, dans ce mec, c'était la coke.

Les pieds sur son bureau, menaçant un vase-amphore où des feuilles d'or brillaient, Ranko trouva à cette ordure le même air satisfait.

Bien sûr, il lui souriait.

La Murène avait volé à BHL sa façon d'ouvrir grand les rideaux sur son poitrail.

Une belle chemise Charvet, portée par ce maquereau du sérail des antiquaires.

Comme on disait dans le métier : « Un bon antiquaire est celui qui ne s'est jamais fait prendre. »

Chez ce vautour, c'est la mentalité qu'il aurait fallu aérer.

Il lui avait demandé de passer pour rester discrets. Une belle affaire à lui proposer.

Sans doute pensait-il le réveiller quand il l'avait appelé, pavanant à 8 heures du matin, mais à 6 heures, Ranko courait déjà au bois de Boulogne, fidèle à un autre proverbe, serbe, celui-là : « Qui se lève tôt le matin, attrapera deux bonheurs. »

Ko rano rani, dve sreće grabi.

L'idée de débuter la semaine avec la Murène ne l'avait pas enchanté mais une belle affaire restait une belle affaire et la vie de monte-en-l'air lui manquait.

Quant à l'origine, il ne fallait pas trop gratter.

Quand un mec achetait à bas prix un poulet, il ne demandait pas un certificat de moralité sur la vie et la mort de la volaille.

Et pourtant, Dieu sait qu'on la torturait.

La Murène se déplia de son bureau et vint saluer Ranko.

Brève accolade, une main dans le dos.

La main qui paie cash ou celle qui trahit ?

Ranko se méfiait de lui.

— Alors, Ranko, ça va ?

Hochement de tête.

— T'as pas les schtarponnes au cul, au moins ? lança la Murène en se lissant les vagues des cheveux.

— Les schtarponnes ?… tiqua Ranko.

— *Les schtarponnes*… Ces enflures de flics !… J'te HARPONNE et j'te lâche plus…

— Ah, fit Ranko. Non, je suis venu en courant. Les flics, ils se fatiguent pas longtemps.

La Murène baissa les yeux sur son short et ses vieilles baskets. Avec le fric qu'il lui refilait, il n'avait pas de quoi s'en racheter, l'animal ?

— Bon, bon, garçon. Alors écoute bien car y a de quoi se faire du grain.

— Je t'écoute.

— Mais tu veux peut-être un café ?

— Non, je veux rentrer chez moi. Dans ma vie, y a pas que toi.

Le tenir à distance, ne pas se courber.

À contretemps, la Murène le gratifia à nouveau de son sourire d'enfoiré.

— Alors voilà, j'ai un couple plein aux as. Un septième étage, dans le XVIe.

— Septième ? réagit Ranko, sourcil levé.

— Comment veux-tu que je ne pense pas à toi ?

— Vas-y, me tartine pas.

— Près de la Muette. Mais calme, retiré. M. et Mme Adelson.

— Enchanté.

— Écoute, Ranko, et fais-moi confiance. Tu pourrais baisser un peu la garde, parfois…

— Justement. Non. Pas avec toi.

— Le couple ne passe jamais beaucoup de temps à Paris, enchaîna la Murène. Trois jours par mois, pour être précis. Leur prochain séjour est dans une semaine. Après, ils s'envoleront pour Lamu, au large du Kenya. Il ne faut pas rater le coche.

— Et le tuyau, il vient d'où ?

— Tu veux la traçabilité ?… Sans rire ! T'inquiète, l'ami, je le tiens des employés de maison. Deux Philippins qui connaissent une mauvaise passe car l'homme a dilapidé sa chance au jeu. Plop ! Plus rien du jour au lendemain ! Ils ont besoin d'un peu de beurre dans la papaye alors ils m'ont vendu leurs fonds de tiroirs…

— Tu ferais parler un condamné…

— J'ai des clients pour les bijoux des Adelson. Et pour la pendule mystérieuse Cartier, modèle A, de 1914, que tu verras dans la chambre. Pour les bijoux, y a cinq plateaux. Le gros lot. Et le casse, je t'assure, c'est du velours. T'as plus qu'à te glisser dedans.

— Je t'envoie à ma place, alors ? ne put s'empêcher de dire Ranko.

Il jeta un œil à la porte d'entrée et rêva de la pousser pour rejoindre le viaduc des Arts.

La rue puait moins que ce charognard.

— Tu es O.K. ? s'impatienta la Murène.

Ranko le toisa comme le seul truc invendable de sa boutique.

— … Ouais, je suis O.K.

— Formidable, dit le fourgue en levant au ciel les paumes de ses mains.

— … Mais cette fois-ci, tu me feras du 20 %.

— Du 20 % ???… Et pourquoi du 20, Ranko ?

Ranko soutint son regard et, avant de se barrer, décréta :

— Parce que moi, l'été, je brade pas.

81

Ranko n'avait pu résister.

Le shoot d'adrénaline du casse, combiné à la grimpe…

Son cerveau le réclamait.

Ces derniers temps, il avait eu l'impression de ne plus avoir rien à se prouver.

Alors il s'était dit : juste un dernier, dans la nuit du 17 juillet. Après, il aviserait.

Il avait sa cache du bois de Boulogne à alimenter, puisque le Bis avait été visité.

Et il était là, dans le XVIe, à renouer avec les gestes familiers.

Une escalade en nocturne à la barbe de la tour Eiffel, et presque un million de bijoux à la clef : il avait vu les photographies, de vraies guirlandes de Noël qui étincelaient. Ranko ne pouvait se refuser cette randonnée. Un bon plan, s'il mettait de côté la petite visite aux propriétaires de l'appartement. Dormiraient-ils profondément ? Ce serait la roulette russe. Comme chez Bilal.

Bien sûr, il aurait préféré les savoir absents. Mais en même temps, braver le danger augmentait le plaisir. Beaucoup auraient dit non. C'était sa valeur ajoutée. Et cette valeur ajoutée forgeait sa fierté.

La Murène n'avait qu'à s'aligner.

Dans la rue déserte, il écouta Paris qui avait quitté sa frénésie, Paris comme il l'aimait, offerte, là, dans les bras de la nuit. Un peu plus haut, encore, et elle serait pleinement à lui.

Il resta étonnamment calme. Non parce que le danger s'émoussait, mais les belles missions lui donnaient la sensation d'exister. Dans la vie, au bout du compte, seule comptait cette intensité. L'art, aussi, lui procurait cette sensation.

Il n'avait cessé de rêver à l'atelier de Bilal.

Parfois, juste pour l'œil, il aurait voulu y retourner.

Astrakan avait raison, il ne fallait pas arriver au cimetière moisi de regrets.

Un réverbère diffusait une lumière fauve. Les moustiques du quartier formaient une belle nuée. Ranko avait toujours détesté les moustiques. Que ces lâches n'en profitent pas pour le piquer. Il avait enfilé un haut à manches longues qui le moulait pour les en décourager. La dernière fois, ce haut n'avait pourtant pas suffi ; les moustiques étaient comme les spermatozoïdes : rien ne détournait ces petits salopards. S'il y avait une voie, ils la trouvaient.

Le réverbère grésilla et Ranko espéra qu'il faisait dans le moustique grillé. Les arbustes de la haie avaient été arrosés : l'humidité devait les attirer.

Ranko avait tout préparé. Il leva la tête, dépassa le réverbère et lorgna vers le septième étage. La fenêtre restait entrouverte. L'immeuble, cossu, sentait la *bella vita* du XVIe arrondissement à cent mètres. Comme chez Astrakan — en plus classique.

Une sérénité qu'il ne connaîtrait sans doute jamais. L'image de l'estafette convertie en camping-car d'Edlinger revint : voilà ce qui le faisait triper. On devrait obliger les pauvres à échanger un jour et une nuit de leur vie avec les riches, et vice versa. Mais tout était cloisonné. En cambriolant, il redistribuait.

Posté à l'angle du boulevard Émile-Augier et de la rue Gustave-Nadaud, il attendait. Patiemment, juste avec assez de cran au ventre pour se promener à la verticale. Cou tendu, il venait de remarquer, gravées dans la pierre grise du rez-de-chaussée, un nom en lettres gothiques. « L. Salvan », suivi de « Arch^{e} ». Ses doigts avaient l'histoire collée à leur pulpe. Pendant que les autres se battaient à terre, il marchait dans le ciel.

Il hocha la tête.

Arch^{e}, c'était *architecte*.

L'architecte avait signé le bâtiment comme une toile.

Lui, il ne signait rien. Il allait et venait, invisible, et disparaissait.

La nuit était chaude. Le goudron des trottoirs gardait la mémoire du soleil. Ranko balaya du regard l'intersection, à l'affût du moindre détail qui clochait. Deux fois, il avait croisé le même alcoolique. Un type flambé au rhum avec les yeux petits et noirs comme des grains de raisin. Voilà pourquoi il attendait. Pour vérifier qu'il ait bien disparu du paysage. Croiser quelqu'un deux fois est rarement bon signe. Et Ranko se méfiait même des poivrots.

Mais la rue restait vide.

3 heures du matin, Paris appartenait aux mirages.

Aux mirages — et aux rôdeurs.

★

Durant une semaine, il avait fait des repérages. Chaque fois, il avait changé son apparence. Il avait noté les caméras privées, dont une à moitié cachée par un cèdre, dans une villa gardée par une grille, et guetté la moindre *sonnette* — c'était le nom qu'il donnait aux roquets qui aboyaient, en hommage à Miko dont c'était le surnom. Dans le XVIe, il n'avait jamais vu autant de chiens au mètre carré. À croire qu'ils poussaient du parquet ciré. Il avait fait le compte des manies nocturnes du quartier. Gardiens, maîtresses, insomniaques, rien ne lui avait échappé.

Il recula jusqu'au trottoir d'en face et vérifia les lignes de faiblesse de l'immeuble. Il l'avait déjà grimpé trois fois, de nuit. Les façades étaient comme les serrures. Sous ses doigts, il fallait les faire céder. En triompher était juste une question de temps. La plupart se livraient sans forcer. Pour d'autres, il devait déplacer le problème et compter sur l'immeuble voisin pour servir de tremplin. Mais la solution gisait toujours là, à deux pas.

Il sonda les zones où il serait à découvert par rapport aux immeubles d'en face puis se concentra sur sa respiration. Le XVIe, ce n'était pas les Halles. La vie nocturne n'y était pas trépidante, tout devrait s'enchaîner de façon huilée.

Au dernier étage du bel immeuble, la chambre à dévaliser le narguait. C'était un bel immeuble, en briques et pierre de taille. Du solide en direct du XIXe siècle — on était loin du carton-pâte des préfabriqués où Ranko redoutait que tout s'écroule quand il se tractait. La Murène ne voulait que de l'exceptionnel. Et là aussi, on tapait dans du lourd.

Pas des bijoux de Barbie, non, de quoi gagner des mains de prince, rien qu'à les toucher. La Murène avait les mêmes principes qu'Astrakan : il ne commandait que des belles pièces.

Avec le mois de juillet, la majeure partie de l'immeuble avait troqué les lampadaires contre des palmiers. Partout, des persiennes fermées : merci l'oisiveté. La France au travail avait les flancs comme les sablés, dorés des deux côtés, et Ranko en profitait.

Ranko regarda sa montre IWC. 3 h 10 du matin : maintenant, les choses sérieuses pouvaient commencer. Ranko se lança, corde de 8,6 mm pliée en écheveau, après avoir vérifié que la fenêtre du dernier restait entrebâillée. Avec la touffeur, personne n'avait envie de s'enfermer, pas même les riches qui d'ordinaire vivaient sous vide climatisé.

Il avait gardé deux mètres de corde pour s'en faire des bretelles et la porter en sautoir dans le dos. Dans sa poche, des gants fins qu'il avait noircis au marqueur et qu'il étirerait au maximum, dégoûté d'être privé du contact direct avec ses doigts. Ranko n'était plus qu'une ombre noire.

En treillis souple, il s'élança sur un mur surplombé de volutes en fer forgé où chaque pointe menaçait de l'embrocher. Le plus dur restait de ne pas froisser les arbustes plantés derrière la palissade bleue, en haie serrée. S'ébrouer dans le feuillage au milieu de la nuit l'aurait dénoncé aux oreilles du quartier.

Ranko aiguisa ses sens.

Il entendit le miaulement d'un chat ; ces bêtes-là avaient une seconde vie, la nuit. Une fois, il en avait trouvé un sur un toit, un rayé qui devait s'être échappé de sa vie de taulard de luxe. Le chaton était tellement heureux de ce nez-à-nez qu'il avait failli le mettre en péril à force de miauler. Sous les assauts du chaton, Ranko avait cédé et l'avait pris dans ses bras.

Ensemble, ils avaient regardé la lune.

Au fond, l'Opéra Garnier et ses ors dans la nuit, Ranko et ses bras d'acier et le tigre de poche qui ronronnait. Il avait reposé le chat sur le zinc et lui avait dit : « *Maca*, n'oublie pas encore de t'évader, de temps en temps. Allez, file, maintenant. »

En face, dans l'immeuble de la rue Gustave-Nadaud, une lumière s'alluma. Ranko se raidit. Une femme qui abusait des tisanes ? Un déglingué de la prostate ? Aucune forme ne se découpait.

Ranko se concentra sur la vitesse de l'enchaînement.

Au loin, montant des grandes artères, une sirène de police retentit. Ranko s'arrêta net, aux aguets. Le bruit s'éloigna. Il détourna la tête et continua. En un jeté, il avait déjà saisi une moulure qui encadrait la fenêtre du rez-de-chaussée. Son cerveau était comme toujours une machine à calculer. Sous le léger surplomb du premier balcon, sa silhouette ondula. Il se rétablit souplement en attrapant le garde-corps. Face aux persiennes grisées, nul regard indiscret. Les yeux dormaient.

Ranko ne se contentait pas de grimper. Il chercha la fluidité et épousa chaque relief. Des gestes qui plairaient à Simon.

Des odeurs de terre et de feuilles s'élevèrent du jardin.

Pour Ranko, qui avait connu les verticales du Verdon comme celles de Notre-Dame, l'ascension en elle-même ne présentait pas de grande difficulté.

Dans l'ombre, Ranko répéta les mouvements que ses repérages avaient gravés.

Le relief s'offrait, ses mains prenaient.

Il l'aidait à se hisser, sans affrontement, sans résistance. D'une certaine façon, la paroi et lui, ils s'accouplaient.

Un vent timide réveilla les feuilles d'un robinier. Tout était doux et simple — et il s'était toujours méfié de ce qui était doux et simple. Rivé à son ascension, il progressa, heureux de quitter le sol et de s'élever. La flopée de sculptures néo-gothiques forma de véritables bacs pour ses prises de main. Quant à ses pieds, ils se posèrent sur une tête de moine sculptée sans plus de bruit qu'un flocon de neige en train de tomber.

Ranko avait retrouvé son style : grimper pour se promener.

De cette hauteur, il put agripper une corniche et se rétablir au pied d'un balcon en pierre qui lui rappela Notre-Dame. Maintenant, il surplombait les arbres. Les feuilles frissonnaient. Il leva le regard. Il y était presque. Deux balcons, encore, et il arriverait au dernier étage, avec retour du fer forgé.

Il resterait un dernier jeté, plus périlleux.

Ranko prit une profonde inspiration en détendant sa nuque. Le ciel de Paris était bleu profond, un bleu nuit qui rappelait les fonds marins et la nuisette en satin d'Ylana. Ici, la nuit noire n'existait pas. Pourtant, quelques étoiles erraient, pâles et tremblantes. Il se rapprochait d'elles, de ces étoiles nées comme lui de l'ombre.

L'avant-dernier balcon posait le plus de problèmes et il l'aborda avec une légère crispation. Trois jours avant, il se souvenait d'y avoir entendu un chien. Pas du gros calibre capable de le déchiqueter en deux coups de gueule, non, mais ce modèle de roquet né pour alerter l'immeuble entier au moindre grattement. Et la nuit, une plume réveillait ces sonnettes. Quant aux difficultés, elles étaient comme les fillettes : elles ne sortaient jamais seules. Au chien, il fallait ajouter les têtes sculptées de l'immeuble, dignes d'un théâtre grec.

Superbes, certes, et Ranko les avait admirées, mais glissantes.

La pierre, poreuse, était encrassée. Que ses doigts viennent à riper, et son sort en serait plié.

Il finirait six étages plus bas.

L'incident de l'Institut lui suffisait.

Il respira de façon plus saccadée et chercha une image pour l'apaiser. Cette image-là n'était jamais loin : il revit son grand-père, Momčilo, et les collines de Takovo dans le Šumadija. Le vert tendre comme des pousses de noisetier, les cerises rouges à craquer. Il revit le néflier, le seul du village, et ses fruits blets dont il aimait la leçon : un coup de gel, et ils sont bons.

La volonté était comme un arc, il fallait juste le bander.

Entre ses omoplates, un filet de sueur coula. Ce n'étaient pas des masques de pierre qui allaient l'arrêter.

Là-haut, des rivières de pierres, précieuses, l'attendaient.

La main gauche de Ranko saisit la tête de faune en prise inversée. Elle grimaça entre ses doigts. Presque aussitôt, ses phalanges glissèrent et il se jeta sur la corniche. Suspendu dans le vide, il resta ballant, puis retrouva sa fluidité et se rétablit sur la dernière rambarde en fer forgé.

Il y était.

★

En haut, la brise forcissait. Elle n'avait pas toutes les rues à cavaler. Jetant un regard alentour, Ranko rencontra la tour Eiffel qui se dressait, presque face à lui, dans l'enfilade de la rue Gustave-Nadaud. Le faisceau de la Dame de fer balaya l'horizon. Ici, dans le ciel, Ranko était chez lui.

Le temps filait et il ne prit pas celui de souffler.

Sur cette façade nue, il se savait exposé, sans feuillage pour le protéger. Les hommes étaient plus à craindre que les façades. S'il tombait, O.K., ce serait la mort ou le corps brisé, mais s'il réveillait le couple, personne ne saurait dire comment l'affaire tournerait. L'homme pouvait être armé. Parfois, le pied d'une lampe faisait plus de dégâts qu'un pistolet. Il s'interdisait ce genre d'impasse.

Seul sur le balcon, il épia le moindre bruit. Son écoute décupla sa vision. Tout semblait tranquille. Ranko se rapprocha de la fenêtre entrouverte pour scruter l'ombre. Un chargeur diffusait une lumière de ver luisant. Elle donnait à la pièce une ambiance décalée, presque de chambre d'enfant. Il distingua rapidement les deux corps qui dormaient. Deux êtres confiés à la nuit.

S'ils savaient, ils cauchemarderaient, pensa Ranko.

Rien ne bougeait. L'homme ronflait plus fort que la femme. Des ronflements porcins qui soudain s'arrêtaient. Tant que Ranko l'entendait, tout était sous contrôle.

Les deux corps se tenaient éloignés, chacun à l'opposé. La femme sur le flanc droit, au bord du lit, et l'homme sur le dos.

Il essaya d'oublier les ronflements pour se concentrer. D'un geste leste, il passa en double sa corde autour de la rambarde pour préparer un rappel en S et une retraite rapide. La méthode à l'ancienne, le style Rébuffat, celui, sans baudrier, qui brûlait les cuisses, aussi cinglant qu'un fouet. Si la situation dégénérait, il devait pouvoir fuir en moins de deux.

À pas étouffés, Ranko pénétra dans la chambre. Elle était tout en longueur. Le ronflement cessa. Dans le sommeil, l'instinct percevait-il une menace ?

Ranko stoppa.

Le ronflement reprit, et la femme, en grande conversation avec le mur, ne bougea pas. Les yeux de Ranko s'habituèrent vite à la pénombre. Sous ses pieds, le parquet décidait de sa destinée. Un mauvais craquement, et il se répéta qu'il faudrait abandonner le butin, voire en venir aux mains.

Trois mètres.

Il était à trois mètres de la console où les bijoux dormaient sur des plateaux en velours. Les Philippins n'avaient pas menti.

La femme, paraît-il, ne rangeait pas les bijoux dans un coffre pour le plaisir de les regarder.

Il n'était pas loin. Tout allait bien se passer.

Il respira et à chaque expiration, il lui sembla que son souffle le dénonçait. Une odeur de lys envahit ses narines. Ce n'était plus une chambre, mais une église.

L'homme émit des petits raclements de gorge.

Une église avec un gros porc.

Il n'était plus qu'à cinquante centimètres des bijoux. La femme remua dans le lit et se colla au flanc de l'homme pour qu'il change de position. Si elle basculait dans un demi-sommeil, le bruit le plus léger la réveillerait.

Ranko retint sa respiration.

La sueur lui brûla les yeux. Plus que quelques pas.

Avec une infinie lenteur, il se saisit des plateaux. Il y en avait cinq sur du velours bleu, de la grandeur d'un ordinateur portable. Même dans l'ombre, les pierres captaient la moindre lumière. Les écailles d'or d'un collier, lové comme un serpent, piégèrent le halo de la lune. Il essaya de ne pas trembler en glissant le premier plateau dans un sac en coton souple noir, avec une fermeture autobloquante. Il cala les autres plateaux. La manœuvre était délicate, ils pouvaient s'entrechoquer.

Ranko avait peut-être un physique de brute et des mains immenses mais elles étaient fines et incroyablement efficaces. De vraies pinces de précision.

Il avait à peine déposé le cinquième plateau qu'il sentit son temps compté. Les ronflements l'usaient et la femme s'agitait.

Restait la pendule Cartier. Mais elle était là, à deux pas, sur une console en noyer aux jambes fuselées.

Ranko l'arracha au faisceau de lumière de la lune.

Au moment d'atteindre la fenêtre, le parquet craqua. Un petit craquement sournois. Ranko jeta un regard aux deux formes. La chance ne le lâcha pas, elle lui laissa les secondes nécessaires pour battre en retraite sans se retourner.

En un éclair, il fut à la fenêtre et, sur son dos, réajusta son sac. En bas, un taxi passa. Il ralentit au carrefour, sans grande conviction — Ranko l'entendit à la mollesse de sa conduite. Ses phares disparurent dans la nuit. Sans hésiter, Ranko remonta le col de son haut au maximum puis glissa la corde sous sa cuisse droite, la croisa ensuite sur sa poitrine pour rejoindre l'épaule opposée.

C'était le fameux S, droite, gauche, ou gauche, droite, la façon la plus élémentaire de descendre n'importe quelle paroi. Dans la nuit, la demi-lune ne semblait là que pour lui. Sa main gauche resta arrimée à la corde, sans crispation. Il était prêt à retrouver le sol et désormais, sa main droite contrôlait tout.

Il prit un peu de vitesse, repoussant la façade du bout des pieds et freinant régulièrement, sans à-coups, en ramenant en avant sa main arrière. Les frondaisons disparurent, les persiennes closes défilèrent en sens inverse, et aisselle, épaule et cuisse le chauffèrent comme des fournaises. Juste avant d'arriver au sol, il prit soin de freiner au maximum sa descente pour rester silencieux.

Ranko s'assura que la voie était libre. Il fit bruisser les feuilles en franchissant la haie, s'extirpa des lances acérées de la grille, souple comme une fouine, et posa le pied sur le muret.

Chargé des plus grandes richesses, il était redevenu terrien.

Terrien, et sauvé.

82

La lune suivit Ranko, jusqu'au bois de Boulogne. Quand il arriva à la Grande Cascade, seule l'eau sembla éveillée. Dans l'allée, il bifurqua à gauche et s'enfonça dans la grotte.

De jour, le lieu faisait fuir les touristes par son côté train fantôme mais de nuit, il devenait l'antre du lugubre.

L'ombre du Serbe se glissa dans le goulet artificiel. Quelques pas et il longea l'eau de la cascade, qui tombait en petites cataractes. Ce bruit lui fit du bien. Il eut l'impression d'arriver près d'un torrent de montagne. Mais le lieu ne sentait ni l'ail des ours ni le tussilage. Plutôt l'odeur croupissante de ces bassins citadins, mêlée à celle des déjections de pigeons. Ranko savait qu'ils étaient nombreux à le guetter, cachés dans les anfractuosités des rochers. Il pouvait imaginer leurs yeux, sur lui posés, et leurs ailes prêtes à battre avec frénésie, à la moindre alerte. L'eau du bassin arrivait au pied du sentier et affleurait, sans rambarde ni muret.

S'il s'approchait trop, elle lui lécherait les pieds.

Un instant, il s'arrêta et huma la nuit. Les rochers au-dessus de lui la découpaient et la frangeaient de leurs contours torturés. En haut, un troupeau d'étoiles veillait. La cascade formait un rideau de pluie.

Ranko se sentit à mille lieues de Paris.

Soudain, une ombre, plus noire que lui, surgit de l'eau marécageuse et se rua vers lui.

Une longue queue humide balaya le sol et Ranko perçut la forme, dont le dos s'arrondissait pour le menacer.

Bordel ! Un ragondin !

Perchée sur ses pattes, la bête claqua des dents puis bondit sur lui.

Ranko étouffa un cri et repoussa le ragondin d'un coup de pied.

Comme les promeneurs les gavaient de nourriture, ce dernier avait dû se venger de ne pas recevoir d'offrande.

Déçu, le ragondin disparut dans la nuit.

Parfois, les bêtes effrayaient plus que les humains, Ranko ne fut pas fâché de voir le moustachu-joufflu s'éloigner.

Dans ce noir qu'il connaissait par cœur, il monta les marches de pierre, la sérénité en moins.

Il marcha jusqu'à surplomber la cascade. Arrivé en haut, il déposa son sac à terre et en sortit une corde puis enfila un baudrier. Sur la rambarde en fer forgé, il passa cette corde en double sur le barreau sommital puis la jeta en contrebas.

Elle fouetta l'air.

Ranko épia les bruits. La nuit, ils conspiraient.

Quand il fut sûr de n'avoir pour voisins que des ragondins, il enchaîna les gestes sans tarder et, sur la corde, installa un descendeur. Puis il l'accrocha à son baudrier.

Il se laissa pendre dans le vide et profita, un court instant, de cette victoire sur la gravité.

En dessous de lui, l'eau ruisselait.

Elle avait son chant bien à elle, un chant de liberté.

Ranko descendit, et les odeurs se firent plus envahissantes.

Il franchit un surplomb de pierre et se retrouva sur le palier qui menait à une deuxième grotte, en retrait. À l'entrée de la grotte, une accumulation de rochers semblait monter la garde.

Ranko les salua pour ne pas contrarier les esprits du lieu et demander l'hospitalité.

Puis il se désassura.

Les pieds dans l'eau, à la naissance de la longue chevelure de la cascade, il progressa dans cette nouvelle cavité.

Personne ne viendrait chercher son butin ici.

Régnait ce côté secret, d'Ali Baba et les quarante voleurs.

Un coffre-fort presque naturel, au bord de Paris, que des milliers de promeneurs n'imagineraient jamais.

Sa planque à lui, entre cascades et rochers.

Ranko avança dans son Atlantide.

Et là, au fond, sous une grosse pierre qu'il avait descellée, dans un creux insoupçonné, il cacha les bijoux volés. Ils rejoignirent sa réserve, son alchimie à lui — le caillou transmué en or.

Quand il ressurgit de l'ombre, les étoiles brillèrent comme des diamants — naturellement.

83

— Fait chier ! Le Gecko fait chier ! Va te faire foutre, le Gecko ! Va te faire empailler !

Au groupe casse de la brigade de répression du banditisme, le cri, tous l'avaient entendu. Il provenait de l'un des quatre bureaux. Celui de leur chef de groupe, le commandant Suarez. La pièce n'était pas très grande mais elle résonnait. Avec la fenêtre ouverte, le parvis Louis-Lépine et le dôme du tribunal de commerce devaient être au courant.

Du bureau d'en face, Seb Taravella se leva et dit à Myriam :

— Il va finir par nous l'user, notre chef, le Gecko.

Il était rare que le commandant Suarez pète vraiment les plombs mais il valait mieux ne pas être à côté dans ces moments. Rien de pire qu'un faux calme qui monte dans les tours.

Suarez possédait une voix dans les graves, faite pour résonner.

Seb se rua dans le couloir et passa une tête par la porte toujours grande ouverte du bureau de Suarez. Il s'appuya contre l'étiquette de porte, accolée à l'écusson de la BRB :

Stéphan SUAREZ
Chef étoilé de Talant
Créateur de la pizza sans fromage

Talant avec « a », comme la ville près de Dijon. L'humour restait le liant le plus solide de la PJ, celui qui faisait tout accepter : l'horreur, le travail et le dépit.

Seb s'appuya contre le chambranle de la porte, jambes croisées. Suarez était là, une main en travers du front, à se masser les tempes entre pouce et majeur tandis qu'il fixait l'écran de son ordinateur. La nuit avait été courte.

Il dit comme pour lui-même :

— Ce mec se fout de notre gueule…

Il prit conscience de la présence de Seb et leva le regard vers sa tête de gentil garçon, toujours souriant et prévenant.

La veille au soir, ils avaient fêté une belle affaire sortie par le groupe des vols à main armée et mis des tables dans le couloir du deuxième étage, près de leur quartier général du Balto. Le gigot de 7 heures était soudainement loin. Greg Brocas l'avait couché sur un lit de thym-citron, tiré de son petit jardin de banlieue de Thiais.

Et Suarez avait dégoté le vin parfait pour l'accompagner, un « Badel n'est pas un Saint » 2011. Un saint-joseph qui se prenait sans souci pour un côte-rôtie.

Ils avaient charrié Frankie en lui disant que c'était du perroquet rôti.

Dans les yeux de Suarez, Seb lut tout le bénéfice de la soirée qui s'envolait.

Suarez était en train de lire les faits de la nuit de la main courante de l'état-major.

Rivé à son écran, il dit :

— Il a tapé cette nuit.

Seb écarquilla les yeux.

— Ne me dis pas que…

— Si, juste quand on est rentrés de notre gueuleton.

— Et on est sûr que c'est lui ?

En prononçant la phrase, Seb s'en voulut de l'avoir dite. Suarez se leva vers lui.

— Tu vois, Seb, un vol en plein XVIe, chez des particuliers, une chambre située au dernier étage où le couple dort à poings fermés, sans rien forcer, aucune trace de pesées, un préjudice estimé entre 800 000 et 1 000 000 d'euros… pas besoin d'être mathématicien pour dire que ça donne…

— Le Gecko.

Ils l'avaient dit d'une même voix sans réjouissance.

— Putain ! fit Suarez en assénant un coup de pied à un carton de dossiers.

Il était furieux contre lui-même.

— LA NUIT OÙ IL FALLAIT ÊTRE DERRIÈRE LUI — ET ON N'Y ÉTAIT PAS. Ça me reste là…

Seb chercha à tempérer son amertume.

— Attends, des difficiles comme lui, on n'en croise qu'un dans Paris. Et il n'est pas au turbin toutes les nuits… Ça fait des mois qu'on ne comprend plus rien de rien. On ne peut se taper du H24…

— Mais quand même, Seb, cette nuit ! Cette nuit… Pile quand on banquette. On ne peut pas dire qu'on passe notre vie avec une fourchette !

— La chance sort quand elle veut, tu le sais…

Suarez se rassit en dominant sa nervosité.

— Et que des belles pièces. Je n'ai pas le détail entier mais on sait déjà qu'il y a du Cartier et du

Van Cleef, du Graff, du Boucheron et du Marchak. Il prend vraiment les appart' de riches pour un self-service.

Pas un instant, il n'avait hésité. Sa mémoire avait déjà tout engrangé.

— Je peux regarder ?

Seb se pencha vers l'écran. Suarez se retrouva avec des capitales blanches Quiksilver qui lui bouchaient la vue. Il nagea dans du feuillage exotique. Seb devait avoir une sacrée collection de tee-shirts. Tandis qu'il parcourait la main courante, Suarez remarqua que Seb avait bronzé. Il avait dû faire du *wake* ou du ski nautique au soleil pendant ses dix jours de congés, il avait les bras d'un sauveteur en mer. Suarez, lui, avait trouvé en un week-end le seul endroit de France où il pleuvait en été.

Sans sentir le regard qui le détaillait, le capitaine commenta à haute voix le dix-points :

— M. Adelson Paul et Mme Adelson Anne ? Ils sont connus ?

— Pas que je sache.

— La rue colle avec les repérages du Gecko… La fenêtre était ouverte… Pas d'agression… Aucun signalement. Le 1er DPJ a avisé le magistrat de permanence qui a saisi la BRB au vu du préjudice annoncé, et l'IJ a fait les constatations… Y a pas de doute, c'est signé. C'est dingue, quand même. Pile la nuit de notre banquet.

Suarez grimaça en tapant des doigts sur la table. Il attrapa un calepin et dessina ses éternelles têtes de mort.

— Tu ne veux pas dessiner autre chose, des fois ? dit Seb.

Suarez ignora la question et déclara :

— Le groupe de nuit a pris l'affaire. Le permanent n'a pas percuté au vu du mode opératoire, il n'avait pas suffisamment d'éléments. Je vais encore devoir couiner pour la récupérer, Seb… Pour la deuxième fois… Je m'en fous. On va se le faire, ce mec, je sais qu'on va se le faire.

— Va falloir qu'on se convertisse à la grimpe… Sans rire, j'en ai un peu fait. Je peux m'y remettre…

Suarez refusa de penser à la remarque de Marcin sur cette nécessité et reprit de l'aplomb :

— Attendons encore. Cette fois, on va mettre le paquet. Il faut qu'on surveille son fourgue comme le lait sur le feu. Il faut que ça nous serve de leçon. Vous prenez vos informateurs par les couilles et vous les serrez… Tu me tiens au jus en direct.

Tout en disant la dernière phrase, il s'était déjà levé.

— Tu vas voir le chef de section ? le questionna Seb.

— Oui, je file voir Cornas pour lui dire que c'est notre mec. J'espère que ça suffira et que je n'aurai pas besoin d'aller prier le patron. On récupère le dossier et on reprend la main. Café avec tout le groupe dans un quart d'heure.

Seb regarda sa montre. Il était 9 h 10. Suarez avait déjà passé la porte. Il était rongé par la culpabilité. Dans sa tête se battaient un banquet tardif qui avait tout compromis, un cauchemar violent qui continuait de l'oppresser, et Tamara qu'il avait laissée au bord des larmes. Un plantage complet, ou il n'y connaissait rien.

Leur dernière conversation avait été un échec total. Elle le voyait à cran et l'implorait de prendre des vacances, des vraies. Mais les voyous, ils décidaient de sa liberté. La preuve : un dîner, et tout capotait.

Quarante minutes après, le groupe était au complet près de la Muette, au pied de l'immeuble du croisement Nadaud-Émile-Augier.

★

Suarez considéra la façade et eut un long sifflement. Ses yeux montèrent jusqu'au septième étage. Il se tourna vers Seb, resté en retrait.

— Le Gecko a toujours su prendre de la hauteur.

— Écrasant…

L'image de Mike Horn s'imprima dans le cerveau de Suarez. Le Groenland… Au moment T… La bonne décision… L'esprit de leader.

Avec un regain de fougue, Suarez décréta :

— Non, Seb, stimulant.

Un silence, puis il reprit :

— Stimulant comme jamais. On va aller le chercher. Et la décrocher de la lune, s'il le faut, l'araignée…

Seb acquiesça en silence, rassuré sur le mental de son chef. Dans le ton de Suarez, il n'y avait pas que de l'irritation. Il y avait quelque chose de bien plus fort. Oui, il en fut certain, il y avait… de l'admiration.

C'est ça, de l'admiration.

Ranko — leur obsession, leur aubaine, leur quête, leur poison… Des belles affaires comme celle-ci, ils n'en auraient pas trente-six dans leur vie.

L'escalade leur parut d'autant plus vertigineuse qu'ils avaient quatre heures de sommeil derrière eux. Mais Suarez garda son optimisme.

— Allez, nous aussi, on va tester nos limites.

Seb et le groupe comprirent d'emblée que c'était un ultimatum.

84

11 heures. Ylana était partie pour le bain le plus long de sa vie. Elle mit trois tonnes de bain moussant et agita l'eau avec ses mains. Un vrai petit canard dans la mare. Des milliers de bulles irisées l'entouraient. De minuscules perles aériennes affranchies de la gravité. C'était beau, si beau à regarder. Seuls ses seins affleuraient. Deux collines cernées par la neige, à protéger des envahisseurs qui guettaient, postés dans les fourrés. Au mur, une exacte réplique du *Baiser* de Klimt, en mosaïque teinte et dorée, la surveillait. Mais elle pouvait se raconter toutes les histoires qu'elle voulait, *Le Baiser* ne la jugeait jamais.

Comme l'une de ses préférées : celle d'un prince, très grand, très riche, très beau, qui était tombé fou amoureux de sa mère parce qu'il n'avait pu résister. Ils avaient vécu longtemps cachés, et Ylana était née. Pour ne pas subir les quolibets, il avait gardé cette naissance secrète et n'avait jamais voulu qu'elle sache qui il était.

Ylana alluma une bougie posée sur le rebord et elle adora l'odeur de l'allumette qui craque. Elle avait l'impression de mettre le feu à un pétard, comme lorsqu'elle était petite, et que tout allait exploser.

Elle se chanta une chanson et la trouva si triste qu'elle remit de l'eau chaude et battit des mains pour que la mousse déborde du bain.

La bougie diffusait un parfum de myrrhe qui ravissait son côté mystique.

Ylana aimait croire. En quoi, elle ne savait pas toujours bien.

Mais croire, garder la foi.

Depuis qu'elle ne fumait plus, les parfums regagnaient toute leur intensité.

Elle se laissa glisser, jusqu'à plonger les oreilles dans l'eau et disparaître dans le grand silence des océans.

Elle était dans un lagon, un lagon qui sentait bon et en fermant les yeux, elle imagina les *Turks and Caicos*. Est-ce qu'il y avait des lagons aux *Turks and Caicos* ?

Il faudrait le demander à Astrakan.

Elle n'avait pas beaucoup voyagé.

Mais dans sa tête, elle avait fait le tour du monde entier.

Ylana se redressa et entendit, vaguement, Astrakan parler au téléphone, dans la pièce d'à côté.

Elle ferma les yeux. Quand elle était enfant, elle adorait entendre les adultes parler en fin de dîner, quand elle s'allongeait sur un canapé et s'endormait. Ce brouhaha léger des adultes la berçait.

Ils étaient là, ils la protégeaient.

Ils auraient pu être ses parents.

Est-ce qu'un jour, on grandissait vraiment ?

Est-ce qu'un jour, on n'avait plus besoin de parents ?

Elle s'abandonna à l'eau chaude et à ses paysages

d'œufs à la neige qui ne cessaient de se métamorphoser — comme dans les rêves.

Oui, comme dans les rêves.

Elle s'enfonça dans la neige et, une main sur son ventre, se livra aux images qui la traversaient.

C'était comme le palais des vents. Les images, il fallait les laisser se promener.

En liberté.

★

Les coups à la porte, la concierge du n° 67, avenue Paul-Doumer les avait bien entendus. Mais ils ne lui plaisaient pas. Ce devait encore être un excité qui allait mal lui parler. Alors, il pouvait attendre, ça lui ferait les pieds, l'impolitesse, elle savait comment la traiter.

Et elle changea de chaîne avec sa télécommande.

Elle aimait bien ce petit pouvoir et ces boutons qui répondaient d'une simple pression. La baguette magique de sa volonté.

À l'écran, un bruit de torrent, et des ours qui pêchent le saumon d'un formidable coup de patte.

Elle ne se dérangerait pas pour un mal élevé. Comme pour la télécommande, il attendrait qu'elle veuille bien se lever. Que sa volonté dise oui, j'ai décidé que j'arriverais.

Mais elle n'eut pas à se lever de son fauteuil anglais.

Une main fit voler en éclats les carreaux colorés de sa porte et même avec le fracas du torrent, elle entendit le verre projeté. Cette même main l'arracha à son fauteuil en l'empoignant au collet et en la soulevant presque du sol.

Un bouton de son chemisier valdingua par terre.

L'homme la rejeta contre le buffet et lui écrasa la tête vers un vase de fleurs séchées en lui criant :

— Salope, tu bouges pas ou des pissenlits par la racine, tu vas en bouffer.

Elle voulut crier mais il lui avait déjà fourré un bâillon en forçant entre les dents.

Il sentait la sueur et une odeur animale qu'elle n'avait respirée chez aucun homme.

Comme une odeur de… de la fureur.

Sur sa peau, elle sentit les gants qu'il portait et des gants en été, ce ne pouvait que l'effrayer. L'homme resserra son étreinte et son cou, tordu sous la main, commença à la brûler. Cette situation la dépassait complètement ; elle se mit à trembler comme un échafaudage au bord de s'écrouler. Elle qui avait passé sa vie à servir les autres, elle ne pouvait comprendre qu'on puisse la maltraiter.

Derrière le bâillon, elle ne sut réprimer un cri, un cri étouffé.

Ce devait être une erreur. Elle n'était pas le genre de femme qu'on vient cambrioler pour lui voler son vieux porte-monnaie.

Ce ne pouvait qu'être une erreur. Calmer son cœur, tout allait s'arranger.

Pourtant, quelque chose en elle lui disait précisément le contraire.

Un sale pressentiment.

Des nœuds qu'elle n'arrivait pas à démêler mais qui lui faisaient penser à cette drôle de fille dont Astrakan s'était entiché.

Quelle idée de ramener une saltimbanque dans ces quartiers.

L'homme eut un rire mauvais — d'engrosser cette bouche d'un bâillon, il se sentait déjà en partie vengé.

— Poulette, tu vas prendre gentiment l'ascenseur avec moi et sonner chez le mec d'en haut.

Il lui donna un coup de reins dans les fesses et elle crut qu'elle allait s'évanouir.

— Si tu ne fais pas exactement ce que je te dis, je te crame avec ce joujou et la mort, tu ne la sentiras même pas arriver.

Ce disant, il lui flanqua le canon d'un pistolet contre la tempe, un pistolet comme elle pensait n'en voir que dans les séries télévisées.

C'était froid, plus que froid, glacé, ce contact de l'acier.

La voix était grinçante, un vrai cauchemar sur pieds.

Elle aurait préféré s'évanouir pour échapper à cette mauvaise réalité.

Mais il la tira par les cheveux et la projeta hors de chez elle, dans le hall d'entrée.

Là, elle crut qu'elle allait rejeter croissant et café. Il y avait des hommes.

D'autres hommes, partout, postés à chaque entrée.

Tous cagoulés.

Elle vacilla sur ses jambes mais la main la retint et l'obligea à avancer.

Il la conduisit jusqu'à l'ascenseur où elle dut composer le code. Quand elle tapa les chiffres, le salopard ganté lui caressa une joue en lui répétant une litanie à gerber :

— C'est bien, ma cocotte, c'est bien, très, très bien.

Puis il se frotta contre elle, avec un insupportable va-et-vient des reins.

Elle sentit qu'il bandait.

Ça non plus, elle n'aurait jamais pensé qu'elle pourrait encore l'inspirer. Non qu'elle fût repoussante, loin de là, mais la carte des hommes, elle n’avait plus voulu la jouer.

C’était écœurant, à y laisser ses tripes à chaque étage qui s’élevait.

Dans l’ascenseur, elle entendit son cœur prêt à éclater.

Est-ce qu’il l’entendait, lui aussi ?

Prendrait-il pitié ?

Elle osa lui jeter un œil, à la dérobée, un pauvre œil terrorisé, et comprit sans tarder que non, ce n’était pas le genre à hésiter.

Elle leva les yeux vers le néon de l’ascenseur qui grésillait, vers cette lumière blafarde, comme un ciel désespéré, et pria pour qu’on en finisse, au plus vite — à n’importe quel prix.

Oui, à n’importe quel prix.

★

Ylana s’était presque endormie.

C’était bon de s’abandonner. Pour une fois, cesser de résister.

Comme une trêve avec soi-même.

La flamme de la bougie grandissait, la mèche noircissait.

Est-ce qu’en s’approchant de la mort, nous aussi, on flamboyait ?

À côté, Astrakan avait fini de parler au téléphone.

Elle entendait les voix des deux One, et celles de Miko et de BrainMan.

Pourquoi les avait-il tous réunis ?

Astrakan claquait fort des talons sur le parquet. Il faudrait qu’elle lui apprenne à se calmer.

Il ne manquait que Ranko, l’ours des Pyrénées.

Ylana fit couler de l'eau chaude avec ses pieds.

L'ours des Pyrénées… Il prenait soin d'elle. Est-ce qu'il l'aimait ?

Peut-être, se dit-elle.

Et en même temps, non. Jamais un geste déplacé.

Au viaduc des Fauvettes, elle avait apprécié de sentir sa force qui l'assurait. Il avait de tels bras ! Des bras faits pour protéger.

Elle comprenait toute l'admiration qu'Astrakan lui vouait.

Et pourtant, Astrakan n'était pas homme à se laisser amadouer.

★

L'ascenseur buta et eut ce léger sursaut qui signifiait l'arrivée. En haut, le chiffre sept clignotait. Mais ce sursaut ne fut rien par rapport au cœur de la concierge qui tressauta. Il clignotait de détresse, lui.

Le monstre n'avait pas l'air âgé. Il était grand et fin, voilà ce que son cerveau avait pu intégrer. Et crâneur et satisfait. Mais surtout, il gardait un écouteur dans une oreille, d'où s'échappaient des sons insensés. Et il mâchait bruyamment un chewing-gum.

Il lui embrassa presque l'oreille et elle sentit son haleine mentholée.

— Louloute, tu vas nous jouer le plus grand rôle de ta vie. Tu vas faire tout ce que je te dis. Tu sonnes et tu dis que des électriciens doivent accéder au toit, que l'électricité va être coupée. Tu leur parles, tu les retiens. Le moindre faux pas, et tu salues tes ancêtres, poupée… Et si tu me trahis un jour, je reviens te buter.

L'ascenseur déglutit victime et bourreau face à la porte d'Astrakan. L'inconnu renvoya la cabine au rez-de-chaussée et elle devina que c'était pour charger ses complices. Tout à l'heure, il leur avait transmis le code d'une main, par SMS.

Le monstre, qui n'était pas laid, lui plongea les doigts dans la bouche et en retira le bâillon. Il lui pinça les fesses et lui cligna de l'œil. Un autre œil, encore plus mauvais, fixa la concierge. Celui, d'acier, du pistolet qui la pointait, un CZ 75 qu'il était heureux de s'être racheté.

La concierge remit de l'ordre dans son chignon et tâcha de se redresser. Ce n'était pas le moment de jouer les héros, elle le savait, seulement de sauver sa peau.

Allez, juste sonner — et arrêter de trembler.

Arriverait-elle seulement à parler ?

One le Blond entrouvrit la porte et elle s'exécuta. Sans tenter le moindre dérapage, elle tenait trop à la vie pour ça.

Méfiant, il commença par hausser un sourcil puis l'écouta en hochant la tête.

Le monstre profita de cet échange pour la repousser brutalement et envoyer un coup de pied magistral dans la porte d'entrée.

One le Blond se ramassa le bois en plein dans le visage et vacilla.

Alors, tout se précipita.

Les cagoulés sortirent de l'ascenseur comme des boulets. La concierge eut l'impression d'une armée qui la piétinait.

Bon Dieu, l'enfer, ça existait.

★

Ylana entendit un bruit terrible et des hurlements.

Elle demeura bouche bée, oreille tendue.

Immédiatement, elle comprit que quelque chose n'allait pas.

Il n'y a que dans les films que les gens se demandent pendant cent ans ce qui peut bien se passer. Quand le danger est là, il a sa musique à lui. Un tonnerre qui crie : sauve-toi.

Elle sauta hors du bain et, couverte de mousse, s'enveloppa dans un peignoir du *Mandarin Hotel*. L'eau dégoulina de ses pointes bleutées. Tremblante, elle courut à la dépendance de la salle de bains et chercha une grande boîte à chapeau qui dormait depuis des mois. Ses mains fouillèrent, frénétiquement, comme si elles creusaient un souterrain. Les objets volèrent de tous côtés. Sur le sol, la mousse crépitait avant de se désagréger.

Elle entendit des hommes qui se battaient, des corps qui rebondissaient contre les murs, des grognements de bêtes furieuses. Chaque son la fit sursauter. Elle porta sa main à sa gorge. Ses yeux allaient et venaient, effrayés. Mais où avait-elle pu le cacher ? Soudain, elle eut une idée. Elle jeta sur le sol un tabouret, faillit glisser et se hissa jusqu'à une étagère en hauteur. Mais elle n'était pas assez grande. Sur un pied, elle tâcha de se grandir, rapidement, désespérément. Le tabouret vacillait. Sa main se dépêcha de tâter et balaya la surface — vide.

Ultime passage, et elle trouva.

Ylana agrippa une bandoulière et la tira.

Ses doigts ouvrirent son teckel doré et en sortirent le Caracal.

Le pistolet dans les mains, elle se mit, étrangement, encore plus à trembler.

Elle dut se raisonner.

Du sang-froid. C'est la seule chose dont elle avait besoin.

La peur, on verrait après.

Elle posa une main sur son ventre.

Les yeux verts d'Ylana se remplirent d'une détermination qu'elle ne se connaissait pas.

Elle descendit du tabouret et réfléchit, en un quart de seconde.

Laisser son instinct de survie la guider.

Ylana s'approcha de la porte de la salle de bains et lentement, très lentement, la déverrouilla d'un cran.

Un premier coup de feu la fit se plaquer au mur, yeux exorbités.

Le bruit dans une pièce fermée, on ne pouvait l'imaginer. Il fallait l'avoir vécu pour comprendre combien le cœur sautait d'un coup derrière les dents.

Après, elle ne put compter les détonations et les hurlements. Immédiatement, la peur satura son esprit.

Malgré elle, une envie de pleurer l'envahit. Il ne fallait pas pleurer, pas faire de bruit.

Un silence qui lui parut une éternité puis elle se mordit les lèvres au sang.

Plus rien ne bougeait.

Ylana se laissa tomber derrière la porte.

Elle éprouva une immense lassitude, le sentiment qu'un monde s'écroulait.

Derrière la porte, plus rien ne serait *comme avant*.

Ouvrir, affronter le désastre.

Ne pas rester pétrifiée sur le sol de marbre.

Réagir, ne pas sombrer.

La peur au ventre, elle resserra la ceinture de son peignoir et entreprit, millimètre par millimètre, de tourner le deuxième cran du verrou.

Au sol, toute la mousse s'était volatilisée, comme si elle n'avait jamais existé.

Ylana inspira un grand coup et ouvrit, sous le regard du *Baiser*.

Et là, elle hurla. Un hurlement de bête, surgi d'un temps qui la dépassait, d'un temps qui sédimentait toute l'angoisse de l'humanité.

Elle hurla, encore et encore, jusqu'à suffoquer.

Astrakan gisait, dans une mare de sang, les mains trouées par les balles qu'il avait essayé d'éviter. Elle ne put s'empêcher de regarder, encore, ce qu'elle refusait d'accepter.

Au-dessus de lui, *Roméo et Juliette* était comme lacéré, perforé de cratères qui l'étoilaient.

La tête lui tourna et ce n'était plus un salon, c'était un cimetière.

One le Blond avait une hache à incendie plantée dans le crâne. Dans sa lutte, il avait entraîné une tapisserie du mur qui le couvrait à moitié. Il était réuni dans la mort avec One le Brun, qui avait dû tenter de défendre une dernière fois Astrakan. Ils n'étaient séparés que d'un mètre et, à deux mètres, sur un tapis gluant de sang, le canon de son pistolet le narguait. Miko et BrainMan formaient un empilement surréaliste. Sur eux, les assaillants s'étaient acharnés. La tête de Miko, ouverte, ruisselait sur les jambes de BrainMan.

Seul le bureau Goulden semblait épargné.

D'un coup, Ylana réalisa l'odeur du sang chaud. Cette odeur qui chassa toutes les autres et lui donna des hoquets. Puis elle sentit l'odeur de la cordite.

Ses pleurs cessèrent, sans doute parce que son esprit prenait le relais et lui disait que rien n'existait.

Elle resta foudroyée, bras ballants, incapable de bouger.

★

Une image dans son cerveau s'alluma et elle comprit qu'à l'ouverture de la porte, elle venait d'apercevoir des ombres noires qui fuyaient.

Des bêtes féroces.

Mue par une intuition, elle releva les yeux.

Et vit ce que son cerveau avait refoulé : un homme, à la porte, qui se retournait. Maintenant, il lui souriait.

D'un sourire atroce, comme si lui aussi, il avait une idée.

Elle s'extirpa de son cauchemar et bondit pour essayer de s'enfermer, à nouveau, dans la salle de bains.

Elle en avait oublié le Caracal dans ses mains.

Secouée de spasmes, elle tenta de l'armer. Mais quand on n'est pas rodé aux armes au quotidien, elles ne répondent pas comme un chien.

Le Caracal lui tomba des mains.

Ylana se précipita contre la porte et la poussa.

Quand elle reçut un grand coup dans l'épaule.

L'homme déboula et la ceintura. Il la força à s'étendre au sol en pressant violemment son corps contre elle.

Dans leur lutte, la bougie avait éclaté de mille morceaux de verre en un fracas terrible.

Ylana griffa le marbre et fit des efforts démesurés pour s'extirper de son étreinte.

Il la mordit à l'épaule et elle l'entendit souffler, dans son dos :

— Bébé, t'es encore plus jolie que ce qu'on m'avait dit.

Dans son cou, elle sentit des dents affamées et elle hurla.

La main de l'homme releva son peignoir et commença à la fouiller.

Ylana pensa à Astrakan, pensa à la vie dans son ventre, et se remit à pleurer. La myrrhe lui donnait maintenant la nausée. Son regard embué perçut une main, crispée près de sa tête. Ylana s'en empara et la mordit, du plus fort qu'elle put, jusqu'à sentir le sang sur ses gencives.

Le type lui envoya une claque immense, du revers de la main, et sa tête cogna le marbre.

Il en profita pour déboutonner son jean et brandir son sexe.

De l'autre main, il plaqua fermement Ylana au sol.

La chaleur d'un gland s'immisça entre les cuisses d'Ylana.

— Oh oui, baby, bien plus jolie… Et avec un cul à me faire gicler tout ce que j'ai…

Ylana se ferma de toute sa volonté.

Mais il lui broya les os du dos, et elle vit qu'elle fléchissait.

Si elle avait pu l'étrangler, elle l'aurait fait.

L'homme se frayait maintenant un chemin par la violence.

— Tu ne veux pas t'ouvrir, bébé ? Tu ne sais pas ce que tu perds ! Mais je m'en fous, je vais prendre ton cul, tu vas adorer.

Dans un dernier recours, elle pria tout ce qu'elle connaissait.

L'homme cracha sur ses fesses et elle se sentit profanée.

À ce moment-là, des pas frappèrent le plancher et Ylana entendit une ultime détonation.

Sur son dos, la main planta ses ongles dans sa chair puis glissa. Comme tout le corps de l'homme, qui s'effondra.

Ylana n'osa pas tout de suite se retourner.

Quand elle le fit, elle ne fut pas étonnée de voir quelle était la seule personne qui puisse la sauver.

Un homme dont elle n'avait jamais douté.

Ranko.

Escorté de l'Ami qui l'avait sauvée, au péril de sa propre vie, le P210.

Elle s'écroula. Ranko dégagea l'homme aux rotules tatouées du corps d'Ylana d'un grand coup de pied puis détourna les yeux, et jeta un châle sur Ylana pour couvrir le haut de ses cuisses.

Alors, il la serra et, sans s'attarder, l'enleva dans ses bras.

85

Suarez était en train de tout miser sur le fourgue de Ranko, quand il apprit qu'un flingage avait eu lieu en plein XVIe.

Quand il découvrit l'adresse, il faillit tomber de sa chaise.

67, avenue Paul-Doumer.

La Crime avait été saisie, prévenue par une voisine d'en face, une grande blonde, qui avait en partie assisté au lynchage. Très mignonne, l'inventeuse — c'est le nom qu'ils donnaient au premier témoin — d'après le chef de section qu'il réussit à joindre, un certain Jo Desprez que tout le monde respectait.

Suarez l'écouta, le regard fixe sur la place Louis-Lépine et les mains parcourues de mille fourmillements.

Toute l'innervation de son corps lui sembla en feu.

En cinq minutes de conversation, il avait déjà couvert son bloc-notes de têtes de mort.

Seb avait raison, c'en devenait pathologique.

L'Identité judiciaire du 36 relevait les traces et indices, et Dieu sait qu'il y en avait.

Un vrai charnier, à ce qu'il semblait.

Suarez connaissait bien Desprez. Sans en faire des tonnes, il lui dit qu'il travaillait sur l'une des victimes, qu'Astrakan était l'un de ses objectifs.

Ce n'était pas le moment de se charger, et la saisine était trop lourde pour un groupe d'initiative. De toute façon, on n'était pas dans le cas d'un braquage de fourgon suivi de crime de sang.

Desprez accepta que Suarez se rende sur les lieux et qu'ils restent, par la suite, en dialogue serré.

★

En milieu d'après-midi, quand Suarez retourna au bureau, il en avait vu plus que son estomac ne le souhaitait. Mais c'était ça, aussi, la vie d'un flic de PJ — une forte intimité avec la mort. Les victimes, au nombre de six, avaient perdu beaucoup de sang et ce qui avait marqué Suarez en premier était cette couleur qu'il connaissait trop bien : la couleur grisée des morts par balles. Ça sentait le résiné à plein nez et le moins qu'on puisse dire, c'est que ça avait rafalé.

Du vrai travail de salopard.

Au sol, Suarez avait reconnu Astrakan et ses deux sbires, mais ne sut identifier les deux autres, très typés. Un mec de l'Est, sûrement, et un autre, plus méridional. En tout cas, pas les têtes du gendre parfait. Il y avait sans doute à gratter et de belles paluches à relever.

Dans la salle de bains, un autre X homme avait été trouvé. Tué d'une balle dans le dos.

Quant à la concierge, elle était sous le choc et ne pouvait pas parler. Une psychologue l'avait prise en charge et tout le monde attendait de l'interroger.

La fille était introuvable. Elle détenait une part du mystère, Suarez en était persuadé.

Il fallait coller Ranko au cul et trouver où la fille se planquait.

Suarez mobilisa ses hommes.

Puis il appela deux de ses contacts. Le Roumi, à la balistique, et Dino, à l'Identité judiciaire. Il les convoqua dare-dare au café d'à côté.

★

Quand ils se pointèrent, Suarez avait déjà bu trois cafés et rêvé de fumer son paquet entier de cigarillos. Les nuits allaient être courtes.

Sous sa main, il avait la photo de la fille.

— Salut, les inséparables. J'ai un travail d'enfer pour vous.

— Tu sais qu'on est toujours prêts à mouliner pour toi, Stéphan, lui dit Le Roumi en lui administrant une claque dans la main.

— Cafés ? demanda Suarez.

Les deux opinèrent et Suarez lança la commande.

Le bistrot était situé boulevard du Palais, en face du Palais de Justice, et fourmillait de flics. Suarez baissa la voix :

— Dino, toi qui n'oublies jamais un visage que tu as vu, dis-moi, cette fille, elle te parle ?

Et il lui glissa les agrandissements sous le nez.

Dino se gratta la tête, mais pas longtemps. Il avait une bouille d'enfant.

— Ben, c'est pas sorcier, ton truc…

— Ne me dis pas que tu l'as dans tes fichiers ! le coupa Suarez avec une excitation qu'il eut du mal à maîtriser.

Dino lui sourit.

— Dans mes fichiers, non, mais sur mon mur, oui…

Suarez ne comprenait pas du tout. Les informations s'embrouillaient dans sa tête. Qu'est-ce qu'il lui racontait ?

Le serveur apporta les cafés et des verres d'eau.

Tous crevaient de chaud. Dino s'épongea le front et dit, surpris, une fois que le serveur se fut éloigné :

— Tu ne la connais pas ?

— Ben non, accouche, Dino, en ce moment, je ne suis pas un grand patient.

C'est vrai qu'il ne tenait pas sur sa chaise.

Dino prit l'air de celui qui avait une grande annonce à faire :

— C'est Ylana, l'une des super patineuses sur glace. Elle avait fait la une de *Patinage magazine* et j'ai la couverture dans mon bureau… Tu sais que je suis mordu de sport…

— Ouais, confirma Le Roumi, il va même voir les matchs de foot féminin !

Suarez se recula au fond de sa chaise et se figea.

Il fallait qu'il accuse le choc.

Pourquoi n'avait-il pas montré les photos de la fille à Dino avant ? Il avait compté sur Myriam pour faire les recoupements et n'avait passé à Dino que les photos d'Astrakan et de ses sbires car les seules qu'il avait de la fille, étaient, à ce moment-là, de très mauvaise qualité.

Merde, il ne lisait pas *Patinage magazine*.

— Elle était en couple avec un petit minet, tu sais, le genre de mec qui les fait toutes craquer, tu vois le genre ? Ils formaient un duo sur glace de toute beauté. J'adorais.

— Alors là…

Suarez n'en revenait pas.

C'est vrai qu'elle avait quelque chose de particulier.

— Je ne sais pas pourquoi ils ont arrêté. Ils ont disparu des écrans, peut-être à cause d'une mauvaise chute… Les étoiles meurent aussi…, dit-il avec regret.

— Et ta deuxième question, champion ? intervint Le Roumi qui se doutait bien qu'il n'avait pas été convoqué pour faire témoin.

Suarez tressaillit sur sa chaise, comme sorti de ses pensées.

— Le Roumi, il y a eu un flingage en règle dans le XVIe ce matin… Du travail de professionnel, ça sentait le règlement de comptes.

— Le modèle exécution ?

— Oui, en spectaculaire. Six gruyères par terre. Et de beaux bébés.

Le Roumi croisa les bras et siffla.

— Tu vas avoir du travail de pointe, mon Roumi. Ils ne pourront pas se passer de toi. Je voulais…

— Vas-y.

— Je voulais que tu me rendes un petit service. Un Caracal a été trouvé sur place. Chargé. Je voudrais que tu fasses des tirs de comparaison avec les étuis ramassés dans le tunnel. On avait une ogive aussi, non ?… Tu sais que mon copain, Carmel, qui s'était fait trouer dans l'affaire du convoi, possédait un Caracal qui lui a été volé… C'est rare, un Caracal.

— Oui, oui, je m'en souviens parfaitement. Pas de problème. Quoi d'autre ?

— Ça. Mais je tiens à l'info plus que tout. Vu le

calibre, si c'est pas celui du tunnel, c'est son frère jumeau… C'est dur à croire et je ne vois pas le lien pour le moment, mais notre métier m'a appris l'humilité.

— O.K.

— Tu peux me le mettre sur le dessus de la pile ? Je sais que tu vas être overbooké, mais là, Le Roumi, tu peux être le flic de l'année si tu résous l'affaire des Saoudiens…

Le Roumi haussa les épaules.

— Rigole, le ministre pourrait même te décorer… Pareil pour toi, Dino, avec les empreintes et l'ADN.

— Stéphan, répondit Le Roumi d'un air blasé, tu sais bien que pour moi, les seuls lauriers, c'est l'amitié.

Suarez lui tapa l'épaule, plein d'espoir et de reconnaissance.

Soudain, il remarqua que Dino observait un verre à la lumière et le faisait tourner dans ses mains. Il le tenait par le fond comme si c'était du Baccarat.

— Un problème, Dino ?

— Pas du tout ! Je regardais les verticilles sur le verre…

— Explique, dit Suarez en fronçant les sourcils.

— Il y a un verticille de type O…

— … J'ai toujours pensé que t'étais taré ! s'exclama Suarez. Un verticille en O, oui… et… donc ?

— Ben non, je cherchais juste lequel était mon verre pour ne pas boire dans l'un des vôtres ! Et comme, à la lumière, je note des ronds concentriques… là, ramène ta belle gueule, tu vois, ces ronds concentriques comme une cible, avec un îlot sur le bas à deux ou trois crêtes du centre de figure… Comme une bouche qui sourit, l'ami. C'est un pouce et là, un verticille plus petit, hum… proche d'une raquette de tennis sur l'index, eh bien…

— Eh bien ? dit Le Roumi d'un ton pressant.

— Eh bien, je sais que c'est à moi.

Dino tapa sur la table et présenta sa main, comme s'il attendait la monnaie.

Suarez écarquilla les yeux et hocha le menton.

— Et tu pouvais pas nous demander… ?

— Euh… vous étiez très occupés. Et ce doit être un défaut professionnel, non ?

Les trois rirent. Suarez paya, et donna rendez-vous au tandem dès qu'ils auraient du nouveau.

Ils sortirent, et Suarez remonta en trombe jusqu'à son bureau. Il avait un appel urgent à passer. Sur son autre téléphone, Chaton lui avait demandé de le rappeler.

86

Chaton, son indic, n'avait rien voulu lâcher. Mais au ton adopté, Suarez avait tout de suite compris que ça ne plaisantait pas.

Il avait la voix d'un mec-sous-coke-branché-sur-du-380-en-train-de-baiser.

Prometteur à souhait.

Ou foireux complet.

Au choix.

Tandis qu'il se dirigeait vers la gare de Lyon et lisait 19 h 30 à la Grande Horloge, il ne cessait d'y penser.

Chaton allait le faire danser à la corde à sauter. Il faudrait arriver à le gérer.

Et comme il ne cessait de le répéter, un indic était ingérable, même par lui-même.

Le Train bleu... Et puis quoi encore ? *Maxim's* ? Ces indics étaient de gros enfoirés. Et en plus, il fallait les engraisser.

En même temps, une affaire sans indic, c'était une non-affaire. Il fallait être un flic de moquette pour penser le contraire.

Suarez hâta le pas et passa les portes d'entrée de la gare de Lyon. Il grimpa fissa le bel escalier monumental du restaurant, situé au premier étage, avec vue sur les voies.

Le Train bleu s'affichait en néon bleuté. Un vrai conte de fées.

En dessous, *Restaurant* rayonnait en rouge rosé.

Un style qui ne dépareillait pas des sex-shops du quartier. Mais après tout, un restaurant était peut-être le sex-shop de la bouche, se dit-il en gagnant les dernières marches.

Chaton avait exigé la gare de Lyon car, direct après, il prenait un train — pour Lyon, justement. Suarez ne voulait pas savoir ce qu'il allait y faire. Ce genre de rampant ne se déplaçait pas pour manger des quenelles.

Le flic passa la superbe porte tournante.

Chaque fois qu'il prenait une porte tournante, pendant trente secondes, il avait l'impression d'être important.

Mais ça ne durait jamais.

Sitôt éjecté, il redevenait un flic usé par son métier.

Rapide coup d'œil circulaire. Chaton était déjà attablé, en grande discussion avec le maître d'hôtel. Bravo pour la discrétion. Et s'il lui prenait l'idée de raconter qu'il avait rendez-vous avec un graaaand flic de la PJ parisienne ? Suarez n'était pas d'humeur à se faire manipuler.

Chaton le remarqua, se redressa comme un ressort et lui fit un signe de la main.

Ça va, ça va, il avait des yeux et il s'en servait, pas la peine de gigoter.

Suarez arriva à son niveau et Chaton le serra dans ses bras, à l'orientale.

Grandes effusions amicales, mais oui, fais-nous remarquer, chéri.

Il claqua des doigts et lui dit :

— Champagne.

— Eh, Chaton, te prends pas pour Tarantino, ou je me casse.

— Hééé ! l'ami ! Mais c'est qu'on est excité…

— Chaton, tu cesses ton numéro de cirque tout de suite.

Sur un jean, il portait une chemise blanche ouverte jusqu'aux abdos et aucun doute, il s'épilait.

Au cou, pendait une chaîne en or avec une croix et une tête de mort. À son poignet, une montre Tudor Heritage en bronze et un bracelet moderne, tissé.

Chaton affichait un sourire de mec qui va vous entuber et ses cheveux plaqués en arrière brillaient sous les lustres dorés.

Suarez tira une chaise en face de lui. L'enfoiré avait pris la banquette et il s'y adossa, bras écartés — un christ qui va s'empiffrer.

Chaton le regarda par en dessous et lui décocha un sourire jusqu'aux gencives.

— Mon légionnaire, j'ai une info du feu de Dieu, celle-là, tu vas me dire merci…

Il parlait à deux cents à l'heure. Une vraie mitraillette.

Suarez lui fit signe de se calmer et de parler moins fort.

Chaton sourit encore plus, un sourire de vicieux sûr de son effet.

— Je sais pas si tu vas avoir les moyens de me payer…

Et il se mit à tripoter son portable sur la table.

— Arrête de martyriser cette table avec ton portable, Chaton, et accouche.

— Oh là là, monsieur le commandant, tu vas pouvoir faire le beau avec ton chef !

Chaton hésita :

— C'est pas une chef, d'ailleurs ?

— Comment tu sais ça ?! dit Suarez, franchement surpris.

— Huuuuum ! Mon petit doigt en sait long comme ça… (Et il montra son bras.). Elle est bonne ?

— Chaton, je t'en prie, y a des limites.

— … Peut-être même que tu pourras te la taper quand elle sera prête à se faire ramoner !

Suarez se leva.

— Chaton, si tu continues, tu boufferas tout seul un pauvre sandwich sur le quai.

— Oooooh, le flic, du calme.

— M'appelle pas le flic en public.

Suarez se rassit en restant sur ses gardes.

Chaton déplia la carte, elle était grande comme un plan de la RATP. Et il se mit à la parcourir en tous sens, avec des approbations ou des moues de dégoût.

Le flic était sidéré.

— Qu'est-ce qu'on va prendre… hein ?

Il se frotta le ventre.

— Parce que j'ai faim… huuuum… Chaton a faim !… Du saumon ? Huuuum… peut-être du saumon ! Oh non, y a du homard ! Oh ouais, du homard. Sinon…

— Chaton, si tu continues, je te passe à la tondeuse à gazon à la première occasion. Alors soit tu as décidé de te foutre de ma gueule et tu me préviens tout de suite, soit tu me dis pourquoi tu m'as fait rappliquer alors que j'ai cent fois mieux à faire que de te manucurer !

Il était hors de lui.

À sa droite, une femme avec un tee-shirt qui la boudinait et un sac Vuitton avantageusement exposé lui adressa un regard de reproche.

Suarez était tellement énervé qu'il la gratifia d'une grimace.

Vieille peau. Tête de rascasse.

Chaton posa la carte et prit à nouveau ses aises sur le canapé.

Sa croix brilla autant que ses cheveux.

Le serveur en costard et nœud pap' fit mine d'approcher.

Suarez le renvoya d'un geste de la main.

— Chéri chéri, avec ce que je vais te balancer, tu vas même peut-être bien être nommé chef de la PJ… Non mais, sans rire (et il rit comme une baleine), sur ce coup-là, c'est gros gros lot lot.

Il gonfla les joues et souffla, se soutint les seins et mima les actrices mammaires de Russ Meyer.

— *Faster pussy cat kill kill !!!*

Et il pouffa.

Suarez ne savait même plus par quel bout le recadrer.

Cette fois-ci, ce fut Chaton qui siffla le serveur.

— Monsieur a fait son choix ?

Il se pencha vers Suarez et soutint son regard — un vrai Satan.

— Oui… Pour moi ce sera saumon, foie gras, homard et baba au rhum — avec beeeeeaucoup de rhum.

Le serveur en avait vu, des excentriques, et il ne se laissa pas déstabiliser.

— Que vous prendrez…

— Tout en même temps ! le coupa Chaton.

— … Très bien… Hum… Et pour monsieur, ce sera…

— Je sais pas, trancha Chaton.

Suarez lui lança un regard du genre : quand tu seras redescendu de ton trône, toi, tu perds rien pour attendre.

— Pour moi…, dit Suarez qui découvrait la carte, ce sera un tartare de bœuf bien saignant.

Et il insista sur le mot *saignant*, sans quitter Chaton des yeux.

— Très bien… Et… et ce sera tout ?

— Ce sera tout.

— Pommes allumettes, salade mêlée : pour l'accompagnement, ça vous va ?

— Ça m'ira.

Suarez referma la carte en la faisant claquer. Il avait hâte que le serveur se barre pour parler affaires.

— Et comme boisson ?

— De l'eau.

— … Et un pouilly-fuissé de Louis Jaudot.

— Louis Jadot ? rectifia le serveur, très bien, monsieur.

— En 75 cl, insista Chaton. Pas en 37,5… Mon mignon et moi, on a plein de choses à se dire…

— Parfait, monsieur.

Imperturbable, le mec.

— Perrier ? Vittel ? San Pellegrino ?

Chaton rit :

— Je laisse Sa Majesté choisir…, dit-il en désignant Suarez.

— Trop bon, enfoiré ! San Pellegrino.

Le serveur s'éloigna.

— Maintenant, tu me dis tout, tout de suite.

— Bien, papa.

— Et tu te fous pas de moi.

Chaton fit couiner la banquette avec ses fesses, leva la tête aux grandes fresques Belle Époque au plafond, un vrai tour de France, et lâcha :

— Combien ?

— Tu me connais.

— Juré ?

— Alleeeez !

Enfin, l'indic prit un air sérieux et le fixa.

— Je sais quelle tête brûlée a fumé les mecs aujourd'hui.

Suarez fut comme paralysé. Le dard d'une raie venait de le transpercer. C'était à peu près l'effet.

— Si tu me balades sur un truc comme ça, je te les broie.

Chaton se rapprocha.

— La tuerie de Paul-Doumer, on est bien d'accord ?

L'œil de Suarez s'alluma mais il ne montra rien.

— Sans doute.

— Alors, voilà, mon chouchou : ton mec, c'est la Sangsue.

— … La Sangsue ?!

— Ça t'en bouche un coin, hein ?!!

— Chaton, je sais pas qui c'est, la Sangsue.

Chaton jubila.

— La Sangsue, c'est LE lieutenant du mec qui a flingué ton pote dans le tunnel.

Suarez s'effondra. Heureusement que la chaise était confortable.

Ses mains tremblèrent et il eut du mal à attraper un morceau de pain pour se tartiner du beurre. Il n'arrivait plus à rien dire. Il était électrocuté.

Est-ce qu'il croyait à la loi des séries ?

Non… Il ne croyait pas à la loi des séries. Il croyait juste aux coïncidences.

Comme sur terre, toutes les combinaisons existaient — pareil au jeu de dés. Tu lances trente fois, quarante fois les dés, et ça ne ressemble à rien ; et un soir, quand tu ne t'y attends pas, tu relances les dés — et c'est yam's.

La table se couvrit de toutes les victuailles de Chaton, et Suarez finit par émerger.

Yam's. Merde ! Il eut un rire nerveux, il n'y croyait pas.

Yam's.

Il se pencha au-dessus de la table et embrassa Chaton.

— Putain d'enfoiré ! Putain de putain d'enfoiré !

La dame au sac Vuitton se courba à son tour vers son mari et, tout en messe basse, le fusilla des yeux. Elle était à deux doigts d'appeler le serveur pour changer de table.

Son mari lorgna sur son décolleté et lui fit remarquer qu'ils en étaient au dessert, qu'elle goûte son chou glacé au caramel, les cacahuètes grillées étaient délicieuses. Elle grogna mais céda.

Suarez les entendait chuchoter avec des regards de côté.

— Maintenant, explique-moi.

Le Roi Chaton se pavana.

— Mitch a fait un coup de pute à Astrakan. Après l'attaque du convoi, il s'est barré avec du cash plein les doigts. Faut le comprendre, il a pété les plombs, il s'est pris pour le roi du pétrole.

L'indic s'étira.

— Et comme il avait fumé ton pote, il a eu les

jetons. Des boules comme ça… Pop ! (Avec sa bouche, il imita le bruit d'un bouchon.) Il s'est dit qu'il valait mieux se tirer que de rester dans le quartier. Il avait déjà un billet pour Bangkok.

— Tu m'étonnes…

Chaton lui fit signe de se rapprocher.

— Astrakan, c'est pas le genre de gonze à pardonner. Il a envoyé ses émissaires de la mort, un Italoche et un Albanais…

Suarez revit les deux cadavres de Paul-Doumer. Ça collait.

— … et les deux nettoyeurs ont fait ce qu'il y avait à faire.

— Il est mort ?

— En pièces détachées, le mec !

— Fais chier, Chaton ! Moins fort ! Pense à ceux qui prennent leur dessert…

Et il adressa un large sourire à la tablée d'à côté. Salope. Sorcière.

— Et la Sangsue, je ne comprends pas…

En dépit des massues qu'il se prenait, le flic n'avait pas perdu le fil.

— Ben… c'est évident, non ?

Suarez secoua la tête.

— La Sangsue, dit Chaton entre deux bouchées. (Il ne savait même plus où donner de la fourchette.) Il était le seul à pouvoir loger Mitch.

L'histoire défilait en arrière.

— Astrakan avait aussi envoyé les deux dogues foutre un coup de pression à la Sangsue, avant. On lui mettait pas la carotte comme ça, à Astrakan.

— Qu'est-ce qu'il lui a fait ?

Suarez n'arrivait pas à toucher à sa nourriture. Le sang du tartare le dégoûtait.

— Il l'a humilié. Il l'a mis minable.

Et il lui expliqua le coup de la forêt. Les flics n'avaient pas les mêmes méthodes de pression…

— Ensuite, la Sangsue, il a eu la jeura.

— La quoi ???

— La rage. La haine, quoi. Il a mis cent plombes pour remonter l'adresse d'Astrakan mais il a fini par tous les buter, aidé de quatre mecs que je connais pas.

Comme il ne parlait pas de la fille, Suarez préféra rester muet.

Après un temps de silence, Chaton se reprit.

— Sauf un. Redi le Boiteux. Celui qui m'a appris pour la mort de la Sangsue, le fidèle de Mitch — les mauvaises langues l'appelaient sa paire de couilles car Mitch était une lavette.

Suarez avait compris. Celui qui avait parlé. Il laissa tranquille Chaton là-dessus. Il ne fallait pas insister.

Chaton parut se faire des nœuds au cerveau. Il avait besoin de se confesser.

— Tu voulais me dire autre chose ?

— Ouais… En fait, j'ai essayé de prévenir Astrakan qu'un coup se montait contre lui.

Suarez eut l'air étonné.

— Ben ouais, je voulais me faire un petit pactole en plus, comme je connaissais l'Albanais.

Le flic calcula l'intérêt : tout bénéf'. De l'indic tout craché. Il ne parlait que quand tout le monde disparaissait, ensuite, il protégeait son cercle, et en plus, il envoyait la Sangsue se faire dézinguer pour éliminer celui qu'il balancerait.

— T'es vraiment un mercenaire…

Il y avait du dégoût dans sa voix.

Chaton haussa les épaules.

— Chaton, encore un truc que je comprends pas : pourquoi les quatre mecs s'en sont tirés alors que le boss s'est fait charcuter ? Et pourquoi Mitch a flingué mon pote ?

— Euh…, hésita Chaton, pour les mecs, je peux pas te dire, et pour ton pote, Mitch, c'était pas un Rubik's Cube…

— Quoi ?

— Il avait pas toutes ses cases.

Chaton avait fini son saumon, son homard et presque son foie gras. On sentait qu'il calait.

— Et je t'ai gardé le meilleur pour la fin.

— Tu plaisantes ?

— Je vois que Monsieur est reconnaissant…

— Ton tour viendra.

— Président, tu vas devoir braquer la Banque de France.

— Te fais pas prier.

L'indic prit un morceau de pain et le fit aller et venir entre ses mains.

— Le cerveau de l'attaque des Saoudiens, tu veux savoir qui c'est ?

Suarez planta sa fourchette dans son tartare intact et prit une profonde inspiration.

— Pas possible…

— Bah… J'ai tout appris d'un coup, tu sais. La Sangsue, avant de faire du ketchup, il avait commencé à baver. Avec le soleil, il avait pas pu s'en empêcher. Car il avait lui-même volé une part du butin à Mitch…

— Mais quelle bande de fumiers…

— Les juge pas, t'as pas leur vie et tu l'auras jamais.

Suarez se passa la main dans les cheveux et sortit son paquet de cigarillos. Il le tapota du coin sur la nappe.

— Arrête, avec ta putain de nervosité ! lui dit Chaton pour se venger.

Suarez le dévora des yeux, livré, abandonné, pieds et poings liés.

— Mon chouchou, le cerveau de ta fanfare du tunnel… c'est ton mec.

— Mon mec…, bredouilla Suarez.

Sa vue se troubla et ce fut comme si la fatigue le déconnectait.

— Ranko, resplendit Chaton.

Et il claqua la langue.

— Ranko ?… Ranko ?!… Mais ça ne cadre pas ! Ranko est un solitaire, Ranko se méfierait même de sa mère, Chaton… La bande organisée, c'est pas son truc. Ranko ne monte pas sur des coups…

— Eh bien, chéri Bibi, rencarde-toi. Moi, je te le dis, et tu me le devras.

Suarez n'avait même pas vu que le serveur avait apporté son baba à Chaton. Il était là, plus fier que le soleil, à noyer le biscuit d'une rasade de vieux rhum.

Suarez accusa les coups multiples, abrégea, et au bout de dix minutes, paya l'addition.

Il savait que ce n'était rien par rapport à ce que cette mine d'or lui coûterait.

Dans l'escalier du *Train bleu*, il se demanda ce qu'il y avait au-dessus du yam's ?

Il faillit rater une marche.

Une chance de cocu, peut-être.

C'était tout ce qui restait.

Le dessus du panier.

87

Ranko avait ramené Ylana au perchoir du Caire, dans ses bras — une prise de guerre.

Car c'était la guerre.

Il le pensait d'autant plus qu'Ylana lui avait dit qu'elle avait vu s'enfuir d'autres hommes.

Autant de menaces sans visage.

Il l'avait portée comme l'homme du *Roméo et Juliette* de Bilal, autant qu'un homme puisse porter la douleur et l'espoir. *Roméo et Juliette*, cette toile que ces monstres avaient saccagée avec la même furie que les corps…

Barbares.

Les mecs qui tabassent d'abord et qui parlent après, il connaissait.

Et ceux qui tuent en premier, aussi.

Astrakan lui avait envoyé, une heure avant le carnage, un message pour lui demander de rappliquer — et de se magner.

Mais Ranko était au bois de Boulogne, dans les fourrés, en train d'alimenter sa cache. Et il ne pouvait laisser son chantier inachevé. Cette cache, c'était son assurance tous risques, sa sécurité.

Ranko s'était ensuite dépêché. Aussi vite qu'il

avait pu. Mais le bois de Boulogne en été, s'il n'y avait qu'un bouchon dans la vie, il était là. Ranko avait cru devenir fou.

Astrakan avait laissé la porte-fenêtre entrouverte et Ranko était enfin arrivé — par les toits.

Voilà pourquoi il n'avait pas croisé la meute des tueurs.

Il avait marché parmi les corps qui suintaient, reçu en pleine face le choc de ces visages qu'il connaissait, et qui n'étaient déjà plus familiers.

Le plus dur avait été la découverte d'Astrakan.

Astrakan et ses mains trouées. Astrakan et sa tête éclatée. Ranko connaissait les armes. Deux types avaient été utilisés. Mais son oncle avait clairement été fini à la chevrotine. À faible distance, la chevrotine, c'était du basique, mais du basique qui ne laissait aucune chance. Du fusil de chasse, calibre 12 à canon scié, sans hésiter. Les neuf grains des chevrotines et leurs petits orifices circulaires, caractéristiques, piquaient sa peau de sombres galaxies. Il devait y avoir un Manouche dans le coup. Ou plusieurs. Les fusils de chasse, ils appréciaient. Brain-Man et Miko avaient, eux, les tempes noircies de tatouages de fumée. Quant aux coups de hache, il n'en parlait pas.

C'était un carnage.

Ranko avait marché dans le sang de ceux dont il avait connu jadis la voix, les pensées. Maintenant, ces pensées étaient profanées par la bouillie qu'il en restait.

Ranko avait marché parmi ses névroses, parmi ses souvenirs, comme si jamais Momčilo, son grand-père, ne cicatriserait. Comme si l'ex-Yougoslavie continuait d'être ensanglantée. Le corps supplicié de Rade, son frère, était également revenu le hanter. Il avançait parmi les décombres, un pied, puis deux, dans l'immense mâchoire de la violence, semblable aux héros de Bilal qui cheminent vers leur destin.

Quand il avait entendu les pleurs d'Ylana, il s'était précipité, surpris qu'elle n'ait pas été la première personne qu'il ait cherchée. Mais la stupeur des corps morts, personne ne peut imaginer sa puissance. Elle vous cloue sur place, elle liquéfie votre volonté.

Il avait vu le cul nu du mec, cette indigne blancheur qui débordait du jean.

Plus rien n'avait réfléchi en lui, et il avait tiré.

Quitte à blesser Ylana.

Blessé, on peut être encore plus méchant qu'un méchant, disait Astrakan.

Dans ses mains, le canon de l'Ami fumait encore quand il s'était décidé à emporter Ylana loin du bain de sang.

Ce canon qu'il s'était promis de ne pas faire cracher.

Mais dans la vie, de quoi peut-on jurer ?

Et maintenant, il serrait Ylana dans ses bras, Ylana qui ne cessait de pleurer.

D'une main, il chercha ses clefs et les enfonça dans la serrure du perchoir.

Jamais le cliquetis ne lui avait paru si incongru.

Il poussa la porte du pied, et piétina jusqu'au lit en traînant Ylana, sans oser la déposer.

— Ylana… Ylana, murmura-t-il d'une voix empreinte d'une douceur qu'il ne se connaissait pas. Ylana… Je t'en prie… Écoute-moi.

Mais elle enfonça son visage dans son épaule et refusa de parler.

Alors il approcha une main, et caressa ses cheveux à pointes bleues.

— Ylana, je t'en prie, mon ange, je sais ce que tu ressens… Je le sais…

Et il continua de lisser ses cheveux, comme pour chasser les pensées.

Il essaya de la prendre par les épaules pour qu'elle ouvre les yeux.

Mais les yeux verts restaient désespérément fermés.

Il ne savait pas vraiment par quel bout la toucher.

Une femme, ça le rendait maladroit.

Jamais une femme n'avait pénétré au perchoir.

La voir si triste lui déchirait tout ce qui était encore capable d'aimer en lui.

Et ce n'était pas le néant qu'il pensait héberger.

Ranko perdait ses repères, un à un. Il se sentait chez lui un étranger.

Tout lui paraissait minable, inconfortable, inadapté.

Au milieu de la pièce, le jeu d'échecs rayonnait d'une beauté soudainement absurde.

Finalement, il décida d'asseoir Ylana sur son matelas.

Elle se laissa faire, mais comme une chose morte. Une chose que tout indifférait.

Sur le peignoir, Ranko resserra les pans du châle autour d'elle, pour la protéger.

Il passa une main sur ses joues pour essuyer ses larmes.

Mais ça ruisselait. Zut, même les mouchoirs de sa grand-mère Militza étaient trop petits pour ce déluge.

Il lui répéta :

— Ne bouge pas, surtout ne bouge pas, Ylana, je promets que je ne te lâche pas…

Il vérifia qu'elle tenait assise et s'aventura vers son coin-cuisine.

Où avait-il mis sa bouteille de *šljivo* ? Il renversa une pile de boîtes de thon et finit par dénicher une autre bouteille.

Alors, il revint vers Ylana et essaya de lui faire boire une gorgée.

Elle ouvrit grand les yeux, et toussa plusieurs fois. L'alcool coulait aux coins de sa bouche en filets dorés.

Ranko sourit, satisfait, ce truc ne s'appelait pas eau-de-vie pour rien.

Elle lui attrapa la main, celle qui ne serrait pas la bouteille, et finit par la broyer.

Il dit tout bas :

— Trompe-la-Mort… Tu es vraiment une Trompe-la-Mort. Tu peux être fière de toi, Ylana, tu as le courage en toi.

À nouveau, elle se laissa tomber sur son épaule.

Puis ce fut comme si tous ses muscles fondaient, et elle s'écroula sur le lit, en arrière.

Autour de sa tête, ses petites pointes créaient un halo bleuté.

Elle resta recroquevillée, comme une enfant, et Ranko la couvrit d'une veste de l'armée qui traînait au sol.

— Petit soldat…

Et il alla s'agenouiller dans un coin pour la veiller, l'Ami dans une main, la bouteille d'eau-de-vie de prune dans l'autre.

Elle finit par s'endormir et le jour déclina.

Ranko aussi eut un contrecoup.

La bouteille de *šljivo* rejoignit le niveau de la mer.

Tout lui parut aussi frêle qu'un mirage.

La nuit tomba et Ranko vit passer la lune au-dessus de sa tête.

Elle jeta une lumière blanche sur le visage d'Ylana.

Sans un bruit, Ranko vint remonter la veste de l'armée qui avait glissé.

— Dors, mon ange, dors, le sommeil nous rapproche de nos morts…, dit-il comme une prière.

Au lever du jour, Ranko se réveilla, tout courbaturé, une jambe repliée sous son corps, l'autre étendue, et la nuque plus lourde que la chape grise de l'orage sur le monde.

Dans sa tête, régnaient des tempêtes.

Une colère qu'il chercha à dompter par une nouvelle rasade de *šljivo*.

Comme ils disaient en Serbie, il buvait ses nerfs.

Et il revit les paysans de la Šumadija, avec leur thermos de prune dans les champs.

Il revit aussi les cratères, en Serbie, sur l'autoroute criblée de tirs de mortier, où il avait roulé avec une moto plus vieille que l'humanité.

Une autoroute qui ressemblait à la peau de la lune.

Rompu par la fatigue, Ranko inclina la tête.

Ses yeux croisèrent le jeu d'échecs. Les premiers rayons du soleil caressaient les pièces.

Elles étaient comme la *šljivo* : couleur de feu.

La *šljivo* lui avait asséché le palais et il avait envie de boire un café. Mais il n'osait pas réveiller Ylana. Ce répit derrière les paupières, c'était toujours ça de gagné.

Il fixa le jeu d'échecs et la voix de son oncle l'habita.

Très vite, des sentiments mêlés s'emparèrent de son esprit.

Des regrets aussi.

Il irait prier la Vierge à l'Enfant de Beauregard aujourd'hui pour la mémoire d'Astrakan. Une prière au-delà des religions, une prière qui n'aurait que la parole de l'homme pour ciment.

Cette pensée l'apaisa et il referma ses paupières.

D'étranges rêves, semi-éveillés, vinrent le visiter.

Et le bruit du vent dans les pruniers.

Il n'entendit même pas l'Ami tomber sur le plancher.

Ce fut Ylana qui le réveilla, en posant une main, plus légère que l'aile d'un oiseau, sur son épaule.

Ranko était un instinctif, son corps se secoua.

— Bonjour, petite fleur, dit-il d'une voix pâteuse.

Elle se blottit contre son protecteur, et ils restèrent ainsi contre le mur, le temps que les orages passent.

Maintenant, Ranko pouvait attendre.

Il ne la brusqua pas, et la laissa décider de ses mouvements.

Enfin, elle se leva, et il lui montra où se débarbouiller.

Pour des cheveux doux tout plein comme les siens, ses serviettes lui parurent horriblement rêches. En plus, elles puaient l'humidité.

C'est fou comme un homme seul vivait en rustre.

La femme dompte la bête, pensa Ranko.

Elle eut un petit sourire triste et le remercia.

Il essaya de lui trouver à manger mais il n'allait pas lui servir du thon au petit déjeuner. Le matin, Ranko ne mangeait presque rien.

Heureusement, elle n'avait pas faim.

Ranko la contempla et réalisa qu'à part le châle et le peignoir, elle n'avait aucun habit.

Et elle était pieds nus.

Dans sa tête, des millions de petits tourbillons tentaient de trouver des solutions.

Ils finirent par s'asseoir en tailleur, en vis-à-vis autour du jeu d'échecs, et Ranko eut la bonne idée de vouloir lui apprendre à jouer.

Après l'escalade, il était heureux de lui transmettre une autre part de lui.

Il n'avait pas fait de psychologie, pourtant il savait qu'il fallait l'occuper, la nourrir d'avenir, l'amuser.

Sinon, la grande gueule du passé l'engloutirait.

Il avait mille questions à lui poser, mais il n'osait pas. Tout restait à la porte et il n'avait pas la clef pour libérer ses pensées.

Comme c'était dur, de parler.

La journée passa presque sans incident.

Dès que le jour tomba, Ylana fut prise de profondes paniques. Elle gémissait et pleurait, et Ranko ne sut quoi faire pour la calmer.

Jamais il ne s'était senti aussi impuissant.

Un moment, elle cessa de pleurer. Ce fut pire.

Elle fixait le plafond, et ses grands yeux verts ne réagissaient plus à rien.

Ranko n'avait jamais appelé un docteur de sa vie.

Plus profondément, il n'avait jamais appelé personne pour l'aider.

Il en était incapable.

Subitement, il se rappela le numéro de Simon, et le chercha dans sa poche.

Il y était encore.

Ce garçon de son âge lui ferait peut-être du bien.

Là encore, il ne put se résoudre à se tourner vers l'autre.

En lui, cette mécanique était enrayée.

Il revint s'asseoir contre le mur, replia ses jambes et croisa les bras mais quand il la vit, plus morte que les morts, il comprit qu'il ne pouvait pas la laisser comme ça.

Doucement, il rampa vers elle et lui dit :

— Petite fleur, je vais sortir… Je… ne t'inquiète pas. Je vais revenir. Une petite mission pour toi.

Il lui sembla que ses yeux verts brillèrent et ce regain de vie l'encouragea.

Ranko posa sa main sur le ventre d'Ylana.

Elle eut un tressaillement.

— Ylana… Ylana, mon ange, surtout, attends-moi. Regarde, donne ta main, là, je te laisse un Ami… Je sais que tu sais t'en servir. C'est un ami fiable, il te protégera.

Maintenant, il fallait la laisser plonger dans des abîmes qu'elle seule pouvait éclairer.

Mais la mettre sous perfusion d'espoir.

— Ylana, promets-moi de m'attendre, de n'essayer de sortir sous aucun prétexte.

Faiblement, très faiblement, de sa main qui ne tenait pas l'arme, elle resserra ses doigts sur les siens.

— C'est bien… C'est bien… Tout ira bien, ne t'en fais pas.

Arrivé à la porte, il se retourna et, plus que jamais, la couronne de petits cheveux bleutés lui parut ce qu'il y avait de plus sacré au monde.

Dans la nuit de Paris, Ranko partit.

Pour aller lui cueillir des étoiles.

88

Quand il se retrouva dans l'escalier, Ranko fut incapable de dévaler les marches.

Il avait envie de grand air, de respirer. De puiser dans les hauteurs de quoi résister.

Comme il le faisait parfois, il monta sur le toit pour descendre par la corniche de son immeuble et empoigner les têtes de pierre de la déesse Hathor, la déesse de l'amour.

Saurait-elle protéger Ylana en son absence ?

En tout cas, il le lui demanderait.

Ranko sortit d'une trappe comme le diablotin de sa boîte et resta un instant, dans l'air du soir. Rien que de grimper, l'espoir revenait.

Il s'extirpa du cercueil de béton et se redressa, en équilibre sur un replat du toit.

Maintenant, il était le maître des lucarnes.

D'en haut, il les regarda, et eut un sourire triste.

Ces lucarnes hébergeaient toutes les larmes du monde.

Elles hébergeaient une femme qu'il aurait voulu avoir le courage d'aimer.

Perdue dans le ciel, la lune flânait.

Un mouvement entra dans son champ de vision

et arracha Ranko à sa contemplation. Sur un toit voisin, jaillit une silhouette qu'il connaissait.

Quelqu'un se baladait, au milieu de l'océan de zinc.

Ranko n'en revenait pas.

C'était Simon. Simon qui, dans cette drôle de nuit, rebondissait comme une balle. Il venait de lancer un salto avant, sans les bras, un salto parfait, à la détente insensée.

Ranko admira puis il cria, avec la peur de faire fuir un mirage :

— Simon !

La tête bouclée se retourna. Puis le jeune homme défia le vide, se joua des niveaux, sauta un ravin urbain et, en moins d'une minute, fut là.

Il lui tapa dans la main.

— Le ciel est mal fréquenté !

— Très, confirma Ranko.

— Après tout, c'est comme dans la rue, on n'est pas à l'abri de croiser un inconnu.

— Inconnu…

— … Content de te revoir, Ranko !

Ranko eut un doute : et s'il savait où il habitait ?

— Tu es là…

— Oh ! pour le repérage d'un tournage avec la French Freerun Family…

Toujours ses yeux bleus comme le rêve. Ça changeait de l'horreur, ça changeait de la Murène. Le jeune portait un sarouel et un débardeur. Dans son dos, plaqué, un petit sac à dos noir à étoiles argentées.

Ranko eut l'air rassuré. Mais les émotions s'agitaient en lui, comme s'il luttait en personne contre le désarroi d'Ylana.

Un instant, il fut tenté.

Tenté de dire à Simon de jouer à Hathor et de la protéger.

Il faillit. Les mots étaient dans sa bouche, prêts à tomber.

Mais comme en escalade, la chute lui fit peur.

Ce secret, il ne pouvait encore le partager. Même si tout en Simon lui inspirait le respect.

L'urgence le reprit. Il avait une mission.

Faire sourire Ylana — et il aurait donné sa vie pour ça.

— Simon, je dois y aller… J'aurais aimé…

— Apparemment, on se recroisera.

Et il lui cligna de l'œil.

— Tu as mon numéro, je crois ?

— Oui, dit Ranko qui l'avait gardé sur lui.

— À plus, alors.

Et il repartit à quatre pattes, comme un lièvre fou.

— Simon !

Les boucles sursautèrent.

— Oui ?

— Méfie-toi. L'air est lourd, il va pleuvoir.

— T'inquiète, dit le prodige, qu'il pleuve, qu'il neige ou qu'il fasse froid, je suis sur les toits !

— Tu sais que… qu'on peut glisser.

— Sur le zinc, mes semelles accrochent plus sous la pluie. Sauf s'il y a des torrents d'eau.

— Dans ce cas-là…

— Et là où porte mon regard, je vais ! Rien ne saurait m'arrêter !

— Ninja, tu es un poète ! lui lança Ranko.

Et chacun retourna à cette grande urgence de vivre.

89

À 22 heures, Suarez et Seb virent le Gecko sortir de sa tanière de la rue du Caire.

Par la façade.

L'air était moite et lourd.

— Mais quel dingo !... Cette fois-ci, décréta Suarez, pas de faux pas.

Le Gecko n'avait pas sa démarche habituelle. Il semblait plus fatigué et marchait, dos courbé.

Suarez, qui le connaissait par cœur, le remarqua d'emblée.

Le reptile se dirigea vers son véhicule, garé rue d'Aboukir, et quand le monospace quitta sa place, le groupe entier s'électrisa.

Suarez se passa la langue sur les lèvres.

Ça y était, ça y était, l'objectif bougeait.

Il avait mis les grands moyens, et personne n'avait eu le droit de rentrer.

Personne n'en avait eu envie, non plus.

Après tout ce qu'ils avaient appris, le groupe était soudé comme les doigts d'une main.

Une main un peu monstrueuse, certes, à sept doigts.

Tout le monde s'était tourné vers Yannis, l'ami

des bêtes, et lui avait demandé combien un gecko avait de doigts.

Merde, il ne savait pas.

L'après-midi, Myriam avait eu une intuition. Une vraie intuition de femme. Elle avait regardé la vidéo du combat de chessboxing sur le site d'Artcurial. Personne n'avait songé à vérifier les visages filmés dans le public.

Et là, elle avait identifié Astrakan et celle qu'il connaissait désormais, grâce à Dino, sous le prénom d'Ylana.

La patineuse.

Un mort et une manquante au tableau.

Où s'était-elle volatilisée ? Et pourquoi ?

Mais surtout, Myriam avait poussé un cri de guerre en plein bureau. Seb avait sursauté.

Jamais ils n'auraient pensé que Ranko était l'un des deux combattants.

L'escalade avait fait écran.

Jamais ils n'auraient eu l'idée de Ranko en boxeur.

Et joueur d'échecs.

Un vrai mec de l'Est.

Un sportif accompli, un peu comme Schumacher qui excellait dans toutes les disciplines.

Chacun n'en eut que plus de respect pour le Gecko, leur légende.

Même la chef rêvait de le rencontrer. Elle leur avait dit : « Le jour où vous le coincez en garde à vue, je veux être la première prévenue pour le voir en chair et en os. »

Il avait la cote, le Gecko.

★

Le soir, Suarez avait pris son café préféré avec Le Roumi et Dino.

Et c'était bingo.

L'ADN X féminin trouvé sur le Caracal avait matché avec celui relevé dans tout l'appartement. Pour une telle arme, ce n'était pas courant.

Mais le plus dingue était que les tirs de comparaison effectués par Le Roumi avec l'arme de la salle de bains la rapprochaient de celle utilisée lors du flingage du tunnel de Saint-Cloud.

Carmel.

Suarez n'en pouvait plus de faire des bonds.

Et si Chaton ne connaissait pas tout ?

S'ils avaient affaire à une braqueuse-flingueuse inconnue des fichiers ?

Avant de diffuser partout le portrait d'Ylana pour recherches, Suarez se donnait une dernière chance.

Retrouver la fugitive.

Et prendre Ranko en flag.

Suarez avait connu un grand moment de victoire, comme si la justice retrouvait ses bottes et son aplomb.

Il avait réuni son groupe dans son bureau et demandé le plus grand effort commun.

La rémunération de Chaton était, elle, en pourparlers dans les hautes sphères et il allait pouvoir emmener ses tigresses au *Train bleu*. Avec un peu de chance, on lui filerait une carte de fidélité.

À la BRB, la chef avait regardé Suarez comme le Messie.

Le flic lui avait sorti son sourire enjôleur et lui avait juste glissé qu'elle ne compte pas sur un autre boulier.

Le matin, Suarez avait pris Tamara dans ses bras

et l'avait conjurée d'être patiente, que les voyous, ce n'était que de 9 heures à 18 heures.

Elle l'avait regardé comme un drogué en lui disant, d'un air las :

— Avec toi, c'est toujours la dernière fois.

★

Et maintenant, la chance roulait devant eux.

Chacun se relaya.

Suarez ne comprit pas pourquoi le monospace stoppa devant le n° 32 de la rue Beauregard.

Quand ils passèrent, ils ne virent qu'une Vierge à l'Enfant, encagée.

— Dans la vie, y a des choses qu'on comprendra jamais, décréta Suarez.

Et ils reprirent la filoche.

Go, go, go, vers le Gecko.

Quelque chose clochait.

Le Gecko ne leur faisait pas ses coups de sécurité habituels.

Il semblait filer droit, vers un but qui leur échappait.

Suarez se mit à douter : et s'il n'allait pas taper ?

Il n'avait ni ses réflexes rusés ni sa nervosité.

Non, quelque chose ne cadrait pas.

Comme cette histoire du Gecko qui serait le cerveau d'une attaque en bande armée.

Tout le contraire de ce qu'il était.

Suarez décida de faire le vide et de ne pas penser en système fermé.

S'il voulait ne pas gâcher ses chances, il fallait s'adapter.

Avoir la souplesse de se glisser dans la peau du Gecko.

Ne plus être Stéphan Suarez.

La métamorphose.

Ce coït mystérieux du flic et du voyou, cet accouplement des contraires.

— Suarez à tous : on ne le lâche pas, les gars — désolée Myriam, mais tu fais partie des gars — les gars, on y va, on s'accroche.

— Bien reçu, chef.

Lorsque le Gecko bifurqua de la rue de Cléry vers la rue du Louvre, Suarez eut un pressentiment.

— Nom de Dieu de nom de Dieu de nom de Dieu…, répéta-t-il.

Il n'osait pas y croire.

Et quand le Gecko se gara au croisement de la rue Jean-Jacques-Rousseau et de la rue Montmartre, il avait compris.

C'était unique comme le Gecko.

Quand il assista, pour la deuxième fois, à la danse aérienne du Gecko sur la façade d'un immeuble de la rue du Jour, il éprouva cette sidération qui l'avait gagné impasse de Conti.

Cette progression sans résistance, c'était de la chorégraphie.

— Suarez à tous : je l'ai bien à vue. Greg, tu vas te poster vers Saint-Eustache. Myriam, tu te trouves un banc avec Seb sur la placette côté nord, au début de la rue du Jour, et vous vous roulez des pelles, vous vous serrez, vous chantez, ce que vous voulez, mais je veux que vous ressembliez à deux amants parfaits.

Un silence à la radio, Seb ne réagissait pas. Puis la voix de Myriam :

— … Bien reçu, chef.

— Suarez à Ronan. Tu restes rue Jean-Jacques-Rousseau et tu bouges pas. À Yannis, tu te balades rue Montmartre et tu lâches pas l'impasse Saint-Eustache. Thierry, tu fais des passages autour de l'intersection rue du Jour / rue Montmartre.

Tout le monde accusa réception.

— Suarez à tous : y aura pas de prochaine fois. Il va taper chez Bilal, pour la seconde fois, ça ne fait aucun doute. Personne ne nous le pardonnera.

90

Ranko avait brisé la vitre de la chambre pour que le bruit soit distant des voisins. Il avait pénétré dans l'appartement en sachant d'emblée où se diriger.

Il venait chercher la toile acrylique qu'il avait laissée.

Celle qui redonnerait le sourire à Ylana, il en était sûr.

Face au couple peint, que Bilal avait achevé, tout lui sembla retrouver du sens.

En dessous, Enki Bilal avait griffonné un nom sur un papier — *Inbox 1*.

Le couple semblait triompher de la violence, comme si l'amour immunisait.

Ranko s'arrêta, heureux d'être happé, hypnotisé, et d'échapper, même pour quelques secondes, à la réalité.

Autour du couple, la toile s'était peuplée d'un poisson, du plumage bleu d'un oiseau et d'une bête à longue queue qui s'évadaient de la toile, aspirés dans une autre dimension.

En sens inverse, une balle fusait et, dans sa course, maculait légèrement le couple de sang.

Le sang des autres.

La balle… *Sniper Alley*, pensa immédiatement Ranko. Le siège de Sarajevo… L'allée des snipers. L'allée du seul point d'eau potable, l'allée des soixante enfants tués. Là où ses semblables avaient déraillé.

Le barbare de la porte d'à côté. La schizophrénie de l'histoire.

Le sang chaud qui sème le sang froid.

La tuerie de l'appartement.

Ranko prit sa tête dans ses mains.

Plonger dans les toiles de Bilal. Se laver.

Il releva la tête. Autour de lui, de nouvelles œuvres étaient nées. Le cœur lourd, il les admira, mais n'y toucha pas.

Il eut des gestes d'automate, l'adrénaline n'était plus.

C'est le cœur qui guidait ses mouvements et ses pas.

Il voulait rentrer au plus vite près d'Ylana.

Cette histoire des ombres en fuite ne lui plaisait pas.

Et s'ils les avaient suivis ? Et si elle était en danger ?

Dans sa poitrine, son cœur s'emballa — comme jamais il n'avait cavalé pour sa propre pomme.

Ranko trembla des mains. Son regard comme ses idées ne lui parurent plus aussi clairs.

Il avait presque la larme à l'œil.

Peut-être l'effet de la prune. Et du choc. Et de la fatigue.

Et l'Ami était resté avec Ylana.

Mais la toile lui redonna presque le sourire.

Partir avec l'art sous le bras — la vraie vie était là.

Peut-être pour la dernière fois.

Peut-être.

Ranko mit la vitesse supérieure et roula la toile. Puis il l'accrocha à son système maison, un tube hermétique qu'il cala dans son dos.

Alors, il remonta par l'escalier en colimaçon puis par celui qui menait à la chambre.

Le silence de l'atelier, cette impression qu'il dormait avait adouci la furie.

À cette heure-ci, il tirerait au plus droit et redescendrait par la façade de la rue du Jour.

91

— Greg à Suarez. Y a un cerf en liberté dans Saint-Eustache.

Suarez n'en crut pas son oreillette. Son doigt hésita à appuyer sur le bouton-poussoir du discret. Passé le temps d'hébétement, il dit :

— Greg, il faut aller se coucher.

— Chef, y a vraiment un cerf en liberté dans l'église. Côté Rambuteau, la porte centrale est ouverte, on entend de l'orgue et on dirait des projections de Noël.

Suarez réfléchit. On était en plein juillet, 22 h 30 approchait et c'était tard pour un concert d'orgue, surtout sans foule sur le parvis.

— Greg, on reste sérieux et concentré.

— O.K., chef, dit Greg d'un ton contrarié.

Seb et Myriam avaient marché vers un banc. Myriam portait une petite robe noire à pois blancs, pleine de volants qui se soulevaient dès qu'il y avait le moindre vent. Aux pieds, heureusement, des ballerines plates dorées à boucle faites pour courser le gibier.

Elle s'enroula contre Seb et son beau tee-shirt de surf.

En fermant les yeux, il sentait encore la mer.

Du moins, c'est ce qu'elle voulut imaginer.

Seb lui posa une main timide dans le creux de son dos, et l'autre près d'une hanche.

Le chant triste d'un orgue leur parvenait.

Au bout de cinq minutes, Myriam se redressa, l'attrapa fort derrière la nuque, et l'embrassa avec encore plus d'ardeur que la première fois.

Zut, ça devenait une habitude.

Seb résista, elle sentit sa nuque se raidir puis tout s'assouplit.

Enfin — presque tout. Car son autre main était contre son ventre.

Suarez fuma une cigarette à l'intersection de la rue Jean-Jacques-Rousseau et de la rue Coquillère.

Les couples étaient de sortie. Et les jupes avaient raccourci.

Il avait bien fait de brandir sa carte du Tendre Seb-Myriam.

Les deux seraient crédibles, sûr.

Il fumait frénétiquement. Son cerveau redoutait l'information qui viendrait tout faire disjoncter.

Soudain, la voix de Seb, à peine chuchotée :

— À tous, le Gecko redescend par la façade du n° 11, rue du Jour. Je répète, il redescend par la façade de l'atelier. Il a quelque chose de long dans un étui dans le dos.

Suarez jeta sa cigarette et serra les dents.

C'était maintenant. Il prit une grande décision :

— On le serre. Là. En bas. Pas au véhicule. Je ne veux aucun risque ! Go !!!!!

L'étau se resserra et Ranko eut juste le temps, dans son champ de vision, d'apercevoir un couple qui ne paraissait plus si amoureux que ça.

Il avait presque mis pied à terre.

D'autres silhouettes convergeaient vers lui.

Les flics. C'étaient des flics.

Au plus profond de lui, il se dit : non, pas cette nuit.

Tout, mais pas cette nuit.

C'était une supplique — pas un constat.

Son regard fit un 360 ° en accéléré.

Il rassembla toutes ses forces, toute sa foi, et s'élança vers la façade de l'église qu'il connaissait bien.

Réfléchir.

Ne pas commettre d'erreur.

S'adapter.

En quelques mouvements, il s'éleva du sol et quitta la menace. Il passa par les grilles de l'église puis par un échafaudage qui était là depuis des mois, avant de faire un jeté sur une corniche qui menait à la galerie haute. Il n'était qu'à quelques mètres du lieu où, avec les pigeons, il avait jadis espionné les gestes du peintre.

S'ils lui tiraient dessus, il était fichu.

De gros nuages gris ardoise surplombaient Saint-Eustache. L'orage menaçait.

Avec la moiteur, ses mains glissaient.

Son instinct de survie poussa ses doigts dans le sac à pof. Trente secondes de perdues, mais pour être sauf à la clef.

Ylana l'attendait. Il lui avait promis de rentrer.

Ranko arqua sa volonté et parvint à se réfugier.

Caché par les colonnes jumelles, il jeta un bref coup d'œil à ses assaillants.

Il les vit excités comme des frelons, se rassembler puis se disséminer dans le quartier.

Il se força à respirer profondément pour calmer la furie de ses battements. Que choisir ? Il ne les voyait pas grimper et le rejoindre. Non, jamais.

Ce temps d'avance lui restait.

Ce ne fut que lorsqu'il amorça sa progression latérale, pour rejoindre le chemin aérien vers l'impasse qu'il connaissait bien, qu'il entendit de l'orgue.

— À tous : on cercle l'église. Bordel, je ne veux personne de statique. Tenez-vous prêts à rejoindre le point où il descendra.

— Chef, crachota Seb, et s'il nous fait un coup de bluff et reste là-haut pour atteindre en sautant, comme d'autres fois, un autre toit ?

Hésitation de Suarez.

— O.K., Suarez à tous : je passe par l'intérieur de l'église et monte jusqu'au Gecko.

Suarez bondit sur ses pieds et montra que la course ne l'avait pas quitté. Il fendit les airs par Rambuteau et arriva à l'entrée principale de l'église.

Greg n'avait pas menti, derrière le portillon fermé, elle était ouverte et des images, telle une mosaïque colorée, étaient projetées sur les huit carreaux du portail du croisillon sud.

Suarez entendit la plainte de l'orgue.

Il sauta par-dessus les pointes d'une grille heureusement pas trop haute sinon, adieu son entredeux, pénétra par le portail et, depuis le transept sud, courut comme un dératé à travers l'église, en priant pour que le Gecko ne se fasse pas la malle.

Et là, entre les piliers, il se retrouva nez à nez avec un cerf.

Un cerf en liberté, en pleine église.

Il était entouré d'un rail de travelling pour les prises d'un cinéaste.

Le cœur blanc du cerf bondit devant lui et Suarez n'eut pas le temps de se laisser dérouter par ce mirage.

Il fonça vers un homme qui, assis face au grand orgue sur une estrade lumineuse, jouait sans se laisser perturber.

C'était Jean Guillou, le plus grand organiste de tous les temps.

L'homme à la crinière blanche interprétait les fugues de Bach. En veste grise et col roulé lichen, il était tant happé par l'intensité dramatique de Bach que plus rien n'existait autour de lui. Dans le prélude de Bach, il voyait la préfiguration de Wagner et de son *Tristan et Isolde.*

À bout de souffle, Suarez s'arrêta à deux pas du dos de l'homme et eut le réflexe de chercher son portable et, sans cesser de courir, d'appeler le Doc :

— Denis, ahana-t-il, Denis, tu rappliques illico à l'église Saint-Eustache.

Et il raccrocha.

Habitué aux appels d'urgence de l'antigang, le Doc prit sa lampe torche, quitta sa péniche en moins de deux, se rua vers sa petite voiture, lui flanqua un beau gyrophare bleu sur le toit, et roula à tombeau ouvert vers les Halles.

Les yeux de Suarez restaient rivés vers les hauteurs. Il n'y découvrit pas ce qu'il cherchait et revint vers le chœur, puis traversa comme une bombe le déambulatoire.

Il ne trouvait pas les escaliers.

Dans la chapelle du tombeau de Colbert, Suarez

fit fausse route. Il entama un dérapage sur le sol en damier de la chapelle de la Vierge et repartit vers la pointe Saint-Eustache.

Un agent de l'équipe de tournage, chargé de la sécurité, voulut l'arrêter. Ce type qui courait dans tous les sens effrayait le cerf et ruinait les prises de vue de *Furtherance*, la vidéo qui rendait hommage au cerf miraculeux qui avait converti Saint-Eustache.

Tout à coup, Suarez discerna, quelques enjambées après la Vierge à l'Enfant de Pigalle, la porte qui menait discrètement aux étages supérieurs.

Pourvu que…

— BARRE-TOI !!!!!

Suarez mit ses bras en boule et repoussa le pilier humain qui se mettait en travers de sa course. L'homme fut projeté en arrière et s'écroula.

Le flic se rua sur la grille à vagues dorées, sauta les marches de l'escalier de cette chapelle et poussa la lourde porte en bois. Sans cesser de courir, il essuya d'une main la sueur qui lui brûlait les yeux.

— Ronan à tous : le Gecko est accroché à la façade, côté impasse Saint-Eustache. Il arrive au niveau des galeries extérieures. Côté transept nord. Je répète : Gecko au niveau des balcons.

— Suarez… à… tous… NE… LUI METTEZ… PAS… LA… PRESSION !

Il arrivait à peine à parler tellement il suffoquait. Mais chaque minute était comptée.

Il douta d'avoir été audible, personne ne répondait.

— Su… a… rez… NE LE… PANIQUEZ… PAS.

— Ronan à Suarez. Je te reçois haché.

Bloqué par la grille aux pointes torsadées qui

protégeait l'accès au transept nord, Ronan sortit son arme.

Le Gecko devait être armé de son côté, et il n'avait pas envie de finir comme les mecs de l'appart' d'Astrakan.

Suarez n'était plus très loin du but. Mais il lui avait fallu faire le tour entier. Il n'était pas né avec le plan de Saint-Eustache dans le cerveau.

Ses genoux le lançaient, ses poumons brûlaient et dehors, le premier coup de tonnerre retentissait.

Si l'eau se mettait à dégouliner, le Gecko risquait de faire du toboggan.

Au cœur de Saint-Eustache, Suarez implora les cieux d'attendre un peu.

Dans le ventre de l'église, il aperçut enfin l'accès aux galeries extérieures.

Il ouvrit la porte à toute volée.

92

Ranko verrouilla une moulure, se rétablit et accéda aux balcons en pierre de l'église haute. Il y était presque. Sous les arcs-boutants, un rebord courait le long comme une invitation à monter. Pour ses prises de main, il y avait des disques saillants qu'il pouvait pincer. La dernière fois, il avait escaladé cette portion sans trop ferrailler. Ranko sauta sur l'aplat du balcon et son corps tangua. Au-dessus de lui, les dégorgeoirs et les gargouilles ressemblaient à des canons de pierre, prêts à lui dégueuler toute l'eau du ciel sur la figure. Du calme, Ranko, tranquille. Ne pas tomber comme un vulgaire pot de fleurs.

Alors qu'il inversait ses appuis pour passer un bombé sous le clocheton, le tube dans son dos le gêna. Ranko baissa les yeux et aperçut, en bas, un flic qui avait dégainé.

Un frisson parcourut sa colonne vertébrale.

Putain, d'où il sortait, celui-là ? Il ne l'avait pas vu arriver.

Il reprit au plus vite sa lecture de la paroi et se mit à douter. Il était presque au-dessus du portail de l'entrée nord. En bas, le flic l'attendait pour le cueillir de frais. Ranko haleta et se cassa la nuque en arrière, vers les sommets. Tout était lisse, à quelques rainures près.

Un second coup de tonnerre, encore plus monstrueux que le premier, sembla ébranler la pierre. La nuit se gorgeait de nuages noirs.

Le ciel était plein à crever.

La pluie n'allait pas tarder.

Il inspira profondément et prit une décision. Il fallait rebrousser chemin et grimper.

Se sauver par le haut.

Comme toujours.

Ranko contourna à nouveau les pilastres de pierre et revint vers les balcons.

C'est le moment que choisit cette satanée pluie pour se déverser.

Ranko pensa à Ylana et s'accrocha.

Alors qu'il contournait l'arête de pierre, il découvrit un flic, encore plus haletant que lui, en pleine ligne de mire, perché sur les galeries.

La stupéfaction desserra sa prise.

Avec la pluie, elle fut plus difficile à rattraper. Ranko se déséquilibra. L'un de ses pieds glissa et durant quelques secondes, ses jambes se balancèrent dans le vide.

Mettant toute sa volonté dans ses doigts, Ranko se servit de ses mains comme de serres et tint bon.

Il jeta un dernier regard en bas.

Au sol, face au portail, le flic le pointait de son arme.

— NOOOOOON, hurla Suarez depuis les hauteurs. Il n'est pas armé !

Le tonnerre redoubla et Ranko s'affola.

Il se sentait comme une bête cernée.

Les gouttes de pluie, grosses comme des perles, le criblèrent.

Ranko leva une dernière fois les yeux vers le ciel et, tel un oiseau foudroyé, chuta.

Ce fut si rapide que Suarez ne hurla que lorsque le corps rebondit sur les pavés.

Ce fut un hurlement animal.

Ronan en eut l'échine tout hérissée.

Au bout de l'impasse, les autres arrivaient.

Ranko, lui, était tombé sans bruit.

★

Les cheveux plaqués par la pluie, Suarez s'élança en chemin inverse.

Lorsqu'il repassa derrière Jean Guillou, le vieil homme coiffé comme Schopenhauer leva ses longues mains des touches étagées du grand orgue, en un geste solennel, comme s'il retirait ses mains de la femme aimée.

Bach se tut.

Hors de lui, Suarez sprinta jusqu'à la pointe Saint-Eustache, bouscula encore le garde qui voulait le ceinturer et passa le barrage de la porte de la Miséricorde.

Éjecté sous le déluge, il obliqua à gauche deux fois et déboula dans l'impasse.

Le groupe était retenu par la grille aux pointes acérées.

Sans un mot, Suarez projeta son corps pour prendre appui sur la grille et, au mépris des pointes, se réceptionna de l'autre côté.

Il se jeta aux pieds du corps de Ranko.

À son arrivée, Ranko grimaça puis ouvrit les yeux.

Il eut comme un sourire.

— Tiens bon, champion, tiens bon !

Suarez se débarrassa de son tee-shirt et en couvrit Ranko. Il savait qu'il ne fallait pas le bouger.

Très vite, ce sourire s'effaça.

Allongé sur le ventre, Ranko fit mille efforts pour se retourner et se comprima les côtes des deux mains. Il saignait abondamment.

À chaque inspiration, il semblait souffrir.

Dans son dos, le tube dépassait et lui donnait l'air d'un ange déchu.

— Les secours vont arriver, Ranko, je te le promets ! Tiens bon, garçon. Ne bouge pas.

Ranko eut la surprise d'entendre son nom.

En ce moment, c'était bon de ne pas être un inconnu.

Péniblement, il fit signe à Suarez de s'approcher.

Suarez colla presque son oreille droite à ses lèvres.

— Comment… comment t'appelles-tu… ?

— Stéphan, je m'appelle Stéphan. De la brigade de répression du banditisme.

À nouveau, Ranko essaya de sourire.

— Ah… Tu connais… tout de moi.

Suarez eut un rire nerveux.

— Pas tout à fait, Ranko, pas tout à fait. J'ai appelé le Doc, il va arriver.

Le tonnerre s'éloigna et Suarez entendit la sirène de la voiture du Doc.

— Il arrive, Ranko, il est presque là. Y a pas meilleur, tu verras.

Ranko essaya de se toucher l'épaule gauche, sans y arriver. Elle le faisait atrocement souffrir.

La pluie semblait vouloir le laver de son sang.

— Stéphan… ?

— Oui, Ranko, je t'écoute, ne fais pas trop d'efforts, on parlera plus tard.

— Non…, dit Ranko.

Et ce non ébranla Suarez par ce qu'il contenait de définitif.

— Stéphan… tu connais… le Caire…

— Oui, je connais. Ta piaule. Mais j'y suis jamais entré.

— Tu serais… bon aux échecs, toi… Stéph…

Soudain, dans ses yeux, Stéphan lut une étrange terreur. L'une des pupilles était très dilatée.

— Vas-y, dis-moi, Gecko…

— Au Caire… une femme… m'attend…

— Une femme ?

Stéphan n'en revenait pas.

— Oooui… Yl… ana.

La pluie faisait goutter ses cils qui battaient.

— Elle… elle est tout pour moi.

Derrière eux, Suarez entendit un brouhaha. Le Doc l'appelait. Les autres aussi. Mais il n'écoutait pas.

Son cerveau capta seulement qu'ils essayaient de passer la grille sans se faire embrocher.

Il revint à Ranko. À *son* Gecko.

— Tout ? Alors tiens pour elle, Gecko.

— Je… un sourire… d'elle…

Le Gecko avait du mal à respirer. Suarez sentit des larmes lui monter aux yeux. Il avait brandi un grand filet pour son poisson d'or et voilà qu'il crevait entre les mailles.

— Accroche-toi, Gecko, bordel ! Accroche-toi !

Le corps de Ranko se souleva, secoué par des spasmes.

— J'ai… j'ai essayé… de lui dire… Mais je suis pas… pas fait pour ça…

— Le Doc ! Magne-toi !!!

Ranko pâlissait à vue d'œil.

— Elle… plus qu'une étoile… un ciel…

Un moment, il perdit le Gecko.

D'un coup, Suarez perçut la masse imposante du Doc dans son dos.

Il lui fit signe d'avancer.

Sans tarder, le Doc pressa trois doigts sur le cou du Gecko pour lui chercher le pouls carotidien. En même temps, il leva ses paupières et projeta sa lampe torche au fond des yeux.

Anisocorie : les pupilles n'avaient pas la même taille.

Mauvais signe.

L'une d'elles était pleins phares et le Doc vérifia si elle réagissait.

— Stéphan, il faudrait que…

— Laisse-moi, juste une minute, il… c'est important.

Le Gecko referma ses paupières puis rouvrit les yeux.

— Flic… ?

— Oui, oui, je suis là.

— On est… du même sang… toi et moi…

— Du même sang ?

Il délirait, pensa Suarez. Il délirait.

Au-dessus d'eux, Suarez vit les statues du portail. Un empereur décapité par le temps, une femme drapée à la main coupée. L'image le glaça.

— On…

Ranko eut l'air agité.

Parler. Arriver à parler.

— On ne… lâche pas.

Cette fois-ci, Suarez comprit.

Oui, deux battants.

— Stéphan !

— Ta gueule, le Doc !

Jamais il n'avait parlé au Doc comme ça.

Le Gecko convulsa.

Le Doc ne fléchit pas.

— Stéphan !!! Son pouls est très rapide. Aux alentours de 150.

Stéphan ne voulait pas entendre.

— Stéphan, bordel, il est tachycarde, il doit beaucoup saigner.

— Flic ! dit Ranko avec un effort désespéré.

— Le… le bois… Boulogne.

Suarez lui posa une main sur le front. La pluie s'acharnait.

— Ta cache, Gecko ?

Ranko sourit avec les yeux, cette fois.

— J'ai… confiance en toi. Pour…

Suarez se rapprocha. Ses mèches gouttaient sur Ranko.

— Ylana… Promis, Gecko.

— La cascade… En haut… La grotte… Au fond… Sous une pierre… Pour Ylana… Et… dans… ma poche.

— Plus tard, Gecko, on ne te retourne pas.

— Stéphan, JE PERDS SON POULS, CETTE FOIS, JE PERDS SON POULS, TU COMPRENDS PAS ! DÉGAGE-TOI.

Stéphan essaya de se détacher du Gecko.

Il n'y arrivait pas.

Le Doc le repoussa.

Ranko paniqua à l'idée de ne plus sentir la présence immédiate du flic.

Il rouvrit grand les yeux.

— Le nu… méro… téléph… Simon… aussi… pour… Ylana.

La phrase, Suarez l'avait à peine entendue.

— Barre-toi, Stéphan, il passe en bradycardie, il va s'arrêter !

Le Doc s'affaira autour du Gecko, prêt pour un massage cardiaque et redouta la mydriase.

Pétrifié, Stéphan ne partait pas.

Ranko ne sentit plus son corps, battu par la pluie.

Il revit des flashs. Un champ de maïs. Le bruit du vent dans les feuilles. Une femme à la peau laiteuse qui fond dans ses bras. Une étreinte de feu. Un baiser qui n'en finit pas.

La belle plante au milieu des poupées dorées.

Enfin, il revit Ylana.

La *šljivo* qui brûle le cœur.

Et l'odeur du maïs.

Sous le soleil.

Le soleil.

LA PARTIE D'ÉCHECS DE *HAUTE VOLTIGE*

« Magic » Scorpène vs Ranko, alias « Black » Novak

Paris, Artcurial, Magic Chessboxing,

1er février 2016, ECO C21, 1-0

Par Scorpène pour *Haute Voltige*

Commentée par Jean-Luc Chabanon

« Men will fight, kings will fall, by the end of the night, one will stand before all. »

Les blancs gagnent en vingt-deux coups.

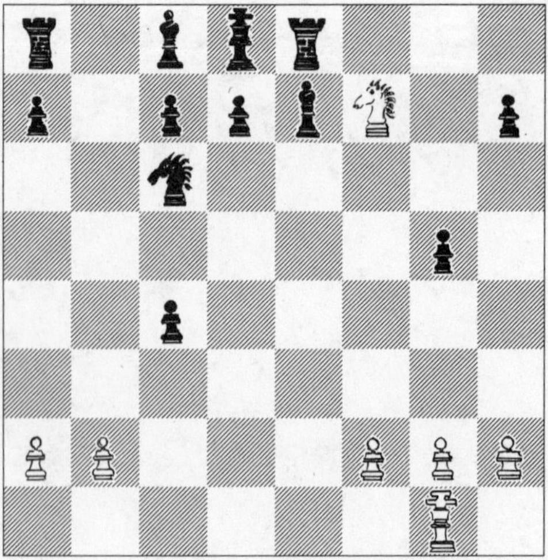

1. e4 e5

2. d4 exd4

3. c3 dxc3

4. Fc4 Cf6

5. Cf3 Cxe4

6. 0-0 Cd6

7. Cxc3 CxFc4

8. Te1+ Fe7

9. Cd5 Cc6

10. Fg5 f6

11. Tc1 b5

12. TxCc4 bxTc4

13. Ce5 fxFg5

14. Cf6+ FxCf6

15. Dh5+ g6

16. Cxg6+ De7

17. TxDe7 Fxe7

18. Ce5+ Rd8

19. Cf7+ Re8

20. Cd6+ Rd8

21. De8+ Txe8

22. Cf7++

Note : Le signe « x » signifie une prise.
Le signe « + » signifie Échec !
Le signe « ++ » signifie Échec et Mat !

LISTE DES PERSONNAGES

PERSONNAGES PRINCIPAUX

RANKO, Ranko LUKOVIĆ, alias LE GECKO, grimpeur d'exception, l'as du vol par escalade, serbe, combat lors du match de chessboxing sous le nom de « BLACK » NOVAK.

Stéphan SUAREZ, commandant à la brigade de répression du banditisme (BRB), dirige le groupe de répression des vols par effraction, dit « groupe casse ».

YLANA était patineuse puis, après une chute, assistante officieuse de Nasser Al-Jaber, avant de devenir le grand amour d'Astrakan.

ASTRAKAN, le boss, serbe, oncle de Ranko.

Enki BILAL, artiste peintre, dessinateur et scénariste de bandes dessinées, inventeur du chessboxing, en 1992, dans *Froid Équateur*.

PERSONNAGES SECONDAIRES

Voyous

BRAINMAN, homme de main italien d'Astrakan, l'homme au Beretta 92FS, dit « l'Ouvre-boîte ».

MIKO, diminutif de MIKAN, homme de main albanais d'Astrakan, l'homme au Tokarev, dit « la Sonnette », surnommé MIKETTO, TORRONCINO, MOZARELLINA… par BrainMan.

REDI, homme de main d'Astrakan, dit « le Couteau suisse ».

ONE LE BLOND, lieutenant d'Astrakan, conducteur de l'Audi S8 noire.

ONE LE BRUN, lieutenant d'Astrakan.

LA SANGSUE, comparse et lieutenant de Mitch, Manouche sédentarisé de Chaville, l'homme au CZ 75.

CHATON, « tonton » de Stéphan Suarez.

« MITCH », EDDY, chauffeur de la Mercedes-Maybach du convoi de Nasser Al-Jaber, travaille pour Solena Luxury Limousines.

Entourage de Ranko et d'Astrakan

ALEKSANDAR, dit « le K », propriétaire de la péniche *Eendracht*, riche collectionneur d'art, excentrique, serbe.

Micky STRICKER, dit LA MURÈNE, receleur de Ranko.

« VIVI », VIVIEN, ami SDF de Ranko, piètre joueur d'échecs.

Famille de Ranko

« RADE », RADOVAN, petit frère de Ranko.

KATA, sœur de Ranko restée en Serbie.

MILOS, père de Ranko.

MOMČILO, grand-père maternel de Ranko, mort le 26 mai 1999 sur un pont bombardé par l'OTAN, près du village de Veliko Orašje.

MILITZA, grand-mère de Ranko.

Policiers

Sébastien TARAVELLA, capitaine au groupe casse de la BRB, à la mémoire d'enfer.

Myriam JAOUI, major au groupe casse de la BRB.

Greg BROCAS, major au groupe casse de la BRB.

RONAN, brigadier au groupe casse de la BRB.

YANNIS, brigadier-chef au groupe casse de la BRB.

THIERRY, brigadier au groupe casse de la BRB.

FRANKIE, brigadier-chef au groupe de répression des vols à main armée de la BRB, dit groupe VMA 1 ; s'occupe de VOYOU, le gris du Gabon.

BEAU BECK, ancien commandant à la BRB.

LE COMMANDANT JEFF, commandant fonctionnel des groupes de répression des vols à main armée (VMA) de la BRB.

KRI KRI, formateur en filoche de la police.

Philippe LEFORT, chef du service départemental de police judiciaire (SDPJ) du 92, « le TGV ».

Lionel LE FLOCH, chef de groupe au SDPJ 92.

LA CHEF, femme qui dirige la BRB.

Richard MARCIN, commissaire de permanence des brigades centrales, dit « le Caporaliste ».

Thomas CORNAS, chef de section à la BRB.

Thierry ROHAT, commandant à la brigade financière.

GÉGÉ, de la brigade de recherche et d'intervention (BRI, antigang), ami de longue date de Sébastien Taravella.

DINO, l'un des meilleurs techniciens de l'Identité judiciaire (IJ) au quai des Orfèvres.

LE ROUMI, le balisticien le plus pointu de l'Identité judiciaire (IJ) au quai des Orfèvres.

CHRISTIAN, contact de Stéphan Suarez au groupe des Enquêtes générales de la BRB.

BÉBÉ-LIEUTENANT et VALOU, policiers de l'état-major du 36.

Artcurial et chessboxing

Éric LE ROY, expert en bandes dessinées chez Artcurial, spécialiste d'Enki Bilal.

SCORPÈNE, « Magic », adversaire de Ranko lors du combat

de chessboxing, catégorie des lourds-légers, joueur d'échecs dit « romantique », vice-champion de chessboxing.

Jean-Luc CHABANON, grand maître international d'échecs, commentateur de la partie d'échecs lors du combat de chessboxing.

Iepe RUBINGH, président de l'Organisation mondiale de chessboxing, organisateur du premier match officiel en France chez Artcurial, néerlandais.

Autres

Denis SAFRAN, dit « LE DOC », professeur de médecine, chef du service d'anesthésie-réanimation de l'hôpital Georges-Pompidou, travaille pour la BRI et les Pompiers de Paris (médecin régulateur).

Carmel GHEDA, garde du corps de Nasser Al-Jaber et ami de Stéphan Suarez et de Tamara, l'homme au Caracal F.

Simon NOGUEIRA, jeune freerunner de vingt-deux ans.

CÉDRIC, coach sportif de Ranko pour la boxe.

Marc DONDEY, directeur général et artistique de la Gaîté-Lyrique, dans le IIIe arrondissement de Paris.

LA CONCIERGE du 67, avenue Paul-Doumer à Paris, lieu où réside Astrakan.

Nasser AL-JABER, richissime Saoudien, dit « l'homme de tous les plaisirs ».

Henry MESPLÈDE, chauffeur de la Mercedes-Maybach dans le convoi de Nasser Al-Jaber.

TAMARA, femme de Stéphan Suarez.

LILA et LILY, filles de Tamara et de Stéphan Suarez.

Animaux

VOYOU, gris du Gabon, mascotte de la BRB.

ZEBRA, chienne (dalmatienne).

LOVE LOVE, crack d'Astrakan, fils de Quick Star.

L'APPEL DE LA FORÊT

Derrière mes romans, il y a toujours la forêt des gens. Ceux qui inspirent, ceux qui donnent la foi, ceux qui veillent le pas… Que chacun soit remercié d'avoir cru, dès le début, en la barque qui affronte l'océan. L'écriture est une longue, longue traversée. Il faut savoir disparaître et je remercie tous mes amis d'accepter cette éclipse, et de la respecter.

Je vous emporte toujours en pensée avec moi.

Je remercie Aurélien Masson pour sa patience. Je lui avais annoncé un court roman, une pause, une parenthèse… en oubliant que seul l'imaginaire a la main. Comme aux échecs, il a l'*avantage du trait* !

Toute ma gratitude à Ludovic Escande pour sa confiance fidèle.

À Antoine Gallimard et Charlotte Gallimard, et à toute personne aux Éditions Gallimard qui donne vie à mes livres, avec une pensée spéciale pour Bruno Caillet, Benoit Farcy, Christelle Mata, Martin Corbasson, Corinne Molette, Marie-Pierre Gracedieu, David Angliviel, Théodore Gempp, Astrid Seguin, Julie Le Caignec, Olivier Féjoz, Frédérique Romain, Nathalie Poitout, Anne Assous, Béatrice Lacoste, Charlotte Fagart, Anne-Solange Noble, Madeleine Giai-Levra, Marie-Christine Baladi, Frédérique Massart, Béatrice Rosé, Cécile Dupuy, Isabelle Hoctin et Jeanne Lizon.

Ce roman n'aurait pas la même saveur sans Jean-Michel Becker, Enki Bilal et Éric Leroy. Je dois à Enki Bilal l'éclat de Sirius, d'Albiréo, de Mizar et de son compagnon Alcor, d'Antarès la double, de Fomalhaut la belle isolée, nue et un peu perdue, d'Aldébaran, de Rigel et d'Alshain pour m'avoir accueillie dans son atelier, sous le regard du zèbre. Mais également Philippe Bugeaud, Morse Astier, Henry Astier (pour les amandes et les figues !), les jardins du Guide et Oxylian.

Scorpène et Jean-Luc Chabanon pour la partie d'échecs et leur engagement sans faille, Dominique Delorme, Coach Daddy Pierrot Cheng-Shao, la salle de Charenton et Cédric Telchid pour la boxe et leur énergie.

Une salve de remerciements pour Michel Roux, qui m'accompagne fidèlement.

Pour Jean-Pierre Chaufour et Ballynakill, évidemment, et pour Serge Monlouis-Bonnaire qui a sauvé mon ordinateur avec brio.

Pour Istvan et Véronique d'Eliassy — qui ont recueilli l'atelier du roman, au milieu des oiseaux et des hortensias…

À l'incroyable Simon Nogueira, aussi, qui aura eu la générosité de partager son univers, à l'inestimable UB, au Petit Corrézien bien sûr, L'homme à l'Ultima, au magicien Yann de Cacqueray, Pierre Striffling et la tribu serbe (la rencontre de deux chantiers !), « Boza » Bozidar Milošević, « Rade » Radovan Gigić, « Bobi » Boban Ivošević, « Nidza » Nikola Petrović, « Rade » Radenko Šešlija, « Alek » Aleksandar Todorović, Pierre Richard (qui aura incarné mon *Petit éloge de la nuit*) et les esturgeons, Giorgio Martinoli à l'accent si joli — qui s'est penché avec succès sur le jeu d'échecs à minuit, Stéphane Lieser, Jérôme Desreaux et sa bulle magique, David Olender et Norbert Fleury pour la permanence romanesque et leur amitié, Jacques Genin et Sophie Vidal à vie, Fabienne Bilal, Bruno The Cat et sa cuillère magique, la belle Amélie Marcilhac, le professeur Denis

Safran, Michel Faury, le Balto et la brigade de répression du banditisme et, plus spécialement, Agnès Zanardi, Roland Desquesnes, Laurent Alverola (mention spéciale…), Jean-François Maugard, Franck Dely et Voyou (à qui je dois une cacahuète), Thomas Erhardy, Claudia Pailler, Thierry Groussaud, et toute personne qui aura pris le temps de partager son savoir, le docteur Cyrille Cazeau, Géraldine Auger et Anthéa, Charles Luciani, Christian Herrebout et la sellerie, Christian Galy, « Gorillaz » Didier Cezar, Christian Bouas, Thierry Müller, Bidaoui Mohammed Chenguiti « Bidaoui », le docteur Khalid Chenguiti, Dušan Jocić, Nacer Ramdane Cherif, Habib, Nicolas Leclerc, Christian La Filoche, Michel Vielfaure, Gilles Goutard, Christian Flaesch, François Tajan, Artcurial, Nicolas Orlowski, Christian Robert (The Best) et Tita, l'Association des Éditeurs de Tahiti et des îles, Claire-Cécile Mitatre, Didier Maulet, Nicolas Millot, la brigade fluviale de Paris et, spécialement, la brigade A4 (Nicolas Leclerc, Sébastien Tarradellas & Carole, Joël Cotte, Jean-Philippe Soubielle, Farid Ayoubi, Maxime Clayes, Sébastien Couvreur, Vincent Bréa, Nathalie Ganzin, Vincent Gabriel), Fanny Delattre, Christophe Hirschmann, Laurent Vignolles, Fabien Carpentier, Philippe Justo, l'inestimable Françoise Gillard, Bastien Lallemant, Dolorès, Vital et Raphi Chauviteau bien sûr, Brigitte Lecanuet, le docteur Jean-Michel Besnard, le professeur Serge Perrot, le professeur Élisabeth Dion, Alain et France Chevillard, Geneviève Danguis, Karine Debasc, Mickey Jestadt, Douglas Kennedy, Fadi Dahdouh, Madeleine Bugeaud et les edelweiss, Bernard Friboulet, Loïc, et Xavier Paladian dit Xa.

À Gunwal et Pierrot Lozneanu, quelque part hors du monde.

Et, pour leur amitié et leur fidélité, Pierre Hermé, Delphine Baussan, François Pralus, Jean-Luc Poujauran, *Table* de Bruno Verjus, Corinne et Anselme Selosse, Olivier Baussan & Nadette, Première Pression de Provence,

Catherine et Pierre Breton, Hélène Hervieu et ses enfants, la maison Louis Jadot et la famille Gagey, Carmel et Cécile Gherbi, Irina Volkonskii. Un clin d'œil à Gilles Nantas, Sharon et Raphaël, J.-Mi Duriez, Marion Venries de Laguillaumie, Alain Passard, Antigone Schilling, Thibault Monlouis-Bonnaire, Claude Burtaire, Jb & Fred Hanak, Marc et Nelly Sebbah, Alain Laurens & Béa, Hervé Nègre, et François-Xavier Delmas, pour le thé matcha qui a nourri mes lignes.

Mon frère Jean-Christophe, qui s'est privé de sa bibliothèque de montagne pour le roman… Et qui m'a appris à lever les yeux au ciel, en escalade comme avec les étoiles. Et Cécile, Matthias et Emeric ! Le peintre Jacques Rohaut, pour avoir peint l'infini dans mon dos. Yannick Jaeck pour mon vélo. Ma jolie famille irlandaise du Connemara, également, Mo, Bernie, Shane Bisgood et compagnie.

La musique de Mike Patton et de Faith No More (*The Real Thing*), l'album *Psychic* de Darkside, la chanson *Mi mujer* de Nicolas Jaar et *Being human being* d'Erik Truffaz, Murcof et Bilal.

À mes lecteurs qui donnent sens aux lignes.

Et tous les libraires qui perpétuent la vie de mes romans.

À la mémoire de François Floch, dit « Le Président », prince de Mayenne.

Et à celle de Matcha.

Et à l'hélico de Jéjé ! Vive l'envol !

DU MÊME AUTEUR

Aux Éditions Gallimard

Dans la collection Série Noire

HAUTE VOLTIGE, 2017. Folio Policier n° 865

ANGLE MORT, 2012. Folio Policier n° 750

QUAI DES ENFERS, 2010. Folio Policier n° 642

Dans la collection Folio 2 €

PETIT ÉLOGE DE LA NUIT, 2014, n° 5819

COLLECTION FOLIO POLICIER

Dernières parutions

575. Jo Nesbø	*Le bonhomme de neige*
576. René Reouven	*Histoires secrètes de Sherlock Holmes*
577. Leif Davidsen	*Le dernier espion*
578. Guy-Philippe Goldstein	*Babel Minute Zéro*
579. Nick Stone	*Tonton Clarinette*
580. Thierry Jonquet	*Romans noirs*
581. Patrick Pécherot	*Tranchecaille*
582. Antoine Chainas	*Aime-moi, Casanova*
583. Gabriel Trujillo Muñoz	*Tijuana City Blues*
584. Caryl Férey	*Zulu*
585. James Sallis	*Cripple Creek*
586. Didier Daeninckx	*Éthique en toc*
587. John le Carré	*L'espion qui venait du froid*
588. Jeffrey Ford	*La fille dans le verre*
589. Marcus Malte	*Garden of love*
590. Georges Simenon	*Les caves du Majestic*
591. Georges Simenon	*Signé Picpus*
592. Carlene Thompson	*Mortel secret*
593. Thomas H. Cook	*Les feuilles mortes*
594. Didier Daeninckx	*Mémoire noire*
595. Graham Hurley	*Du sang et du miel*
596. Marek Krajewski	*Les fantômes de Breslau*
597. François Boulay	*Traces*
598. Gunnar Staalesen	*Fleurs amères*
599. James Sallis	*Le faucheux*
600. Nicolas Jaillet	*Sansalina*
601. Jean-Bernard Pouy	*Le rouge et le vert*
602. William Lashner	*Le baiser du tueur*
603. Joseph Bialot	*La nuit du souvenir*
604. Georges Simenon	*L'outlaw*

605.	Kent Harrington	*Le serment*
606.	Thierry Bourcy	*Le gendarme scalpé*
607.	Gunnar Staalesen	*Les chiens enterrés ne mordent pas*
608.	Jo Nesbø	*Chasseurs de têtes*
609.	Dashiell Hammett	*Sang maudit*
610.	Joe R. Lansdale	*Vierge de cuir*
611.	Dominique Manotti	*Bien connu des services de police*
612.	Åsa Larsson	*Horreur boréale*
613.	Saskia Noort	*Petits meurtres entre voisins*
614.	Pavel Kohout	*L'heure étoilée du meurtrier*
615.	Boileau-Narcejac	*La vie en miettes*
616.	Boileau-Narcejac	*Les veufs*
617.	Gabriel Trujillo Muñoz	*Loverboy*
618.	Antoine Chainas	*Anaisthêsia*
619.	Thomas H. Cook	*Les liens du sang*
620.	Tom Piccirilli	*La rédemption du Marchand de sable*
621.	Francis Zamponi	*Le Boucher de Guelma*
622.	James Sallis	*Papillon de nuit*
623.	Kem Nunn	*Le Sabot du Diable*
624.	Graham Hurley	*Sur la mauvaise pente*
625.	Georges Simenon	*Bergelon*
626.	Georges Simenon	*Félicie est là*
627.	Ken Bruen	*La main droite du diable*
628.	William Muir	*Le Sixième Commandement*
629.	Kirk Mitchell	*Dans la vallée de l'ombre de la mort*
630.	Jean-François Vilar	*Djemila*
631.	Dashiell Hammett	*Moisson rouge*
632.	Will Christopher Baer	*Embrasse-moi, Judas*
633.	Gene Kerrigan	*À la petite semaine*
634.	Caryl Férey	*Saga maorie*
635.	James Sallis	*Le frelon noir*
636.	Gabriel Trujillo Muñoz	*Mexicali City Blues*
637.	Heinrich Steinfest	*Requins d'eau douce*
638.	Simon Lelic	*Rupture*
639.	Jenny Siler	*Flashback*

640.	Joachim Sebastiano Valdez	*Les larmes des innocentes*
641.	Kjell Ola Dahl	*L'homme dans la vitrine*
642.	Ingrid Astier	*Quai des enfers*
643.	Kent Harrington	*Jungle rouge*
644.	Dashiell Hammett	*Le faucon maltais*
645.	Dashiell Hammett	*L'introuvable*
646.	DOA	*Le serpent aux mille coupures*
647.	Larry Beinhart	*L'évangile du billet vert*
648.	William Gay	*La mort au crépuscule*
649.	Gabriel Trujillo Muñoz	*Mezquite Road*
650.	Boileau-Narcejac	*L'âge bête*
651.	Anthony Bourdain	*La surprise du chef*
652.	Stefán Máni	*Noir Océan*
653.	***	*Los Angeles Noir*
654.	***	*Londres Noir*
655.	***	*Paris Noir*
656.	Elsa Marpeau	*Les yeux des morts*
657.	François Boulay	*Suite rouge*
658.	James Sallis	*L'œil du criquet*
659.	Jo Nesbø	*Le léopard*
660.	Joe R. Lansdale	*Vanilla Ride*
661.	Georges Flipo	*La commissaire n'aime point les vers*
662.	Stephen Hunter	*Shooter*
663.	Pierre Magnan	*Élégie pour Laviolette*
664.	James Hadley Chase	*Tu me suivras dans la tombe* et autres romans
665.	Georges Simenon	*Long cours*
666.	Thomas H. Cook	*La preuve de sang*
667.	Gene Kerrigan	*Le chœur des paumés*
668.	Serge Quadruppani	*Saturne*
669.	Gunnar Staalesen	*L'écriture sur le mur*
670.	Georges Simenon	*Chez Krull*
671.	Georges Simenon	*L'inspecteur Cadavre*
672.	Kjetil Try	*Noël sanglant*
673.	Graham Hurley	*L'autre côté de l'ombre*
674.	John Maddox Roberts	*Les fantômes de Saigon*
675.	Marek Krajewski	*La peste à Breslau*
676.	James Sallis	*Bluebottle*

677.	Philipp Meyer	*Un arrière-goût de rouille*
678.	Marcus Malte	*Les harmoniques*
679.	Georges Simenon	*Les nouvelles enquêtes de Maigret*
680.	Dashiell Hammett	*La clé de verre*
681.	Caryl Férey & Sophie Couronne	*D'amour et dope fraîche*
682.	Marin Ledun	*La guerre des vanités*
683.	Nick Stone	*Voodoo Land*
684.	Frederick Busch	*Filles*
685.	Paul Colize	*Back up*
686.	Saskia Noort	*Retour vers la côte*
687.	Attica Locke	*Marée noire*
688.	Manotti – DOA	*L'honorable société*
689.	Carlene Thompson	*Les ombres qui attendent*
690.	Claude d'Abzac	*Opération Cyclope*
691.	Joe R. Lansdale	*Tsunami mexicain*
692.	F. G. Haghenbeck	*Martini Shoot*
693.	***	*Rome Noir*
694.	***	*Mexico Noir*
695	James Preston Girard	*Le Veilleur*
696.	James Sallis	*Bête à bon dieu*
697.	Georges Flipo	*La commissaire n'a point l'esprit club*
698.	Stephen Hunter	*Le 47e samouraï*
699.	Kent Anderson	*Sympathy for the Devil*
700.	Heinrich Steinfest	*Le grand nez de Lilli Steinbeck*
701.	Serge Quadruppani	*La disparition soudaine des ouvrières*
702.	Anthony Bourdain	*Pizza créole*
703.	Frederick Busch	*Nord*
704.	Gunnar Staalesen	*Comme dans un miroir*
705.	Jack Ketchum	*Une fille comme les autres*
706.	John le Carré	*Chandelles noires*
707.	Jérôme Leroy	*Le Bloc*
708.	Julius Horwitz	*Natural Enemies*
709.	Carlene Thompson	*Ceux qui se cachent*

710.	Fredrik Ekelund	*Le garçon dans le chêne*
711.	James Sallis	*Salt River*
712.	Georges Simenon	*Cour d'assises*
713.	Antoine Chainas	*Une histoire d'amour radioactive*
714.	Matthew Stokoe	*La belle vie*
715.	Frederick Forsyth	*Le dossier Odessa*
716.	Caryl Férey	*Mapuche*
717.	Frank Bill	*Chiennes de vies*
718.	Kjell Ola Dahl	*Faux-semblants*
719.	Thierry Bourcy	*Célestin Louise, flic et soldat dans la guerre de 14-18*
720.	Doug Allyn	*Cœur de glace*
721.	Kent Anderson	*Chiens de la nuit*
722.	Raphaël Confiant	*Citoyens au-dessus de tout soupçon...*
723.	Serge Quadruppani	*Madame Courage*
724.	Boileau-Narcejac	*Les magiciennes*
725.	Boileau-Narcejac	*L'ingénieur aimait trop les chiffres*
726.	Inger Wolf	*Nid de guêpes*
727.	Seishi Yokomizo	*Le village aux Huit Tombes*
728.	Paul Colize	*Un long moment de silence*
729.	F. G. Haghenbeck	*L'Affaire tequila*
730.	Pekka Hiltunen	*Sans visage*
731.	Graham Hurley	*Une si jolie mort*
732.	Georges Simenon	*Le bilan Malétras*
733.	Peter Duncan	*Je suis un sournois*
734.	Stephen Hunter	*Le sniper*
735.	James Sallis	*La mort aura tes yeux*
736.	Elsa Marpeau	*L'expatriée*
737.	Jô Soares	*Les yeux plus grand que le ventre*
738.	Thierry Bourcy	*Le crime de l'Albatros*
739.	Raymond Chandler	*The Long Goodbye*
740.	Matthew F. Jones	*Une semaine en enfer*
741.	Jo Nesbø	*Fantôme*
742.	Alix Deniger	*I cursini*

Composition Nord Compo.
Impression Grafica Veneta
à Trebaseleghe, le 15 août 2018
Dépôt légal : août 2018

ISBN : 978-2-07-279751-4./Imprimé en Italie

336733